Abdulrazak Gurnah

FERNE GESTADE

Roman

Aus dem Englischen übertragen von
Thomas Brückner

edition KAPPA

scriptor mundi

wird herausgegeben von Helmuth A. Niederle

Die Übersetzung aus dem Englischen wurde mit Mitteln des Auswärtigen Amtes unterstützt durch die Gesellschaft zur Förderung der Literatur aus Afrika, Asien und Lateinamerika e.V.

Die Deutsche Bibliothek - CIP - Einheitsaufnahme

Gurnah, Abdulrazak
Ferne Gestade / Abdulrazak Gurnah
Übers.: Thomas Brückner
- München - Wien : ed. KAPPA, 2002 (scriptor mundi)
ISBN 3-932000-64-1

edition KAPPA, Verlag für Kultur und Kommunikation,
München - Wien
Titel der Originalausgabe: By the Sea, 2001
copyright © Abdulrazak Gurnah
Umschlaggestaltung: Götze + Brachtl, München
ISBN 3-932000-64-1

Abdulrazak Gurnah

FERNE GESTADE

Editorische Anmerkungen

Die zitierten Passagen aus *Julius Cäsar* sowie *Romeo und Julia* folgen der Ausgabe William Shakespeare: Sämtliche Werke in vier Bänden, hgg. von Anselm Schlösser, aus dem Englischen übersetzt von August Wilhelm Schlegel, Dorothea Tieck und Wolf Graf Baudissin, Band vier: Tragödien, Berlin und Weimar: Aufbau-Verlag, 1975.

Die Übersetzung des Zitats aus Hermann Melville, *Bartleby, the Scrivener* folgt der Ausgabe *Piazza-Erzählungen*, Reinbek: Rowohlt, rororo 106/107, 1962, übersetzt von Wolfheinrich von der Mülbe
Die Übersetzung des Zitats aus der *Odyssee* folgt der Ausgabe Homer: Odyssee, Stuttgart: Reclam, 1979, übersetzt von Roland Hampe.

Postfach 10 01 16
D-60001 Frankfurt/Main

Erklärung von Bern
Postfach
CH-8031 Zürich

Für Denise

SPUREN

1

SIE HAT GESAGT, SIE WIRD SPÄTER vorbeikommen. Und manchmal, wenn sie das ankündigt, tut sie es auch. Rachel. Sie hat mir eine Karte geschickt, weil ich kein Telefon habe. Ich will keins. Auf ihrer Karte hat sie auch gesagt, ich solle sie anrufen, wenn mir ihr Besuch ungelegen käme, aber ich habe sie nicht angerufen. Es drängt mich nicht danach. Inzwischen ist es spät geworden, und so nehme ich an, dass sie doch nicht vorbeikommen wird, zumindest heute nicht mehr.

Obwohl es auf ihrer Karte hieß, dass sie heute nach sechs vorbeikommen würde. Aber vielleicht war es auch nur eine dieser Gesten, die sich darin erfüllen, dass sie gemacht werden, die mir sagen sollte, dass sie an mich gedacht hatte, aus der Überzeugung heraus, dass mir das Mut machen und Trost spenden würde. Und das tut es. Es spielt keine Rolle, ich will nur nicht, dass sie in den dunklen Stunden der Nacht hier aufkreuzt und die schwangeren Stillen mit einem Wirbel aus Erklärungen und Bedauern zertrümmert und mit Plänen herausplatzt, die nur noch mehr von den verbleibenden Stunden der Dunkelheit verschlingen.

Ich staune darüber, wie sehr mir die Stunden der Dunkelheit ans Herz gewachsen sind, wie diese scheinbare Stille der Nacht von einem Gemurmel und Gewisper erfüllt ist, während sie doch zuvor so Furcht einflößend lautlos wirkte, aufgeladen mit einer unheimlichen Geräuschlosigkeit, die über den Worten hing. Als ob hier zu leben eine schmale Tür geschlossen und eine andere aufgestoßen hat, die sich zu einem weiten Platz hin öffnet. In der Dunkelheit verliere ich das Gefühl für den Raum, und in diesem Niemandsland erfahre ich mich selbst deutlicher und kann auch das Spiel der Stimmen klarer hören, als ob sie sich mir zum ersten Mal offenbarten. Manchmal vernehme ich aus der Ferne Musik. Sie wird unter freiem Himmel gespielt und dringt doch nur als gedämpftes Flüstern zu mir herüber. An jedem neuen öden Tag sehne ich mich nach der Nacht, obwohl ich die Dunkelheit mit ihren grenzenlosen Gemächern und wechselnden Schatten fürchte. Manchmal glaube ich, dass sich mein Schicksal darin erfüllt, in den Trümmern und dem Durcheinander zerfallender Häuser zu leben.

Es ist schwierig, genau herauszufinden, wodurch die Dinge so geworden sind, wie sie sich jetzt darstellen, und es ist nahezu unmöglich, mit einiger Sicherheit behaupten zu können, dass es sich zunächst so und so verhielt, was dann zu diesem und jenem geführt hat, so dass wir schließlich heute hier stehen. Die Wahrheiten gleiten mir durch die Finger. Selbst wenn ich mir die Ereignisse wieder und wieder vor Augen führe, kann ich den Nachhall dessen hören, was ich verschweige, was ich zu erinnern vergessen habe, und das macht das Erzählen genau dann so schwierig, wenn ich es am wenigsten brauchen kann. Doch es ist immerhin möglich, wenigstens etwas, einen Teil des Ganzen, in Worte zu fassen, und es drängt mich, diesen Bericht loszuwerden, Rechenschaft über die unbedeutenden Trauerspiele abzulegen, bei denen ich zugegen war und an denen ich beteiligt war, und deren Folgen und Anfänge ich weder beeinflussen konnte noch kann. Ich glaube kaum, dass das ein besonders ehrenvolles Bedürfnis ist. Ich meine, weder bin ich im Besitz einer großen Wahrheit, die ich kundtun möchte, noch hat mir das Leben eine außergewöhnliche Erfahrung vermittelt, die unsere Zeitläufte und die Umstände unseres Seins erhellen könnte. Dennoch habe ich gelebt. Ich habe gelebt. Hier, an diesem Ort, ist aber alles so anders, dass es mir vorkommt, als wäre ein Leben zu Ende gegangen und ich lebte jetzt ein ganz anderes. Vielleicht sollte ich also über mich sagen, dass ich einst an einem anderen Ort ein anderes Leben geführt habe, das jetzt aber vorüber ist. Und doch weiß ich, dass sich dieses frühere Leben einer unverschämt guten Gesundheit erfreut und gleichermaßen in meiner Vergangenheit wie auch durch meine Zukunft tost und brandet und seine Früchte austrägt. Ich habe Zeit zur Genüge, bin ihr geradezu ausgeliefert, und so kann ich genauso gut Rechenschaft über mich selbst ablegen. Früher oder später müssen wir das alle hinter uns bringen.

Ich wohne in einer kleinen Stadt am Meer. So, wie das in meinem ganzen Leben der Fall gewesen ist, obwohl ich den größten Teil davon an einem warmen, grünen Meer weit weg von hier verbracht habe. Jetzt führe ich das Halbleben eines Fremden, erhasche über das Fernsehbild Einblicke in das Innere des Lebens hier und errate manches aus den ruhelosen Ängsten, von denen die Leute heimgesucht werden, denen ich auf meinen Spaziergängen begegne. Ich habe keine Vorstellung von ihrer misslichen Lage, obwohl ich die Augen offen halte und beobachte, was ich nur kann. Doch befürchte ich, dass ich nur einen Bruchteil dessen erkenne, was ich sehe. Es verhält sich nicht so, dass sie mir geheimnisvoll vorkommen. Es ist ihre Fremdheit, die mich entwaffnet. Ich verstehe so wenig von dem Streben, das noch ihre gewöhnlichsten Handlungen zu begleiten scheint. Sie kommen mir ausgezehrt und verwirrt vor, und ihre Augen brennen, wenn sie sich gegen Unruhen stemmen, die mir unverständlich bleiben. Vielleicht übertreibe ich. Oder ich kann es nicht lassen, meine Andersartigkeit hervorzuheben, vermag dem Schauspiel unserer Verschiedenartigkeit nicht zu widerstehen. Vielleicht stemmen sie sich ja bloß gegen den kalten Wind, der vom trüben Meer hereinweht, und ich versuche zu angestrengt, diesem Anblick einen Sinn zuzuschreiben. Es fällt mir nach all den Jahren ziemlich schwer zu lernen, nicht hinzusehen, Zurückhaltung zu üben im Hinblick auf die Bedeutung dessen, was ich zu sehen glaube. Ich bin von ihren Gesichtern beeindruckt. Sie verhöhnen mich. Glaube ich zumindest.

Die Straßen hier lassen mich nervös und angespannt werden, und manchmal kann ich wegen des Raschelns und Wisperns, das in den niederen Schichten der Lüfte wallt, selbst in der sicheren Höhle meiner abgeschlossenen Wohnung keinen Schlaf finden oder auch nur entspannt dasitzen. In den höheren Lüften herrscht immer große Aufregung, weil Gott und seine Engel dort wohnen und die hohe Politik erörtern und Verrat und Aufruhr aushecken. Sie können zufällige Lauscher oder Spitzel oder Selbstsüchtige nicht ausstehen und sorgen sich um das Schicksal des Universums, das ihnen die Augenbrauen verdüstert und das Haar mit Nebeln beschlägt. Als Vorsichtsmaßnahme entfesseln die Engel dann und wann einen ätzenden Regenschauer, um übelwollende Lauscher mit der Drohung verunstaltender Wunden abzuschrecken. Die mittleren Schichten der Lüfte bilden das Schlachtfeld des Wortstreits, auf dem sich die Lakaien und Vorzimmer-*Ifrits* und die wortreichen Dshinns und schwammigen Schlangen winden und wälzen und tummeln, während sie sich nach den Anweisungen ihrer Herren strecken. Ack, ack, hast du gehört, was er gesagt hat? Was kann das heißen? Und im Trüben der niederen Luftschichten begegnet man den giftlosen Zeitdienern und den Fantasten, die alles glauben und sich allem fügen, den leichtgläubigen und geistlosen Massen, welche die engen Räume bevölkern und vergiften, in denen sie sich zusammenrotten, in eben dem Reich, in dem auch ich zu finden bin. Kein anderer Ort behagt mir auch nur annähernd so gut. Vielleicht sollte ich sagen, dass mir kein anderer Ort auch nur annähernd so gut *behagte*. Weil das zugleich die Gegend ist, in der ich zu finden gewesen wäre. Damals, in meinen besten Jahren. Denn seit ich hier gestrandet bin, war ich nicht dazu in der Lage, über die Unruhe und die bösen Ahnungen hinwegzusehen, die ich in den Lüften wie den Gassen dieser Stadt spüre. Nicht überall, das muss ich zugeben. Ich meine, ich empfinde diese Unruhe nicht immer und nicht an jedem Ort. Möbelgeschäfte zur Morgenstunde, das sind stille, weitläufige Orte, und ich durchstreife sie mit einiger Gelassenheit, weil ich nur von den winzigen Teilchen künstlicher Fasern belästigt werde, die durch die Luft schweben und die Auskleidung meiner Nasenlöcher und Bronchien anfressen und mich letzten Endes wieder für einige Zeit hinaustreiben.

Ich habe die Möbelgeschäfte rein zufällig entdeckt, gleich in den ersten Tagen, nachdem sie mich hierher verlegt hatten. Aber ich hatte schon immer eine Vorliebe für Möbel. Sie bewirken zumindest, dass wir nicht abheben und auf dem Boden bleiben, und bewahren uns davor, auf die Bäume zu klettern und ein nackendes Geheul anzustimmen, wenn uns der Schrecken unserer nutzlosen Leben überkommt. Sie halten uns davon ab, ziellos durch eine weglose Wildnis zu wandern und auf Waldlichtungen und in tropfenden Höhlen dem Kannibalismus zu verfallen. Ich spreche nur für mich, auch wenn ich annehme, die schweigende Masse in meine inhaltslose Weisheit einbeziehen zu können. Wie dem auch sei, die Flüchtlingsleute haben diese Wohnung für mich aufgetan und mich aus der Unterkunft, in der ich vorher untergebracht war, aus Celias Pension, hierher gebracht. Die Reise von dort hierher war kurz, doch voller Biegungen und Kurven, durch kurze Straßen und entlang der Reihen einander gleichender Häuser. Dadurch stieg das Gefühl in mir auf, man verfrachtete mich in ein Versteck. Sieht man einmal davon ab, dass die Straßen so still und gerade dalagen, hätte es ein Teil der Stadt sein können, in der ich früher gewohnt habe. Nein, das stimmt nicht. Hier war es zu sauber, und zu blank und zu frei. Auch zu still. Die Straßen waren zu breit, die Laternenpfähle standen in zu regelmäßigem Abstand voneinander, die Bordsteinkanten waren in Ordnung. Überhaupt befand sich alles in bestem Zustand. Nicht, dass die Stadt, in der ich früher gelebt habe, besonders düster und schmutzig gewesen wäre, das nicht, aber ihre Straßen wanden sich um sich selbst, verschlangen sich fest um den faulen Schutt vergorener Heimlichkeiten. Nein, das hier konnte kein Teil jener Stadt sein. Und doch schimmerte eine Ähnlichkeit durch, eine Verwandtschaft, denn auch hier kam ich mir eingesperrt und beobachtet vor. Sobald sie gegangen waren, ging ich hinunter auf die Straße, um herauszukriegen, wo ich mich befand, und zu versuchen, ans Meer zu gelangen. So bin ich auf das kleine Dorf aus Möbelgeschäften nicht weit von hier gestoßen. Es sind im ganzen sechs, die da im Rechteck um einen Platz herum angeordnet sind, auf dem man Parkflächen ausgewiesen hat, und jedes einzelne ist so groß wie ein Lagerhaus. Die ganze Anlage nennt sich Middle Square Park. Morgens ist es hier meistens leer und ruhig, und ich streife durch die Wildnis aus Betten und Sofas, bis mich die Kunstfasern hinausjagen. Jeden Tag besuche ich ein anderes Geschäft, und nachdem man ein- oder zweimal da gewesen ist, suchen die Verkäufer auch keinen Blickkontakt mehr. Ich wandere zwischen den Sofas und Esstischen umher, zwischen Betten und Kommoden, rekele mich ein paar Sekunden auf einem Ausstellungsstück, begutachte den Mechanismus, prüfe den Preis, vergleiche den Bau des einen Möbelstücks mit dem eines anderen. Es ist unnötig hinzuzufügen, dass einige Möbelstücke hässlich aussehen und fürchterlich verziert und verschnörkelt sind, ein paar aber sind ordentlich und schön und kunstvoll gearbeitet, und eine Weile lang empfinde ich in diesen Lagerhäusern eine Art Zufriedenheit und die Aussicht auf Gnade und Vergebung.

Ich bin Flüchtling. Asylbewerber. Das sind keine leichten Worte, auch wenn die Gewohnheit, sie zu vernehmen, sie alltäglich erscheinen lässt. Ich bin am Spätnachmittag des 23. November vergangenen Jahres auf dem Flughafen Gatwick angekommen. Es ist ein altvertrauter, unbedeutender Höhepunkt in unseren Lebensgeschichten, dass wir hinter uns lassen, was wir kennen und an fremden Gestaden landen, ein Wirrwarr unwichtiger Sachen im Gepäck sowie geheime und entstellte Sehnsüchte unterdrückend. Für einige, wie für mich auch, war es die erste Flugreise überhaupt, und zugleich die erste Ankunft an einem Ort von der gewaltigen Größe eines Flughafens. Dabei bin ich durchaus schon gereist, zu Land und auch per Schiff. Und natürlich in meiner Fantasie. Langsam schritt ich durch etwas, was mir damals wie stille, leere und von kaltem Licht erhellte Tunnel vorkam, von dem ich heute aber, wenn ich darüber nachdenke, weiß, dass ich an Stuhlreihen und großen Glasfenstern und Warnschildern und Hinweiszeichen vorüberging. Trotzdem ein Tunnel, mit der flutenden Dunkelheit draußen, die mit einem feinen Regen um sich schlug, und dem Licht drinnen, das mich einsog. Das, was wir kennen, lullt uns beständig in unsere Beschränktheit ein, lässt uns die Welt sehen, als hockten wir noch immer in jenem seichten, lauwarmen Teich, der uns seit den Schrecken der Kinderzeit vertraut ist. Ich ging langsam und war an jeder Kreuzung ängstlich überrascht, dass dort ein Hinweisschild auf mich wartete und mir sagte, in welche Richtung ich zu gehen hatte. Ich ging langsam, damit ich keine Biegung verpasste oder ein Schild falsch deutete. Auch, damit ich nicht zu früh die Aufmerksamkeit auf mich zöge, weil ich die Orientierung verloren hatte und kopflos hin und her irrte. Sie fischten mich an der Passkontrolle raus. „Den Pass", sagte der Mann, nachdem ich einen Wimpernschlag zu lange vor ihm gestanden hatte, darauf wartend, dass man mich überführte, dass man mich verhaftete. Sein Gesicht sah streng aus, obwohl die Leere in seinen Augen darauf abzielte, nichts von sich preiszugeben. Man hatte mir den Wink gegeben, nichts zu sagen, so zu tun, als würde ich kein Englisch sprechen. Ich war mir nicht sicher, warum, aber ich war entschlossen zu tun, was man mir empfohlen hatte, denn der Ratschlag hatte etwas Listiges von der Art einfallsreicher Verschlagenheit an sich, die den Machtlosen eigen ist. Sie werden dich nach deinem Namen fragen und dem deines Vaters und danach, was du in deinem Leben Gutes getan hast: sag nichts. Als er zum zweiten Mal „*Den Pass*" sagte, reichte ich ihn rüber und zuckte in Erwartung von Kränkungen und Drohungen zusammen. Ich war Beamte gewöhnt, die einen wegen des geringsten Fehlverhaltens wütend anstarrten und anzischten, die mit dir spielten und dich demütigten. Aus schierer Lust daran, dich ihre geheiligte Macht spüren zu lassen. Deshalb war ich darauf gefasst, dass der *Hamal* der Einwanderungsbehörde hinter seinem kleinen Tresen etwas aufschrieb, etwas knurrte oder den Kopf schüttelte, langsam den Blick hob und mich mit dem Leuchten der Gewissheit in den Augen anstarrte, mit dem die Glücklichen auf den Bittsteller herabsehen. Er aber blickte mit einem Ausdruck unterdrückter Freude vom Durchblättern meines Undings von einem Pass hoch wie ein Angler, der gerade einen heftigen Ruck an der Angelschnur gespürt hat. Kein Einreisevisum. Dann griff er zum Telefonhörer und sprach einen Augenblick lang hinein. Jetzt lächelte er offen und bat mich, an der Seite zu warten.

Ich stand mit gesenktem Blick da und bemerkte deshalb nicht, wie ein Mann an mich herantrat und mich zu weiterer Befragung mitnahm. Er sprach mich mit Namen an und lächelte, als ich aufsah. Ein freundliches, irdisches Lächeln, das mit einiger Zuversicht zu sagen schien: „Warum kommen Sie nicht einfach mit mir mit, damit wir dieses kleine Problem aus der Welt schaffen können?" Während er forsch vor mir herging, stellte ich fest, dass er Übergewicht hatte und ungesund aussah, und als wir in einem Besprechungszimmer ankamen, atmete er schwer und zerrte an seinem Hemd. Er setzte sich auf einen Stuhl und fing sofort an, unbehaglich darauf herumzurutschen, und ich gewann den Eindruck, er sei jemand, der schwitzend in einer Hülle gefangen ist, die er nicht mag. Das ließ die Angst in mir aufsteigen, dass ihn seine üble Laune gegen mich einnehmen könnte, aber dann lächelte er erneut und verhielt sich höflich und gewinnend. Wir befanden uns in einem kleinen, fensterlosen Zimmer mit hartem Fußboden, einem Tisch zwischen uns und einer Bank, die sich an einer Zimmerwand entlangzog. Das Zimmer wurde von kalten, fluoreszierenden Lichtstreifen erhellt, die die zinngrauen Wände in meinen Augenwinkeln enger zusammentreten ließen. Er teilte mir mit, dass er Kevin Edelman hieße, und zeigte dabei auf das Abzeichen, das er am Jackett trug. Möge Gott dir Gesundheit schenken, Kevin Edelman. Er lächelte erneut. Er lächelte überhaupt viel. Vielleicht, weil er, obwohl ich mir alle Mühe gab sie zu verbergen, meine Anspannung sehen konnte und mich beruhigen wollte, oder weil es sich bei seiner Arbeit möglicherweise nicht vermeiden ließ, aus dem Unbehagen derer, die bei ihm landeten, Lust zu ziehen. Vor ihm lag ein gelber Block, und ein oder zwei Augenblicke lang schrieb er etwas darauf, übertrug den Namen aus meinem falschen Pass, bevor er wieder zu mir sprach.

„Darf ich bitte Ihr Ticket sehen?"

Ticket? Ja, natürlich.

„Ich sehe, Sie haben Gepäck", sagte er und zeigte auf etwas. „Ihr Gepäckabholschein."

Ich spielte den Stummen. Man mag noch das Wort *Ticket* verstehen können, wenn man kein Englisch spricht, aber *Gepäckabholschein*? Das schien mir doch ein bisschen gewagt.

„Ich werde Ihr Gepäck herbringen lassen", sagte er, und legte das Ticket neben seinen Schreibblock. Dann lächelte er wieder, verwehrte es sich, mehr zu diesem Thema zu sagen. Ein längliches Gesicht, ein wenig fleischig an den Schläfen, vor allem, wenn er lächelte.

Vielleicht lächelte er nur aus Vorfreude auf den zweifelhaften Genuss, in meinem Gepäck herumzustochern, und in der Gewissheit, dass ihm das, was er dort zu Gesicht bekommen würde, sagen würde, was er wissen musste, unabhängig davon, ob ich nun mit Worten hilfreich dazu beitrug oder nicht. Ich stelle mir vor, dass eine gewisse Befriedigung in so einer Untersuchung liegen kann. Ungefähr von der Art, als schaute man in ein Zimmer, bevor es zur Besichtigung freigegeben wird, bevor seine wahrhaftige Gewöhnlichkeit in eine Art Schauspiel verwandelt wird. Ich stelle mir außerdem vor, wie genugtuend es ebenfalls sein mag, wenn man sich sicher ist, die geheimen Zeichen zu kennen, die offenbaren, was die Leute zu verbergen suchen. Eine Art Hermeneutik des Gepäcks sozusagen, die sich anlässt wie das Verfolgen einer archäologischen Spur oder das genaue Betrachten der Linien auf einer Seekarte. Ich blieb stumm und glich meinen Atemrhythmus dem seinen an, weil ich spüren wollte, wenn der Zorn in ihm aufzusteigen begann. Grund für die Einreise in das Vereinigte Königreich? Sind Sie Tourist? Auf Urlaub? Irgendwelche Geldmittel? Haben Sie Geld, Sir? Reiseschecks? Pfund Sterling? Dollars? Kennen Sie jemanden, der eine Bürgschaft übernehmen würde? Besitzen Sie irgendeine Kontaktadresse? Gibt es jemanden, bei dem Sie während Ihres Aufenthaltes im Vereinigten Königreich bleiben können? Ach, zur Hölle, verflucht und zur Hölle. Haben Sie Familie im Vereinigten Königreich? Sprechen Sie Englisch, Sir? Ich fürchte, Ihre Unterlagen sind nicht in Ordnung, Sir, so dass ich Ihnen die Einreisegenehmigung verweigern muss. Es sei denn, Sie können mir etwas über Ihre Lage sagen. Verfügen Sie über irgendwelche Unterlagen, die dazu beitragen können, dass ich Ihre Lage verstehen kann? Papiere, haben Sie irgendwelche Papiere?

Er ging aus dem Zimmer, und ich blieb reglos und stumm sitzen, unterdrückte einen Seufzer der Erleichterung und zählte von 145 an rückwärts, denn bis zu dieser Zahl war ich gekommen, während er auf mich eingeredet hatte. Ich zwang mich dazu, mich nicht nach vorn zu lehnen und seinen Block in Augenschein zu nehmen, für den Fall, dass er mein Schweigen durchschaut hatte, und weil ich außerdem vermutete, dass mich jemand durch ein Guckloch beobachtete und nur auf so eine belastende Bewegung wartete. Es muss die Aufregung des Augenblicks gewesen sein, die mich so etwas denken ließ. Als ob es irgend jemanden gekümmert hätte, ob ich in der Nase bohrte oder Diamanten in meinen Därmen versteckt hatte. Früher oder später würden sie sowieso alles herausbekommen, was sie wissen mussten. Sie hatten Maschinen für all diese Sachen. Ich war auf der Hut. Und ihre Beamten waren unter großem Kostenaufwand ausgebildet worden, die Lügen zu durchschauen, mit denen Leute wie ich vorstellig wurden, und verfügten zugleich über einen riesigen Schatz an Kenntnissen, der sich aus häufiger Erfahrung speiste. Also blieb ich still sitzen und zählte schweigend vor mich hin, schloss dann und wann die Augen und tat so, als hätte ich Kummer und dächte nach. Ich zeigte sogar eine Spur Verzweiflung. Mach mit mir, was du willst, oohh Kevin.

Er kehrte mit der kleinen grünen Tasche zurück, die mein Gepäck enthielt, und stellte sie auf der Bank ab. „Bitte machen Sie das auf", sagte er. Ich sah erregt und verständnislos drein, hoffte ich, und wartete darauf, dass er sich ausführlich verbreitete. Er starrte mich an und zeigte auf die Tasche, und so stand ich mit einem Lächeln der Erleichterung und des Verstehens und einem beruhigendem Nicken auf und zog den Reißverschluss der Tasche auf. Er nahm einen Gegenstand nach dem anderen heraus, immer einzeln, und legte ihn behutsam auf die Bank, als packte er besonders kostbare Kleidungsstücke aus: zwei Hemden, blau das eine, das andere gelb, beide ausgeblichen, drei weiße T-Shirts, eine braune Hose, drei Paar Unterhosen, einen *kanzu*, zwei *sarunis*, ein Handtuch und ein kleines Holzkästchen. Er seufzte, als er diesen letzten Gegenstand in die Hand nahm, drehte ihn interessiert und schnüffelte dann daran. „Mahagoni?", fragte er. Ich gab natürlich keine Antwort. Einen kurzen Augenblick war ich gerührt von den armseligen Erinnerungsstücken eines ganzen Lebens, die in diesem stickigen Raum auf der Bank ausgebreitet lagen. Es war nicht mein Leben, das auf dieser Bank enthüllt wurde, sondern das, was ich als Zeichen für die Geschichte ausgewählt hatte, die ich mitteilen wollte. Kevin Edelman öffnete das Kästchen und blickte voller Überraschung auf seinen Inhalt. Vielleicht hatte er Schmuck oder etwas Wertvolles erwartet. Drogen zum Beispiel. „Was ist das?", fragte er und beschnüffelte dann vorsichtig das offene Kästchen. Das war kaum vonnöten, denn sobald er die Schachtel geöffnet hatte, war der wunderbare Duft in das kleine Zimmer entflogen. „Weihrauch", meinte er. „Stimmt doch, oder?" Er schloss das Kästchen und stellte es auf die Bank. Seine müden Augen funkelten vor Vergnügen. Bemerkenswerte Beute aus der stinkenden Gluthitze eines Bazars. Er bedeutete mir, mich auf den Stuhl zu setzen, und ich folgte seiner Aufforderung und wartete, während er mit seinem Schreibblock wieder zur Bank zurückging und die schmuddeligen Gegenstände auflistete, die er dort abgelegt hatte.

Nachdem er zum Tisch zurückgekommen war, schrieb er noch einen Augenblick lang weiter und hatte mittlerweile zwei oder drei Bögen seines Schreibblocks ausgefüllt, dann legte er seinen Stift weg, lehnte sich zurück und zuckte etwas zusammen, als sich die Stuhllehne in seine müden Schulterblätter grub. Er sah aus, als wäre er zufrieden mit sich, beinahe vergnügt sogar. Ich konnte erkennen, dass er kurz davor stand, das Urteil zu verkünden und vermochte nicht zu verhindern, dass mich eine Woge aus Niedergeschlagenheit und Schrecken überrollte. „Mr. Shaaban, weder kenne ich Sie noch weiß ich um die Gründe, die Sie hierher geführt haben, ganz zu schweigen von den Kosten, die Sie auf sich genommen haben und all das. Deshalb bedauere ich, was ich jetzt zu tun habe, denn ich fürchte, ich muss Ihnen die Einreise in das Vereinigte Königreich verwehren. Sie besitzen kein gültiges Einreisevisum, verfügen über keinerlei Geldmittel und können niemanden benennen, der eine Bürgschaft für Sie übernehmen könnte. Ich bezweifle, dass Sie in der Lage sind zu verstehen, was ich sage, aber ich bin dazu verpflichtet, Ihnen das mitzuteilen, bevor ich Ihren Pass abstemple. Sobald ich Ihren Pass mit dem Vermerk versehen habe, dass Ihnen die Einreise verweigert wird, bedeutet das, dass Sie beim nächsten Mal, wenn Sie versuchen, in das Vereinigte Königreich einzureisen, ohne weiteres Verfahren abgewiesen werden. Es sei denn, Ihre Papiere sind in Ordnung. Dann natürlich nicht. Haben Sie verstanden, was ich gerade gesagt habe? Nein, ich glaube nicht. Es tut mir Leid, aber wir müssen diesen Formsachen dennoch Genüge tun. Wir werden uns bemühen, jemanden zu finden, der Ihre Sprache spricht, damit man Ihnen das alles zu einem späteren Zeitpunkt erklärt. In der Zwischenzeit werden wir Sie in das nächste verfügbare Flugzeug setzen, das zu dem Bestimmungsort, von dem Sie hergekommen sind, zurückfliegt, zudem mit derselben Fluglinie, die Sie hierher gebracht hat." Damit blätterte er wieder in meinem Pass, suchte nach einer leeren Seite und griff dann nach dem kleinen Stempel, den er auf den Tisch gelegt hatte, als er vorhin zurückgekommen war.

„Flüchtling", sagte ich. „Asyl."

Er blickte hoch, und ich schlug die Augen nieder. Die seinen sahen zornig aus. „Sie sprechen also doch Englisch", sagte er. „Mr. Shaaban, Sie haben mich wohl verarscht."

„Flüchtling", wiederholte ich. „Asyl." Ich schaute kurz auf, während ich diese beiden Worte aussprach und wollte sie gerade noch ein drittes Mal wiederholen, als Kevin Edelman mich unterbrach. Sein Gesicht war ein kleines bisschen dunkler geworden und sein Atemrhythmus hatte sich verändert, war nicht mehr so leicht zu übernehmen. Er atmete zweimal tief durch, unternahm eine deutlich sichtbare Anstrengung, sich zu beherrschen, denn was er eigentlich wollte, war, einen Hebel zu ziehen und damit den Fußboden unter meinem Stuhl zu einem luftigen und bodenlosen Fall zu öffnen. Ich weiß das, weil ich eben diesen Wunsch in meinem früheren Leben ungezählte Male gehegt hatte.

„Mr. Shaaban, sprechen Sie Englisch?", fragte er. Seine Stimme wurde wieder etwas milder, klang jetzt aber mehr verschwitzt als ölig, war sozusagen amtshalber sanft, angestrengt und schwer.

„Flüchtling", sagte ich und tippte mir an die Brust. „Asyl."

Er griente mich an, als ob ich ihn quälte und schenkte mir einen langen Blick, den ich diesmal mit einem Lächeln erwiderte. Er seufzte matt, schüttelte dann langsam den Kopf und lachte leise. Vielleicht belustigte ihn mein verständnisloses Lächeln. Sein Verhalten erweckte in mir das Gefühl, ich sei ihm ein lästiger und stumpfsinniger Häftling, den er verhörte, und der ihn gerade bei einem kleinen Wortspiel flüchtig enttäuscht hatte. Ich rief mir, unnötigerweise, wieder ins Gedächtnis, nur ja wachsam zu sein. Für den Fall eines Überraschungsangriffs. Unnötigerweise, weil er viele Möglichkeiten zur Auswahl hatte und ich nur eine einzige: dafür zu sorgen, dass Kevin Edelman nicht zornig wurde und eine grausame Tat in Erwägung zog. Es müssen das kleine Zimmer und die doppelzüngige Liebenswürdigkeit, mit der er mit mir redete, gewesen sein, dass ich mir wie ein Häftling vorkam, zumal wir beide, er wie ich, genau wussten, dass ich versuchte, mir Zugang zu verschaffen, und er, mir eben diesen zu verwehren. Matt blätterte er wieder meinen Pass durch, und erneut kam ich mir wie ein lästiger Häftling vor, der vernünftigen

Leuten unnötige Schwierigkeiten und Unannehmlichkeiten bereitete. Dann ließ er mich wieder in dem Zimmer sitzen, während er hinausging, um sich zu beraten und zu prüfen.

Ich wusste bereits, was er herausfinden würde. Dass die britische Regierung beschlossen hatte, aus Gründen, die mir heute noch nicht ganz verständlich sind, dass Menschen, die da herkamen, wo ich herkam, Anspruch auf Asyl hatten, wenn sie behaupteten, dass ihr Leben in Gefahr war. Die Briten wollten einem internationalen Publikum gegenüber ihre Meinung durchsetzen, dass sie unsere Regierung als für die eigenen Bürger gefährlich einstuften. Was sie, wie jeder andere auch, seit langer Zeit wussten. Doch die Zeiten hatten sich geändert, und jetzt musste jedes aufgeblasene Mitglied der *internationalen Gemeinschaft* unter Beweis stellen, dass es nicht länger willens war, sich von dem aufsässigen und ewig zankenden Pöbel, von dem es in jenen ausgedörrten Savannen nur so wimmelt, auf der Nase herumtanzen zu lassen. Genug war genug, und zu viel war zu viel. Was aber stellte unsere Regierung jetzt Schlimmeres an als das, was sie früher schon getan hatte? Sie betrog bei einer Wahl und fälschte vor den Augen der *internationalen Beobachter* die Zahlen, wohingegen sie zuvor nur eingesperrt hatte, vergewaltigt, ermordet oder die Bürger des Landes anderweitig gedemütigt. Wegen dieses straffälligen Verhaltens gewährte die britische Regierung jedem Asyl, der behauptete, dass sein Leben in Gefahr wäre. Das war eine billige Art und Weise, strengstes Missfallen zu bekunden, denn wir waren ja nicht viele auf unserem kleinen Eiland vergleichsweise armer Menschen, von denen zudem nur ein paar wenige das Geld für die Überfahrt aufbringen konnten. Ein paar Dutzend junge Leute schafften es, das Fahrgeld aufzutreiben, indem sie Eltern und Verwandte dazu zwangen, sich von ihrem heimlich Gehorteten zu trennen oder sich etwas zu borgen, und tatsächlich wurden sie bei ihrer Ankunft in London als Asylbewerber aufgenommen, dieweil sie ja um ihr Leben zu fürchten hatten. Auch ich fürchtete um mein Leben, hatte schon jahrelang darum gefürchtet, aber erst vor kurzem hatte sich meine Angst zu einer bedrohlichen Krise ausgewachsen. Als mir dann zu Ohren kam, dass die jungen Leute aufgenommen worden waren, habe ich beschlossen, meinerseits diese Reise anzutreten.

Daher war mir klar, dass Kevin Edelman in ein paar Minuten mit einem anderen Stempel in der Hand zurückkommen, und ich mich danach auf dem Weg ins Gefängnis befinden würde. Oder zu irgendeinem anderen Ort, an dem ich vorerst verwahrt werden sollte. Es sei denn, die britische Regierung hatte ihre Meinung in der Zeit geändert, in der ich mich in der Luft befand, und war jetzt der Ansicht, dass der Spaß schon zu lange gedauert habe. Was nicht zutraf, denn Kevin Edelman kam ein paar Minuten später zurück und sah gequält und belustigt zugleich aus, wohl auch ein wenig kampfunfähig. Ich konnte erkennen, dass er mich schließlich doch nicht wieder in das Flugzeug setzen und dahin zurückschicken würde, woher ich gekommen war, an diesen anderen Ort, an dem die Unterdrückten irgendwie überleben. Fürs Erste war ich erleichtert.

„Mr. Shaaban, warum wollen Sie sich das antun, ein Mann in Ihrem Alter?", fragte er, ließ sich plump auf den Stuhl fallen, sah traurig aus und hatte Sorgenfalten auf der Stirn, lehnte sich dann gegen die Stuhllehne und schabte sich langsam die Schultern. „Wie sehr ist Ihr Leben denn wirklich in Gefahr? Ist Ihnen eigentlich klar, was Sie da machen? Wer immer Sie dazu überredet hat, hat Ihnen keinen Gefallen getan, das will ich Ihnen sagen. Sie sprechen nicht einmal unsere Sprache, und möglicherweise lernen Sie die nie. Es ist ziemlich selten, dass alte Leute eine fremde Sprache erlernen. Wussten Sie das? Es kann Jahre dauern, Ihren Antrag zu bearbeiten, und dann schickt man Sie vielleicht trotzdem zurück. Niemand wird Ihnen Arbeit geben. Sie werden einsam sein und unglücklich und arm, und wenn Sie krank werden, wird niemand da sein, der sich um sie kümmert. Warum sind Sie nicht in Ihrem Heimatland geblieben? Dort hätten Sie in Frieden alt werden können. Das hier ist etwas für junge Leute, dieses Asyl-Spiel, denn es geht doch eigentlich nur darum, in Europa Arbeit und Wohlstand zu finden, oder? Da geht es doch nicht um Moral, sondern nur um Gier. Nicht um die Angst um das nackte Leben und die Sehnsucht nach Sicherheit, einfach nur um Gier. Mr. Shaaban, ein Mann in Ihrem Alter sollte eigentlich klüger sein."

In welchem Alter darf man Angst um sein Leben haben? Oder nicht mehr wünschen, ohne Furcht leben zu können? Woher wollte er wissen, dass mein Leben weniger in Gefahr war als das der jungen Männer, die sie hereingelassen hatten? Und wieso war es unmoralisch, wenn man besser und sicherer leben wollte? Wieso war das Gier oder ein Spiel? Seine Sorge bewegte mich, und ich wünschte mir, mein Schweigen zu brechen und ihm sagen zu können, dass er sich keine Gedanken machen sollte. Ich war schließlich nicht erst gestern auf die Welt gekommen und wusste, wie man klarkam. Bitte stempeln Sie meinen Pass ab, Sie freundlicher Mensch, und schicken Sie mich in irgendein sicheres Gefängnis. Ich senkte die Augen. Für den Fall, dass ihre Munterkeit ihm offenbarte, dass ich verstand, was er sagte.

„Mr. Shaaban, schauen Sie sich doch an, und sehen Sie sich die Sachen an, die Sie mitgebracht haben", fuhr er sichtbar enttäuscht fort und wies mit dem Arm in Richtung meiner irdischen

Besitztümer. „Das ist alles, was Sie haben werden, wenn Sie hier bleiben. Was hoffen Sie hier zu finden? Ich will Ihnen etwas sagen. Meine Eltern waren auch Flüchtlinge, kamen aus Rumänien. Ich würde Ihnen davon erzählen, wenn wir mehr Zeit hätten, aber was ich Ihnen klar machen will, ist eigentlich, dass ich eine Vorstellung davon habe, was es heißt, seinen Wurzeln zu entsagen und fortzugehen, um an einem anderen Ort zu leben. Ich weiß, wie hart es ist, arm und ein Fremder zu sein, denn genau das haben meine Eltern durchgemacht, nachdem sie hier angekommen waren, und ich weiß auch um den Lohn. Meine Eltern aber sind Europäer, sie haben ein Recht darauf, sie gehören zur Familie. Mr. Shaaban, sehen Sie sich doch an. Es stimmt mich traurig, Ihnen das zu sagen, weil Sie mich nicht verstehen können. Und ich wünschte, Sie könnten mich, verdammt noch mal, verstehen. In Scharen kommen Leute wie Sie hierher, ohne einen Gedanken daran zu verschwenden, welchen Schaden sie anrichten. Sie gehören nicht hierher, Sie schätzen die Dinge nicht, die wir in Ehren halten. Sie haben nicht durch Generationen hindurch für diese Dinge bezahlt, und wir wollen Sie hier nicht haben. Wir werden Ihnen das Leben schwer machen, Sie Demütigungen erleiden lassen, Ihnen gegenüber vielleicht sogar gewalttätig werden. Mr. Shaaban, warum wollen Sie sich das antun?"

Dass dieses viel zu faule Fleisch schmölze, verwese und sich in Luft auflöse! Es war mir nicht schwer gefallen, meine Atemzüge, solange er redete, den seinen anzupassen. Bis zum Schluss nicht, denn die meiste Zeit blieb seine Stimme ruhig und gsachlich. So, als betete er eine Verordnung herunter. Edelman, war das ein deutscher Name? Oder ein jüdischer? Oder ein frei erfundener Name? Ins Tal der Tränen, Jude, juhu. Wie dem auch sei, es handelte sich um den Namen von einem der Besitzer Europas, der Europas Werte kannte und über Generationen hinweg für sie gezahlt hatte. Doch musste man dem wohl hinzufügen, dass die ganze Welt für Europas Werte gezahlt hatte, und die meiste Zeit nur gezahlt und gezahlt, ohne sich ihrer erfreuen zu dürfen. Kevin Edelman, stellen Sie sich mich als einen dieser vielen Kunstgegenstände vor, die sich Europa einfach einverleibt hat. Ich dachte daran, etwas in der Richtung zu sagen, aber ich unterließ es natürlich. Ich war Asylbewerber, zum ersten Mal überhaupt in Europa, zum ersten Mal im Leben auf einem Flughafen, auch wenn ich nicht zum ersten Mal ein Verhör über mich ergehen lassen musste. Ich kannte die Bedeutung des Schweigens, wusste um die Gefahr der Worte. Also behielt ich meine Gedanken für mich. Erinnern Sie sich an das endlos lange Verzeichnis von Kunstgegenständen, Kevin Edelman, die nach Europa geschafft wurden, weil sie so zerbrechlich und zart waren, dass man sie keinesfalls in den unförmigen und ungeschickten und achtlosen Händen der Eingeborenen lassen konnte? Auch ich bin zerbrechlich und ganz kostbar obendrein, eine heilige Arbeit, zu zart, sie den Händen der Eingeborenen zu überlassen, also nehmen Sie mich besser auch unter ihre Fittiche. Ein Scherz, ein Scherz. Ich mache nur Spaß.

Was Demütigungen und Gewalt angeht, so werde ich es wohl einfach darauf ankommen lassen müssen – zumal es nur wenige Orte gibt, an denen man Ersterem aus dem Weg gehen kann. Und was das Zweite, die Gewalt, betrifft, so kann sie einen aus dem Nichts heraus überfallen. Und wenn es darum geht, jemanden an seiner Seite zu haben, wenn man alt und bedürftig geworden ist, so ist man wohl besser beraten, seine Hoffnungen nicht allzu sehr auf diesen Beistand zu richten. Oh Kevin, möge das Steuerruder deines Lebensschiffes immer auf Kurs bleiben und dich nie ein Sturm auf offener See überraschen. Mögest du nie die Geduld mit diesem demütigen Bittsteller verlieren und so zuvorkommend sein, jetzt endlich diesen verdammten Stempel in meinen falschen Pass zu drücken und mir zu erlauben, die Werte der europäischen Menschengeschlechter zu beschnuppern, *alhamdulillah*. Auch bedarf meine Blase dringend der Leerung. Ich traute mich nicht einmal, Letzteres zu sagen, auch wenn es in diesem Augenblick nur zu sehr der Wahrheit entsprach. Das Schweigen erlegt einem unerwartete Unannehmlichkeiten auf.

Er redete weiter, runzelte die Stirn und schüttelte den Kopf, aber ich hörte ihm nicht mehr zu. Das ist etwas, das ich mir über die Jahre hinweg angeeignet habe, um mir ein bisschen Ruhe vor den plärrenden Lügen meines früheren Lebens zu verschaffen. Stattdessen starrte ich stumpfsinnig auf meinen Pass und erinnerte Kevin Edelmann damit daran, dass ihm der Eingeborene, der hier vor ihm saß, durch die Lappen gegangen war. Könnte er also bitte diesem Spiel ein Ende machen und seine Unterschrift darunter setzen. Er hielt plötzlich inne, ließ enttäuscht von seiner wohlmeinenden Absicht ab, mich dazu zu überreden, wieder ins Flugzeug zu steigen und Europa seinen angestammten Besitzern zu überlassen, und wühlte sich, mit dem anderen Stempel, dem richtigen, in den Fingern, durch meinen Pass. Dann fiel ihm etwas ein und er lächelte. Er stand auf, ging hinüber zu meiner Tasche und holte das Holzkästchen heraus. Wie beim ersten Mal öffnete er es und roch daran. „Was ist das?", fragte er mit strengem Nachdruck und sah mich finster an. „Was ist das, Mr. Shaaban? Ist das Weihrauch?" Er hielt mir das Kästchen hin, sog erneut tief den Duft ein und hielt es mir wieder hin. „Was ist das?", fragte er besänftigend.

„Der Geruch kommt mir bekannt vor. Es ist eine Art Weihrauch, stimmt's?"

Vielleicht war er wirklich Jude. Ich starrte ihn ausdruckslos an und senkte den Blick. Ich hätte ihm erzählen können, dass es sich um *Udi* handelte, und anschließend hätten wir uns angenehm darüber unterhalten, woran es lag, dass er sich an diesen Duft erinnerte, ein feierlicher Brauch aus seiner Jugend vielleicht, als seine Eltern noch von ihm erwarteten, dass er an den Gebeten und heiligen Feiertagen teilnahm. Doch dann würde er meinen Pass wieder nicht abstempeln, würde ganz genau wissen wollen, wieso mein Leben in Gefahr war, dort, auf meinem kleinen Fleckchen ausgedörrter Savanne; könnte mich sogar in Ketten ins Flugzeug zurückschicken lassen, weil ich so getan hatte, als spräche ich kein Englisch. Also erzählte ich ihm nicht, dass es sich hier um *Ud-al-qamari* der allerbesten Sorte handelte, um den Rest einer Lieferung, die ich vor über dreißig Jahren erworben hatte und auf keinen Fall zurücklassen mochte, als ich diese Reise in ein neues Leben antrat. Als ich wieder aufschaute, wurde mir klar, dass er mir das *Ud* stehlen würde. „Wir werden das untersuchen müssen", meinte er lächelnd und machte eine lange Pause um herauszubekommen, ob ich ihn verstanden hatte. Dann trug er das Kästchen zum Tisch hinüber. Er setzte es neben sich ab, neben seinem gelben Schreibblock, zerrte an seinem Hemd, um sich etwas bequemer zu fühlen und fuhr fort zu schreiben.

Ud-al-qamari: Unerwartet und in den sonderbarsten Augenblicken steigt sein Duft als Erinnerung in die Nase wie der Nachhall einer Stimme oder das Andenken an den Arm meiner Liebsten, wie er sich mir um den Nacken legt. Zu jedem *Eidd* bereitete ich ein Räucherfässchen vor, mit dem ich dann durch das ganze Haus ging, Duftwolken in die entferntesten Winkel schwenkte und der Anstrengungen gedachte, die es mich gekostet hatte, in den Besitz solch schöner Dinge zu gelangen; mich an der Freude labte, die sie mir und meinen Lieben schenkten – das Weihrauchfässchen in der einen Hand und einen mit *Ud* gefüllten Messingteller in der anderen. Das Holz der Aloe, *Ud-al-qamari*, das Holz des Mondes. Das war es, was die Worte meiner Meinung nach bedeuteten, doch der Mann, von dem ich meine Lieferung bekommen hatte, hatte mir erklärt, dass die Übersetzung eigentlich eine Verfremdung des Wortes *quimari* – Khmer, Kampuchea – darstellte, denn das sei eine der wenigen Gegenden in der Welt, in denen man die richtige Sorte Aloenholz finden konnte. Das *Ud* war ein Harz, das nur eine Aloe hervorbrachte, die von einem bestimmten Pilz befallen war. Eine gesunde Aloe war völlig nutzlos, die kranke Pflanze aber brachte diesen herrlichen Duft hervor. Wieder so eine Hintersinnigkeit von dem Sie-wissen-schon-wen-ich-meine.

Der Mann, von dem ich das *Ud-al-qamari* bekam, war ein persischer Händler aus Bahrain, der mit dem *Musim*, dem Wind der Monsune, in unseren Teil der Welt gesegelt war, zusammen mit Tausenden weiterer Händler aus Arabien, vom Golf, aus Indien und aus *Sindh* sowie vom Horn von Afrika. Schon seit mindestens eintausend Jahren kehrten sie so immer wieder. Im letzten Monat des Jahres wehen die Winde über dem Indischen Ozean beständig gegen die afrikanische Küste, vor der die Strömungen zuvorkommend eine Meerenge zum Ankern zur Verfügung stellen. Dann, in den ersten Monaten des neuen Jahres, drehen die Winde und wehen in die entgegengesetzte Richtung, sorgen so für eine schnelle Heimreise der Kaufleute. Alles war so, als sei es genau so beabsichtigt gewesen, dass die Winde und die

Strömungen nur den Küstenstreifen berührten, der sich zwischen dem südlichen Somalia bis hinunter nach Sofala an den nördlichen Ausgang jenes Sunds erstreckt, der unter der Bezeichnung Kanal von Mosambik bekannt geworden ist. Südlich dieses Streifens waren die Strömungen kalt und tückisch, und Schiffe, die sich über diese Grenze hinaus vorgewagt hatten, wurden nie wieder gesehen. Südlich von Sofala befand sich eine undurchdringliche See aus seltsamen Nebeln und Strudeln mit einer Meile Durchmesser und riesigen, leuchtenden Stachelrochen, die um Mitternacht zur Wasseroberfläche aufstiegen, und ungeheuren, zehnarmigen Tintenfischen, die den Horizont verfinsterten.

Jahrhundertelang unternahmen unerschrockene Seefahrer und Händler, die meisten von ihnen ohne jeden Zweifel arm und verroht, jedes Jahr aufs Neue diese Reise zu jenem Küstenstreifen an der östlichen Seite des Kontinents, die sich schon vor sehr langen Zeiten zu einer Spitze zu formen begann, um die Winde des *Musim* zu empfangen. Die Kaufleute brachten ihre Waren und ihren Gott mit und auch ihre Art, die Welt zu sehen, ihre Geschichten und ihre Lieder und Gebete und eine flüchtige Ahnung von Gelehrsamkeit, der Perle im Herzen ihrer Bestrebungen. Und sie brachten ihre Gelüste und ihre Gier, ihre Fantasien und ihre Lügen und ihren Hass, ließen ein paar aus ihren Reihen zurück, manchmal ein ganzes Leben lang, und nahmen mit, was sie kaufen, tauschen oder stehlen konnten, wozu auch Menschen gehörten, die sie entweder kauften oder entführten und bei sich zu Hause als Arbeitskräfte und in die Entwürdigung verhökerten. Nach all der Zeit wussten die Menschen, die an dieser Küste lebten, kaum noch, wer sie eigentlich waren. Aber sie wussten genug, um an dem festzuhalten, was sie von denen unterschied, die sie in ihren eigenen Reihen und auch in der bedeutungslosen Brut der menschlichen Rasse im Innern des Kontinents zutiefst verachteten.

Dann brachen, unerwartet und verheerend, die Portugiesen, die den Kontinent umschifft hatten, aus den unbekannten und undurchdringlichen Meeren des Südens herein und bereiteten mit ihren Schiffskanonen der mittelalterlichen Erdkunde ein jähes Ende. Sie überzogen die Inseln, Häfen und Städte mit einem Wutsturm religiösen Wahns und bejubelten ihre Grausamkeit gegenüber den Einwohnern, die sie ausplünderten. Darauf kamen die Omanis, sie zu vertreiben und im Namen des wahren Gottes die Macht zu übernehmen, und brachten das indische Geld mit. Und ihnen folgten die Briten auf dem Fuße, denen wiederum die Deutschen auf den Fersen waren und die Franzosen und wer immer sonst noch über das nötige Kleingeld verfügte.

Neue Landkarten wurden gezeichnet, richtige Atlanten, auf denen jeder Zentimeter genauestens eingetragen war, und so wusste nun jeder, wer er war oder zumindest, wohin er gehörte. Diese Landkarten, wie sie alles verwandelten. Und so trug es sich zu, dass sich diese verstreuten kleinen Städte am Meer entlang der afrikanischen Küste im Laufe der Zeit als Teil riesiger Gebiete wiederfanden, die sich Hunderte Meilen in das Innere des Kontinents ausdehnten. Dadurch wurden ihre Bewohner mit Leuten in einen Topf geworfen, die sie weit unter sich dünkten, und die ihrerseits, als die Zeiten sich änderten, diesen Gunstbeweis unverzüglich und auf eigene Art erwiderten. Zu den vielen Entbehrungen, die nun über diese Städte am Meer kamen, zählte zu guter Letzt auch das Verbot des *Musim*-Handels. Nicht länger mehr erlebten die letzten Monate des Jahres, dass Schwärme von Segelschiffen im Hafen Planke an Planke lagen, das Meer zwischen ihnen von ihrem Abfall ölig schimmerte oder in den

Straßen ein Gedränge aus Somalis oder *Suri*-Arabern oder Sindhis herrschte, die kauften und verkauften und aus dem Nichts heraus unbegreifliche Schlägereien vom Zaun brachen, und die nachts im Freien lagerten, Tee kochten und fröhliche Lieder anstimmten, oder sich in ihren schmutzigen Kleidern auf dem Boden ausstreckten und sich mit heiseren Stimmen Zoten an den Kopf warfen. Im ersten Jahr des Verbots, und vielleicht auch noch im zweiten, schwiegen die Straßen und die Plätze in diesen letzten Monaten des Jahres vor Leere. Vor allen Dingen dann, als wir die Dinge zu vermissen begannen, die sie für gewöhnlich mitgebracht hatten: *Ghee* und Kautschuk, Bekleidung und Tuch und roh gehämmerten, wertlosen Schmuck, Lebendvieh und Pökelfisch, Datteln, Tabak, Parfum, Rosenwasser, Weihrauch und jede Menge allen möglichen, wunderlichen Krams. Wir vermissten den ungehobelten Frohsinn, die Ausgelassenheit, mit der sie die Stadt erfüllt hatten. Doch bald darauf vergaßen wir sie fast völlig, weil sie in das neue Leben, das wir in jenen frühen Jahren nach der Unabhängigkeit zu führen begannen, nicht hineinpassten. Wie dem auch sei, vielleicht wären sie ohnehin gar nicht mehr so lange zu uns gekommen. Wer würde es denn auch auf sich nehmen, hunderte von Meilen über den Ozean zu segeln, um uns Tuch und Tabak zu verkaufen, wenn er in den reichen Staaten am Golf ein Leben in Luxus führen konnte?

Dies ist die Geschichte des Kaufmanns, von dem ich das *Ud* erhielt. Ich werde sie auf diese Weise erzählen, weil ich nicht mehr sicher bin, wer mir überhaupt zuhört. Der Kaufmann hieß Hussein, war Perser und kam aus Bahrain, wie er sich denjenigen zu versichern beeilte, die ihn mit einem Araber oder Inder verwechselten. Er gehörte zu den wohlhabenderen Kaufleuten, war in die leichte, kremfarben umsäumte *Kanzu* des Persischen Golfs gekleidet, hielt sich immer sauber und roch immer gut und war höflich ohne jeden Tadel, was man nicht von allen Händlern, die der *Musim* zu uns brachte, sagen kann. Seine Höflichkeit war wie ein Geschenk, wie ein besonderes Talent, eine Weiterentwicklung und Überhöhung der Umgangsformen und Verhaltensweisen in etwas Abstraktes und Poetisches. Er handelte mit Düften und Weihrauch und, um die Wahrheit zu sagen, diese Verbindung aus Höflichkeit und Wohlstand sowie Salben und Tinkturen ließ ihn irgendwie schleimig und heuchlerisch erscheinen. Aus irgendwelchen Gründen suchte er meine Freundschaft. Damit meine ich nicht, dass ich keine Ahnung hatte, warum er Freundschaft mit mir schließen wollte, aber Hussein war nicht der Mann, der so etwas lauthals verkündete. Und ich möchte nicht anmaßend erscheinen, indem ich Mutmaßungen anstelle. Ich fürchte, dass ich mir letztlich doch nur etwas vormache und dadurch Husseins feinsinnigen Ausbau unserer Bekanntschaft in eine Geschmacklosigkeit verwandle.

Wir schrieben den *Musim* des Jahres 1960, und ich hatte gerade erst, nach außen hin zumindest, mein Geschäft eröffnet. Zuvor hatte ich etwas mehr als vier Jahre lang nebenher ein klein wenig Handel getrieben, neben meiner Arbeit als Verwaltungsangestellter im Büro des Finanzsekretärs. Die Briten sahen es aber nicht gern, wenn die Angestellten ihrer Verwaltung nebenbei auch noch private Unternehmen betrieben, schon gar nicht, wenn sie im Hauptberuf etwas mit Finanzdienstleistungen zu tun hatten, und so musste ich, als sich mir durch Zufall ein paar Möglichkeiten eröffneten, diese klammheimlich ergreifen. Dadurch war ich zu etwas Geld gekommen. Dann starb 1958 mein Vater und hinterließ mir genug, um das Unternehmen zur

Grundlage meines Lebensunterhaltes zu machen. Das Leben eines Geschäftsmannes ist von Grausamkeit geprägt, es kennt keine Gnade, es ist räuberisch, Missverständnissen und Klatsch ausgesetzt. Kurz darauf starb meine Stiefmutter. Ich habe beide, entgegen böser Zungen, die das Gegenteil behaupten, mit aller nötigen Umsicht und Aufmerksamkeit beerdigt, wie ich an geeigneter Stelle noch erzählen werde. Als ich Hussein begegnete, war ich einunddreißig Jahre alt, hatte vor kurzem erst meinen Vater verloren und unmittelbar darauf meine Stiefmutter, lebte allein in einem geräumigen Haus und wurde von vielen um das große Glück beneidet, das über mich gekommen war. Hinter meinem Rücken redete man schlecht über mich, was, wie ich glaubte, in so einem winzigen Nest wie dem, in dem ich wohnte, ein unmissverständliches Anzeichen für wachsenden Einfluss darstellte. In meiner Eitelkeit verlor ich den Blick für das Unheil, das sich um mich herum zusammenbraute.

Viele Jahre vor diesen Ereignissen waren die Briten so freundlich gewesen, mich aus einem Haufen einheimischer Schuljungen herauszupicken, der danach gierte, mehr von ihrer Art Bildung zu erwerben, obwohl ich nicht glaube, dass uns klar war, worauf wir so scharf waren. Uns ging es um das Lernen, das war es, was wir schätzten, und man hatte uns anhand der Lehren des Propheten beigebracht, das Wissen stets auszudehnen. Doch lag über dieser Art Bildung für uns noch ein besonderer Zauber, der etwas damit zu tun hatte, dass man durch sie Zugang zur modernen Welt bekam. Ich glaube auch, dass wir die Briten heimlich bewunderten. Für ihre Unverfrorenheit und die Verwegenheit, hierher zu kommen und sich hier einzunisten, so weit weg von zu Hause, mit solch einer scheinbaren Selbstsicherheit das Heft des Handelns an sich zu reißen. Und auch dafür, dass sie so viel darüber wussten, wie man die Dinge anzugehen hatte, die wirklich zählten: Krankheiten heilen, Flugzeuge fliegen, Filme drehen. Vielleicht ist *bewundern* ein zu einfaches Wort, um zu beschreiben, was wir, wie ich denke, damals empfanden, denn es war eher ein Sich-Beugen, sich ihrer Herrschaft über unser materielles Leben beugen, ein Sich-Beugen im übertragenen wie im wörtlichen Sinne, ein Nachgeben ihrer großspurigen Selbstsicherheit gegenüber. In ihren Büchern las ich wenig schmeichelhafte Berichte über meine Geschichte, und eben weil diese Berichte so wenig schmeichelhaft waren, kamen sie mir wahrer vor als die Geschichten, die wir uns erzählten. Ich las über die Krankheiten, die uns heimsuchten, über die Zukunft, die vor uns lag, über die Welt, in der wir lebten, und den Platz, den wir in ihr innehatten. Es war, als hätten sie uns neu erfunden. Und das auch noch auf eine Weise, die uns gar keine andere Möglichkeit mehr zu lassen schien, als ihre Darstellung als Tatsache hinzunehmen, so vollkommen und zutreffend kam uns die Geschichte vor, die sie über uns verbreiteten. Ich nehme nicht an, dass sie die Geschichte aus reinem Zynismus so erzählt haben, denn ich bin davon überzeugt, dass sie sie ebenfalls geglaubt haben. Es lag an der Art, in der sie auf uns herabsahen, und daran, welch hohe Meinung sie von sich selbst hatten, und in dieser überwältigenden Wirklichkeit, die uns umgab, fand sich nur wenig, das uns gestattet hätte, mit ihnen zu streiten. Nicht, so lange diese, ihre, Geschichte noch neu war und unwidersprochen durchging. Die Geschichten, die wir über uns kannten, die aus der Zeit stammten, bevor sie uns in ihre Obhut genommen hatten, kamen uns mittelalterlich und wirklichkeitsfremd vor, erschienen uns als geheime und geheiligte Mythen, die liturgische Metaphern und Riten des Festhaltens an bestimmten Regeln darstellten und eine andere Spielart des

Wissens verkörperten, die mit der ihren nicht mithalten konnte. So also kommt es mir vor, wenn ich daran zurückdenke, wie es damals war, als ich noch Kind war, keinerlei Möglichkeit hatte, auf Ironie zurückzugreifen, noch Kenntnis über die umfassendere Geschichte der mannigfaltigen Welt besaß. Und in der Schule war keine, oder nur sehr wenig, Zeit für diese anderen Geschichten vorgesehen, da ging es lediglich um eine geordnete Aufhäufung des wirklichen Wissens, das sie uns brachten, in Büchern, die sie uns zugänglich machten, in einer Sprache, die sie uns lehrten.

Und dennoch ließen sie zu viele Dinge unbeachtet. Es lag in der Natur der Sache, dass sie nichts dagegen unternehmen konnten, und so wurden im Laufe der Zeit klaffende Lücken in ihrer Sicht auf unsere Geschichte offenbar. Diese Sicht geriet unter Beschuss, begann sich abzunutzen und aufzulösen, und ein murrender Rückzug war die unausweichliche Folge. Obzwar das noch nicht das Ende der Geschichten war. Noch lag Suez vor uns, sollten die Unmenschlichkeiten im Kongo und in Uganda noch über uns kommen und weitere bittere Aderlässe an nebensächlicheren Schauplätzen. Es sollte so aussehen, als hätten uns die Briten im Vergleich zu den Grausamkeiten, die wir selbst über uns zu bringen vermochten, nur Gutes angetan. Doch war ihr Gutes trotz allem von Ironie durchtränkt. Im Klassenzimmer erzählten sie uns von der edlen Würde, die darin läge, sich der Tyrannei zu widersetzen, und anschließend verhängten sie für die Zeit zwischen Sonnenuntergang und Morgengrauen eine Ausgangssperre oder steckten die Verfasser von Flugblättern, in denen die Unabhängigkeit gefordert wurde, wegen Aufwiegelung ins Gefängnis. Keine Frage, sie begradigten die Flüsschen, verbesserten das Abwassersystem und brachten uns Impfstoffe und das Radio. Am

Ende aber erfolgte ihr Abzug ziemlich plötzlich, überstürzt und mit einem gereizten Unterton.

Wie dem auch sei, in jenem Jahr wählten sie mich zusammen mit drei anderen aus einem Haufen lernbegieriger Schüler aus und wir bekamen Stipendien für das Makarere University College in Kampala, das in der damaligen Zeit noch einen ganz anderen Ruf besaß im Vergleich zu dem, den man ihm inzwischen nachsagt. Ich war damals achtzehn Jahre alt, und im Nachhinein denke ich, dass ich großes Glück hatte, weil mir dort die Augen für eine andere Weltsicht geöffnet wurden und ich mir anschauen konnte, welchen Eindruck wir aus diesem Blickwinkel heraus machten. Abgerissen und erbärmlich.

Hussein. Das Jahr 1960 bescherte uns einen gesegneten *Musim*: ruhige und stetige Winde, Dutzende reich beladener Schiffe, die sicher in den Hafen einliefen. Nicht ein Schiff, das auf dem Meer verloren gegangen war. Keines, das zur Umkehr gezwungen gewesen war. Zudem war die Ernte in diesem Jahr reichlich ausgefallen, es wurde lebhaft gehandelt, und auch die heißblütigen Auseinandersetzungen zwischen den Schifffahrtsgesellschaften, die mitunter zwischen den ungehobelten Seeleuten ausgetragen wurden, blieben nahezu vollständig aus. Es war Husseins dritter *Musim*, und eines Tages kam er in das neue Möbelgeschäft, das ich eröffnet hatte, um sich ein paar Sachen anzusehen, die bei mir ausgestellt waren. Es handelte sich nicht direkt um einen *neuen* Laden, sondern um ehemalige das *Halwa*-Geschäft meines Vaters, das ich umgebaut, frisch gestrichen und mit neuer Beleuchtung versehen hatte, um Möbel und andere schöne Gegenstände zu verkaufen. Trotz meiner ganzen Bemühungen hing noch immer der Geruch von heißer *Ghee* im Laden, und manchmal, wenn mich Mutlosigkeit überfiel, kam er mir ganz und gar nicht anders vor als die schmuddelige, dunkle Höhle, in der mein Vater *Halwa* in kleinen, flachen Schälchen verkauft hatte. Mir war aber bewusst, dass mein Laden vollkommen anders war, dass meine Verzagtheit lediglich ein Gebrechen meiner düsteren Stimmungen und meiner Feigheit darstellte, und dass solche Augenblicke der Niedergeschlagenheit unvermeidlich waren. Ich bemühte mich deshalb, mich umsichtig zu verhalten. Ich wusste, dass der Laden schick und teuer aussah, und dass allein schon die Gegenstände, die ich ausstellte, für sich sprachen. Ich hatte mich schon immer für Möbel interessiert. Für Möbel und Landkarten. Schöne, knifflige Sachen. Ich beschäftigte zwei Möbeltischler, die ich in einem Schuppen hinter dem Laden untergebracht hatte, in dem sie auf Bestellung Möbel schreinerten: Kleiderschränke, Sofas, Betten, solche Dinge. Sie machten das vorzüglich, nach Entwürfen, mit denen sie sich auskannten, und mit Hölzern, die sie zu bearbeiten wussten. Das eigentliche Geld aber, und woran zudem meine unternehmerische Leidenschaft hing, lag im Erwerb von Auktionspartien bei Haushaltsauflösungen, aus denen ich dann die wertvollen Gegenstände und die Antiquitäten heraussuchte. Ein kleiner Glasschrank aus Sandelholz, hergestellt in Cochin oder Trivandrum, brachte weitaus mehr Befriedigung und Gewinn als ein ganzer Schuppen voll neuer, geölter Gräuslichkeiten aus Mahagoni mit wertlosen Glasplatten, die dennoch immerhin einen kleinen Gewinn abwarfen, wenn ich sie an die Kunden und Händler verkaufte, die solche Sachen bei mir bestellten. Wenn irgendwelche Restaurationsarbeiten erforderlich wurden, dann übernahm ich das selbst – zunächst war vieles ein Ausprobieren, da aber meine Kunden noch weniger Ahnung davon hatten als ich, kam niemand zu Schaden.

Meine Kunden? Soweit es um Antiquitäten und die auserlesenen Dinge ging, handelte es sich um europäische Touristen und die ortsansässigen britischen Staatsbürger unserer Kolonie. Außerdem gingen die Kreuzfahrtschiffe der Castle Line auf ihrer Fahrt von Südafrika nach Europa und zurück immer für einen Tag bei uns vor Anker. Es gab auch noch andere Schiffslinien, die bei uns anlegten, die Castle-Line-Schiffe aber kamen zweimal wöchentlich, das eine auf der Hinfahrt nach Norden und Europa, das andere auf dem Rückweg nach Süden und Südafrika. Die Touristen gingen von Bord und wurden von anerkannten Führern an die Hand genommen, die (gegen ein kleines Entgeld) viele von ihnen zu meinem Geschäft führten. Das waren die zahlungskräftigsten und willkommensten Kunden, auch wenn ich darüber hinaus noch ein wenig mit den ortsansässigen Kolonialbeamten und dem einen oder anderen Konsularbeamten anderer Nationen, dem Franzosen und dem Niederländer, um genau zu sein, Handel trieb. Einmal schickte der Statthalter des britischen Gouverneurs, der Herrscher über die Wogen höchstselbst, einen Agenten, der sich einen Spiegel aus dem vergangenen Jahrhundert ansehen sollte, einen Spiegel in einem silberbesetzten Melaka-Rahmen. Der Preis lag jenseits seiner Möglichkeiten, unglücklicherweise. Als ich den Preis erwähnte, schürzte der Unterling, den er gesandt hatte, außer sich vor Widerwillen seine roten Lippen und strich sich durch das blonde Haar, als ob ich zu viel verlangt hätte, aber ich nehme an, es lag einfach jenseits seiner Möglichkeiten. Er stampfte ein paarmal auf und ab, blies die heißen Backen auf und murmelte in einem fort: *Ungeheuerlich, ungeheuerlich.* Er wartete darauf, dass ich mich dem Recht des Admirals unterwarf, seinen Preis selbst festzulegen, ich aber lächelte nur höflich und hörte nicht mehr hin. Jeder, der Melaka kennt, hätte sehen können, dass das Stück nicht einen Penny weniger wert war.

Es verhielt sich keineswegs so, dass meine Landsleute nicht in der Lage gewesen wären, die Schönheit dieser Gegenstände zu schätzen. Ich ordnete die schönsten als Ausstellungsstücke im Laden an, und die Leute kamen herein, um sie sich anzusehen und zu bewundern. Sie hätten aber niemals den Preis bezahlen können, den ich für diese Gegenstände forderte. Sie konnten es einfach nicht. Sie trugen auch nicht dieses zwanghafte Bedürfnis in sich, das vielen europäischen Kunden eigen war – die schönen Dinge dieser Welt zu erwerben, um sie, als Beleg ihres auserlesenen Geschmacks und ihrer Aufgeschlossenheit und Vorurteilslosigkeit, mit nach Hause zu nehmen und besitzen zu können, als Siegeszeichen ihrer Weltläufigkeit und zum Beweis der Tatsache, dass sie die vielfältigen, ausgedörrten Steppen des Erdkreises erobert hatten. Zu anderer Zeit hätte sich der Unterling des Vertreters der britischen Krone nicht vom Preis des silberbesetzten Melaka-Spiegels abschrecken lassen, schon gar nicht, nachdem ich ihm gesagt hatte, dass es auf der Welt nur noch sehr wenige dieser Art gab. Er hätte ihn, als Spiegelbild unseres unterschiedlichen Standes auf der Wertskala im Weltenplan, zu seinem Preis mitgenommen, oder, nach dem Recht des Eroberers, gar kein Geld dafür bezahlt. So etwas Ähnliches hatte sich Kevin Edelman mit meinem Kästchen *Ud-al-qamari* erlaubt. Was nicht heißt, dass ich das Verlangen nicht verstehen konnte.

Ich erkannte Hussein sofort, als er den Laden betrat. Eine groß gewachsene, unverwechselbare Gestalt, die von einer Aura der Weltgewandtheit umgeben war. In dem Augenblick, in dem er in das Geschäft kam, füllte sich mein Kopf mit einer Unmenge von Begriffen: Persien, Bahrain, Basra, Harun al Raschid, Sindbad und viele andere. Ich war ihm noch nicht vorgestellt worden, doch war ich ihm schon auf der Straße und in der Moschee begegnet. Ich kannte sogar seinen Namen, weil die Leute von ihm als dem Mann redeten, der im Jahr zuvor Quartier bei Rajab Shaaban Mahmud, dem Boten im Public Works Department, bezogen hatte, einem Mann, mit dem ich in der Vergangenheit ein paar heikle Angelegenheiten zu regeln gehabt hatte. 1960 war er nicht wieder bei ihm eingezogen. Ein Zerwürfnis mit skandalträchtiger Note, wie die Gerüchte wissen wollten, aber er lebte in der näheren Umgebung und war für seine Großzügigkeit bekannt. Als ich von seiner Freigiebigkeit erfuhr, war mir klar, dass ihm die stadtbekannten Drückeberger bereits wegen des einen oder anderen Almosens auf den Leib gerückt sein mussten, diese schamlosen Jammerschwengel, denen es unsere Art, die Dinge anzugehen, erlaubt, mit Schwäche und elender Kriecherei ihren Lebensunterhalt zu erlangen. Er sprach mich auf Arabisch an, entbot mir höfliche Grüße, erkundigte sich nach meiner Gesundheit, wünschte mir wachsenden Wohlstand mit meinem Geschäft, was sich alles ein wenig übertrieben anhörte. Ich entschuldigte mich für mein Arabisch, das man beim besten Willen höchstens als holperig bezeichnen konnte, und redete ihn in Kiswahili an. Er lächelte kläglich und meinte, *Ah suahil. Ninaweza kidogo kidogo tu.* Ich kann nur ein ganz klein bisschen. Dann sprach er, völlig überraschend, Englisch mit mir. Das war deshalb überraschend, weil die Händler und Seeleute, die mit dem *Musim* zu uns kamen, in der Regel ein ungehobeltes und grobschlächtiges Volk waren, auch wenn das nicht heißen soll, dass sie nicht über eine eigene Art Anstand und Aufrichtigkeit geboten. Natürlich sah Hussein nicht aus wie sie, und er benahm sich auch nicht so, dennoch, Englisch bedeutete Schulbildung, und Menschen, die zur Schule gegangen waren, wurden normalerweise nicht Seeleute und *Musim*-Kaufleute, die in vollgestopften, engen und verwahrlosten Dhaus in der schmutzigen Gesellschaft der Herren Großmaul, Presskopf und Schlagetot reisten.

Er setzte sich auf den Stuhl, den ich ihm anbot, strich sich über seinen pechschwarzen Schnurrbart, lächelte und wartete darauf, dass ich ihn aufforderte, auf sein Begehr zu sprechen zu kommen. Er hätte von meinem Laden gehört, erzählte er mir, und dass ich viele schöne Dinge hätte. Er sei auf der Suche nach einem Geschenk für einen Freund, etwas Feines und Anziehendes.

„Für die Familie eines Freundes", berichtigte er sich.

Daraus schlussfolgerte ich, dass er ein Geschenk für eine Frau suchte, für die Frau eines Geschäftsfreundes vielleicht. Möglicherweise aber auch nicht. Ich führte ihn im Laden herum, und als Erstes stach ihm ein schmales Ebenholzkästchen ins Auge, das damals, als ich es erworben hatte, in mir den Gedanken ausgelöst hatte, es könnte sich um den Aufbewahrungsort für den Dolch eines Meuchelmörders handeln. Dann blieb er vor einem runden Teakholzschränkchen stehen, das mit einem Schnitzmuster aus Torbögen und Rädern verziert war. Ich hatte aber bereits gemerkt, dass seine Augen immer wieder zu einem niedrigen Tisch aus Ebenholz auf drei wunderschön geschwungenen Beinen hinübergewandert waren, der so blank poliert war, dass er sogar aus einiger Entfernung zitternd zu glühen schien. Bevor er zu diesem Tisch ging, betrachtete er lange einen Satz grüner Kelchgläser auf einem silbernen Tablett, fuhr mit einem Finger über den vergoldeten Rand und seufzte.

„Wunderschön", murmelte er. „Auserlesen."

„Und der hier?", fragte er, als er bei dem Tisch aus Ebenholz ankam, bei dem ich mir jetzt ziemlich sicher war, dass er ihn begehrte.

„Das kleine Ding?", fragte ich zurück. Er lächelte höflich, als ich ihm den Preis nannte. Dann nickte er. Wir kehrten zu unseren Stühlen zurück und begannen eine angenehme und höfliche Unterhaltung über unsere gegenseitigen Vorstellungen in dieser Angelegenheit. Nach einer Weile, als offensichtlich wurde, dass wir zu weit auseinander lagen, um zu einer Übereinkunft gelangen zu können, ließ Hussein das Thema fallen und fing an, über etwas anderes zu reden, an das ich mich im Augenblick gerade nicht mehr erinnere. Auf diese Art wurden wir Freunde, über diesen zwanglosen Austausch unserer Meinungen bezüglich des hübschen Tisches und die angenehme Anerkennung der kleinen Aufmerksamkeiten, die wir einander zuteil werden ließen. Ein wenig Befriedigung lag vielleicht auch darin, dass wir Englisch miteinander reden konnten. Irgendwann im Laufe des Tages, darauf konnte man sich verlassen, trat Hussein ins Geschäft, schaute sich prüfend um, ob *mein Tisch*, wie er es ausdrückte, noch da war, und ließ sich dann auf eine Unterhaltung nieder. Manchmal war auch noch jemand anders dabei, vertrieb sich mit uns die Zeit, gab Neuigkeiten von sich und nahm welche auf, betrieb ein wenig Geschäftliches, das beschauliche Einerlei des Kleinstadtlebens eben. In solchen Fällen lehnte Hussein sich zurück und gab sich größte Mühe, der Unterhaltung zu folgen. An diesen Gesprächen war nichts Unheilvolles, aber Hussein hörte sehr aufmerksam zu und bat mich ab und zu um Hilfe, wenn es etwas gab, das er um jeden Preis verstehen wollte. Das gehörte zu seiner Gabe der Höflichkeit, doch manchmal geschah es auch, weil er eine besonders köstliche Wendung in einer Klatschgeschichte nicht verpassen wollte. War jedoch niemand anders im Laden, dann lehnte er sich im Stuhl zurück, schob seinen rechten Knöchel unter den linken Schenkel, machte so eine dicke Rolle aus sich und erzählte.

Das war der dritte *Musim*, den er in Afrika verbrachte. Seine Familie hatte vorher noch keine Geschäfte in dieser Gegend gemacht, sondern meist weiter im Osten Handel getrieben. Jaafar Musa, sein Großvater, war ein geradezu legendärer Kaufmann gewesen. Den größten Teil seines Lebens hatte er in Malaysia und Siam zugebracht, wohin er als Junge gekommen war, weil sein Vater ihn zu einem anderen persischen Kaufmann, den er kannte, in die Lehre gegeben hatte. Arabische und persische Kaufleute trieben seit Jahrhunderten in Malaysia Handel. Und Händler aus Hadramaut waren es, die im siebten Jahrhundert die Botschaft des Islam dorthin trugen, noch innerhalb derselben Generation, in der Mekka die Offenbarungen des Propheten erlebt hatte. Kaufleute aus Indien und China lebten ebenfalls dort, und sie alle arbeiteten und wetteiferten auf dem Gebiet des Handels. Das Wort des Islam aber breitete sich in einem Ausmaß über Malaysia aus, dass zahlreiche muslimische Staaten und Reiche entstanden. Und obwohl ab dem fünfzehnten Jahrhundert die Portugiesen wie die Holländer in ihrer unverwechselbaren Weise auf Eroberung auszogen und versuchten, die Herrschaft an sich zu reißen, dauerte es noch bis in die zweite Hälfte des neunzehnten Jahrhunderts, als nämlich die Briten aufzumarschieren begannen, dass die Macht der muslimischen Staaten von Malaysia schließlich ihrem Ende entgegen ging. All das blieb nicht ohne Auswirkungen auf Husseins Lebensgeschichte.

Die Unternehmungen von Jaafar Musa, dem Großvater Husseins, standen vom ersten Augenblick seiner Zeit in Malaysia an unter einem guten Stern, unter dem Segen Gottes, und so gewann er sein Vermögen in einem Alter, als er noch ein junger Mann war. In seinen besten Jahren erstreckte sich seine geschäftliche Unternehmungslust auf alle nur denkbaren Bereiche, und er ließ mehrere Schiffe über alle Meere Asiens segeln. Sein überaus großer Wohlstand traf endlich auf eine Zeit, in der die Europäer, allen voran die Briten, die Welt mit härterem Griff umschlossen. Im Fernosthandel hatten diese seit den achtziger Jahren des neunzehnten Jahrhunderts im Namen einer höheren Zivilisation alles auszulöschen begonnen. Sie wollten das Opium, den Kautschuk, das Zinn, die Edelhölzer, die Gewürze. Und sie wollten das alles, ohne dass ihnen irgendjemand anders in die Quere kam, sei er nun Eingeborener, Muslim oder Verehrer Tausender verschiedener Dämonen. Und schon gar nicht Kaufleute, die aus Gebieten stammten, die nicht ihrer Herrschaft unterstanden. Es gab allen Grund anzunehmen, dass sie sich hier genauso durchsetzen würden wie überall sonst. Deshalb stellte Jafaar, der sich bemühte, diesen Augenblick ein wenig hinauszuzögern, Europäer als Kapitäne seiner Schiffe und Bedienstete in seinem Büro ein. Mit Hilfe der einen oder anderen List gelang es ihm, den Anschein zu erwecken, als ob seine europäischen Angestellten über ihn geboten, als wäre er der Betrogene seiner listigen Gefolgsleute, ohne die sein Geschäft dem Ruin entgegentreiben würde. Bei flüchtigem Hinsehen erweckte sein Handelshaus den Anschein, als sei es ein europäisches Unternehmen, doch in Wirklichkeit saß Jaafar Musa in seinem alten, mit Edelholz getäfelten Zimmer am Ende des Bürotraktes, zählte die Segnungen, die Gott seinem Unternehmen zuteil werden ließ und heckte neue, gewagte Operationen aus. Mit Waren beladen, segelten seine Schiffe südwärts bis zur Insel Sulawesi, nach Osten bis in das Land der *Qimari*, der Khmer, und gen Westen bis nach Bahrain. Und natürlich war ihm alles, was dazwischen lag, ebenso willkommen. Still sah er zu, wie die großmäuligen europäischen Firmen bankrott gingen und die schneidigen Kapitäne und Mannschaften ihrer Schiffe sich in Hafenratten verwandelten oder sich gar das Leben nahmen. Selbstverständlich machten nicht alle diese Unternehmen Pleite, aber es erwischte doch eine ermutigende Anzahl von ihnen, und nach einer Weile war es nicht länger möglich, die Augen davor zu verschließen, dass Jaafar Musa einer der reichsten Kaufleute in Malaysia geworden war, und das trotz der Dampfschiffe, trotz der Repetiergewehre und ebenso der Tatsache zum Trotz, dass sich die malaiischen Sultane anschickten, sich der neuen Weltordnung zu unterwerfen.

Das war für ihn ein Augenblick höchster Gefahr, und das wusste er nur zu gut. Die Briten mischten sich ein, wo sie nur konnten, durchdrangen entschlossen das geordnete Durcheinander der einheimischen Regierungsformen, stellten forschende Fragen, verfassten Berichte, räumten gründlich auf, setzten Konsuln und Gesandte und Zollbestimmungen ein, schufen Ordnung, indem sie sich über alles setzten, was versprach, auch nur ein oder zwei Penny Gewinn abzuwerfen. Und mittendrin hockte dieser reiche persische Kaufmann, dieser Araber, als den ihn einzustufen die Briten nicht müde wurden; den Gerüchte und Vermutungen weit reicher machten, als er in Wirklichkeit war, und den der Neid in einen sagenumwobenen Ränkeschmied verwandelte, der Barmherzigkeit nicht kannte, in einen Despoten, einen Sklavenhalter, der sich einen Harem hielt, Unzucht mit kleinen Jungen trieb und, mit allen Wassern gewaschen, den Handel kontrollierte, der doch weit besser in Händen aufgehoben gewesen wäre, die dies viel mehr verdienten als er. Man sprach darüber, sein Geschäftsgebaren genau unter die Lupe zu nehmen und erwog sogar, ein Strafverfahren wegen Mordes und Entführung gegen ihn einzuleiten. Niemand erwähnte dies in Jaafar Musas Gegenwart, doch er wusste Bescheid, wusste, das dies das lose Gerede der Europäer war. Und ihm war nur zu deutlich klar, wie sehr sie sich wünschten, dass dieses Gerede der Wahrheit entspräche. Er entdeckte etwas in den Augen der Europäer, die für ihn arbeiteten, das in ihm den Verdacht nährte, dass es ihnen immer schwerer fiel, ihn nicht verächtlich anzugrinsen, obwohl sie sich noch immer unterwürfig und korrekt verhielten.

Jaafar Musa hatte einen Sohn und zwei Töchter, die ihm seine verstorbene Liebste Mariam Kufah, möge der Herr ihrer Seele gnädig sein, in Malaysia geschenkt hatte. Zu der Zeit, als sich die beschriebenen Ereignisse zutrugen, waren seine Töchter Zeynab und Aziza bereits ehrenvoll verheiratet und lebten mit ihren Ehemännern, die beide aus Familien stammten, die entfernt mit der Jaafars verwandt waren, in Bombay und Schiras. So war man schon seit Jahrzehnten, vielleicht sogar seit Jahrhunderten, verfahren. So weit die Leute ihrer Handelsgeschäfte wegen auch reisten, sie erhielten Nachricht von zu Hause und schickten ihrerseits Nachrichten nach Hause, und wenn es an der Zeit war, ihre Söhne und Töchter zu verheiraten, dann bot sich ihnen stets eine ehrenvolle Möglichkeit der Wahl. So war es jedenfalls noch bei Jaafars Töchtern, auch wenn das heute nicht mehr der Fall ist. Jaafar Musas Spürsinn sagte ihm, dass er beginnen sollte, sich sorgfältig geplant und getarnt aus Malaysia zurückzuziehen, bevor sich die Gier der Briten derart steigerte, dass es nicht mehr länger möglich wäre, ihr zu widerstehen. Er wollte das Geschäft schrittweise nach Bombay und Schiras verlegen, es seinen Töchtern überschreiben und die Schwiegersöhne als Geschäftsführer einsetzen, bis die Dinge ihren Lauf genommen hatten und der Augenblick kam, dass er mit seinem Sohn nachreisen konnte und zugleich von seinem Unternehmen so viel wie nur irgend möglich intakt blieb.

Sein Sohn Reza aber war damit gar nicht einverstanden. Seit Jahren schon ärgerte er sich über die List seines Vaters, den Anschein zu erwecken, als würde sein Unternehmen von Europäern geleitet, und mehr noch über die anmaßende Herablassung, mit der seiner Ansicht nach diese Angestellten seinen Vater und ihn behandelten. „Wenn sie Krieg wollen, dann sollen sie Krieg haben", äußerte er seinem Vater gegenüber. Seiner Meinung nach sollten sie sich von diesen überheblichen Hunden trennen, statt ihrer Malaien und Inder und Araber einstellen und anschließend einen so halsabschneiderischen Handel wie nur irgend möglich aufziehen. Jaafar Musa, der sein ganzes Geschäftsleben lang nichts anderes getan hatte, als halsabschneiderischen Handel zu betreiben, war von der Wut seines Sohnes gleichermaßen erschreckt wie bekümmert. „Wir reden hier nicht über irgendwelche Dorfsultane, sondern über die Beherrscher der Welt." Er versuchte, ihn zu beschwichtigen, sprach zu ihm von der nüchternen Wirklichkeit ihrer Lebensumstände, wurde schließlich unnachgiebig. Pflichtschuldig gab Reza klein bei, war aber alles andere als überzeugt und kochte innerlich noch immer angesichts der Ungerechtigkeit.

1899 erlitt Jaafar Musa einen Herzinfarkt. Auf dem Weg zu seinem Nachmittagsspaziergang durch seinen hübschen Garten wanderte er gerade über die breite Veranda seines Hauses, als es ihm plötzlich so vorkam, als versetzte ihm jemand einen mächtigen Schlag auf das Zwerchfell. Sein Herz zersprang. Abdulrazak, der Gärtner, der am späten Nachmittag immer die Beete wässerte und in jedem Fall wartete, bis sein Herr erschien, um ihm Empfehlungen und Anweisungen zu geben, und in diesem Gedankenaustausch den Höhepunkt seines Arbeitstages sah, schnitt in diesem Augenblick gerade ein paar Jasminblüten für seine Frau und sah dabei mit einem Auge hinüber zu der Veranda, zu der hin sich das Schlafzimmer des Kaufmannes öffnete. Und so bekam er mit, wie Jaafar Musa in sich zusammensank und zur Seite fiel, und stand einen Augenblick lang wie festgenagelt, als hätte er soeben das Ende der Welt miterlebt. Dann rannte der Gärtner die Treppe hinauf, rief laut um Hilfe, rutschte aus und schürfte sich die Schienbeine auf und hinterließ seine schlammigen Fußstapfen auf der polierten Teakholztreppe. Er umfing den Kaufmann mit seinen Armen, wiegte ihn wie ein Kind und rief laut, dass jemand kommen und ihm helfen sollte. Niemand kam. Zu dieser Tageszeit und auf dieser Seite des Hauses konnte auch niemand zu Hilfe eilen. Hier befand sich die Gartenterrasse des Kaufmanns, auf der er in den frühen Abendstunden vergangener Zeiten mit seiner geliebten Mariam Kufah zu sitzen pflegte, sich mit ihr unterhielt oder lauschte, wie sie Verse vortrug, und auf der sich manchmal ihre Töchter, als sie vor dem Tod ihrer Mutter noch bei ihren Eltern wohnten, gemeinsam mit ihnen an Liedern und Lachen und Gesprächen erfreut hatten. Auch Reza hatte gewöhnlich bei ihnen gesessen, als er noch jünger war. Und selbst nach dem Tod der Mutter, und nachdem die Töchter fortgezogen waren, wagte sich außer dem Gärtner niemand in diesen Teil des Hauses, nicht um diese Tageszeit. Und so geschah es, dass Jafaar Musa, der sagenumwobene arabische Halsabschneider von einem Kaufmann, in den Armen von Abdulrazak, seinem Gärtner, starb, dessen Gesicht bedeckt war von Tränen und Rotz und Blut aus Äderchen, die ihm vor Kummer geplatzt waren.

„Sogar in dem Augenblick, da er den riesigen Leichenzug anführte, brütete Reza, mein Vater, über Veränderungen", erzählte Hussein. „Es war ein hoffnungsloses Unterfangen, und er verlor das Geschäft. Ganz, wie es mein Großvater vorhergesagt hatte. So bald als möglich entließ er seine europäischen Angestellten. Das war irgendwann im Laufe des Jahres 1900. Danach aber fand er niemanden, der noch für ihn arbeiten wollte, zumindest nicht in leitender Stellung. Sie hatten alle zuviel Angst vor den Briten. Zu dieser Zeit hatten bereits alle Sultane das britische Vertragswerk unterzeichnet und die Protektoratsbedingungen anerkannt. Reza, mein Vater, musste allen Kapitänen und Geschäftsführern, die er entlassen hatte, und all den Handelshäusern, die auf Lieferungen und Warensendungen warteten, große, ja riesige Abfindungen und Entschädigungen zahlen. Sie zwangen ihn gerichtlich dazu. Die Versicherungen weigerten sich, die Ausfälle zu übernehmen. Der Zoll durchsuchte alles, schob alles auf die lange Bank, beschuldigte ihn der Bestechung. Das stimmte vielleicht sogar. Möglicherweise dachte er, dass sie das so wollten. Er war Mitte zwanzig und davon überzeugt, dass er ebenso gut wäre wie jeder andere. Aber das war er nicht. Zumindest war er den Europäern nicht ebenbürtig. Und ganz, ganz langsam schnürten sie ihm die Kehle ab und das Unternehmen trieb dem Ruin entgegen. Von den Banken und Geldverleihern vor Ort bekam er keinen Kredit mehr, und schon gar nicht von den übermächtigen Briten. Nach 1910 gehörte ganz Malaysia ihnen, selbst Johor und die Staaten im Norden. Und in den zehn Jahren zwischen 1900 und 1910 verkümmerte das Imperium, das mein Großvater mit so viel List und Klugheit aufgebaut hatte, zu einem mickrigen Pflänzchen, auch wenn es noch immer schuldenfrei war. Mein Vater war regelrecht besessen davon, nur ja keine Schulden zu machen. Letzten Endes musste er sogar in Erwägung ziehen, das Haus mit dem wunderschönen Garten zu verkaufen. Die ganzen Jahre über hatte der Gärtner sich weiter um den Garten gekümmert. Und dann, als das Haus zum Verkauf anstand, gerieten all diese Geschichten über meinen Großvater, dass er ein Verbrecher, ein Sklavenhalter war, wieder in Umlauf. Nur dass diesmal eine weitere hinzukam, dass er nämlich seinen Gärtner gefickt hatte, bitte entschuldigen Sie diesen Ausdruck, und man ihn deshalb tot in seinen Armen gefunden hatte. Für meinen Vater war es an der Zeit zu gehen, sich der Hässlichkeit dieser Menschen zu entziehen, die mit derartiger Schamlosigkeit die Masken fallen ließen."

So hatte Reza ihm, Hussein, und manchmal auch anderen, die etwas über seine Jahre in Malaysia erfahren wollten, die Geschichte überliefert, auch wenn er nicht gern über diese Erfahrung sprach. Es brachte ihn in Wut, sie erzählen zu müssen, und manchmal ließ ihm die Ungerechtigkeit dieser Ereignisse die Tränen in die Augen steigen. Das war keine Geschichte, die man gern erzählte, schon gar nicht seinem Sohn, und auch nicht den anderen Kaufleuten, aus denen sich die Gesellschaft zusammensetzte, mit denen Reza in Bahrain zu verkehren pflegte. Er hatte das Vermögen eingebüßt, das sein Vater an so fernem und fremdem Ort zusammengetragen hatte. Jaafar Musa war gelungen, wovon jeder Kaufmann träumte. Er war zum Inbild der romantischen Vorstellung vom Kaufmann geworden, der sich mit seinen weltlichen Gütern auf den Weg zu einem fernen Ziel begibt und dort Wohlstand und Achtung erringt. Rezas Verlust stellte den Alptraum dieser romantischen Vorstellung dar, dass nämlich am Ende eines Lebens aus List und Klugheit und Opfern der Sohn alles wieder verliert. Das war auch mir in den Sinn gekommen, als Hussein mir diese Geschichte erzählte. Ich hatte mir den Ausgang der Geschichte, von dem Augenblick an, da Reza den Schauplatz des Geschehens betrat, sogar selbst so ausgemalt. Mir war klar gewesen, dass der Sohn alles verlieren würde. Gut, er verlor nicht ganz und gar alles. Er konnte noch genug aus den Trümmern bergen, um damit in Bahrain ein neues Unternehmen zu gründen, Düfte und Weihrauch und Tuch aus Siam und Malaysia und noch weiter östlich liegenden Gegenden zu importieren. Auch Bahrain wurde damals, wie das an so vielen Orten der erkundeten Welt der Fall war, von den Briten beherrscht, nur war ihr Regiment dort eine ziemlich dürftige Angelegenheit. Bahrain war für sie lediglich ein Land, von dem aus sie ihre Vorstöße gegen ihre Feinde unternahmen und nicht mehr als ein Stützpunkt, an dem sie ihre Schiffe mit neuem Brennmaterial beladen konnten. Und die persischen und arabischen und indischen Kaufleute, die schon seit Jahrhunderten von Bahrain aus operierten, waren zu gerissen, um sich von ihrem hochherrschaftlichen Hochmut einschüchtern zu lassen. Abgesehen vom Importhandel gab es bis in die dreißiger Jahre, als man die Ölvorkommen entdeckte, nur wenig, um das zu streiten sich gelohnt hätte – weder Zinn noch Kautschuk oder Gold noch irgendein anderes Handelsgut, das man aus der Erde brechen und als Beute nach Europa verschleppen konnte.

Manchmal, wenn Bedarf bestand, handelte Reza auch mit seltenen Hölzern. Wenn sich ein Agha zum Beispiel eine neue Villa errichten ließ und seine Zimmerleute Teakholz für die

Treppe oder Mahagoni für die Schlafzimmer benötigten. Oder wenn ein Händler Baustoffe für den Palast eines syrischen Sultans, eines russischen Bojaren oder eines deutschen Bankiers kaufte, in dem dieser dann hockte und sich diebisch über sein Glück freute. Ich male mir diese Geschäfte aus, stelle sie mir vor, obwohl Hussein erwähnte, dass es Geschäfte mit einem Händler gegeben hatte, der im Auftrage eines russischen Bojaren arbeitete, der sich, in Erwartung der Einnahme Persiens durch den Zaren, die, wie er glaubte, unmittelbar bevorstand, in Masshad niedergelassen hatte. Ich habe vergessen, was Hussein über den Gegenstand des Geschäfts erzählt hat. Vielleicht hat er auch gar nichts darüber berichtet. Reza beließ außerdem eine Niederlassung des Unternehmens in Malaysia, um dort Waren anzukaufen und sich um die Überreste des Besitzes, die ihm dort noch gehörten, zu kümmern.

Wie dem auch sei, auch der Umzug nach Bahrain stand wieder unter einem günstigen Stern, war ebenso gesegnet wie die Übersiedlung seines Vaters nach Malaysia, wenn auch nicht ganz in dem Aufsehen erregenden Ausmaß. Der Krieg gegen die Türken fügte ihm keinen Schaden zu, sondern brachte ihm nur Gutes, weil er ihm mit den Tausenden ekelhaften britischen und indischen Soldaten, die auf ihrem Weg in die Schlachten im Irak durch Bahrain kamen, unzählige Geschäfte vor die Tür spülte. (Armer Irak. Es hat den Anschein, als hätten die Briten aus dem einen oder anderem Grunde in diesem Jahrhundert unverhältnismäßig oft dort gekämpft.) Und 1918, kurz nach Ende des Krieges, heiratete Reza und wurde mit drei Töchtern gesegnet, bevor schließlich Hussein auf die Welt kam. Den ganzen Tag über gingen die Leute in seinem Geschäft ein und aus und konnten sich immer eines Willkommens sicher sein, egal, ob sie etwas kauften oder etwas veräußern wollten oder einfach nur im Dunst schwerer Düfte sitzen und sich unterhalten mochten. Seine Kinder tobten durch den Laden, wurden von allen verwöhnt und gepriesen und nahmen diese Bewunderung mit altkluger Gelassenheit hin.

„Er liebte seine Kinder", erzählte Hussein. Unter der Erinnerung wurden seine Augen feucht. „Und sie liebten ihn. In dieser Beziehung war er sehr... gefühlsbetont, und es hatte den Anschein, als wünschte er sich nichts mehr, als dass alle anderen seine Kinder ebenfalls liebten."

Als Hussein zehn Jahre alt geworden war, beschloss Reza, eine Reise nach Malaysia zu unternehmen, um abzuwickeln, was dort an Teilen des Geschäfts noch übrig war und noch einmal die alten Orte zu besuchen und allen, die es wissen wollten zu zeigen, dass es für ihn nicht so schlecht gelaufen war. Er nahm Hussein mit, zum Beweis des Glücks, das über ihn gekommen war, doch auch, damit der Junge die große, weite Welt zu sehen bekam und anfing zu lernen, mit ihr zu Rande zu kommen. Vier Monate dauerte die Reise – die Überfahrt, die Erledigung der Geschäfte, der Besuch der Sehenswürdigkeiten und bei Freunden.

„Warten Sie, warten Sie", unterbrach ich Hussein. „Ich will eine Landkarte holen. Ich möchte, dass Sie mir alle Stationen Ihrer Reise auf der Karte zeigen. Ich möchte sehen, wo sie liegen."

Sie reisten sogar nach Bangkok, wo Reza als Jugendlicher, in den Tagen, bevor die Geschäfte schlechter gingen, ein paar Monate bei einem Agenten seines Vaters gelebt hatte. Bangkok war damals eine ruhige und hübsche Hafenstadt mit Kanälen und Uferpromenaden und nicht dieses wimmelnde Behemoth, zu dem die Stadt in späteren Jahren wurde. Menschen aus der ganzen Welt kamen dort zusammen: Chinesen, Inder, Araber, Europäer.

Für Hussein war das eine unglaubliche, eine unvorstellbare Reise, und die Bilder dieser Zeit sind ihm sein ganzes Leben gegenwärtig geblieben. Und obwohl er sie mir nur in der Form von Geschichten übermittelte, sind sie stets auch in meiner Erinnerung bewahrt geblieben. Bis auf den heutigen Tag erinnere ich noch einen Spaziergang durch den Innenhof eines Tempels auf der königlichen Insel, den er beschrieb, stelle mir die gestrenge Ruhe vor, von der er berichtete, und die überwältigende Macht des Tempeldoms. Mittlerweile, seit ich hier gelandet bin, habe ich eine Fotografie dieses Tempels zu Gesicht bekommen, doch das Bild offenbarte nichts von der Schönheit, die Hussein beschrieb.

In Bangkok erwarb sein Vater ein Los kampucheanischen *Udal-qamaris* bester Qualität zu einem guten Preis und ließ es mit demselben Schiff, das sie auf dem Rückweg nahmen, nach Bahrain bringen. Husseins Vater war es, der erklärte, dass *Ud-al-qamari*, das Holz des Mondes, eine Verfälschung von *Ud-al-qimari*, Holz der Khmer, sei. Bald nach ihrer Rückkehr nach Bahrain brach der japanische Krieg aus, der es sieben oder acht Jahre lang unmöglich machte, an *Ud* heranzukommen, und so schlug Reza jahrelang einen guten Gewinn aus diesem Los.

„Ich habe immer noch etwas davon", berichtete Hussein. Es ließ ihn lächeln zu sehen, wie mich der Bericht über die Reise und das *Ud* gefangen genommen und erregt hatte. Und es war genau an diesem Punkt, dass mir klar wurde, dass Hussein noch immer über den Preis für den Ebenholztisch feilschte. Er sah kurz zu dem Tisch hinüber und schenkte mir dann einen freundlichen, wissenden Blick.

„Haben Sie etwas davon mit hierher gebracht?", fragte ich.

Und so brachte er, als er mich das nächste Mal besuchte,

ein kleines Mahagonikästchen mit dem wundervollsten *Ud-al-qamari* mit, das zu riechen ich je das Glück gehabt habe. Mit Hilfe des Kaffeeverkäufers von gegenüber, der mit ein paar Stückchen glühender Holzkohle zur Hand war, bereitete Hussein ein Räucherfässchen vor und erfüllte die Luft, die wir atmeten, mit diesem wohlriechenden Duft. Leute, die auf der Straße vorübergingen, verhielten im Schritt und traten herein, um in diesem glühenden Duft zu verweilen. Der Kaffeeverkäufer kam über die Straße, blieb an den Stufen zum Eingang stehen und rief: „*Mashaallah, mashaallah*, das ist wunderbar, *Allah karim*. Darf ich Ihnen einen Kaffee bringen, *maulana*?" Seine Dankbarkeit erstreckte sich allerdings nicht auf meine Person. Weil ich sein Leben zerstört hatte. Wie jeder weiß, kann man kein *Halwa* genießen, ohne dazu eine Tasse Kaffee zu trinken, und so hatte ich ihm, als ich das *Halwa*-Geschäft meines Vaters schloss, die Kehle durchgeschnitten, wie er es ausdrückte. Ich hatte ihn meuchlings ermordet. Jetzt aber setzte sogar er den Fuß über die Schwelle meines Geschäftes und setzte sich zu uns und atmete dieselbe wohlriechende Luft wie wir anderen auch. Ich meinte, ich könnte im gewichtigen Körper dieses Duftes den Geruch der Träume von diesen fernen Gestaden ausmachen, doch das lag wohl nur daran, dass Hussein mit seinen Geschichten diese beiden Dinge für mich miteinander verbunden und ich mich beiden nur zu bereitwillig unterworfen hatte.

Natürlich überließ ich Hussein zu guter Letzt den Ebenholztisch.

„Erklären Sie mir eines", fragte ich ihn im Verlauf unserer Verhandlungen lächelnd, damit er die Angelegenheit als Spaß abtun konnte, wenn er das wollte. „Warum muss es ausgerechnet dieser Tisch sein? Ist er für jemand besonders bestimmt?"

Er lächelte ausweichend, senkte viel sagend die Lider, spielte den Schelm. „Das ist eine heikle Angelegenheit", antwortete er.

Ich wusste, und alle anderen wussten es ebenfalls, dass er dem gut aussehenden Sohn von Rajab Shaaban Mahmud, einem Büroangestellten im Public Works Department, in dessen Haus er bei einer früheren Reise hierher untergekommen war und den er noch immer besuchte, den Hof machte. Ich erzähle diese Geschichte so herum, trotz aller Mängel, die im Erzählen liegen mögen, weil ich nicht sicher bin, wer mir überhaupt noch zuhört. Jedenfalls besagten die Gerüchte, dass Hussein dem hübschen Sohn von Rajab Shaaban Mahmud, dem Büroangestellten im Public Works Department, schöne Augen machte. Nach allem, was ich wusste, hatte er diesen aufblühenden Jüngling bereits verführt, ich konnte mir aber nicht vorstellen, dass der Ebenholztisch von irgendeinem Interesse für den Jungen sein könnte. Es schien mir wahrscheinlicher, dass Gaben aus Seide und Geld, von denen die Gerüchte zu erzählen wussten, der Eitelkeit eines solchen Jünglings weit mehr schmeichelten. Junge Menschen haben, wenn sie im Wirrwarr ihrer Leidenschaften gefangen sind, kaum einen Sinn für die Schönheit von *Dingen*. Vielleicht war der Tisch für Rajab Shaaban Mahmud selbst bestimmt, ein Zeichen der Höflichkeit ihm gegenüber, das ihm sagen sollte, dass Hussein, obwohl er den Sohn verführen wollte, den Vater deswegen nicht geringschätzte. Eine Art Bestechungsgeschenk. Vielleicht aber spielte der listenreiche persische Händler auch ein weit verzwickteres Spiel, war in Wirklichkeit hinter Rajab Shaaban Mahmuds Frau Asha her und tat nur so, als hätte er es auf den Sohn abgesehen. Sie war wirklich eine hübsche Frau, und ich hatte sie, bei der kurzen Begegnung, die ich bis zu diesem Zeitpunkt mit ihr gehabt hatte, als höflichen Menschen erlebt, der etwas auf sich hielt. Was jedoch die Angelegenheit mit Hussein betraf, so gab es Stimmen, die behaupteten, dass sie sich in der Vergangenheit schon ein- oder zweimal mit jemandem eingelassen hatte und, denen zufolge, die die Gabe besitzen, solche Dinge vorherzusagen, einem Seitensprung noch immer nicht abgeneigt gegenüberstehen würde. Es ist schwierig, über solche Sachen genau Bescheid zu wissen, und noch unangenehmer ist es, über sie zu reden, in einer kleinen Stadt wie der unseren aber bilden solche Gerüchte das Wechselgeld des täglichen Klatsches, und es wäre falsch, nicht darüber zu sprechen. Trotzdem fühle ich mich dabei nicht wohl in meiner Haut. Gleichzeitig komme ich mir jetzt dumm und heuchlerisch vor, weil ich so viel dagegen gesagt habe. Es kann gut sein, dass von Husseins Seite alles nur ein Scherz war, zumindest am Anfang, ein Scherz, der ihm über die langen Monate des *Musim* hinweghelfen sollte, nachdem er all seine Waren verkauft hatte und darauf wartete, dass die Winde sich drehten und er die Heimreise antreten konnte. Und eigentlich ging es mich auch überhaupt nichts an, obwohl es in so einem kleinen Ort unmöglich ist, von solcherlei Angelegenheiten nichts mitzubekommen.

Wir kamen schließlich überein, dass Hussein mir die Hälfte des Preises, den ich forderte, bar zahlen und mir für den Rest ein Zwanzig-Pfund-Paket *Ud-al-qamari* geben sollte. Er war großzügig, oder ich konnte besser feilschen, als ich eigentlich glaubte, jedenfalls schenkte er mir dazu noch das Kästchen, eben jenes, das Kevin Edelman mir wegnahm. Mit diesem Kästchen verlor ich den letzten Rest *Ud-al-qamari*, den Hussein und sein Vater im Jahr vor dem Ausbruch des Krieges in Bangkok gekauft hatten, jenes Kästchen, das ich als einziges Gepäck aus einem Leben mitgebracht hatte, das ich hinter mir gelassen hatte, als Vorrat für mein Nach-Leben.

Kevin Edelman, der *Bawab* Europas und Türsteher vor den Paradiesgärten der Familie, vor eben jenem Tor, das einst die Horden ausspie, die auszogen, sich die Welt einzuverleiben und an die wir uns jetzt heranschleimen und um Einlass betteln. Flüchtling. Asylbewerber. Gnade.

* * *

Die Abmachung, die wir über das kleine Ebenholztischchen trafen, bildete jedoch nicht das Ende meiner Beziehungen zu Hussein. Es stand schlecht um den *Musim* in jenem Jahr, die Winde drehten erst sehr spät und wehten zunächst sehr stürmisch und unbeständig. Jedenfalls hatte sich Hussein in seinen Geschäften etwas übernommen, vielleicht aus Langeweile oder auch, weil er gern spielte. Je besser ich ihn kennen lernte, desto deutlicher wurde mir klar, dass vieles von dem, was er tat, aus Verspieltheit und Schalkhaftigkeit geboren war, und wenn seine Narreteien mitunter etwas von Unordnung und Groll zeugten, dann verdichtete sich sein Lachen mit einem unfreundlichen Frohlocken. In solchen Augenblicken glaubte ich, hinter seinen Höflichkeiten und dem fröhlichen Kichern etwas Grausames aufblitzen zu sehen, eine Härte oder einen Zynismus, die einfach und selbstsüchtig zugleich waren. Ich war der Überzeugung, mir nur zu gut vorstellen zu können, dass er töten konnte oder in der Lage war, anderen einen unerträglichen Schmerz zuzufügen, wenn er für notwendig hielt, das zu schützen, was ihm wert und teuer war. Wohingegen ich mir nichts denken kann, das so wertvoll ist, um dafür zu töten. Wie dem auch sei, ich konnte mir jedenfalls gut vorstellen, dass er manche Geschäfte nur aus Langeweile machte, bloß um überhaupt etwas zu tun, und sich damit langsam in den Ruin manövrierte. Das klingt nicht gerade nach gutem Geschäftsmann, doch muss man dabei wohl in Betracht ziehen, dass er Perser war, mit Weihrauch und Düften handelte, und mit seinen Geschichten und seinen Höflichkeiten immer ein wenig außerhalb des alltäglichen Wirrwarrs dahinsegelte, das uns Übrige so gewöhnlich machte. Wer konnte schon wissen, ob es für ihn nicht einen weit wichtigeren und vernünftigeren Entscheidungsgrund darstellte, etwas stilvoll über die Bühne zu bringen als sich darum zu kümmern, dass man jeden Tag sein Lamm-Curry zu essen bekam?

Er unterschätzte allerdings die Kosten seines aufreizenden Lebensstils, und auch das klingt nicht gerade nach gutem Geschäftsmann, weshalb er mich eines Tages um ein beträchtliches Darlehen bat. Ich befand mich in der glücklichen Lage, ihm dieses Darlehen gewähren zu können. Die Geschäfte liefen gut, was heißt, dass meine Kunden einfältig genug gewesen waren, die Preise zu zahlen, die ich verlangt hatte, und dass es meinen Schreinern nicht eingefallen war, um eine Erhöhung ihrer Löhne anzusuchen, oder dass es mir gelungen war, mit allem, was mir über den Weg gelaufen war, mit Hilfe listiger Tüchtigkeit und umsichtiger Haushaltung fertig zu werden. Was immer es auch gewesen war, ich befand mich in der glücklichen Lage, nicht ganz ohne Schadenfreude zu spüren, Hussein das Geld leihen zu können, dessen er bedurfte. Solche Darlehen gab es damals unter Kaufleuten häufig, vor allem bei denen, die über die Ozeane hinweg Handel trieben, auch wenn heutzutage niemand mehr auch nur auf die Idee käme, dergleichen zu tun, heute, da jeder damit beschäftigt ist, den letzten Nickel zusammenzukratzen. Damals aber... Das sind traurig klingende Worte aus dem Mund eines alten Mannes wie mir und, nach all dem, was geschehen ist, so sinnlose Worte. In jenen vergangenen Tagen aber borgte sich jemand Geld bei dir, trieb dann irgendwo anders seinen Handel und zahlte das Darlehen an einem dritten Ort an einen deiner Geschäftspartner zurück. Der Geschäftspartner wiederum kaufte, was du an Waren verlangtest und schickte es dir mit dem Schiff. Jeder machte seinen Schnitt und zwischen den Kaufleuten regierten Ehre und Vertrauen, Hochzeitsverträge wurden besiegelt, die Familien kamen einander näher und das Geschäft blühte und gedieh. Dann und wann, wenn einmal etwas schief lief, kam es zu einem kleinen Drama oder einer Intrige und es drohte ein Skandal, aber Verpflichtungen und Selbstachtung verhinderten einen Abstieg in die Regellosigkeit, und wenn es zum Allerschlimmsten kam, dann rief man Gelehrte des Rechts und solche der Religion herbei – wobei es sich unter Umständen um ein und dieselbe Person handeln konnte – um zu richten und zu schlichten. Obwohl sich auch damals die Dinge unter den wenigen Jahrzehnten der britischen Herrschaft bereits sehr verändert hatten und es wahrscheinlicher war, dass man im schlimmsten Falle und wenn gar nichts anderes mehr ging, anstelle eines Kadis, eines guten und sanften Mannes damals, so ganz anders als die Kanzelpauker, die seine Nachfolge antraten, einen *Gujarati*-Rechtsanwalt hinzuzog, irgend so einen von Shah & Shah oder Patel & Sons.

Jedenfalls, ich war neu im Geschäft und verfügte über keinerlei Geschäftspartner der Art, die ich gerade beschrieben habe, kannte niemanden, der sich verpflichtet gefühlt hätte, mit meinem Geld so sorgsam umzugehen als wäre es sein eigenes.

Solche Geschäftspartner waren in der Regel Verwandte oder die Frucht lebenslanger Arbeit, die man hegte und pflegte und vererbte, von einer Generation zur nächsten, von einem Leben zum folgenden, von Verbindlichkeit zu Verbindlichkeit, als etwas Unausweichliches und durch nichts zu Beendendes. Deshalb musste ich Hussein um eine Sicherheit für mein Darlehen bitten.

„Das versteht sich von selbst", antwortete er und lächelte erleichtert. Seine offensichtliche und schlecht verhohlene Erleichterung ließen in mir die Frage aufkommen, ob er sich etwa in ernsteren Schwierigkeiten befand, als er mir gegenüber eingestanden hatte. „Ich habe in Bombay selbst einmal diesen Fehler gemacht. Es ging nur um eine verschwindend geringe Summe, kann ich zu meinem Glück sagen, aber ich habe nie auch nur ein *Anna* davon wiedergesehen.

„Bombay?", fragte ich nach. „Haben Ihre Abenteuer denn nie ein Ende? Was haben Sie in Bombay gemacht?"

„Ich bin dort zur Schule gegangen. Meine Tante hat mich hingeholt. Meine Tante Zeynab, Sie erinnern sich an sie. Sie hat mich zu sich geholt, damit ich die Schule besuchen konnte", erzählte Hussein, schniefte sacht und zog die Augenbrauen in die Höhe in Erinnerung an die gestrengen Bemühungen seiner Tante. „In Bombay, einem richtigen Sündenbabel, habe ich eine Menge gelernt. Ich habe dort auch die Sprache unserer Eroberer erlernt, möge Gott ihnen Kraft schenken."

Ich beachtete seine letzte Bemerkung nicht, nahm sie als eine seiner herausfordernden Ironien. Wie dem auch sei, Hussein hatte ein Dokument bei sich, das er mir als Sicherheit für das Darlehen überlassen wollte, und das mich sehr überraschte. Aus diesem Dokument ging hervor, dass er vor einem Jahr, als Rajab Shaaban Mahmud sein Vermieter gewesen war, diesem genau die Summe geliehen hatte, die er jetzt von mir zu leihen wünschte, und dass sich, dieser Vereinbarung zufolge, Rajab Shaaban Mahmud dazu verpflichtete, das Geld spätestens zwölf Monate später zurückzuzahlen. Für den Fall, dass er nicht zahlte, stand Rajab Shaaban Mahmuds Haus mit all seinem Inventar auf dem Spiel. Diese Vereinbarung war unter Eid vor einem Kadi getroffen worden.

„Warum holen Sie sich nicht einfach Ihr Geld von ihm?", fragte ich, obwohl ich mir sehr gut vorstellen konnte, warum er das nicht tat. Rajab Shaaban Mahmud war Büroangestellter im Public Works Department und hegte eine heimliche Liebe für das verbotene Getränk, das Teufelsgebräu, und nach dem Dokument zu urteilen, musste er völlig von allen guten Geistern verlassen gewesen sein, als er dieses Papier unterzeichnete. Erst im vorangegangenen Jahr hatte er das Haus, um das es ging, von seiner Tante Bi Sara geerbt. Abgesehen davon besaß er recht wenig. Warum stimmte er dann dem Verlust seines Hauses für den Fall zu, dass er nicht zahlungsfähig war? Das Dach über seinem Kopf? Es war zwar kein besonderes Haus, doch reichte es immerhin aus, das Gefühl der Scham fern zu halten und denen, die er liebte, ein Zuhause zu geben. Wo wollte er das Geld hernehmen, das Darlehen zurückzuzahlen? Hussein musste das die ganze Zeit gewusst und ihm das Geld geliehen haben, um ihn aus irgendeinem Grunde unter Druck zu setzen, so dass er irgendwann daran zerbrechen musste. Und wenn an den Gerüchten über die Verführung des Sohnes etwas dran war, dann bestand dieser Grund in der Befriedigung einer Lust, die den Eindruck eines spielerischen, arglistigen Begehrens zu erwecken begann.

„Ich will nicht auf Zahlung drängen", erwiderte Hussein, der ohne Zweifel meine Gedanken erriet. „Wenn Sie einverstanden sind, lasse ich dieses Dokument auf Sie überschreiben, und Sie behalten es als Sicherheit, bis ich nächstes Jahr wieder komme. Dann werde ich Sie auszahlen, und Sie geben mir dieses Dokument zurück."

Ich wünschte, ich hätte diesen Plan abgelehnt, denn nach dem Chaos, das er am Ende dieses *Musims* auf Rajab Shaaban Mahmuds Haus herabbeschworen hatte, war ich überzeugt davon, dass er nicht wieder kommen würde. Obwohl ich natürlich nicht sicher sein konnte, was ein rücksichtsloser und stolzer Perser tun oder lassen würde, welche Dshinns und Dämonen er zu Spielkameraden gewählt hatte, welche Entehrungen und Unwürdigkeiten er ohne jede Verlegenheit über sich ergehen lassen würde. In den ungefähr acht Monaten, die bis zum nächsten *Musim* verblieben, erwog ich die verschiedenen Möglichkeiten, die mir offen standen und wartete auf seine Rückkehr, doch Hussein tauchte tatsächlich nicht wieder auf. Er schickte mit einem anderen Kaufmann einen Brief mit, mit Grüßen und Entschuldigungen wegen dringender Geschäfte, die anderswo zu erledigen waren, und dass Gott meine Geschäfte segnen möge, bis wir uns wieder sähen, was *inshallah*, im nächsten Jahr der Fall sein würde. Er schickte auch ein Geschenk für mich mit, eine Landkarte. Es handelte sich um eine Seekarte Südasiens. Sie habe seinem Großvater Jafaar Musa gehört, schrieb er in seinem Brief, und sähe nicht so aus, als sei sie oft benutzt worden. Er hätte sie unter den Papieren seines Vaters gefunden und gedacht, dass ich vielleicht meine Freude daran haben könnte. Dieses Geschenk ließ mich lächeln. Er hatte sich daran erinnert, wie sehr ich Landkarten mochte. Es war eine sehr schöne Karte. Das Geld konnte bis zum nächsten Jahr warten, zumal ich ja noch den Schuldschein über das Haus hatte. Die Geschäfte gingen gut, *alhamdulillah*. So sprach ich mir selber Mut zu und konnte doch nicht ganz die Ängste besänftigen, die mich in dieser Angelegenheit befielen.

Ich spreche mit Landkarten. Und manchmal antworten sie mir etwas. Das ist gar nicht so seltsam, wie es klingen mag, noch ist es etwas Unerhörtes. Vor der Zeit der Landkarten kannte die Welt keine Grenzen. Es waren die Landkarten, die ihr Gestalt verliehen und den Anschein erweckten, als handelte es sich um fest umrissene Gebiete, um etwas, das man besitzen und nicht etwas, das leer da lag und geplündert werden konnte. Landkarten ließen Orte am Rande des Vorstellbaren fassbar und verständlich werden. Und später, als es nötig wurde, wandelte sich die Geographie zur Biologie, mit der eine Rangordnung entworfen wurde, in die man die Menschen einordnen konnte, die in ihrer Unerreichbarkeit und Unwissenheit an anderen Orten dieser Landkarte lebten.

Die erste Landkarte, die ich zu Gesicht bekam, obwohl ich in aller Unschuld zuvor schon andere Karten gesehen haben muss, wurde uns von unserem Lehrer gezeigt, als wir sieben Jahre alt waren. *Ich* jedenfalls war sieben Jahre alt, auch wenn ich mich natürlich nicht mit Bestimmtheit zum Alter der Massen äußern kann, die diese Erfahrung mit mir gemeinsam machten. Sieben oder so ungefähr zumindest. Aus irgendeinem Grunde musste man *jünger* sein als sieben, wenn man in die Schule gehen wollte. Ich habe mir nie ernsthafte Gedanken über die Sonderbarkeit dieses *jünger als* gemacht, und erst jetzt fällt mir auf, wie seltsam sich das anhört. War man über ein bestimmtes Alter hinaus, so schien es, als hätte man den Punkt überschritten, an dem man etwas gelehrt bekommen konnte, wie eine überreife Kokosnuss etwa, die ungenießbar geworden ist, oder wie Gewürznelken, die man zu lange am Baum gelassen hat, und die nun zu Samen aufgeschwollen sind. Und sogar wenn ich jetzt darüber nachdenke, will mir keine glaubwürdige Erklärung für diese strenge Ausschließlichkeit einfallen. Die Briten haben uns die Schule gebracht, mitsamt den Regeln, nach denen eine Schule funktioniert. Und wenn diese Regeln besagten, dass man sechs Jahre alt zu sein hatte und keinen Tag älter sein durfte, um die Erlaubnis zu erhalten, eine Schule zu besuchen, dann war das auch so. Nicht, dass man den Schulen gestattete, dass alles so ablief, wie sie sich das vorstellten. Also machten die Eltern ihre Kinder einfach um die entsprechende Anzahl von Jahren jünger, damit sie zugelassen werden konnten. Geburtsurkunden? Sie waren arme, unwissende Menschen und kümmerten sich nie um derlei Dinge. Deshalb wollten sie ja, dass ihr Sohn zur Schule ging, damit er nicht so ein Untier wurde wie sie selbst.

In unserer eigenen Welt war seit Generationen jeder in die *Chuoni* gegangen. In der *Chuoni*, da lernten wir das *Aliph-be-te*, damit wir den Koran lesen und den wunderbaren Geschehnissen lauschen konnten, die dem Propheten sein ganzes Leben lang widerfuhren, *salallahu-wa-ale*. Und wann immer etwas Zeit totzuschlagen war, oder wenn die Hitze zu groß wurde, als dass man sich noch auf die behend geschwungenen Buchstaben auf der Seite konzentrieren konnte, lauschten wir den Geschichten über die haarsträubenden Qualen, die einige von uns nach dem Tode erwarteten. In der *Chuoni* spielte das Alter keine Rolle. Man fing ungefähr an, sobald man allein auf das Klo gehen konnte, und blieb, bis man den Koran von Anfang bis Ende lesen konnte oder den Mut aufbrachte zu flüchten, oder bis die Lehrer einen nicht länger ertrugen, oder die Eltern sich weigerten, den Hungerlohn zu bezahlen, den der Lehrer zu bekommen hatte. Die meisten verließen die *Chuoni*, wenn sie so um die dreizehn Jahre alt waren. Die Schule aber fing man mit sechs an, und dann ging es Jahr für Jahr weiter, so gut man eben konnte. Und alle waren gleich alt. Es gab zwar immer ein paar Nachzügler, die ein Jahr wiederholen mussten, einen oder zwei in jeder Klasse, und die hatten ihr ganzes Schülerleben mit dieser Schande zu kämpfen. Wir anderen aber waren, zumindest auf dem Papier, alle im selben Alter. Dennoch konnte man sich niemals ganz sicher sein, wie alt die Klassenkameraden wirklich waren, und als wir etwas älter geworden waren, wuchsen manchen in zarten Jahren bereits Schnurrbärte, und wieder andere verschwanden für ein paar Tage und wenn sie zurückkehrten, leuchtete ein geheimes Wissen in ihren Augen, und es folgte ihnen das geflüsterte Gerücht über verschwiegene Hochzeiten auf dem Lande. In jenen Tagen war es üblich, ziemlich früh zu heiraten. Ich weiß nicht, was sich an den Mädchenschulen abspielte und wünsche mir jetzt, ich wüsste es. Vielleicht verschwanden auch die Mädchen einfach aus der Schule, waren am einen Tag noch da und am nächsten nicht mehr, und jedem war klar, dass sie verheiratet worden waren. Verheiratet, geheiratet, erledigt. Ich versuche mir vorzustellen, was für ein Gefühl sie dabei gehabt haben könnten. Ich stelle mir vor, ich wäre eine Frau, matt vor unausgesprochener, unaussprechlicher Entschuldigung. Ich komme mir gedemütigt vor.

Aber ich wollte von der ersten Landkarte erzählen, die ich zu Gesicht bekam. Ich war sieben Jahre alt, als der Lehrer sie uns zeigte, auch wenn ich mich nicht mit Sicherheit über das Alter der anderen Jungen in der Klasse äußern kann. Sieben ist eine günstige Zahl, und ich bin jetzt seit sieben Monaten hier, auch wenn das nicht der Grund ist, warum mir diese Zahl in den Sinn kommt, wenn es um den Augenblick geht, in dem ich meine erste

Landkarte zu sehen bekam. Ich weiß, dass ich sieben war, weil es mein zweites Schuljahr war. Und ich kann die Rechtschaffenheit des britischen Imperiums zum Zeugnis heranziehen, denn wie die Regeln es erforderten, muss ich sechs Jahre alt gewesen sein, als ich in die Schule kam. Der Lehrer führte seinen Stoff auf fesselnde Weise ein. Er hielt ein Hühnerei in die Höhe. Zwischen Daumen und Zeigefinger. „Wer kann mir sagen, wie man es schafft, dass dieses Ei stehen bleibt und nicht umfällt?" So hat er uns Christoph Columbus vorgestellt. Es war ein sagenhafter und unwiederholbarer Augenblick. So, als ob auch ich über einen unerwartet entdeckten und nie vorgestellten Erdteil gestolpert wäre. Es war dieser magische Augenblick am Beginn einer Geschichte. Und während er seine Geschichte vor uns ausbreitete, begann er mit einem Stück Kreide eine Landkarte an die Tafel zu zeichnen: die Küste Nordwesteuropas, die iberische Halbinsel, Südeuropa, das Land der Derwische, Syrien und Palästina, die Nordküste Afrikas, wo die Kreidelinie sich ausbeulte und dann einen scharfen Schwenk nach innen machte, bevor sie zum Kap der Guten Hoffnung hinunterglitt. Während er zeichnete, sprach er, benannte Orte, manchmal ausführlich, manchmal erwähnte er sie nur nebenbei. Eine Schlangenlinie nach Norden zu der Stelle, an der das Ruvuma-Delta hervorsprang, dann die Spitze unseres Küstenstreifens, das Horn von Afrika, die Küste des Roten Meeres nach Suez entlang, die arabische Halbinsel, der persische Golf, Indien, die malaiische Halbinsel und dann hinüber nach China. Dort hielt er inne und lächelte, hatte mit seinem Stück Kreide die Hälfte der bekannten Welt in einem ununterbrochenen Zug umrissen. Ungefähr in der Mitte der afrikanischen Ostküste setzte er einen Punkt und meinte: „Hier sind wir, ziemlich weit weg von China."

Dann machte er einen Punkt im Norden des Mittelmeerraumes und fuhr fort: „An dieser Stelle befand sich Christoph Columbus, und er wollte nach China gelangen. Er wollte jedoch einem Weg in die entgegengesetzte Richtung folgen." Ich weiß nicht mehr, was er uns über die Abenteuer des gierigen Cristobal erzählte, weil sich, wie Schlamm, so viele andere Geschichten über diesen unschuldigen Augenblick gelegt haben, aber ich erinnere mich daran, dass er uns sagte, dass Columbus seine Reise im selben Jahr antrat, in dem Granada fiel und die Muslime aus Andalusien vertrieben wurden. Auch diese Begriffe waren mir neu, wie so viele andere, er aber sprach sie mit solcher Sehnsucht und Ehrfurcht aus – der Fall Granadas und die Vertreibung der Muslime aus Andalusien – dass ich diesen Augenblick niemals wieder vergessen habe. Ich sehe ihn vor mir, jetzt, in diesem Augenblick: einen kleinen, drallen Mann in *kanzu* und *kofia* gekleidet, mit einem verblichenen braunen Sakko darüber, sein Gesicht von den Blattern gezeichnet, doch lag ein Ausdruck von Nachsicht und Hochherzigkeit auf ihm. Und ich erinnere die Gewandtheit, mit der er für uns ein Abbild der Welt schuf, meine erste Landkarte.

Das Ei? Die Geschichte ging so: Die Seeleute auf Columbus' Schiff waren noch niemals zuvor nach Westen in den Atlantik hinein gesegelt. Kein Mensch hatte das bislang gewagt. Nach allem, was man wusste, hörte das Meer plötzlich irgendwo auf und seine Wasser stürzten sich in eine riesige Kluft und strömten dann durch Höhlen und Grotten unter der Erde bis zu einem bodenlosen Teich, der von Ungeheuern und Teufeln bevölkert wurde. Zudem war die Reise langwierig und schwierig, das Meer trostlos und leer, und so weit das Auge reichte, ließen sich keinerlei Anzeichen von *Kitai* entdecken, wie sehr man sich auch anstrengte. Der Pöbel fing an zu murren und meuterte. Wir wollen nach Hause. Schließlich trat Columbus vor sie hin, ein Hühnerei zwischen Daumen und Zeigefinger. „Wer kann mir sagen, wie dieses Ei stehen bleibt und nicht umfällt?", fragte er. Natürlich konnte das keiner. Es waren ja nur einfache Seeleute, dazu verdammt, in diesem hochrangig besetzten Schauspiel abergläubische Nebenrollen zu spielen und zu murren und zu meutern. Vorsichtig drückte Columbus das stumpfe Ende des Eis ein – der Lehrer machte es uns mit einem Ei vor – und setzte es auf die Reling des Achterdecks. Ich bin mir nicht sicher, ob die Moral dieser Geschichte nun lauten sollte, dass man ein Ei aufschlagen musste, wenn man es essen wollte, und sie deshalb auch Leiden auf sich nehmen mussten, wollten sie *Kitai* finden, oder ob Columbus damit einfach nur unter Beweis stellen wollte, dass er in allen Dingen ein gerüttelt Maß beschlagener war als seine Mannschaft, und es deshalb auch wahrscheinlicher war, dass er mit seiner Sicht auf den vernünftigsten Gang der Dinge Recht behielt. Jedenfalls gaben die Matrosen jeden Gedanken an Ungehorsam sofort auf und segelten weiter auf ihrer Suche nach dem Großen Khan. Wie ich das ebenfalls getan hätte, als ich sieben Jahre alt war. Der Lehrer setzte das hartgekochte Ei vorsichtig auf seinem Tisch ab, um es später zu essen.

Wir hatten niemals wieder bei diesem Lehrer Unterricht, obwohl er fest an der Schule angestellt war. An diesem Tag war aber unser Klassenlehrer nicht da, und er beaufsichtigte uns in der ersten Stunde. Am Ende der Stunde zogen wir wieder in unser Klassenzimmer hinüber, und als ich später noch einmal in sein Zimmer hineinlugte, um mir noch einmal die Welt anzusehen, die er uns gezeigt hatte, war die Landkarte von der Tafel gewischt worden.

Hussein konnte von all dem nichts wissen, konnte keine Ahnung davon haben, wie es gekommen war, dass Landkarten zu mir zu sprechen begannen, aber er wusste, dass ich sie mir gern anschaute und dass ich sie sammelte. Und er schickte mir die alte Karte von seinem Großvater, um mich versöhnlich zu stimmen, weil er mir Geld schuldete. Ich lachte vor Freude, als ich die Karte in den Händen hielt, war mir aber gleichzeitig ziemlich sicher, dass ich Hussein nie wieder zu Gesicht bekommen würde. Warum sollte er auch zu uns herüberkommen und Kleinigkeiten an Sandelholz und Rosenwasser absetzen, wenn er mit Rangun und Schiras und anderen weit entfernten Orten in der großen, weiten Welt Handel treiben konnte, Orten, die schwer zu erreichen waren und eben deswegen besonders schön und verlockend?

2

SIE IST NICHT GEKOMMEN. MITUNTER passiert das, auch wenn sie angekündigt hat, dass sie vorbeikommen wird. Sie besucht mich, wann es ihr passt. Zumindest habe ich den Eindruck, dass das so ist, und manchmal ist es mir überhaupt nicht recht, wenn sie einfach so aufkreuzt. Schaffen Sie sich doch ein Telefon an, sagt sie mir dann, aber das will ich nicht. Ich habe nie ein Telefon gehabt, und jetzt weigere ich mich, mich damit zu belasten. Wenn sie wirklich kommt, dann vermittelt sie den Eindruck, als sei ihr jeder Tag ein hektischer Tanz zwischen verschiedenen Pflichten, die sie unerledigt liegen lassen muss. Ich glaube, sie fühlt sich ganz wohl darin, in dieser hektischen Betriebsamkeit. Sie lässt sie vor rastloser Energie erglühen, wenn sie so zwischen verschobenen Terminen hin und her springt. Sie verleiht ihren Augen eine schwer fassbare Tiefe, als tarnten sie einen unsichtbaren Schnittpunkt, einen verborgenen Ort oder Augenblick, auf den sie in Wirklichkeit gerichtet sind. Nicht hier, nicht in diesem Augenblick, das wirkliche Leben rauscht irgendwo anders vorüber. Sie heißt Rachel. Das hat sie mir an jenem ersten Tag gesagt, an dem wir einander begegneten. Als sie mich in der Haftanstalt besuchen kam. „Ich bin Rechtsbeistand bei der Flüchtlingsorganisation, die sich Ihres Falles angenommen hat. Ich heiße Rachel Howard", sagte sie lächelnd und streckte ihre Hand aus. Freut mich, Sie kennen zu lernen.

Und ich heiße Rajab Shaaban. Das ist nicht mein richtiger Name, sondern der Name eines anderen, den ich mir für diese

Reise zur Rettung meines Lebens ausgeliehen habe. Er gehörte jemandem, den ich seit vielen Jahren kenne. Shaaban ist gleichzeitig der achte Monat des Jahres, der Monat der Teilung, wenn die Schicksale des kommenden Jahres festgelegt und den wahrhaft Reuigen ihre Sünden vergeben werden. Er geht dem Monat des Ramadan voraus, dem Monat der großen Hitze, dem Fastenmonat. Rajab heißt der Monat, der wiederum diesen beiden vorausgeht. Es ist der siebente Monat, der verehrte Monat. Es geschah im Rajab, dass sich die Nacht *Miraj* zutrug, da der Prophet durch die sieben Himmel bis vor Gottes Angesicht getragen wurde. Wie wir diese Geschichte geliebt haben, als wir jung waren! In der Nacht zum 27. Tag des Rajab schlief der Prophet, und der Engel Jibreel weckte ihn und hieß ihn, *Burakh*, das geflügelte Fabelwesen, zu besteigen, das ihn durch die Lüfte nach *al-Quds* brachte, nach Jerusalem. Dort, in den Ruinen des Tempelberges, betete er gemeinsam mit Abraham, Moses und Jesus und stieg dann in ihrer Begleitung hinauf zum Lotusbaum der Äußersten Grenze, *sidrat al-muntaha*, jenem Ort der größten Annäherung an den Allmächtigen. Dort empfing der Prophet die ausdrückliche Anweisung Gottes, dass Muslime täglich fünfzig Gebete sprechen sollen. Auf dem Rückweg riet Moses ihm, noch einmal umzukehren und ein bisschen zu feilschen. Moses war schon eine ganze Weile länger in dem Geschäft als der Prophet und meinte, Gott würde sich wahrscheinlich ein klein wenig herunterhandeln lassen. Der Allmächtige ging tatsächlich bis auf fünf Gebete täglich herunter. Wenn diese Geschichte erzählt wurde, gab es an dieser Stelle im Publikum immer einen großen Seufzer der Erleichterung. Stellen Sie sich nur einmal vor, jeden Tag aufs Neue fünfzig Gebete sprechen zu müssen. Anschließend kehrte der Prophet nach *al-Quds* zurück, stieg wieder auf den

Rücken von *Burakh*, dem Fabelwesen, das ihn noch vor dem Morgengrauen zurück nach Mekka trug. Dort musste er sich mit den unausweichlichen Nörgeleien und Zweifeln der unbedarften *Jahals* dieser Stadt auseinander setzen, für die Gläubigen aber ist dieses Wunder Anlass froher und freudiger Feier geblieben. Der Rajab kommt vor dem Shaaban, der wiederum dem Ramadan vorausgeht, drei geheiligte Monate. Darin bestand der heilige Scherz, den sich die Eltern meines Namensvetters mit ihm erlaubt hatten, als sie ihm den Namen Rajab gaben, wo doch sein Vatersname Shaaban lautete. Das war so, als nannte man jemanden August mit Vornamen, wenn die Familie September hieß, und es steht für mich ganz außer Frage, dass die Eltern sich köstlich darüber amüsierten, er aber dafür, für diesen Namen, zu bezahlen hatte. Wie es mir ebenso ergangen wäre, wenn meine Eltern mir wirklich diesen Namen gegeben hätten.

Von all dem erwähnte ich nichts Rachel Howard gegenüber, als sie mich in der Haftanstalt besuchte. Ich sagte überhaupt nichts. Es klingt auch etwas überzogen, wenn ich Haftanstalt sage. Es gab keine verriegelten Tore oder bewaffneten Wärter. Nicht eine Uniform war zu sehen. Es handelte sich einfach um ein Lager irgendwo draußen auf dem Land, das von einem privaten Unternehmen betrieben wurde. Es standen drei große Gebäude dort, die aussahen wie Ställe oder Speicher, in denen sie uns einen Platz zum Schlafen zuwiesen und uns zu essen gaben. Es war kalt. Draußen heulte und klagte ein Wind, der mitunter so stürmisch wurde, als wollte er das ganze Gebäude vom Boden reißen und davontragen. Ich hatte das Gefühl, als hätte das Blut in meinen Adern zu fließen aufgehört und sich in scharfkantige Kristalle verwandelt, die mir von innen her ins Fleisch bissen. Sobald ich aufhörte, mich zu bewegen, wurden mir die Glieder taub. Wir schliefen in zweien der drei Häuser, zwölf in dem einen und zehn in dem anderen, und unsere Schlafplätze waren durch Pappwände voneinander abgeteilt. Es gab aber keine Türen. Jedes Gebäude verfügte über Dusche und Toilette sowie einen extra Wasserhahn, über dem auf einem Schild „Trinkwasser" geschrieben stand. Darüber wunderte ich mich, weil ich mir nicht sicher war, ob das nun heißen sollte, dass ich das Wasser in der Dusche mit Vorsicht zu genießen hatte, oder ob das Wasser ungefährlich war. In dem dritten Gebäude aßen wir. Das Essen wurde in großen, eckigen Metallbehältern von einem Lieferwagen gebracht. Es wurde uns von einem Engländer ausgeteilt, einem Mann in mittleren Jahren, der einen zerknitterten und schwermütigen Eindruck machte, und so gar nicht der Art von Leuten entsprach, denen ich bis zu diesem Zeitpunkt auf meinen Reisen begegnet war, von denen ich seither aber unzählige gesehen habe. Tatsächlich war ich von der Erscheinung vieler Leute, denen ich in jenen ersten Monaten begegnete, mehr als überrascht. Sie kamen mir so ganz anders vor als die Sorte Engländer, die mit dem durchgedrückten Kreuz und der Unfähigkeit zu lächeln, an die ich mich aus früheren Jahren erinnerte. Unser Engländer hörte auf den Namen Harold, und er teilte das Essen aus und putzte auf seine ureigene Weise die Dusche sowie die Toilette. Ein weiterer Mann hockte in einem Büro, das in einem kleinen Haus untergebracht war und zudem ein öffentliches Telefon, eine Krankenstube und ein Besprechungszimmer enthielt. Er ging abends gewöhnlich nach Hause, wohingegen Harold in dem Gebäude schlief, in dem wir unsere Mahlzeiten einnahmen, und irgendwie zu jeder Tages- und Nachtzeit zugegen zu sein schien. Es gab noch einen dritten Mann, der Harold manchmal für ein oder zwei Nächte ablöste, doch der kam nur einmal, während ich dort war, und hielt sich abseits, mied uns. Harold forderte endlose Sticheleien seitens der Häftlinge heraus, über die er schwermütig hinwegsah. Schweigend erledigte er seine Aufgaben, als arbeitete er eine Liste ab, die nur in seinem Kopf vorhanden war. Er muss viele von uns durch dieses Lager gehen gesehen haben, wohingegen er für uns der erste Engländer war, den wir aus so großer Nähe erlebten.

Die Speicher, die uns beherbergten, könnten einst genauso gut auch Säcke mit Getreide oder Zement oder irgendeiner anderen Ware aufgenommen haben, die trocken und sicher gelagert werden musste. Nun hatten die Speicher uns aufgenommen, zufällig zusammengewürfelte und wertlose Plagegeister, die unter Verschluss gehalten werden mussten. Der Mann im Büro nahm uns unsere Pässe und unser Geld ab und teilte uns mit, dass es uns gestattet sei, für den Fall, dass uns der Sinn nach Leibesertüchtigung stünde, außerhalb des Lagers einen Spaziergang zu machen. Wir sollten nur immer in Sichtweite bleiben, falls wir uns verirrten. „Wenn ihr euch verlauft, dann wird keiner kommen und euch zurückbringen", meinte er, „und nachts wird es kalt da draußen, und ein paar von euch Schwerenötern sind daran nicht gewöhnt." Es würde kälter werden, das war mir die ganze Zeit über klar gewesen. Napoleons Rückzug von Moskau fand im Februar oder März statt, und zu der Zeit war alles gefroren. General Winter stand an der Spitze der russischen Offensive. Ich war im November angekommen. Es blieben also noch drei Monate bis zum Februar, und es war schon jetzt unerträglich kalt, obwohl noch Monate vor uns lagen, in denen der Winter an Strenge zulegen würde. Es würde kälter werden, so viel war sicher.

Das Lager beherbergte zweiundzwanzig Männer. Zu den zwölf in unserem Haus gehörten vier Algerier, drei Äthiopier, zwei

Brüder aus dem Iran, die gerade Anfang zwanzig waren, sich aneinander klammerten und flüsterten und nachts schluchzten, bevor sie in einem Bett einschliefen, ein Sudanese und ein Angolaner. Er war so etwas wie die Energiequelle und Lebensader unserer bunten Gesellschaft, er sprudelte nur so über vor guten Ratschlägen und Witzen und ließ sich unablässig aus über Politik, Abmachungen und die Rechtschaffenheit der Ziele der UNITA im Bürgerkrieg. Keine Nigerianer hier, berichtete uns der Angolaner. Zu viele von denen im Gefängnis, und die stiften sowieso zu viel Unruhe, deshalb muss man sie hinter Schloss und Riegel halten. In einer alten Burg oben im frostigen Norden, weit weg von jeder menschlichen Siedlung. Gibt sowieso zu viele von denen auf der Welt. Er hieß Alfonso und hegte eine tief sitzende und unerbittliche Abneigung gegen die Nigerianer, die er nicht begründete, die aber jedem einzelnen Tag seines Lebens Glanz und Sinn zu verleihen schien. Er war schon seit mehreren Wochen im Lager. In der Kaserne, wie er es lieber nannte. Er weigerte sich, sich verlegen zu lassen, behauptete, er brauche die Abgeschiedenheit und die ländliche Luft, um das Buch beenden zu können, an dem er schrieb. Wenn er jetzt losziehen und sich auf den Straßen unter die Engländer mischen und seine Abende damit zubringen müsste, in ihren Pubs im Fernsehen Fußball zu sehen, dann würde er den roten Faden seiner Erinnerungen verlieren und alles, was er bisher gemacht hatte, wäre zur Bedeutungslosigkeit verdammt. Ihm gefiele es hier in der Kaserne inmitten seiner entwurzelten Brüder, und schönen Dank auch. Die Häftlinge im anderen Haus kamen alle aus Südasien, aus Indien und Sri Lanka, und wenn sie von anderswo her kamen, dann waren sie zumindest indischer Abstammung. Ich weiß es nicht genau. Sie hielten sich abseits von uns, saßen während der Mahlzeiten als Gruppe zusammen und schienen über eine Sprache zu gebieten, mit der sie sich untereinander verständigen konnten, die uns anderen aber unverständlich blieb.

Um Rachel Howard kennen zu lernen, wurde ich in das kleine Haus gerufen, in dem sich das Büro, das Krankenzimmer und eine Art Besprechungszimmer oder Behandlungsraum befanden.

„Ich entnehme Ihren Unterlagen, dass Sie kein Englisch sprechen", sagte sie mit einem Blick in ihre Papiere und lächelte mich dann mit einem leidenschaftlichen Ausbruch guten Willens an, der heftig von mir verlangte, dass ich sie trotz meiner offensichtlichen Sprachohnmächtigkeit verstand. Es war früh am Morgen, und ich war noch nicht darauf gefasst, befragt und veraktet und möglicherweise sogar an einen anderen Ort verlegt zu werden. Ich befand mich seit zwei Tagen in dem Lager, und es gefiel mir da, trotz des tauben Gefühls in den Beinen. Ich mochte das sumpfige, schwammige Grün der Landschaft. Diese Landschaft erweckte den Anschein, als berge sie etwas in sich. Ich mochte das gedämpfte Grollen und Krachen in der durchnässten Luft, das mir zunächst ein bisschen Angst eingejagt hatte, weil ich mir einbildete, es wäre das ferne Stampfen des Meeres, und von dem ich erst viel später begriff, dass es sich um den Verkehrslärm von einer großen Straße in der Nähe handelte. Ich mochte Alfonso und seine anarchischen Späße, die Äthiopier und ihr zerbrechliches Schweigen, mit dem sie ein geheimes gegenseitiges Verständnis zum Ausdruck brachten; die Algerier und ihre gekünstelten Höflichkeiten, ihre lachenden Sticheleien gegeneinander, ihr endloses Geflüster, den ernsten und verschüchterten Sudanesen und die beiden iranischen Jungen, die tief unter ihrem furchtbaren Elend litten. Ich fühlte mich noch nicht bereit, jetzt schon von diesen Leben und

Schicksalen erlöst zu werden, die mir gerade erst sichtbar geworden waren.

Sie schoben sich gegenseitig zur Seite, um mir Platz zu machen, nannten mich *Shebe, Agha*, Alter Mann, Mister. Was hat Sie nur hierher geführt, so weit weg von Gott und denen, die Sie lieben, *ya habibi*? Wissen Sie denn nicht, dass das dunstige Klima und die Kälte jemandem wie Ihnen, aus so altem und zerbrechlichem Gebein, ernsthaften Schaden zufügen können? Ich malte mir aus, dass sie solche Sachen sagten, denn keiner sprach Englisch mit dem anderen, außer Alfonso, der sich keine Gedanken darüber zu machen schien, wer ihm zuhörte oder wer verstand, was er sagte, der mit den Armen fuchtelte, seine Schwänke aufführte und sich über all das hinwegsetzte, was mir bei den anderen manchmal wie unfreundliches Gelächter vorkam, vor allem bei den hochmütigen Algeriern. Ich hatte den Verdacht, dass sie sich für etwas Besseres hielten als dieser redselige schwarze Mann, der mit solcher Zuversicht auftrat. Ungeachtet dessen plapperte Alfonso weiter, als könnte ihn niemals etwas verletzen, als würde ihm niemals je etwas ausmachen, als besäße er keinerlei Kontrolle über die kleinen, gemeinen Dämonen, die Schuld daran waren, dass er so aufgedreht drauflosredete.

Andererseits war ich mir immer noch nicht darüber im Klaren, warum mir der Mann, von dem ich das Ticket gekauft hatte, den Rat gab, nur ja nicht Englisch zu reden, und mir auch nicht einen Hinweis darauf gegeben hatte, wann es denn angebracht wäre zuzugeben, dass ich die englische Sprache beherrschte. Und ich war mir zudem unsicher darüber, ob die Unkenntnis des Englischen bei meinen Mitbewohnern im Lager nicht ähnlich strategische Gründe hatte, ob sie den Grund dafür wussten, weshalb es besser wäre, kein Englisch zu reden, oder ob auch sie den schlauen Rat eines anderen Ticketverkäufers aus einem anderen Ort befolgten. Vielleicht hatten sie Angst, dass der eine leichtsinnige Englischsprecher unter uns eine Art Informant war, ein Gedanke, der mir auch schon gekommen war, und so steckten sie den Kopf in den Sand und warteten ab, bis die Gefahr vorüber war. Wir alle waren aus Orten und Gegenden geflohen, in denen die Staatsgewalt vollständigen Gehorsam und kriecherische Furcht verlangte, und weil das nicht ohne tägliche Auspeitschungen und öffentliche Enthauptungen durchzusetzen war, vollbrachten ihre Diener, die Polizei und die Armee und der Sicherheitsapparat, wiederholt kleine Boshaftigkeiten, um die Gefahren zu veranschaulichen, die unüberlegte Unbotmäßigkeiten nach sich zogen. Wie sollte ich die Art Verstöße voraussehen, an denen die Türsteher dieser Besitzung Anstoß nehmen würden? Ich hatte keinerlei Lust darauf, durch mangelhaft ausgebufftes Verhalten entlarvt und in eine alte Burg im frostklirrenden Norden verlegt zu werden. Oder, noch schlimmer, mich an Bord eines Flugzeuges wiederzufinden und die Rückreise antreten zu müssen. Im Ganzen genommen war es noch viel zu früh, die Täuschung fallen zu lassen, obwohl ich gestehen muss, dass ich nur zu große Freude an dem Schauspiel gehabt hätte, Rachel Howards inbrünstiges Lächeln von seinem ansehnlichen Sockel zu schrecken. Stattdessen schüttelte ich den Kopf und zuckte leicht die Schultern und lächelte sie mit dem hilflosen Lächeln des Ausländers an.

Ihr Haar war schwarz und lockig, und sie trug es auf eine Art, die es absichtlich wild und widerspenstig aussehen ließ. Es verlieh ihrer Erscheinung einen Hauch von Fröhlichkeit und Jugend und gab ihr ein dunkles und ein wenig fremdländisches Aussehen, und ohne jeden Zweifel war beides auch beabsichtigt. Sie blickte stirnrunzelnd auf ihre Papiere und lehnte sich nach vorn, während ich stumm vor ihr hockte. Dann sah sie auf und lächelte, und ich glaubte, damit hätte sich die Angelegenheit erst einmal erledigt, bis zu dem Zeitpunkt zumindest, zu dem sie mit einem Dolmetscher wieder kommen würde. Sie nickte lebhaft und mit Nachdruck, um mich zu beruhigen, fuhr sich dann mit beiden Händen in die Haare und strich sie sich aus dem Gesicht. „Was jetzt?", sagte sie, hielt ihr Haar mit beiden Händen fest und blickte mich lange und eindringlich an. Ich konnte nicht sagen, ob sie mit diesem Trick, kein Englisch zu können, vertraut war und mir verdeutlichen wollte, dass sie wusste, was gespielt wurde, oder ob dieser listige Ausdruck auf ihrem Gesicht das Behagen an einer wachsenden Vertrautheit darstellte. Sie erhob sich und ging vom Tisch weg. Dann drehte sie sich um und schaute mich erneut an. In diesem Augenblick wurde mir klar, dass sie mich überhaupt nicht richtig wahrgenommen hatte, dass der verschlagene Blick nach innen auf die Wege und Mittel gerichtet war, die ihr zur Verfügung standen. Sie war weder groß noch kräftig gebaut, aber ihre Bewegungen verrieten eine geschmeidige Sicherheit, hinter der sich körperliche Kraft verbarg. Kräftige Schultern, möglicherweise ging sie regelmäßig schwimmen. „Wir werden Sie irgendwohin verlegen lassen müssen, wo Sie Unterricht nehmen können. Wir müssen Sie sowieso aus dieser Haftanstalt rausholen. Ich glaube, das dürfte nicht allzu schwierig werden, wegen ihres Alters, wissen Sie. Das Erste, was wir organisieren müssen, ist, dass Sie in unser Zuständigkeitsgebiet verlegt werden."

Sie runzelte die Brauen, nahm mich immer noch nicht wahr, vielleicht, weil sie sich nicht sicher war, was sie als Nächstes tun sollte, weil sie mir mit Worten nicht mitteilen konnte, was sie für mich ersann, und sich gleichzeitig bemühte, mir das Gefühl zu vermitteln, dass sie sich um mich sorgte und ihr Handwerk verstand. Allerdings nahm sie mich immer noch nicht war, sondern blickte nach innen. Ich schätzte, dass sie ungefähr so alt wie meine Tochter sein musste, Mitte dreißig. So alt, wie meine Tochter sein würde. Es hört sich unsinnig an, wenn ich sie meine Tochter nenne. Sie hat nicht lange gelebt. Sie ist gestorben. Rachel Howard kam zum Tisch zurück und setzte sich mir gegenüber. Ich blickte zu ihr auf, schaute ihr direkt in die Augen, um sie wissen zu lassen, dass es mich gab und ich anwesend war, doch sie ließ sich dadurch nicht aus der Fassung bringen, saß nur da und sah mich schweigend an. Dann lehnte sie sich vor und legte ihre Hand auf meinen Arm. „Fünfundsechzig, das ist nicht unbedingt das richtige Alter, um von zu Hause abzuhauen", sagte sie lächelnd. „Was haben Sie sich nur dabei gedacht?"

Ich fand sehr angenehm, dass sie den Gedanken an meine Tochter in mir geweckt hatte, und dass dieser Gedanke nicht als Erinnerung an Schmerz und Schuld über mich gekommen war, sondern als kleine Freude inmitten so vieler Ereignisse und Erlebnisse, die mir fremd und unbekannt vorkamen. Raiiya, so nannte ich sie später, eine gewöhnliche Bürgerin, eine gemeine Eingeborene. Ihre Mutter war der Meinung, dass dieser Name eine Provokation darstellte und sie mit Sicherheit später und je älter sie wurde, ein ums andere Mal in Verlegenheit bringen würde, so dass sie sie Ruqiya nannte, nach der Tochter, die der Prophet mit Khadija zeugte, seiner ersten Frau und Wohltäterin. Aber sie lebte nicht lange, sie starb. *Rahmatulla alaiha.*

„Wir müssen zusehen, dass wir einen Dolmetscher für sie auftreiben können", sagte Rachel Howard und nickte ermutigend, weil ich die beiden letzten Worte laut ausgesprochen hatte, um ihre Seele Gottes Gnade anzubefehlen, weil es doch Gott und seine Engel gewesen waren, die sie uns genommen hatten, bevor sie überhaupt Bürgerin werden konnte, und die dann auch ihre Mutter fortnahmen, möge Gott ihrer Seele gnädig sein, während ich weder davon wusste noch zugegen sein konnte.

„Verstehen Sie denn nicht wenigstens *ein bisschen* Englisch? Machen Sie sich keine Gedanken, wir werden Sie zur Schule schicken, sobald wir sie hier rausgeholt haben. Ich glaube, wenn man ein bestimmtes Alter überschritten hat, fällt einem das Lernen sehr schwer", ergänzte sie und musste bei dem Gedanken an mein Alter erneut lächeln. „Machen Sie sich keine Sorgen, als Erstes werden wir Sie hier rausholen. Es wird Ihnen gefallen, dort, wo wir Sie unterbringen werden. Eine Kleinstadt an der Küste. In ein paar Tagen. Wir suchen Ihnen eine kleine Pension und kümmern uns um die Sozialversicherung und all das. Dann besorgen wir einen Dolmetscher. Haben Sie irgendwelche Verwandten oder Freunde? Ach, ich hoffe das sehr für Sie. Es ist schon so schwer genug, und dann erst in Ihrem Alter."

Eine kleine Stadt an der Küste. Ja, das wird mir gefallen, dachte ich. In ein paar Tagen.

Als Erstes brachten sie mich in eine kleine Pension, Rachel und ein Mann, der auf den Namen Jeff hörte und das Auto fuhr, mit dem sie gekommen waren, um mich abzuholen. Er war viel jünger als Rachel, groß gewachsen, kräftiger Knochenbau, mit rötlichem Haar und einer übertrieben ernsten Stimme. Ich malte mir aus, dass er laut lachen konnte und beim Essen herzhaft zulangte, so lange er nicht das Gefühl hatte, eine Rolle spielen zu müssen. Ich hockte auf dem Rücksitz, mit der kleinen Tasche neben mir, in der Kevin Edelman gewühlt hatte, und in der jetzt das

Kästchen mit dem *Ud-al-qamari* fehlte, das er mir gestohlen hatte, die dafür aber jetzt ein Handtuch aus dem Lager enthielt, das Alfonso im letzten Augenblick hineingestopft hatte. „Du musst dich immer sauber halten", hatte er gesagt, und seine Augen schimmerten aus einer Art Hilflosigkeit heraus. „*Baba*, verstehst du? Was immer sie auch machen, halte dich sauber." Das Handtuch machte mich unruhig, weil mich vielleicht jemand durchsuchen würde, bevor ich wegfuhr. Ich hatte erlebt, wie Menschen wegen weitaus geringerer Diebstähle verprügelt worden waren, wegen eines Stücks Seife oder einer leeren Cola-Flasche, bis sie weinten. Dort. Nicht hier. In meinem früheren Leben. Meinem Vor-Leben. Doch niemand interessierte sich für meine Tasche. Der Mann aus dem Büro begleitete mich zum Auto und wartete geduldig, während ich den anderen die Hände schüttelte und wir einander anlächelten. *Maasalama*, grüßten sie, gehe in Frieden. *Kwaheri*, erwiderte ich, mögen euch gute Zeiten bevorstehen. Rachel und Jeff waren recht begeistert ob meiner Freilassung und unterhielten sich während der Fahrt über die Regeln und Gesetze, die sie ausgestochen hatten, erwähnten die Namen von Beamten und des Ministers der Regierung, deren zynisches und eigennütziges Verhalten sie ausgetrickst hatten, verglichen meine triumphale Freilassung mit anderen Fällen, in denen die Entscheidung noch ausstand. Mag sein, dass niemand sie über die höchst amtliche Politik unterrichtet hatte, die der Meinung war, dass meine eigene Regierung eine ernste Bedrohung für mein Leben darstellte. Vielleicht aber glaubten sie auch, dass das allein nicht ausreichte, mir die Einreise zu genehmigen, oder aber jemand hatte angefangen, der entrüsteten und überlegenen moralischen Geste zum Trotz, Menschen aus meinem Heimatland Asyl zu gewähren, die Kosten zusammenzurechnen, die es verursachen würde, wenn man einem Mann meines Alters die Einreise in das Vereinigte Königreich gestattete: zu alt, um in einem Krankenhaus zu arbeiten, zu alt, um einen künftigen Kricket-Nationalspieler zu zeugen, eigentlich für alles zu alt. Mit Ausnahme der Sozialversicherung, geförderter Unterbringung und staatlich bezuschusster Beerdigung. Aber sie schafften es, es gelang ihnen, mir die Einreise zu verschaffen, und als ich da so im Auto saß, kam ich mir gemein und klein vor, weil ich den Anflug eines Verlangens gespürt hatte, mich über ihre aufgeregte Selbstbeweihräucherung lustig zu machen und weil ich es bedauerte, weiterhin so tun zu müssen, als könnte ich sie nicht verstehen oder ihnen sagen, wie unaussprechlich dankbar ich ihnen war.

Die Pension, in die sie mich brachten, erwies sich als altes, dunkles Haus in einer ruhigen Nebenstraße. Die Frau, die diese Pension betrieb, hieß Celia – Celia hat sich bereit erklärt, ihn aufzunehmen, wir sollten gerade rechtzeitig zu einer ihrer Tee-nein-danke-Einladungen ankommen, sie ist ein klein wenig sonderbar, aber wirklich nett – und als wir vor der offenen Tür standen und klingelten, rief sie, wir sollten raufkommen. Die Diele war klein und düster, der Fußboden von einem abgelaufenen Teppich bedeckt, in dessen fadenscheinigem Grau Reste roter Muster sichtbar geblieben waren. Die Treppe, die eigentlich nur aus ein paar wenigen Stufen bestand, vollführte zwei scharfe Wendungen nach rechts und war ziemlich leicht zu verteidigen. Dem Eindringling, der mit großer Wahrscheinlichkeit Rechtshänder sein würde, stünde kaum ausreichend Platz zur Verfügung, mit seiner Waffe zum Schlag auszuholen, er wäre mit einem gezielten Stockschlag oder einer Schüssel heißen Wassers oder was sonst gerade zur Verteidigung zur Verfügung stand, leicht außer

Gefecht zu setzen. Celia saß im Wohnzimmer vor dem stumm geschalteten Fernseher und blätterte in einer Zeitschrift. Es war der Geruch, der sich mir als Erstes einprägte, etwas, das mir sowohl fremd und vertraut zugleich war, das ich jetzt, mit dem Abstand der Erfahrung, beschreiben kann. Damals aber musste ich an den Geruch von feuchtwarmer Hühnerkacke in einem engen, abgeschlossenen Raum denken, wie er einem in Häusern begegnet, in denen die Leute den Hühnern erlauben, sich gemütlich im Treppenauge oder auf den Fensterbrettern einzurichten, wo mich mitunter das ärgerliche Glucken eines Huhnes zu Tode erschreckt hatte, wenn ich im Dunkeln meinen Weg die Treppe herauftastete. Heute weiß ich, dass dieser Geruch nicht von Hühnerkacke herrührt, sondern alten, staubigen, unbelüfteten Zimmern anhängt: Polster, die über Jahrzehnte hinweg flüssigen Unrat aufgesaugt haben, verblichene und abgewetzte Teppiche, die sich an ein wirres Durcheinander menschlicher Dünste und Tierfelle und Krumen und Samen klammern, der Gestank von erkalteten Feuern und Ruß, das schale Miasma, das die Bündel aus Tüchern und Taschen in den Zimmerecken von sich geben. In einer Hälfte des Zimmers befanden sich, auf Messingständern, drei Vogelkäfige mit Wesen darin, die mehr oder weniger lebendig aussahen. Zumindest konnte man das annehmen, zog man die Nahrungskrümel in Betracht, die um die Käfige herum lagen.

Celia selbst war eine groß gewachsene, gut gebaute Frau mit langem, dünnem Haar, das sie mit Henna färbte. Als wir eintraten, erhob sie sich und bat uns herein, ja, sie trieb uns förmlich ins Zimmer. „Setzt euch und trinkt einen Tee", sagte sie, und ihre Stimme klang trotz des Lachens, das in ihr widerhallte, laut und herrisch. „Kalt draußen, stimmt's? Da in der Kanne ist Tee, rutscht näher ans Feuer, Tassen stehen da drüben auf dem Tisch. Setzt euch. Hello, schön, dass du hier bist. Das ist Michael, Mick. Begrüß unsern neuen Gast, Mick."

Sie zeigte auf einen Mann, der viel älter aussah als sie, wahrscheinlich über siebzig war, und auf dem Stuhl saß, der ihrem gegenüberstand. Er schenkte mir einen kurzen, freundlichen Blick und starrte dann wieder auf seine Hände. Wie ich im Laufe der Zeit noch herausfinden sollte, tat Mick wenig anderes, als auf seine Hände zu starren und jeden freundlich anzulächeln, und wenn er dazu aufgefordert wurde, sah er sich etwas im Fernsehen an oder trank seinen Tee oder redete sogar ein wenig über eine Angelegenheit, in der seine Meinung eingeholt wurde, sagte ja oder nein oder könnte nicht besser sein, und ging schließlich ins Bett, das er mit Celia teilte. „Und hier haben wir Ibrahim, und das ist Georgy", wies Celia auf zwei junge Männer, die an dem großen Tisch saßen, der weiter hinten im Wohnzimmer stand. Ibrahim trug ein blau marmoriertes grünes Hemd über einem schwarzen T-Shirt, und Georgy, der dunklere der beiden, hatte eine braune Lederjacke mit Reißverschluss an. Die beiden winkten lässig herüber, und in ihren Augen entdeckte ich etwas, das ich weder in Celias noch in Micks Augen gesehen hatte: Misstrauen, eine Spur Großtuerei, einen Schuss Boshaftigkeit. Auch ohne dass man es mir sagte, war mir sofort klar, dass die beiden Ausländer waren. Sie begrüßten Rachel und Jeff mit Vornamen und schenkten ihnen ein strahlendes, dreistes Grinsen, voller Bereitschaft zu einem kleinen Wortgeplänkel, sollte eines in Sicht kommen. Ich blieb misstrauisch, um es vorsichtig auszudrücken. Junge Männer beim Erwachsenwerden, gierig, zu offensichtlich ihre Begehrlichkeiten, verzweifelt, vielleicht auch gnadenlos, ich wusste es nicht, aber ich blieb misstrauisch und vorsichtig. Diese sorgfältig gestutzten Schnurrbärte.

„Ibrahim kommt aus dem Kosovo und ist vor diesen schrecklich schrecklichen Serben und ihrer Blutrünstigkeit geflohen", erzählte Celia und sah mich dabei kurz an. „Ich glaube, du wirst zurechtkommen, nicht war, Ibrahim? Natürlich wirst du. Seine Familie ist in alle Winde zerstreut worden, man hat auf ihn geschossen und ihn durch die Straßen gejagt. Furchtbar. Und das ist Georgyschätzchen. Georgy ist Roma und kommt aus der Republik Tschechien. Er ist schon eine Ewigkeit hier. Sie wollen ihn immer wieder mal zurückschicken, aber er ist hier oben nicht ganz richtig" – Celia tippte sich an die rechte Schläfe – „und dann machen die Ärzte immer mal einen Aufstand, damit die Einwanderungsbehörde ihn wieder eine Weile in Ruhe lässt. Die haben ihn da drüben so fürchterlich verprügelt. Haben ihn schwer verletzt. Mit dem Baseballschläger ins Gesicht und solche Sachen. Widerwärtiges Benehmen, nur weil er Roma ist. Diese Serben..."

„Tschechen", warf Rachel berichtigend ein.

„Dann halt diese Tschechen", gab Celia, etwas gereizt, klein bei. „Ich begreife trotzdem nicht, warum die Leute nicht miteinander auskommen können. Ich begreif das ehrlich nicht. Wir haben doch auch keinerlei Unterschiede zwischen ihnen gemacht, als wir ihnen im Krieg beigestanden haben. Wir haben nicht gesagt, du bist Tscheche und der ist Roma, also helfen wir dir und dem nicht. Wir haben allen geholfen. Bis jetzt jedenfalls trauen sich die Leute vom Home Office nicht, ihn mit Gewalt zurückzuschicken. Sie versuchen, ihn zu überreden, damit er zugibt, dass es nicht ganz so schlimm war, und sogar, dass er überhaupt nicht zusammengeschlagen worden ist. Ich glaube, am Ende werden sie ihn doch zurückschicken, armes kleines Georgyschätzchen."

„Nein, es ist noch nicht ganz aussichtslos", hielt Rachel dagegen. „Wir tun alles, was in unserer Macht steht. Wir geben uns wirklich alle Mühe. Wie geht es mit dem Unterricht voran, Georgy?"

Georgy nickte und folgte der Unterredung mit tränenerfüllten Augen, ein Bild der Erbärmlichkeit und gedemütigten Würde, ein tragischer Leib, dessen Leben davon abhing, in welchem Maße es ihm gelang, den Eifer derjenigen aufrecht zu erhalten, die hier den Ausgang ihrer Bemühungen verhandelten.

„Und das hier sind die Wellensittiche Antigone, Cassandra und Helena", wechselte Celia das Thema, blickte kurz zu mir herüber und wedelte dann mit den Armen zu einem Vogelkäfig nach dem anderen hinüber. „Ich weiß mittlerweile nicht mehr, wer hier welcher ist, aber das scheint ihnen nichts auszumachen. So, nun hast du alle kennen gelernt. Komm, setz dich ans Feuer und trink einen Tee. Dir muss doch fürchterlich kalt sein."

„Mr. Shaaban kann kein Englisch, Celia", sagte Rachel entschuldigend.

Celia sah mich wieder flüchtig an, und ich entdeckte Ungläubigkeit in ihren Augen, eine Art bestürztes Befremden, und ich hatte das Gefühl, als hätte sie mich durchschaut. Sie schüttelte sogar ein wenig den Kopf und zog die Mundwinkel herab, während sie mich, ein bisschen unzufrieden über die Wendung, die die Ereignisse genommen hatten, anschaute. Seit dem Augenblick, in dem wir in dieses vollgestopfte Wohnzimmer getreten waren, war mir das Herz immer mehr in die Hosen gerutscht, eingeschüchtert von dem Gedanken an den erbärmlichen Zustand des Bettes, in dem zu schlafen später von mir erwartet werden würde. Celias verdächtigender Blick ließ es noch tiefer in den Abgrund sinken. Englischen Menschen, die so waren wie Celia und Mick, war ich noch nie zuvor begegnet. Sie mit ihrer kleinlichen und ziellosen Mütterlichkeit und dem sexuellen Unterton in ihren Bewegungen, der zu deutlich hervortrat, als dass er einem nicht auffallen konnte; er mit dem Eindruck freundlicher Klapperigkeit, den er erweckte. Abgesehen von dem düsteren Harold und dem schweigsamen Mann im Büro des Gefangenenlagers und natürlich von Kevin Edelman, hatte es sich bei den Engländern, mit denen ich bislang zu tun gehabt hatte, zumeist um Kunden meines Möbelgeschäfts oder um Touristen gehandelt und, in der Zeit, in der ich bei der Regierung angestellt gewesen war, um die leitenden Beamten des Direktorats. Sie alle gaben sich überlegen, waren wohlhabend, leicht zu beleidigen und ein bisschen zu unhöflich, als dass man sie mögen konnte. Aufgeblasen, und in jeder Beziehung von sich eingenommen. Als würden sie die ganze Zeit auf eine Gelegenheit lauern, Verachtung und Strenge zur Schau zu stellen. Ich konnte mir nicht ausmalen, wie sie sich verhielten, wenn sie unter sich waren, ich konnte mir aber auch nicht vorstellen, dass sie sich dann anders gaben als ich sie sah. Ich sage deshalb zumeist, weil ich zwei Lehrer am Makarere College ausgenommen wissen möchte, die zwar ebenfalls dazu in der Lage waren, etwas von dem gerade Beschriebenen umzusetzen, aber bei anderen Gelegenheiten auch sanft und höflich und begeisterungsfähig sein konnten. Und seit meiner Ankunft in England hatte ich mich mit Offiziellen und Funktionären herumgeschlagen, niemandem, der mich wirklich wahrgenommen hätte, mit Leuten, die unter dem Stress ihrer Arbeit litten und mit Beschreibungen und Geschichten über Bettler wie mich ein ganzes Leben füllen konnten. Celia hingegen hatte mich sehr wohl wahrgenommen. Zumindest hatte ich das Gefühl. Ihr scharfer Blick war so etwas wie eine Anerkennung, auch wenn ich nicht gerade gesteigerten Wert darauf legte. Obwohl ich nicht einmal genau sagen konnte, warum.

„Na ja, da müssen wir uns halt mit Zeichensprache und Geräuschen behelfen", meinte Celia gereizt. „Mach dir keine Sorgen, Rachel, Schatz, wir sind solche Sachen gewöhnt. Stimmt's, Mick? Er konnte früher mal irgend so eine Sprache. Mick, welche Sprache konntest du mal? Malaiisch, oder? Malaiisch. Mick, war's Malaiisch? Spricht Mr. ...?"

„Shaaban", ergänzte Rachel und runzelte ein wenig die Stirn, obwohl sie noch immer ein kleines Lächeln auf den Lippen behielt. Ihre Hände fuhren einmal ruhelos über die Oberseite ihrer Hosen. Mir wurde noch hoffnungsloser zumute, weil mir klar wurde, dass sie ganz begierig darauf war, hier wegzukommen.

„Shaaban, Shaaban, Shaaban", übte Celia. „Spricht Mr. Shaaban malaiisch? Wohl eher nicht." Celia ging hinüber zur Wohnzimmertür, rief zweimal *Susan* und kehrte dann wieder zu ihrem Stuhl zurück. „Ich werd Susan sagen, dass sie uns Tee bringen soll. Shaaban, Shaaban."

Susan, so stellte sich heraus, war eine Frau in Celias Alter, klein und mit rundem Gesicht, die einen gehetzten und sprunghaften Eindruck machte, was bei jemandem, der für eine laute, selbstsichere Despotin wie Celia arbeitete, nur zu leicht zu verstehen war. Sie kochte und putzte, während Celia die Büroarbeit verrichtete, wie sie es ausdrückte. Rachel und Jeff gingen ein paar Minuten, nachdem Celia Susan herbeizitiert hatte, und lehnten die Einladung zum Tee ab. Und als Susan mit einem Teller getoasteten Weißbrotes, einem Kochtopf voll dicker Bohnen und einem weiteren Teller mit geschnittenem Büchsenschinken wiederkam, war leicht zu erkennen, warum sie so schnell verschwunden waren. Wir setzten uns an den großen Esstisch und tranken Tee. Ich zeigte auf die Schinkenscheiben und schüttelte, mit Blick auf Celia, den Kopf.

„Schwein", meinte Ibrahim, grinste von einem Ohr zu anderen und drehte sich zu Georgy, um ihm den Spaß zu erklären. „Muslimmann, isst kein Schwein, säuft kein Alkohol. Rein rein rein, wasch wasch wasch. Schwarzmann."

Bei *Schwarzmann* brach Georgy in heftiges Gelächter aus. Ich weiß nicht, was ihn zum Lachen brachte, der Gedanke an einen *schwarzhäutigen* Mann, der Muslim war, oder das Lustspiel, das ein dunkelhäutiger Mensch bot, der unter dem geradezu wahnsinnigen Druck des *rein rein rein, wasch wasch wasch* stand, oder ob die beiden einen Scherz miteinander teilten, den nur sie verstanden. Später sollte ich begreifen, dass Georgy über alles lachte, was Ibrahim von sich gab. Beide schauten mich mit höhnisch grinsendem Stieren im Blick an, und ich konnte mir überhaupt keinen Reim auf ihre Bösartigkeit machen. Möglicherweise hatten ihre Lebensumstände und Ängste sie bitter und trotzig gemacht. Und die Lügen und Täuschungen, die nötig gewesen waren, die ursprüngliche Geschichte über ihre Unterdrückung aufrecht zu erhalten, hatten sie zynisch werden lassen, was das wahre Ausmaß ihres Leidens und das anderer, denen Gleiches geschehen war, betraf. Woher wollten sie denn wissen, dass ich nicht Zeuge oder Opfer von Demütigungen und Gewalt geworden war, die zumindest ihr menschliches Schweigen erfordert hätten? Niemand hatte mir mit einem Baseballschläger ins Gesicht gedroschen, doch woher wollten sie das wissen? Und woher wollten sie wissen, dass es mir nicht weit schlimmer ergangen war? Wie konnten sie, nach den schrecklichen Erlebnissen, die ihnen widerfahren waren, den Gedanken verdrängen, dass solche Schrecken jedem widerfahren konnten?

Mick löffelte seine dicken Bohnen, während Celia an ihrem Tee nippte und gemächlich erzählte, ohne Angst davor, dass sie jemand unterbrechen könnte. Sie redete über die Wellensittiche, erzählte von anderen Gästen, die bei ihnen gewohnt hatten und dann liebe Freunde geworden waren, berichtete über die Flüchtlingsorganisation – das sind so reizende Menschen – über die Kundgebungen in der Stadt, die sich gegen die Asylbewerber richteten, über übertriebene Berichte in den Tageszeitungen, darüber, wie wenig sie die Veränderungen nachvollziehen konnte, die in der Welt vor sich gegangen waren. Ibrahim zündete sich nach ein paar Bissen Toast eine Zigarette an und zog den überquellenden Aschenbecher näher zu sich, so dass er wie eine besondere Beilage, die nur ihm zustand, eine Würze für Toast und Bohnen und Schinken, neben seinem Teller stand.

„Die Straße runter steht eine Kirche, die heißt St. Peter's, da sind wir früher immer hingegangen. Das war unsere Kirche", erzählte Celia und wedelte wie beiläufig den Zigarettenrauch von sich weg. „Heute ist das ein Club oder ein Café oder so was. Eine Disko. Wir waren nicht besonders religiös oder so was, aber an bestimmten Tagen sind wir schon in die Kirche gegangen. Jetzt ist das ein Club oder ein Café. Ich finde es nicht gut, wenn ein christliches Land sich nicht um seine Kirchen kümmert. Ich wette, dass man in Mr. Naashabs Land keinen Tempel findet, aus dem eine Bar oder so was gemacht wird. Ich geh da nie rein, aber ich glaube, die Jungs schon, stimmt's? Was sollen sie auch sonst mit sich anfangen? Sie hängen hier fest, dürfen nicht arbeiten oder sich eine eigene Bleibe suchen. Der arme Ibrahim musste seine Frau und seine Tochter zur Familie seines Bruders schicken, weil sie der Kleinen nicht erlauben wollten, hier die Schule zu besuchen. Die Elternproteste, verstehst du. Sie wollen sie in ihren Schulen nicht haben, sagen sie. Es ist schrecklich. Also, die Jungs gehen manchmal in diese Bar, aber ich nicht. Ich kann das nicht.

Ich hätte kein gutes Gefühl dabei, nachdem ich dort so oft drin war, um zu beten oder wegen dem Gottesdienst. Die Straße runter wohnte mal ein Maler. Ein richtiger Maler, kein Anstreicher. Meine Mutter hat mir von ihm erzählt, obwohl ich glaube, ich kann mich selber noch an ihn erinnern. Er hatte sein Atelier nach vorne raus in dem großen Zimmer im Erdgeschoss. Man konnte ihm von der Straße aus zugucken, wie er in seinem Kittel vor der Staffelei stand. Rauschebart und Bauch, ziemlich bekannt heute, glaub ich. Damals, als ich hier groß geworden bin, gab es hier kaum Ausländer, ab und an mal einen Touristen aus Frankreich, der sich hierher verirrte, aber keine echten Ausländer. Oder wir sind zumindest keinem über den Weg gelaufen, was meinst du, Mick? Das ging erst mit den italienischen Gefangenen nach dem Krieg los. Zu der Zeit warst du nicht hier, Mick, oder? Ich kann mich nicht mehr genau erinnern. Aber davor war's schlichtweg unmöglich, hier einem Ausländer über den Weg zu laufen, oder? Mick war in Malaysia. Jetzt sind hier überall Ausländer, und bei ihnen zu Hause passiert all diese schrecklichen Dinge. Früher war das gar nicht so. Ich hab keine Ahnung, was da nun richtig oder falsch ist, aber wir können sie doch nicht einfach wieder wegschicken, oder? Wir können doch nicht einfach sagen: Geht wieder in euer fürchterliches Land zurück und lasst euch weh tun, wir haben zu viel mit uns selber zu tun. Wenn wir ihnen helfen können, dann sollten wir das auch machen. Aufgeschlossen sein. Ich kann die Leute nicht begreifen, die auf die Straße gehen und alles Mögliche über die Asylbewerber reden. Und diese Aufmärsche von der National Front; ich kann diese Faschisten nicht ausstehen. Früher gab's nicht so viele davon im Land, aber was sollen wir denn machen? Wir können sie doch nicht in diese schrecklichen

Länder zurückschicken. Ich weiß auch nicht, was wir machen sollen."

Ich hatte den Kopf gesenkt und hörte ihr zu, und die anderen lauschten gleichfalls schweigend. Aus Celias gleichmäßigem und gemächlichem Redefluss entstand in mir die Angst, sie könnte einfach bis zur Erschöpfung so weiterreden, und das wäre sicher erst weit nach Mitternacht der Fall. Ich machte ein Zeichen, dass ich schlafen gehen wollte, und Celia zog die Augenbrauen in die Höhe, als wollte ich sie ausnutzen, als hätte ich einen Wunsch geäußert, der nur sehr schwer zu erfüllen war. Es war erst kurz nach sechs, trotzdem wollte ich aus diesem bedrückenden Zimmer fliehen, vor seinen Wiederholungen und Verstellungen, vor seinen Gerüchen, seiner Aura aus Vernachlässigung und Grausamkeit, vor seiner Schäbigkeit. Ich wollte allein im Dunkeln sitzen und die Knochen in meinem Kopf zählen.

Celia brachte mich nach oben, zwei weitere Male rechts herum, in ein kleines, vollgestopftes Zimmer, in dessen einer Ecke ein Bett stand, das von einem Etwas verhüllt wurde, das wie eine braune Wolldecke aussah.

„Ich wohne jetzt seit beinahe sechzig Jahren in diesem Haus, Mr. Bashat", sagte sie, verharrte im Türrahmen, stützte eine Hand gegen denselben und lächelte vor Stolz über das Erreichte. Sie setzte an, mir die Geschichte des Hauses zu offenbaren, und wie ihre Mutter, die in St. Peter's immer die Blumen aufgestellt hatte, heimlich in einen Hitzkopf von Künstler verliebt gewesen sei, der sich vor Verzweiflung in einer stürmischen Nacht davongemacht hatte, weil sie sich auf nichts Unschickliches einlassen wollte, und nun zurückgekehrt sei und auf der Suche nach ihrer Liebe an die Fensterscheiben klopfte. Nein. „Über sechzig Jahre, und immer noch rüstig an Körper und Geist, oder wie das heißt, ganz anders als der gute alte Mick. Auch wenn er mit seinem Leben ganz glücklich ist, der alte Mick. Die Japaner haben ihm das angetan. Er ist so zurückgekommen, wie er jetzt noch ist, und ich hab ihn aufgenommen. Die Dinge, die du hier in dem Zimmer siehst, haben alle eine Bedeutung für mich, jedes einzelne. Geh also bitte vorsichtig mit ihnen um. Das Badezimmer ist gleich nebenan. Wir benutzen es alle, also halte es bitte sauber. Davon abgesehen hast du alle kennen gelernt, und ich wünschte, du könntest bald Englisch reden, damit wir mal ordentlich quatschen können. Ach ja, und Ibrahim und Georgyschätzchen schlafen eine Treppe höher."

Sie wandte sich mit einem Ausdruck der Ablehnung ab, und ihre Augen blitzten vor unterdrückter Verunsicherung. Was sollte das jetzt? Was hatte ich *ihr* angetan? „Frühstück gibt's zwischen sieben und zehn", fuhr sie etwas hochmütig fort und drehte sich wieder halb zu mir herum. „Es wäre sehr aufmerksam, wenn du pünktlich sein könntest. Die Haustür schließ ich abends um zehn immer ab, wenn du danach noch draußen bist, wirst du, fürchte ich, klingeln müssen, bis jemand kommt und dich reinlässt. Guten Abend, Mr. Showness."

Die Wolldecke auf dem Bett ließ eine kleine Staubwolke aufsteigen, als ich sie zurückschlug. Die Bettücher erweckten den Eindruck – und rochen auch so – als hätte schon jemand in ihnen geschlafen. Auf dem Kopfkissenbezug waren Blutflecken zu sehen. Das Bett dünstete genau so wie die Polstermöbel unten im Wohnzimmer: nach eingetrockneter Kotze und verschüttetem Tee. Aus einer unbegreiflichen Furcht heraus, mich zu vergiften, traute ich mich nicht einmal, mich darauf zu setzen. Es war nicht einfach die Angst vor einer Krankheit, sondern die Furcht vor innerer Verpestung. Ich versuchte es mit dem vornehm aussehenden Sofa – vornehm im Schwung seiner Linien und der Form – doch befand sich die Polsterung in genau dem selben ranzigen Zustand wie die Wolldecke auf dem Bett. Das Bad stand nur so vor Dreck: das Waschbecken hatte Flecken, die nach irgendwelchem Grünzeug aussahen, die Wanne hatte sich eine schattendunkle Haut zugelegt, und das Klo war ein undurchdringlich trübes, schwarzes Loch. Mich würgte, aber es ging nicht anders. Ich rechnete die ganze Zeit damit, dass ein blutrünstiges Wesen, das drunten in diesem dunklen Schlamm hauste und Zähne hatte, sich vom Gewicht meiner herabhängenden männlichen Ausstattung in Versuchung geführt fühlen könnte. Mit steigendem Alter entwickelt sie eine Art Adel. Das Englische würde am kommenden Tag aus mir herausgezwungen werden, wenn Rachel mich zu einer Veranstaltung abholen kam, die sie als Abschlussbesprechung bezeichnete. Ich hatte nicht den ganzen Weg bis hierher hinter mich gebracht, um jetzt durch eine Achtlosigkeit umzukommen. Ich verbrachte den Abend damit, Celias wertvolle Erinnerungen durchzusehen, wobei ich mich einer Mischung aus alten Freuden und ebenso altem Bedauern nicht erwehren konnte und in meiner Fantasie alles auspreiste und begutachtete, als handelte es sich um einen Hausstand, den ich bei einer Auktion ersteigert hatte. Auf dem Tisch befand sich nichts weiter: ein Schiff in einer Flasche, ein paar Schmuckstücke, Fotografien in klobigen Rahmen, eine Keksdose mit dem Bild eines Mannes in Kapitänsuniform darauf, das von einer Girlande aus Früchten und Nüssen aus allen Gegenden des Königreiches umrahmt wurde. Die Dose enthielt eine Unmenge Kleinkram: Knöpfe, Abzeichen, Federn. Ich fragte mich später, warum diese Gegenstände kein Interesse bei mir wachgerufen, nicht einmal meine Fantasie geweckt hatten, dass ich nicht wenigstens Vermutungen darüber anstellte, warum diese Dinge für Celia etwas Besonderes darstellten und mir schon gar nicht vorzustellen versuchte, wie sich ihr Leben mit ihnen gestaltet hatte.

An der Wand hing ein riesiger vergoldeter Spiegel, der zwar für dieses winzige Zimmer viel zu groß war, aber die Vergoldung befand sich in einem guten Zustand, und der Spiegel musste nur ein bisschen auf Vordermann gebracht werden. Der würde den einen oder anderen Penny eingebracht haben. Im düsteren Licht sah mein Abbild im Spiegel, mit dem Lichtkreis aus Schatten, der mir wie eine lockere Schlinge auf den Schultern saß, wie ein Wesen aus, das in einem aufsteigenden Nebel hing. Ich schlief neben dem Tisch auf dem Fußboden, das Handtuch, das Alfonso mir aufgedrängt hatte, unter dem Kopf. Mir war klar, dass ich kaum Schlaf finden würde, was, angesichts des harten, verfilzten Teppichs, auf dem ich lag, und des nagenden Hungers in meinem Magen, kein Wunder war. Tief in der Nacht vernahm ich den unmissverständlichen, pumpenden Rhythmus des Liebesspiels und fragte mich, ob Celia Mick bestieg, oder etwa die Jungs inmitten eines feurigen Spiels waren.

Rachel tauchte am nächsten Morgen nicht auf. Ich benutzte das Bad mit geschlossenen Augen, berührte alles, was ich anfassen musste, nur mit den Fingerspitzen. Dann zog ich die Vorhänge auf und setzte mich auf den Fußboden meines Zimmers, Alfonsos Handtuch unter mir ausgebreitet. Mein Zimmer ging nach hinten hinaus und schaute auf einen verwilderten Garten, der von großen Büschen und Bäumen überschattet wurde und einen düsteren Eindruck machte. An den Fensterscheiben lief der Regen hinunter. Seit meiner großen Notdurft war ich noch nicht in der Lage gewesen, mich richtig zu waschen, zumal mir die Bohnen wie immer Dünnpfiff beschert hatten. Ich säuberte mich so gut es ging mit Papier, doch als ich jetzt so auf dem Fußboden kauerte, hatte ich das Gefühl, als breitete sich ein Fleck unter mir aus. Im Haus war es still, alle lagen noch im Bett. Später jedoch, als ich auf der Treppe Schritte hörte und das Klappern von Tassen und Tellern zu mir drang, brachte mich der Gedanke an die Abneigung in Celias Blick so aus der Fassung, dass ich mich nicht aus dem Zimmer traute. Ich beschloss, mich auf Alfonsos Zauberteppich zu setzen und, so vor Missachtung geschützt, auf Rachel zu warten. Rachel aber tauchte nicht auf, und es entmutigte mich so sehr, in einem staubigen, vollgestopften Zimmer auf dem Fußboden sitzen zu müssen und an nichts anderes als meine Nichtsnutzigkeit denken zu können, dass ich schließlich doch nach unten ging.

Mick befand sich auf seinem Posten vor dem stumm geschalteten Fernsehgerät, ein benutztes Messer und einen Teller auf dem Schoß. Celia saß, eine aufgeschlagene Tageszeitung vor sich, am Esstisch. Als ich hereinkam, blickte sie kurz auf, lehnte sich auf ihrem Stuhl zurück und grinste. Sie trug einen Morgenmantel, den sie nicht besonders ordentlich verknotet hatte, so dass ich sogar von meinem Standort aus sehen konnte, dass sie nichts darunter trug. „Guten Morgen, Mr. Showboat. Du hattest hoffentlich 'ne gute erste Nacht, oder?", grüßte sie und winkte mich gönnerhaft zum Tisch hinüber. „Ich bin mir sicher, dass es dir gut getan hat. Ich hoffe, es war dir warm genug. Nimm dir eine Tasse Tee, komm schon. Oh, ich hab nicht dran gedacht. Tee, schlürf schlürf. Eingieß, eingieß, komm schon." Sie tat so, als gieße sie den Tee ein und schlürfe ihn, und dann grinste sie mich wieder an. „Oder möchtest du, dass Mami ihn dir eingießt?"

Ich schenkte mir selber eine Tasse ein und setzte mich hinüber zu Mick, starrte mit ihm zusammen in den stumm geschalteten

Fernseher, hatte aber, das muss ich der Ehrlichkeit halber und nicht ohne mich zu schämen zugeben, immer ein Auge auf Celia, die am Tisch saß und in ihrer Zeitung blätterte. Der Morgenmantel reichte ihr bis knapp unter die Knie, und da sie beim Lesen das Körpergewicht mitunter von einer Seite auf die andere verlagerte, gab er von Zeit zu Zeit den Blick zwischen ihre Beine frei. Einmal langte sie geistesabwesend hinunter und kratzte sich die Innenseite eines Schenkels. Ich hörte, wie Mick neben mir kicherte, aber als ich zu ihm hinüberblickte, waren seine Augen auf den Fernseher gerichtet. Ich drehte mich weiter zum Fernseher herum, weil ich mich nicht länger zum Narren machen wollte. Endlos lange Zeit blieben wir so sitzen. Mick und ich starrten auf den stummen Fernseher, ich wartete dabei auf Rachel, hatte Angst, mich vom Fleck zu bewegen, wusste nicht wohin oder was ich anfangen sollte, derweil Celia mit der Zeitung raschelte und ab und an einen Seufzer von sich gab. Als sie mit der Zeitung durch war und sie wieder zusammenfaltete, meinte sie: „Ihr beiden scheint ja ganz gut miteinander klarzukommen. Die Jungs haben wieder einmal das Frühstück ausgelassen. Weißt du, Mr. Showboat, die machen den ganzen Tag nichts anderes als schlafen. Wie Kinder. Arme Jungs, was sollen sie sonst auch machen? Es kann durchaus sein, dass sie bis zum Nachmittagstee durchschlafen. Sparen sich das Mittagessen. Bei uns gibt's kein Mittagessen, Mr. Showboat. Nur Frühstück jeden Tag und, nach Absprache, den Nachmittagstee. Außer donnerstags, was also heute wär. Susans freier Tag. Oh, ich hoffe, es macht dir nichts aus, wenn ich Mr. Showboat zu dir sage. Das ist bloß meine Eselsbrücke, um mir deinen Namen zu merken. Ich hoffe, du bist nicht beleidigt deswegen. Mick. Mick, ich geh grad' mal und mach mich ein bisschen zurecht. Mick mag es nicht besonders, wenn ich den ganzen Vormittag im Morgenmantel rumlaufe, wenn wir Gäste haben. Da wird er eifersüchtig. Du wirst dich schon noch an die Gepflogenheiten bei uns gewöhnen, Mr. Showboat. Ich denk mal, du wirst 'ne ganze Weile bei uns bleiben, wie die meisten Asylbewerber. Wir haben ein paar wunderbare Freunde gefunden, von überall her. Du musst nur noch ein bisschen Englisch lernen, Mr. Showboat. Ist ja nicht auszuhalten, wenn du mich so anguckst, und ich weiß nicht im Mindesten, was in dir vorgeht."

Ich floh. Ich floh auf Alfonsos Handtuch, und sobald ich mich darauf gesetzt hatte, hatte ich das Gefühl, als befände ich mich an einem unsichtbaren Ort. Den ganzen Nachmittag über blieb ich darauf sitzen, verfluchte den Ticketverkäufer, der mir die Macht der Sprache und des Protests genommen hatte, und ich verfluchte Rachel und Jeff, weil sie mich aus dem Häftlingslager fortgeschleppt hatten, in dem ich meine Zeit in Gesellschaft von Leuten verbringen konnte, deren Leben das meine nährten, nur um mich in diesen Kerker zu stecken mit seinen wendelnden Treppen und den ausgeflippten *Bawabs*, von denen mir Gefahr und Vernachlässigung drohte. Den ganzen Tag lang bekam ich nichts zu essen, was für jemanden in meinem Alter keine besonders schreckliche Entbehrung darstellt, sieht man einmal davon ab, dass sich keiner auch nur einen Gedanken deswegen machte. Es juckte niemanden, ob ich etwas aß oder nicht, ob ich wohlauf oder krank war, ob es mir gut ging oder ich Kummer hatte. Ich hörte, wie die Jungen aufstanden und später die Treppe herunterpolterten wie zwei lärmende Paviane, wo sie von Celias heiserem Lachen und ihren selbstgefälligen Ermahnungen in Empfang genommen wurden. Die beiden jungen Helden der Gerechtigkeit und der Menschenrechte hatten mich in einem Zoo abgeladen und waren dann verschwunden, um sich mit ihren Freunden und Kollegen zu treffen und vor ihnen damit anzugeben, wie viele Minister sie ausgetrickst hatten, um einen alten Mann aus dem scheußlichen Häftlingslager und den faschistischen Klauen des Staates zu befreien, und wie sicher er sich jetzt in den segensreichen Händen der freundlichen Celia und ihrer Spielkameraden fühlen konnte. Rachel, ich rufe dich herbei, im Namen des Allmächtigen.

Der Nachmittag war bereits ziemlich weit fortgeschritten, da fühlte ich mich irgendwie kränklich und taumelig und entschied deshalb, dass es an der Zeit war, *Ya Latif* zu sprechen. Oh Sanftmütiger, oh Gnadenreicher. Im Gefängnis hatten wir dieses Gebet immer gemeinsam gesprochen, wenn jemand krank war oder uns eine übergroße Angst befiel, und es ist auch am besten, wenn man es als Gemeinschaft spricht und für jemanden, der krank ist oder verzweifelt. Hier aber war keiner, der es für mich sprechen konnte, und mir blieb nur die Hoffnung, dass ich die Form nicht verletzte, wenn ich es zu meinen Gunsten betete.

Ich ging ins Bad hinüber und vollzog die *Udhu*, die zur Vorbereitung auf das Gebet erforderlich sind, wusch mir die Hände, das Gesicht, die Arme und die Füße. Dann kehrte ich zu Alfonsos Handtuch zurück und begann. Zuerst erklärte ich meine Absicht, *Ya Latif* aufzusagen, darauf empfahl ich mich in Gottes Schutz vor Satan, dem Gesteinigten. Dann *Bismillah*, Im Namen Gottes, des Gnadenreichen und Mitfühlenden. Anschließend dreimal *al-Ikhlas*: *Gott ist unteilbar, Gott ist ewig. Er hat kein Kind und keinen Vater. Niemand ist Ihm gleich.* Danach das *Latifun*: *Gnädig ist Gott zu seinen Dienern. Er gibt, wie es Ihm beliebt. Er ist der Unerschütterliche, der Allmächtige.* Schließlich das Gebet an den Propheten, ein Gebet, das wunderbar klingt:

> A salatu wa salamu alayka ya sayyidi ya habiba-Llah
> A salatu wa salamu alayka ya sayyidi ya nabiya-Llah
> A salatu wa salamu alayka ya sayyidi ya rasula-Llah
> Segen und Frieden sei dir beschert, oh Geliebter Gottes
> Segen und Frieden sei dir beschert, oh Prophet Gottes
> Segen und Frieden sei dir beschert, oh Bote Gottes.

Darauf spricht man, ohne Hast und Eile, tausend Mal die Worte *Ya Latif*, wobei man den Kopf abwechselnd zur Linken und zur Rechten wendet.

Als ich fertig war, wurde es draußen bereits dunkel. Ich fühlte mich sehr getröstet und begann darüber nachzudenken, ob ich nach unten gehen und um ein Schlückchen Schlürf-schlürf betteln sollte, und was an Krümeln vielleicht noch verfügbar war, oder ob ich besser aus dem Haus und eine halbe Stunde geradeaus in eine Richtung gehen sollte, als ich hörte, wie Celia die Treppe heraufkam. Irgendeine innere Stimme sagte mir, dass sie zu mir wollte, und deshalb erhob ich mich von meinem Handtuch, weil ich nicht wollte, dass sie mich so sah. Sie klopfte laut, Einlass fordernd, und trat ohne weiteres Zögern ein. Man konnte die Tür auch nicht abschließen. „Wie's aussieht, schläfst du gern, Mr. Showboat", sagte sie fröhlich und tastete nach dem Lichtschalter. „Rachel hat gerade eine Nachricht für dich geschickt. Ibrahim ist im Büro vorbeigegangen, und Rachel hat ihm aufgetragen, dir zu sagen – aber das ist Quatsch. Sie scheint nicht dran gedacht zu haben, dass du kein Englisch kannst. Na ja, macht nichts. Du hast ja keine Ahnung, dass eine Nachricht für dich da ist, demzufolge wirst du dir auch keinen Kopf drüber machen, dass du sie nicht gekriegt hast. Du hast es dir hier drin gemütlich gemacht, schön."

„Rachel", stieß ich hervor, und hörte, dass meine Stimme Mitleid erregend brach wie bei einem schmeichelnden Bettler. Meine Stimme klang heiser, weil ich so lange flüsternd gebetet hatte.

„Ja, Rachel hat eine Nachricht geschickt, mein Schatz. Alles in Ordnung, mach dir keine Gedanken, Mr. Showboat. Warum kommst du nicht mit runter und guckst zusammen mit deinem Freund Mick ein bisschen fern? Ihr beiden seid heute Morgen so gut miteinander klargekommen. Komm schon, du bist den ganzen Tag hier oben rumgehockt. Das ist nicht gut für dich. Komm, komm nur und setz dich zu uns", sagte sie, streckte einladend den rechten Arm aus und wiegte sich einmal sacht in den Hüften.

Ich folgte ihr nach unten und wünschte mir dabei, ich könnte einfach meine Arme ausstrecken und sie durchschütteln, bis Rachels Nachricht aus ihr herauspurzelte. Wie zuvor schwatzte sie unbeirrt weiter drauflos, diesmal über die Schulter. Einmal drehte sie sich halb zu mir um, um mir, unter ihren Augenbrauen hervor, einen Blick zuzuwerfen. „Hier haben wir ihn", verkündete sie der Welt der Affen, als wir ins Wohnzimmer kamen. Mick schenkte mir ein gütiges Lächeln, Georgy grinste und winkte, und Ibrahim nahm, in gespielter Ehrfurcht, Haltung an und salutierte. Die Jungen spielten Karten. „Mach schon, setz dich auf deinen Stuhl", befahl Celia und zeigte auf *meinen* Platz an Micks Seite. Rachel, im Namen des Einen und Einzigen, eile.

„Rachel", sagte ich und sah Ibrahim an.

„Reetschel", äffte er mich nach und grinste mich an. „Sie sagt, du zu alt. Nich gut. Schwarzmann." Und dann brachen die beiden in Gelächter aus, warfen sich ob dieser unanständigen Worte Funken sprühende Blicke zu. „Sie will jung Mann."

„Ich weiß nicht", meinte Celia und gluckste wie ein Baby, „aber Mr. Showboat macht den Eindruck, als steckte doch ein Fünkchen

Leben in ihm." Das ließ sie erneut losprusten. Schwarzmann, Mr. Showboat, wasch wasch wasch, rein rein rein. In mir regte sich das Gefühl, dass ich mich für das Schicksal von Ibrahim und Georgy interessieren sollte, dass ich zuhören, Mitleid zeigen, mir anhören sollte, welche Schrecken sie durchgemacht und sie dazu getrieben hatten, den Weg zu nehmen, den sie bis hierher gegangen waren, aber ich konnte mich nicht dazu überwinden. Sie wollten ja gar nicht, dass ich davon erfuhr. Ich hegte den Verdacht, dass sie mich ihrer Tragödien überhaupt nicht würdig erachteten. Das ließ mich an Alfonso und die Algerier denken und daran, wie sie mit seinem verzweifelten Selbstvertrauen als einer Art Unverschämtheit seinerseits umgegangen waren, weil er in ihren Augen ein Schwarzer war, ein geringerer Sohn des Adam als sie selbst, lediglich fähig zu unterwürfiger Wut und gedankenloser Unverwüstlichkeit.

Als sie mit ihrem Kartenspiel fertig waren, erhoben sie sich zum Gehen, und dann erbarmte sich Ibrahim aus irgendeinem Grunde meiner. Er blieb an der Wohnzimmertür stehen und sagte: „Reetschel, sie kommt später." Dann lächelte er in die Runde, zufrieden mit sich und seiner Freundlichkeit. Als die beiden jungen Männer an der Haustür angekommen waren, rief Ibrahim Celia nach draußen, und sie stand lächelnd auf, um zu ihnen hinaus zu gehen. Es war Gelächter zu hören und Geräusche, die auf ein Handgemenge schließen ließen, und dann Stille. Mick und ich hockten in unserem Schweigen und starrten auf den stummen Bildschirm. Nachdem ein paar Minuten vergangen waren, hörte man, wie die Haustür zuschlug. Dann kam Celia mit blitzenden Augen zurück. Sie setzte sich auf den Stuhl, der Mick gegenüberstand und nahm sich eine Zeitschrift. Reetschel, sie kommt später. Aber sie kam nicht.

In der sinnlosen Hoffnung, dass vielleicht ein Stück Brot oder eine Tasse Schlürf-schlürf ihre Aufwartung machen könnten, blieb ich so lange im Wohnzimmer, wie ich es nur irgend aushalten konnte. Aber nichts dergleichen. Es war Susans freier Tag. Zu guter Letzt schleppte ich mich, fast besinnungslos vor Hunger und Langeweile, wieder die Treppe hinauf. Zweimal scharf nach rechts. Ich war zu müde, um noch einen einzigen Gedanken an das dreckige Bett verschwenden zu können. Und außerdem drohte es in der Nacht kalt zu werden. Ich kroch ins Bett, ohne mich auszuziehen, obschon ich Alfonsos Handtuch sorgsam zusammenfaltete und über eine Stuhllehne legte. Ich tat das aus Dankbarkeit Alfonso gegenüber sowie als Geste der Achtung vor seinem Instinkt zur Aufrechterhaltung der Selbstachtung, doch gleichzeitig auch, weil mir klar war, dass ich nicht dazu in der Lage gewesen war, seiner Anordnung Folge zu leisten, mir meine Würde zu bewahren. Was immer sie auch mit dir machen, halte dich sauber. Dazu war ich nicht in der Lage gewesen, und nun lag ich in Sachen, die sich besudelt anfühlten, weil mein Körper unsauber war, in einem schmutzigen Bett. Mein erster Tag in Freiheit ging zu Ende, und ich schlief augenblicklich ein.

Sie kam am Vormittag. Ich hatte schon daran gedacht, einen Spaziergang zu machen, eine halbe Stunde geradeaus zu gehen, damit ich ohne Schwierigkeiten wieder zurückfand, aber ich hatte Angst, sie zu verpassen und dann tagelang bis zu ihrem nächsten Besuch warten zu müssen. Ich fühlte mich wie gelähmt. Als sie endlich auftauchte, reizend aussah in ihrem braunen Kostüm und lächelte und eine Aura fröhlicher Geschäftigkeit ausstrahlte – hab nicht viel Zeit –, saß ich an Micks Seite vor dem stumm geschalteten Fernseher, während Celia irgendwo hinten scheltend mit Susan über Wirtschaftlichkeit und Abfall debattierte.

„Es sieht ja so aus, als hätten Sie sich schon einigermaßen häuslich eingerichtet, Mr. Shaaban", grüßte Rachel. Ich brummte etwas als Erwiderung, aber das machte keinen Unterschied. Sie redete bereits mit Mick, der ein mildes, nachsichtiges Lächeln aufgesetzt hatte. Celia kam herein und übernahm das Kommando, erklärte, wie bequem ich es hatte, dass ich mich bereits mit den Jungs angefreundet hätte und wirklich gut mit Mick zurecht kam, dass wir zwei den ganzen Tag einträchtig vor dem Fernseher säßen wie zwei Maden im Speck. Ich glaube, so drückte sie sich aus, obwohl ich mir nicht sicher bin, ob ich es richtig verstanden habe: ich kannte diesen Ausdruck nicht. „Manchmal bläst er ein bisschen Trübsal", fuhr Celia fort. „Aber ich glaube, das liegt einfach daran, dass er nicht alles versteht, was wir sagen. Nicht wahr, Mr. Showboat? So sage ich zu ihm. Das ist der Spitzname, den wir ihm gegeben haben. Er hat nichts dagegen, ich hab ihn gefragt."

Es dauerte eine Weile, bis geklärt war, dass Rachel mich abholen gekommen war, um mich wegen des versprochenen Abschlussberichts mit in ihr Büro zu nehmen, dass ich meine Tasche nicht mitzunehmen brauchte, weil ich für den Augenblick bei Celia und Mick wohnen bleiben würde, und dass wir zu Fuß zum Büro gehen würden. Rachel machte sich forschen Schritts auf den Weg, und ich folgte ihr so gut ich nur konnte. Ab und an verlangsamte sie ihren Schritt, entschuldigte sich und setzte hinzu, dass es nicht mehr weit sei. Es war mein erster Gang durch englische Straßen. Ich hatte mir mehr Geschäftigkeit und Eile vorgestellt, und auch, dass alles neuer und schöner aussehen würde. Manches an den Straßen, durch die wir auf unserem Weg ins Büro kamen, erinnerte mich an Celias Haus, es sah verblichen und schmuddelig und eng aus, und wir überholten viele ältere Leute, die langsam dahinschlichen, und begegneten jungen Leuten, die sich mit erhobenen Stimmen und vorgeschobenen Schultern ihren Weg bahnten. Etwas in mir aber führte dazu, dass ich mir vorkam, als schwebte ich durch die Straßen, als hätte ich die Ketten meines alten Lebens abgestreift und kreuzte nun durch ein neues. Es war der Anfang eines Gefühls, das in mir wachsen sollte: dass mein früheres Leben zu Ende war und ich ein neues Leben begann, und dass dieses frühere Leben jetzt für immer vorüber und abgeschlossen war. Ich stelle es mir so vor: Um hierher zu kommen, musste ich durch einen Durchgang hindurch, der sich hinter mir wieder schloss. Vielleicht waren es, als ich jünger war, ein paar Geschichten aus *Tausendundeiner Nacht* zu viel gewesen, so dass ich mir jetzt diesen Durchgang vorstellte, der sich hinter mir wieder schloss. Es war nur eine Einbildung, aber dieses Gefühl des Endes eines Lebens kehrt immer wieder, obwohl ich mir natürlich darüber im Klaren bin, dass das frühere Leben immer noch in mir schwelt.

Das Büro entpuppte sich als Haus, das zwischen einen Gemüseladen und einen Pub gezwängt war, obwohl ich damals noch gar keine Ahnung hatte, dass man Pub dazu sagte. Eine Taverne. Ich hätte es gern schon gewusst. Mir fiel vor allem das Bild eines Soldaten aus früherer Zeit ins Auge, das über der Eingangstür dieses Biergeschäfts prangte, wie er in leuchtende Farben gekleidet war und Federn am Hut trug. *The Royal Dragoon.* Rachel führte mich in ein Beratungszimmer abseits des Hauptbüros, in dem zwei ihrer Kollegen an ihren Schreibtischen saßen. Jeff war einer der beiden. Er lächelte mir mechanisch zu, als wir vorübergingen und zog den Kopf ein, als hätte er Angst, ich könnte stehen bleiben und mit ihm reden, ihn von der wichtigen Arbeit abhalten wollen, mit der er sich gerade befasste. Ich nehme an, ich stellte für ihn nicht länger den Erzflüchtling dar, den man den Fängen des Staates entrissen hatte. Jetzt war ich zum Fall geworden. Rachel legte die Jacke ihres Kostüms ab und hängte sie über die Lehne ihres Stuhls. Dann breitete sie ihre Papiere auf dem Tisch aus und setzte sich, mit dem Gesicht zur Tür. Sie lächelte mich an und schien mit sich zufrieden zu sein. Das verwirrte mich für einen Augenblick, aber ich nehme an, dass sie einfach Spaß an ihrer Arbeit und an ihrem Leben hatte. Ich saß ihr gegenüber und schaute auf ein Fenster, das den Blick auf eine Ziegelmauer freigab.

„Mr. Shaaban, es tut mir Leid, dass ich mich Ihnen nicht früher widmen konnte... aber wir hatten sehr viel zu tun. Gestern kam ein Fährschiff aus Le Havre mit einhundertzehn Roma aus Rumänien an Bord an, alles Asylbewerber. Die Einwanderungsbehörde wollte alle zurückschicken, und wir haben darauf hingearbeitet, dass wenigstens einigen die Einreise gestattet werden sollte. Es wird sie vielleicht interessieren, dass sie alle zurückgeschickt worden sind, obwohl ich annehme, dass sie in ein paar Tagen erneut die Überfahrt wagen werden, wenn auch mit einem anderen Hafen als Ziel. Wie dem auch sei, ich dachte auch, dass wir mit einem Dolmetscher weiterkommen würden", fuhr sie fort und verzog das Gesicht. „Aber ich fürchte... Es ist nicht ganz aussichtslos, weil ich heute morgen von jemandem eine Rückmeldung bekommen habe, an den ich mich gewandt hatte. Er scheint dazu bereit zu sein, aber ich will das erst absprechen, und dann sage ich Ihnen Bescheid. Jedenfalls sitzen wir nun hier, und ich habe keinerlei Vorstellung, wie wir irgendetwas zustande bringen wollen. Andererseits hatte ich den Eindruck, dass Sie sich Sorgen gemacht haben. Oder vielleicht glauben, dass wir Sie vergessen hätten."

„Ich glaube, ich brauche keinen Dolmetscher", sagte ich. Natürlich steckte ich innerlich voller Schadenfreude, als ich diese Worte aussprach. Sogar in meinem Alter ist man nicht völlig gegen solche kleinlichen Erfolge gefeit, und meine Freude unterschied sich in diesem Augenblick durch nichts von der, die ich als Kind und später noch hunderte Male empfunden hatte, wenn ich unerwartet und auf sagenhafte Weise mein Wissen unter Beweis stellen konnte. Ich kümmerte mich nicht mehr darum, vor welcher Demütigung mich damals der Ticketverkäufer mit seinem listigen Ratschlag bewahren wollte, und ich begann zu glauben, dass seine Verschlagenheit etwas mit der Paranoia der Machtlosen zu tun gehabt haben musste. Dass ich die Entwürdigungen in Celias Haus schweigend zu ertragen gehabt hatte, hatte mich leichtsinnig werden lassen, und ich brauchte die Süße dieses großartigen Augenblicks, um mich über meine Gefangenschaft dort zu erheben. Und es stand außer Frage, dass irgendjemand die Verantwortung für mein neues Leben übernehmen musste, bevor Celia und Mick und die Jungs dazu kamen, es mit der ganzen Erbärmlichkeit ihres kleingeistigen Daseins zu versauern. Und Rachel wie Jeff waren zu sehr mit den berauschenden Kämpfen befasst, die sie in ihren sicheren Zitadellen auszufechten hatten, als dass sie das übernehmen konnten. Und dass ich, so vielen pflichtvergessenen Händen ausgeliefert, betatscht und geschoben und gezogen werden und schließlich dazu gezwungen sein würde, in stummer Demütigung auszuharren, während man mich zum Spielball der selbstzufriedenen Geschichten anderer machte. Und ich kam fast um vor Hunger. Rachel starrte mich mit einem Ausdruck sprachloser Empörung an.

„Verstehe", sagte sie, und ihr Lächeln war plötzlich verschwunden. „Was heißt das? Warum haben Sie gesagt, Sie könnten kein Englisch?"

„Das habe ich nicht gesagt", erwiderte ich.

„Gut, warum haben Sie dann nicht geantwortet, als man Sie in Englisch anredete?", fragte sie nach einem Augenblick des Überlegens, in dem sie ihre Frage mit der messerscharfen Gründlichkeit eines Rechtsanwalts umformulierte, die Stimme ein wenig schärfer vor Verzweiflung.

„Ich mochte lieber nicht", antwortete ich und betrachtete mir die Ziegelmauer vor dem Fenster mir gegenüber.

„Was!", rief sie aus, und war jetzt offensichtlich irritiert.

Da wurde mir klar, dass sie die Geschichte von Bartleby nicht kannte. Sie war mir sofort in den Sinn gekommen, als ich das Zimmer betreten und die Ziegelmauer gesehen hatte, und ich war mir sicher, dass ich eine Gelegenheit finden würde, diesen Satz zu sagen, und damit herausfinden, ob sie beim Anblick der Wand auch an diese Geschichte denken musste. Eine hübsche Geschichte.

„Haben Sie überhaupt eine Ahnung, welche Schwierigkeiten wir hatten, einen Dolmetscher aufzutreiben?", fragte sie mich und schnaubte erneut vor Empörung. „Wir wussten ja nicht einmal, welche Sprache sie sprechen. Jetzt haben wir an der University of London jemanden gefunden, der Experte für Ihre Gegend und auch noch bereit ist, uns zu helfen. Er ist bereit dazu, seine Zeit dafür zu opfern, hier runter zu kommen und *Ihnen* zu helfen. Und jetzt, nachdem Sie allen möglichen Leuten Unmengen von Schwierigkeiten gemacht haben, erzählen Sie mir, dass Sie des Englischen sehr wohl mächtig sind. Könnten Sie mir zumindest mal erklären...?" Ungeduldig schob sie ein paar widerspenstige Locken aus dem Gesicht, das mich jetzt bitterböse ansah und vor Verdruss glühte, und zog ihren Schreibblock zu sich heran, um niederzuschreiben, was immer ich auch sagen würde, und es als Beweisstück gegen mich zu verwenden.

„Es tut mir Leid", sagte ich.

Ein Experte für meine *Gegend*. Ohne Zweifel jemand, der Bücher über mich verfasst hat, der alles über mich weiß, mehr als ich selber. Er wird, in meiner *Gegend*, alles besucht haben, was interessant und wichtig ist, wird über den geschichtlichen und kulturellen Hintergrund Bescheid wissen, wohingegen ich mit Sicherheit sagen kann, dass ich diese Orte nie zu Gesicht bekommen habe, stattdessen nur ungenaue Mythen und volkstümliche Märchen darüber kenne. Er wird seit Jahrzehnten in meiner *Gegend* aus und ein gegangen sein, mich erforscht und alles über mich aufgeschrieben, erklärt und zusammengefasst haben, und mir wird sein geschäftiges Dasein nicht einmal aufgefallen sein.

„Als ich mein Ticket kaufte, gab man mir den Rat, nicht zuzugeben, dass ich des Englischen mächtig sei, wenn ich hier ankame", erklärte ich. „Ich wusste nicht, weshalb ich das tun sollte, aber ich dachte, es wäre klüger, wenn ich mich erst einmal an diesen Rat hielt und abwartete, was geschehen würde. Ich bin inzwischen kein bisschen klüger, was das angeht, aber ich bin der Meinung, dass ich jetzt wohl besser reden sollte. Es wurde alles immer verworrener und unerträglicher bei Celia, und deshalb beschloss ich zu reden, bevor noch eine unmögliche Situation entstünde. Auch wenn ich es noch immer lieber nicht möchte."

Ich konnte einfach nicht widerstehen, diesen Satz noch einmal einzufügen, einfach nur für den Fall, dass sie ihn beim ersten Mal nicht gehört hatte. Doch wieder erfolgte keine Reaktion. Ich sah, wie sie mit sich kämpfte, weil sie möglicherweise am liebsten aus dem Zimmer gestürmt wäre und Jeff gesucht hätte, um sich bei ihm über meine empörende Vorspiegelung falscher Tatsachen zu beklagen. Doch sie tat es nicht, und auch wenn ihre Augen noch immer vor Groll funkelten, erkannte ich doch, dass das veränger te Blitzen in ihnen abnahm. Jetzt tat es mir Leid, dass ihr so eine unwichtige Angelegenheit derart peinlich war, so eine kleine List, die ihr doch nicht mehr als nur eine sinnlose Täuschung bedeuten sollte. Sie musste doch nicht schweigend dasitzen, während man sich Geschichten über sie erzählte, sie brauchte doch nur ein paar Organisationen anzurufen, um herauszufinden, ob die nicht einen Dolmetscher für einen Klienten hätten, der eine Sprache sprach, die sie nicht kannte und die zu erraten sie von der kulturellen Geographie dieser Welt zu wenig Ahnung hatte. Es war nicht einmal Unwissenheit, sondern die Sicherheit, dass es im Ablauf der Dinge gar keine so große Rolle spielte, welche Sprache ich sprach, da meine Bedürfnisse und Wünsche ohnehin vorhersagbar waren und ich früher oder später lernen würde, mich verständlich zu machen. Oder sie früher oder später einen Experten auftreiben würde, der mich verständlich machen würde. Aber sie tat mir Leid, und deshalb erzählte ich ihr die Geschichte meiner List und der unwichtigen Unannehmlichkeiten in ihrem Gefolge. Und ich erzählte die Geschichte so, dass ich komisch darin aussah und schaffte es, dass sie schließlich wieder lächelte. Nun, da ich also reden konnte, war sie bereit, meine Bitte um Asyl aufzunehmen. Ich erzählte ihr ohne Vorbehalte von der Geschichte, die ich gehört hatte, dass man uns Asyl gewähren würde, wenn wir angaben, dass wir unter unserer Regierung um unser Leben zu fürchten hätten, und warum ich mich entschlossen hatte, aus meinem Land zu fliehen. Sie nickte. Sie hatten das bereits beim Koordinationsbüro der Flüchtlingsorganisationen herausgefunden. Dann, sie stand wieder völlig auf meiner Seite und schnaubte vor Tatkraft und Ausgekochtheit, sagte sie mir, dass sie ein paar weitere Einzelheiten benötigte, um einen Asylantrag vorzubereiten, dass sie einen Termin bei der Sozialversicherungsstelle vereinbart hätte, darüber hinaus bei der Wohnungsverwaltung vorstellig geworden war, die ihr Hoffnung auf eine kleine Wohnung gemacht hätte, auch wenn es da vorab noch ein paar kleinere Formalitäten zu klären geben würde. Sie hätte mich bei einem Allgemeinmediziner angemeldet, der auf Leute meines Alters spezialisiert war und erreicht, dass ich aus dem Notfonds etwas Kleidung erhielt, die dem hiesigen Klima angemessener wäre als die Lumpen, die ich mitgebracht hatte. Sie hatte mich zudem über Refugee Helpline am örtlichen College zum Englischunterricht angemeldet, „auch wenn das ja jetzt wegfällt", wie sie mit einem funkelnden, vergebenden Lächeln schloss.

„Ich darf nicht vergessen, den Mann von der Universität anzurufen und ihm mitzuteilen, dass wir seine Hilfe nicht mehr brauchen", fügte sie hinzu und machte dabei ein Gesicht, als hätte ich sie ausgenutzt.

„Es tut mir Leid, dass ich Ihnen so große Umstände bereitet habe", erwiderte ich. „Und einem Experten für meine Gegend von der University of London. Bitte übermitteln Sie ihm meine Entschuldigung."

Sie wischte meine Entschuldigung weg und warf einen Blick in ihre Unterlagen. „Latif Mahmud. So heißt er. Ich rufe ihn später an und sage ihm, dass wir ihn nun doch nicht benötigen."

Rachel beschäftigte sich einen Augenblick mit ihren Papieren, ordnete sie und brachte unsere Unterredung zu einem Ende. Für mich war es ein regelrechter Schock, diesen Namen zu hören. Ich dachte über den Namen nach und den Mann, zu dem er gehörte, ein Mann, dessen Geschichte ich kannte. Einen Teil seiner Lebensgeschichte kannte ich gut, nur zu gut, doch das ging auf eine Zeit zurück, in der er noch Junge und Sohn war und man ihn bei einem anderen Namen rief. Die Geschichte über den Rest seines Lebens, seines wirklichen Lebens, kannte ich nur vom Hörensagen. Während ich an ihn dachte, konnte ich ein Gefühl der Erwartung und der Furcht nicht unterdrücken. Dass ich, nachdem ich einen so langen Weg hinter mich gebracht hatte, derart in seiner Nähe gelandet sein sollte! Er war also der Experte für unsere Gegend! *Mashaallah*, das war eine Neuigkeit. Kein Fremder, der gekommen war, um einen Abriss über uns zu verfassen, sondern einer von uns. Ich bedauerte, dass ich mein Schweigen schon gebrochen hatte.

„Latif Mahmud, wie wunderbar", sagte ich.

„Sie kennen ihn", stellte Rachel erfreut fest.

„Ein bisschen", antwortete ich. „Da war er noch sehr jung."

„Ich glaube, ich erwähnte Ihren Namen, als ich ihm eine Nachricht auf den Anrufbeantworter sprach", sagte Rachel glücklich. „Ich bin mir sogar ziemlich sicher. Wenn Sie einander also kennen, wird er sich möglicherweise mit Ihnen in Verbindung setzen. Ach, das ist ja unglaublich. Und ich hatte geglaubt, Sie würden ganz allein zurechtkommen müssen und niemanden haben, mit dem Sie mal reden könnten, dabei haben Sie die ganze Zeit... hinter ihrer düsteren Fassade in sich hinein gegrinst. Ich weiß schon, das war nicht persönlich gemeint. Doch sagen Sie mir, warum haben Sie den Entschluss gefasst zu fliehen? Sagen Sie mir das. Ihr Leben war nicht sonderlich in Gefahr, oder? Nach dem, was Sie mir erzählt haben, dachten Sie erst daran zu fliehen..."

„Mein Leben ist schon lange in großer Gefahr", entgegnete ich. „Nur hat die Regierung Ihrer Majestät, der Königin von England, das erst jetzt zur Kenntnis genommen und Zuflucht geboten. Zwar ist mein Leben jetzt kaum noch etwas wert, aber mir ist es immer noch wichtig. Kann sein, dass es sogar immer unwichtig gewesen ist, aber es war mir früher noch weit wichtiger."

„Womit verdienen Sie sich Ihren Lebensunterhalt, Mr. Shaaban?", fragte sie mich. Sie war zweifellos beeindruckt vom trauervollen Fluss meiner Rede. Ich hatte mir Mühe gegeben, ruhig, ja sanft, zu sprechen, jeden Anflug von Bitterkeit und Boshaftigkeit zu vermeiden, doch konnte ich, während ich sprach, dennoch das Gewicht der Worte zwischen uns in diesem hell erleuchteten Raum spüren.

„In den letzten paar Jahren habe ich nicht sehr viel gemacht, Bananen und Tomaten und Zucker verkauft. Die Jahre zuvor war ich Kaufmann, ein richtiger Geschäftsmann. Dazwischen verbrachte ich viele Jahre in Gewahrsam, als Gefangener des Staates." Arme Rachel, wie betäubt saß sie vor mir, hereingelegt von der Grausamkeit meiner Antwort. „Aber jetzt wird ja alles gut", schloss ich. „Hier am Meer. In der kleinen Wohnung."

„Ich muss jetzt los", meinte sie, und sah mich ruhig an, und ich dachte, dass ich vielleicht falsch gelegen hatte, als ich annahm, sie sähe wie betäubt aus. „Ich würde gern mehr darüber hören. Ich glaube, ich werde das auch." Ein freundschaftliches Lächeln stahl sich in ihr Gesicht, belustigt, aber nicht böse oder verärgert. Es ließ mich das Selbstmitleid bedauern, dass mich dazu verführt hatte, mit so grausamen Worten zu ihr zu sprechen.

Latif Mahmud. Ich war mir sicher, auch von ihm wieder zu hören, wenn sie ihm sagte, wie ich hieß. Ich glaubte fest daran, dass er vorbeikommen würde, um mehr über mich in Erfahrung zu bringen und mir die Geschichte all dessen zu erzählen, das ihm seit jenen lang vergangenen Jahren alles widerfahren war.

Für den Augenblick sitze ich in einem Haus, das mir Rachel und der Stadtrat zur Verfügung gestellt haben, ein Haus, dessen Sprache und Geräusche mir fremd sind, in dem ich mich aber sicher fühle. Von Zeit zu Zeit zumindest. In anderen Augenblicken aber beschleicht mich das Gefühl, dass es viel zu spät ist, dass alles jetzt zum Melodram verkommen ist. Und in diesen Momenten entdecke ich die Angst in diesem verstohlenen Wandel der Zeit, als hätte ich die ganze Zeit immer nur still gestanden, hätte an einem Ort herumgetrödelt, während alles andere an mir vorbeigeglitten war und sich zuzeiten nur um sich selbst kümmerte, zu anderen Zeiten wieder höhnisch in stummes Gelächter ausbrach beim Anblick eines solchen empfindungslosen und verlassenen Ganzen wie mir. In solchen Augenblicken kam ich mir besiegt vor vom überwältigenden Gewicht der Schattierungen, die alles, was ich sagen könnte, einem Ort zuordnen und beschreiben, als ob bereits ein Ort für diese Schattierungen Bestand hatte, und ihm auch eine Bedeutung zugewiesen worden ist, bevor ich noch etwas sage. Ich habe das Gefühl, als sei ich das unfreiwillige Werkzeug im Plan eines anderen, eine Figur in einer Geschichte, die jemand anders erzählt. Nicht ich selbst. Kann ein Ich je von sich sprechen, ohne sich ins Heldenhafte zu übersteigern, ohne den Anschein zu erwecken, es wäre eingeschränkt, streite wider das Unbestreitbare, zürne dem Unerbittlichen?

LATIF

3

AUF DER STRASSE HAT MICH EINER grinsender Schwarzamohr genannt. Relikt einer vergangenen Zeit. Grinsender Schwarzamohr. Stellen Sie sich das einmal bildlich vor. Ich war, hier in London, auf dem Weg von der U-Bahn zur Arbeit, hastete ein wenig, weil ich mich gut fühle, wenn ich die Station in diesem entschlossenen und zielstrebigen Schritt verlassen kann, den einem nur ein verbindliches Ziel zu verleihen vermag. Gleichzeitig aber beeilte ich mich auch aus der gewohnheitsmäßigen Angst heraus, dass ich zu spät kommen könnte. Ich sehe oft auf die Uhr, auch wenn ich zugeben muss, dass ich an diesem Morgen gar keine trug. Vor ein paar Monaten war mir das Armband kaputt gegangen, und ich war noch nicht dazu gekommen, mir ein neues zu besorgen. Das Ergebnis war, dass ich mir ohne Armband und Uhr noch mehr Sorgen machte als mit und mir immer einbildete, zu spät zu kommen, auch wenn ich gut in der Zeit lag. Ich weiß nicht, woher das kommt, dass ich mir deswegen solche Sorgen mache. Wegen der Zeit, meine ich. Es ist irgendwie unvernünftig. Trotzdem mache ich mir immer ziemliche Sorgen und mag es überhaupt nicht, wenn ich hetzen und mich beeilen muss, jemanden enttäusche und mich dann zu entschuldigen habe.

Da war ich also, ging zur Arbeit, war ein bisschen unruhig, aber nicht über Gebühr, in meinem Kopf schäumte der gewöhnliche Unsinn, Arbeit, unausgesprochene Reue, vernachlässigte Pflichten, und lief an der Nordseite des Bedford Square von der Tottenham Court Road hinüber zur Malet Street. Ich musste ein bisschen zur Seite treten, um nicht mit einem Mann zusammenzustoßen, von dem ich eigentlich erwartet hatte, dass er auch ein wenig Platz machen würde, während wir auf dem Bürgersteig aufeinander zugingen. Eigentlich hatte ich es gar nicht bewusst wahrgenommen, dass er auf mich zukam, es lediglich irgendwie gemerkt und mich darauf vorbereitet, mich ein wenig zur Seite zu neigen. Wie sich herausstellte, machte er mir keineswegs Platz, und so musste ich ihm etwas stärker ausweichen, als ich ursprünglich vorgehabt hatte. Ich nehme an, dass ich ein bisschen übertrieben habe, die Schultern hochgezogen und einen leichten Seitschritt vollführt, wie sie in einigen der albernen Gesellschaftstänze vorgeschrieben sind, die wir uns als Jugendliche zu Hause im Land der Geburt aus Büchern anzueignen suchten. Dann, als ich fast schon an ihm vorbei war, hörte ich, wie er zischte – sssssssssss – ein seltsames, bedrohliches und altertümliches Geräusch, wenn man, wie ich, nicht daran gewöhnt ist. Ohne mich umzudrehen, sah ich mir den Mann, an dem ich vorüber gegangen war, ohne ihn recht wahrzunehmen, im Geiste noch einmal an. Dann drehte ich mich um, um ihn genauer zu betrachten und bemerkte, dass es sich um einen älteren Mann in einem schweren und teuren schwarzen Mantel handelte, nicht sonderlich groß gewachsen, die Schultern leicht eingefallen. Ein Zischen. Ein Zischen aus einer längst vergangenen Zeit. Und dann sagte er: „Du grinsender Schwarzamohr".

Ich war mir nicht einmal bewusst, dass ich grinste, aber ich grinste tatsächlich, als ich mich, nachdem er das gesagt hatte, umdrehte, um mir den Klugscheißer genauer anzusehen. Er sah aus wie einer dieser geschniegelten Engländer, die man in Filmen aus den fünfziger Jahren zu sehen bekommt, ein Bankangestellter oder Beamter aus dieser Ära der Kinematographie, von einer Zwangslage der Tugendhaftigkeit gepeinigt, aus der er sich nicht befreien konnte, finster und feist, der jetzt, nachdem wir aneinander vorbei waren, mit dem absichtsvollen Klopp-Klopp des dem Untergang geweihten Helden weiterging. Du grinsender Schwarzamohr. Doch ich will mich nicht lustig machen. Vielleicht steckte er inmitten riesiger Schwierigkeiten und dachte an Selbstentleibung, und sein hasserfülltes Zischen war in Wirklichkeit ein Hilfeschrei im Tarngewand dieser angestaubten Beleidigung. Welch seltsames Wort, dieses Schwarzamohr. Das *a* zwischen Schwarz und Mohr störte mich sofort, und Gewohnheit oder meine Ausbildung ließen mich augenblicklich darüber grübeln, wann es in Gebrauch gekommen sein mochte, ob es in einem Maße in der Umgangssprache verwendet worden war, dass die Leute die Straße entlangliefen und einen vorüberkommenden Schwarzkerl damit anredeten, oder ob es sich um eine literarische Neuschöpfung handelte, mit der die Redeweise einer vergangenen Zeit wieder belebt werden sollte. Sobald ich in meinem Büro war, schlug ich das Wort in meinem *Concise Oxford Dictionary* nach, fand aber nur wenig Erhellendes: Neger, Wortbildung aus schwarz + Mohr. Da hatte ich mir mehr erwartet. Also schlug ich unter schwarz nach und verzagte: Schwarzer Tod, schwarzes Loch – eine Gefängniszelle in Kalkutta, in der 1756 einhundertsechsundvierzig Europäer, natürlich Briten, eingesperrt waren, von denen nur dreiundzwanzig überlebten, schwarze Liste, schwarze Seele, Schwarzmalerei, Schwarzfahrer, Schwarzmarkt, schwarzes Schaf. Eintrag um Eintrag las sich so, und als ich mich endlich durch alle durchgekämpft hatte, kam ich mir verachtenswürdig und entmutigt vor, befleckt vom Sturzbach dieser wüsten Beschimpfungen. Natürlich wusste ich darüber Bescheid, wie man im Schwarzen das Andere, das Gottlose, das Böse konstruiert hatte, wie man damit einen verruchten, finsteren Ort im innersten Wesen selbst des feinsinnigsten, zivilisierten Europäers geschaffen hatte, aber auf einer einzigen Seite so viel schwarz schwarz schwarz entdecken zu müssen, das hatte ich nicht erwartet. So unvorbereitet darauf gestoßen zu werden, war ein weit größerer Schreck als von einem Mann, der wie eine verstimmte, aus der Mode gekommene Filmfigur aussah, als grinsender Schwarzamohr bezeichnet zu werden. Das ließ mich spüren, wie sehr ich gehasst wurde, und ich kam mir schwach vor und bestürzt ob solcher Gedankenverbindungen. Das also ist die Welt, in der ich lebe, dachte ich, eine Sprache, die mich hinter jeder dritten Ecke anbellt und verwünscht.

Danach noch unter Mohr nachzuschlagen, hatte ich nicht mehr den Mut. Später am Nachmittag aber, nach der letzten meiner drei Lehrveranstaltungen an diesem Tag, dem vollsten in meinem Wochenplan, ging ich in die Bibliothek und schlug Schwarzamohr im *OED* nach, der Mutter aller anderen Wörterbücher. Da stand es: das Wort war seit dem Jahre 1501 in Gebrauch und seither solchen Größen der englischen Literatur wie dem menschenfreundlichen Sidney, dem unvergleichlichen William Shakespeare, dem besonnenen Pepys und einer ganzen Reihe kleinerer Sternchen des literarischen Firmaments aus der Feder geflossen. Das hob meine Stimmung. Auf einmal hatte ich das Gefühl, als wäre ich über all diese beladenen Zeiten hinweg dabei gewesen, wäre nicht vergessen worden, hätte mich nicht schnaubend durch Urwaldsümpfe gewühlt oder nackt von Baum zu Baum geschwungen, sondern wäre wirklich dabei gewesen, mittendrin, und hätte seit Jahrhunderten aus dem literarischen Kanon herausgegrinst.

Als ich wieder in meinem Büro war, rief ich beim Flüchtlingsrat an. Kann auch sein, dass es an einem anderen Tag gewesen ist. Ein paar Tage zuvor hatte jemand eine Nachricht auf dem Anrufbeantworter in meinem Büro hinterlassen und mich gefragt, ob ich als Dolmetscher im Fall eines alten Mannes einspringen könnte, der gerade als Asylbewerber aus Sansibar eingetroffen war und kein Englisch sprach. Die Stimme berichtete, man hätte ihr mitgeteilt, dass ich die Sprache verstünde, die dort gesprochen würde. Ich unterdrückte das Grauen, das mich jedesmal beschleicht, wenn ich dazu gezwungen bin, jemandem aus dem Land der Geburt gegenüberzutreten. Würden sie mir sagen, oder es auch nur denken, wie sehr ich zum Engländer geworden war, wie anders, wie abgeschnitten ich von allem war? Als ob es darauf hinausliefe, entweder hier oder da, ob und wie sehr ich mich verändert hatte oder nicht, als ob das irgendetwas zwingend klarstellte hinsichtlich des Prozesses der Entfremdung, als sei ich nicht mehr ich, sondern ein Abbild meiner selbst, das sich selbst betrog, als wäre ich zum Handlanger der anderen geworden. Und ich unterdrückte meinen Ärger auch mit dem Gedanken, dass die Sprache, in der sie *da draußen* redeten, das Kiswahili, und von der die Stimme behauptete, sie sei unbekannt oder unaussprechlich, von mehr Menschen gesprochen wurde als das Griechische, das Dänische oder Schwedische oder Holländische, oder möglicherweise all diese Sprachen zusammen. Mag sein.

Ich hatte früher schon solche Aufträge von Flüchtlingsorganisationen angenommen, und hätte es auch gern wieder gemacht, doch die nächste Nachricht auf dem Anrufbeantworter teilte mir mit, dass sich die Angelegenheit erledigt hätte. Trotzdem schrieb ich mir deren Nummer auf und heftete sie an die Tafel über meinem Schreibtisch, wo sie dann zusammen mit mehreren anderen Papierfetzen hing, die ich dort festgesteckt hatte, weil sie mögliche Quellen für das eine oder andere darstellten: eine Idee, ein Gedicht, die Erinnerung an eine Verpflichtung, Geschäftliches. Es ist harte Arbeit, will man in dem Geschäft, in dem ich zu tun habe, immer obenauf bleiben. Ein paar Wochen später – nein, Monate danach, irgendwann im nachfolgenden Semester… an dem Tag, an dem der dem Untergang geweihte Held des britischen Kinos der fünfziger Jahre grinsender Schwarzamohr zu mir gesagt hatte… an einem Tag im späten Frühjahr – wählte ich diese Nummer an, um herauszubekommen, was aus dem alten Asylbewerber geworden war. Möglicherweise hatte die Tatsache, auf der Straße beschimpft worden zu sein, den Wunsch nach einer Art Zusammengehörigkeitsgefühl in mir wachgerufen. Und so nahm dann alles seinen Lauf.

Ich verabscheue Gedichte. Ich lese sie und lehre sie und verabscheue sie. Ich schreibe sogar selber welche. Ich lehre sie vor meinen Studenten (natürlich nicht meinen eigenen Schund, Gott behüte) und quetsche aus ihnen heraus, was nur irgend geht, lasse sie lakonisch klingen, wo sie weitschweifig sind und sich in Pose werfen, weise und prophetisch an Stellen, wo sie sich zu plumpen Fantastereien versteigen. Wortgewandt verkünden sie das Nichts, sie offenbaren nichts, sie führen zu nichts. Schlimmer als Tapete oder eine Nachricht draußen vor dem Büro der Institutssekretärin. Mein täglich Stückchen lichter Prosa gib mir heute.

Sie bedeutete mir eine solche Erleichterung, diese zweite Nachricht auf dem Anrufbeantworter, die mir mitteilte, dass ich nun doch nicht für meine betrügerische Abwesenheit im Land der Geburt zur Verantwortung gezogen werden würde. Ich schrieb mir die Nummer auf, weil ich dieser zweiten Nachricht nicht traute. Ich dachte, sie würden trotzdem noch hinter mir her sein, und steckte die Telefonnummer als Erinnerung an das Brett, um mich wachsam zu halten, bereit, dem Schlag zu begegnen, wenn er denn käme, anstatt unachtsam und dämlich und entspannt und damit wehrlos, wenn er mich schließlich trotz allem ereilte. Zu guter Letzt rief ich, nach all den Wochen, all den Monaten, doch bei ihnen an, um herauszukriegen, ob ich mich in Sicherheit wiegen konnte. Der Mann, der den Anruf entgegennahm, meinte schroff, er wüsste nichts von mir oder einem Anruf bei mir. Ich eröffnete die Unterredung, indem ich meinen Namen nannte, einfach nur aus Höflichkeit heraus und nicht, weil ich etwa erwartete, dass er ihn kannte. Was! Sie behaupten, Sie hätten noch nie von mir gehört? Ich blaffte zurück und zeigte damit, dass ich zur Familie gehörte, oder doch zumindest mit den seltsamen Nettigkeiten seelenloser Telefongespräche vertraut war, und danach hatten wir ein freundliches und unterhaltsames Gespräch. „Ach ja, der alte Mann. Das ist eine ganze Weile her, ziemlich lange, aber ich kann mich noch an ihn erinnern. Das muss Rach gewesen sein, die Sie angerufen hat. Sie hat sich um ihn gekümmert. Ich glaube, mit dem ist jetzt alles in Ordnung. War seltsam, sah die ganze Zeit so aus, als spräche er Englisch, zöge es aber vor, so zu tun, als beherrsche er es nicht. Und wie der Mann *Ich möchte lieber nicht* sagte, hörte es sich an, als zitiere er."

„Ich möchte lieber nicht. Wie in Bartle", meinte ich, der ich immer darauf aus bin, mein Wissen herauszukehren, meine Fähigkeiten als Literaturdozent unter Beweis zu stellen.

„Ich werde Rachel sagen, dass sie Sie anrufen soll", antwortete er, und ich nahm an, dass er die Geschichte nicht kannte.

„Nein, nein, ist nicht nötig. Es hat mich nur interessiert."

„Das macht doch keine Umstände", entgegnete er, und aus seiner Stimme strahlte ehrlicher guter Wille, denn immerhin standen wir ja auf derselben Seite, tanzten zu ein und demselben Cha-Cha-Cha, wir Erlöser der Flüchtlinge in unseren heiligen Kutten.

„Das wäre wirklich sehr freundlich", dankte ich ihm. „Ich würde tatsächlich sehr gern wissen, was aus ihm geworden ist. Sie hat die Nummer meines Büros, aber ich gebe Sie Ihnen zur Sicherheit noch einmal." Dabei will ich gar nichts von ihr hören. Ich will wirklich nur sichergehen, dass ich außer Gefahr bin. „Es hängt ein Anrufbeantworter dran, sie kann also jederzeit anrufen."

Minuten später rief sie an. Kann sein, dass es auch erst am darauf folgenden Tag war.

„Rachel Howard", stellte sie sich vor. Sie klang beschäftigt und abgelenkt, vielleicht las sie nebenbei etwas, während sie mit mir redete. Ich versuchte, der Stimme einen Körper zu erfinden: jung, eifrig darum bemüht, schlank zu bleiben, ein wenig verschwitzt unter den Achseln auf Grund der ganzen Anspannung und Überanstrengung.

„Ich habe wegen dieses alten Mannes angerufen, dessentwegen Sie mich vor einer Weile sprechen wollten. Ehrlich gesagt, es ist schon ziemlich lange her, und es ging um den Mann, für den Sie einen Dolmetscher suchten, den aus Sansibar. Sie hatten mir eine Nachricht auf dem Anrufbeantworter hinterlassen. Ich wollte mich nur erkundigen, ob alles geklappt hat und wie es ihm geht."

„Ja, danke", antwortete sie. „Ihm geht's gut, er hat eine kleine Wohnung und kommt ganz gut zurecht. Ihm geht's wirklich gut, er ist richtig unabhängig. Habe ich Ihnen erzählt, dass er schon fünfundsechzig ist? Ein bisschen zu alt, um von zu Hause wegzulaufen, aber so ist das eben. Er sieht das anders. Danke, dass Sie angerufen und sich nach ihm erkundigt haben. Ich werde es ihm ausrichten."

„Das ist sehr nett von Ihnen", sagte ich und wollte das Ende des Gespräches vorbereiten, fing schon an, das Gewicht auf meinen Ellbogen zu verlagern, damit ich den Hörer auflegen konnte, spitzte die Lippen bereits zum 'Auf Wiedersehen' und 'Danke'.

„Er wird sich freuen, dass Sie angerufen haben", redete sie unbekümmert weiter. „Er hat mir erzählt, sie beide würden sich kennen."

„So?", fragte ich. Zu spät. Ein Gefühl des Versinkens. „Wie heißt er?"

„Hatte ich in meiner Nachricht nicht seinen Namen erwähnt? Tut mir Leid", sagte sie. „Ich habe ihm Ihren Namen genannt, und er meinte, er würde Sie kennen. Ich habe so bei mir gedacht, ob sie nicht Kontakt miteinander aufnehmen möchten. Ich war mir sicher, seinen Namen erwähnt zu haben." Das machte mich zum potentiellen Nachmittagsbesucher, der dem alten Drückeberger ab und an eine Geschichte vorlas, ihm eine *Quasida* sang, um ihn den laut hallenden Melodien seines preisgegebenen Selbst nahe zu bringen.

„Er heißt Shaaban. Mr. Rajab Shaaban", fuhr sie fort, und ihre Stimme hob sich ein wenig, entweder aus freudiger Erregung oder weil sie sich bemühte, den Namen richtig auszusprechen. Das *j* in Rajab hätte sie härter sprechen müssen, und Shaaban mit langem *a*. „Kennen Sie den Namen? Kommt er Ihnen bekannt vor?"

„Nein", antwortete ich.

„Oh, das ist aber schade. Mein Gott, da wird er aber enttäuscht sein. Ich werde ihm trotzdem ausrichten, dass Sie angerufen haben."

Ich bin ein grinsender Schwarzamohr. *Du* bist ein grinsender Schwarzamohr. *Er* ist ein grinsender Schwarzamohr. *Sie* ist eine grinsende Schwarzamohrin. *Wir* sind grinsende Schwarzamohren. *Sie* sind grinsende Schwarzamohren. Was das *a* betrifft, so gibt es keine gesicherten Auskünfte darüber, warum es überlebt hat, während es in anderen Wortverbindungen mit dem Wort schwarz weggefallen ist. Ein Scherzrätsel erster Ordnung, außerhalb der gesammelten Weisheit des *OED*. Undeutlich steigt die Erinnerung an einen Film in mir auf, den ich als Jugendlicher gesehen habe. Wikingerschiffe im Mittelmeerraum, und irgendwann die Begegnung mit dem schwarzen Sultan eines nordafrikanischen Königreiches. Der Sultan ruht auf seinem rechten Ellbogen, sein Leib glänzt schön und nackt und schwarz. Er grinst. Ob einer der wikingischen Lustmörder ihn einen grinsenden Schwarzamohr nennt, bevor er dieses Grinsen mit breiter Klinge auslöscht? Ich glaube, es war der unvergleichliche Sidney Poitier, der die Rolle des Sultans spielte. Ein Foto dieser Pose schaffte es sogar bis auf die Titelseite der Zeitschrift *Ebony*. Ich schwöre es, ich sehe es mit einem Mal wieder ganz deutlich vor mir, der Film hieß *The Long Ships*, und der wikingische Plünderer sagte wirklich 'du grinsender Schwarzamohr'. So weit entfernt von jeder Wirklichkeit, wie ein Schwarzamohr der Sonne gleicht.

Diese Perlen, die seine Augen waren. Rajab Shaaban lautete der Name meines Vaters. Jemand musste seinen Namen angenommen und ihn wieder zum Leben erweckt haben. Oder aber es handelte sich um jemanden, der ein ebensolches Recht auf diesen Namen hatte wie mein Vater. Der Name meines Vaters ist schließlich nicht heilig.

Mein Vater. Er hatte sogar noch größere Angst davor, zu spät zu kommen, als ich. In dieser Beziehung war er eine richtige Nervensäge. Und genauso sehr wie die Gefahr, selbst zu spät zu kommen, beschäftigte es ihn, wenn andere sich verspäteten. Er war es, der in mir die Erkenntnis reifen ließ, wie viel Zeit wir in unserem Leben mit Warten zubringen. Auf jemanden warten, darauf warten, uns mit jemandem zu treffen, darauf warten, dass der Muezzin zum Gebet ruft, darauf warten, dass am Anfang des Ramadan die Sichel des neuen Mondes sichtbar wird, darauf warten, dass uns ihr erneutes Erscheinen das Ende des Ramadans verkündet, darauf warten, dass ein Schiff anlegt, ein Büro aufmacht. Für meinen Vater war diese ganze Warterei ein einziger Alptraum, den man nicht einfach so abtun konnte, und so lernte ich, Verspätungen zu fürchten, weil sie ihm seelische Qualen bereiteten. Dabei war er in anderen Dingen regelrecht nachlässig, fast schon bis zur Fahrlässigkeit. Er hatte es so schwer im Leben, dass es mir widerstrebt, ihn streng zu beurteilen, aber er war *wirklich* nachlässig. Durch diese Fahrlässigkeit verlor er meinen Bruder Hassan, und er verlor das Haus und hätte da eigentlich schon klüger sein müssen, und nichts, was danach noch kam, konnte ihn je richtig zufrieden stellen. Wie er meine Mutter verlor, weiß ich nicht genau.

Ich habe lange gebraucht, bis ich begriff, dass meine Mutter meinen Vater betrog. Ich glaube nicht einmal, dass ich es wirklich *verstand*. Das kam erst viel später. Ich glaube nicht, dass ich gewusst hätte, wie dieses Wort zu verwenden gewesen wäre, um zu beschreiben, wie sie sich ihm gegenüber verhielt. Das kam erst viel später, als ich schon Mitte zwanzig und weit weg von zu Hause war. Irgendwann aber bekam ich es mit. Anhand von Dingen, die ich belauschte, im Tonfall, den sie ihm gegenüber anschlug, daran, wie sie ihr Leben lebte. Ich habe nie erfahren, wie die Geschichte dieser Verachtung ihren Anfang genommen hat, weil sie nie mit mir darüber gesprochen haben. Ich glaube, Eltern sprechen mit ihren Kindern erst über solche Dinge, wenn den Kindern das gleiche Unglück widerfährt, und dann reden sie auch nur, weil sie sich einbilden, dass sie seiner Herr geworden sind.

Auch mein Bruder Hassan hat nie etwas davon erwähnt, obwohl er mir in fast allen anderen Dinge die Quelle der Weisheit und des geheimen Wissens, ein Born des Geistes und Gesetzestafel zugleich war. Es gab buchstäblich nichts, worüber Hassan nicht Bescheid wusste oder nicht zumindest eine ausführliche und haargenaue Theorie gehabt hätte. Meistens konnte er ohne jede Anstrengung mit einer Erklärung oder Beschreibung anfangen, und nur manchmal brauchte er ein paar Sekunden, bevor er zu erfinden und weitschweifig auszuführen begann. Ich erinnere mich, dass er einmal für mich den Monolog des Brutus über dem Leichnam des Julius Cäsar hersagte. Aus irgendeinem Grund hatte sein englischer Lehrer in der Schule ihm aufgetragen, den Monolog auswendig zu lernen. Ich meine, der Englischlehrer in der Schule, der so englisch war wie Sie und ich, in *Kanzu* und *Kofia* zur Arbeit kam und ein gottesfürchtiger Muslim war, und ein glühender Verehrer alles Englischen auch, und dies beides zugleich, ohne dass ihn das in irgendwelche Konflikte stürzte oder ihm Seelenängste bereitete. Er hatte Spaß daran, seine Schüler Ausschnitte aus großen Werken auswendig lernen und einen Tag um den anderen aufsagen zu lassen, einen Schüler nach dem anderen, Klasse um Klasse. Eine tolle Arbeit, wenn man sie hat. Dann setzte er sich immer hinten in das Klassenzimmer, schloss die Augen, hatte ein kleines Lächeln auf dem Gesicht und hörte zu, wie sie aus *Julius Cäsar* oder aus Kipling oder aus *La Belle Dame Sans Merci* rezitierten. Hassan hielt das für ebensolche Zeitverschwendung wie Crossläufe oder die Teilnahme an den sonnabendlichen Debattierrunden zwischen verschiedenen Schulen ('Wir sind der Ansicht, dass eine Frau an den Herd gehört'), aber der Lehrer hatte einen kurzen Lederriemen in seiner Hosentasche und brachte ihn bei denen zum Einsatz, die nicht genügend Eifer beim Lernen ihrer Zeilen an den Tag gelegt hatten. Und ich glaube auch, dass Hassan regelrecht Freude daran hatte, diese machtvollen Zeilen auswendig zu kennen.

Auf dem Höhepunkt seiner Bemühungen um Julius Cäsar trug er mir deren Ergebnis vor, als wir einmal auf den flachen Stufen vor dem Haus saßen. Den Arm hielt er wie ein Senator aus dem Alten Rom über die Brust gelegt, er hatte das Kinn erhoben und sich in die Pose der Klugheit geworfen.

Römer! Mitbürger! Freunde! Hört mich meine Sache
führen und seid still, damit ihr aufhören möget!
Glaubt mir um meiner Ehre willen, und hegt Achtung
vor meiner Ehre, damit ihr glauben mögt! Richtet
mich nach eurer Weisheit, und weckt eure Sinne,
um desto besser urteilen zu können!

Und obwohl er mir erklärte, wer Julius Cäsar war und was ihm geschah, und wer Marcus Antonius war und wer Brutus, und wer die Römer waren und wer Shakespeare, machte die Rede damals (ich war ungefähr neun oder zehn) nur wenig Eindruck auf mich, mit Ausnahme der ersten Zeilen, die mich an die grüßenden Politiker erinnerten, die in jenen Jahren zwei- oder dreimal in der Woche bei Kundgebungen auftraten. Mit diesen Zeilen konnte ich etwas anfangen. Und dann beeindruckte mich noch der Satz *so habe ich denselben Dolch für mich selbst,* weil mir gefiel, wie sich das Wort *Dolch* im Englischen anhörte.

Hiermit trete ich ab: wie ich meinen besten Freund
für das Wohl Roms erschlug, so habe ich denselben
Dolch für mich selbst, wenn es dem Vaterlande gefällt,
meinen Tod zu bedürfen.

„Was ist denn ein *Dolch*?", fragte ich Hassan. Und aus irgendeinem Grund geriet er ins Stottern. Das ist ein Glas Whisky, sagte er endlich, ziemlich verunsichert. Ich hatte keine genaue Vorstellung, was das nun eigentlich war, obwohl ich natürlich wusste, dass das ein alkoholisches Getränk war und zudem *haram*. Doch dann kam Hassan ins Rollen und erzählte mir alles über die Bedeutung des Whiskys in der römischen Kultur, und dass Brutus gesagt hatte, er würde einen trinken, wenn der Menge seine Rede nicht gefallen hatte. Und so habe ich denselben *Whisky* für mich, wenn ihr nicht mögt, was ich zu sagen hatte. Das war einer der Augenblicke, in denen er daneben lag, und von dieser Sorte gab es einige, doch es gab auch Augenblicke, in denen seine Reden einfach atemberaubend waren. Dann erzählte er von Dshinns und uralten Königreichen, über das tragische Leben des Frankensteinschen Ungeheuers und die Mitternachtssonne am Nordpol, unter der das arme, verzweifelte Ungeheuer auf schwimmendem Eis umhertrieb, über die Großartigkeit des muslimischen Spanien und die Furcht erregende Grausamkeit von Nazideutschland. So vieles strömte mit müheloser Klarheit aus ihm hervor und war in diesen lichten Glanz der Überzeugung gekleidet, der einen nicht daran zu zweifeln erlaubt, dass das, was er sagt, auch wahr ist. Trotzdem, ich erinnere mich an kein einziges Wort über den Hochmut, mit dem meine Mutter unseren *Ba* behandelte, noch darüber, warum unser *Ba*, der ziemlich wütend werden konnte, wenn man zu etwas zu spät kam, niemals dagegen aufbegehrte.

Hassan war sechs Jahre älter als ich, und in den ersten Jahren meines Lebens war er die Quelle aller Dinge, nach denen ich mich sehnte. Er schenkte mir Liebe und Bestätigung, wann immer er merkte, dass ich sie brauchte. Er vermittelte sie auf seine ureigene Art und Weise, mitunter auch mit groben Worten und schmerzenden Schlägen. Er erklärte mir die Bedeutung von Dingen, auf die ich bei meinen Erkundungsreisen durch das Leben stieß, und die mir Angst einjagten oder mich verunsicherten. Wann immer er es mir erlaubte, folgte ich ihm wie ein Kuscheltier, während er aus dem Stegreif und mit unbewegtem Gesicht etwas erfand, was seinem Witz und seinen Possen ziemliche Anerkennung eintrug. Häufig setzte er aus purer Lust am Ausspielen seiner Herrschaft über das Unbegreifliche zu seinen Erklärungen an, begehrte auf gegen die unaufhörlichen Zufälle, die beständig drohten, uns zu zermalmen, verweigerte den ihm zugewiesenen stummen Platz in der Ordnung der Dinge, mutmaßte und schimpfte, als ob das Schweigen ihn ertränken würde. Ein fortwährendes Blah-Blah vermischt mit sprühendem Lächeln und gelinden Anzüglichkeiten, die mit jedem sich neigenden Jahr an Milde verloren. Er war mein lebensverwegener Krieger, mein Desperado, ja, ich liebte ihn, wie man einen Bruder nur lieben kann, liebte ihn wie einen Vater, wie eine Geliebte. Andere warfen lüsterne Blicke auf die Anmut seiner glühenden Jugend. Ich weiß das. Dann, am Ende, das nicht lange auf sich warten ließ, verschwand er stolz und trotzig hinter dem Horizont, und blieb mir verloren bis auf den heutigen Tag.

Wie meine Mutter auch, wie alle anderen. Meine Mutter war eine Schönheit. Sie hieß Asha, nach der dritten Frau des Propheten, die mit ihm verheiratet wurde, als sie gerade sechs Jahre alt war. Nachmittags, wenn meine Mutter sich zum Ausgehen zurechtgemacht hatte, ihre Augen glühten und mit Kohlestift umrandet waren, ihre Lippen schimmerten wie frisches Blut, betrachtete ich sie voll Stolz, aber auch mit einer Art Furcht. Ich hatte keine Angst vor ihr, zumindest nicht sehr, und auch nicht oft, nur, wenn sie wegen irgendeiner kleinen Dämlichkeit von mir die Beherrschung verlor. Ich muss also um sie Angst gehabt haben. Ich glaube nicht, dass ich, als ich neun war, das so gedacht habe. Ich hatte einfach Angst, wenn ich sie ansah, und war gleichzeitig stolz darauf, dass sie meine Mutter war, dass ihr Lächeln so strahlte und gleichzeitig so tief und hintergründig war. Ich hatte einfach Angst, wenn sie so in der Tür stand, gehüllt in eine schwere Parfumwolke, die Kleider vom schweren Duft des Weihrauchs durchtränkt. Dann ging sie los, um bei Freundinnen oder Nachbarinnen vorbeizuschauen und kam erst spät am Abend wieder. An manchen Nachmittagen traf sie sich mit Männern. Meine Mutter hatte Liebhaber. Sie schlief mit anderen Männern. Nicht gewerblich, und nicht mit vielen. Möglicherweise auch nur mit einem oder zweien. Ich weiß es nicht genau. Nur so zum Spaß vielleicht, oder aber aus anderen Gründen. Hier ein Seitensprung und da mal einer. Glaube ich. Obwohl sie später reiche Geschenke mit nach Hause brachte, deren Ursprung nie erwähnt wurde. Ich fand es heraus, als ich älter wurde, als mir die Ereignisse nach und nach klarer wurden, als ich die Bedeutung so mancher Dinge, die ich miterlebt hatte, zu verstehen begann, und weil mich die anderen in der Schule damit aufzogen und mir die Mädchen auf der Straße mitunter höhnische Anzüglichkeiten hinterherriefen. Doch da wusste ich schon Bescheid, mir war lediglich noch nicht klar, was ich eigentlich wusste. Und dieses Parfum, das sie aufgelegt hatte, hat bei mir immer den Gedanken an Schlafzimmer und Ränkespiele ausgelöst, und an eine gehörige Schande. In späteren Jahren, in der Zeit nach der Unabhängigkeit, benahm sie sich ziemlich taktlos, und damit wurde es unmöglich, nicht Bescheid zu wissen. Gleichzeitig aber hörten die Verhöhnungen auf der Straße auf, da sie ihre Missetaten in aller Öffentlichkeit beging, vielleicht aber auch, weil ich älter geworden war und meine Peiniger auch, oder wegen der Sache, die mit Hassan geschehen war, oder wegen der vielen anderen Dinge, die uns allen widerfahren waren. Oder auch nur, weil einer ihrer Liebhaber eine einflussreiche Persönlichkeit geworden war. Jedenfalls wurden in diesen späteren Jahren, aus Gründen heraus, die ich niemals mit Sicherheit wissen werde, in meiner Gegenwart keinerlei Bemerkungen mehr über sie gemacht.

In dem Jahr, in dem ich neun und Hassan fünfzehn wurde, und meine Mutter sich für ihre nachmittäglichen Überfälle auf Freundinnen und Liebhaber herausputzte, arbeitete mein Vater Rajab Shaaban Mahmud als Büroangestellter im Public Works Department. Einige Leute riefen ihn *bin* Mahmud, nach seinem Großvater, meinem Urgroßvater, an den man sich noch gut erinnerte. Weswegen, habe ich vergessen. Nein, das ist gelogen, ich erinnere mich sehr gut, weswegen er den Leuten im Gedächtnis geblieben war: seiner fromme Seele wegen und weil er höchst redlich war. Das ist, für sich genommen, etwas völlig Nutzloses, und war wahrscheinlich auch für ihn ohne jeden Nutzen, aber es gab ihm und allen anderen das Gefühl, etwas menschlicher zu sein. Mein Vater hingegen war alles andere als fromm, jedenfalls nicht in jenem Jahr, noch nicht. Er trank, was ihn nach den Gesetzen unserer Lebensweise zu einem schändlichen Versager machte. Er verhielt sich dabei zwar sehr unauffällig, aber es gab natürlich überhaupt keine Möglichkeit, das zu verbergen. Manchmal fuhr ich aus dem Schlaf und wusste sofort, dass er wieder zu Hause war, weil das ganze Haus nach Alkohol roch. Unser Haus hatte vier Zimmer, und Hassan und ich hatten unser eigenes Zimmer, das wir immer abschlossen, wenn wir schlafen gingen, doch der Geruch schreckte mich trotzdem aus dem Schlaf. Er muss für jeden auf der Straße so gestunken haben. Ein oder zwei Mal, jedenfalls kann ich mich nicht an mehr als zwei Mal erinnern, hat er sich beim Trinken zu viel zugemutet. Er musste nach Hause gebracht werden und schämte sich und weinte. Ich kann mir vorstellen, was für eine Schande das war. Nach diesen beiden Vorfällen sprach er jedesmal tagelang kein Wort, schlich mit gesenktem Blick umher und traute sich kaum aufzutreten.

Mein Vater arbeitete im Public Works Department. Was er dort tat, weiß ich nicht. Jeden Morgen um sieben Uhr verließ er das Haus, in ein sauberes weißes Hemd und hellbraune Hosen gekleidet, Ledersandalen an den Füßen, und ging zu Fuß die paar Minuten hinüber zum PWD-Depot. Ich glaube nicht, dass er jemals zu spät gekommen ist. Fünf Minuten vor eins verkündeten die Sirenen das Ende des Vormittags, und mein Vater kam zum Mittagessen nach Hause. Er sah immer müde und unglücklich aus, wenn er nach Hause kam, als ob die Arbeit ihn niederdrückte oder der Weg durch die Mittagssonne nach Hause ihn erschöpfte oder ihm irgendetwas die Lebensgeister aussaugte. Aber er vergaß nie, nach Hassan und mir zu sehen, wenn er nach Hause kam und rief uns, wenn wir nirgendwo zu sehen waren. Dann streichelte er uns über die Köpfe, mit einem kleinen, traurig triumphierenden Lächeln im Gesicht und ging dann, um vor dem Mittagessen noch zu duschen. Dieses Ritual berührte mich nicht sonderlich, und ich glaube, auch Hassan machte sich nicht besonders viel daraus, obwohl es ihm, je älter er wurde, um so schwerer fiel, kein wütendes Gesicht zu machen und den Kopf abzuwenden, wenn mein Vater versuchte, ihm übers Gesicht zu streicheln. Manchmal konnte ich nicht anders als zurücklächeln, auch wenn ich mir alle Mühe gab, das zu verhindern.

Während des *Musims* in jenem Jahr, als ich neun wurde und Hassan fünfzehn, tauchte ein Mann auf, der eine Weile bei uns wohnte. Wir sollten ihn Onkel Hussein nennen. Mein Vater war ihm im Kaffeehaus begegnet und mit ihm ins Gespräch gekommen, und es scheint, als wären sie so wunderbar miteinander klargekommen, dass sie Freunde geworden waren. So habe ich es als Kind jedenfalls verstanden, obwohl sie sich wahrscheinlich mehrmals getroffen und bei vielen Gelegenheiten miteinander geredet hatten, bevor sie enge Freunde geworden waren. Eines Freitags kam er zum Essen zu uns, ein seltenes Ereignis für uns, deren einzige Gäste normalerweise Freundinnen und Verwandte meiner Mutter waren. Den Unterschied zwischen den Freundinnen meiner Mutter und ihren Verwandten konnte ich nie richtig ausmachen, weil sie alle so taten, als hätten sie Besitzrechte an mir, und sich mir gegenüber ähnliche Freiheiten herausnahmen. Als Onkel Hussein an jenem Freitagnachmittag zum Essen zu uns kam, war er noch immer *mein lieber Freund*, wie es im Englischen heißt. So hat mein Vater ihn angeredet. Mein Vater war zwar in der Lage, fließend den Koran zu lesen, was aber eine Unterhaltung in Arabisch anging, so reichte es nicht dazu. Und weil Onkel Hussein nur ein paar Brocken Kiswahili beherrschte, redeten sie Englisch miteinander. *Mein lieber Freund* wurde erst zum Onkel, als er bei uns einzog. Er war ein groß gewachsener Mann, trug einen *Kanzu* in der Farbe von hellem Honig, der, nach Art der Kaufleute vom Golf, mit silberner Borte gesäumt war. Er ließ sich, mit einem lüsternen Grinsen wie dem einer Kaurimuschel auf dem Gesicht, mit einer fließenden, fast schwerelosen Bewegung auf den Teppich sinken, der auf dem Fußboden lag. Ich will das Haus beschreiben, in dem wir grinsenden Schwarzamohren wohnten. Das wird mich ein wenig von dem Schmerz ablenken, den mir die Erinnerung an Onkel Hussein noch immer bereitet.

Das Haus bestand aus dem Erdgeschoss und einem Stockwerk darüber. Oben gab es drei Zimmer, in denen wohnten wir. Ein Zimmer für Hassan und mich und ein Zimmer für meine Eltern. Im dritten Zimmer empfingen wir Gäste, hörten Radio, saßen rum. Ein Wohnzimmer. Auf einer kleinen Terrasse, die zum Teil überdacht war, kochte meine Mutter. Auf dem anderen Teil, der nicht überdacht war, hängten wir die Wäsche auf. Es war eng da oben, wenn wir alle zu Hause waren, vertraut und freundlich, ist mir selbst jetzt noch nah, wenn ich die Erinnerung heraufbeschwöre. Unten gab es, gleich neben der Eingangstür, ein großes Zimmer, und dahinter einen kleinen, ummauerten Innenhof, von dem aus die offene Treppe hinaufführte ins Obergeschoss. Der Innenhof war nicht überdacht, und wenn man sich oben auf der Terrasse befand, konnte man in ihn hinunterschauen. Im Innenhof war es immer still und kühl, und wenn es heftig regnete, stand das Wasser auf dem Beton wie ein kleiner Teich, und man konnte herrlich spritzen und darin herumschlittern. Das große Zimmer im Erdgeschoss war eigentlich dazu da, männliche Besucher zu empfangen, die nicht zur Familie gehörten, zu *Idd* zum Beispiel oder zu *maulid nabi*, oder bei einem Todesfall oder einer Hochzeit. Deswegen befand es sich auch nahe der Eingangstür, damit begehrliche männliche Augen nicht zum zärtlichen Pulsschlag der Vertraulichkeiten innerhalb der Familie durchdringen konnten. Normalerweise brauchten wir dieses Zimmer nicht besonders häufig, weil mein Vater kaum männliche Unbekannte nach Hause einlud noch das Haus, wie andere Leute das taten, zu *Idd* und *maulid nabi* Besuchern öffnete. Ich denke, es wurde beim Tod der Mutter meines Vaters dazu benutzt, dass die Frauen dort ihre Totenwache und die Koranlesungen halten konnten, aber da ich damals gerade erst drei Jahre alt war, habe ich an dieses Ereignis keinerlei Erinnerung mehr.

Dieses Zimmer war normalerweise abgeschlossen, auch die Fensterläden waren zu. Es wurde meist als eine Art Zwischenlager benutzt, obwohl es wenig genug zu lagern gab, aber aus irgendeinem Grunde hielt mein Vater es sauber und sorgte dafür, dass es aufgeräumt blieb, als ob er es eines Tages zu einem öffentlichen Anlass, der nur ihm vorschwebte, der Öffentlichkeit zugänglich machen würde. In diesem Zimmer lag, an der einen Wand, ein Teppich. Er war zusammengerollt, um ihn vor dem wenigen Licht zu schützen, das durch die Läden drang, und in einer Ecke stand ein Bett mit hölzernen Leisten. Auf den Leisten war eine Strohmatte ausgerollt. Das Zimmer machte einen anspruchslosen Eindruck, verströmte aber einen scharfen Geruch, bei dem ich immer an den *Musim* denken musste, an Dhaus, die im Hafen schaukelten und an Seeleute, die nach getrocknetem

Fisch und sonnenverbrannter Haut und der Gischt des Meeres rochen. Orte voller Steine in sengender Hitze kamen mir in den Sinn, der Unrat von Matrosen und schweißgefleckte Lumpen.

Den aufgerollten Teppich, der ihm sehr am Herzen lag, nannte mein Vater einen Bokhara. Jedes Jahr im Ramadan schleppten wir ihn nach draußen in den Innenhof und klopften mit Stöcken den Staub heraus, bevor wir ihn wieder zusammenrollten und in ein Leinentuch hüllten. Davon abgesehen aber blieb das Zimmer verschlossen. Es stand auch die meiste Zeit leer, sieht man einmal von ein paar Säcken und Kisten und einer geschnitzten Holztruhe mit Messingschloss ab. Als ich einmal allein zu Hause war, wollte ich unbedingt den Schlüssel zu diesem Zimmer finden. Ich war wie besessen von diesem Gedanken. Ich durchsuchte den Kleiderschrank meiner Mutter, das bevorzugte Versteck für alles, was ihr wertvoll war und verheimlicht werden sollte, forschte hinter den Arzneiflaschen, in der Schmuckschublade der *almira*, unter den Türmatten, auf den Regalböden über den Fenstern, in leeren Blumenvasen, in Hosentaschen. Ich zweifelte nie daran, dass ich ihn zu guter Letzt auch finden würde. Es war ja nicht so, dass sich in dem Zimmer etwas Wertvolles oder gar Gefährliches befand.

Endlich entdeckte ich den Schlüssel in einem winzigen Spalt über dem Türrahmen, und ich fand ihn nur, weil ich einen Stuhl auf die Bank gestellt hatte, die im Innern des Hauses gleich neben der Eingangstür stand. Das Zimmer war dunkel und kühl wie immer, doch diesmal befanden sich zusätzlich zwei große Tonkrüge darin, die meine Eltern vielleicht für einen Freund oder Verwandten aufhoben, oder für den Verwandten eines Freundes oder den Freund eines Verwandten. Die Krüge ließen mich an Geistergeschichten denken, in denen die Dshinns aus Flaschen oder Krügen hervorkommen, an junge Frauen, die in solchen Krügen entführt wurden, an die Geschichte von dem jungen Prinzen, der sich in so einem Krug in das Schlafzimmer seiner Angebeteten tragen ließ. Solche Geschichten kannte ich gut: Ein Fischer, den das Glück verlassen hatte, und der darum ganz verzweifelt auf einen guten Fang hoffte, zieht mit seinem Netz einen verschlossenen Krug heraus. Zunächst ist er überglücklich, weil er glaubt, dass sich sein Schicksal endlich zum Guten gewendet und er anstelle von altem Unrat einen großen Schwertfisch im Netz zappeln hat. Als er aber zieht und zerrt und das tote Gewicht dessen spürt, was er einholt, mutmaßt er, dass es wohl im besten Falle ein stinkendes totes Wesen sein würde, ein Esel oder ein Hund, den er im Netz hat. Es stellt sich aber heraus, dass es ein großer Tonkrug ist, eben so groß wie seine verhutzelte, ausgemergelte Gestalt, dessen Öffnung von einem klobigen silbernen Siegel verschlossen wird. Na gut, *alhamdullillah*, wenigstens eine Kleinigkeit, spricht er zu sich, und nur für den Fall, dass Gott ihn beobachtet, um zu sehen, wie er diesen kleinen Scherz von einer Beute aufnimmt. Es ist nie ratsam, sich lautstark über sein Unglück zu ärgern, weil es immer möglich ist, dass der Grosse Herr über die Gerechtigkeit da oben sitzt und zusieht, ob und wie sehr man seiner Gnade vertraut, und wenn man sich ärgert, dann erteilt er einem womöglich eine Lektion, indem er einem noch schlimmeres Unglück zuteil werden lässt, damit man künftighin stärker Seiner Weisheit vertrauen soll. Also sagt der Fischer: *Alhamdullillah*, wenigstens eine Kleinigkeit, und überlegt, dass zumindest das silberne Siegel etwas einbringen wird, und auch der Krug selbst, wenn er denn innen nicht zu sehr verrottet ist. Mit diesem Gedanken macht er sich an das Siegel und vermag es zu guter Letzt abzuziehen. Unmittelbar darauf steigt eine riesige

Rauchwolke aus dem Krug, in Schwarz und Gelb und Rot, und es erhebt sich der Geruch von Feuer und Kerkern und schuppigem Fleisch. Der Fischer, den der Schreck natürlich zu Boden gestreckt hat, rappelt sich auf und rennt davon, so schnell er kann. Bevor er aber weit kommt, beginnt sich die riesige Rauchwolke, die inzwischen zu unermesslicher Größe angewachsen ist und so tief hängt, dass sie die Sonne verdunkelt, zu verdichten und die Form eines Dshinns anzunehmen, der am ganzen Körper mit Schuppen bedeckt ist und ein langes, blitzendes Krummesser in der Hand hält. Selbstredend bleibt der Fischer vor Schreck sofort wie angenagelt stehen und wartet darauf, dass sich der Dshinn vom Himmel zu ihm herunter beugt und ihm seinen vorzeitlichen Schwefelatem ins Gesicht bläst. „Über eintausend Jahre bin ich in diesem Krug eingesperrt gewesen", dröhnt der Dshinn, „eingesperrt vom großen Salomon, dem Gott in Seiner Weisheit die Macht über Dshinns und Tiere verliehen hatte. Salomon legte einen großen Zauber über das Siegel und trotz meiner Anstrengungen war ich nicht in der Lage, es zu brechen. In den ersten einhundert Jahren schwor ich, denjenigen, der das Siegel öffnet, mit Königreichen und Reichtümern und Wissen und ewigem Leben zu überhäufen. In den zweiten einhundert Jahren schwor ich, meinem Befreier die Königreiche und die Reichtümer zu schenken. Nachdem aber die nächsten einhundert Jahre vergangen waren, schwor ich, die Person zu töten, die das Siegel erbrochen hatte, weil sie mich dreihundert Jahre lang im Krug eingeschlossen gelassen hatte. Und alle weiteren einhundert Jahre dachte ich mir furchtbarere Tode aus, die dieser Jemand sterben sollte. Hier also bist du, du ekelhaftes kleines Nichts, das ist dein Preis. Du gehörst mir und sollst auf das Schrecklichste sterben."

Der Fischer glaubt, dass sowieso sein letztes Stündchen geschlagen hat, spielt sich ein bisschen auf und fasst flugs einen Plan. „Ich glaube dir nicht, dass du aus diesem Tonkrug heraus gekommen bist, und schon gar nicht, dass der große König Salomon dich tatsächlich in diesem Krug eingesperrt hat. Warum? Ganz einfach, Herr, Ihr seid so riesig, so großartig, so überwältigend, dass nicht einmal Eure kleine Zehe in diesen Krug passen dürfte." Darüber lacht der Dshinn fröhlich und meint: „Ich werd's dir beweisen." Wieder verwandelt er sich in eine riesige Rauchwolke und gleitet in den Krug zurück, und der ausgemergelte Fischer eilt heran und befestigt das Siegel wieder und rollt den Krug vorsichtig in das Meer zurück. *Alhamdullillah*, spricht er, mit einem scheuen Blick nach oben. Vielen, vielen Dank.

Einen der Krüge schob ich neben das Bett, und dann, nachdem ich zunächst auf das Bett geklettert war, schlüpfte ich in den Krug hinein. Wenn ich stehen blieb, reichte der Rand des Kruges bis zu meinen neunjährigen Schultern, doch ich entdeckte, dass ich vollständig in ihm verschwand, wenn ich mich hinhockte. Der Krug war kühl und es war düster darin, und es herrschte eine wohltuende Klammheit, wie ich sie mir an einem heißen Nachmittag auf dem Grund einer ausgetrockneten Quelle vorstellte. Wenn ich sprach, was ich ausprobierte, indem ich *alhamdullilah* sagte, dann hallte meine Stimme wie aus einem langen Tunnel und wurde so flach, dass sie nicht länger erkennbar war, als ob der Raum selbst mir den Kopf auf den Kehlkopf drückte. Ich versuchte es mit anderen Wörtern, malte mir andere Welten aus, und nach einiger Zeit fiel ich prompt in Schlaf. (Natürlich nicht, aber Ali Baba ist es so ergangen, und als er wieder erwachte, befand er sich in der Höhle der vierzig Räuber.) Das jedenfalls war das Zimmer, in dem an jenem Freitag gegessen wurde, als Onkel

Hussein uns besuchte, und in das er in der darauf folgenden Woche einzog.

Ich möchte gern nach vorn schauen, in die Zukunft, aber ich ertappe mich immer wieder dabei, dass ich zurückblicke, in Zeitläuften herumstochere, die lange zurückliegen und seither von anderen Ereignissen überlagert worden sind, tyrannischen Ereignissen, die drohend über mir schweben und jede noch so gewöhnliche Handlung bestimmen. Trotzdem entdecke ich, wenn ich so zurückblicke, dass noch immer einige Dinge aus der Vergangenheit einen glühenden Schimmer von Feindseligkeit ausstrahlen und jede Erinnerung mir Blut abzapft. Dieses Land der Erinnerung, es ist ein gestrenges Reich, ein düsteres Lagerhaus mit verrotteten Dielen und rostigen Leitern im Innern, in dem man ab und an seine Zeit verbringt und sich durch abgeschriebene Waren wühlt. Hier haben wir heute einen kühlen, dunkelnden Nachmittag, der bereits von wärmenden Straßenlaternen erhellt wird, in dem sich das tiefe, gedämpfte Grummeln des Verkehrs und rastloser Menschen ausmachen lässt, ein nie verebbendes Summen wie das geschäftige und geschwätzige Durcheinander in einem Insektenstock. An dem anderen Ort, den ich bewohne, herrscht immer Stille, und es ist höchstens mal ein Gemurmel zu vernehmen. Die Rede hat dort keinen Ton, und kaum jemand bewegt sich, es ist wie in dem Schweigen, das nach der Dunkelheit kommt. An diesem Ort stoße ich immer auf ihn, meinen armen Vater. Er war ein kleiner Mensch, still und übertrieben genau in allem, was er tat, der jeden neuen Tag in seinem sauberen weißen Hemd zur Arbeit ging, den Kopf leicht zur Seite geneigt, den Blick gesenkt. Zum Mittagessen kam er nach Hause, streichelte die Gesichter seiner beiden Söhne, duschte und hielt Siesta. Am Nachmittag ging er aus und kam manchmal erst spät abends wieder, sah mitgenommen aus und hatte nicht nur Alkohol getrunken, sondern mit ihm auch Schande auf sich geladen. Ab und zu stellte ich mir vor, dass mein Vater auch einen Vater hatte und fragte mich, was dieser wohl von ihm gehalten hätte. Oder welche Gedanken seinem Vater durch den Kopf gegangen wären, hätte er sehen können, was aus seinem Sohn geworden war. Ich habe nie erlebt, dass er von seinem Vater gesprochen oder seine Existenz erwähnt hat. Ich überlegte, ob er vielleicht deshalb so mit gesenktem Kopf umherging, weil er wusste, dass sein Vater ihn nicht gerade gelobt hätte, oder weil er fürchtete, dass wir ihn nicht verehrten und ihn unseren Kindern gegenüber nie auch nur mit einer Silbe erwähnen würden, oder weil ihm klar war, dass er die Liebe meiner Mutter verloren hatte. Es geschah jedoch erst später, dass ich mir über derartige Zusammenhänge Gedanken machte, später, nachdem so vieles geschehen war, dass nichts mehr übrig blieb, was man sich nicht vorstellen konnte, als schon nichts mehr heilig war. Und da wurde mir klar, dass der Vater meines Vaters ein Taugenichts gewesen sein musste, ein wilder Geselle, der trank und in Bordellen herumhurte und, zu guter Letzt, in jungen Jahren starb.

So klein, wie ich damals war, wäre es mir nicht in den Sinn gekommen, mir meinen Vater als armen, kleinen Mann vorzustellen oder zu denken, meine Mutter wäre schön und dazu in der Lage, meinen Vater zu lieben oder ihm ihre Liebe zu verweigern. Er war aber klein, zu klein für Onkel Hussein zumindest, der für uns alle eine Nummer zu groß war. Onkel Hussein war ein Mann der Lust und des Genusses, ein echter grinsender Schwarzamohr, der meinem Vater, als er bei uns einzog, dennoch Lebendigkeit und ein Glücksgefühl bescherte. Mein Vater hatte andererseits Angst vor der Dunkelheit.

Ich kann mich nicht daran erinnern, wie es überhaupt zu dieser Vereinbarung gekommen war. Ich weiß nur noch, dass wir eines Nachmittags auf einmal alle dieses Zimmer putzten, die Tonkrüge hinaus in den Innenhof trugen, den Teppich ausklopften, als wäre *Ramadan,* und ihn dann ausrollten, damit das Zimmer im tiefen Bernstein seiner Farben erglühte. Mein Vater lächelte und machte Scherze, zog Hassan damit auf, wie sich ab sofort sein Englisch verbessern würde, weil er es an Onkel Hussein ausprobieren könnte, und nahm keinerlei Anstoß an den Vorbehalten, die meine Mutter hinsichtlich dieser neuen Abmachung hatte. Es würde doch nur für einen Monat sein, sagte mein Vater, bis zum Ende des *Musim.*

Dann war Onkel Hussein da.

Jeden Morgen vor dem Frühstück grüßte ich zunächst meinen Vater und meine Mutter, und auf meinem Weg aus dem Haus zur Schule blieb ich einen Augenblick an seiner Tür stehen, um auch ihm einen guten Morgen zu wünschen. Und er gab mir jeden Morgen schweigend einen Shilling und Hassan derer zwei, den Zeigefinger über die Lippen gelegt, damit wir niemandem von seiner Freigiebigkeit erzählten. Nachmittags nahm Vater manchmal sein Mittagessen mit ihm zusammen, und dann saßen die beiden ein oder zwei Stunden beieinander und unterhielten sich, bevor mein Vater sich zur unerlässlichen Siesta zurückzog. Später gingen sie zusammen ins Kaffeehaus oder einfach nur spazieren, und wenn sie zurück waren, lauschten sie den englischsprachigen Programmen im Radio, das Onkel Hussein sich gekauft hatte. Mitunter kamen Leute vorbei, die sich zu ihnen setzten und mithörten und mitredeten, Leute, von denen ich nicht einmal wusste, dass sie überhaupt mit meinem Vater befreundet waren, und alle redeten mit lauter Stimme und mischten Englisch und Arabisch und Kiswahili in ein farbenfrohes, humorvolles Sprachengewirr, so dass das Lachen und der Lärm aus diesem Zimmer das ganze Haus erfüllte. Sogar der Kaffeeverkäufer begann, unser Haus in seine Runden aufzunehmen und klopfte jeden Abend bei uns an, um zu sehen, ob die Herren vielleicht einen Trank benötigten, und blieb dann ein Weile, um ihr Foh-foh-foh – was seine Art war, ihr Englisch nachzuäffen – zu bewundern. In dieser Zeit hörten die Besuche meines Vaters in der schmuddeligen Goa-Bar im Schatten der katholischen Kathedrale auf. Ich weiß noch nicht einmal, ob er wirklich dorthin gegangen ist, aber es war die einzige Bar, von deren Bestehen ich wusste, und deshalb nahm ich an, dass er dorthin ging. Ich war auch lange Zeit der Überzeugung, dass alle Bars so aussahen wie diese mit ihren rostigen Fenstergittern aus Eisen. Wenn meine Mutter abends nach Hause kam, grüßte sie die Männer, ohne auch nur einen Blick in das Zimmer zu werfen und rief, wenn sie sicher war, dass wir auch da drin hockten, nach Hassan und mir, und dass wir ihr nach oben folgen sollten.

Onkel Hussein kam nie nach oben. Das war auch nicht nötig. Es gab auch im Erdgeschoss ein Badezimmer, am hinteren Ende des Innenhofes. Na ja, zumindest war es ein Raum mit einem Spülklosett, einem Standrohr, einem Aluminiumkübel und einer Schöpfkelle, die aus einer Blechbüchse der Marke Blue Band Margarine gemacht war, alles höchst respektabel und sauber, sauberer, als man es in vieler anderer Leute Häuser vorfinden würde. Es war ein wenig dunkel da drin und nachts etwas Furcht einflössend und wurde nur benutzt, wenn das Badezimmer im Obergeschoss besetzt war und man es beim besten Willen nicht länger anhalten konnte, aber Onkel Hussein war hunderte Meilen über den Ozean gesegelt, um hierher zu kommen, und würde deshalb, wenn er sich erleichterte, schwerlich an dem lebendigen Treiben in den Schatten Anstoß nehmen. Wie dem auch sei, er kam jedenfalls nie nach oben. Wenn er etwas brauchte, dann stellte er sich unten an die Treppe und rief den Namen meines Vaters. Wenn meine Mutter ihm antwortete, weil mein Vater nicht zu Hause war oder seine Siesta hielt, zeigte sie sich nicht, sondern hielt sich im Hintergrund. Wenn es Hassan oder ich waren, nach denen er verlangte, dann standen wir am oberen Ende der Treppe, um ihm unseren Respekt zu erweisen, oder eilten hinunter, um abzuholen, was immer Onkel Hussein mitgebracht hatte. Wer ihm auch antwortete, er blieb immer mit gesenktem Blick am unteren Ende der Treppe stehen, falls meine Mutter sich gerade an deren oberem Ende befand und ein sorgloser und flüchtiger Blick nach oben sie vielleicht in Verlegenheit gebracht hätte. Für gewöhnlich brachte er jeden Tag etwas mit nach Hause: etwas Fisch, den es dann zum Abendessen gab, schönes Obst oder Gemüse, das ihm ins Auge gestochen war, Kaffeebohnen und süße Datteln, einmal einen, in eine eng anliegende Jutehülle gepackten Topf Honig, den er einem somalischen Matrosen abgekauft hatte, ein anderes Mal aromatisierten Kautschuk und Myrrhe sowie ab und an ein seltsames Ding, das er uns ohne Bemerkung oder Erklärung übergab, einen chinesischen Sprachführer für mich, einen Rosenkranz für Hassan.

Normalerweise kam er unmittelbar vor meinem Vater nach Hause, nach den Mittagsgebeten. Er ließ die Tür offen stehen und hockte sich auf den Teppich, mit der Lesebrille auf der Nase, und ging sein Notizbuch durch oder las im Koran. Die Brille machte immer einen etwas kecken Eindruck, so, als ob er sie eigentlich gar nicht brauchte, oder als ob er gar nicht über irgendwelchen Rechnungen brütete oder las, sondern sich lächelnd einen Scherz erlaubte. Waren wir auf dem Weg aus dem Haus oder kamen von draußen herein, grüßten wir ihn. Gingen wir aber wortlos vorüber, rief er uns zurück. Es war aber kein unwohles Gefühl, wenn man so gefordert wurde. Kamen Besucherinnen ins Haus und riefen ihm einen Gruß zu, dann erwiderte er ihn, ohne dabei aufzusehen und erwies ihnen auf diese Weise seinen Respekt. Sobald mein Vater nach Hause kam, blieb er an Onkel Husseins Tür stehen und wechselte ein paar Worte mit ihm, oder – was weit häufiger vorkam – fing ein ausgedehntes Gespräch mit ihm an, endloses unverständliches Gefasel, weil sie in Englisch redeten und so oft lachten und scherzten, dass mein Vater darüber mitunter vergaß, nach Hassan und mir zu rufen, um uns mit seiner besonderen Art von Traurigkeit über das Gesicht zu streicheln. Manchmal ordnete er an, dass sein Mittagessen zusammen mit Husseins nach unten gebracht werden sollte, und die beiden saßen dann in diesem Zimmer im Erdgeschoss und aßen und redeten manchmal eine ganze Stunde lang.

Es war Hassans Aufgabe, Onkel Hussein seinen Teller Mittagessen hinunterzubringen. Normalerweise tat meine Mutter zuerst Onkel Husseins Essen auf und Hassan brachte es hinunter. Dann aßen wir vier gemeinsam im Obergeschoss. Nach dem Essen ging Hassan wieder hinunter, um das Tablett hochzuholen. Danach kehrte er wieder zu Onkel Hussein zurück und leistete seine Englischstunde bei ihm ab. Das war Husseins Idee, das mit der Englischstunde. Eines Nachmittags hatte Hassan auf Anweisung meines Vaters seine Brutusrede vorgetragen, und das hatte Onkel Hussein dermaßen beeindruckt, dass er den Vorschlag machte, Hassan jeden Nachmittag unterrichten zu wollen. Er wäre der Ansicht, Hassan besäße ein Talent für die Sprache, prahlte mein Vater vor uns. Also beeilte sich Hassan von nun an mit dem

Mittagessen und wartete darauf, dass Onkel Hussein ihn zu sich nach unten rief. Saß mein Vater unten und schwatzte mit Onkel Hussein, dann wurde Hassan unruhig und ging rastlos umher und wartete gereizt darauf, dass er gerufen wurde. Ich musste nach dem Mittagessen in die Koranschule, und das jeden Tag, egal, ob es regnete oder gar stürmte oder nicht, deshalb habe ich von diesen Unterrichtsstunden nie etwas mitbekommen, und Hassan hatte aus irgendeinem Grund keine Lust, mir davon zu erzählen. Wenn er etwas erzählte, dann drehte es sich in seinen Geschichten immer nur um Onkel Hussein hier und Onkel Hussein da. Hast du eigentlich eine Ahnung, dass er das und das gemacht oder dies und jenes gesehen hat, und hast du schon gesehen, was er mir heute geschenkt hat? Eine Armbanduhr, einen Federhalter, ein Notizheft. Teure Sachen. Ich war begierig auf diese Geschichten – auch wenn sie nicht so aufregend zu sein schienen wie die über Kaufleute und arme Leute, über verzauberte Prinzessinnen und wild gewordene Dshinns, die meine Mutter immer erzählte – und ich war neidisch wegen der Geschenke – wenn auch nicht besonders, weil Hassan großzügig mit seinen Sachen umging – doch vor allem anderen wünschte ich mir, dass Onkel Hussein mich auch gern hatte, mich genauso sehr mochte wie Hassan. Ich wünschte mir, dass er auch mich nachmittags zu sich ins Zimmer rief und ich neben ihm sitzen durfte, während er mir Geschichten erzählte und mich mit seinen kostbaren Gaben überhäufte.

Es muss ungefähr in dieser Zeit gewesen sein, dass es zu der Abmachung kam, durch die meine Eltern das Haus verloren. Ich war damals noch zu jung, um eine Angelegenheit der Erwachsenen, die mit einer solchen Tragweite behaftet war, mitbekommen oder verstehen zu können, und ich vermute, dass in meiner Gegenwart auch nie darüber gesprochen worden ist, damit ich nicht, wie Kinder das nun einmal tun, an falscher Stelle damit herausplatzte. Als ich von der Vereinbarung erfuhr, die mein Vater mit Onkel Hussein getroffen hatte, befand sich die ganze Angelegenheit bereits im Stadium einer ausgewachsenen Krise, und man konnte über sie nur erzählen, indem man sie als betrügerische Tat und Gegenstand des Grolls darstellte. Ich erinnere mich, wie glücklich mein Vater in jenem reichlichen Monat war, den Onkel Hussein bei uns wohnte, wie erfüllt er von der Entdeckung eines neuen Freundes zu sein schien, und dass er damals mehr von einem Vater an sich hatte als jemals zuvor: sicher und bestimmt in seiner Meinung, entschieden in seiner Zuwendung und seinen Forderungen, schob er uns geschäftig zur Seite, wenn wir im Wege waren, um sich mit seinen Angelegenheiten zu beschäftigen, die ihn vollauf in Anspruch nahmen, kam und ging er mit männlicher Selbstüberhebung in Begleitung seiner weltlichen Freunde. Es war eine Offenbarung, ihn Anzüglichkeiten und Zoten sagen und in der heiseren, abgebrühten Art der Straße lachen zu hören, ihn, der zuvor immer mit gesenktem Kopf herumgeschlichen war und manchmal tagelang geschwiegen hatte. Ich glaube, dass es an diesem Glücksgefühl und dem damit gewonnenen Selbstvertrauen lag, dass er die Kühnheit aufbrachte, sich auf Geschäfte mit Onkel Hussein einzulassen. Vielleicht war es in einigen dieser mit gesenkten Stimmen geführten Unterhaltungen um diese Geschäfte gegangen, wenn die beiden auf dem Bokhara lagerten, sich auf einen Ellbogen stützten, das eine Knie aufgestellt hatten und dem anderen ein wenig entgegengeneigt waren, während neben dem Bett sacht das Weihrauchfässchen vor sich hin schwelte. Sie sprachen Englisch, und das war mir alles nur Foh-Foh-Foh, und so hätten sie eigentlich auch die Stimmen nicht senken müssen, aber so waren sie nun mal, flüsterten im heimlichen Tonfall der Verführung miteinander, aus Angst, man könnte sie belauschen. Wie ich später herausfand, lief ihre Abmachung darauf hinaus, dass mein Vater sich mit einem Darlehen, für das er den Wert des Hauses als Sicherheit setzte, in Onkel Husseins Geschäfte einkaufte. Als diese Geschäfte danebengegangen waren, wie Onkel Hussein behauptete, besaß mein Vater nicht genug Geld, um das Darlehen zurückzuzahlen und musste das Haus hergeben. So weit in aller Kürze. Ich stelle mir nur vor, dass es so vor sich gegangen sein könnte, dass Onkel Hussein meinen Vater mit angeblich geheimen Absprachen verführt hat, die ihm in der Welt zu Ansehen verholfen und ihm den Ruf eines Mannes eingetragen hätten, der neben Wissen auch über Tatkraft und Risikobereitschaft verfügte, eines richtigen Mannes eben.

Eines Nachmittags kam ich etwas früher als gewöhnlich von der Koranschule nach Hause. Der Lehrer hatte mich heimgeschickt, weil ich Durchfall hatte. Den musste ich mir von etwas geholt haben, das ich auf der Straße gekauft hatte. Meine Beschwerden waren unmissverständlich, ich wand mich in Krämpfen und konnte mein Stöhnen nicht unterdrücken und rannte, ohne um Erlaubnis zu fragen, auf das Klo, weshalb mich der Lehrer, als ich vom Klo zurückkam, nach Hause schickte. Als ich zu Hause ankam, war ich reif für eine weitere Sitzung, musste aber entdecken, dass das Badezimmer besetzt war. Ich rannte runter zu dem dunklen Klo, aber das war auch besetzt. Also quälte ich mich wieder rauf ins Obergeschoss und hüpfte vor der Badezimmertür auf und ab und rief wem immer da drin zu, er solle mich reinlassen. Drin rauschte die Dusche, und ich wusste selbst nur zu gut, dass das Rauschen und die Lautstärke des

Wassers einen so einlullen können, dass es einen Überwindung kostet, es abzustellen. Aber ich war verzweifelt und hämmerte gegen die Tür und jammerte mit all der Mitleid erregenden Kläglichkeit eines Neunjährigen, den es beinahe zerfetzt. Hassan machte die Tür auf, stand da, und das Wasser tropfte und perlte an ihm herab, und schließlich ging er mit gesenktem Blick an mir vorbei. Ich flitzte hinein, tat, wonach mich so drängte, und erst später, nachdem der Schmerz vorüber war und ich mich gewaschen hatte, empfand ich einen kleinen Stich. Angst.

Als Hassan die Tür öffnete, waren seine Augen rund und groß vor Kummer. Vielleicht war es auch Scham. Oder Schuld. Dann hatte er wortlos die Augen niedergeschlagen und mich stehen gelassen, tief in das versunken, was ihn beschäftigte. All das sah ihm gar nicht ähnlich. Ich hatte auch noch nie erlebt, dass er zu dieser Nachmittagsstunde duschte. Da stand er und schimmerte in seiner Nacktheit, und dann ging er einfach aus dem Badezimmer, wo er doch sonst außerhalb unseres Schlafzimmers nie nackt umherlief. Und wenn Vater oder Mutter zu Hause gewesen wären, dann hätte seine Nacktheit ein unsittliches Verhalten dargestellt, das nicht hinzunehmen gewesen wäre. Hassan war gut gebaut und kräftig, ein Jugendlicher an der Schwelle zum Erwachsenen, und er war sich seit kurzem seiner Reife so sehr bewusst, dass er seine Genitalien sogar dann bedeckte, wenn wir alleine in unserem Zimmer waren, in dem er doch zuvor, wenn ihm danach war, nackt herumgelaufen war. Und dieser Ausdruck von Unheil auf seinem Gesicht, bei jemandem, dessen Augen jedes Fehlverhalten stechend betrachtet oder angestarrt hätten, oder die betreffende Person gar mit Zorn und Schalk und Aufbegehren angesprungen wären. Als ich in unser Zimmer kam, war er nicht mehr da, und später war ich zu krank, um noch an sein seltsames Verhalten an diesem Nachmittag zu denken oder mir deswegen den Kopf zu zerbrechen. Es stellte sich nämlich heraus, dass mein Durchfall etwas Ernsteres war, und ich versank in ein Delirium aus Fieber und schmerzhaften Entleerungen, das tagelang anhielt.

Als ich wieder in die Welt der Lebendigen eintrat, als ich das Bewusstsein wieder erlangte, erwachte und zu mir kam, musste ich entdecken, dass ich allein in unserem Zimmer lag, und Hassans Bett war abgezogen worden und leer. Ich war drei Tage bewusstlos gewesen – warum sind es immer drei Tage? – und es hatte Zeiten gegeben, da man mich bereits aufgegeben hatte. Das hört sich nach dem normalen Sorgenkram an, den Eltern wegen ihrer Kinder durchmachen, doch offensichtlich hatten sie wirklich richtig Angst um mein kostbares Leben gehabt. Sie hatten keine Ahnung, was mir fehlte, und auch der Arzt war sich nicht sicher, aber bei ihm war das nichts Außergewöhnliches. Eigentlich war es immer so, dass er jedem eine Spritze verpasste, weil das die Rechnung ein bisschen aufblähte, und irgendeine Mixtur oder ein paar Pillen aus der eigenen Apotheke verschrieb, weil das sicherstellte, dass die Patienten wieder zu ihm kamen. Sie brauchten ja Nachschub. Seine Diagnose war dermaßen verschwommen, dass meine Eltern Hassan aus dem Zimmer nahmen, damit er sich nicht ansteckte, er, der Erstgeborene und Erbe des Königreiches der Lüfte. Er sollte im Wohnzimmer auf einer Matte auf dem Fußboden schlafen. Als jedoch Onkel Hussein von dieser Regelung erfuhr, wollte er das nicht zulassen. Auf dem Fußboden wäre es zu unbequem, und Hassan wäre doch nur allen im Weg. Wenn überhaupt, dann wollte er, Onkel Hussein, ausziehen, damit Hassan das untere Zimmer haben konnte. Davon wollte nun mein Vater seinerseits nichts wissen. Also nahmen sie schließlich die

Matratzen von Hassans Bett und brachten sie runter in Onkel Husseins Zimmer. Jetzt kannst du jederzeit Englischunterricht nehmen, stelle ich mir vor, wie mein Vater zu Hassan sagt.

Am Abend des Tages, an dem ich das Bewusstsein zurückerlangt hatte, kehrte Hassan in unser Zimmer zurück, aber das gefiel ihm überhaupt nicht. Er warf sich auf das Bett, drehte sich mit dem Gesicht zur Wand und ließ mir Versehrtem nur die flüchtigste Aufmerksamkeit zuteil werden. Ich hatte gehört, wie er sich mit meiner Mutter gezankt hatte, als sie diesen Vorschlag gemacht hatte, und dann miterlebt, wie sie streng und unnachgiebig, ja, fast schon wahnsinnig vor Zorn geworden war. Du schläfst in deinem Zimmer, ob dir das passt oder nicht, du Kind der Sünde, sagte sie, und redete mit so einer ungewohnten Wut auf ihn ein, dass darauf nichts mehr zu erwidern blieb. Ich fragte mich, was sie so wütend gemacht haben konnte, und ob sie auf Hassan oder Onkel Hussein böse war. Ich hatte mir schon vorher Gedanken darüber gemacht, was sie wohl davon hielt, dass Onkel Hussein bei uns wohnte. Zwar hatte ich nie mitbekommen, dass sie eine Bemerkung über ihn fallen gelassen hätte, aber manchmal war ihr Schweigen verdächtig beredt. Wenn sich mein Vater oben vor uns darüber ausließ, was Onkel Hussein alles gesagt oder gemacht hatte, und sein Tonfall uns einlud, mit fröhlicher Freude daran teilzuhaben, ja, dies sogar von uns verlangte, dann saß meine Mutter wortlos daneben, einen gleichgültigen, starren Ausdruck im Gesicht. Ich glaubte, dass sie meinen Vater wegen seiner peinlichen Begeisterung mit Verachtung behandelte. Weil sie das aber oft wegen vieler anderer Dinge so machte, war es nicht sicher, ob ihr Onkel Husseins Aufenthalt bei uns lästig war. Bei anderen Gelegenheiten, wenn sie etwa, dem Blick verborgen, am oberen Ende der Treppe stand, um auf seinen Ruf zu antworten, oder das Tablett mit dem Mittagessen fertig war und zu ihm hinuntergebracht werden konnte, schien sie ernsthaft darum bemüht zu sein, dass alles seine Ordnung hatte und er sich von uns geschätzt fühlte.

Die darauf folgenden Tage blieb ich zu Hause, weil ich noch zu schwach war, um in die Schule zu gehen, obwohl ich nicht länger im Bett bleiben musste. Hassan war immer noch wütend auf mich, zumindest redete er nicht viel mit mir. Nachmittags ging er mit demselben Eifer wie früher zu seinem Englischunterricht, und wenn er zurückkam, sah er ebenso erregt wie unglücklich aus. Normalerweise bekam ich ihn nach seinem Unterricht nicht zu Gesicht, weil ich da selber Schule hatte, und ich fragte mich, ob er vielleicht deshalb so aussah, weil die Stunden so anstrengend waren. Es war um diese Zeit herum, dass ich diesen Ausdruck in den Augen meiner Mutter bemerkte und mir klar wurde, dass Onkel Hussein ihr Angst einjagte. An den Tagen, an denen ich zu Hause bleiben musste, schlich ich meiner Mutter den ganzen Vormittag durch das Haus hinterher und setzte mich zu ihr in die Küche, während sie kochte. Ich stelle mir vor, dass sie sich mit mir unterhalten hat, dass sie gelächelt, mich aufgemuntert und aufgezogen hat, wie es eine Mutter halt mit ihrem kranken kleinen Jungen macht. Es gab aber einen Augenblick, an den ich mich noch lebhaft erinnere. Wir hörten, wie sich ein Schlüssel in der Haustür drehte, und sie saß mit einem Mal ganz still. Nur ihre Augen bewegten sich zur Seite und weiteten sich vor gespannter Aufmerksamkeit. Dann schluckte und zwinkerte sie, und aus irgendeinem Grund heraus hatte ich das Gefühl, sie wäre in Gefahr oder fühlte sich nicht wohl. Vielleicht warf sie mir auch einen Blick zu und lächelte. Vielleicht bilde ich mir aber nur ein, dass sie auf so bewegte Weise zur Seite sah und schluckte und zwinkerte. Vielleicht war ich auch irgendwo im Haus unterwegs, als Onkel Hussein nach Hause kam und redete mir später ein, wie meine Mutter geblickt haben könnte, als sie das Geräusch des Schlüssels in der Tür hörte. Und möglicherweise geschah das auch an einem ganz anderen Tag und überhaupt nicht an diesem, an dem ich mitbekam, wie sie sich mit ihm unterhielt und dann mit ihm in sein Zimmer ging.

Sie müssen gedacht haben, dass ich draußen spielte. Mir ging es schon wieder so gut, dass ich raus durfte, und sie müssen geglaubt haben, dass ich bei einem der Nachbarn abgeblieben war. Dort war ich auch gewesen, doch dann war ich wieder nach Hause gekommen und in einen der großen Tonkrüge gekrochen, die aus dem Zimmer in den Hof geschafft worden waren. Ich hatte mich in der tiefen Ruhe des Krugs zusammengeringelt und schaute hinauf zu dem Fleckchen Himmel über der Terrasse im ersten Stock. Als ich ihre Stimmen hörte, kicherte ich verstohlen und stellte mir vor, im nächsten Augenblick aufzuspringen und sie zu erschrecken. Dann aber wurde mir das drängende Flüstern bewusst, mit dem sie redete, und deshalb zögerte ich. Ich lugte vorsichtig über den Rand und sah meine Mutter und Onkel Hussein – nur Zentimeter voneinander getrennt – vor der geöffneten Tür seines Zimmers stehen. Dann hörte ich ihn sagen: „Unataka niingie ndani?" – Möchten Sie nicht eintreten? Sie trat an ihm vorbei und in das Zimmer, und er folgte ihr und zog die Tür hinter sich zu. Das war alles, was ich sah, und ich begriff nicht, was da vor sich ging, empfand nur eine eigenartige Beklommenheit und war ziemlich erleichtert, dass sie mich nicht entdeckt hatten.

Kurz danach muss Onkel Hussein die Rückreise angetreten haben, denn ich habe – aus jenem Jahr – keine weiteren Erinnerungen an ihn. Die Männer, die uns besuchten, solange Onkel Hussein bei uns wohnte, kamen noch eine Weile immer wieder mal vorbei und blieben schließlich weg. Mein Vater redete noch eine Zeit lang von Onkel Hussein, erinnerte an seine Freundlichkeiten oder eine seiner Heldentaten, aber auch das wurde immer seltener. Im Laufe der Zeit fiel das Haus wieder in das alte Schweigen, und auch mein Vater kehrte zu seinem stillen Wesen zurück, obwohl es nun in seinem Benehmen ab und an zu Ausbrüchen einer vorher nie so da gewesenen Schroffheit kam, vor allem meiner Mutter gegenüber. Hatte er früher ihre Verachtung mit abgewandtem Gesicht ertragen und war vor Abscheu und aus Verletztheit zusammengezuckt, so brüllte er sie jetzt an und spuckte nach ihr. In solchen Augenblicken zogen sich seine Mundwinkel in einem Anflug von Bitterkeit nach unten, wie ich es noch nie zuvor an ihm bemerkt hatte. Wenn aber Onkel Husseins Abreise für meinen Vater schon eine Art Verlust darstellte, so bedeutete sie für Hassan ein Verlassenwerden, einen schmerzlichen Aderlass. Er redete kaum noch mit jemandem, und wenn er zu Hause war, lag er mit zur Wand gekehrtem Gesicht im Bett oder hockte da und kritzelte in das Notizbuch, das Onkel Hussein ihm geschenkt hatte, oder schrieb Briefe auf Luftpostpapier. Er machte lange einsame Spaziergänge und unternahm regelrechte Marathontouren mit dem Fahrrad, und schien völlig das Interesse an der Bande von Jungen verloren zu haben, zu der er früher gehört hatte. Schnell kamen Gerüchte auf, und die Jungen in der Schule machten höhnische Bemerkungen. Sie behaupteten, unser Gast hätte Hassan vernascht, hätte sich am Honig vergangen. Damit umschrieben sie etwas viel Gemeineres. Und sie sprachen es auch viel unmittelbarer aus. Einer von Hassans Klassenkameraden in der Oberschule, der früher mit ihm befreundet gewesen war, kam hinter mir her gerannt, als ich zur Koranschule ging, um mich zu fragen, ob es stimmte, dass ich einen neuen Vater hätte. Als ich an einer Gruppe Erwachsener vorüberging, die an den Straßenecken herumlungerte – was die Großen immer zu machen schienen – hatte ich das Gefühl, dass sie hinter meinem Rücken grinsten. Ich fürchte, sie taten es tatsächlich.

Von da an ließen sie Hassan nie mehr in Ruhe, diese Aasgeier. Es lag nichts Schwules in dem, was sie taten oder worauf sie aus waren. Sie waren scharf auf seine Anmut und seine mühelose, geschmeidige Schönheit, und flüsterten ihm etwas zu, wenn er vorüberging, boten ihm Geld und Geschenke an und das durchschaubare Lächeln eines Raubtieres. Ein Mann gab mir einen Brief, den ich nach Hause bringen und ihm übergeben sollte, eine Seite, aus einem Schulheft herausgerissen und unordentlich zusammengefaltet wie eine Einkaufsliste oder eine Seite mit Abrechnungen. Als ich zu Hause ankam, versuchte ich, den Brief zu lesen. Er war jedoch in Englisch geschrieben und ich wurde nicht daraus schlau. Hassan las ihn und zerriss ihn dann in winzige Fetzen, die er in einen alten Briefumschlag steckte, den er in die Hosentasche schob, um ihn irgendwo weit draußen wegzuwerfen. Sie ließen ihn nicht in Ruhe. Die Blicke, die Bemerkungen, die wie zufällige Berührung, all das war irgendwie anzüglich, irgendetwas zwischen einem grausamen Spiel und berechneter, heimlicher Annäherung. Und Hassan litt. Die Aufdringlichkeiten und das Geschwätz ließen nach, weil er jetzt lernte, sein Gesicht von diesen herzlosen Liebesdingen abzuwenden, von den verführerischen Anzüglichkeiten, die nichts weiter als Schmerz versprachen. Ich war der Meinung, dass sie ihn früher oder später klein kriegen würden.

Dann kam eines Tages ein Luftpostbrief für Hassan. Mein Vater brachte ihn mittags mit nach Hause. Er hatte, nachdem Hassan einmal seinen Arm weggeschlagen hatte, damit aufgehört, uns zu rufen, wenn er von der Arbeit nach Hause kam, und in seiner altmodischen Art und Weise unsere Gesichter zu streicheln. Als das geschah, war mein Vater aufgefahren und hatte das Gesicht geschlagen, das er eigentlich streicheln wollte. Und danach hat er uns nie wieder angerührt. An dem Tag, an dem er den Brief mit nach Hause brachte, rief er, als er die Treppe heraufkam, nach Hassan und übergab ihn ihm. Der Umschlag des Luftpostbriefes war aufgeschlitzt worden und Vater und Sohn tauschten, als er übergeben wurde, lange Blicke. Der Brief war von Onkel Hussein. Das erzählte Hassan mir, mehr aber nicht. Danach muss er sich seine Briefe an eine andere Adresse schicken lassen haben, denn einige Zeit später teilte er mir mit, dass Onkel Hussein in ein paar Monaten, mit dem nächsten *Musim*, wieder kommen würde.

Als er dann kam, befand sich unsere Familie fest im Donnergriff ihrer kleinlichen Privattragödie. Meine Eltern kamen kaum noch miteinander aus, und Hassan hatte neue Freunde gefunden, die viel älter waren als er. Meine Mutter ging an den meisten Nachmittagen aus und kam erst spät abends wieder heim. Mein Vater kam sogar noch später nach Hause als sie und roch nach Alkohol. Ich weiß nicht, was Hassan mit seinen neuen Freunden trieb, ob sie ihn dazu gebracht hatten, sich den Qualen zu unterwerfen, die sie ihm versprachen. Ich habe ihn nie gefragt. Als Onkel Hussein eintraf, zog er nicht wieder bei uns ein. Aber er kam bei uns vorbei und überbrachte die Nachricht, dass aus dem Geschäft, das mein Vater und er zusammen vorgehabt hatten, nichts geworden sei, und dass das Darlehen zurückgezahlt werden müsste. Bis dahin, und weil Onkel Hussein für das Darlehen gebürgt hatte, würde er das Papier behalten, in dem das Haus als Sicherheit eingesetzt wurde, und vielleicht würde das Geschäft auf lange Sicht ja doch noch Gewinn abwerfen. So einfach kann es nicht gewesen sein, aber so hat man es mir erzählt. Onkel Hussein hatte uns das Haus gestohlen, weil mein Vater keinerlei Aussicht hatte, das Geld aufzutreiben, mit dem er das Darlehen zurückzahlen konnte. Der Meuchelmörder. Wenn ich jetzt so zurückdenke, klingt es nahezu unwahrscheinlich, dass uns Onkel Hussein danach noch ab und an besuchte, uns wie früher Geschenke mitbrachte, Fisch und Obst und Gummi und *Ud* und Tuch und einmal sogar einen blanken Ebenholztisch für Hassan, den mein Vater zunächst zerschlagen wollte, der dann aber im unteren Zimmer sein Ende fand.

Hassan war damals kaum noch zu Hause, und wenn doch, dann schien er mir in endlose Auseinandersetzungen mit meiner Mutter verstrickt zu sein. Wenn ich ihn manchmal fragte, wo er denn hinginge, sagte er nur, Freunde besuchen oder sich mit Onkel Hussein treffen. Er kümmerte sich nicht mehr um mich. Er war niemals grob zu mir, aber er lebte in einer mir fernen Welt, die ich nicht kannte, und die er vor mir verschlossen halten wollte. Dann drehte sich der *Musim* und Onkel Hussein reiste ab. Und Hassan verschwand. So weit, so kurz. Er schritt erhobenen Hauptes und gemeinsam mit Onkel Hussein über den Horizont und wir haben nie wieder etwas von ihm gehört. Das ist jetzt vierunddreißig Jahre her. Damals kam uns der Gedanke schrecklich vor, und aus heutiger Sicht erscheint es sogar noch um einiges schrecklicher, dass er sich aufraffen und einem Mann folgen konnte, als sei er dessen junge Braut.

Hassans Verschwinden stellte lediglich den Auftakt zu einer Folge spannungsgeladener Ereignisse dar, auf deren Höhepunkt sich unsere schreckliche kleine Geschichte vollenden sollte. Onkel Hussein hatte das Papier mit der Vereinbarung verkauft und mit dem Geld das Darlehen zurückgezahlt. Der Käufer war Omar Saleh, ein Möbeltischler, ein entfernter und uns in jeder Beziehung fremder Verwandter. Ihm gehörte jetzt das Haus. Zwei Jahre darauf erstritt sich Omar Saleh den Besitz des Hauses und seines Inventars vor Gericht, und wir mussten ausziehen. Zu diesem Zeitpunkt hatte mein Vater, Rajab Shaaban Mahmud, Nüchternheit und Frömmigkeit für sich entdeckt, und das gleich in einem Maße, dass die Leute anfingen, ihn mit seinem verehrten Großvater zu vergleichen. Meiner Mutter, die in jenen Jahren kurz vor der Unabhängigkeit neue Lebensinhalte und Verhältnisse für sich entdeckt hatte, die ihr eine Art freudvollen Lebenszweck bedeuteten, schenkte er keinerlei Beachtung mehr.

Nun, zweiunddreißig Jahre nach dem Verlust dieses Hauses, tauchte in England ein Mann namens Rajab Shaaban als Asylbewerber auf und brauchte einen Dolmetscher. Mein Vater konnte es nicht sein, der war schon vor langer Zeit gestorben, und dass er sich auf eine solche Reise begeben hätte, konnte ich mir schon gar nicht vorstellen. Vielleicht handelte es sich um den richtigen Namen des Mannes. Es war aber ebenfalls möglich, dass sich jemand diesen Namen aus Schalk heraus ausgeliehen und zugelegt hatte, oder als Teil eines Passbetrugs oder einfach nur so aus Spaß. Oder vielleicht bildete ich mir das alles auch nur ein, aus Reue und Bitterkeit und Paranoia. Kann sein, dass es auch nur so eine böse Ahnung war. Ich war jedenfalls davon überzeugt, dass sich da jemand einen dummen Scherz erlaubt hatte, dass dieser Mann sich den Namen meines Vater aus einer Art Schalkhaftigkeit heraus zugelegt hatte. Und ich glaubte, dass es sich bei diesem Jemand um Saleh Omar handelte, der schon immer eine ziemlich miese Vorstellung davon besessen hatte, was einen Witz ausmachte, dessen Scherze mitunter damit endeten, dass nur er sie lustig fand, wenn er so still dasaß und wegen eines ausgebufften Schachzugs, der in seinem Kopf vor sich ging, in sich hineinlächelte. Ich hatte keinen handfesten Grund zu der Annahme, dass es sich um Saleh Omar handeln könnte, nur so eine Vorahnung, so eine klägliche Furcht, dass dieser Mensch noch immer nicht mit uns fertig sein könnte. Ich wünschte mir, all das links liegen lassen zu können, die endlosen Geschichten, die sich hinter mir anstauen, endlich abschütteln zu können, wusste aber zugleich, dass ich dazu nicht fähig sein würde, die Wägbarkeiten mich auslaugen würden, ich mir Sorgen machen und mich meiner Feigheit und Zimperlichkeit schämen würde. Also rief ich wieder beim Flüchtlingsbüro an und bat Rachel Howard, recht bald einen Besuch bei Mr. Rajab Shaaban für mich einzurichten.

4

ICH HATTE SALEH OMAR SCHON EINMAL BESUCHT. Vor vielen Jahren. Damals war ich überrascht, wie er mich empfing. Ich hatte mich darauf vorbereitet, dass er sich kurz angebunden und herablassend verhalten würde, bereit dazu, mich hinauszuwerfen. So etwas jedenfalls malte ich mir aus, als ich, das Gesicht von der Düsterkeit im Innern des Hauses abgewandt, an der offenen Tür stand und mit einer Stimme, die sich bemühte, alles zu vermeiden, was als Beleidigung aufgefasst werden könnte, nach ihm rief. Ich erwartete, dass irgendjemand aus dem Dunkel auftauchen und mich kalt anstarren und schweigend dafür tadeln würde, dass ich da so hilflos herumstand, mich aber letztlich einlassen würde, weil die Regeln der Gastfreundschaft ihm keine andere Wahl ließen. Ich bin gekommen, um mit Saleh Omar, dem Möbelhändler, zu sprechen, wollte ich dann sagen. Dann würde ich in die unheilschwangere Gegenwart dieses Mannes treten und die Forderung loswerden, derentwegen ich geschickt worden war und wieder gehen. Fort, verschwinden, weg von allen und allem.

Ein groß gewachsener Fleischberg von Mann erschien an der Tür, tauchte gemächlich aus der Finsternis des Hauses auf, und sein Gesicht erstrahlte in einer Art freudiger Überraschung, als er mich erkannte. Er war Saleh Omars *Faktotum*. Er kümmerte sich um alle Dinge, die anstanden, schuftete für ihn im Möbelgeschäft, nahm an der Haustür die Gäste in Empfang, wenn Fremde oder Kaufleute vorsprachen, fegte die Treppe, erledigte die Einkäufe und nebenbei noch jede Menge anderer Dinge, um die zweifellos nur der Mann wusste, dem er diente. Die Leute nannten ihn Faru, das Rhinozeros, wobei ich die Gründe dafür vergessen habe und sie mich heute auch nicht mehr interessieren. Ich hatte auch nicht mehr daran gedacht, dass er es sein würde, der an die Tür kommen würde. Ich hatte mich sorgfältig gekleidet, weil ich annahm, dass man mich peinlich genau in Augenschein nehmen würde, weil ich erwartete, dass man mich unverschämt und von oben bis unten mustern würde, doch die Augen dieses Mannes wichen nicht von meinem Gesicht. Seine Augen waren wach und bekundeten Interesse, als ob man meinen Besuch erwartet und sich auf ihn gefreut hätte. Es sah so aus, als würde er lächeln, doch dann wurde der Ausdruck auf seinem Gesicht mit einem Mal nichtssagend höflich und abweisend.

„Ich bin gekommen, um ihn zu sprechen", sagte ich.

„Du sollst willkommen sein", antwortete er ohne Zögern und machte eine Bewegung, die mich in die Düsterkeit des Hauses bat. „Zu Hause sind alle wohlauf, hoffe ich."

Was mir in dieser Finsternis als Erstes auffiel, war der Geruch – ein satter und wuchtiger Duft hatte sich in den Wänden und Teppichen festgesetzt und erschwerte mir das Atmen. Nach ein paar Schritten öffnete der Mann die Tür zu einem luftigen, lichtdurchfluteten Korridor. Ein kleiner Innenhof lag vor mir, dessen Wände rundherum bis in die Höhe eines ausgewachsenen Mannes gefliest waren. Die Fliesen waren von zartblauer Farbe, die das Alter eingedunkelt hatte, ein vertrauter Anblick, weil wir manchmal am Strand Keramikstückchen von eben dieser Farbe fanden. Vor einer Wand standen zwei Zwergpalmen in großen Tontöpfen, die aus dem gleichen aschgrauen Ton gebrannt waren wie der Ali-Baba-Krug, in dem ich vor Jahren immer gespielt hatte. Bevor ich mich im Zaum halten konnte, warf ich einen

Blick nach oben und sah, dass sich ein gitterbewehrter Balkon um das ganze Obergeschoss zog und auf den Innenhof hinabsah. Ich bildete mir ein, unterdrückte Frauenstimmen im Gespräch gehört zu haben.

„Tuna mgeni", rief der Mann, der mich empfangen hatte mit einer Stimme, die zugleich sanft und tragend war – einer Stimme von solcher Zartheit und Vornehmheit, einer ausgebildeten Stimme, die bei einem Mann seiner Erscheinung und seines Rufes überraschte. Wir haben Besuch. Die Stimmen verstummten für einen Augenblick und nahmen dann ihre Unterhaltung wieder auf.

Ich wurde in das erste Zimmer auf der linken Seite geführt. Der Mann, der mich empfangen hatte, blieb an der Tür stehen. Seine Haltung bedeutete mir einzutreten. Die Augen hatte er höflich gesenkt, doch ich glaubte, erneut ein Lächeln in ihnen entdecken zu können, und fragte mich, ob er vielleicht lächeln musste, weil ich neben ihm so lächerlich wirkte, oder ob er über sich selbst lachte, weil er sich zu benehmen hatte wie ein herrenloser Eunuch in einer Geschichte aus *Tausendundeiner Nacht*. Ich kannte diesen Menschen, hatte seine Augen schon auf den Straßen gesehen, hatte bemerkt, wie sie vor Jahren Hassan angeschaut hatten, und sogar von ihm einen Brief für meinen Bruder entgegengenommen. Und wenn er es nicht war, der mir den Brief gegeben hatte, dann ist es ein Mann gewesen, der ihm sehr ähnlich sah. Und wenn dies nicht seine Augen waren, die mir aus lang zurückliegenden Zeiten in Erinnerung waren, dann waren sie den seinen zumindest sehr ähnlich. Dieses geheimnisvolle Lächeln machte mich schaudern.

Das Zimmer, in das ich jetzt eintrat, war geräumig und rechteckig. An den Wänden hingen zwei große Spiegel in vergoldeten

Rahmen. Diese Spiegel konnten meiner Aufmerksamkeit nicht verborgen bleiben, noch konnte es mein Spiegelbild. Sie sahen auf die Tür, hingen nebeneinander, und zeigten mir plötzlich mein Abbild auf eine Art und Weise, die beabsichtigte, mich einzuschüchtern und klein zu machen. Bevor man überhaupt wegschauen konnte, sagten sie einem: „Das bist also du. Dieses lächerliche Spiegelbild bist du." Saleh Omar saß auf einem Stuhl, an einem Fenster mit Blick auf das Meer. Ich glaube, er las. Als ich eintrat, blickte er kurz über die Schulter und dann einen Augenblick lang aus dem Fenster hinaus, bevor er sich erhob und abwartete, dass ich auf ihn zutrat.

Da war ich also, stand nur wenige Zentimeter von dem Meuchelmörder entfernt, eben dem Mann, der nach jahrelangen Streitereien und Demütigungen meinen Vater seines Hauses und seiner ganzen Einrichtung beraubt hatte, und über den ich endlose Geschichten von herzlosen Betrügereien und Verderbtheit und schamloser Gier gehört hatte. In der unmittelbaren Enge und Nachbarschaft, in der wir in dieser Kleinstadt lebten, hatte ich mir angewöhnen müssen, Saleh Omar niemals in das Gesicht zu sehen, wann immer ich seine Gestalt auf der Straße entdeckte, niemals offenbar werden zu lassen, dass ich ihn gesehen hatte. Ich war noch zu klein, um schon zu wissen, wie man über jemanden hinwegsah. Wenn ich ihn sah und erkannte, wäre ich nämlich verpflichtet gewesen, ihn zu grüßen, denn das verlangte die Höflichkeit, die man uns vom Morgen unseres ersten Tages an gelehrt hatte. Und wenn ich ihn grüßte, bedeutete das, Verrat an meinem Vater und meiner Mutter zu begehen. Als ich nun so vor ihm stand, sah ich, dass sein Gesicht schlank war und energisch, und dass seine Augen mich unverwandt und streng betrachteten, als ob er erwartete, ein Missverhalten an mir zu entdecken. Als ob er, wie der Lehrer oder die Eltern, davon ausging, dass ich ihn enttäuschen würde. Als ob er es vermochte, auf einem Haufen Dreck zu hocken, ohne sich selber schmutzig zu machen, und es sich deshalb erlauben durfte, uns Übrige zu beschimpfen und zu verhöhnen, die wir unbeholfen durch diesen Dreck stolperten. Als wäre er der Meister-*Dai*, der über das Licht gebot und in der Lage war, Gut und Böse voneinander zu scheiden. Als würde er nicht unentwegt den Briten die Ärsche lecken, in deren Auftrag er sich durch die Besitztümer anderer Leute wühlte, um Schmuckstücke zu finden, die sie als Beute ihrer Eroberungszüge mit nach Hause nehmen konnten. Als ob... als sei er nicht derselbe Mensch, den ich zwei Jahre zuvor erlebt hatte, wie er, gelenkig und elegant gekleidet, über dem Unrat unseres Lebens gestanden und sich in aller Gemütsruhe unterhalten hatte, während sich seine Augen mit pfeilartig hervorschießenden Blicken hin und her bewegten und alles um ihn herum in sich aufnahmen.

Das war vorgekommen, als ich den Karren hinterhergelaufen war, die all unsere Habe zu seinem Haus brachten und dort ablieferten. Mein Vater hatte es mir verboten, aber ich war den Karren trotzdem gefolgt. Alles war auf drei Wagen verladen worden: die Möbel, die Teppiche einschließlich des Bokhara, die alte Wanduhr mit dem silbernen Zifferblatt, die Nähmaschine meiner Mutter, die Kelche aus Glas und Messing, die mein Vater von irgendjemandem geerbt hatte, und sogar die aufgezogenen und gerahmten Koranverse, die an den Wänden gehangen hatten. Man hatte uns gestattet, unsere Kleider und die Gebetsmatten zu behalten, sowie die Töpfe und Pfannen aus der Küche. Selbst die Matratzen wurden uns weggenommen, obwohl sie natürlich vom Schweiß durchtränkt waren und nach den Körpern rochen, die sich jahrelang auf ihnen gewälzt und gewendet hatten. Ich nehme an, dass man die Füllung herausnehmen und für ein oder zwei Tage in die Sonne legen konnte, um die Wanzen abzutöten und den Schweiß und die anderen unfreiwillig hineingesickerten Körpersäfte auszulüften, und sie anschließend in neue Bezüge zu stecken. Ich war geblieben, um zuzuschauen, wie die Karren entladen wurden, und dabei hatte ich auch Saleh Omar gesehen, wie er durch die Scherben unseres Lebens stiefelte, einiges wenige aussortierte und anordnete, den Rest auf der Stelle zu versteigern, als wäre es das Letzte, was er erwartete, dafür mehr als nur einen Apfel und ein Ei zu erhalten.

Als er merkte, dass ich nicht die Absicht hatte, näher zu ihm heranzutreten, erlaubte er seinem Körper eine weniger gestrenge Haltung und wies schließlich, nach langem Zögern, auf einen nahen Stuhl. Ich tat so, als hätte ich diese flüchtige Einladung nicht bemerkt und sah mich stattdessen wie ein ungehobelter Klotz ungeniert in dem erlesen möblierten Zimmer um: die bequemen Stühle, die Teppiche, eine schwarze Almira mit Messing-Ziselierungen, die Spiegel in vergoldeten Rahmen. Bei all dem handelte es sich um Gegenstände von Schönheit und Zweckdienlichkeit, die jedoch wie Flüchtlinge in diesem Zimmer herumstanden, still und steif, weil Stolz und Würde das von ihnen verlangten, die aber trotzdem irgendwo anders ein erfüllteres Leben führten. Sie sahen aus wie Ausstellungsstücke in einem Museum, hell angestrahlt und mit einem Seil vom Betrachter getrennt, mit denen jemandes Wohlstand und Schläue zur Schau gestellt werden sollten. Sie sahen aus wie Beutegut.

„Sind deine Eltern wohlauf?", fragte er milde. Er lächelte jetzt, belustigt wegen meines Schweigens und meiner rüden Mutmaßungen, aber zumindest war jetzt der Ausdruck strenger Ablehnung von seinem Gesicht gewichen. Durch meine trotzige

Art hatte ich ihn herausgefordert und mich selbst in eine derart entrüstete Erregung versetzt, dass ich spürte, wie meine Lippen zitterten. Ich hatte Angst davor zu sprechen, weil ich fürchtete, dass auch meine Stimme zitterte. (Meine Stimme zitterte, aber nicht aus Angst vor Schmerzen.)

„Ismail", sagte er und drängte mich, mich dessen zu entledigen, womit man mich, wie er annahm, beauftragt hatte. „Sind deine Eltern wohlauf? Womit kann ich Ihnen zur Verfügung stehen?" Ich war in sein Haus gekommen, deshalb musste er annehmen, dass es sich nicht um etwas Geschäftliches drehte. Er muss gedacht haben, dass ich wegen einer Zuwendung zu ihm geschickt worden war. Wegen eines Almosens. Um bei ihm zu betteln. Und ich glaube, das war es auch, weswegen ich zu ihm gegangen war.

„Meine Mutter schickt mich", antwortete ich und bemerkte ein winziges Zittern in meiner Stimme. Ich hatte gebettelt, nicht mit diesem unglückseligen Botengang betraut zu werden, doch meine Mutter hatte mich angefleht, bis ich keinen anderen Ausweg mehr sah, als mich in den *shaykh al jabal* zu wagen.

Ein zufriedenes Lächeln begann sich auf seinem Gesicht auszubreiten, doch er verdrängte es augenblicklich wieder. „Dann betrifft deine Botschaft wahrscheinlich die Herrin des Hauses", meinte er und begann zur Tür zu gehen.

„Sie hat mich geschickt, damit ich mit Ihnen rede", erwiderte ich. Jetzt, da ich dabei war, mich meiner Aufgabe zu entledigen, war meine Stimme wieder fest. „Es geht um ein kleines Ebenholztischchen."

Er setzte sich auf den Stuhl nahebei, nicht auf den, auf dem er vorhin gesessen und auf das Meer hinaus geschaut hatte. Er lehnte sich nach vorn, den rechten Ellbogen auf das Knie, das Kinn auf die Handfläche gestützt. Ich erinnere mich mit einer Deutlichkeit daran, die mir nach all den Jahren noch immer durch die Knochen fährt, wie gern ich damals nach vorn gesprungen wäre und ihm den Ellbogen vom Knie getreten und ihm danach die Faust ins Gesicht geschlagen hätte. Eine kleine Faust, die das Zuschlagen gar nicht gewöhnt war, es nicht einmal richtig verstand, überhaupt zur Faust geballt zu werden. Es hätte mir wahrscheinlich mehr weh getan als ihm, und das wäre doppelt dumm gewesen. Mir kommt einfach dieses Gefühl der Ohnmacht wieder in den Sinn, das in mir aufkam, als ich ihn damals so sitzen sah, wie er selbstgefällig darauf wartete, dass ich mit dem lächerlichen Vorschlag herausrückte, den ich wegen des Ebenholztisches vorzutragen hatte. „Sie hat mir aufgetragen, Ihnen zu sagen, dass es nicht Ihnen gehört. Es gehört Hassan. Es war ein Geschenk für ihn. Deshalb möchte sie, dass Sie ihr das Tischchen zurückgeben. Sie möchte, dass Sie den Tisch zurückgeben. Für den Fall, dass Hassan zurückkommt. Sie möchte es zurück haben, das Tischchen. Es gehört Hassan. Es war ein Geschenk. Sie lässt ausrichten, dass es nicht Ihnen gehört. Deshalb hätten Sie es auch nicht nehmen dürfen. Es gehört Hassan."

Er ließ mich reden und reden, bis mir nichts mehr einfiel, dann verharrte er zwanzig Sekunden lang in Schweigen, damit mir der Widerhall meines Gestammels ins Bewusstsein dränge, bevor er antwortete. „Zu meinem größten Bedauern muss ich gestehen, dass ich keinerlei juristische Ausbildung habe, und deshalb auch kein so schlagendes Argument beibringen kann wie das, das du anführst. Ich übernahm das Haus und was sich an Einrichtung darin befand. Letztere habe ich verkauft und das Geld, das ich damit eingenommen habe, deinem Vater geschickt, der es abgelehnt hat. Dann ließ ich deiner Mutter das Geld schicken, die sich ebenfalls weigerte, es anzunehmen. Deshalb schenkte ich es der

Juma-Moschee, damit es die Verantwortlichen dort nach ihrem Gutdünken verwendeten. Einen kleinen, schwarzen Tisch habe ich behalten. Das ist der, den deine Mutter jetzt beansprucht, aber ich muss zu meinem Bedauern sagen, dass ich ihn bereits verkauft habe. Bitte richte das deiner Mutter aus und übermittle deinen Eltern meine allerbesten und herzlichsten Wünsche."

Der Tisch befand sich in seinem Laden und stand dort zum Verkauf. Jemand, der ihn aus unserem alten Haus kannte, hatte ihn dort gesehen und meiner Mutter davon berichtet. Da war ihr eingefallen, dass er eigentlich Hassan gehörte, und deshalb war sie darauf gekommen, ihn zurück haben zu wollen. Armer Hassan. Wir redeten kaum noch über ihn, und als sie anfing, von dem Tisch zu erzählen, stiegen das Unglück seines Weggangs und die Klagen wieder hoch. Auf einmal wurde es meiner Mutter ungeheuer wichtig, den Tisch zurückzubekommen. Kaum eine Chance, sagte ich ihr, aber sie flehte mich dennoch an, es zu versuchen. Um Hassans willen, um ihrer selbst willen, wegen allem, was sie für mich getan hatte. Ich versuchte es und stand nun wie ein Dummling vor diesem Mann, während der triumphierte und vor sich hin grinste. Nach seiner kleinen Abschiedsrede rief Saleh Omar nach Faru, und der brachte mich wieder hinaus. Links, rechts, links, rechts, und die besten Grüße an deine Eltern. Ich war auf dem Weg außer Landes, ich ging weg, und wenn ich jetzt wieder darüber nachdenke, dann kommt es mir so vor, als hätte ich nach Saleh Omars Haus unverzüglich auch das Land verlassen und in den Jahren, die seither vergangen sind, nach dem Weg zu seinem anderen Haus am Meer gesucht. Doch das war lediglich eine Fantasievorstellung, eine kurzzeitige Niedergeschlagenheit, weil dann all die Mühen und Anstrengungen des Lebens vergebliche Liebesmüh gewesen wären, weil man zu guter

Letzt an einem Punkt ankäme, der von Anfang an vorherbestimmt gewesen war.

Weggehen. Ich hatte endlose Jahre zur Verfügung, um darüber nachzudenken. So lange über das Weggehen und das Ankommen nachzudenken, bis die Augenblicke und die Ereignisse schliesslich eine Kruste und ein knorriges Aussehen bekommen, die ihnen eine Art Adel verleihen. Als ich siebzehn war, ging ich weg, um in Ostdeutschland zu studieren. Wenn sich das heute weit hergeholt anhört, dann liegt das zum Teil daran, dass Ostdeutschland in so atemberaubender Geschwindigkeit in ein Alptraumland der Fantasie verwandelt worden ist, in ein Fernsehland mit einer bis zur Starrsinnigkeit unehrlichen Regierung und heute gereizten, arbeitslosen Neofaschisten, deren kahl geschorene Köpfe von den Flammen der brennenden Häuser von Zuwanderern beschienen werden. Vor all diesen Jahren sah es aber nicht so aus, als ob es so kommen würde. Ostdeutschland erschien uns als beispielhaft leuchtende, neue Ordnung, die in ihrer ernsten und brutalen Selbstsicherheit allerdings auch einschüchternd wirkte. Die ersten Jahre nach der Unabhängigkeit brachten zu viele Veränderungen mit sich, als dass ich sie hier aufzählen könnte, wie wir Akademiker zu behaupten pflegen, wenn wir zu faul sind oder keine Lust haben, die vielen kleinen Schritte nachzuvollziehen, die uns zu unseren Erleuchtungen geführt haben.

* * *

Zunächst interessierten sich die Vereinigten Staaten von Amerika und Präsident John Kennedy für uns und luden unseren Präsidenten zum Staatsbesuch nach Washington ein. Der Film über diese Visite, der unseren Präsidenten zeigt, wie er lächelnd neben dem Herrscher über Hollywood und den Rock'n'roll auf dem Rasen vor dem Weißen Haus steht, wurde bei uns wochenlang als Aufmacher in den Kinos gezeigt. Der United States Information Service eröffnete in einem Anbau der Botschaft eine Bibliothek mit Lesesaal. Klimatisiert, versteht sich. Gepolsterte Stühle, schimmernde Schreibtische, Panzerglas in strenger Front, Schwadronen von Büchern und reihenweise Zeitschriften auf Tischen, die in rechtem Winkel zueinander gestellt waren. Den Briten war in den sechzig Jahren ihrer kolonialen Herrschaft so etwas nie in den Sinn gekommen. Da gab es die English Club Library, natürlich ausschließlich für Mitglieder, die hatte Drahtgitter vor den Fenstern und einen Türsteher, der hinter einem Schreibtisch thronte und einem Einlass gewährte oder eben verweigerte. Mit der Unabhängigkeit und dem Abzug der Bezwinger der Wogen waren die Türen zugeschlagen und mit Vorhängeschlössern gesichert worden, und von der Straße her sah die Bibliothek jetzt aus wie ein nicht mehr genutztes Lagerhaus oder Geschäft. Ich habe keine Ahnung, was aus den Büchern geworden ist. Vergessen. Ausgeschifft. Verkauft. Ein paar wurden geklaut und fanden den Weg nach draußen und damit Verbreitung, aber bevor sich das Schicksal der Mehrheit der Bücher in der Bibliothek vollendete und offenbar wurde, war ich schon nicht mehr da. Als nächstbeste wäre unsere Schulbibliothek zu erwähnen, die über Jahrzehnte hinweg das Lieblingskind abreisender Beamter gewesen ist, die ihr die überzähligen Bücher aus den häuslichen Beständen vermachten. Vielleicht lag es auch daran, dass die meisten Lehrer an der Schule Europäer waren – Engländer, Schotten, Rhodesier, Südafrikaner – und die abziehenden Eroberer mit dem Gefühl abreisen konnten, die Früchte europäischen Geistes in verantwortlichen Händen zurückzulassen. Hier landeten wir nur Zufallstreffer, zumal wir wussten, dass die Bücher bereits durchgesehen und danach geordnet worden waren, welche für uns in Frage kamen und welche nicht, aber manchmal hatten wir Glück. In der Bibliothek gab es eine Abteilung, deren Bücher uns nicht zugänglich waren, doch führten ein paar heimlich in diese Bände geworfenen Blicke zu einem für mich enttäuschenden Ergebnis – Landkarten, Texte in Latein und ein befremdlicher Tonfall der Stimmen. Ich stelle mir vor, dass diese Bücher den eher anrüchigen Teilbestand der Bibliothek eines feinen Pinkels darstellten, mit Burtons Übersetzungen der *Arabischen Nächte* zum Beispiel oder so etwas Ähnlichem, deren besonders gebildete Unanständigkeit einem pubertierenden einheimischen Jungen nur wenig gesagt hätte. Die Bücher sahen auch noch irgendwie besonders aus, und ihnen haftete ein eigenartiger Geruch an. Der Buchrücken war entweder ausgeblichen oder unter einer wohlerhaltenen Kruste aus häufiger Benutzung nachgedunkelt, unter einer Geschichte, die nie unabhängig von den früheren Besitzern bestand, deren Namen oder Widmungen oder unbedeutende Randnotizen manchmal den Eindruck erweckten, als wollten sie sie zurückfordern. Mitunter hatten wir Glück, manchmal aber mussten wir uns durch die Beleidigungen in diesen Büchern und unsere Wut darüber quälen, und das war um so schlimmer, als uns das in dieser Form zum ersten Mal passierte.

Mit dem United States Information Service verhielt sich die Sache ganz anders. Dort durfte man in klimatisierter Behaglichkeit in Zeitschriften blättern und Schallplatten anhören, wozu man sich in schallgeschützten Kammern weich gepolsterte Kopfhörer aufsetzte (Was ist das eigentlich, was sie Jazz nennen?), und sich Bücher ausleihen. Die Bücher waren wunderschön: groß und schwer, aus dickem, glänzendem Papier, mit festem Einband, der Schnitt vergoldet oder versilbert, Autor und Titel auf dem Buchrücken eingeprägt – prangend geradezu, und jede Menge Namen, die im Verlaufe unserer kolonialen Verbildung niemals auch nur erwähnt worden waren. Ralph Waldo Emerson, Nathaniel Hawthorne, Herman Melville, Frederick Douglas, Edgar Allan Poe. Namen, die eine wackere Neugier in uns weckten, weil sie nicht durch einen Diskurs aus Anleitung und Hierarchie verseucht waren. Es war ein unvergleichliches Gefühl, solche Bücher mit nach Hause nehmen zu dürfen, sie auf die umgedrehte Kiste zu legen, die mir als Tisch diente, und zu sehen, wie sie alles andere in meinem Zimmer in seiner Schäbigkeit noch weiter erniedrigten.

Dann legte sich der Präsident mit den Amerikanern über Kreuz. Das lag zum Teil an der wachsenden Unzufriedenheit mit den Vereinigten Staaten, die sich damals auf dem ganzen Kontinent mit zunehmender Lautstärke zu regen begann. Zu offensichtlich hatten die Amerikaner gezeigt, dass sie bei der Ermordung von Patrice Lumumba im Kongo die Hände im Spiel gehabt hatten – ein paar Prahlhänse aus der CIA konnten die Klappe nicht halten. Im eigenen Land brachten sie schwarze Amerikaner um, nur weil die das Stimmrecht und gleiche Bürgerrechte haben wollten, und das waren hehre Ziele, die uns allen damals nur zu vertraut waren, Ziele, die mit unserer Ablehnung der arroganten Unterdrückung nicht-europäischer Völker in der ganzen Welt im Einklang standen. In den Zeitungen wurden Fotos veröffentlicht, die zeigten, wie amerikanische Polizisten Hunde auf schwarze Demonstranten hetzten, gleich neben Fotos von der Schreckenspolizei der Apartheid, die dasselbe machte. Es sah danach aus, als wollten sich die Amerikaner und ihre CIA einfach in alles einmischen, in jede noch so winzige – und größere selbstverständlich auch – Angelegenheit, die ihr Interesse erweckte, als wollten sie alles und jeden manipulieren und kontrollieren. Zum endgültigen Bruch kam es schließlich, als es die Vereinigten Staaten nach langen Verhandlungen ablehnten, ein paar Entwicklungsprojekte zu finanzieren, die unser Präsident als unabdingbar für den nationalen Fortschritt ansah. Die Volksrepublik China erklärte sich bereit, das benötigte Geld zur Verfügung zu stellen. Die Sowjetunion bot Kredit für Waffenkäufe an, die Deutsche Demokratische Republik Ausbildung in den Bereichen Management und wissenschaftliche Fertigkeiten.

Also gaben uns die Amerikaner Mitte des ersten Jahrzehnts der Unabhängigkeit den Laufpass, weil wir mit dem Feind angebandelt hatten. Unser Präsident war inzwischen zum Sozialismus übergetreten und sollte im Laufe der Zeit zum Theoretiker und leuchtenden Beispiel einer ureigenen Spielart des Sozialismus werden. Er hielt Reden, verfasste Dekrete, und zu guter Letzt schrieb er auch noch Bücher, die erklären sollten, wie all das mit unserer verbesserten Menschlichkeit enden sollte. Ist ja auch egal. Jedenfalls hatten wir jetzt die Möglichkeit, Michail Scholochow (*Der stille Don*) und Anton Tschechow (*Ausgewählte Erzählungen*) zu lesen, deren Werke man in Billigausgaben käuflich erwerben konnte, oder sich im Informationsinstitut der DDR eine Schiller-Gesamtausgabe im Schuber (nicht auszuleihen) zu Gemüte führen zu können. Und natürlich konnten wir uns auch ein Exemplar des *Kleinen Roten Büchleins* zulegen. Und, wenn wir darum baten, Anstecknadeln mit einem Bild vom Vorsitzenden Mao.

Ich wurde zum Studium der Zahnmedizin in Ostdeutschland auserkoren. Die Nachricht wurde mir in Gestalt eines Vertreters aus dem Bildungsministerium übermittelt, in das ich und ungefähr ein Dutzend andere zu einer Versammlung zusammengetrommelt worden waren. Von der DDR-Botschaft war auch jemand da, mit silbernem Haar und rotem, verächtlichem Schmollmund, der zunächst, bevor das Ganze losging, finster dreinschaute, ein bisschen ungeduldig und sogar ein wenig gereizt aussah, und dann, als die Versammlung ihren Lauf nahm, vor lächelnder Freundlichkeit beinahe überschäumte. Wir alle hatten den Antrag gestellt, für ein Stipendium in der DDR in Betracht gezogen zu werden, und der Minister hatte uns, so teilte uns sein Vertreter mit, aus Hunderten von Bewerbern ausgewählt. Ein paar sollten Ärzte werden, andere Ingenieure, und ich Zahnarzt. *Daktari wa meno.* Wir alle, auch ich, kicherten, als Letzteres verkündet wurde. Der DDR-Offizielle runzelte einen Augenblick lang die Stirn und schenkte mir dann ein festes, ermutigendes Nicken. Es ist nichts Anrüchiges daran, Zahnarzt zu sein. Keiner von uns war dazu aufgefordert worden zu sagen, was er am liebsten werden würde, deshalb waren wir erpicht darauf zu erfahren, was der Minister, oder der, dem er diese Aufgabe übertragen haben mochte, für uns ausgewählt hatte. Warum und wie, war uns egal. Zahnarzt hörte sich zunächst ein bisschen absonderlich an, aber ich gewöhnte mich daran, während wir uns gegenseitig aufzogen, indem wir uns mit den Titeln unserer künftigen Berufe anredeten. Dann ergriff der Botschaftsvertreter das Wort und erklärte uns den Ablauf: erforderliche Unterlagen, Überfahrt, ein Jahr Sprachschule und dann die Berufsausbildung. Er schaffte es sogar, die brüderlichen Grüße des deutschen Volkes und seinen Stolz auf und die Befriedigung über die Freundschaft zwischen unseren beiden Ländern in seiner Ansprache unterzubringen.

Meine Mutter war überhaupt nicht glücklich über die Nachricht, dass ich Zahnarzt werden sollte. Das war offensichtlich. Sie machte nämlich ein unfreiwillig angeekeltes Gesicht, als ich es ihr erzählte. Da ist nichts Anrüchiges dran, wenn man Zahnarzt ist, erklärte ich ihr, aber diese Versicherung reichte ihr nicht. Sie lächelte gequält und sah haarsträubend unüberzeugt aus. Ein paar Tage später wurde ich erneut ins Bildungsministerium bestellt, diesmal allein, und derselbe Beamte, der beim ersten Mal zu uns gesprochen hatte, teilte mir mit, dass ihnen ein seltsamer Irrtum unterlaufen war. Sheikh Abdalla Khalfan, der Minister höchstpersönlich, hätte mich für einen Abschluss in Medizin vorgesehen gehabt, aber irgendjemand hätte meinen Namen irgendwie bei Zahnmedizin eingeordnet. Der Beamte gab sich alle Mühe, verblüfft, ja sogar ein wenig argwöhnisch auszusehen, während er mir das erzählte, so, als steckte ein arglistiges Komplott hinter diesen verwirrenden Ereignissen. Es war keinem von uns beiden ein Geheimnis, und ich war dem Beamten dankbar für sein höfliches Rollenspiel. Meine Mutter war die Geliebte des Ministers. Soviel ich wusste, war sie wahrscheinlich eine von zwei oder drei oder vielleicht sogar mehr Frauen, die ihm zu Diensten waren. Der Stern des Ministers in der Regierung war am Aufsteigen, und er hatte sicher nur zu bereitwillig die Macht ausgestellt, die sein Ochsenziemer über die Scharen derer ausübte, die ihm zu Gebote standen. Nein, ich gehe zu streng mit ihr ins Gericht, zumal ich so wenig darüber weiß, was sie auf diese Bahn gebracht hat. Jedenfalls kam der Dienstwagen des Ministers sie abholen und wartete am Ende der Straße, in der das kleine Haus stand, in das wir gezogen waren, nachdem mein Vater unser erstes Haus eingebüßt hatte. Dann kam meine Mutter, gemächlich und furchtlos, ja, geradezu peinlich genau darauf achtend, nur bloß nicht heimlich zu tun, herausgeschritten und sah aus wie eine schöne Frau, die sich mit ihrem Liebhaber treffen wird.

Es war zweifellos diese Verbindung, die mich zunächst einmal auf die Stipendiatenliste gebracht hatte, und der es nun zu verdanken war, dass man mich einem Abschluss in Medizin zugeordnet hatte. Ich zuckte vor dem Beamten mit den Achseln und bedeutete ihm, dass ich Zahnmedizin studieren *wolle*. Er grinste nur und erwiderte mir, dass der Minister seine Entscheidung gefällt hätte und ich mein Glück nicht herausfordern solle. Ich entgegnete, dass ich *wirklich* Zahnmedizin studieren *wolle*, und der Beamte, der lange Jahre als Lehrer gearbeitet hatte und erst vor kurzem in das Ministerium berufen worden war, sah mich einen endlosen Augenblick schweigend an und, so stelle ich mir vor, konnte sich gerade noch bremsen zu sagen: „Deiner Mutter wird das aber nicht gefallen". Es gefiel ihr wirklich nicht, aber sie zuckte nur die Schultern und meinte, sie hätte gedacht, dass es ihrer unmaßgeblichen Meinung nach ehrenvoller wäre, ein Doktor für den Körper zu sein als ein Arzt für die Zähne, und seine Finger immer in die ganze Spucke tauchen zu müssen und in die stinkenden Mäuler mit ihren angefressenen Zähnen, aber wenn ich in dieser Angelegenheit uneinsichtig bleiben wolle, dann sei das meine Sache.

Als ich meinem Vater erzählte, dass ich in die DDR gehen würde, um Zahnarzt zu werden, nickte er nur langsam und wandte sich dann wieder seiner Lektüre zu. Kaum etwas konnte ihn noch erreichen, dort, wo er weilte. Irgendwann, während des Kampfes um das Haus, hatte mein Vater zu Gott gefunden. Er gab die Besuche in der Goa-Bar auf und widmete seine Zeit der Reue und dem Gebet und dem Studium der Schrift. Frömmlerisch war nicht das richtige Wort, nie im Leben, und eine Schwalbe macht noch keinen Sommer. Er wurde zum *Shaykh*: führte manchmal die Gemeinde bei ihren Gebeten an, las, nachdem er von der Arbeit nach Hause gekommen war, den ganzen restlichen Tag den Koran, verbrachte seine Abende in der Moschee, wo er Bücher über Recht und die Glaubensdoktrin las und studierte. Auch die sauberen weißen Hemden und sorgfältig gebügelten braunen Hosen waren verschwunden. Jetzt trug er *Kanzu* und *Kofia* und *Maqbadhi*-Sandalen, sogar wenn er zur Arbeit ging. Als wir, nach endlosem Hin und Her, das Haus verloren hatten und gezwungen waren, in einem anderen Stadtteil ein Haus mit lediglich zwei Zimmern zu mieten, schien ihm das bereits nichts mehr auszumachen. Zu Fuß ging er den ganzen Weg bis in die Gegend, in der wir gewohnt hatten, um gemeinsam mit Leuten, die er kannte und denen seine Hingabe an Gott ein Anlass zur Feier war, die Moschee zu besuchen. In unserem neuen Zuhause verbrachte er kaum Zeit, und wenn, dann war er in seine Gebete und Bücher vertieft. Mit meiner Mutter redete er bloß noch mit seitwärts gewendeten Augen und mit mir auch nur, wenn ich ihn ansprach. In der Zeit, in der ich mich darauf vorbereitete, das Land in Richtung DDR zu verlassen, wurde er *Imam*, führte mit einem Singsang in höchster Stimme die vorgeschriebenen Gebete an, leitete mit erschreckender Gewandtheit Beerdigungsgottesdienste, äußerte sich mit unerschütterlicher Sicherheit zu Angelegenheiten von Religion und Recht, die ihm vorgetragen wurden. Es schien, als hätte sich die Zentralachse seines Seins verlagert, so dass er jetzt in einem anderen Raum lebte als zuvor und dort auf Schwingungen reagierte, die allein er wahrnahm. Als er also nickte und sich wieder seinem Buch zuwandte, war mir völlig klar, was er damit meinte. Geh nur zugrunde, es könnte mir nicht weniger ausmachen, geh nur und werde Kommunist, wenn du willst. Du weißt, was auf dich zukommt, wenn, zu gegebener Zeit, mein Gott und ich deiner habhaft werden.

Am Nachmittag des Tages vor meiner Abreise rief mich mein Vater beim Namen und bat mich, ihn zur Moschee zu begleiten. Gemeinsam zogen wir im gleißenden Licht eines wunderschönen Nachmittags zur Zeit der Flut unseres Weges entlang der Stützmauer des Baches. Er schob seinen Arm unter den meinen, spürbar kaum, nur ein Anflug von Vertrautheit. Mein Vater war ein kleiner Mann, und wie er so, gekleidet in *Kanzu* und *Kofia*, die Augen wie gewöhnlich gesenkt, den Arm auf diese sachte Weise unter meinen geschoben, neben mir ging, kam er mir noch kleiner vor als sonst. Während ich neben ihm her ging, das Kinn hoch erhoben, damit man uns nicht beide mit gesenktem Blick daherschreiten sah wie zwei Schwindelphilosophen, überlegte ich, ob er wohl noch an Hassan denken musste, und ob Hassans Weggang oder der Verlust des Hauses daran schuld waren, dass er alles aufgegeben hatte und zur Drohne geworden war, die immer nur um Gott herumsummte. Oder ob es an meiner Mutter lag, dass dieser verwundete, fordernde Mann aus ihm geworden war, den ich mein ganzes Leben gekannt hatte, und dass er jetzt im Wort Gottes und dem Preisen Seiner Namen Balsam und Stärkung fand. Und ich fragte mich auch, was er mir wohl sagen würde, wenn er endlich die Kraft aufbringen würde, es auszusprechen. Die Leute grüßten ihn mit Ehrerbietung, wenn wir an ihnen vorüberkamen, und er antwortete ihnen demütig, wie es sich für eine dienende Kreatur Gottes geziemte.

„Hast du alles so weit vorbereitet?", fragte er mich.

„Ja", antwortete ich. „Da war auch nicht viel vorzubereiten."

Er ging mit mir zu unserem alten Haus, und wir blieben eine Weile davor stehen. Es war kürzlich in sahnig-butteriger Farbe frisch angestrichen worden, man hatte die Fenster instand gesetzt und die Stufen vor der Haustür mit Beton ausgebessert. Von meinem Standort aus konnte ich, die Straße hinab, die an unserem Haus vorüberführte, einen Blick auf das Meer werfen, und wusste von früher noch, dass man um diese Tageszeit oben auf der Terrasse einen Hauch der Brise spüren würde, die vom Meer herüberwehte.

„Das ist unser Haus", sagte mein Vater. „Es gehört dir und mir und deiner Mutter."

„Und Hassan", fügte ich hinzu. Er sagte nichts dazu.

„Es gehörte deiner Tante, der Schwester meines Vaters, und sie hat es mir hinterlassen", sprach er weiter, nachdem Hassans Name in der Ferne verklungen war. „Und diese Leute haben es uns gestohlen. Das ist alles, was ich dir hinterlassen kann, wenn ich einmal sterbe. Dein Erbe."

Ich hätte lachen können, ehrlich. Das kannst du deiner Großmutter erzählen. Nie im Leben. Träum nur weiter, mein Lieber. Der frömmlerische alte Furz hatte mich die ganze Strecke hierhergeschleppt, um mich in eine dynastische Fehde oder so etwas zu initiieren.

„Meinst du, dass du gern hättest, dass ich dieses Haus niemals vergesse? Ist es das, was du mir sagen möchtest, Ba? Dass du dir wünschst, dass ich eines Tages zurückkomme und es wieder in Besitz nehme?"

Nach einem langen Augenblick schob er erneut seinen Arm unter meinen, fing an, von dem Haus wegzugehen und zog mich dabei ein bisschen, damit ich ihm auch folgte. Ich ging gehorsam hinter ihm her, obwohl ich eigentlich am liebsten seinen Arm weggeschoben und ihn stehen gelassen hätte. Ihn am liebsten jedweder Geschichte überlassen hätte, die er sich selbst herbeten wollte, seiner Kleinlichkeit und seinen Niederlagen. Ich konnte es einfach nicht ertragen, dass sie Hassan einfach so ziehen lassen und vergessen hatten und dann nicht in der Lage waren, mir zu zeigen, wie man um diesen Verlust trauerte. Er geleitete mich zur Moschee und bestand darauf, dass ich mich neben ihn setzte, während wir auf den Ruf zum Abendgebet warteten, das er dann anführte. Er erhob sich und drehte sich zur Gemeinde um, bis sich die erste Reihe der Gläubigen über die gesamte Breite der Moschee hinweg gebildet hatte, dann wandte er sich um, schritt in die *Qibla* hinein und begann. Nach dem Gebet drehte er sich zur Hälfte um, setzte sich mit übereinander geschlagenen Beinen hin und benannte die Segenssprüche, die wir zum Lobe des Propheten und seiner Jünger und seiner Familie hersagen sollten. Noch während die Segenssprüche von der Gemeinde gesungen wurden, lehnte er sich aus der *Qibla* heraus und winkte mich näher zu sich heran.

„Vergiss nicht zu beten, wenn du in diesem gottlosen Lande weilst", sagte er. „Hast du mich verstanden? Was immer du tust, gib Gott um keinen Preis auf, komm nicht vom Wege ab. In diesem Lande herrscht die Finsternis."

Auch das war mein Erbe. Ich glaube, es war das Letzte, was er je zu mir sagte. Kurz darauf verließ ich nämlich die Moschee, und als ich am nächsten Morgen erwachte, war er bereits zur Arbeit gegangen. Am Nachmittag nahm ich den Flug nach Berlin. Ihre letzten Worte an mich? Ich erinnere mich nicht. Nichts Erinnernswertes wahrscheinlich. Vielleicht hat sie mir gesagt, ich solle noch mal nachsehen, dass ich meinen Reisepass auch sicher verstaut hatte, oder hat mich gewarnt, mich von denen nicht übers Ohr hauen zu lassen, den Deutschen nicht zu erlauben, mit mir zu machen, was sie wollten. Das hatte sie mir bereits mehrmals gesagt, und ich stelle mir vor, dass sie das im Taxi, das uns zum Flughafen brachte, noch einmal wiederholte, und auch in der Abflughalle, als wir uns voneinander verabschiedeten, bevor ich die vorgeschriebene Durchsuchung und Sicherheitsüberprüfung über mich ergehen lassen musste. Sie zog alle Augen auf sich, ihre Kleider dufteten nach *Ud*, und ihr Gesicht sah wunderschön und gefasst aus, als sie mir einen Abschiedskuss zuwarf.

Ich weiß nicht mehr, was ich ihr als Letztes gesagt habe, bevor ich sie verließ. Ich kann nicht einmal mehr sagen, ob ich wirklich an sie gedacht habe, oder daran, was in ihr vor sich gegangen sein mag, als sie ansehen musste, wie ich wegging. Ich erinnere mich noch, dass mir, als ich durch die Absperrung in den Transitbereich ging, ein Zittern aus Erwartung und Furcht durch den Körper lief. Doch das lag einfach daran, dass ich zum ersten Mal fliegen sollte und nichts Kindisches oder Peinliches tun wollte. Ich dachte nicht an sie. Und ich dachte nicht daran, was dieser Augenblick für einen langen Schatten auf das werfen sollte, was mein Leben wurde. Ich hielt mich nicht dazu an, mir alles um mich herum genau einzuprägen, damit ich mich später an diese letzten Sekunden vor dem Abflug erinnern könnte. Ich redete mir nicht ein, die Bilder und Anblicke und Gerüche dieses Augenblicks an einem geheimen Ort in meinem Innern zu verwahren, damit ich etwas für die unfruchtbaren Jahre hätte, die vor mir lagen, in denen die Erinnerung aus dem Schweigen heraus zuschlagen und mich, ob der Art, in der ich von meiner schönen Mutter Abschied genommen hatte, mit hilflosem Kummer durchschütteln würde.

Es war Oktober, als ich wegging, vier oder fünf Wochen nach dem Beginn des Schuljahres in Deutschland. Da ich der einzige war, der Zahnmedizin studieren sollte, wurde ich in eine andere Stadt geschickt als die anderen. Wir sollten alle das erste Jahr damit zubringen, Deutsch zu lernen, doch jeweils in der Nähe der Orte, an denen wir später studieren würden. Ich nehme an, dass das ganz sinnvoll ist, schon aus dem Grunde, weil man sich mit der Gegend vertraut machen kann, und doch wäre es mir lieber gewesen, bei den anderen bleiben zu können, vor allen Dingen während der Zugfahrt nach unserer Landung. Die Stadt, in die man mich schickte, hieß Neustadt. Ich habe aber keinerlei Erinnerung mehr an diese erste Reise dorthin. Irgendjemand muss mir einen Fahrschein in die Hand gedrückt und mich in den Zug gesetzt haben, und alles muss wie geplant vor sich gegangen sein. Ich erinnere mich an absonderliche Dinge: Irgendwann fing es an zu regnen, und als der Regen gegen das Glas prasselte, erschienen Schlammspuren auf den Scheiben. Ich erinnere mich daran, wie schnell der Zug fuhr, oder wie schnell er zumindest zu sein schien, und wie laut er war. Die Landschaft war abwechselnd langweilig und grün und grau und schlammig, doch das vorherrschende Gefühl war eines der Düsterkeit und der Bewölkung. Irgendwo im Waggon stand ein Fenster offen und eine steife, frische Brise wehte herein. Ich bin mir nicht einmal mehr sicher, woher ich wusste, auf welchem Bahnhof ich aussteigen sollte. Jedenfalls erwartete mich dort jemand, aber ich weiß nicht mehr, wie wir in das Studentenwohnheim gelangt sind, also müssen wir wohl mit dem Auto dahin gefahren sein. Später begriff ich, dass der Mann der Hausmeister des Studentenwohnheims war. Ein Mann in mittleren Jahren, der nie oder nur selten lächelte, die Studenten ansah, als wären sie eine ihm unbegreifbare Erscheinung, und seinen Arbeiten nachging, als handelte es sich um ungerechtfertigte Zumutungen. Das machte mich ein wenig selbstbewusster, denn in dieser Beziehung war er genau so wie der Hausmeister meiner alten Schule, und während die anderen Studenten hinter seinem Rücken die Hand zum Hitlergruss erhoben und sein missmutiges Aussehen nachäfften, war ich damit zufrieden, dass ich eine bestimmte Gattung wieder erkannt hatte. Er fuhr manchmal einen grummelnden, räuchernden Lieferwagen, und so muss es wohl dieses Fahrzeug gewesen sein, mit dem er mich vom Bahnhof abgeholt hat. Ich bin mir sicher, dass wir nicht mit einem Bus zum Wohnheim gefahren sind, weil ich mich nämlich noch ziemlich genau an meine erste Fahrt in einem DDR-Bus erinnern kann.

Das Wohnheim war ein moderner, rechtwinkelig angelegter Wohnblock aus Beton und Glas und Asbest, mit winzigen, unbeheizten Zimmern darin, die sich jeweils zwei Studenten teilten. Die Flure waren schmal und rechtwinkelig, so dass das Gebäude, obwohl es von außen einen ziemlich gewaltigen Eindruck machte, innen eng und beklemmend wirkte. Bis ich mich endlich daran gewöhnt hatte, hatte ich immer das Gefühl, kaum Luft zu bekommen, lag in stummer, übermächtiger Angst im Bett und tat mich schwer, die verbrauchte Luft mit ihrem Geruch nach verfaultem Gemüse einzuatmen. Die Fenster wurden nie aufgemacht, weil der gesamte Block so schlecht beheizt wurde. Sobald auch nur im entferntesten Winkel des Gebäudes ein Fenster geöffnet wurde, wehte ein frischer Luftzug durch jede Ritze und jeden Spalt und führte zur sofortigen Jagd auf den Verbrecher und seine unverzügliche Verurteilung. Ich musste dabei an die Stelle in *Rot und Schwarz* denken, in der Paul bei der Duchesse in dem nahezu sicheren Wissen einzieht, dass er ihr Vermögen erben wird und nachts zum Schlafzimmerfenster hinaus eine Zigarette raucht. Was er nicht weiß ist, dass die Duchesse den Geruch von Tabak nicht ausstehen kann, und was er auch nicht weiß ist, dass aufgrund seines offenen Fensters ein frischer Wind durch jeden Winkel und jede Ritze im Haus weht und zu seiner Entdeckung, Ausweisung und Enterbung führt. Oder war das eine Szene aus *Jahrmarkt der Eitelkeiten*? Wie dem auch sei, jedenfalls konnte man in unserem monumentalen Wohnheim kein einziges Fenster aufmachen, ohne dass es bemerkt wurde, und so hausten und atmeten und aßen und kackten wir in einem Mief vielfältigster Fäulnis.

Ich teilte mein Zimmer mit einem Studenten aus Guinea. Er hieß Ali. Alle Studenten im Wohnheim kamen aus Orten im Ausland – das heißt, aus Orten im dunkelfinstren Ausland. Ali legte mir gegenüber zunächst eine spöttische Ablehnung an den Tag. Nur am Anfang, muss ich zu seiner Ehrenrettung sagen, und vielleicht auch nur, um zwischen uns so etwas wie eine Rangordnung zu klären. Er sprach gut Englisch, und bevor wir Freunde wurden, nutzte er das aus, um mich in die Irre zu führen, wann immer ich ihn um Hilfe bat. An diesem ersten Abend hockte er auf seinem Bett und sah mir zu, wie ich meine armseligen Besitztümer auspackte, lächelte und stellte Fragen. Hast du Schokolade mitgebracht? Oder Dollars? Wir sind hier in Osteuropa. Hier gibt es überhaupt nichts. Hier ist es fast so schlimm wie in Afrika. Wann, meinst du, wirst du wohl diese bescheuerten T-Shirts anziehen? Hier ist es die ganze Zeit arschkalt. Wie alt bist eigentlich? Achtzehn! (Ich hatte gelogen.) Hast du schon mal ein weißes Mädchen gehabt? Worauf wartest du noch? Hier gibt's jeden Abend Eintopf zum Abendbrot. Sie machen ihn mit Kügelchen aus Trockenfleisch, und niemand kann mehr sagen, was für Fleisch das ursprünglich mal gewesen ist, und ob es überhaupt Fleisch ist oder nicht vielmehr zum Teil Ziegenklickern oder Asbest.

Ich gewöhnte mich schnell an ihn, und als ich wegen seiner Unhöflichkeit nicht in Wut geriet oder mich über sie aufregte – in Wahrheit mich ihm unterwarf und ihn schmeichlerisch anlächelte – milderte er seine Grausamkeiten und wandelte sie in ein rauhes Geplänkel um. Ich hatte keine Wahl. Er sah stark aus und selbstsicher und schüchterte mich mit der groben Kraft in jedem einzelnen Wort des Zorns und des Spotts und der Allwissenheit ein. Ich teilte das Zimmer mit ihm und wünschte mir, dass er mich mochte. Nicht wie einen Bruder, doch zumindest so, dass er mich nicht mehr verfolgte und piesackte und mir das Gefühl vermittelte, ein Idiot zu sein. Natürlich habe ich damals nicht darüber nachgedacht. Zumal ich bereits bemerkt hatte, dass jeder einen Freund hatte, und dass die, die keinen hatten, verängstigt und leidend aussahen. Ich weiß nicht, warum ich das Gefühl habe, mich dafür verteidigen zu müssen, dass ich versuchte, mich einzuschmeicheln und unterwürfig zu verhalten. Es war klug, sich so zu benehmen, und das um so mehr, als dieses Verhalten keiner bewussten Überlegung entsprang. Vielleicht hatte es auch etwas mit Instinkt zu tun. Gut möglich, dass ich spürte, dass Ali sich ein bisschen aufplusterte, dass er sich ungehobelter und grausamer gab, als er in Wirklichkeit war. Jedenfalls begann er nach ein paar Tagen, mich in seine Pläne einzubeziehen und wollte alles über mein Tun und Lassen wissen. Möglicherweise hatte ich also gar keine andere Wahl, als sein Vasall zu werden.

Alle Studenten im Wohnheim waren männlichen Geschlechts und Brikettjungs der einen oder anderen Schattierung. Und alle kamen sie aus Afrika: Ägypter, Äthiopier, Somalis, Kongolesen, Algerier, Südafrikaner. In diesen Katakomben müssen gut über hundert von uns eingepfercht gewesen sein. Und alle waren, trotz des äußeren Anscheins einer rauhen und wilden Unordnung, gefangen in einer Zucht aus Vorrangstellungen und Ausgrenzungen und Abneigungen, die gleichermaßen genau wie ausgefeilt war. Ich hatte noch nie zuvor umgeben von so viel Lärm und Spiel und Gewalt gelebt, und zu Anfang genoss ich es vorsichtig, ohne mich zu wundern oder alles in Frage zu stellen. In meinem ganzen vorangegangenen Leben und bis zu diesem Zeitpunkt hatte ich noch niemals auch nur eine einzige Nacht unter einem anderen Dach zugebracht als dem, unter dem auch meine Eltern schliefen. Ungeachtet ihres launenhaften Kommens und Gehens verbrachten sie die Nacht immer in ihren eigenen Betten. Und als ich wegging, kam es mir keinen Augenblick lang in den Sinn, dass ich niemals wieder mit ihnen unter einem Dach schlafen würde. Ich wünschte mir damals nichts mehr als das: nie wieder ein Dach mit ihnen teilen zu müssen, sie niemals wieder sehen zu müssen, sie ihrem vergifteten Leben und ihrem entrüsteten Niedergang überlassen zu können. Wenn ich heute darüber nachdenke, fühle ich mich schuldig, aber damals habe ich mir das gewünscht. Und ich habe es mir von ganzem Herzen gewünscht.

Der Unterricht machte mir Spaß, ich mochte den Unterricht. Morgens wachte ich in erwartungsfroher Erregung auf, und wenn ich richtig munter geworden war, fiel mir auch ein, warum das so war. Ich hatte Unterricht. Die Klassenzimmer befanden sich in einem kleineren Gebäude gleich neben dem Wohnheim und waren gut ausgestattet: Übungskabinen, bequeme Schreibtische, gut beheizt. In diesem Gebäude verbrachten wir die meisten Stunden des Tages. Und man erwartete von uns, dass wir abends noch selbständig übten. Manchmal blieb ich so lange, bis das Gebäude abgeschlossen werden sollte, weil es dort so viel wärmer war als in unserem Wohnheim. Mein Lehrer meinte, ich hätte eine Begabung für die deutsche Sprache, und dass meine Aussprache schon ganz gut sei. Alle Lehrer dort waren Deutsche, und die einzige Fremdsprache, die sie konnten, war Englisch, was wiederum viele Studenten nicht sprachen, und so gab es ausreichend Anlass für Verwirrungen und Missverständnisse und Frechheiten und Schabernack. Ich hatte nie das Gefühl, dass die Lehrer ihre Schüler gut leiden mochten. Insgesamt gesehen waren wir wohl kaum gute Studenten, glaube ich. Zuviel Gelächter und Neckerei. Am seltsamsten aber war, wie die Studenten den Lehrern überlegen zu sein schienen und sich entsprechend verhielten. Als ob wir über Dinge Bescheid wüssten, von denen die Lehrer keine Ahnung hatten – nützliche und schwierige Dinge, nicht nur ein paar Hochzeitslieder oder ein wohltönendes Gebet oder wie man der Harmonika Töne entlockte. Ich fragte mich damals, und frage es mich heute noch, was sie wohl über uns dachten. Vielleicht ahnten wir, dass wir das Bettelpfand in den Plänen anderer waren, gefangen und hier abgeliefert. Hier gefangen gehalten. Möglicherweise war unser Ärger dem eines Gefangenen der Autorität seines Wärters gegenüber vergleichbar, die erst kurz vor offener Unbotmäßigkeit innehält. Es kann aber auch gut sein, dass wir einfach nur widerspenstige Studenten waren. Oder aber es war so, dass uns etwas Strenges und Unnachgiebiges und Verächtliches im Verhalten unserer Lehrer dazu brachte, uns ihnen zu widersetzen. Oder es verhielt sich noch ganz anders, nämlich so, wie uns ein Lehrer einmal erzählte, dass die Hitze in den Ländern, aus denen wir kamen, und die Nahrung, die wir dort zu uns nahmen, jegliche Motivation und Zielstrebigkeit aus uns herausgesaugt und uns zu Gefangenen von Instinkt und Selbstgenügsamkeit gemacht hatten. Der einzige Tag, an dem wir keinen Unterricht hatten, war der Sonntag.

Der ewig gleiche Tagesablauf und das Fremdsein erschöpften

mich so sehr, dass ich das Wohnheim nur verließ, um zum Unterricht zu gehen, und es muss nach meiner Ankunft wohl zwei Wochen gedauert haben, bis ich an einem Sonntagnachmittag meinen ersten Spaziergang unternahm. Neustadt war eine moderne Stadt, eine neue Stadt, mit rechtwinkelig zueinander angeordneten grauen und blauen Häusern und düsteren, zugigen Straßen dazwischen. Leere Bürgersteige und weite, offene Räume, die ebenfalls menschenleer waren. Die Häuser waren grobkörnig verputzt, die Fensterrahmen blau oder grau gestrichen, die Dächer flach und spitz, da und dort reckten sich die Finger von Fernsehantennen in die Höhe. Es gab ein niedriges Ziegelgebäude, an dem drei verschiedene Schilder prangten – Post, Lebensmittel, Obst und Gemüse. Letzterer Laden hatte einen niedrigen, dunklen Eingang, der aussah, als führte er in die Unterwelt. Neben dem Torweg stapelten sich leere Kisten. Die beiden anderen Eingangstüren waren aus Glas und hatten Metallrahmen und waren mit Kette und Vorhängeschloss gesichert. Noch immer kein Zeichen menschlichen Lebens, sieht man einmal von vereinzelten Wäschestücken auf den Leinen zwischen den Häuserreihen ab.

„Heute ist Sonntag. Deshalb ist es so menschenleer. Die Leute schlafen hier nur und arbeiten in Dresden", erklärte Ali und wies auf eine Bushaltestelle. „Ist nicht weit. Wir werden auch mal rüberfahren, wenn wir das Fahrgeld auftreiben können. Mal einen Tag dort bleiben."

„Sind wir wirklich in der Nähe von Dresden?", fragte ich ihn. „Ich habe eine Freundin in Dresden."

„Aus der Heimat?"

„Eine deutsche Freundin", antwortete ich.

„Was für eine deutsche Freundin?", fragte Ali weiter, ungläubig lächelnd. „Du bist erst zwei Wochen hier und hast kaum das

Zimmer verlassen, außer um zum Unterricht oder auf das Klo zu gehen."

„Eine Brieffreundin", sagte ich. „Elleke."

Ali pfiff vor höhnischer Bewunderung. „Du Teufel, wir müssen Elleke so bald wie möglich besuchen. Hast du ein Foto von ihr?"

„Nicht bei mir", antwortete ich.

Ich war mir schon in dem Augenblick wie ein Verräter vorgekommen, in dem ich ihren Namen ausgesprochen hatte, weil mir augenblicklich klar wurde, dass Alis Reaktion darin bestehen würde, genau so zu pfeifen und dann darüber zu reden, wie es mit einem deutschen Mädchen wäre. Ich glaubte, wenn ich ihm jetzt das Foto zeigte, würde er sich über sie lustig machen, über ihr Gesicht oder ihre Kleidung. Oder er würde vielleicht sogar irgendein obszönes Spielchen mit dem Foto treiben. Ich besaß selbstverständlich eine Fotografie von ihr. Ich hatte das Bild zusammen mit ihrer Adresse eingepackt und mir vorgenommen, ihr zu schreiben und sie zu überraschen. Ich hatte ihr gegenüber absichtlich nicht erwähnt, dass ich nach Deutschland kommen würde, obwohl ich von dem Augenblick an sie gedacht hatte, in dem sich diese Möglichkeit am Horizont abzuzeichnen begann. Die erste Zeile meines Überraschungsbriefes hatte ich bereits im Kopf. Hei, rat mal, wo ich bin. Ich bin in der DDR.

Ich war in der Schule auf ihren Namen und ihre Adresse gestoßen, zusammen mit zwei oder drei anderen Namen und einer Nachricht, die besagte, dass diese Schüler aus Ostdeutschland seien und gern Brieffreunde haben würden. Ich schrieb ihr, zwanglos und zum Zeitvertreib, und bekam einen erfreuten Brief zurück. Sie hätte nie erwartet, von irgendjemandem Post zu bekommen, schrieb sie, und stattdessen habe sie Nachrichten aus einem Land in mehreren tausend Kilometern Entfernung erhalten. Und so tauschten wir fast zwei Jahre lang freundschaftlich geschwätzige Briefe, schrieben uns unregelmäßig und über Belanglosigkeiten. Ich glaube heute, nach all den Jahren, kann ich mich an kein einziges Thema mehr erinnern, über das wir uns ausgetauscht haben, und ich bin mir sicher, dass ich in der Zeit, in der ich mit Ali zusammen war, genauso wenig dazu in der Lage gewesen wäre. Bücher vielleicht, oder Sachen, die wir gemeinsam mit Freunden unternommen hatten. Auf dem Schwarzweißfoto, das sie mir schickte, waren sechs Freundinnen zu sehen, die sich in einer Linie hingestellt hatten und allesamt Mäntel und schicke Schuhe trugen. Als würden sie fein ausgehen wollen. „Ich bin die Zweite von links." Sie trug einen Leopardenmantel und hatte ihr helles Haar in der Mitte gescheitelt. Die linke Schulter war leicht in Richtung Kamera ausgestellt und der linke Fuß stand einen halben Schritt vor dem rechten. Eine wohl berechnete Pose, die aber durch ein freundliches und spöttisches Lächeln aufgelockert und abgemildert wurde, als wüsste sie genau um das fotografische Genre, das sie da parodierte. Die anderen fünf Frauen auf dem Foto sahen entweder direkt in die Kamera oder hatten den Blick ganz leicht zur Seite gewandt, verbargen alles und wichen dem forschenden Blick der Kamera aus. Wenn ich an Elleke schrieb, stellte ich mir vor, dass sie beim Lesen dessen, was ich geschrieben hatte, genauso lächelte wie auf dem Foto.

Ihre Briefe bereiteten mir größere Freude als die meiner anderen Brieffreunde. Ja, ich hatte noch weitere: Adam in Krakow, Helen in Inverness und Fadhil in Basra. Vielleicht lag es daran, dass Elleke ungefähr in meinem Alter war, oder dass sie einfach gut schrieb. Adam war immer darauf aus, Ratschläge zu erteilen und über die Verdienste von Byron im Vergleich zu Keats (mir war Keats lieber) zu diskutieren, oder schickte mir Fotos von sich, die bei Wanderungen oder beim Bergsteigen geschossen worden waren. Ein Foto ist mir besonders im Gedächtnis haften geblieben. Es zeigte Adam in kurzen Hosen und Wanderstiefeln und kurzärmeligem Hemd, wie er, einen Rucksack neben sich, am Ufer eines schäumenden Flusses auf einem Felsen saß. Er lächelte mit einer derart weisen Selbstsicherheit, dass ich das Lächeln jedesmal erwiderte, wenn ich das Foto betrachtete. Ich konnte hören, wie der gemächliche Tonfall seiner Briefe aus ihm herausströmte, dieses Benehmen, als wäre er mein älterer Bruder, das er wegen unseres Altersunterschieds von Anfang an an den Tag gelegt hatte. Um ganz ehrlich zu sein: es gelang mir nicht, die Briefe und die Bilder, die er mir schickte, zum Leben zu erwecken. Helen aus Inverness erzählte mir vom Schnee und den neuesten Pophits und schickte mir Artikel über ihre Lieblingsstars, die sie aus Zeitungen und Zeitschriften ausgeschnitten hatte. Ihre Fragen bezogen sich auf unsere Strände und das Meer und wie es sei, in einem heißen Klima zu leben. Manchmal begriff ich überhaupt nicht, wovon sie redete, selbst wenn ich die entsprechende Passage in ihrem Brief wieder und wieder las. Sie hatte kein Interesse an Keats. Fadhil auch nicht, der dennoch schöne lyrische Briefe über Basra und das Leben schrieb. Seiner Meinung nach sei an den Romantikern etwas Verweichlichtes und Falsches, schrieb er. Ein vorgetäuschter Idealismus und ein vorgetäuschter Radikalismus. Ihm sei Whitmans kompromissloser Ton lieber. Ebenso der von Iqbal. Whitman kannte ich aus den Tagen des USIS, und vielleicht gab ich auch vor, in dieser Angelegenheit eine eigene Meinung zu vertreten, obwohl ich mich mit entschiedener Ablehnung von den *Grashalmen* abgewendet hatte. Ich bevorzugte damals halt die Romantiker. Ich muss gestehen, dass ich von

Iqbal noch nie gehört hatte. Aber das war ja kennzeichnend für unsere koloniale Unwissenheit. Ich erfreute mich an Fadhils Briefen und gab mir alle Mühe, ihnen gerecht zu werden, aber ich weiß, dass mir das nicht gelungen ist. Ich schaffte es einfach nicht, der klaren, feierlichen Schönheit seiner Sprache gleichzukommen und fragte mich neidisch, wie er es gelernt hatte, Sätze von solcher Ausgeglichenheit und Vollendung zu Papier zu bringen. Und dann Ellekes Briefe: zwar auch kein Keats, dafür einfach nur erzählende, unterhaltsame Briefe mit einem Hauch Skepsis dahinter. Sie vermittelten wirklich das Gefühl, als kämen sie von einem Freund, und ich lächelte, wenn ich sie las.

Ich wollte nicht, dass sich Ali in dieser Eigenart eines Männerwohnheims über sie und die Freude, die sie mir bereitete, lustig machte. Ich glaube nicht, dass ich mir vorstellte, sie wäre eine Person aus Fleisch und Blut, oder eine richtige Frau, obwohl ich dachte, wenn ich das Foto betrachtete, dass sie wirklich attraktiv aussah. Aber die Briefe kamen mir niemals so in den Sinn, als gäbe es hinter ihnen eine Hand, die man berühren, oder einen Körper, um den man den Arm legen konnte. Es war eine Stimme, die ich vernahm, um die dieses freundliche, ein wenig spöttische Lächeln spielte. Diese Erinnerung lässt ein warmes Gefühl in mir aufsteigen. Ali nahm mein Schweigen zur Kenntnis und sagte nichts, zumal wir in diesem Augenblick eine Gruppe Jugendlicher auf uns zukommen sahen, die einen Fußball vor sich her kickten. Ich spürte, wie Ali unter Anspannung geriet, und als ich zu ihm hinüber sah, entdeckte ich, dass sein breites Gesicht sich verdüsterte und die Hände sich ballten und wieder entkrampften, als bereitete er sich auf etwas vor. Wenn ich einer dieser Jugendlichen gewesen wäre, hätte ich einen Blick auf diesen kräftigen, stämmigen Leib geworfen und wäre auf die andere

Straßenseite gewechselt. Hier aber handelte es sich um mutige deutsche Jungen, und je näher sie kamen, desto breiter wurde ihr Grinsen, und als sie an uns vorüber gingen, konnten sie ihre Heiterkeit kaum noch unterdrücken. „Afrikanische", meinte einer, und die anderen brachen in donnerndes Gelächter aus. Ihre Großtuerei und ihr Gelächter ließen die Welt hässlich erscheinen. Sie war schockierend, diese beiläufige Verspottung, aber es sollte genug Zeit bleiben, sich daran – und an Schlimmeres – zu gewöhnen, ausreichend Zeit zu lernen, sich von solch selbstgefälliger Missachtung zu erholen.

Später, als wir im Dunkeln in unseren Betten lagen, die nur Zentimeter auseinander standen, fragte Ali: „Dieses Mädchen, deine Brieffreundin, bist du ihretwegen in die DDR gekommen?" Er sprach DDR so aus, wie unsere Lehrer das taten, machte sich über sie lustig, setzte das erste D tief an und rollte das R, so dass es sich nach etwas Besonderem und Großartigem anhörte.

„Oh nein, das hat gar nichts miteinander zu tun", antwortete ich und lachte überrascht. Es war die Neugier, fremde Städte und unbekannte Gegenden und anderes zu sehen. Ich hätte bei fast jedem Land ja gesagt, auch wenn es sich nicht so verhielt, dass man mich dazu gedrängt hatte wegzugehen. Ich hatte weggewollt. Aber das erzählte ich Ali nicht. Ihm gegenüber sagte ich: „Ich bin in die DDR gekommen, um zu studieren, einen Beruf zu erlernen. Sobald ich damit fertig bin, gehe ich nach Hause zurück und tue alles, was ich nur kann, um meinem Volk zu helfen."

Ali kicherte in der Dunkelheit. „Deshalb bist du hierher gekommen, du Jungpionier? Ich wollte nicht hierher. Ich wollte nach Frankreich, aber die einzigen Stipendien, die es gab, waren die für sozialistische Bruderstaaten. Also hieß es, entweder hierher oder in die Sowjetunion, um dort zu lernen, wie man einen

Schneepflug fährt. Ich glaube, alle Studenten hier wären viel lieber woanders."

Ich war auch dieser Ansicht und nahm an, dass die Studenten die Lehrer im Unterricht deshalb so behandelten, als stünden sie weit unter ihnen. Weil sie lieber woanders gewesen wären. Wir alle wären lieber im Lande von Coca-Cola und der Blue Jeans gewesen, auch wenn es nicht unbedingt wegen dieser auserlesenen Genüsse war, derentwegen wir gern dorthin gegangen wären. Warum war ich hier gelandet? Weil meine Mutter mir das eingeredet hatte. Das Thema war eines Morgens aufgekommen, nachdem ich ihr einen Brief von Elleke übersetzt hatte, und sie meinte: „Warum gehst du nicht dorthin? Ich habe gehört, dass es Stipendien gibt, wenn man dort studieren will, warum bewirbst du dich nicht?" Und nachdem sie mich wochenlang gelöchert hatte, stellte ich tatsächlich einen Antrag. Ich wollte weg, wollte die große weite Welt sehen. Sie tat das ihre, damit es leichter wurde, in die DDR zu kommen, obwohl ich zugeben muss, dass ich, wenn ich denn die Wahl gehabt hätte, lieber nach Massachusetts gegangen wäre. So ein wohlklingendes Wort: Massachusetts.

„Warum bist du wirklich hierher gekommen?", fragte ich Ali.

„Weil meine Mutter das so wollte", antwortete er.

„Geht mir genauso", sagte ich und lachte erneut überrascht auf. „Warum? Wie denn?" Und wir beide lachten glücklich über die Schliche unserer findigen Mütter. Kein Zweifel, wir beide vermissten sie sehr und es tat uns schrecklich weh, als wir so lachten.

„Vielleicht, weil sie geglaubt hat, ich wäre hier sicherer?", meinte Ali.

Ich erinnere mich nicht mehr genau, wie viel er mir in jener Nacht erzählte, aber es war bestimmt das erste Mal, dass er mit mir über solche Dinge sprach. Sein Vater saß in einem der

Gefängnisse von Sekou Touré, setzte er an, wie so viele aus der *Intelligentsia*. Ich erinnere mich genau, dass er dieses Wort benutzte. Sein Vater war zehn Jahre lang Englischlehrer in Frankreich gewesen, in Lyon. Ali und auch sein älterer Bruder Kabir waren dort zur Welt gekommen. Dann errang Ahmed Sekou Touré, der Urenkel von Samory Touré, der im neunzehnten Jahrhundert jahrelang gegen die französischen Eindringlinge gekämpft hatte, im Jahre 1960 für Guinea eine bittere Unabhängigkeit. In einem Anfall postkolonialer Scham beschloss Alis Vater, nach Guinea zurückzukehren. Im Laufe der Zeit wandelte sich seine Begeisterung in Bitterkeit, und wer kann schon sagen, welche Taktlosigkeit oder Ungeschicktheit die Folge war? Sekou Touré aber war nicht in der Stimmung, auch nur die geringste Unbotmäßigkeit hinzunehmen – dafür hatte es bereits zu viele Mordanschläge auf ihn gegeben. Schließlich wurde Alis Vater verhaftet, wie viele andere aus der Intelligentsia, die zurückgekehrt waren. Das hatte sich vor drei Jahren zugetragen. Von Zeit zu Zeit bekamen sie Nachricht von ihm. Über jemanden, der freigelassen worden war, oder von jemandem, der im Gefängnis arbeitete, und den sie für die kärgliche Auskunft, dass der Vater noch am Leben war, auch noch bezahlen mussten. Zwei Jahre nach der Verhaftung des Vater verschwand Alis älterer Bruder. Er war eines Abends ausgegangen, um einen Arbeitskollegen und Freund zu besuchen und nicht zurückgekommen. Irgendjemand setzte das Gerücht in die Welt, dass er abgehauen, wie so viele Leute aus dem Land geflohen war, die sich vor der Bösartigkeit des Staates in Sicherheit bringen wollten. Es stellte sich aber heraus, dass sich dahinter nur der Versuch der Staatssicherheit verbarg, ihn in Misskredit zu bringen und das Unheil zu vertuschen, das sie über ihn gebracht hatte. Vielleicht war er noch am Leben, in irgendeinem Gefängnis, vielleicht hatte man sich seiner aber bereits entledigt. Es gelang ihnen nicht, eine Nachricht über seinen Verbleib zu erhalten. Das gab den Ausschlag dafür, dass Alis Mutter anfing, ihn zu überreden, das Land zu verlassen, irgendwohin zu gehen, wo er in Sicherheit war, denn dort in Conakry würde er sich früher oder später eine blutige Nase holen. Was sie anginge, so sagte sie, könne sie sich in der Not immer an einige Verwandte wenden, und keiner würde einer harmlosen alten Frau wie ihr irgendetwas zuleide tun. Also beantragte er ein Regierungsstipendium zum Studium in der DDR. Und jetzt sind wir alle hier gelandet.

Ja, so ist es gekommen, obwohl an dieser Geschichte noch viel mehr war, das aber im Laufe der Zeit verblasst ist. Da gab es eine Großmutter, in deren Haus sie nach der Verhaftung des Vaters eingezogen waren, die Geschichten erzählen konnte, die geheimnisvoll und unfassbar weise zugleich waren, und der es irgendwie gelang, ihnen Mut zu machen und ihre Ängste in etwas Edles zu verwandeln. Ali erzählte von der Schule, die er in Lyon besucht hatte, bis er zehn wurde – die Freunde, die er dort gehabt hatte: Karim, Patrice und Anton (aus irgendeinem unerklärlichen Grunde sind ihre Namen mir noch gewärtig), und über ein Mädchen, mit dem er in Conakry während der letzten Monate vor seiner Abreise gegangen war. Er erzählte mir von Conakry, über den großen Hafen und darüber, wie heftig es dort regnete und wie lange die Regenfälle anhielten. So viel mehr noch. Ich kann mich nicht mehr genau erinnern, wie viel ich ihm erzählt habe. Ich denke, dass ich sehr vorsichtig gewesen bin. Aus Gewohnheit heraus. Oder aus welchem Grund auch immer. Ich weiß nicht mehr, ob Ali überhaupt Wert darauf legte, dass ich meinerseits etwas erzählte, aber ich bin mir ziemlich sicher, dass ich in der vertrauensvollen Nähe, die sich in jener Nacht zwischen uns einstellte, ein paar Dinge preisgegeben habe. Und es verhielt sich ja auch nicht so, dass es irgendetwas Wichtiges zu verheimlichen gegeben hätte. Es ist wohl mehr so, dass mir heute bei dem Gedanken unwohl zumute wird, ich könnte damals Geschichten über unser lächerliches Melodrama zu Hause zum Besten gegeben haben, gewissermaßen im Austausch für seine schrecklichen Geschichten über Verlust und Unterdrückung. Ich bin sicher, dass ich ihm nicht erzählt habe, wie Hassan von uns gegangen ist, obwohl ich, als er erzählte, wie sein Bruder eines Abends verschwand, berichtete, dass ich auch einen älteren Bruder hätte, der ebenfalls irgendwo hinter dem Horizont verschwunden war.

Als ich ungefähr einen Monat in Deutschland war, schrieb ich einen Brief an Elleke, erhielt aber keine Antwort. Ali lachte mich aus. Sie wollte dich dort, tausende Kilometer entfernt, nicht hier auf ihrer Türschwelle, lästerte er. Nach ein paar Wochen schrieb ich erneut, und diesmal bekam ich nahezu postwendend Antwort, ein höfliches Willkommensschreiben und die Einladung, wenn ich Lust hätte, sie zu besuchen, wie ich das vorgeschlagen hatte. Schwamm drüber. War nur so ein Gedanke.

Wir hatten jetzt tiefsten Winter und es war bitter kalt. Kurz nach Neujahr hatten wir den Ausflug nach Dresden unternommen, den wir vorgehabt hatten, um den Tag dort zu verbringen und wärmere Sachen für mich zu kaufen. Wir hatten nicht viel Geld, und viel zu kaufen gab es auch nicht, darum vertrieben wir uns den Tag damit, durch diese schöne Stadt zu schlendern und gaben uns Mühe nicht wahrzunehmen, wie die Leute uns anstarrten. Ich wusste gar nichts über Dresden, obwohl ich nun schon seit ein paar Monaten praktisch in einer Vorstadt lebte, nur zwanzig Minuten mit dem Bus entfernt. Ich wusste nichts über die Triumphe, die Dresden im Mittelalter gefeiert hatte, seinen Wohlstand und Einfallsreichtum, seine großen Industriebetriebe, seine schönen Häuser. Ich hatte keine Ahnung von der Größe der Kurfürsten von Sachsen. Ich hatte nie von ihnen gehört. Noch hatte ich eine Ahnung, dass Dresden einen großen Elbhafen besaß. Ich wusste nicht einmal, dass es da so etwas wie die Elbe gab. Und ich wusste nichts über das Ausmaß der Zerstörung im Mai 1945. Noch über die anderen Schrecken, denen es anheim gefallen war oder die, mit denen es seine Feinde und Opfer überzogen hatte. Ich wusste ein bisschen über die Fischgründe vor Neufundland und das Großfeuer in London und über Cromwell und über die Belagerung von Mafeking und die Abschaffung des Sklavenhandels, denn das war es, was meine koloniale Bildung von mir zu wissen verlangt hatte, aber ich hatte keinen blassen Schimmer von Dresden noch von einer Vielzahl anderer Dresdens. All die Jahrhunderte hatte es diese Städte gegeben, mir gegenüber gleichgültig, ohne Kenntnis von meiner Person, ohne mich wahrzunehmen. Das war ein Gedanke, der einem den Atem verschlagen konnte, wie wenig zu wissen und gleichzeitig zufrieden damit zu sein möglich gewesen war.

Ali aber war nicht so unwissend wie ich. Er führte mich durch die Altstadt, benannte Gebäude und beschrieb den Bombenüberfall vom Februar 1945, als wäre er dabeigewesen. Wir gingen zum Zwinger und sahen uns Raphaels *Sixtinische Madonna* an. Es war das erste Mal, dass ich in ein Kunstmuseum kam und ich war glücklich in meiner Rolle als Novize, während Ali mir ein paar Schritte vorauslief. Wir kamen an der Semper-Oper vorbei, wurden aber nicht hineingelassen. Ein bewaffneter Schutzmann wies uns ab, und ließ sich auch durch Alis neckendes Flehen nicht erweichen.

Der nächste Tag bescherte mir einen Brief von Elleke. Bitte komm uns besuchen. Dazu Anweisungen darüber, welchen Bus ich nehmen sollte, und wo sie auf mich warten würde. Ali hörte die ganze Woche nicht auf, mich zu bearbeiten, meinte, ich würde mich verirren, wenn ich allein hinführe, oder könnte an ein paar deutsche Schläger geraten oder Hilfe brauchen, wenn ich Elleke gegenüberstand. „Du bist so schrecklich jung", sagte er. „So unerfahren. So ein armes Wesen aus dem Busch. Du brauchst etwas welterfahrenen Beistand, wenn du dich mit dem Leopardenmantel triffst." Es gelang mir, ihn in die Schranken zu weisen. Das Foto hatte ich ihm natürlich inzwischen gezeigt. Der Leopardenmantel hatte seine Aufmerksamkeit erregt. Am Sonntag nahm ich also den Bus zum Busbahnhof in der Stadt und wartete, wie abgesprochen, am Fahrkartenschalter. Abgemacht war, dass Elleke sich dort mit mir treffen und wir dann gemeinsam mit dem Bus zu ihr nach Hause fahren würden, wo ihre Mutter gespannt darauf wartete, mich kennen zu lernen. Ich hoffte, dass sie mich nicht herablassend behandeln würde, wenn wir uns gegenüberstanden. So vielen Deutschen, denen ich begegnet war, schien es unmöglich zu sein, das zu unterlassen.

Ich hielt nach dem Leopardenmantel Ausschau, obwohl mir natürlich klar war, dass das Foto zu dem Zeitpunkt bereits mindestens zwei Jahre alt war, und sie den Mantel möglicherweise schon längst nicht mehr besaß oder er abgetragen und durchgescheuert und seit langem schon niederen Aufgaben zugeführt worden war. Ich war so damit beschäftigt, nach dem Leoparden Ausschau zu halten, dass ich den Mann gar nicht bemerkte, der kaum einen Meter von mir entfernt stand und mich ansprach.

„Ich bin Elleke", sagte er.

Nein, ich werde nicht im mindesten versuchen zu beschreiben, wie ich auf diesen hinterhältigen Anschlag reagierte. Mein Unterkiefer klappte mir herunter, ich verschluckte mich vor Überraschung. Wahrscheinlich.

„Ich bin Jan", sagte er, und streckte mir die Hand hin. Er lächelte breit, auch wenn ich in seinen Augen einen Funken Ängstlichkeit entdecken konnte. Wäre Ali dabeigewesen, er hätte die Hand weggeschlagen und wäre davongestürmt. Was war mit Elleke passiert? War das ihr Freund, der sich über mich lustig machte? Ihr Bruder? Ich schüttelte ihm die Hand und sah, wie sein Lächeln zu einem erleichterten Grinsen wurde. „Ich kann alles erklären", sagte er.

Also gingen wir den kurzen Weg vom Busbahnhof hinüber in einen kleinen Park und setzten uns auf eine Bank. Ich würde nicht im Leben mit irgendeinem Jan in einen Bus steigen, wo ich doch Elleke erwartet hatte, auch wenn dieser Jan ein rundes, lächelndes Gesicht hatte und ebenfalls nicht den Eindruck machte, als hätte er besondere Freude an der ganzen Angelegenheit. Dies ist seine Geschichte, und was noch wichtiger ist, ich glaubte sie ihm und setzte mich mit ihm in den Bus, um bei seiner Mutter Tee zu trinken. Es gab keine Elleke, zumindest nicht so, wie ich sie mir vorgestellt hatte. Ein Gastredner war eines Tages an seiner Oberschule aufgetaucht und hatte über die Arbeit gesprochen, die die DDR in Afrika leistete. Er war aus Dresden, Beamter beim Stadtrat für Bildung und war gerade von einem einjährigen Aufenthalt als freiwilliger Berater in einem afrikanischen Staat zurückgekehrt. Der afrikanische Staat waren wir. Er redete sehr hoffnungsvoll über die wichtige Arbeit, die die DDR dort verrichtete und auch darüber, wie wichtig es für junge

Deutsche sei, sich mit verbrüderten afrikanischen Jugendlichen zusammenzufinden. Er schrieb die Anschrift unserer Schule auf und ermunterte die Schüler, ihre Namen an unseren Direktor zu schicken und uns ihre Freundschaft anzutragen. Also erfand Jan Elleke, aus einer Laune heraus und keine Antwort erwartend, weil er glaubte, der Gastredner hätte nur den üblichen Propagandaquark über brüderliche Beziehungen abgelassen. Als ich Elleke an ihre Heimatadresse in Altonstadt schrieb, freute er sich sehr, war regelrecht überwältigt. Auch seine Mutter las den Brief und war von ihm begeistert. Nachdem er seine Antwort an mich entworfen hatte, ließ er seine Mutter den Brief noch einmal durchgehen, um sicherzustellen, dass er den richtigen Ton gefunden hatte, weil er fürchtete, Ellekes Stil nicht richtig zu treffen. Dadurch wurde die Mutter Teil der ganzen Verschwörung. Sie las Jans Briefe, bevor er sie abschickte, fügte ab und an etwas hinzu und las meine Briefe an Elleke.

„Es war einfach nur Spaß", sagte Jan und lächelte entschuldigend. „Ich hoffe, du bist darüber nicht böse." Er war gut drei Zentimeter größer als ich und vielleicht ein Jahr älter. Nicht viel dran an ihm. Er drückte sich unbeholfener aus, als ich mir das bei Ellekes Stimme vorgestellt hatte.

„Du hast mir aber ein Foto geschickt", hielt ich ihm vor. „Der Leopardenmantel."

Ich hatte ihn um ein Foto gebeten und er hatte nicht gewusst, was er machen sollte. Er hatte bereits darüber nachgedacht, seit er meinen ersten Brief bekommen hatte. Wie weit sollte er mit dem Betrug gehen? Dann hatte eine Kusine seiner Mutter eines Tages dieses Gruppenfoto geschickt. Sie hatte früher in der Tschechoslowakei gelebt, die Familie seiner Mutter. Das Foto schien bestens geeignet. Es war genau so, wie er auszusehen gewollt hätte, wenn er Elleke gewesen wäre. Ich verstand, was er meinte, denn auch ich hatte mir gewünscht, dass Elleke so aussehen mochte, gestand ich ihm und schlug vor, dass wir den Bus nehmen und zu ihm fahren sollten. Ich fragte ihn, warum er nicht geantwortet hatte, als ich ihm nach meiner Ankunft in der DDR geschrieben hatte, und er zuckte reumütig mit den Achseln, und ich verstand auch, was er damit meinte. „Ich wollte dich nicht wütend machen", sagte er. „Anstelle von Elleke begegnest du mir. Dann aber kam es mir so ungehobelt und unhöflich vor, einfach nicht zu antworten und so unfreundlich zu sein. Deshalb beschlossen wir, dich zu uns einzuladen und dir alles zu erklären. Und jetzt bin ich richtig glücklich, dass ich dich kennen gelernt habe."

Wir schüttelten einander wieder und wieder die Hände und verbrachten den Rest der kurzen Reise im Gespräch über ungefährlichere Themen. Wie ist es in der Sprachschule? Was hast du von Dresden schon gesehen? Wie viele Jahre wirst du denn Sprachunterricht haben? Ich erfuhr, dass er an der Technischen Hochschule studierte. Fahrzeuggestaltung. „Vielleicht kommst du nach dem Sprachunterricht ja an die TH." Sie wohnten in einem hohen, alten Haus in einer Erdgeschosswohnung. Der Treppenabsatz sah staubig und schmuddelig aus, und von der Decke hingen in Schlingen elektrische Drähte herab. Jan klopfte sacht an die Tür und nach einer kurzen Weile machte uns eine ältere, weißhaarige Frau die Tür auf. Sie war hoch gewachsen und schlank, hatte ein klar geschnittenes Gesicht, das in seiner Jugend schön gewesen sein musste. Ihre Augen waren braun und groß und ruhig, gelassen, vielleicht auch weit jenseits von Furcht und Anspannung. Sie lächelte mit leicht einwärts geneigtem Kopf, eine Geste sanften Willkommens. Ich trat mir auf der Fußmatte die Schuhe ab und warf währenddessen einen Blick nach unten und entdeckte Blut auf der Matte. Jans Mutter entdeckte das Blut ebenfalls, denn ich hörte sie leise aufschreien.

Etwas hatte sich durch meine Schuhsohle gebohrt und meinen Fuß aufgeschlitzt, ohne dass ich es überhaupt bemerkt hatte. Ich hatte die Schuhe an, die ich mitgebracht hatte, leichte Schuhe mit dünnen Sohlen, oben nur gesteppt, damit Luft hineindringen konnte, jedenfalls dazu gedacht, durch tropische Straßen zu spazieren und der letzte Schrei bei uns, als ich wegging. Für Deutschland taugten sie nicht, taugten nicht für die Nässe und die Kälte und erwiesen sich auf den glatten Bürgersteigen als kreuzgefährlich. Es war eine Qual, sie auf die Straße anzuziehen, weil meine Füße immer mehr abstarben, bis ich sie schließlich gar nicht mehr spürte. Und dann war es eine Qual, wenn ich später wieder ins Warme kam und sie kribbelnd zu neuem Leben erwachten. Auch meine Socken waren dünn, gut eingelaufene tropische Socken. In diesen gut sitzenden, leichten Slippers konnte ich keine dicken Socken anziehen. Wenn es regnete, lief das Wasser ungehindert hinein, und ich rutschte in den Schuhen herum, und sie gaben einen quietschenden Laut von sich. Bei meinem ersten Ausflug in den Schnee rutschte ich beim allerersten Schritt auf diesem sonderbaren Stoff aus und landete auf dem Hintern. Und bei jedem weiteren Schritt landete ich wieder auf dem Arsch. Wie ein Balletteleve seine ersten Schritte, musste ich lernen, auf Schnee zu gehen, oder besser noch, gar nicht erst darauf zu gehen. Einfach drin bleiben und sich den Schnee durch das Fenster ansehen. Der Ausflug nach Dresden, den Ali und ich vor ein paar Tagen unternommen hatten, hatte sich als erfolgloser Versuch erwiesen, ein Paar feste Schuhe zu kaufen, weil ich fürchtete, Frostbeulen zu bekommen, und dass man mir die Füße amputieren müsste und drittens, weil ich den Geruch nicht mehr ertragen mochte, der sich aus ihnen erhob, wenn ich sie auszog. „Ist vielleicht schon zu spät", hatte Ali gesagt. Wir hatten in Dresden keine Schuhe bekommen, wir waren nicht einmal dazu gekommen, uns nach welchen umzusehen. Stattdessen waren wir durch die Straßen gezogen und Ali hatte mir die schönen Gebäude gezeigt und mir ihre Geschichte erzählt. Dass Wagner die Semper-Oper in Dresden geliebt hat und Schiller eine Weile in jener Straße da wohnte. Schiller, unser Schiller aus dem DDR-Kulturinstitut! Dadurch erschien er mir aus Fleisch und Blut, war nicht mehr nur eine Gestalt aus der Legende und von jenseits der Zeit. Und meine Füße wurden immer tauber und tauber, es drohte ihnen die Amputation.

Da stand ich also, blutete auf die Fußmatte vor der Wohnung von Jans Mutter, und meine Füße waren so gefühllos, dass ich es nicht einmal bemerkt hatte, als ich mir etwas eintrat. Sie machte einen Schritt auf mich zu und ergriff meine Hand und zog mich hinein. Jan folgte, gab entschuldigende Laute von sich und trotz des Elends des Augenblicks entging mir nicht, dass er die Tür hinter sich abschloss und verriegelte. Jans Mutter bedeutete mir, mich auf das Sofa zu setzen. Ihr Gesicht war vor Schreck zusammengekniffen. Sie schaute sich um, suchte nach etwas, auf das ich meinen Fuß stellen konnte und zog dann eine alte Zeitung von einem Stapel unter dem Fenster. Beiderseits des Fensters erhoben sich Bücherregale bis an den Rand des Vorhangs, der das Fenster einrahmte. Auf einem Bord standen zwei Fotos in Holzrahmen. Das eine zeigte einen Mann im Sporthemd vor einem Berg, und das andere eine groß gewachsene Frau in einem losen Mantel, neben der, auf einem Stuhl, ein Junge in kurzen Hosen stand, dessen Kinn auf ihrer rechten Schulter ruhte, und der das

Gesicht nur halb der Kamera zugewandt hatte. Neben dem Ofen stand ein weiteres Bücherregal, und daneben ein alter, brauner Stuhl. Dahinter erkannte ich einen Tisch, der mit Papieren bedeckt war und einen kleinen Haufen Zeitschriften in der Ecke. An der Wand über dem Kaminsims entdeckte ich den Schatten eines Bildes, das abgenommen worden war, und als ich mich im Zimmer umschaute, sah ich noch zwei weitere Schatten an Stellen, an denen früher Bilder gehangen hatten.

Jan kam mit einem Tuch und einer großen, verzierten Glasschüssel, auf der ein Figurenreigen eingraviert war und deren Rand mit Halbparabolas krenelliert war, wieder ins Zimmer. Er stellte die Schüssel neben seiner Mutter ab, die vor mir auf dem Fußboden kniete. „Das ist ein schrecklicher Empfang, den wir dir da bereiten", meinte Jan. Seine Mutter murmelte etwas vor sich hin und knüpfte vorsichtig die Senkel meines linken Schuhs auf. Als sie meinen Fuß hochhob, um mir den Schuh auszuziehen, kam das Zeitungspapier mit nach oben. Es war am Blut festgeklebt. Jans Mutter riss es ab und zog mir langsam den Schuh aus. Dann krempelte sie, während Jan mein Bein hielt, mit beiden Händen den Socken herunter und schüttelte, beim Anblick des blutigen Mansches, den sie da entdeckte, missbilligend den Kopf. Sie zerriss das Stück Tuch in drei oder vier Fetzen, tauchte einen in die Wasserschüssel und begann, mir die Fußsohle zu waschen. Das Wasser war kalt, aber die Empfindung tat wohl. Einen oder zwei Augenblicke später meinte sie: „Da ist nichts drin, nein, ich glaube nicht." Dann tauchte sie einen sauberen Fetzen ins Wasser und wischte den Rest meines Fußes ab, zwischen den Zehen, den Spann, die Ferse. Sie riss einen weiteren Lappen in Streifen und versorgte meine Wunde, und als alles getan war, hockte sie vor mir auf den Fersen und lächelte.

„Ich wusste, ich würde dir begegnen, auch wenn ich nicht wusste, dass du es sein würdest", sprach sie.

Ich verstand nicht, was sie damit meinte und muss wohl die Stirn gerunzelt haben. Aber etwas verstand ich doch, dass sie nämlich eine Sehnsucht zum Ausdruck brachte, die ich auf überraschende Weise zu erfüllen schien, etwas, das sie sich gewünscht hatte und von dem sich herausstellte, dass es sich dabei um mich handelte. Ich wusste, ich würde dir begegnen, auch wenn ich nicht wusste, dass du es sein würdest. Klingt vernünftig, wenn auch auf eine seltsame Weise. Sagte Ihnen dies ein Arzt oder der Pilot eines Flugzeuges, dessen Passagier Sie sind, Ihnen würde ohne Zweifel der kalte Schweiß ausbrechen, aber wenn eine ältere deutsche Frau, die aussieht, als wäre sie einst eine Schönheit gewesen, vor Ihnen auf dem Fußboden hockt und Ihnen die Wunde auswäscht und dann so etwas zu Ihnen sagt, und dabei noch ganz gelassen und zufrieden aussieht, dann würden Sie sich mit Sicherheit ziemlich bedeutend vorkommen. Ich glaube, Sie hätten das Gefühl, am Anfang einer Geschichte zu stehen. Jedenfalls ging mir das so.

„Darf ich...?", fragte Jan, hielt ihr eine Hand hin und forderte sie damit auf, sich zu erheben.

„Ja", sagte sie, ergriff seine Hand, stand auf und lächelte ihn dankbar an. Alles was sie tat, sah so wohlüberlegt aus, so gelassen. Ich dachte mir, was immer ihr widerfahren würde, sie würde sich dieses Lächeln immer bewahren, wäre durch nichts zu überraschen.

„Erinnern sie sich, wie Odysseus nach zwanzig Jahren nach Hause kommt, sich nicht offenbart, und seine Frau Penelope ihn nicht erkennt? Erinnern Sie sich? Es ist eine alte Frau, die ihn schließlich erkennt, Eureclita oder so ähnlich heißt sie, als sie ihm die Füße wäscht, um ihn im Haus willkommen zu heißen. Wie es bei diesen Geschichten immer passiert, war sie einst seine Amme. Erinnern Sie sich? Jeder große Held oder Prinz wurde von einer müden alten Frau gestillt, die ihr Dasein vergessen in der Asche des königlichen Herdes fristet. Eureclita erkennt die Narbe an Odysseus' Fuß und weiß, dass der Herr des Hauses zurückgekehrt ist. Wenn Sie irgendwann in der Zukunft wieder einmal bei uns einkehren, werden wir Sie auch erkennen?"

Damals hatte ich nicht die Spur einer Ahnung von Odysseus Heimkehr, noch wusste ich viel über Homer oder die *Ilias* oder den *Odysseus*. Alles, was ich wusste, stammte aus Filmen wie *Iason und die Argonauten*, *Der entfesselte Herkules* oder *Die schöne Helena*. Und was ich aus diesen Filmen über Odysseus wusste, mochte ich nicht. War es nicht seine Idee gewesen, dass die Griechen ein hölzernes Pferd bauen und sich damit den Zugang zu Troja erschleichen sollten? Und als ihre List geglückt war, töteten und verstümmelten und vergewaltigten sie nicht und steckten die Stadt in Brand? In dieser Angelegenheit stand ich entschieden auf der Seite Trojas. Sie aber erzählte das mit einem breiter werdenden Lächeln, als hätte sie Spaß an dem schrulligen Gedanken. Und als ich einen flüchtigen Blick zu Jan hinüber warf, entdeckte ich, dass auch er so lächelte wie sie, sich halb zum Bücherregal umgedreht hatte, als wollte er jeden Augenblick ein Buch herausgreifen und uns den Abschnitt laut vorlesen. Im nächsten Augenblick tat er das auch und lies seinen Finger über das Inhaltsverzeichnis wandern, während seine Mutter schweigend wartete.

„Euryclea", sagte Jan schließlich ruhig, und las dann einen Satz vor. „Diese erkannte die Alte, als sie, mit den Händen darüber / Streichend, die Narbe berührte, und plötzlich ließ sie den Fuß / los."

„Genau", sagte sie. „Euryclea. Die alte Frau, die in Penelopes Garten im Schatten vor sich hin kümmerte. Auerbach macht so etwas Wundervolles aus dieser Passage. Kennen Sie Auerbachs Erörterung dieser Begebenheit? Oh, ich werde es Ihnen borgen. Können Sie deutsch lesen?"

„Noch nicht", antwortete ich. „Noch nichts Schwieriges jedenfalls." Sie machte ein mitleidiges Gesicht. „Na ja, wenn Sie es können, leihe ich es Ihnen."

Sie sprach fließend Englisch, wenn auch mit einem Akzent, der mir nicht vertraut war. Nachdem sie die Schüssel und die Lappen weggebracht und Kaffee aufgetragen hatten, fragte sie: „Was hat eigentlich dazu geführt, dass Sie hierher gekommen sind? Was hat Sie veranlasst, Ihr schönes Land zu verlassen und hierher zu kommen? Wir waren so traurig, als wir Ihren Brief bekommen haben. Ich war immer so glücklich bei dem Gedanken, Sie dort am Meer zu wissen, wo Sie frei sein konnten und es warm hatten im strahlenden Sonnenschein, während wir uns hier mit Kleinlichkeiten rumschlagen müssen. Wenigstens Ihnen schien es besser zu gehen. Sehen Sie, Jan macht sich bereits Sorgen über das, was ich sage, falls Sie uns bespitzeln sollten."

„Nein...", protestierte Jan, der nur halb zugehört hatte, weil er damit beschäftigt war, meinen blutverschmierten Schuh gegen einen von seinen zu halten. Er sah mir nicht besonders besorgt aus, es sei denn der Größe meiner Füße wegen, die ausgesprochen lang sind. Und ich nehme an, der Gedanke, dass ich frei und ungebunden am Meer in der Wärme leben könnte, rührte von all den reizenden Briefen her, die ich geschrieben hatte, weil auch ich mir niemals vorgestellt hatte, dass sie so lebten, wie es sich jetzt herausstellte. Ich hatte sie mir überhaupt nicht vorstellen können, hatte nicht einmal eine Ahnung, dass es sie gab - Elleke war lediglich eine Stimme, die aus dem Leopardenmantel heraus lächelnd zu mir sprach.

„Waren Sie böse auf Jan, als sich herausstellte, dass er nicht Elleke war?", fragte sie, lehnte sich in ihrem Stuhl zurück und lächelte, davon überzeugt, dass ich überhaupt nicht böse gewesen sein könnte. „Waren Sie sehr enttäuscht?"

„Zu Anfang ja", gab ich zu, nippte an dem bitteren Kaffee und gab mir Mühe, kein Gesicht zu ziehen. In meinem Fuß pochte es, wohl ebenso sehr vor Schmerz wie wegen der Behandlung und deren Verflechtung mit Geschichten über antiken Heldenmut und ebenso alte Grausamkeit. Sollte ich nicht lieber in ein Krankenhaus gehen und mir eine Spritze verpassen lassen, nur für den Fall einer Entzündung?

„Nun ja, ich heiße Elleke", fuhr sie fort. „Das stimmt. Jan war zu faul, sich einen anderen Namen einfallen zu lassen. Es ist zwar nicht dasselbe, aber dem äußeren Schein nach können Sie sagen, sie hätten Elleke kennen gelernt, und das wäre nicht gelogen."

„Wie heißt die Frau im Leopardenmantel", fragte ich. „Ihre Kusine in der Tschechoslowakei. Jan hat erzählt, Ihre Familie stammt von da."

„Sie heißt Beatrice, die, die im Dunkeln führt", sagte sie. „Ja, unsere Familie kommt von da her. Wir waren Großgrundbesitzer. In der Nähe von Most. Nicht in der Stadt selbst, sondern in der Nähe eines Dorfes nicht weit von Most. Most liegt gleich hinter der Grenze. Sie sollten mal mit Jan zusammen hinfahren. Er ist selber schon jahrelang nicht mehr dort gewesen."

„Sie haben mir den Pass weggenommen, als ich ankam", sagte ich. Das hatte mich die ganze Zeit beschäftigt. Warum hatten sie das getan? Angenommen, ich müsste zurück? Oder nach Most fahren? Als ich im Wohnheim anlangte, nahm mir eine Frau in dem Büro meinen Pass ab und gab mir stattdessen eine Identitätskarte. Das machte mich unruhig. Dieser Gedanke, dass sie mir vom Moment meiner Einreise an misstrauten. Ich war jedoch zu verschüchtert, um mich mit ihnen anzulegen.

„Als ich Kind war, gehörte Most zu Österreich", erzählte Elleke. Sie warf Jan einen Blick und ein reuevolles, Entschuldigung heischendes Lächeln zu. „Er hat sich diese Geschichten schon so oft anhören müssen, sie sind ihm schon über, wenn ich nur davon anfange."

„Erzähl ihm von damals, Mama", beruhigte Jan sie und nickte lebhaft. „Du erzählst die Geschichte immer anders und ich werde nie müde, sie mir anzuhören. Bitte erzähl, Mama."

„Ach nein, wir wollen doch unseren neuen Freund bei seinem ersten Besuch bei uns nicht langweilen", wiegelte Elleke ab und kicherte über das, was Jan gesagt hatte. „Aber es stimmt, was du über die Geschichten sagst. Sie gleiten uns durch die Finger, verändern ihre Form, wollen sich uns entwinden."

„Ich würde gern etwas über diese Zeit erfahren", warf ich ein, weil ich das Gefühl hatte, die Höflichkeit erlaubte es nicht anders, und weil mich etwas an der Anspannung in ihrem Wortwechsel anzog.

„Nun gut, wir besaßen ein großes Haus mit Garten", begann Elleke zu erzählen. „Es war mehr ein Park als ein Garten, mit einem Fluss, der sich durch einen Wald zog und in einen kleinen Weiher ergoss. Wiesen gab es da und Blumenbeete, auf denen immer etwas blühte und wunderschöne Obstgärten. Ein Obstgarten ist immer ein schöner Anblick, mit der Blüte im Frühling und später, im Sommer, den vollkommen geformten Früchten. Da wuchs auch ein dunkel violetter Rhododendrenhain, dessen Farbe von einer solchen Leuchtkraft war, dass man glauben mochte, sie würde aus dem tiefsten Innern der Pflanze kommen. Es gab eine Auffahrt für die Kutsche, einen Kutscher und einen Diener und Ställe und Pferde und Stallburschen und eine ganze Legion anderer Bediensteter nebst ihren Familien, die alles Erforderliche erledigten. Die Auffahrt wurde von den unterschiedlichsten Bäumen gesäumt. Ein Vorfahr hatte vor langer Zeit mit dieser Vorliebe für Bäume verschiedenster Herkunft angefangen. Da stand ein Baum aus Kaschmir, der wohl zweihundert Jahre alt war, eine Kaschmirzypresse, die sich drehte und wand wie jemand, der sich aus etwas zu befreien sucht. Das war der fremdartige Baum unserer Kindheit.

Das alles sind Erinnerungen an verloren gegangene Dinge", sagte Elleke nach einem Schweigen, das sich eine endlose Minute auszudehnen schien, während sie uns nacheinander ansah und, ohne das Gesicht zu verziehen, einen Schluck von ihrem abgestandenen Kaffee nahm. „Kann sein, dass ich diese Dinge viel einfacher in Erinnerung habe, als sie tatsächlich waren. Ich entsinne mich der schönen Blumen, die sogar im Winter in jedem Zimmer standen. Wenn ich heute an diese Blumen denke, füllt sich mein Herz mit einer unbestimmten Sehnsucht, weil ich nicht weiß, wonach ich mich sehne. Heute denke ich auch über all die Diener nach, von denen so viele niedere Arbeiten verrichten mussten, über die wir uns überhaupt keine Gedanken machten. Das war vor dem Krieg. Es war so ein schrecklicher Krieg. So viel Unheil. Und Österreich verlor den Krieg und auch den nächsten, und dann nahezu alles."

Ich sah, wie ihr die Erinnerungen zu schaffen machten, und dass sie auch Jan nahe gingen, aber ich wollte mehr hören. Wie waren sie von dort hierher gekommen? Ich warf einen Blick hinüber auf die beiden Fotografien auf dem Bücherbord. „Ist das Jan?", fragte ich.

„Nein, nein", antwortete sie. „Warum sollte ich ein Bild von Jan rumstehen haben, wo ich ihn doch jeden Tag sehe? Das sind meine Mutter und mein jüngerer Bruder, und auf dem Bild links davon ist mein Vater. Die Aufnahmen wurden gemacht, kurz bevor wir nach Kenia zogen, während einer Reise in die Karpaten, die gleichzeitig unseren Abschied vom früheren Österreich darstellte."

„Kenia!", rief ich. Das erklärte das gute Englisch. Und ich wünschte mir zugleich, das Wort *Karpaten* auszusprechen. So ein schönes Wort, nicht so rund und schmeichelnd wie Massachusetts, das glaubte ich nicht, aber auf eigene Weise gewunden und geheimnisvoll. „Sie waren Siedler?"

Sie zuckte zusammen. „Ja, Siedler."

„Warum Kenia?"

Sie hielt einen Augenblick inne, bevor sie mir antwortete. Dann, als sie fortfuhr, sah ich, dass sie vor Anspannung die Stirn runzelte. „Ich glaube kaum, dass mir diese Frage schon jemals auf diese Art gestellt worden ist. Sie meinen nicht, warum Kenia und nicht irgendein anderes Land. Weil es in dieser Beziehung keinen Unterschied gab, ob es sich nun um Kenia handelte oder irgendein anderes Land. Wir waren Europäer. Wir konnten uns in der Welt niederlassen, wo immer wir es wünschten. Sie meinen, warum entschlossen wir uns, nach Kenia auszuwandern und anderen Menschen das wegzunehmen, was ihnen gehörte, und es fortan als unser Eigentum zu bezeichnen und mit Hilfe von Falschheit und Gewalt reich zu werden. Sogar zu kämpfen und zu schänden für das, was uns nicht zustand. Meinen Sie nicht das? Nun, weil wir in einer Zeit lebten, in der wir davon überzeugt waren, dass wir auf all das ein Recht hätten, ein Anrecht auf Orte und Gegenden, an denen nur Leute mit dunkler Haut und

Kräuselhaar lebten. Darin lag der Sinn des Kolonialismus, und man tat zugleich alles dafür, dass wir die Methoden nicht bemerkten, die es uns ermöglichten, uns dort anzusiedeln, wo wir es wünschten. Meine Eltern kauften Land in den Ngong Hills und wurden Kaffeepflanzer. Die Eingeborenen waren befriedet, und es gab billige Arbeitskräfte. Meine Eltern stellten keinerlei Fragen, wie dieser Zustand erreicht worden war, und es ermutigte sie auch keiner dazu, obwohl es, als wir dort wohnten, nur zu einfach zu erkennen war, wie man das geschafft hatte. Kennen Sie die Gegend um Ngong? Sind Sie schon mal in Nairobi gewesen?"

„Nein, ich kenne das alles nicht", erwiderte ich, „noch bin ich irgendwo hin gekommen."

„Du bist nach Dresden gekommen", gab Jan lächelnd zurück.

„Stimmt, an dieser Frage, 'Warum Kenia?', gibt es auch noch etwas, das man als Aspekt der Unschuld bezeichnen könnte", meinte Elleke. Sie beachtete uns nicht, führte ihre Geschichte fort, belehrte uns. „Europa und seinen Kriegen zu entfliehen. Meine Eltern wollten nicht länger in Österreich leben, also nahmen sie ihren Anteil aus dem Verkauf des Anwesens und kauften diesen Hof in den Ngong Hills. Das war im Jahre 1919, und wir lebten dort bis 1938, bewerkstelligten Dinge, von denen wir glaubten, sie seien bemerkenswert, erreichten so viel. Wir reisten und lernten eine Menge kennen, obwohl mir heute klar ist, dass wir nicht viel begriffen. Und je mehr Zeit verstreicht, desto weniger bemerkenswert erscheint das, was wir dort machten und empfanden."

„Meine Mutter hat Memoiren über die Jahre in Kenia geschrieben", warf Jan ein. „In Deutsch. Gut geschrieben."

„Das ist doch nur das Lügenbad der Vergangenheitssehnsucht", meinte Elleke lächelnd und winkte ab. „Wenn ich sie jetzt noch einmal schreiben würde, würde ich auch die schrecklichen

Geschichten erzählen und alle, wie eine langweilige alte Frau das so tut, in Depression stürzen. Wissen Sie, warum wir von dort wieder nach Deutschland gegangen sind, gerade als der Krieg ausbrach? Weil uns die staatlichen Stellen davor warnten, dass wir, sobald der Krieg ausbrechen würde, eingesperrt werden würden. Und irgendwie hatte meine Eltern über die Jahre auch ihren Stolz darauf, Österreicher zu sein, zurückgewonnen. Natürlich gab es das Österreich, das sie gekannt hatten, längst nicht mehr. Der Teil, in dem sie gelebt hatten, hieß jetzt Tschechoslowakei, und der Rest war Teil Deutschlands geworden. Und dennoch übersiedelten sie lieber in dieses Deutschland der Räuberbarone und aufgeblasenen Sieger mit ihren spitzigen Kappen und den silberumborteten Uniformen, als sich von den Briten in Kenia einsperren zu lassen. Wir alle zogen es vor wegzuziehen, anstatt uns unter unwürdigen Umständen einsperren und in unserem Unglück von Niggern verhöhnen zu lassen. Entschuldigen Sie bitte, aber so haben wir damals geredet. Oder verzeihen Sie mir nicht, wenn Sie der Ansicht sind, dass wir das nicht verdienen. Wir haben jedenfalls so geredet, und wenn ich jetzt so spreche, so will ich damit keinesfalls Verachtung zum Ausdruck bringen, sondern Ihnen lediglich eine Vorstellung von dem selbstmitleidigen Dünkel vermitteln, mit dem wir uns selbst betrachteten. Mein Vater sagte gern, dass unsere Überlegenheit über die Eingeborenen nur mit deren Einverständnis möglich sei. Und alle Europäer hätten auf den dünnen Grat zu achten, hinter dem die geheimnisvolle moralische Vorherrschaft über den Eingeborenen zu bestehen aufhören würde. Und das hätte schließlich zur Folge, dass wir erneut morden und schänden müssten, um diese Grenze neu zu ziehen. Armer Papa, er kam nicht auf den Gedanken, dass es das Morden und die Gewalt waren, die in unserem Namen begangen und ausgeübt worden waren, die uns ursprünglich diese Geltung verliehen hatten. Er glaubte, das sei etwas Geheimnisvolles, das mit Gerechtigkeit und gemäßigtem Verhalten zu tun hatte, etwas, das man sich dadurch aneignete, dass man Hegel und Schiller las und in die Messe ging. Gänzlich abseits der Ausgrenzungen und Vertreibungen und der verallgemeinernden Urteile, die wir mit verächtlicher Selbstsicherheit von uns gaben. Völlig ungeachtet der Armeen und der Gefängnisse. Es war unsere moralische Überlegenheit, die dafür sorgte, dass die Eingeborenen uns fürchteten. Oh ja, auch wir würden bald unseren Anteil daran erhalten, und dass man diese Philosophie mit ihren poetischen Auslassungen heute durchschaut, hat das Rätsel nicht kleiner gemacht, nur größer. Doch wir konnten nicht in Kenia bleiben und zusehen, wie die Nigger über uns lachten. Und so wurden meine Eltern zu guter Letzt wieder von Europa und seinen Kriegen eingeholt, und wir landeten in Dresden. In diesem Haus. Nicht weit entfernt von unserem alten Heim. Oh, mein Lieber, von jetzt an wird es nur noch schlimm, und ich glaube nicht, dass ich Ihnen noch mehr von meiner trübseligen Geschichte erzählen möchte. Sie wollten ja eigentlich nur etwas über Beatrice erfahren, aber wenn ich einmal mit diesen Sachen angefangen habe, scheint es immer schwerer zu werden aufzuhören. Das ist die Ichbezogenheit des Alters."

„Ich hatte Sie nach den Fotos gefragt", sagte ich. Es hatte besänftigend klingen sollen, doch die Worte kamen mir mit matter und mürrischer Stimme aus dem Mund. Ich war überzeugt, dass sich von der Wunde her ein Fieber in mir ausbreitete, und jetzt, da es dunkel geworden war, schnitt die Kälte in der Wohnung in die Glieder.

„*Asante*", sagte sie in Kiswahili und lächelte. „Ich kann mich noch immer an ein paar Wörter erinnern. Mein lieber Freund, wie dürfen wir Sie nennen? Sollen wir Sie Ismail nennen? Rufen Ihre Freunde Sie so?"

„Latif", antwortete ich. Das hatte ich während des Fluges beschlossen. Ich wollte den Namen, den man mir gegeben hatte, nicht mehr benutzen, sondern lieber Latif heißen, wegen der Sanftheit und Weichheit der Modulation. Gottes Name, den ich mit Respekt tragen wollte, mit dem ich keinerlei Gotteslästerung oder Frevel im Sinn hatte. Mein eigentlicher Name lautete Ismail Rajab Shaaban Mahmud. Das sagten jedenfalls meine Papiere: mein Name, der Name meines Vaters, der meines Großvaters und der Name meines Urgroßvaters. Als ich meine Reise antrat, nannte die Stewardess mich Mr. Mahmud, und so wurde ich auch von den Verantwortlichen in der DDR angesprochen. Es gab keinerlei Möglichkeit, dagegen aufzubegehren und klarzustellen, dass man dort, wo ich herkam, Ismail Rajab zu mir sagen, meinen Namen und den meines Vaters verwenden würde. Ich wollte nicht dagegen angehen. Und aus wohlüberlegtem Grunde beschloss ich, mich von da an Latif zu nennen, aus Sehnsucht nach etwas Sanftheit. Das war der Grund. Von da an war ich Ismail Mahmud, den seine Freunde Latif nannten. So rief Ali mich, so riefen mich alle im Wohnheim, und Jan und Elleke konnten mich auch so rufen. „Ismail ist mein offizieller Name. Meine Freunde nennen mich Latif", sagte ich.

„Und alles wandelt sich zum Gegenteil", sagte Elleke lachend, und ihre Augen funkelten vor Freude. „Aus Elleke wird Jan, und aus Ismail wird Latif, und wenn er auch anders hieße, er würde doch den köstlichen Gehalt bewahren." Ich verstand diese Anspielung auf *Romeo und Julia* und gab ein herzliches Glucksen von mir, um ihr das auch deutlich zu machen. „Latif, ich glaube,

Sie werden heute nicht mehr in der Lage sein, mit diesem schlimmen Fuß in ihr Wohnheim zurückzufahren, und schon gar nicht, bevor wir nicht ihre dünnen Schuhe gereinigt und geflickt haben. Sie müssen sich bessere Schuhe besorgen, unbedingt. Bleiben Sie bitte heute Nacht hier, und dann wird Jan Sie morgen zu ihrem Wohnheim begleiten. Er wird morgen alles erklären. Jetzt sollten wir aber etwas essen."

Ich sah den erschrockenen Ausdruck auf Jans Gesicht. Dann schüttelte er den Kopf. „Nein, Mama, es wird besser sein, Latif fährt heute in das Wohnheim zurück. Ich werde mit ihm mitfahren. Wenn er nicht da ist, werden nur zu viele Fragen gestellt. Sie sind sehr streng mit ausländischen Studenten, die sich nicht zurückmelden. Und nachher wird man auch uns Fragen stellen. Ich begleite ihn und kümmere mich darum, dass alles klargeht. Dann darf er vielleicht an einem anderen Wochenende wieder kommen."

Ali war regelrecht angewidert, als ich ihm erzählte, dass Elleke ein Mann war. Oder vielmehr, dass Elleke der Name der Mutter des Mannes war, der mir immer geschrieben hatte, und der sich Elleke nannte. „Diese Deutschen haben wirklich eine eigentümliche Art, ihre Späße zu treiben", meinte er. „Halt dich bloß von ihnen fern. Man kann nie wissen, was sie von dir wollen."

Doch ich hielt mich nicht von ihnen fern, und als ich das nächste Mal plante, sie in Dresden zu besuchen, starrte Ali mich böse an und schmollte mit mir, als ob ich ihn betrogen hätte. Mein Fuß war inzwischen verheilt, aber es war ein grässlich kalter Tag im Februar, und meine Füße waren bereits im Zimmer steif und taub. Ali ließ mich sein zweites Paar Schuhe probieren und runzelte die Stirn, als sie so gut passten, dass man es wagen konnte, sie anzuziehen. „Komm doch mit", forderte ich ihn auf. „Ich bin überzeugt, dass sie sich freuen würden, dich kennen zu lernen." Er aber schnitt eine Grimasse und schüttelte den Kopf. „Ich will mit ihren verrückten Spielchen nichts zu tun haben", erwiderte er. „Pass nur auf, dass du nicht in irgendwelche Schwierigkeiten mit der Obrigkeit kommst. Ich habe den Eindruck, das sind ziemliche Schwerenöter."

Im Bus saß lediglich ein weiterer Fahrgast, ein klein gewachsener Mann mit dunklem Teint, der sich über die Rückenlehne seines Sitzes nach mir umdrehte und mich geschlagene fünf Minuten lang anstarrte. Er trug einen dunklen, schweren Damenmantel, dessen Schultern bis an die Ohren hoch rutschten, als er die Arme über der Lehne kreuzte und sich auf ein gutes Stück Anstarren vorbereitete. Ich sah aus dem Fenster und dankte Ali im Stillen für die Schuhe, auch wenn sie mir ein wenig zu klein waren und an den Zehen drückten. Es sah aus, als wollte es schneien. Als ich meinen Blick wieder durch den Bus schweifen ließ, trafen meine Augen auf die wässrigen Augen des Mannes, die mich aufmerksam beobachteten und versuchten, ein unergründliches Geheimnis zu enträtseln. Er trug einen üppigen, dichten Schnurrbart, in dem schon Spuren von Grau zu erkennen waren und der, als ich in seine Richtung schaute, leicht nervös zuckte. Im Rückspiegel traf mein Blick auf den des Fahrers, und ich glaubte, Belustigung in seinen Augen erkennen zu können. Als seine fünf Minuten abgelaufen waren, gab der Mann einen schnaubenden Laut von sich und drehte sich wieder nach vorn um. Einen Augenblick später begann er ein Lied zu summen, und schließlich sang er leise, und seine Schultern hoben und senkten sich in stillem Lachen. Wieder traf mein Blick auf den des Fahrers, und ich sah, dass auch er lachte. Worüber sie lachten, begriff ich nicht. Als der

Bus den Fluss überquerte, kam die Sonne heraus, eine tief stehende Sonne, die das Wasser in eine geriffelte Bleiplatte verwandelte und von den Schiffen, die am Ufer vertäut waren, lange Schatten aus Trossen und Planen auf den Kai warf.

Ich erinnere mich nicht mehr ganz so deutlich an diesen zweiten Besuch bei Jan und Elleke. Er hat sich im Laufe der Zeit mit den anderen Besuchen vermengt, und alle sind mir im Gedächtnis geblieben durch die Freude, die sie an ihrer Gastfreundschaft hatten, die feierliche Handlung, in die sie noch die bescheidensten Speisen kleideten, das kunstvoll gearbeitete und manchmal wirklich schöne Steingutgeschirr. All dem haftete eine Art verblichene Eleganz an. Ich erinnere mich, dass sie jede Frage so behandelten, als würde mit ihr ihre Aufrichtigkeit und Anständigkeit auf einen Prüfstand gestellt, als müssten sie sich vor der doppelzüngigen Überarbeitung einer Geschichte schützen, damit diese nicht verändert wurde und sich in etwas Heldenhaftes wandelte. Ich bewunderte ihre Selbstsicherheit und fragte mich doch, ob nicht das, was ich zu sehen bekam, dieser selbstmitleidige Dünkel war, von dem Elleke erzählt hatte, dass er die Selbstsicht ihrer Eltern in den Jahren in Kenia prägte, oder ob da vielleicht etwas anderes war, so etwas wie ein entspanntes Zutrauen in den Wert von Vorstellungen, die sie selbst nicht in Frage stellten. Jetzt könnte ich das besser verstehen, die Hingabe an Vorstellungen, die sich nicht vollständig zerstören lassen, nicht einmal dann, wenn man durch die Abscheulichkeiten des Kolonialismus gegangen ist, nicht durch die Unmenschlichkeiten des Nazikriegs und des Holocausts, noch durch die Demütigungen seitens der DDR-Obrigkeit. Damals aber wusste ich nur ganz wenig, und empfand ihr Verhalten in der verminderten Wirklichkeit jener Wohnung in Dresden als sympathische Schnurre. „Das ist, was das Leben mit uns anstellt", sagte Elleke einmal. „Es führt uns hierhin, dann dreht es uns um und führt uns dahin." Was sie nicht aussprach war, dass wir es durch alle Widrigkeiten hindurch immer wieder schaffen, uns an etwas Sinnstiftendes zu klammern.

Vor allem Ellekes und, später, Jans Geschichten waren es, welche die Erinnerungen an meine Besuche bei ihnen formten und miteinander mischten. Elleke war achtundzwanzig, als sie mit ihrer Familie nach Dresden zog, in das Haus, in dem sie noch immer wohnten, nur dass sie damals das ganze Haus für sich hatten und nicht nur die drei Zimmer, die sie jetzt belegen durften. Ihre Eltern waren wohlhabend, als sie zurückkehrten. Elleke empfand große Sehnsucht nach Kenia, und nach dem Mann – sie griente Jan an – den sie dort zurücklassen musste. Er hieß Daniel, und sie wäre wohl geblieben, wenn er sie darum gebeten hätte. „Doch dann hätte ich heute Jan nicht, und was hätte das für einen Sinn gemacht?" In dieser Zeit der Sehnsucht und der inneren Unruhe begann sie ihre Memoiren über die Zeit in Kenia zu schreiben. Ihre Eltern machten ihr leidenschaftlich Mut. Auch sie sehnten sich nach Kenia und waren erschüttert von dem, was sie in Deutschland vorfanden.

Es blieb kaum Zeit, die Memoiren zu beenden, da erreichten die deutschen Forderungen nach den Sudeten im August 1938 ihren Höhepunkt, und dann reihte sich Krise an Krise bis zum endlichen Ausbruch des Krieges. Elleke sprach nicht über den Krieg, schüttelte bloß den Kopf und sah weg. Joseph, ihr Bruder, kam in Nordafrika um, und ihr Vater starb kurz vor den schrecklichen Bombenangriffen des Jahres 1945. Er brach auf der Straße zusammen, und Fremde halfen ihm nach Hause. Dann, im Jahr 1949, kam die DDR. Das war das Jahr, in dem ihre Mutter starb, das Jahr, in dem ihnen das Haus weggenommen wurde, das Jahr, in dem sie Konrad, Jans Vater, begegnete.

„Er hat es geschafft, dass wir diese Wohnung zurückbekamen und darin wohnen durften. Heute ist er ein hohes Tier im Staatsapparat, aber damals war er einfacher Mathematiklehrer und engagierte sich in der Partei", erzählte Elleke. „Er war ein freundlicher Mensch, aber rastlos und ungeduldig. Begierig auf Dinge, die mir nichts bedeuteten. Und vielleicht verstand er die Zeichen der Zeit besser als ich."

„Was passierte mit dem Rest der Familie, drüben in der Tschechoslowakei?", fragte ich.

„Nach dem Krieg wurden sie alle vertrieben", antwortete Elleke. „Die Deutschen wurden überall vertrieben, aus den Sudeten, aus Schlesien, aus Ostpreußen. Millionen. Dresden war nur noch ein einziger Schutthaufen, durch den sich Tausende Flüchtlinge ihren Weg bahnten. Wir haben mit unserem unstillbaren Drang zu zerstören alles kaputt gemacht."

„Aber Beatrice...", warf ich ein.

„Ihr Großvater war Tscheche", sagte Elleke und lächelte, befriedigt.

Sie schlug vor, dass wir hinfahren und den Ort besuchen sollten, Jan und ich. So nahm unsere Planung für unsere Reise ihren Anfang. Wir nahmen den Bus nach Most und fuhren dann einfach weiter, nach Prag, Bratislava, Budapest, eine endlose, schöne Reise nach Zagreb und eine angsterfüllte Zugfahrt nach Graz in Österreich. Bevor wir noch losfuhren, war mir bereits klar, dass Jan zu fliehen plante, und ich schloss mich ihm an, weil er mein Freund war und ich es nicht besser wusste und es mir nichts ausmachte, wohin es ging oder was mir dabei zustieß. Wir reisten mit dem Geld, dass Elleke und er gespart hatten, bis wir an die deutsche Grenze kamen, an der wir uns als Flüchtlinge aus der DDR zu erkennen gaben. Man brachte uns nach München, wo wir drei Wochen in einem bewachten Wohnheim untergebracht wurden. Jan war traurig und fühlte sich Elleke gegenüber schuldig. Ich erzählte dem Beamten der Einwanderungsbehörde, der mich verhörte, dass ich nach England weiterreisen wollte, und er besorgte mir ein einmaliges Unterstützungsgeld, das für meinen Zugfahrschein nach Hamburg reichte. Jan und ich verabschiedeten uns auf dem Münchner Bahnhof voneinander, und wir haben uns seither niemals wieder gesehen oder miteinander gesprochen. „Ich hoffe, ich habe dir nicht das Leben kaputt gemacht, indem ich dich in dieses Abenteuer hineingezogen habe", sagte Jan beim Abschied. Ich hatte mich noch nicht einmal von Ali verabschiedet, weil ich fürchtete, er würde mir davon abraten, und manchmal frage ich mich, wo er jetzt steckt und was er jetzt macht. Als 1984 Sekou Touré starb und Contehs neue Regierung die Gefängnisse öffnete, habe ich an ihn denken müssen. Ich fragte mich, ob sein Vater wohl unter den Ausgemergelten und Verwundeten war, welche die dunklen Kerker überlebt hatten, die nach draußen taumelten, geblendet, in das Licht eines anderen, der auch nur wieder ein Schlachthaus daraus machen sollte. In jenem Sommer reiste ich drei Monate durch ganz Mitteleuropa und bedauerte, dass ich es nicht bis nach Bulgarien geschafft hatte.

Meine erste Station in England war Plymouth, und als ich dort ankam, hatte ich das Gefühl, als hätte ich alle Weltmeere durchkreuzt. Ich ging mit der Mannschaft an Land und mit ihnen zusammen durch das Hafentor. Niemand belästigte mich oder fragte mich nach meinem Namen. Stundenlang lief ich durch die Stadt, dankbar für das Glück, das mir bislang auf meinen Wanderungen so hold gewesen war. Niemand, so schien es, bekümmerte sich meinetwegen. Niemand war darauf aus, mich davonzujagen oder mich einzusperren zwecks späterer Ausweisung. Niemanden verlangte es nach meinen Diensten oder meiner Gefolgschaft. Am Spätnachmittag begann ein kühler Sommerregen niederzugehen, und ich ging wieder zum Hafen zurück, zumal ich nicht wusste, was ich tun sollte. Vielleicht sollte ich einfach wieder auf das Schiff zurück und weiterreisen und es darauf ankommen lassen, wo es mich an Land setzte. Mein Leben auf diese Weise verstreichen lassen, bis ich meinem Schicksal begegnete. Die Angst und ein nachlassender Wille ließen mich so denken. Mein Leben jemand anderem überlassen. Oder einfach den Ereignissen. Doch als ich zum Hafen zurückkam, war mein Schiff schon wieder ausgelaufen und meine Reise zu Ende. Ein Wachmann am Tor fragte mich, ob ich Hilfe brauchte, und als ich ihm den Namen des Schiffes sagte, das ich suchte, brachte er mich in das Büro der Hafenpolizei. „Ich bin Flüchtling", erklärte ich dem strengen Polizisten mit kurz geschnittenem Grauhaar und sorgfältig gestutztem Schnurrbart. Er setzte sich noch gerader hin und ließ sein Gesicht noch strenger aussehen, runzelte die Stirn und schenkte mir einen flachen, verdächtigenden Blick.

„Nun, Sir, das sind große Worte", meinte er. „Ich dachte, Sie gehörten zur Mannschaft eines Schiffes und hätten das Schiff verpasst. Ich nehme mal lieber Ihre Personalien auf und dann schauen wir mal, wie wir Sie am besten wieder zu den Ihren bringen."

„Ich bin Flüchtling", wiederholte ich. „Aus der DDR."

„Woher?", fragte er nach und wandte leicht seinen eisgrauen Kopf ab, damit ich seinem linken Ohr näher war. Als wollte er sicherstellen, dass ihm nichts von dem schwer fassbaren Wort entging, das ich da ausgesprochen hatte.

„Aus Ostdeutschland", sagte ich.

Er lachte, erfreut und ungläubig zugleich, lehnte sich in seinem Stuhl zurück und genoss diese herrlich komische Wendung, und ich stellte mir vor, wie er bereits an einer Geschichte bastelte, die er später aus den unerwarteten Leckerbissen der kleinen Farcen des Lebens zusammensetzen wollte. Ich grinste mit ihm zusammen, und sah, wie er sich darüber freute, dass ich den Witz mitbekommen hatte oder zumindest dazu bereit war, ihn an meiner Lächerlichkeit teilhaben zu lassen. „Guten Tag", sagte er auf Deutsch. Ich beantwortete die Fragen, die er mir stellte, und nach ein paar Minuten erkannte ich, dass irgendetwas, das ich sagte oder machte oder war, ihn für mich einnahm. Vielleicht geschah das, als er mich fragte, wie alt ich sei, und ich ihm zur Antwort gab, dass ich achtzehn sei, denn in dem Augenblick schüttelte er ein wenig den Kopf und lächelte, ein kurzes, angespanntes Lächeln, ein bloßer Abglanz des eigentlichen, lebendigen Lächelns, aber dennoch ein Lächeln. Wie ein kurzer Händedruck, der trotzdem genügt, Freundschaft zu vermitteln. „Genau die Art Unsinn, die man begeht, wenn man achtzehn ist", meinte er. Ich verbrachte die Nacht im Büro der Hafenpolizei, war dankbar für den Kaffee und die belegten Brote, von denen der Polizist mir abgab. Ich hatte nichts mehr gegessen, seit ich von Bord gegangen war. Er bat mich, ihm meine Geschichte zu erzählen, über die Zeit in der DDR und die Reise durch Mitteleuropa. Sie hörte sich großartig an, so, wie ich sie ihm erzählte, und ich entdeckte, dass mir, während ich sie für ihn aus der Erinnerung wachrief, Details und Dinge wieder einfielen, die ich unterwegs gar nicht bewusst wahrgenommen hatte. Aber vielleicht habe ich sie auch hinzugefügt, weil ich sie wahrgenommen hätte, wenn ich mir stärker dessen bewusst gewesen wäre, was ich tat. Ab und an unterbrach er mich, um nachzufragen, doch abgesehen davon ließ er mich reden, dirigierte mich mit seinen Fragen, während er es sich in seinem riesigen Drehstuhl bequem machte. „Wie war Ungarn?", fragte er. „Dort kommen doch die Zigeuner her, oder? Meine Mama hat immer gesagt, wir hätten Zigeunerblut in uns." Ich muss irgendwann eingeschlafen sein, denn bei Tagesanbruch erwachte ich, entdeckte, dass ich allein war und er mich mit einer Decke zugedeckt hatte. Normalerweise fiel es mir eher schwer einzuschlafen, aber die Angst und die Anspannung müssen mich wohl müde gemacht haben.

Er hieß Walter. Bevor er von der Tagschicht abgelöst wurde, gab er mir den Namen und die Anschrift einer Flüchtlingsorganisation und meinte, ich solle mich dünn machen. „Geh gleich zu diesen Leuten und zieh nicht erst durch die Straßen. Gleich gegenüber vom Tor ist ein öffentlicher Waschraum. Da kannst du dich frisch machen", sagte er streng. „Und lass dir die Haare schneiden. Ihr jungen Leute seid doch alle gleich."

SPRACHLOSIGKEITEN

5

ICH STAND AN DER GEÖFFNETEN WOHNUNGSTÜR und stützte mich mit dem ausgestreckten linken Arm auf die Klinke. Eine wohlüberlegte Pose, eine einstudierte Haltung. Ich sah ihn, wie er den letzten Treppenabsatz nahm, kurz innehielt, die rechte Hand auf das Geländer gestützt, und das Licht durch das riesige Fenster auf ihn fiel. Morgens strahlte das Sonnenlicht, das zwischen die Häuserreihen herabfiel, direkt in dieses Fenster und band Staubteilchen und organischen Abfall in sehnige Büschel. Am frühen Nachmittag aber sickerte das Licht nur noch von den umliegenden Mauern herunter und lag grau und dünn glühend auf den Stufen. Er stand da, im wässrigen Glanz dieses Nachmittagslichts, das Gesicht sauber rasiert und mager, den Körper leicht nach vorn gebeugt. Sein Gesicht sah abgespannt und verschlossen aus, ein Gesicht, das auf der Hut war. Wenn ich ihm auf der Straße begegnet wäre, auf einer Straße in England, versteht sich, dann hätte ich zweimal hingesehen und mich gefragt, woher ich ihn kennen könnte und auch, ob er wirklich der war, für den ich ihn hielt. Das fremde Aussehen der Menschen auf den englischen Straßen hatte mich schon oft überrascht. Und ich hatte mich, von einem Schuldgefühl geplagt, gefragt, ob ein Bekannter darunter gewesen sein könnte, obwohl ich andererseits genau wusste, dass das ziemlich ausgeschlossen war. Ich glaube, ich wäre auch an ihm vorbeigegangen und hätte mir gedacht, dass er mich auf seltsame Weise an jemanden erinnerte, den ich einst gekannt hatte, aber wahrscheinlich, ohne mir lange genug über diese Erinnerung Gedanken zu machen, um sie benennen zu können. Vielleicht wäre ich sogar vor dieser Erinnerung davongelaufen, bevor sie übermächtig wurde und mich überwältigte und andere Gedanken in mir wach rief, die ich bisher verlässlich verdrängt hatte. Im Laufe der Zeit sind so viele klare, deutlich umrissene Einzelheiten blass geworden und verschwommen. Vielleicht verbirgt sich die Bedeutung des Altwerdens dahinter. Und möglicherweise besteht die Wirkung von Sonne und Wind darin, eine Einzelheit nach der anderen aus dem Bild zu löschen und das Bild selbst in den pelzigen Schatten seiner selbst zu verwandeln. Trotzdem bleiben nach all dem Verblassen und Verdecken noch so viele Einzelheiten erhalten, die einem nun als noch kargere Teilchen des Ganzen erscheinen: ein warmer Ausdruck in den Augen, wenn man sich an das Gesicht nicht mehr erinnern kann, ein Geruch, der die Erinnerung an eine Musik wachruft, deren Melodie nicht mehr länger fassbar ist, die Erinnerung an ein Zimmer, wenn man das Haus oder seinen Standort vergessen hat, eine Weide am Straßenrand inmitten einer großen Leere. Auf diese Weise zerstückelt und verstümmelt die Zeit die Bilder unseres Lebens. Oder, um es mit einem archäologischen Bild auszudrücken: es hat den Anschein, als würden sich die Einzelheiten unseres Lebens in Schichten ablagern und die Friktionen anderer Ereignisse zerstören im Laufe der Zeit einen Teil der Schichten so weit, dass nur noch einige wenige Teile zusammenhängend erhalten sind, die zufällig herumliegen.

Ich wünschte, ich könnte behaupten, dass ich mich an diese Augen erinnerte, die mich ansahen, als ich an der Wohnungstür stand, diese Augen, die sich bemühten, alles hinter einer leeren Gelassenheit zu verbergen und genau das nicht bewerkstelligen konnten, aber ich bin mir ziemlich sicher, dass ich an ihnen vorüber gegangen wäre, wenn ich nicht gewusst hätte, dass wir verabredet waren. Ich hätte ihre entschlossene Gleichgültigkeit gespürt und mein Interesse unterdrückt. Als er die letzten paar Stufen in Angriff nahm, zog ich die Hand von der Klinke zurück und pflanzte mich auf, um ihn zu begrüßen. Er gab sich Mühe, nicht zu stolpern, obwohl er sich jetzt beeilte, und kam mit einem breiten Lächeln und ausgestreckter rechter Hand auf mich zu.

„Salam Alaikum", grüßte er lächelnd, gab sich selbstbewusst und zögerte mit dieser allgemeinsten aller Grußformeln den Augenblick des Erkennens hinaus. Ich nickte und ergriff seine Hand, erwiderte den Gruß aber nicht, wie es die Höflichkeit eigentlich geboten hätte. *Alaikum Salam.* Ich sah, dass er die Unterlassung bemerkte und hoffte, dass er ab sofort etwas mehr Vorsicht walten lassen würde. Es schien mir das Beste, vorsichtig zu Werke zu gehen. Er hielt meine Hand fest, während er aufmerksam mein Gesicht betrachtete. Groß und knochig und zerbrechlich lag meine Hand in der seinen, die warm wie die eines kleinen gefangenen Tieres zitterte.

„Latif Mahmud", sagte er.

Wieder nickte ich, drückte dann seine Hand und gab sie frei.

„Willkommen", erwiderte ich und trat zur Seite, um ihn vorangehen zu lassen. Vor uns lag die Küche, das Wohnzimmer befand sich zur Linken und das Schlafzimmer zur Rechten, so wie wir jetzt in der geöffneten Tür standen und die Augen über den Anblick meiner Wohnung schweifen ließen. Ich sah, dass er sich kurz umsah und sein Blick an dem kleinen Bild eines andalusischen Innenhofes hängen blieb, das ich am Regal gleich hinter der

Küchentür befestigt hatte. Auch ich war vor ein paar Stunden vor diesem Bild stehen geblieben und hatte mich bei der Frage ertappt, ob es wohl mehr preisgab, als ich eigentlich zulassen wollte, doch dann hatte ich es gelassen, wo es war, weil mir weitere Heimlichtuerei nutzlos schien. Am Morgen hatte ich Lavendel und Duftkautschuk verbrannt, um meinem Heim den Geruch des Alters und des nahenden Todes zu verleihen, so als hätte ich erst kürzlich die Truhe geöffnet, in der mein parfümiertes Leichentuch lag und auf seinen großen Tag wartete.

„Ich dachte, ich komme mal vorbei und mache Ihnen meine Aufwartung", sagte er, als er im Wohnzimmer vor mir stand, die Finger an den Spitzen leicht zusammengepresst. „Die Flüchtlingsorganisation hat mich vor einiger Zeit angerufen… ist schon Monate her. Ich glaube, sie haben es Ihnen gesagt. Sie dachten, Sie würden einen Übersetzer brauchen, doch dann stellte sich heraus, dass das nicht der Fall war." Er lächelte, erkannte meinen Trick an.

„Sehr freundlich von Ihnen", erwiderte ich und lächelte gleichfalls über diesen Austausch von Höflichkeiten. „Was die Sache mit dem Englisch angeht, so hat man mir geraten, zunächst einmal so zu tun, als ob ich es nicht könnte. 'Sagen Sie ihnen nur, dass Sie Asyl wollen, mehr nicht.' Das hat mir der Mann, der mir das Ticket verkauft hat, eingeschärft. Er beharrte regelrecht darauf."

„Warum?", fragte er interessiert, dabei hätte ich *ihn* gerne gefragt, ob er die Antwort wüsste. „Ohne Englisch sind Sie noch mehr Fremder, ein Flüchtling, und, so nehme ich an, überzeugender", riet er. „Sie sind nichts weiter als ein Zustand, haben noch nicht einmal eine eigene Geschichte."

„Vielleicht kann man auf diese Art auch vermeiden, schwierige Fragen beantworten zu müssen", ergänzte ich. „Oder der Mann, der mir das Ticket verkaufte, hat sich einen Scherz erlaubt. Er hatte etwas Schelmisches an sich, und war ganz stolz darauf. Jedenfalls glaube ich nicht, dass es letztlich etwas geschadet hat. Und es hat mir die Ehre Ihres freundlichen Besuchs verschafft."

„Ich hätte schon längst vorbeikommen sollen", entschuldigte er sich. „Es müssen jetzt an die sechs Monate sein, die Sie schon hier sind."

Warum war er dann nicht eher vorbeigekommen? Ich konnte mir vorstellen, wie er sich immer wieder an dem Wunsch stieß, hierher zu kommen, ihn dann wieder verdrängte, neugierig war und wütend wegen meiner Ankunft und meines Namens. Er wollte vorbeikommen, und wollte es doch nicht. Zu guter Letzt setzte sich das Leben mit seiner nicht nachvollziehbaren Logik durch und zersetzte das Gefühl des Verlangens.

„Fast sieben Monate sind es jetzt", beantwortete ich seine unausgesprochene Frage und merkte, dass meine Stimme Funken sprühte. „Sie haben sich sehr viel Zeit gelassen, Latif Mahmud. Man hat mir erst vor ein paar Tagen gesagt, dass Sie mich besuchen wollen. Rachel. Sie sagte mir Ihren Namen und fügte hinzu, dass Sie mich gern besuchen würden. Aber natürlich hat sie mir schon vor über sechs Monaten von Ihnen erzählt, als sie das erste Mal mit Ihnen gesprochen hatte."

„Ich hätte wirklich eher kommen sollen", entschuldigte er sich wieder und versuchte, Zeit zu gewinnen. Vielleicht dachte er, ich hätte ihn nicht erkannt, weil er seinen Namen geändert hatte oder sein Haar dünner geworden war und aussah wie Pfeffer. Andererseits glaubte ich, in seinen Augen gesehen zu haben, dass er wusste, dass mir völlig klar war, wer er war. Wir setzten uns ins Wohnzimmer. Zwei Stühle, die im rechten Winkel zueinander standen, mit einem niedrigen rechteckigen Tisch, der kein bisschen edel aussah, zwischen uns. Bevor ich weitersprach, goss ich uns aus der Thermoskanne, die ich in Erwartung seines Besuches gefüllt hatte, zwei kleine Tassen Kaffee ein.

„Ich bin überrascht, dass Sie nicht früher gekommen sind. Aus Neugier. Um zu erfahren, wer sich des Namens Ihres Vaters bemächtigt hat", sagte ich.

Nun war er gekommen, der Augenblick des Erkennens und der Offenbarung. Wir saßen schweigend da, sahen einander an, und ich fragte mich, was er wohl dachte, was er meinte, was in mir vor sich ging, wie ich so ruhig und gefasst vor ihm saß. Ich fragte mich, was er wohl glaubte, weswegen er mich besuchte.

„Ich dachte mir, dass Sie es sind", sagte er.

Er wartete ab, ob ich fortfuhr, ein mattes, verzagtes Lächeln auf dem Gesicht, und ich wartete darauf, dass er weitersprach, kein bisschen angespannt und überhaupt nicht ängstlich, nur überrascht darüber, wie sich mit dem Abnehmen unserer falschen Masken liebe und grausame Erinnerungen nach vorn drängten. Es war erleichternd, dieses kleine Lächeln zu sehen. Und die Niedergeschlagenheit oder die Ruhe, die darin lag. Er war nicht gekommen, um einen Krieg vom Zaun zu brechen.

„Was hat Sie veranlasst zu glauben, dass ich es wäre?", fragte ich ruhig und sacht, unterdrückte jegliche Veränderung in meiner Stimme, obwohl es mich schon verwunderte, dass er so offen redete. „Ich kann das kaum glauben."

Er zuckte die Achseln. „Ich weiß es nicht. Irgend so ein Gefühl. Das Schelmische daran ließ mich vermuten, dass Sie es sein könnten."

Ich musste darüber lächeln. Vor Freude, dass er so offen war. „Das muss der Instinkt des Dichters sein, des Sehers, der Sie so treffend vermuten ließ", sagte ich.

„Wie kommt es, dass Sie das wissen?", fragte er nach einer kleinen Pause. Er war offensichtlich überrascht, dass ich von seinem Dichterleben wusste und glaubte vielleicht sogar, dass ich mehr über ihn wüsste, als er annahm. Oh, wie ich dieses absichtslose Geplänkel genoss, diese kleinen Seitenhiebe und Spitzen, ein kleines Täuschungsmanöver hier und die Andeutung einer Geste da. Unzufrieden mit dem sinnlosen und wertlosen Leben, das ich geführt habe, will ich dennoch seine wahrlich unermessliche Sinnlosigkeit genießen.

„Oh, wir wissen alle, dass Sie ein anerkannter und geschätzter Dichter sind", sagte ich und achtete darauf, angemessen respektvoll und feierlich auszusehen. „Zuerst erfuhren wir von ihren Verdiensten als Gelehrter, und dass Sie an der Universität London eine Professur bekleiden. Dann bekamen wir Kenntnis von Ihren dichterischen Gaben, die Sie unter einem neuen Namen unter Beweis stellten. In einer Fremdsprache anerkannte Lyrik schreiben zu können! Was für ein musikalisches Gehör Sie haben müssen! Irgendjemand hat mir sogar Ihre Gedichte gezeigt, in einer Zeitschrift, die ein Verwandter ihm geschickt hatte. Wir waren richtig stolz. Als Rachel mir erzählte, dass Latif Mahmud den Wunsch hätte, mich zu besuchen, fühlte ich mich geehrt. Ich hatte keine Ahnung, wann das sein würde, aber ich glaubte fest daran, dass Sie eines Tages vorbeikommen würden."

„Ich bin weder Professor noch anerkannter Dichter", sagte er und sah mich finster und streng an. Dann schaute er weg, war verstimmt wegen meines Versuches, ihm zu schmeicheln. „Ich kann eine Handvoll erbärmlicher Gedichte in einer kleinen Zeitschrift vorweisen, die so großzügig war, sie zu veröffentlichen. Es überrascht mich, dass das überhaupt jemand zur Kenntnis genommen hat."

„Nun, offensichtlich doch", erwiderte ich. Es war interessant zu beobachten, wie er sich für eine Leistung geißelte, die schließlich völlig real und ganz die seine war, anstatt leichten Herzens den kärglichen Applaus anzunehmen. Vielleicht empfand er ihn als Hohn. Jedenfalls kam mir der Gedanke, er könnte zu den Leuten gehören, die hart und grausam gegen sich selbst sind.

„Warum haben Sie den Namen meines Vaters angenommen?", fragte er mich und sah mir in die Augen, verlangte eine Beichte von mir, wehrte sich dagegen, sich von Höflichkeiten entwaffnen zu lassen. „Nach allem, was Sie ihm angetan haben, warum haben Sie dann noch seinen Namen angenommen? Nicht, dass an seinem Namen irgendetwas Heiliges wäre. Ich möchte nur wissen, warum Sie diesen Namen allen anderen vorgezogen haben? Nach all dem, was Sie ihm angetan haben?"

Ich wusste, dass er mir diese Frage vorlegen würde, und auch, dass er sie mir möglicherweise mit unterdrückter Wut stellen würde, doch als er sie nun aussprach, entdeckte ich in mir ein Widerstreben, dieses Thema zu erörtern. Was hieß hier alles? Was hatte ich ihm angetan? Ich war der Dinge überdrüssig, die ich ihm zu sagen haben würde, hatte all die Ereignisse, die zu diesem Augenblick hingeführt hatten, über alle Maßen satt. Und gleichzeitig war mir klar, dass ich ihm zu antworten hatte, weil er mich sonst für einen sündigen und gemeinen alten Mann halten würde und, wenn er mein Heim wieder verließ, noch genau so über mich denken würde wie in dem Augenblick, in dem er es betreten hatte. Und selbst wenn ich früher ein bösartiger Sünder gewesen sein mochte, so liegt doch eine wesentliche Bestimmung der reifen Jahre darin, die Narreteien und Boshaftigkeiten der Jugendjahre zu erklären und wieder gutzumachen, Reue zu zeigen und Verständnis geschenkt zu bekommen. Ich hatte dringend abzurechnen und hätte mir keinen besseren Buchhalter wünschen können, weil auch ihn zu wissen verlangte, was ich wusste, damit er die Fehlstellen in seinem Leben besetzen konnte und die Schweigezeiten des Lebens, das er hier, im Niemandsland, führte, mit Sprache erfüllen. Jedenfalls stellte ich es mir so vor.

„Ich nahm den Namen Ihres Vaters an, um mein Leben zu retten", gab ich endlich zu. „Es lag eine bittersüße Ironie darin, nachdem es Ihrem Vater beinahe gelungen war, es zu zerstören."

Ich heiratete im Jahre 1963. Das war eben das Jahr, in dem ich auch den Prozess gegen Rajab Shaaban Mahmud um den Besitz des Hauses gewann, und ein Jahr bevor die Briten überstürzt von dannen zogen und uns dem Chaos und der Gewalt überließen, die mit dem Untergang ihres Weltreiches einhergingen. Ich liebte sie, meine Frau, auch wenn ich zu schüchtern gewesen wäre, mit diesen Worten auszudrücken, dass ich so für sie empfand. Ich kannte die Familie, und in früheren Jahren hätte ich auch sie gekannt. Ich hätte sie als Kind erlebt, wie sie, wie andere Kinder auch, durch die Straßen tobte und spielte, für ihre Mutter oder ihre Tante Botengänge erledigte oder in ihrer lachsroten Kinderschürze und der kremfarbenen Bluse zur Schule ging. Doch genau das war es, was den Frauen immer widerfuhr. Ab einem bestimmten Alter verschwanden sie im Haus, und dann vergaß man, wie sie aussahen, man vergaß, dass es sie überhaupt gab, bis sie Jahre später als Bräute und Mütter wieder auftauchten. Sie kamen in mein Geschäft, um ein Sofa anfertigen zu lassen, Salha und ihre Mutter, ein Sofa mit dunkelgrünem Samtbezug, den sie mitbrachten. Ein Geschenk von einem Verwandten in Mombasa, erklärte Salhas Mutter, ein wunderbares Material, fühlen Sie nur mal, wie weich der Stoff ist und wie die Farbe Schatten wirft, wenn man mit der Hand darüber hin fährt. Sie meinten, dass sich der Stoff vollendet als Bezug für ein neues Sofa eignen würde. Salha. Ich mag es, wie man das Ende des Namens hauchen muss, als ob man ihn einsaugt oder hinunterschluckt. Dort, im Geschäft, verliebte ich mich in sie, obwohl ich gestehen muss, dass ich zu ahnungslos und unbeleckt war zu wissen, was da mit mir geschah. Ich will nicht unnötig darüber streiten, aber damals hätten mir die Worte gefehlt, um zu beschreiben, was mit mir geschehen war. Die wenigen Worte, die mir zur Verfügung standen, hätten dafür gesorgt, dass ich mir kindisch und schüchtern vorgekommen wäre. Ich war zu dieser Zeit zweiunddreißig Jahre alt, genau so alt wie Nabi Isa, der Nazarener, als er vor der Vollendung seines Reiches des Erbarmens und der Liebe auf Erden stand, doch ich wusste noch nicht einmal um die Silben, mir die einfache Zuneigung zwischen einem Mann und einer Frau vorzustellen. Stattdessen fragte ich die Mutter, ob sie Besuch hätten, der bei ihnen wohnte? Und meinte Salha.

„Nein, nein, das ist Salha, meine Tochter. Haben Sie sie bereits vergessen?"

Und Salha stand lächelnd neben ihr, während ich versuchte, mein inhaltsleeres Verkaufsgeschwafel wieder aufzunehmen. Vielleicht sei sie einige Zeit fort gewesen, mutmaßte ich. Nein, sie sei die ganze Zeit hier gewesen, antwortete Salhas Mutter. Sie seien sogar einige Male hier am Laden vorbeigekommen, doch hätte ich heutzutage womöglich nur noch Augen für das Geschäft.

Ich bezweifle nicht, dass die beiden am Laden vorübergegangen waren, aber unter den meterlangen Hüllen aus schwarzem Stoff, mit denen sich die Frauen bedecken mussten, um ihre Sittsamkeit zu bewahren, hätte ich sie mit Sicherheit nicht erkannt. Ich schaute immer weg, wenn eine Frau vorüberging, die von Kopf bis Fuß in einen *Buibui* gehüllt war. Woher sollte man wissen, dass es sich nicht um die eigene Schwester oder die Liebste des Bruder handelte, die man da mit respektloser und peinlicher Bewunderung anstarrte? Ich hatte zwar weder Bruder noch Schwester, aber diese Vorstellung saß fest und tief. Es gab sogar Geschichten über Leute, die ihre Töchter vorübergehen sehen und hörbar ihr lüsternes Begehren geäußert hatten, nur um einen Augenblick später von ihren eigenen kleinen Töchtern angesprochen zu werden, die ihnen höhnend einen guten Tag wünschten. Also nein, ich hatte es nicht bemerkt, wenn Salha vorübergegangen war, und trotz des Vorwurfs ihrer Mutter, dass ich nichts anderes als ein blutarmer Ladenbesitzer sei, weil ich sie mir nicht angesehen hatte, war ich glücklich darüber, dass ich ihr auf diese überwältigende Weise wieder begegnet war, als sie im Geschäft auftauchte und ich mich in sie verliebte.

Danach kamen sie noch zwei Mal zu mir ins Geschäft, und einmal sprach mich Salha auf der Straße an, entbot mir einen Gruß. Nichts Unanständiges also.

„Hujambo, Bwana Saleh?"

Wie geht es Ihnen, *Bwana* Saleh? Ich wusste nicht einmal, dass sie es war, bis sie mich hinter dem Schleier ihres *Buibui* hervor ansprach, als ich gerade an ihr vorbeigehen wollte. Da erkannte ich ihre Stimme. Einen Monat später, als das Sofa zur Auslieferung bereit stand, hielt ich um ihre Hand an und wurde erhört. Einen weiteren Monat später, im November 1963, heirateten wir. Es war der glücklichste Tag meines Lebens. Ich habe andere Leute dasselbe sagen hören und mich wegen der Unbeholfenheit und Übertreibung dieser Aussage vor Verlegenheit regelrecht gekrümmt, doch für mich war es an diesem Tage wahr, und vielleicht stimmte es auch für all die anderen, die ich für mich der Unaufrichtigkeit bezichtigt hatte.

Ich wünschte mir nur eine kleine Hochzeit, die Zeremonie im kleinen Kreis und zum Festmahl danach lediglich ein paar wenige Gäste und Verwandte, doch ihre Eltern wollten nichts dergleichen hören. Es sei ihre Angelegenheit als Eltern der Braut, erklärte Salhas Vater mir, und ginge mich nichts an. Salha sei ihre Jüngste, und sie wollten sich von niemandem vorwerfen lassen, dass sie sie nicht genügend liebten. Sie wollten ihre Freude an der Hochzeit ihrer Tochter haben, selbst wenn sie danach ihr Leben als Bettler fristen müssten. Also veranstalteten sie eine dreitägige Geldverschwendung in Form eines Festes mit Musik und Liedern und Tanz, einem *Biriani*-Bankett nach der Trauung und ganz besonderem *Halwa*, das eigens für diesen Anlass bestellt wurde, und einer Prozession mit Musik und Liedern, die Salha in mein Haus begleitete. Den Rest der drei Tage gab es Essen ohne Ende, *Samosa* und *Mahamri*, Curry und Sesambrot, Mandeleiskrem und *Jelabi*, und es erschienen Unmengen von Gästen, von denen sich einige nicht einmal die Mühe machten, während dieser Tage nach Hause zu gehen, *Lofas* und Schnorrer, meiner Meinung nach. Da wurden Tausende Shillings zum Fenster hinausgeworfen.

Ich fürchtete aber auch, dass eine große Hochzeit mich in Verlegenheit bringen würde, weil ich keine Familie vorzuweisen hatte, zumindest keine, die liebevoll mit mir umging. Und ich hatte auch keine Freunde und Vertrauten, weil sich sogar die wenigen, die ich über die Jahre hinweg nicht vernachlässigt hatte, wegen der Streiterei um Rajab Shaaban Mahmuds Haus von mir abgewandt hatten. Erst vor ein paar Monaten hatte ich meinen Prozess gewonnen, und noch immer herrschte die

Meinung vor, dass ich das Falsche getan hatte, diesen Prozess anzustrengen, da sein Ausgang nur darin bestehen konnte, dass Rajab Shaaban Mahmud und seine Familie aus dem Haus herausgesetzt werden würden. Zumindest war das die Meinung, die sich mir in den Worten der wenigen mitteilte, die mich wegen dieser Angelegenheit ansprachen. Das waren Leute, die zu den meisten Dingen etwas zu sagen hatten und nicht davor zurückschreckten, dies auch zu äußern, Leute, die sich vor Stolz und Scharfsinn kaum noch auf den Beinen halten konnten und deren Weisheit auf ihrer Überzeugung aufbaute, dass alle anderen Idioten waren. Ihr Urteil kümmerte mich nicht, aber ich befürchtete, dass dies auch die Ansicht all derer sein könnte, die aus Höflichkeit schwiegen. Als ich um Salhas Hand angehalten hatte, war mir auch der Gedanke durch den Kopf gegangen, dass man mir aus eben diesem Grunde einen Korb geben könnte. Doch darin täuschte ich mich, wie auch hinsichtlich der Hochzeit. Es war ein Tag der Freude und der Glückseligkeit, ein Tag, schöner als jeder andere, weil ich mich niemals so glücklich und erfüllt gefühlt hatte, so sehr als Teil dieses Volkes, in dessen Mitte ich lebte.

Sie war neunzehn Jahre alt und ich zweiunddreißig, was kein so großer Altersunterschied ist, wie es sich jetzt für manche Ohren anhören mag. Sie hatte fünf oder sechs ihrer neunzehn Jahre in der Abgeschiedenheit verbracht, reifend und werdend, bis ein Mann um ihre Hand anhielt. Sie war niemals irgendwo anders hingekommen, hatte kaum je etwas gelesen und hörte nicht einmal Radio. Sie hatte in diesen Jahren ihre Tage mit den Freuden und der Arbeit im Haus verbracht, geputzt und sich geschmückt, um andere Frauen zu besuchen oder zu empfangen, die unter den gleichen Beschränkungen lebten wie sie. *Ich* hingegen war ein wenig herumgekommen, hatte mir ein wenig, sehr wenig, Wissen aneignen können, für die Briten gearbeitet und dadurch etwas vom Gang unserer hoffnungslosen Welt begriffen, ein inzwischen florierendes Unternehmen gegründet und besaß zwei Häuser. Wir hatten noch kaum miteinander geredet, waren vor unserer Hochzeit niemals allein miteinander gewesen, ja, ich hatte sie noch nicht einmal ohne dieses schwarze Totenhemd um sie herum vor mir stehen sehen. Trotzdem hatten wir Glück und am Beginn unseres Zusammenlebens nur wenige Schwierigkeiten. Sie liebte das Haus genau so wie ich und mochte es, wenn wir beide im oberen Zimmer zusammen saßen, die äußere Tür der Veranda zum Meer hin geöffnet, das nur ein paar Meter entfernt war, die andere Tür zum Balkon über dem Innenhof hin offen stehend, Radio hörten oder Karten spielten. Dort unterhielten wir uns miteinander und erzählten uns Dinge, die wir bislang nicht ausgesprochen hatten. Und da begriff ich, was für eine Wüstenei mein Leben bis zu diesem Augenblick gewesen war, und auch, welches Glück im Schweigen zwischen zwei Gefährten liegen kann.

Wir waren aber nicht immer allein miteinander, und die Besucherinnen kamen und gingen, wie das bei uns üblich ist, bestanden darauf, dass Salha sie empfing und sich um sie kümmerte. In den wenigen Jahren zuvor waren keine Frauen in das Haus gekommen, nicht seit dem Tod meiner Stiefmutter, so dass mir ihre Anwesenheit wie ein Eindringen in die privaten Bereiche meines Lebens vorkam, aus denen sie mich mit ihren Besuchen verbannten. Ich musste die Zimmer im oberen Stockwerk verlassen und von einem Zimmer im Erdgeschoss aus dem wellenartigen Klang ihres endlosen Geschwätzes lauschen. Salha war an ihre Gesellschaft gewöhnt, wäre sich ohne sie vielleicht sogar verloren vorgekommen, hätte sich von all den anderen Haushalten abgeschnitten gefühlt, in denen sie zum Teil mit aufgewachsen war, und von dem freundschaftlichen Austausch, der diese eng begrenzte Welt prägte. Ich hingegen hatte das Gefühl, dass diese Leute sie mir vorenthielten, sie mir wegnahmen. Und ich bildete mir ein, dass sie auf sie einhackten, weil sie nicht schwanger wurde.

Sie litt darunter. Innerhalb von zwei Jahren hatte sie drei Fehlgeburten, und das schmerzte sie und laugte sie aus und machte sie unglücklich. In diesen zwei Jahren musste ich mit ansehen, wie ihre Gesundheit litt, dass sie immer verhärmter aussah und Gewicht verlor. Und wie oft sie schweigsam blieb und nicht zuhörte. Sie trauerte. Ich flehte sie an, dass wir gemeinsam alles unternehmen sollten, damit es ihr wieder besser ginge, auch ohne Kind. Die Gynäkologin, die sie im Krankenhaus aufsuchte, stellte fest, dass ihre Gebärmutter auf gefährliche Weise abgewinkelt sei und nur dann Aussicht auf den Erfolg einer Schwangerschaft bestünde, wenn sie die ganze Zeit läge. Ich glaubte, die Frauen bedrängten sie mit ihrem Geschwätz, aber vielleicht hatte ich Unrecht. Sie wollte es auch, konnte sich nichts anderes vorstellen. So war es damals, in den Jahren kurz nach der Unabhängigkeit und in der Zeit der Enthaltsamkeit, die schon bald danach folgte, in den Jahren der Grausamkeiten und der Unsicherheit, und es war sicherlich kaum die Zeit, ein kleines Kind in diese fluchbeladene Welt zu setzen. Im dritten Jahr nach unserer Heirat aber wurde sie erneut schwanger, und hielt, wie die Ärztin es verordnet hatte, strenge Bettruhe. Wir befolgten den Rat der Ärztin in groben Zügen, denn die Dame stand mittlerweile nicht mehr zur Verfügung, um sich um ihre Patientin zu kümmern. Sie befand sich zu diesem Zeitpunkt bereits außer Landes, wie so viele andere, die sich woanders auf würdevolle Weise ihren Lebensunterhalt verdienen konnten, und so zog Salhas Mutter bei uns ein, um ihrer Tochter zur Seite zu stehen.

Salha wurde mit einer Tochter gesegnet. Es war alles eine rechte Plage für sie, das Wochenbett, die Schwangerschaft und die Ängste und die Engpässe dieser Zeit, in der wir nun einmal lebten. Ich hatte Angst um sie, ich fürchtete, dass jeder kleine Rückschlag ungeahnte Folgen nach sich ziehen könnte, so ohne ärztlichen Beistand und ohne Medizin, sieht man einmal von den Rinden und Pudern ab, die Salhas Mutter sich besorgte und ihr zuführte. Und vor mir geheim hielt. Aber wir wurden gesegnet. Salha war wegen der erzwungenen Untätigkeit sehr reizbar und leicht zu erregen, und ihr Körper reagierte auf unerwartete Weise, doch in den letzten Monaten der Schwangerschaft ging es mit ihrer Gesundheit wieder bergauf, sie nahm wieder zu und gewann neuen Lebensmut. Und sie konnte sich nicht über Mangel an Gesellschaft beklagen. Es schien, als wären zu jeder Tageszeit und nächtlichen Stunde eine Freundin oder ihre Mutter bei ihr im Zimmer, die sich mitunter mit ihr unterhielten, manchmal auch mit ihr lachten und bisweilen auch nur friedlich und zufrieden auf dem Fußboden neben ihrem Bett schnarchten. Als unsere Tochter geboren wurde, wollte ich sie Raiiya, eine Bürgerin, nennen, damit ihr Leben ein Aussage beinhaltete, eine Forderung an unsere Regierenden, uns wie Menschen zu behandeln, als eingeborene Bürger unseres Heimatlandes. Es sei ein Name mit langer Ahnenreihe, erklärte ich Salha, der über Jahrhunderte hinweg verwendet worden war, die Bürger von Nationen zu beschreiben, die unter Eroberung zu leiden hatten. Es stimmte, dass die Eroberer gewöhnlich Muslime waren und die Eroberten nicht, und dass sich kaum etwas Hochherziges damit verband, den

Besiegten Rechte einzuräumen, damit sie ihre Angelegenheiten so regeln konnten, wie sie sich das vorstellten, nachdem man ihnen die Freiheit genommen hatte, doch blieb die Vorstellung von Bürgerrechten dessen ungeachtet eine edle Idee, der wir in unserem ureigenen Sinne Bedeutung verleihen konnten. Salha sagte nein dazu, das wäre nur eine Provokation, und niemand hätte eine Ahnung von der anderen Bedeutung, und außerdem würde dieser Name das Kind in seinem späteren Leben zur Zielscheibe des Spotts machen. Also nannten wir sie Ruqiya, nach der Tochter, die der Prophet mit Khadija, seiner ersten Frau, hatte. Danach füllte sich das Haus mit Geschrei. Aber es füllte sich gleichzeitig mit Freude und unerwarteten Verwandlungen. Und mit Frauen, die in endloser Folge von Geschwätz und Gelächter kamen und gingen.

„Ich bin bei Ihnen im Haus gewesen", warf Latif Mahmud ein. „Ich weiß nicht, ob Sie sich daran erinnern können. Es ist sehr lange her. Und jetzt, ein Menschenleben später, bin ich hier in ihrem neuen Heim. Es sieht so aus, als bände ein Stückchen Faden Ihre Klauen an einen in der Erde verankerten Pfahl, und Sie kratzten und kratzten da die ganze Zeit ihres Lebens, selbst wenn Sie sich einbilden, Welten überflogen zu haben."

„Ich erinnere mich daran, dass Sie einmal bei mir waren", sagte ich. Ich wartete darauf, dass er ein Zeichen gab, in welche Richtung wir als Nächstes fortschreiten sollten, aber er war noch nicht so weit.

„Jetzt, da Sie es erwähnen, fällt mir wieder ein, dass ich damals Frauenstimmen gehört habe, als ich bei Ihnen war. Es war in dem Jahr, in dem ich nach Deutschland gegangen bin", sagte er. Er sprach sanft, in eben jener nachdenklichen Art, die wir uns auferlegen, wenn wir unser vergangenes Leben im Lichte späterer Ereignisse an uns vorüberziehen lassen und beurteilen können, was wir damals getan haben und wie wir waren. Und dann schmerzt uns unsere Naivität und die längst verlorene Überzeugung, an die wir uns gern als eine Art Mut erinnern möchten. „Es war 1966. Ich kam zu Ihnen nach Hause, kurz bevor mein Flug ging, ungefähr zwölf Tage vor meiner Abreise. Es war ein schönes Haus, an den gefliesten Innenhof kann ich mich noch erinnern, und an den gitterbewehrten Balkon, der auf den Hof hinausging und an das Licht, das durch das Flechtwerk fiel. Töpfe mit Palmen standen da und etwas rankte sich an einer Wand hoch. Ich glaube, es war Jasmin. Stimmt das? War es Jasmin, der sich an der Wand hochrankte? Ja. Ich glaube nicht, dass ich schon einmal so einen schönen Innenhof gesehen hatte. Natürlich habe ich seither welche auf Bildern gesehen, mit Bildunterschriften, die so viel sagten wie: 'Ein typischer traditioneller Innenhof in einem Haus an der Küste, in dem deutlich der Einfluss der islamisch-maurischen Architektur sichtbar wird'. Solche Fliesen und einen solchen vergitterten Balkon hatte ich nie zuvor gesehen, nicht in einem so kleinen Haus, deshalb kann ich nicht glauben, dass das so bezeichnend war. Vielleicht war es in anderen Gegenden an der Küste charakteristischer. Stimmt das? Ich bin nie in anderen Küstenregionen gewesen."

„Oh, tatsächlich? Rachel meinte, Sie wären ein Experte für *unsere Gegend*", meinte ich, unfähig meine Überraschung zu verbergen. Dennoch gelang es mir, meine Bemerkung mit einem ironischen Unterton zu versehen, der auf Rachels Kosten ging.

„Ich bin für gar nichts Experte", gab er zurück und schniefte trotzig. „Ich unterrichte englische Literatur. Als ich noch dort lebte, bin ich nicht gereist, und seit ich hier wohne, bin ich nicht wieder hingekommen. Nicht ein einziges Mal. Und das liegt jetzt fast dreißig Jahre zurück. Jetzt sehe ich es wieder, jetzt, da ich vor Ihnen sitze, sehe ich das Haus wieder vor mir. Doch befinde ich mich jetzt in Ihrem neuen Heim, das vielleicht nicht ganz so schön ist wie das, das Sie zurückgelassen haben." Er sagte das mit einem Lächeln, meinte es nicht verletzend. „Vielleicht ist der Besuch hier bei Ihnen für mich wie der Besuch an einem Teil des Ortes, den ich hinter mir gelassen habe. Macht Ihnen das Angst?"

„Ja", antwortete ich und nickte. Ich sah aber, dass er noch mehr sagen wollte.

„Da war ein Mann, der mich an der Tür in Empfang nahm. Er hat für Sie gearbeitet, eine Art Mann fürs Grobe und Faktotum. Ich bin mir nicht sicher, ob ich das Richtige sage. Die Leute haben ihn Faru genannt. Als er an die Tür kam, wirkte er wie einer dieser finsteren *Bawabs*, von denen man in den Geschichten aus *Tausendundeiner Nacht* lesen kann, ein großer, massiger schwarzer Mann, der das Tor seines Herrn bewacht."

„Faru, ja. Sein richtiger Name war Nuhu."

„Ich weiß nicht, weshalb Sie lächeln", sagte Latif Mahmud mit einiger Schärfe in der Stimme und sah mich finster an, beinahe schon unhöflich. Er wartete, dass ich das Lächeln aus meinem Gesicht verbannte, und ich tat ihm den Gefallen. „Sie denken vielleicht mit Zuneigung an ihn. Die *Bawabs* in den Geschichten aus *Tausendundeiner Nacht* wurden als kleine Jungen kastriert, damit sie die Schätze ihres Herrn bewachen konnten, ohne in Versuchung zu geraten. Deshalb wurden unterwürfige Fleischberge aus ihnen, weil sie untenrum nicht mehr dieses rastlose Drängen entwickeln konnten, das uns Normalsterbliche umtreibt. Wie haben sie das in den Geschichten angestellt, was meinen Sie? Sie kastriert. Was nehmen Sie an? Mit einem Skalpell oder indem sie die Hoden zwischen zwei Steinen zermalmt haben? Mit Steinen, das glaube ich nicht, weil das zu Schwierigkeiten geführt hätte, zu gefährlichen Wunden. Also mit einem Skalpell, eine Wissenschaft der Kastration. In allen Geschichten, die man sich über Faru erzählte, ging es darum, dass er eine sexuelle Heimsuchung war. Drum hätten Sie ihn vielleicht besser auch kastrieren lassen sollen. Was ist denn aus ihm geworden?"

„Nuhu war nicht mein Sklave, und so konnte ich ihn nicht bändigen oder kastrieren lassen", erwiderte ich.

„Warum ihn bändigen, wenn Sie seine Hässlichkeit dazu nutzen konnten, andere einzuschüchtern?", fragte er wütend vor Zorn. Es kam mir nicht in den Sinn, ihn zu unterbrechen, ihm zu sagen, dass er jetzt zu weit gegangen war. Und ich glaubte auch nicht, dass er zu weit gehen würde, denn sonst wäre er gar nicht erst gekommen. „Es war immerhin ein schmutziges Geschäft, nicht wahr? Sich durch das Unglück anderer zu wühlen und nach Wertvollem zu suchen, das man vielleicht versetzen konnte. Und Faru war genau der Richtige dafür, stimmt's? Er konnte sich dem hässlichen Teil des Geschäfts widmen und erlaubte es damit seinem Herrn, sich würdevoll zu verhalten."

Dann, als wäre er zu weit gegangen, zog er sich in sich zurück, hockte eine Zeit lang schweigend da und sah aus dem Fenster. Auch dieses Fenster gab den Blick auf das Meer frei, einen Blick in die Ferne, auf einen winzigen Strich Ozean, wenn man sich auf die Zehenspitzen stellte, aber an einem sonnigen Tag konnte man einen Blick auf das metallene Wasser einfangen, auf dem das Licht glitzerte. Der Tag, an dem er mich besuchte, war sonnig, und ich wollte ihn unbedingt darauf hinweisen. Dass er, wenn er sich auf die Zehenspitzen stellte und über die Dächer der Häuser hinwegschaute, eine Ahnung vom Meer erhaschen konnte. „Ich bin nach all den Jahren nicht zu Ihnen gekommen, um mich mit Ihnen zu streiten", fuhr er fort, lächelte reumütig und sah aus, als hadere er mit sich. „Ich bin gekommen, um Sie mir anzusehen, um zu sehen, wer Sie sind. Um herauszufinden, ob Sie derjenige sind, für den ich Sie hielt. Nicht um mich zu streiten, oder in Ihrem Haus unhöflich zu werden, oder über Sie zu richten. Auch wenn es nicht immer möglich ist, sich mit einem Urteil zurückzuhalten, selbst wenn man das möchte. Es ist nur so, dass ich heute, auf dem Weg hierher zu Ihnen, über ihn, Ihren Faru, nachgedacht habe. Ich habe an den Tag gedacht, an dem ich Sie damals besuchte, und er fiel mir wieder ein und auch, dass sein Name seiner Hässlichkeit ganz genau entsprach. Und dass es immer Leute wie ihn gibt, *Bawabs* und Eunuchen, die ohne Geist und Willen sind, aber nur zu bereit zu jeder Niederträchtigkeit, und dass es immer Leute gibt, die sich das zunutze machen."

Ich vernahm den Richtspruch, und hatte auch früher schon solche Urteile vernommen, und vermochte keine Entgegnung vorzubringen, außer der, dass zuvor ich falsch geurteilt hatte. Gleichzeitig wollte ich aber nicht, dass er wutentbrannt davonrannte, und er hatte mir seinerseits ein beschwichtigendes Lächeln geschenkt, so dass ich jetzt beruhigend auf ihn einsprach. Ich bot ihm Kaffee an. Er lehnte ab. Ich bot ihm an, einen Tee aufzubrühen, obwohl ich mich eigentlich gar nicht von meinem Stuhl erheben wollte. Ich fühlte mich matt und niedergeschlagen und war mir nicht sicher, ob ich die Kraft hatte, erneut all die Grausamkeiten zu durchleben, die wieder zu erleiden wir nach diesen Millionen Jahren wohl gezwungen und entschlossen waren. Außerdem hatte ich in der letzten Zeit manchmal so ein hohles Gefühl in Armen und Beinen, als wäre da außer den Knochen nichts mehr vorhanden. In solchen Augenblicken fand ich die Vorstellung, mich bewegen zu müssen, einfach unerträglich. Und schon gar nicht umsetzbar. Aber er lehnte auch den Tee ab.

„Er hieß Nuhu. Es war mein Vater, der ihm diesen anderen Namen verpasst hat: Faru. Das ist viele Jahre her", meinte ich und veränderte das Gewicht in meiner Stimme, ließ sie leichter, unbeschwerter klingen. Damals, als mein Vater *Halwa* verkaufte, waren er und Nuhu es, die gemeinsam die Süßigkeit herstellten. Eigentlich machte Nuhu alles, die ganze Schinderei nahm er auf sich. Er schlug das Holz für den Brennofen. Es musste Nelkenholz sein, mein Vater bestand darauf, und von einer ganz bestimmten Trockenheit, damit die richtige Kochtemperatur erreicht wurde und das *Halwa* vom einzigartigen Aroma des lodernden Nelkenholzes umhüllt werden konnte. Nuhu wog das *Ghee*, die Stärke, den Zucker, die, in Abhängigkeit der Sorte *Halwa*, die an dem entsprechenden Tag zubereitet werden sollte, je unterschiedliche Qualität haben mussten und in verschiedenen Mengen benötigt wurden. Er knackte und häutete die Nüsse, säuberte und mahlte die Gewürze. Es brauchte einen ganzen Tag der Vorbereitung, bevor sie überhaupt mit dem Kochen anfangen konnten. Nachdem all das getan war, reinigte und ölte Nuhu die riesige Halwapfanne aus Messing von fünf Fuß Durchmesser, bevor er das Feuer im Brennofen unter der Plattform entfachte, auf der mein Vater saß, um, von der Straße her sichtbar, das *Halwa* umzurühren. War mein Vater bereit, dann brachte Nuhu die Zutaten und schüttete sie in die Pfanne, während mein Vater rührte. Zu diesem Zeitpunkt waren beide gewöhnlich bereits in Schweiß gebadet, weil sie so dicht an der Hitze arbeiten mussten, die das große Feuer verströmte. Manches Mal, oft sogar, blieben die Leute auf der Straße stehen, um zuzuschauen. Es ist eine wunderbar gewandte Arbeit, mit dem langen Schöpflöffel das *Halwa* zu rühren, während man auf dieser Plattform steht oder sitzt und unter einem der Brennofen röhrt. Und *Halwa* muss die ganze Zeit gerührt werden, damit es die richtige Festigkeit bekommt, weil sonst die Stärke und das *Ghee* in Sekundenschnelle verklumpen. Nuhu war so stark, dass mein Vater beim Rühren sein Lob sang. „Seht ihn euch an, wie ein Rhinozeros." So hat er schließlich diesen Namen bekommen. „Seht euch dieses Faru hier an." Und Nuhu warf sich in die Brust und spielte den Clown.

„Er war noch ein Junge, als er für meinen Vater zu arbeiten begann, nur wenig älter als ich. Neun oder zehn, vielleicht. Eigentlich wäre es meine Aufgabe gewesen, Vater bei der Zubereitung des *Halwa* zu helfen und dann in einem fettigen Hemd im Laden zu sitzen und es in kleinen Schälchen oder, wenn die Kunden es mit nach Hause nehmen wollten, in Strohkörbchen zu einem halben Pfund zu verkaufen. Meine Begabungen aber lagen woanders. Zumindest war meine Mutter, möge Gott ihrer Seele gnädig sein, dieser Meinung, und so bestand sie darauf, dass ich stattdessen die Schule besuchte. Deshalb bereitete Nuhu all die Jahre das *Halwa* zu und hockte im Laden, um es zu verkaufen, oder übernahm, was sonst noch erledigt werden musste. Und im Laufe der Zeit betrachtete er sich gern als Familienmitglied. Und wenn im Haus irgendeine Arbeit verrichtet werden musste, dann kümmerte er sich ebenfalls darum. Wenn er der Ansicht war, dass sich mir gegenüber jemand beleidigend verhielt oder mich bedrohte, dann nahm er sich der Sache an. So hat er seinen Platz und seine Rolle in unserer Familie verstanden.

Dann starb mein Vater. Sehr plötzlich. Ich denke, Sie waren noch zu jung, um sich daran erinnern zu können, und wenn Sie auch nicht zu jung gewesen sein sollten, dann ist das mit

Sicherheit nichts, an das Sie sich nach all den Jahren noch erinnern werden. Ganz plötzlich setzte er sich eines Morgens ganz früh im Bett auf, musste sich ununterbrochen übergeben und dann war er tot. Er war nicht mehr der Jüngste, und es war nur deshalb eine Überraschung, weil er nicht krank gewesen war. Zehn Jahre vorher hatte er sogar wieder geheiratet, viele Jahre nach dem Tod meiner Mutter, möge Gott ihrer Seele gnädig sein. Aus diesem Anlass waren wir in jenes Haus gezogen, das Sie kennen. Zu dieser Zeit studierte ich gerade im Ausland, und als ich wiederkam, musste ich feststellen, dass wir umgezogen waren und ich eine Stiefmutter hatte. Wie dem auch sei, nach dem Tode meines Vaters machte ich das *Halwa*-Geschäft zu. Ich weiß nicht, ob Nuhu je daran gedacht hat, dass das eines Tages passieren könnte, doch als es dann geschah, gab es nichts mehr für ihn zu tun. Damals wurde mir bewusst, dass ich nicht einmal eine Ahnung davon hatte, wo er wohnte, oder ob er Familie hatte. Es stellte sich heraus, dass er sich in einem Haus in Mbuyuni ein Zimmer genommen hatte und seine Familie auf Pemba wohnte. Die ganzen Jahre über hatte er für meinen Vater gearbeitet, und von jetzt an würde er halt für mich erledigen, was immer ich ihm auftrug. Ich konnte ihn nicht einfach fortschicken. Er putzte den Laden, übernahm Botengänge, transportierte Möbel zu den Kunden oder ins Lagerhaus. Er kam jeden Morgen zur Arbeit und suchte sich eine Beschäftigung, ob ich ihn nun um etwas bat oder nicht. Und wenn er so etwas wie ein *Bawab* der Schätze seines Herrn war, dann hat er sich selbst auf diesen Posten gestellt."

„Bei Ihnen hört sich das an, als wäre er nur Opfer und nichts anderes", widersprach Latif Mahmud mit einem Ausdruck im Gesicht, der in mir das Gefühl aufsteigen ließ, ich sei ein Lügenbold, ein Geschichtenerzähler, der in seinen Märchen selber immer am besten wegkommt. „Beinahe richtig edel in seiner Unterdrückung. Und Sie stellen sich als jemanden hin, der aus der Tragödie seines Lebens Nutzen zog. Seine Großmäuligkeit und Aufschneiderei müssen Ihnen doch aufgefallen sein, sie müssen doch von den prahlerischen Scherzen gehört haben, die er von sich gab, wenn er mit den anderen Maulhelden durch die Straßen stolzierte. Sie müssen doch gemerkt haben, dass er sich aus Gewohnheit über kleine Jungen hermachte, sie Woche für Woche bedrängte, ihnen Geld und Pakete mit *Halwa* anbot, bis sie schließlich nachgaben oder sein Begehren jemand anderen dazu trieb, sie so weit zu bringen, dass sie sich ihm endlich unterwarfen, und hernach auch anderen, weil sie nicht wussten, wie sie mit dieser Schande leben sollten. Er, und andere, die genauso waren wie er, die sich für stark und männlich hielten, weil sie sich an kleine Jungen heranmachen und sie quälen und einschüchtern konnten, bis sie sich ihnen in Schande unterwarfen. Sie müssen davon gewusst haben. Als ich vor all den Jahren zu Ihnen nach Hause kam, habe ich das in ihm gesehen. Nicht das Opfer, dem man die Kindheit verweigert und das man dazu gezwungen hatte, am Brennofen Ihres Vaters zu arbeiten, während Sie, aller Sorgen ledig, zur Schule gehen konnten. Ich erblickte einen Menschenfresser, einen, der das Fleisch kleiner Jungen und armer Leute peinigte. Oh Gott, nun zanke ich schon wieder mit Ihnen."

„Vielleicht geht es nicht anders, als dass Sie mir Vorwürfe machen wollen", entgegnete ich.

„Ich möchte lieber nicht", meinte er und lächelte.

Ich starrte ihn einen Augenblick lang an, um sicher zu gehen. „Bartleby", sagte ich. Ich wollte es nicht, aber das Wort kam fast als lautloses Wispern über meine Lippen.

„'Bartleby, der Schreiber'", bestätigte er und griente über das ganze Gesicht. Um seine Augen herum zeigten sich Falten überraschter Freude. Mit einem Mal schien er glücklich. „Sie kennen die Erzählung! Es ist so eine schöne Geschichte. Gefällt Sie Ihnen? Sie mögen Sie auch, das sehe ich. Ich mag die leidenschaftslose Kraft im Untergang dieses Mannes, die edle Sinnlosigkeit seines Lebens. Erzählen Sie, wie sind Sie auf diese Geschichte gestoßen? Haben Sie sie im Studium durchgenommen? Ich habe vor Jahren mal, als ich anfing zu unterrichten, eine Lehrveranstaltung darüber gemacht."

„Ich habe sie lediglich gelesen. Vor langer, langer Zeit. Immer, wenn ich eine Haushaltsauflösung übernahm, kam ich in den Besitz einer überraschend großen Anzahl von Büchern. Vor allem, als die Briten am Packen waren, um nach Hause zu verschwinden. Meine Zeit in diesem Geschäft fiel mit ihrem schrittweisen Abzug zusammen, und so waren sie über viele Jahre meine besten Kunden, und ich habe eine Menge von ihnen gelernt."

„Ja, die Leute erzählten sich, Sie wären regelrecht in die Briten vernarrt gewesen", bestätigte er grinsend und konnte sich nicht bezwingen, die Weisheiten von sich zu geben, die ihn sein Vater gelehrt hatte. „Man munkelte, dass Sie den Briten in den Arsch kröchen, dass Sie ein Handlanger der Kolonialherren seien."

„Ja, ich weiß", gab ich zu, sagte ihm aber nicht, dass es Rajab Shaaban Mahmud, sein Vater, gewesen war, der diese Gerüchte in Umlauf gesetzt hatte. Mehr noch, er hatte auch behauptet, dass ich den Briten Frauen verschaffte, für sie spitzelte und was weiß ich noch anstellte. „Ich habe Ihnen Möbel verkauft und, wenn sie abreisten, ihre Haushalte aufgelöst. Doch Sie haben Recht, ich weiß, dass es da noch andere Geschichten gab. Aber davon mal abgesehen, ich habe Bücher von ihnen gekauft. Ich meine, nicht hunderte Bücher, sondern hier mal ein Dutzend und dort mal ein paar mehr. Ich glaube, einige wurden einfach von einem Beamten auf den anderen weitergereicht, wie manche Möbelstücke auch. Wenn sie der Überzeugung gewesen wären, dass es sich um wertvolle oder wichtige Dinge handelte, dann hätten sie die Bücher bestimmt nicht zurückgelassen. Sie mochten Bücher, das konnte man an der Vielzahl und Mannigfaltigkeit erkennen, die sie besaßen und sorgfältig verwahrten. Vielleicht waren sie einfach nur der Exemplare, die sie mir verkauften, überdrüssig oder besaßen zu Hause bereits eine andere Ausgabe desselben Buches. Ich behielt alle Bücher in dem Glauben, dass ich sie eines Tages alle lesen würde, wenn ich die Zeit dazu hätte. Zumindest aber zu versuchen, sie alle zu lesen."

„Was waren das denn für Bücher?", fragte er und lächelte noch immer, weil er unaufhörlich an die aufgeregten Vorwürfe denken musste, die man mir damals gemacht hatte.

„Bei den meisten handelte es sich um das, was man erwarten würde: Anthologien mit Gedichten und Kinderbücher und Geschichten über koloniale Abenteuer, die wir zum Teil schon von unserer Erziehung als Kolonisierte her kannten. Rudyard Kipling und Rider Haggard und G. A. Henty. Eine Menge Kipling, als ob das Bücher gewesen wären, die sie satt hatten. Und *Der Ursprung der Arten*, gleich mehrere Exemplare. Und Sachbücher aus kenntnisreicheren Zeitläuften, *Die Weltgeschichte* zum Beispiel, solche Dinge halt, und ein paar alte Atlanten. Die waren sehr interessant, die Atlanten, sie wetteiferten regelrecht miteinander. Nicht im Hinblick darauf, wie große Teile der Welt in roter Farbe gekennzeichnet waren und derartige Sachen, sondern hinsichtlich der Illustrationen, die wie bei einer Rangordnung aufgeführt waren: der höchste Berg der Welt befindet sich im Vereinigten

Königreich, und dann folgte eine Seite mit Bildern anderer Berge und zu welchen Reichen sie gehörten, die höchsten Wasserfälle der Welt, der längste Fluss, die tiefste Stelle in den Weltmeeren, die trockenste Wüste. Und dazu Bilder von den Bewohnern dieser Berge und Flüsse und Wüsten, fahle Gesichter mit Schlitzaugen, die sich dem Licht der Berge verschlossen, spindeldürre, heimatlose Gesellen aus den Wüsten, die aufgetriebene Bäuche hatten, fast nackt waren und ein Bündel Stöcke in der Hand hielten, turbangeschmückte Bauern am Ufer eines Flusses, die ein Schöpfrad bedienten. Doch unter all diesen Büchern entdeckte ich auch die Kurzgeschichten von Herman Melville. Ich hatte noch nie von ihm gehört und schaffte es damals auch nicht, alle Geschichten zu lesen. Das war erst später. Ich las damals nur 'Bartleby' und fand es sehr bewegend. Aus irgendeinem Grunde fiel mir diese Erzählung wieder ein, als ich hier ankam, und seither ist sie mir nicht mehr aus dem Sinn gegangen. Sie fällt mir immer wieder mal ein."

Hatten wir auch irgendwelche Bücher in unserem Besitz? Ich glaube, ich sah diesen Gedanken in seinen Augen aufblitzen. Ich kann mich nicht mehr daran erinnern, ob oder ob nicht. Er senkte die Augen und saß, das Kinn in die Hand gestützt, mir gegenüber, eine Haltung ganz unglaublicher Fassung und Feinheit.

„Sind jemals Leute gekommen und haben ihre Sachen zurückverlangt, so wie ich das damals gemacht habe?", fragte er, und war endlich so weit, darüber reden zu können. „Fällt Ihnen da etwas ein?"

„Nein, niemals", versicherte ich ihm. „Die Leute verkauften, weil sie gezwungen waren zu verkaufen oder Möbel loswerden wollten, die ihnen nicht mehr gefielen. Es war ein Geschäft."

„Der kleine Ebenholztisch, der Hassan, meinem Bruder, gehört hat. Erinnern Sie sich an ihn? Ich bat Sie darum, dass Sie ihn uns wieder geben. Erinnern Sie sich?", fragte er. Er hockte noch immer so vor mir, das Kinn in die Hand gestützt. Dann, nach einem Augenblick, richtete er sich auf und schaute mich an, zwang sich regelrecht dazu, allen Mut zusammenzunehmen. „Der Tisch, den Ihr Freund Hussein ihm schenkte, bevor er ihn vernascht hat. Vor vierunddreißig Jahren. Das ist so lange her, und wenn man sich vorstellt, dass man immer noch an diesen Dingen zu kauen hat. Ich habe seitdem nie wieder etwas von ihm gehört. Er hat nie eine Nachricht geschickt, jedenfalls nicht, solange ich noch dort war. Warum haben Sie ihr den Tisch nicht einfach wieder gegeben? Meiner Mutter. Warum habe Sie ihn nicht einfach zurückgegeben? Sie hatten doch das Haus, die wenigen Möbelstücke, den ganzen anderen Kram. Selber besaßen Sie doch ein Haus, eine Frau, hatten Ihre Tochter Ruqiya, die Sie nach der Tochter des Propheten mit Khadija genannt haben. Warum brauchten Sie dann unbedingt noch diesen Tisch?"

„Ich weiß es nicht", antwortete ich. „Gier. Niederträchtigkeit und Geiz. Es war ein Geschäft. Ich wünschte, ich hätte ihn zurückgegeben." Und was ich in seinen Augen sah, ließ mich vermuten, dass er weniger wusste, als ich geglaubt hatte. In seinen Augen stand eine Verletztheit, die ihn selbst betraf, eine Verletztheit wegen der Verlegenheit, in die ihn damals dieser Botengang gebracht hatte. Und eine Verletztheit wegen seines Bruders, der seinem persischen Liebhaber nachgelaufen war. Sie waren nicht verletzt wegen meiner Niederträchtigkeit des Tisches wegen, eine Gemeinheit, für die ich später noch bitter bezahlen sollte. Seine Augen strahlten eine Verletztheit aus, die ihn selbst betraf sowie sein Versagen, sich stärker um das zu kümmern, was er zurückgelassen hatte. So glaubte ich jedenfalls.

„Vierunddreißig Jahre ist es her. Ist er je wieder gekommen? Hassan. Ich habe nie auch nur die geringste Kleinigkeit über ihn gehört. Von niemandem. Ich weiß nicht einmal, ob es irgendwelche Nachrichten über ihn gegeben hat", fuhr er fort.

Ich wartete eine kleine Weile, und als er nichts mehr hinzufügte, fragte ich ihn: „Möchten Sie noch etwas Kaffee?"

Er bemerkte, dass ich seine Frage nicht beantwortet hatte, und ich sah, dass ihm ein leiser Seufzer entfuhr, als wollte er gar nicht so recht wissen, was seinem Bruder widerfahren war. „Nein, nein, bitte keinen Kaffee mehr. Danke sehr, aber ich sollte wirklich nicht länger bleiben", lehnte er ab. „Ruqiya, Ihre Tochter, wie alt sie jetzt wohl ist? So um die dreißig?"

„Sie starb, bevor sie zwei Jahre alt wurde", sagte ich. Es hört sich unsinnig an, sie *meine* Tochter zu nennen. Sie lebte nicht lange. Sie starb, als ich nicht da war, und Salha, ihre Mutter, auch." Geliebte.

Ruqiya kam am 24. Januar 1967 zur Welt. Salha muss also ans Bett gefesselt gewesen sein, als er zu mir nach Hause gekommen war, um das Tischchen zurück zu erbitten, und die Stimmen, die er gehört hatte, müssen ihr und ihrer Mutter gehört haben, oder einer ihrer vielen Besucherinnen. Mir war nur so kurze Zeit mit ihr vergönnt und, wie es jetzt scheint, immer mit dem Wissen, sie eines Tages zu verlieren, so dass mich manchmal die Angst heimsucht, ich habe sie mir nur eingebildet oder erträumt. Nach diesen vier Jahren mit ihr gab es so viele Unwägbarkeiten in meinem Leben, dass ich manchmal nicht mehr mit Bestimmtheit sagen kann, was wirklich geschehen ist und was ich in meinen Alpträumen gesehen habe. Sie erscheint mir wirklicher, wenn andere Leute von ihr erzählen und manches erwähnen, was sie getan hat, einen Augenblick aus jenen Jahren, in denen ich mit ihr zusammenlebte, an den sie sich erinnern.

Heute, nach so langer Zeit, kommt es mir kleinlich vor, was ich getan habe, als ich den Tisch nicht zurückgab. Es wäre höflich gewesen, großzügig, zivilisiert geradezu, ihn ohne Ausflüchte herauszugeben. Ich tat das alles aus Gekränktheit heraus, obwohl ich damals glaubte, über allem zu stehen und mich weigerte, mich an dem gehässigen Gezänk zu beteiligen, das diesem Augenblick vorausgegangen war.

Ich bin fest davon überzeugt, dass ich mir geschmeichelt vorkam, als Hussein mich um das Darlehen bat. Da war ein Mann, der Geschichten über die fernen und wunderschönen Orte erzählen konnte, die mir nur Flecken auf der Landkarte waren, Orte, die deshalb schön waren, weil sie so weit weg waren, und von Sagen umwoben. Auch wenn er nicht selbst an all diesen Orten gewesen war, die Geschichten schlossen ihn ein und ließen ihn als Teil der großen Welt erscheinen. Zudem erzählte er mir seine Geschichten im Geiste so vertrauter Kameradschaft und außerdem noch in Englisch, was das Gefühl unserer wechselseitigen Andersartigkeit in Bezug auf den Ort verstärkte, an dem wir uns befanden – diesen armseligen, verwilderten, winzigen Ort. Ich glaubte, dass diese Andersartigkeit dazu beigetragen hatte, dass wir Freunde geworden waren. Ich ließ mich verführen. Indem er mich um ein Darlehen bat, salbte er mich gewissermaßen ebenfalls zum Mann von Welt. Es war wie ein Angebot seines Vertrauens, wie eine Umarmung. Und außerdem stand mir das Geld zur Verfügung. Ich hatte gute Geschäfte gemacht, und als er mich um das Darlehen bat, konnte ich nicht widerstehen, ein bisschen Stolz herauszukehren. Doch abgesehen davon, dass ich seiner Verführung unterlag, bin ich nicht der Ansicht, dass ich dem

Darlehen zugestimmt hätte, wenn ich nicht der Überzeugung gewesen wäre, dass Hussein im folgenden Jahr wieder kommen würde. Ich glaubte fest daran. Eine Weile zumindest. Und das, obwohl ich natürlich die Gerüchte kannte, die wissen wollten, dass er hinter dem jungen Mann her war. An Rajab Shaaban Mahmuds Haus und dem, was sich darin befand, hatte ich wirklich nicht das geringste Interesse. Ich hatte keine Ahnung davon, welches Unheil Hussein in diesem Hause anrichten würde, dass er den jungen Mann dazu bringen würde wegzugehen, und die Mutter dazu, sich selbst zu demütigen, um sich hinterher mit Männern über seine Taten zu unterhalten, die derartige Abenteuer lustig fanden und sie ihrerseits, mit schadenfrohem Ton in der Stimme, anderen weitererzählten. All das trat aber erst zu Tage, nachdem Hussein abgereist war, und nachdem der junge Mann, ohne irgendjemandem ein Wort darüber zu sagen, verschwunden war. Mag sein, dass Hussein seinen Bewunderern das Versprechen abgenommen hatte, so lange zu schweigen, bis er sich in Sicherheit befand, oder dass es einfach in der Eigenart derartiger Skandale lag, dass es eine Weile brauchte, bis die Einzelheiten durchsickerten, und vielleicht waren einige Einzelheiten ja auch reine Erfindung.

Ich rückte ein wenig näher an ihn heran, sprach nicht nur mit Worten, sondern auch mit Gesten und Schweigen. Er wusste über einige Dinge Bescheid, über die ich zu berichten hatte, und ich sprach auch nicht genau in derselben Weise zu ihm, wie ich das hier aufschreibe, trotzdem, ich rückte eine Winzigkeit näher an ihn heran. Weil es unerträglich ist, wenn man bestimmte Dinge laut zu hören bekommt. Also wartete ich, bewegte mich sacht, bis ich erkennen konnte, wie er meine Worte aufnahm. Er nickte mir zu, und ich fuhr fort.

Hier kommt die Geschichte, wie sie bei mehreren Tassen Kaffee in gemütlicher Unterredung wiederholt und mit Rechtschaffenheit und Behagen in allen Einzelheiten zusammengesetzt wurde: dass Hussein dem jungen Mann mit ziemlichem Erfolg den Hof machte, als er bei der Familie wohnte, und da die Mutter dergleichen ahnte, bot sie sich selbst an, wenn er dafür ihren Sohn in Ruhe ließe. Es befanden sich bereits Gerüchte über sie in Umlauf, so dass ihre Schamlosigkeit glaubwürdig klang. Hussein ging auf ihr Angebot ein. Es gab sogar Einzelheiten darüber, was er von ihr verlangte, und in solchen Angelegenheiten können Einzelheiten nur entehren. Zeitgleich ging er die geschäftliche Vereinbarung mit Rajab Shaaban Mahmud ein, machte ihn, auf der Grundlage eines Darlehens, über das er verhandeln und bei dem er das Haus als Sicherheit setzen wollte, zum Teilhaber einer Unternehmung, die er ihm vorgeschlagen hatte. Als er im darauf folgenden Jahr wieder kam, verkündete er, dass das Geschäft nicht so gelaufen sei, wie es geplant gewesen war, dass aber dennoch kein Grund zur Panik bestünde. In der Zwischenzeit setzte er die Verführung des jungen Mannes erfolgreich fort und plante die Einzelheiten der Flucht, die den jungen Mann nach Bahrain entführen sollte. Am Ende des *Musim* kehrte er nach Bahrain zurück, und der junge Mann verschwand. Das war die ganze Geschichte.

Wir sprechen vom *Musim* des Jahres 1960, des Jahres, in dem ich ihn kennen lernte und er mein Freund wurde, des Jahres, in dem er mich ebenfalls um ein Darlehen bat und mir im Austausch seine Vereinbarung mit Rajab Shaaban Mahmud als Sicherheit überließ. Ich hätte es besser wissen müssen, aber ich war eben nicht klüger. Ich war der Überzeugung, dass es sich um eine Abmachung handelte, die voll und ganz dem Gesetz entsprach, und dass er im folgenden Jahr mit dem Geld zurückkehren und den Schuldschein auslösen würde.

Als dann die Geschichten über seine Verführungen bekannt wurden und man öffentlich darüber sprach, war mir klar, dass Hussein nicht wieder kommen würde, und ich ebenfalls als Verführter und Betrogener dastand. Aller Wahrscheinlichkeit nach gab es überhaupt keine Unternehmung, und die Vereinbarung mit Rajab Shaaban Mahmud war nichts weiter als eine gemeine Tücke und Boshaftigkeit, eine reine Erfindung, um den Hahnrei auch noch lächerlich zu machen, indem man ihn so weit brachte, sein Haus aufs Spiel zu setzen. Hussein meinte es vielleicht sogar ehrlich, als er äußerte, dass er überhaupt nicht die Absicht habe, die Höchststrafe über Rajab Shaaban Mahmud zu verhängen. Es war vielleicht nur eine Spekulation, eine Dummheit, den Mann zu demütigen, während er es mit seinen Lieben trieb. Dann lernte er mich kennen, einen Neuling in der Geschäftswelt, dem es an Verbindungen und Wertschätzung fehlte, und in seinem fruchtbaren Hirn begann etwas zu arbeiten, und so wedelte er mit dem Papier vor meiner Nase herum und nahm mir, mit dem Versprechen, alles zurückzuzahlen, Tausende Shillings ab.

Mir war zwar ein guter Start ins Geschäftsleben gelungen, doch dann wendete sich mein Glück, und der Verlust des Geldes war ziemlich ärgerlich. Die Wahlen im März 1961, mit denen die Briten uns auf eine Art Selbständigkeit auf niedrigster Stufe vorbereiten wollten, führten zu Aufruhr und Mord und zum Ausnahmezustand. Armeeeinheiten, britische natürlich, mussten zum Einsatz gebracht werden, um die Ordnung wieder herzustellen und die Einheiten der King's African Rifles zu unterstützen, die man aus Kenia eingeflogen hatte. Das war unseren Herrschern denn doch zu viel Aufwand, und sobald sie ihre Mündel wieder in die Käfige gesperrt hatten, traten sie in Verhandlungen ein, die in die Unabhängigkeit münden sollten. In dieser Atmosphäre des Aufbruchs hatte natürlich kaum jemand Interesse daran, sich teure und ebenso ausgefallene wie auserlesene Möbel zuzulegen, und auch die Kreuzfahrtschiffe verzichteten auf ihren Tagesaufenthalt an unserem Gestade. Damit war mehr oder weniger das Ende für die Art Geschäft, die ich betrieb, gekommen. Ich dachte, dass es unter dieser Voraussetzungen das Beste wäre, die Möbelherstellung zu erweitern, oder zumindest die Qualität der Möbel zu verbessern, die ich für meine örtliche Kundschaft anfertigte. Dazu würden einige Investitionen in Maschinen, in Fachkenntnis und in neue Räumlichkeiten erforderlich sein. Meine Tischler machten alles in Handarbeit. Sie sägten und schliffen per Hand und lackierten und polierten angestrengt, und mitunter ziemlich ungeschickt. Der Stil wandelte sich, und wenn ich die Formen und die glatte, polierte Oberfläche, die damals in Mode kamen, hinbekommen wollte, brauchte ich neue Maschinen. Ich fuhr nach Dar es Salaam, um mir anzusehen, was die großen Hersteller machten. Es waren ausnahmslos Inder, und alle klagten über das Geschäft und die Politik. Sowohl ihr Leben als auch ihre Unternehmen befänden sich in der ständigen Gefahr eines unmittelbar bevorstehenden Zusammenbruchs. Mir hingegen kam es so vor, als ginge es ihnen ausgesprochen gut, als hielten sie nur, wie immer, mir gegenüber den Mund, speisten mich aus gewohnheitsmäßiger Heimlichtuerei geradezu zwanghaft mit Halbwahrheiten ab. Ich bekam trotzdem genug mit, um mir einen Plan zurecht zu legen und abschätzen zu können, wie viel Geld ich zu seiner Umsetzung benötigen würde.

Nach den Wahlen von 1961, als Hussein mir keinerlei Nachricht über den Fortgang seiner Angelegenheiten hatte zukommen lassen, schrieb ich ihm nach Bahrain. Ich dankte ihm dafür, dass er mir die Landkarte geschenkt hatte und ließ ihn wissen, welche Freude er mir damit bereitet hatte. Dann fragte ich ihn, wann er das Darlehen zurückzahlen zu können glaubte, das ich ihm gewährt hatte und erklärte, warum ich das Geld dringend benötigte. Er antwortete mir nicht und reagierte auch nicht auf den Brief, den ich ihm über einen Rechtsanwalt zustellen ließ. Ich befand mich in einer verzwickten Lage. Es muss so um den Juli dieses Jahres herum gewesen sein, dass ich Rajab Shaaban Mahmud eine Nachricht übermitteln ließ und ihn darum bat, dass wir uns einmal zusammensetzten, um ein paar geschäftliche Dinge zu besprechen. Ich hatte mir Folgendes ausgedacht, und auch heute erscheint mir das noch als vernünftiger und ehrenhafter Plan. Ich wollte ihm erklären, wie ich in den Besitz der Vereinbarung gekommen war, die er mit Hussein getroffen hatte. Ich glaubte nicht, dass er sich darüber im Klaren war, dass ich sie Hussein, gewissermaßen, abgekauft hatte. Ich wollte ihm weiterhin erklären, dass es mir nicht darum ging, sein Haus oder das, was sich an Einrichtung darin befand, in meinen Besitz zu bringen, dass ich aber andererseits das Geld benötigte, um es in mein Unternehmen zu stecken und mich dadurch auf die Veränderungen vorzubereiten, die mit der Unabhängigkeit einhergehen würden. Dann wollte ich ihm den Vorschlag unterbreiten, dass er mir gestattete, ein Bankdarlehen aufzunehmen, mit seinem Haus als Sicherheit. Die Bank würde nicht erfahren, dass mir das Haus bereits verpfändet war, und sobald das Darlehen genehmigt worden war, wollte ich die Vereinbarung, die er mit Hussein getroffen hatte, zerreißen, und auch die, die Hussein mit mir abgemacht hatte, und das Darlehen als Verlustgeschäft abschreiben. Stattdessen wollte ich mit ihm, Rajab Shaaban Mahmud, eine neue

Übereinkunft treffen, in der ich ihm versprach, das Bankdarlehen, das er in meinem Namen aufgenommen hatte, in festgesetzten Raten über soundsoviele Jahre hinweg abzuzahlen, mit meinem Unternehmen als Sicherheit. Auf diese Weise könnte er wieder in den Besitz seines Hauses gelangen, obgleich es an die Bank verpfändet war, und ich wäre in der Lage, in mein Unternehmen zu investieren und sein Bankdarlehen zurückzuzahlen. Er würde nichts einbüßen und zudem noch kostenlos sein Haus zurückerhalten. Hinter meinem Vorschlag verbargen sich keinerlei buchhalterische Spielchen oder verborgene Tricks.

Ich stellte ihm über Nuhu eine Nachricht zu. Er sollte einfach ausrichten, dass ich etwas mit ihm besprechen wollte und ihm dankbar wäre, wenn er sich nach seinem Belieben einmal mit mir in Verbindung setzen würde. Nuhu kam ohne jegliche Antwort zurück, berichtete lediglich, dass Rajab Shaaban Mahmud ihn angehört und ihm gedankt und dann die Tür wieder geschlossen hatte. Ich war nicht gerade glücklich darüber, mit ihm etwas Geschäftliches verhandeln zu müssen, weil er kein Mann war, für den ich Respekt oder irgendeine Zuneigung übrig hatte. Bevor sich das Unheil über sein Haus legte, war er in demütiger Haltung umhergegangen, gleichzeitig lag aber auch ein trauriger Ausdruck auf seinem Gesicht, als hätte ihn das Leben betrogen. Tagsüber lief er einher, als würde ein plötzlicher Lärm ihn zutiefst erschrecken können, abends aber stolzierte er durch die Straßen, hielt nach Frauen Ausschau, die für Geld mit ihm gehen würden und ging hinterher einen trinken. Wenn man dort, in diesem Land, Alkohol trank, obwohl Gott den Genuss verboten hatte, dann bedeutete das ganz einfach, dass man keinerlei Angst vor Entehrung hatte, dass man über jeden Leichtsinn hinaus auch noch dumm war, weil man damit Spott und Strafe auf sich herab beschwor. Jeder Mensch hat, früher oder später, seine eigene Rechnung mit Gott zu machen, und das ist eine Angelegenheit, die nur ihn und seinen Gott angeht. Doch wenn man in diesem Ort zum Trinken ausging, dann war das so, als gäbe man jedes Anrecht auf Achtung auf.

Auch Shaaban, sein Vater, war so gewesen, doch erzählten sich die Leute, das hätte an seinem Großvater gelegen, weil der ein so heiliger Mann gewesen war, und es manchmal eben so kam, dass die Kinder der Gottesfürchtigen sich als die Gottlosigkeit schlechthin erwiesen, als hätte Satan sie höchstpersönlich zu Sünde und Verderbtheit erkoren, um an ihnen die Macht des Bösen und die Schwäche menschlicher Beständigkeit unter Beweis zu stellen. Und Shaaban Mahmud lebte seine Sünden ohne jeden Anflug von Scham, torkelte betrunken durch die Straßen, sang in den Stunden der Mitternacht mit aller Kraft, besuchte Bordelle, ja, er wohnte sogar mehr oder weniger in einem, und tagsüber lief er mit der gewichtigen Miene desjenigen umher, der sich selbst nur ihm besten Lichte sieht. Er starb ziemlich früh, war gerade einmal Anfang vierzig, ging ein Jahr vor seinem heiligen Vater dahin, machte einen frühen Abgang und ersparte allen damit unnötigen Ärger. Als sein Vater starb, muss Rajab Shaaban Mahmud sechs oder sieben Jahre alt gewesen sein, ungefähr ein Jahr älter als ich. Ich erinnere mich, dass mir Shaaban Mahmud aus irgendeinem Grund Angst einflöste. Wenn ich ihm auf der Straße über den Weg lief, rannte ich ohne Zögern oder Bewahrung meiner Würde in die entgegengesetzte Richtung davon, zumal ich mit sechs oder sieben sowieso noch keinerlei Vorstellung von Würde hatte. Er wusste, dass ich Angst vor ihm hatte und schlich sich einmal von hinten an mich heran, als ich mit anderen Kindern unter dem *Neem,* der gegenüber der Polizeiwache stand, auf der Straße spielte, und legte mir die Hände auf die Schultern, nur um mich aufschreien zu hören und wegrennen zu sehen. Dann stimmte er in das Gelächter aller ein, die zugeschaut und meine lächerliche Flucht beobachtet hatten.

Warum Rajab Shaaban Mahmud die selbe Angewohnheit wie sein Vater entwickelte, vermag ich nicht zu sagen. Es muss schrittweise vor sich gegangen sein, heimlich. Und jedem war klar, dass seine Schwächen ihn beschämten. Als dann die Gerüchte über seine Frau in Umlauf kamen, sagten alle, dass ihm das recht geschähe. Sie hätte die Achtung vor ihm verloren, und auch die Achtung vor sich selbst. Es sei nur gut, dass sein Großvater diese Gottlosigkeit nicht mehr erleben müsste. Ich habe keine Ahnung, wie wahr diese Geschichten waren. Ich habe nie mit ansehen müssen, dass er herumhurte, ich habe ihn auch nie trinken sehen, aber immerhin hat man das von ihm behauptet, und irgendwie glaubte ich, dass es seine Dummheit war, dass solche Geschichten über ihn erzählt wurden, ob sie nun der Wahrheit entsprachen oder nicht. Als dann dieses Unglück über sein Haus hereinbrach, wandte er sich mit einem solchen Eifer der Religion zu, dass ich vor Verlegenheit nur noch wegschauen konnte. Sein demutsvolles Betragen wurde stärker, seine Stimme wandelte sich zu einem Winseln, und er lief mit gesenktem und abgewandtem Kopf herum wie ein Opfertier. Als ob alles, was sich zugetragen hatte, einzig und allein seine Schuld und seine Strafe gewesen sei. Was für eine Zurschaustellung, welch eine Überheblichkeit! Nach der Arbeit weilte er stundenlang in der Moschee, las und betete, tat so, als schmorte er bereits im Fegefeuer, lebte sein Leben wie einen langsamen Selbstmord. Seit damals habe ich mir immer wieder die Frage gestellt, ob ihm sein Unglück und die Demütigung und Entehrung, die er von Hussein einstecken musste, nicht vielleicht den Verstand geraubt, ihm das Gefühl für das Gleichgewicht der Dinge genommen hatte.

Trotzdem, ihm war Unrecht widerfahren, und was ich ihm vorschlagen wollte, war nicht unbedingt etwas Schmackhaftes, auch wenn es vernünftig war. Außerdem hatte er auch noch das Gefühl, ich hätte ihm in anderer Beziehung noch mehr Unrecht zugefügt, auch wenn ich mir damals nicht sicher war, wie viel er mir noch übel nahm. Als nun mehrere Tage vergangen waren und ich keine Nachricht von ihm bekommen hatte, sprach ich ihn eines Abends nach den Maghrib-Gebeten in der Moschee an. Ich ging in die Moschee, wenn ich Zeit hatte, und vertraute auf Gottes Verständnis, konnte ich einmal seine Forderungen an mich nicht rechtzeitig erfüllen. Dadurch hatte ich mir eine riesige Schuld meinem Schöpfer gegenüber aufgeladen. Als ich diesmal in die Moschee ging, erwartete ich, Rajab Shaaban Mahmud am gewohnten Platz zu treffen, einen oder zwei Schritt von der *Mihrab* entfernt. Ich fragte ihn, ob ich ihn in einer Angelegenheit belästigen dürfte, die zwischen uns geklärt werden müsste, oder ob er Zeit hätte, am frühen Nachmittag des nächsten Tages bei mir im Geschäft vorbeizukommen, zu einer Zeit also, da er bereits von der Arbeit nach Hause gekommen sein würde und ich für gewöhnlich das Geschäft für ein paar Stunden schloss, weil jedermann die Hitze des Nachmittags mit Ruhe zu überbrücken suchte. Haya, erwiderte er. Er würde kommen.

Ich ließ eine der Falttüren des Ladens leicht geöffnet, damit kein Vorübergehender auf den Gedanken käme, wir flüsterten da drin etwas Anrüchiges und auch, um etwas Luft von der Straße hereinwehen zu lassen. Er setzte sich auf die kleine Holzbank, auf der ich für gewöhnlich meine Kunden Platz nehmen ließ, eine höchst kunstvoll aus Leisten gefertigte Faltbank, die sich ganz leicht krümmte, um sich der Rundung des Hinterns anzuschmiegen und die Pobacken aufzunehmen, so dass man, wenn man sich auf die Bank setzte, das Gefühl hatte, als ob die Leisten unmerklich nachgaben, um sich einem anzupassen. An der obersten Strebe der Rückenlehne befanden sich spitzenartig getriebene Messingrinnen, und der Faltrahmen bestand aus leichtem Gussmetall und war schwarz lackiert. Diese Bank hatte einst einem Bankier aus Gujarati gehört, der in der Zeit vor dem Ausbruch des Krieges im Jahre 1939 recht einflussreich gewesen war, dessen Glück sich danach aber ins Gegenteil kehrte. Noch immer war sein Name auf der Messingplatte eingraviert, die mitten auf der Rückenlehne prangte. Sie trug die Jahreszahl 1926, und datierte die Entstehung der Bank somit wahrscheinlich in die Zeit, in der sein Einfluss dem Höhepunkt entgegenging. Die Bank gelangte in meinen Besitz, als einer seiner Nachfahren, der heute ein Reisebüro betreibt, den Entschluss fasste, seine Büromöblierung zu modernisieren und mir die Bank und ein oder zwei weitere Möbelstücke als Gegenleistung für die Reparaturen überantwortete, die meine Tischler an seinem Besitz ausgeführt hatten. Rajab Shaaban Mahmud hockte sich auf diesen Überrest vergangener Zeiten, hielt den Kopf gesenkt und leicht zur Seite hin abgewandt. Ich saß in seiner unmittelbaren Nähe auf einem Stuhl vor meinem Schreibtisch. Sein Verhalten machte mir nicht gerade Mut.

Es war ein heißer Nachmittag, unmittelbar vor dem Beginn des *Kaskazi*, wenn das Meer rauer wird und die Winde auf nordöstliche Richtung drehen und zu guter Letzt in einen stetigen Monsun übergehen. Ich schenkte jedem von uns aus einem tönernen Krug ein Glas Wasser ein, in das ich Aromakautschuk gegeben hatte, damit es schön duftete. So mochte ich das Wasser, mit der besonderen Kühle des Tons und dem Duft und der Würze des

Kautschuks. Ich fing an zu erläutern, wie ich in den Besitz der Vereinbarung gekommen war, die er mit Hussein getroffen hatte. Wie ich vermutet hatte, wusste er nicht, dass sie sich in meinen Händen befand. Er starrte mich voller Überraschung und vielleicht auch mit etwas Schrecken an, und einen Augenblick lang glaubte ich, dass er zu weinen anfangen oder einen Schrei ausstoßen und fliehen würde. Als ich ihm meinen Vorschlag erläuterte, runzelte er ein wenig die Stirn und schlug dann erneut den Blick nieder. Ich hatte mich dafür entschieden, meinen Vorschlag ohne Umschweife vorzutragen und keinen Versuch zu unternehmen, ihn zu überreden oder die Sache zu beschönigen, bevor er sich nicht dazu geäußert hatte. Ich nehme an, ich war der Überzeugung, dass er versuchen würde sich zu widersetzen, aber um ehrlich zu sein, ich war nicht der Ansicht, dass er letzten Endes eine andere Wahl hatte als zuzustimmen. Natürlich lehnte er ab.

Nachdem ich zu Ende gekommen war, saß er ein oder zwei Minuten lang schweigend da, die Augen noch immer niedergeschlagen, so dass ich kaum an mich halten konnte weiterzureden. Dann schaute er mir ins Gesicht und meinte, er könne nicht glauben, dass er mich wirklich die Dinge sagen gehört hatte, die ich von mir gegeben hatte. Wie konnte ich, nach all dem, was ihm und seinen Lieben zugestoßen war, nur hier neben ihm sitzen und derartige Dinge äußern. Ich schien die ganze Sache von Anfang an so geplant zu haben, zusammen mit diesem gottlosen Lügner, diesem Hund, diesem Mensch gewordenen Bösen. Er sprach seinen Namen nicht aus. Wir mussten alles untereinander abgesprochen haben, von Anfang an. Und immer so weiter.

„Ich kann gar nicht glauben, dass Sie das wirklich zu mir gesagt haben, ich kann es wirklich einfach nicht glauben. Sie müssen das von Anfang an so geplant haben."

Jedes Mal, wenn ich versuchte, etwas einzuwenden, streckte er warnend den Zeigefinger gegen mich aus. *Schweig.* Der Schweiß stand ihm in kleinen Perlen auf der Stirn und rann in winzigen Bächen die Wangen hinab. Seine Augen traten hervor, vor Wut und im Gefühl des Beleidigtseins, und zwischen empörten Bemerkungen murmelte er Gebete, um sich zu beruhigen. Als er endlich innehielt, versuchte ich ihm zu erklären, dass ich wohl kaum vorgehabt haben könnte, eine so beachtliche Summe einzubüßen, und dass mein Vorschlag für ihn lediglich auf dem Papier ein Risiko barg, da durch die Vereinbarung zwischen uns beiden mein Unternehmen das Darlehen absichern würde, das er bei der Bank aufnehmen sollte. Ich glaube nicht, dass er mir überhaupt zuhörte.

Als ich aufhörte zu reden, sprang er auf die Füße und streckte mir, wie ein Prinz in einem rührseligen Film, den ausgestreckten Arm entgegen. Ein steifer Zeigefinger wies anklagend auf mich.

„Sie sind ein Dieb", sagte er. „Sie haben meiner Tante das Haus weggenommen und jetzt wollen Sie mir meins auch wegnehmen. Was haben wir Ihnen und Ihrer Familie angetan, dass Sie uns gegenüber so rachsüchtig sind? Oder liegt es nur daran, dass Sie meinen, wir wären schwach und dumm? Sie sind ein gemeiner Dieb."

Mittlerweile schrie er aus Leibeskräften, zeigte immer wieder mit dem Finger auf mich und spuckte mich an. Gleichzeitig bewegte er sich rückwärts auf die Tür zu, als hätte er Angst, dass ich mich erheben und auf ihn stürzen könnte. Er trat die Tür auf und verharrte dann wutschnaubend noch einen Augenblick.

„Diebischer Hund", stieß er seinen abschließenden Segensspruch hervor. „Sie haben uns das Haus gestohlen, und nun wollen Sie auch noch das Wenige, das übrig geblieben ist. Oh, ich kann einfach nicht glauben, dass Gott eine so heimtückische Person wie Sie geschaffen haben soll." Und damit schlüpfte er in das gleißende Sonnenlicht hinaus und war verschwunden.

Unsere Unterredung hatte nicht sehr lange gedauert, ungefähr zehn Minuten vielleicht. Das Glas Wasser hatte er nicht angerührt, und so nahm ich es und ging zur Tür, um es auf die Straße zu entleeren. Nicht eine Seele war in Sicht, aber irgendwie hatte ich trotzdem das Gefühl, dass wir auf der Straße Zuhörer gehabt hatten, die den Anschuldigungen gelauscht hatten, die Rajab Shabaan Mahmud gegen mich ausspie. Das muss an der Paranoia gelegen haben, die dadurch entsteht, dass man dicht an dicht mit anderen zusammenlebt. Weit und breit war niemand zu sehen, auch wenn bei solchen Anlässen ein Publikum nicht unbedingt zugegen sein muss. Ich war mir sicher, dass Rajab Shabaan Mahmud in seiner Empörung nicht zögern würde, die Geschichte unverzüglich in Umlauf zu bringen. Ich hatte natürlich selbst schon bei der Bank vorgesprochen, um einen Kredit aufzunehmen. Ich hatte es bei allen drei Banken in der Stadt versucht, und alle drei hatten abgelehnt. Britische Bankangestellte verweigerten uns immer die Darlehen. Und alle drei waren Briten, glaube ich. Auf jeden Fall Europäer. Wenn ich *uns* sage, dann meine ich damit Kaufleute und Geschäftsmänner, die nicht indischer Abstammung waren. Ich halte das hier nur fest. Es war ihr Geld, und sie konnten einsetzen, wen immer sie wollten, um es zu verwalten, und sie konnten es natürlich auch demjenigen leihen, den sie am meisten dazu in der Lage sahen, es zu hegen und zu mehren. Ich halte hier lediglich fest, dass europäische Bankangestellte uns offensichtlich nicht für vertrauenswürdig oder geschäftstüchtig genug hielten, und uns deshalb immer ein Darlehen verweigerten, zumindest, so weit ich das beurteilen kann. Ich befand mich also immer noch in einer verzwickten Lage. Nur gab es jetzt keinerlei Möglichkeit mehr, mit Rajab Shaaban Mahmud zu einer Abmachung zu kommen, nicht nach all den Anschuldigungen historischer Verbrechen. Seine Vorwürfe trafen mich, auch wenn es mich nicht im Geringsten überrascht hatte, sie mir anhören zu müssen. Niemand hatte sie mir gegenüber jemals zuvor ausgesprochen, obwohl ich natürlich über die schwatzenden Weisen Andeutungen über die Gerüchte erhalten hatte, die über mich in Umlauf waren.

„Es war also wirklich nur verletzter Stolz, der Sie dazu veranlasste, die Enteignung voranzutreiben", stellte Latif Mahmud fest und feixte mich an, weil er offensichtlich Freude über die Niederlage empfand, die ich beschrieben hatte. Ich hatte befürchtet, er würde nicht ertragen können, dem zu lauschen, was ich zu sagen hatte, dass er mir wegen meiner Lügen und Erfindungen wütend ins Wort fallen und dann gehen würde. Ich erzählte ihm nicht alles, was ich hier beschrieben habe, aber fast alles, nahezu alles. Mehr oder weniger, zumindest.

„Ja, vielleicht war es verletzter Stolz", gab ich zu. „Und die Ungerechtigkeit der Anschuldigungen. Dazu kam, dass ich, wie ich schon gesagt habe, das Geld brauchte. Ich dachte, mir bliebe keine andere Wahl."

Er nickte. Ich vermutete, dass er Hunger bekommen und gehen würde, bevor ich noch mehr erzählen konnte, aber er machte keinerlei Anstalten sich zu verabschieden, kündigte es nur an. Ich bot ihm nichts zu essen an. Ich hatte auch nicht viel anzubieten und möglicherweise auch nicht die Art Essen, die er bevorzugte. Abends kochte ich mir gewöhnlich nur eine Banane oder ein Stück Knochenmark oder eine Scheibe Kürbis und aß das mit etwas Zucker darüber. Dann trank ich noch ein Glas warmes Wasser, und das reichte mir für die Nacht. Ich wollte, dass er mit dem zufrieden war, was er bei mir bekommen hatte, und dass er ein anderes Mal wieder kam, aber ich wollte zugleich nicht, dass er jetzt schon ging. Ich wollte einen Punkt erreichen, an dem ich zu ihm sagen konnte: „Damit soll's für den Augenblick genug sein, ich bin müde. Gehen Sie jetzt, und kommen Sie ein anderes Mal wieder."

„Ich erinnere mich daran, wie er an jenem Abend nach Hause kam", meinte Latif Mahmud ruhig und schaute kurz von mir weg, bevor er mich wieder ansah. „Na ja, ich erinnere mich an die Geschichte darüber, wie Sie sich das Haus seiner Tante unter den Nagel gerissen hatten und sich jetzt auch unser Haus aneignen wollten. Ich weiß nicht einmal, ob ich mich an jenen Tag überhaupt erinnern kann, aber die Geschichte habe ich noch im Ohr. Es war *die* Geschichte in meiner Kindheit und Jugend. Als ich zum ersten Mal den 'Bartleby' las, wurde mir klar, dass ich genau so über meinen Vater dachte: er, seiner Nutzlosigkeit ergeben, und Sie als sein Peiniger. Später lernte ich, diese Geschichte anders zu lesen und zu verstehen, zu sehen, dass es nicht nur um Hoffnungslosigkeit und Vergeblichkeit ging, aber bei jenem ersten Mal erkannte ich ihn in der Erzählung wieder. Sie fanden diese Geschichte bewegend. Ich erinnere mich, dass Sie so etwas gesagt haben. Bewegend. Warum bewegte er Sie nicht? Mein Vater. Fanden Sie ihn auch bewegend? Macht es Ihnen etwas aus, wenn ich Sie als seinen Peiniger bezeichne? Na klar, es muss Ihnen etwas ausmachen, aber empfinden Sie es als unerträglich ärgerlich, ungehörig und unhöflich?"

Ich schüttelte den Kopf, fühlte mich mit einem Mal müde und ausgelaugt, wollte, dass er verschwand, dachte daran, mir eine

Büchse süßer roter Bohnen aufzumachen, sobald er weg war, und sie kalt zu essen. Ich war mir nicht sicher, ob ich die Nervenstärke aufbringen würde, unter dem Druck, den er auf mich ausübte, noch einmal über dieses ganze Elend zu reden.

„Mir schoss gerade durch den Sinn, dass ich eigentlich gar nicht glauben kann, was sich hier abspielt", sagte Latif Mahmud zornig. Und vielleicht wurde auch er langsam müde. „Die ganze Unvorstellbarkeit dieser Ereignisse. Ich dachte mir, dass Sie es sind. Warum, das weiß ich nicht. Ich hatte keinen Grund anzunehmen, dass Sie es sind. Ich habe es nur irgendwie vermutet, ganz unbewusst. Und als mir dieser Gedanke gekommen war, wollte ich nicht hierher kommen. Mittlerweile glaube ich, dass ich gar nicht richtig böse auf Sie war, aber das Gefühl hatte, ich müsste es eigentlich sein. Wenn ich auf jemanden böse war, dann auf mich selbst, auch wenn ich glaube, dass ich mich eher schuldig fühle und mich abwehrend meiner Unwissenheit gegenüber verhalte, gegenüber der Ferne, die ich zwischen meinem Leben und der damaligen Zeit aufgebaut habe. Verletzt es Sie, wenn ich so mit Ihnen rede? Nun bin ich doch hierher gekommen, und Sie reden so offen mit mir über alles, dass ich gar nicht glauben kann, dass das wirklich geschieht. Ich kann das Glück nicht glauben, das darin verborgen liegt. Ich will überhaupt nicht hören, was Sie zu sagen haben. Ich war mir auch nicht im Klaren darüber, dass ich mir dieses Glück gewünscht habe, aber es muss wohl so gewesen sein, denn ich bin gekommen. Und sehen Sie, zu allem anderen *will* ich mir diesen Luxus auch noch leisten, so zu handeln, weil ich genau weiß, was ich tue. Als ob ich immer so gehandelt hätte, anstatt von einem Zwang zum nächsten zu stolpern, mich zu verstecken und nichts im Leben zu wagen. Dann aber sind wir auf eine Weise höflich und offen miteinander umgegangen, die ich nicht erwartet hatte, als ich hierher kam. Ich glaube, ich habe Sie mir als eine Art Überrest aus der Vergangenheit vorgestellt, als eine Art Sinnbild meines Ursprungs, meiner Geburt, und dass ich Sie untersuchen und prüfen würde, während Sie reglos dasitzen und sich verstellen würden und kraftlos wüten sollten wie ein Dshinn, den man aus den Tiefen der Hölle hochgeholt hat. Macht es Ihnen etwas aus, wenn ich so mit Ihnen rede?"

„Wenn Sie unbedingt müssen", sagte ich. „Welcher Dshinn schwebt Ihnen denn vor? Welcher Dshinn sitzt reglos da und verstellt sich und speit kraftloses Feuer?"

„Sie meinen, aus welchem Märchen?", fragte er nach, lächelte, runzelte die Stirn und bemühte sich, eine Erinnerung wachzurufen. „Ich weiß es nicht mehr. Ich habe nur ein bestimmtes Bild vor Augen."

„Einer mit Hörnern? Trägt der Dshinn in Ihrer Vorstellung vielleicht ein Horn? Ein Horn mitten auf der riesigen Stirn?", fragte ich.

„Ja", antwortete er auftrumpfend und grinste über das ganze Gesicht, sah eine Augenblick lang so aus wie seine Mutter und nicht wie der brütende, sich selbst strafende Mensch, der er den ganzen Nachmittag über gewesen war. Er besaß etwas von ihrem selbstmörderischen Frohsinn. „Sie sind ein ziemlich ausgebuffter Alter, stimmt's? Gut, dann sagen Sie mir, welcher Dshinn, welches Märchen."

„'Qamar Zaman'", antwortete ich. „Dieses Märchen hat den reglosesten, verschlagensten Dshinn in der ganzen *Tausendundeinen Nacht*. Mit einem Horn mitten auf der Stirn. Mein Lieblings-Dshinn, absolut grotesk, und so haben Sie sich mich ja vorgestellt."

„Nein, nein, ganz bestimmt nicht 'Qamar Zaman'", wehrte er ab. „Dieses Märchen kenne ich sehr gut."

„Nun gut, welches dann? Sie sind der Experte. In welchem Märchen kommt ein Dshinn vor, der aus den Tiefen der Hölle aufgestiegen ist, reglos dasitzt und sich verstellt und kraftlos Feuer speit? Das trifft doch ganz genau auf den Dshinn in 'Qamar Zaman' zu."

„Nein, der war es nicht. Mir fällt gerade nicht ein, welcher es ist, aber ich komme noch drauf. Und wenn ich das nächste Mal herkomme, sage ich es Ihnen."

Draußen wurde es langsam dunkel. Es war zwar noch licht, aber das war eine Helligkeit, die mit diesem schweren, wässrigen Grau beladen war, das einem das Herz zu Blei werden lässt. Ich sah betont auffällig aus dem Fenster, weil ich wollte, dass er endlich bemerkte, wie spät es geworden war. Wenn er ein anderes Mal wieder kommen wollte, konnte er jetzt vielleicht verschwinden und mir erlauben, mich auszuruhen und meine Gedanken zu sammeln. Mir gestatten, in meinen Katakomben Ordnung zu schaffen.

„Ermüde ich Sie? Ich muss gleich gehen", sagte er. „Erklären Sie mir nur eines. Sie haben gesagt, Sie hätten den Fall wegen der Ungerechtigkeit in den Beschuldigungen meines Vaters vor Gericht gebracht. Welche Ungerechtigkeit? Können Sie mir das bitte erklären?"

Ich schüttelte den Kopf. „Das ist eine sehr lange Geschichte, und möglicherweise eine, der schwierig zu folgen sein wird. Ist für heute nicht genug gesagt worden?"

„Ich kann schon noch folgen, denke ich, wenn Sie sich in der Lage fühlen zu erzählen", erwiderte er. Er sah verlegen aus, weil ihm klar war, dass er mich bedrängte, doch gleichzeitig auch ein wenig überlegen, weil er wusste, dass er forderte, die Geschichte erzählt zu bekommen und damit von mir verlangte, mich zu rechtfertigen.

Mir war klar, dass ich sie ihm erzählen würde. Mir verlangte nach Absolution. Nicht danach, dass mir vergeben oder ich von meinen Sünden freigesprochen wurde, die ohnehin nur Sünden der Kleinlichkeit und der Eitelkeit und nicht der Boshaftigkeit waren, und deren Folgen für mich und andere sowieso schon verheerend genug gewesen waren. Diese Sünden erträglicher zu machen, konnte kaum etwas getan werden, aber ich bedurfte der Erlösung von der Last der Ereignisse und der Geschichten, die ich niemals erzählen konnte und die mir dadurch, dass ich sie erzählte, den Wunsch erfüllten, dass mir mit Verständnis zugehört wurde. Er war derjenige, der mir diese Absolution erteilen konnte, und mir war nur zu klar, dass ich ihm erzählen würde, wonach er verlangte. Und wenn ich mit meinem Bericht zu Ende war, dann wäre eine gute Gelegenheit gegeben aufzuhören und ihm zu sagen, dass sogar Sheherezade es geschafft hatte, mit jedem Morgengrauen etwas Ruhe zu erhaschen. Ich versuchte nur, meinen Vorteil auszuspielen, indem ich ihm größeres Widerstreben vorgaukelte, als ich tatsächlich empfand, um sicherzugehen, dass er wirklich gehen würde, nachdem ich ihm seine Frage beantwortet hatte. Und außerdem hatte er auch einiges über sich erzählt, und ich wollte nicht undankbar erscheinen. Also bereitete ich eine Kanne mit süßem, schwarzem Tee und nahm den Faden der Geschichte wieder auf.

Von den Verwicklungen rund um das Besitzrecht am Haus erfuhr ich zum ersten Mal, als ich 1950 vom Makarere College zurückkehrte. Über drei Jahre war ich fort gewesen und hatte es mit der Rückkehr auch nicht so eilig, nachdem ich mein Studium abgeschlossen hatte. Während meiner Zeit in Kampala hatte ich zwei gute Freunde gewonnen: Sefu Ali, der aus Malindi in Kenia stammte und Kunst studierte, und Jamal Hussein, der aus Bukoba kam, das auf der tanganjikanischen Seite vom Victoria-See lag, und Betriebswirtschaft studierte. Sefu war ein in jeder Hinsicht leidenschaftlicher Mensch und redete, als wäre er einzig und allein seinem Gewissen und seiner Überzeugung verantwortlich, ein richtiger Künstler eben. Jamal studierte Betriebswirtschaft, weil seine Familie es von ihm verlangte. Es war mehr als nur wahrscheinlich, dass er Verantwortlichkeit und nützlichen Fertigkeiten den Vorzug geben würde, wenn Sefu zu einer seiner gehässigen Schmähreden gegen Brauch und Pflicht ansetzte. Ich studierte Verwaltungswissenschaften, und damals sah es so aus, als wäre ich dazu verdammt, mein Dasein als Beamter in der Kolonialverwaltung zu fristen. Unsere Zimmer im Wohnheim lagen auf demselben Korridor, gleich nebeneinander. Wir studierten zwar unterschiedliche Fächer, doch abgesehen davon machten wir alles gemeinsam. Wir lernten zusammen für unsere verschiedenen Klausuren und Prüfungen. Auch in die Mensa gingen wir als Gruppe. Damals durften wir die Mensa nur betreten, wenn wir unsere roten Studententalare umgelegt hatten, als befänden wir uns in einem Oxford am Äquator. Wir zogen gemeinsam durch die Stadt, lungerten unter den ausladenden Feigenbäumen herum, brachen im Ramadan am Ende jedes Tages zusammen das Fasten, feierten *Idd* gemeinsam. Einfach alles.

Es lag an unserer Jugend, nehme ich an, und einige unserer Kommilitonen zogen uns damit auf. Sie witzelten, dass wir sogar gemeinsam auf das Klo gehen würden, und was nicht alles. Aber es war eine wunderbare Zeit, und wir glaubten ganz sicher, dass unsere Kameradschaft ein Leben lang halten würde. Ich kann mich nicht erinnern, dass wir das je ausgesprochen hätten, aber im Rückblick kann ich zumindest von mir behaupten, dass ich das damals so sah, als eine Kameradschaft, die der glich, die man mit seinem Bruder hatte, beständig und nie in Frage gestellt. Verzeihung, ich hatte nie einen Bruder. Wenn ich diesen Vergleich anstelle, dann rede ich vielleicht von einer weiteren meiner hoffnungsvollen Erwartungen, dass ich mir wünschte, ich hätte einen Bruder gehabt, und mir vorstelle, wie es wohl gewesen wäre, einen Bruder zu haben. Wie dem auch sei, als unsere Studien zu Ende waren, hatten wir keine Lust, uns zu trennen. Ich war trauriger darüber, von diesen guten Freunden Abschied nehmen zu müssen, als ich je wegen etwas anderem gewesen war, abgesehen vom Tod meiner Mutter, möge der Herr ihrer Seele gnädig sein, und ihr Tod schien mir damals, ich war gerade erst elf Jahre alt, mehr eine natürliche Katastrophe als eine Trennung zu sein, eine erdbebenartige Erschütterung, eine Flutwelle, eine Sonnenfinsternis.

Also beschlossen wir, um den Augenblick der Trennung noch etwas hinauszuschieben, dass wir uns erst einmal ein paar Monate lang reihum besuchen wollten, einen oder zwei Monate bleiben, oder so lange es die Eltern oder die verschiedenen Regierungsinstitutionen, zu denen Sefu und ich versetzt werden sollten, gestatteten. Zunächst einmal blieben wir noch auf dem Campus, nachdem alle anderen schon abgereist waren, schliefen uns aus, spielten Karten, lernten Tennis und solche Sachen, fühlten uns sicher in dem unanfechtbaren Gefühl der Leichtfertigkeit, das mit so einer Selbstsicherheit einhergeht, wenn man jung ist und weit weg von zu Hause. Doch schließlich verlor der Quästor, der eigentlich ein freundlicher und verständnisvoller Mensch war, doch die Geduld mit uns und jagte uns davon. Also reisten wir nach Bukoba, um bei Jamal Husseins Familie unterzukriechen. Für die Überfahrt über den See nahmen wir die Fähre von Entebbe, und ich kann mich noch daran erinnern, dass es die ganze Zeit in Strömen goss und der Regen die endlosen Papyruswälder am Ufer niederzwang und die Oberfläche des Sees in dunkles Quecksilber verwandelte. Blitze schossen über den tief hängenden Himmel, und der Wind heulte wie eine angsterschütterte Kreatur. Es war das einzige Mal, dass ich die Überfahrt machte, und ich bin traurig, dass ich einzig und allein dieses gewaltige und dunkle Schauspiel zu sehen bekam, ganz zu schweigen von der wachsenden Panik der Passagiere auf dem Schiff, das durch diesen Gewitterguss stampfte.

Jamal Husseins Familie betrieb ein Haushalts- und Eisenwarengeschäft, handelte mit Töpfen und Pfannen und Hämmern und Nägeln und blumenverzierten Emailleschüsseln und Tabletts, die sich in einem großen, düsteren Laden in der Hauptstraße der Stadt bis unter die Decke türmten. In einem luftigen Warenhaus am Rande der Stadt betrieben sie noch ein weiteres Geschäft, das Fahrräder und landwirtschaftliche Ausrüstungen verkaufte. Seit dem Beginn des wirtschaftlichen Aufschwungs in der Nachkriegszeit führte das Familienunternehmen neben dem Warenhaus für landwirtschaftliche Ausrüstungen zudem ein Autohaus, das auf Austin spezialisiert war, und eine Pumpenservicestation. Man befand sich schließlich im britischen Tanganjika, und da war es nicht so einfach, Vertragshändler für *ausländische* Autos wie Ford oder Peugeot zu werden. Kurz gesagt, es war jedenfalls eine wohlhabende Familie, die möglicherweise unmittelbar davor stand, richtig reich zu werden. Es ist mir nie gelungen, die Schar ihrer Angestellten auch nur annähernd zu überblicken, noch in welcher Beziehung sie zueinander standen. Jedenfalls gab es verschiedene Onkel und Cousins, die unermüdlich die Angelegenheiten der Familie vorantrieben, manchmal mit höchst dramatischem Gesichtsausdruck herumliefen, und sich zu anderen Zeiten zu raubeinigen Haufen zusammenfanden, um Klatsch und Neuigkeiten miteinander zu teilen oder eine vorübergehende Ablenkung von ihren endlosen Ängsten zu erfahren. Da gab es Tanten und noch mehr Cousins und Cousinen, die ähnlich unermüdlich im Haushalt beschäftigt waren, kochten, Wäsche wuschen, kamen und gingen, und sich offensichtlich in einem fort anbrüllten. Ich sage offensichtlich, weil ich nicht verstehen konnte, was sie einander sagten. Sie sprachen Gujarati miteinander, und deshalb konnte ich nicht klar ausmachen, ob das gegenseitige Anbrüllen so etwas wie dauerndes Haushaltsgezänk darstellte, oder ob es sich um einen Austausch über die praktischen Dinge des Alltags handelte, wie zum Beispiel darüber, wer mit dem Fegen des Hofes an der Reihe war oder ähnliche Dinge. Ihre wütenden Gesten jedoch ließen des Öfteren Ersteres als nahe liegend erscheinen.

Die Großfamilie bewohnte zwei riesige Häuser, die sich einen Hof teilten, der mit Hühnerdraht und einer Taubenerbsenhecke von der Außenwelt abgeteilt war. In diesem Hof, den Jamal als Garten bezeichnete, wuchsen ein paar Bananenstauden, Jasminsträucher, ein Guavenbaum, gab es ein Beet mit Kräutern an der Hintertür des einen Hauses und ein Hühnergehege. In einer Ecke befand sich ein Waschplatz mit Wasserhahn, der mit Zement ausgegossen worden war, an dem ein *Dhobi*, der außer sonntags jeden Tag ins Haus kam, die Wäsche wusch, und Wäscheleinen zogen sich endlos kreuz und quer und in allen Himmelsrichtungen über den Hof. Sefu und mir wurde ein Schuppen im

Hof zugewiesen. Dieses Nebengebäude besaß zwei Zimmer mit getrennten Eingangstüren und einer gemeinsamen Toilette. Das zweite Zimmer wurde als Lagerraum genutzt und blieb verschlossen, und manchmal sahen wir eine der vielen Cousinen kommen und dort ein paar Sachen abholen, die im Haushalt benötigt wurden.

Ich hatte die Spannung gespürt, die aufgekommen war, als wir auftauchten. Jamal hatte seine Familie nicht vorgewarnt, dass wir ihn begleiten würden, und hatte angenommen, ausgehend von den Geschichten, die er ihnen über uns erzählte hatte, dass sie sich freuen würden, wenn seine Freunde eine Zeit lang bei ihnen blieben. Das war wahrscheinlich Teil eben dieses Gefühls des Wohlergehens, das uns in den letzten Monaten in Kampala so glücklich gemacht hatte. Jamal war der Einzige von uns dreien, dessen Familie nahe genug an Kampala wohnte, dass er regelmäßig in den Ferien nach Hause fahren konnte, obwohl auch Sefu am Ende des ersten Jahres einmal die Reise an die Küste unternommen hatte, um an einer Trauerfeier in der Familie teilzunehmen. Ich weiß, dass Jamal seiner Familie über seine Freunde in Kampala erzählt hatte, weil uns einige Cousins mit den Märchen unserer hirnloseren Abenteuer unterhielten. Aus all dem hatte Jamal darauf geschlossen, dass wir selbstverständlich mit in seinem Zimmer schlafen würden, oder in dem Zimmer, das er mit welchen Brüdern und Cousins auch immer teilte. Erlebte man aber, wie eng sie zusammenlebten und wie absichtsvoll ihr Leben ausgerichtet war, und man merkte es sofort, und sah man dann noch die jungen Cousinen, die zum Haushalt gehörten, dann war klar, dass man uns kaum im Haus willkommen heißen konnte. Jamal aber sah es mit Missfallen, dass man uns in einem der Lagerräume unterbrachte, und die Möglichkeit, dass wir das als Missachtung auffassen könnten, war ihm unangenehm.

Es waren keine richtigen Lagerräume. Das wurde schon an der Toilette zwischen den beiden Zimmern deutlich, aber ebenso deutlich wurde auch, dass diese Zimmer ursprünglich für einen Diener oder den Gärtner vorgesehen waren. Es war nur so, dass die Familie keine Diener oder Gärtner beschäftigte und die Zimmer deshalb einem anderen Zweck zuführen konnte. Wir bemühten uns, Jamal gegenüber einen Scherz daraus zu machen und erklärten ihm, wie herrlich es sei, am Morgen aus der Tür zu treten und ihm Garten zu sein, und dass wir bis spät in die Nacht aufbleiben und Karten spielen konnten, ohne die Familie zu stören, und wie sehr wir für uns sein konnten. Es traten aber noch weitere Spannungen auf. Wir aßen gesondert, wurden von einer Schwester Jamals gerufen, unser Essen abzuholen, das uns in immer denselben blumenverzierten Emailleschüsseln übergeben wurde. So, als hätte man sie nur für uns beiseite gestellt. Und auch Jamal war häufig gezwungen, verschiedenen Verpflichtungen nachzukommen, die er uns nicht immer näher beschrieb. Zudem ging es vor allem Sefu auf die Nerven, dass die Tanten und Cousinen in unserem Beisein ganz offen über uns redeten, natürlich in Gujarati, und uns mit unverhohlener Ungeduld anstarrten, sobald wir im Hof erschienen. Ein paar Tage später erklärte Jamal uns, dass man von ihm verlangte, dass er jeden Tag das eine oder andere der Familiengeschäfte aufsuchte, und wir deshalb nicht die Ausflüge zu den interessanten Zielen in der Nähe unternehmen könnten, die er uns versprochen hatte. Stattdessen aber könnten wir am kommenden Sonntag zusammen mit der Familie einen Picknickausflug ein paar Meilen die Uferstraße des Sees hinauf machen.

Wir hielten es dort zu guter Letzt nur rund zwei Wochen aus. Eines Nachmittags schlenderten Sefu und ich an der Rückseite des einen Hauses entlang in Richtung des Durchgangs zur Straße, weil wir einen Spaziergang am Seeufer machen wollten. Jamal war nirgends zu sehen, obwohl er uns versprochen hatte, mit uns zu kommen, wenn er sich freimachen konnte. Plötzlich traf uns von oben ein Schwall warmen Wassers, und wir schauten gerade noch rechtzeitig genug hinauf, um an einem Fenster im ersten Stock das Gesicht einer Frau zu entdecken, das uns angrinste, bevor es wieder ins Haus verschwand. Dann vernahmen wir aufgeregtes Gelächter und im nächsten Augenblick erschienen drei andere Gesichter am Fenster, um das Schauspiel zu genießen. Danach blieb uns nichts anderes mehr übrig als abzureisen, zumal wir beide davon überzeugt waren, dass uns die Frauen mit schmutziger Seifenlauge überschüttet hatten. Zu dem Zeitpunkt, da Jamal vom Haus zu uns herübergerannt kam und irgendetwas über die Schulter hinweg zum Haus hinüberbrüllte, hatten wir uns bereits gereinigt und umgezogen und unsere wenigen Habseligkeiten zusammengepackt. Sobald er auftauchte und erklären wollte und sich entschuldigte, nahm Sefu seine große, unförmige Tasche und kämpfte sich aus dem Zimmer. Ich folgte ihm natürlich auf dem Fuß. Als wir fast schon die Straße erreicht hatten, drehte er sich zu Jamal um und sagte: „Ihr seid alle doofe, arrogante Scheißer, alle." Ich sagte zu Jamal: „Schreib ihm, du hast ja seine Adresse. Lass es nicht dabei bewenden." Er hat aber nie geschrieben. Es war so traurig. Vielleicht schämte er sich zu sehr, vielleicht aber hatte er für sich auch entschieden, dass es nichts zu schreiben gab. Ich erinnere mich noch an die süßen Pflaumen, die man in Bukoba erntete und an das violette Licht über dem See am späten Nachmittag.

Sefu und ich nahmen erst den Bus nach Mwanza und dann einen nach Kisumu und von dort den Zug nach Nairobi und schließlich nach Mombasa. Wir brauchten vier Tage für diese Reise, schliefen eine Nacht im Busbahnhof und dann im Zug. In Mombasa krochen wir eine Nacht bei einem Verwandten von Sefu unter, und am darauf folgenden Morgen stiegen wir in den Bus nach Malindi. Als wir die Küste erreichten, kam in mir das Gefühl auf, als käme ich wieder nach Hause. Mehr noch, es war mir, als begriff ich, dass es für mich in der Ordnung der Dinge einen festgelegten Platz gab. Vieles von dem, was ich in Kampala gelernt hatte, fiel in sich zusammen, Einblicke in das Ausmaß meiner Unwissenheit und die selbstsichere Mickrigkeit, mit der wir unser Leben lebten. Als ich wieder an der Küste ankam, fühlte ich mich zu guter Letzt wieder als Teil von etwas Großartigem und Ehrwürdigem, einer Lebensweise, die mir eine Rolle zuwies, und die ich vorschnell als sinnlose Stümperei abgetan hatte. Ich blieb drei Monate bei Sefu und seinen verschiedenen Verwandten. Wir reisten an der Küste entlang in Richtung Norden bis nach Pate und Lamu, blieben ein paar Tage an Orten, in denen Sefu jemanden kannte oder den Namen einer Person bekommen hatte, die uns aufnehmen würde, und dann stiegen wir wieder in den Bus oder nahmen ein Schiff, um weiterzuziehen. Wo auch immer wir hinkamen, behandelte man uns als Söhne der Familie und teilte mit uns, was an Gastlichkeit möglich war. Überall, wo wir hinkamen, schien es, als gäbe es jemanden, der wusste, wer Sefu war, auch wenn dieser Jemand Sefu niemals zuvor getroffen hatte. Wir erlebten eine unglaublich schöne Zeit, und überall empfingen die Leute auch mich mit offenen Armen. Sefu versuchte mich zu überreden, in Kenia zu bleiben und mir eine Arbeit zu suchen, mir aber war klar, dass das nicht ging, weil die

Bedingungen meines Stipendiums vorsahen, dass ich zumindest für die Dauer von drei Jahren zurückkehrte, um für die Kolonialverwaltung zu arbeiten.

Ein paar Wochen nach meiner Ankunft an der Küste hatte ich einen Brief an meinen Vater geschrieben, um ihm mitzuteilen, wo ich gerade steckte und ihm zu sagen, dass ich zwar nach Hause unterwegs war, mir dabei aber etwas Zeit lassen wollte. Ich hatte eigentlich nicht mit einer Antwort gerechnet. Immerhin hatte er in den vergangenen ungefähr drei Jahren nicht ein einziges Mal auf meine wenigen und halbherzigen Kommunikationsversuche reagiert. Das war mir nicht als Unhöflichkeit aufgefallen. Mein Vater war mir nie als unhöflicher Mensch vorgekommen. Ich schickte ihm ab und zu eine Nachricht, weil ich mich dazu verpflichtet glaubte. Vater hingegen schickte nie einen Brief, wenn es nicht etwas Wichtiges mitzuteilen gab, eine Anweisung zum Beispiel, oder auch ein Verbot. Er schrieb mir nach Malindi und meinte, es sei an der Zeit, dass ich nach Hause käme, weil bereits ein Regierungsangestellter bei ihm aufgetaucht sei und nach meinem Verbleib gefragt hätte. Ich sei aufgefordert, mich so bald als möglich bei meiner neuen Dienststelle zu melden. Dazu sei ich verpflichtet, oder hätte ich das vergessen? Auf jeden Fall sei es an der Zeit, dass ich nach Hause käme, weil auch noch einige andere Dinge anstünden, über die wir reden müssten, und ich sollte ihn auf jeden Fall wissen lassen, mit welchem Schiff ich käme, denn er beabsichtige mich abzuholen. Diese letzte Anweisung war der versteckte Hinweis auf seine erneute Heirat. Ihre wirkliche Bedeutung begriff ich aber erst bei meiner Ankunft.

Mein Vater hatte zwei Jahre zuvor wieder geheiratet. Als er mir das mitteilte, hielt ich das erst einmal für Unsinn. Wir waren auf dem Weg von den Docks nach Hause, und ich befand mich in aufgekratzter Stimmung, weil ich nach so langer Zeit nach Hause zurückkehrte und Leute grüßte, die ich seit Jahren nicht gesehen hatte, so dass ich, nehme ich an, nicht besonders aufmerksam zugehört habe. Ich erinnere mich aber, dass ich - so zwischen breitem Lächeln, das ich den Leuten schenkte, an denen wir vorbeikamen, und denen ich zuwinkte - bei mir dachte: Warum möchte ein alter Mann wie du bloß wieder heiraten? Natürlich habe ich ihm nicht annähernd dergleichen gesagt. Er hätte mich auf offener Straße, ohne auch nur einen Augenblick zu zögern, auf der Stelle für meine Unverschämtheit totgeschlagen. Jedenfalls bin ich froh, dass ich nichts sagte, weil ich ihn inzwischen besser verstehen kann. Ich weiß mittlerweile, dass man niemals aufhört, sich zu wünschen zu leben, sich zu wünschen, jemanden zu haben, der zu einem steht, sich zu wünschen, für jemanden da zu sein. Er muss befürchtet haben, ich könnte die Nachricht übel nehmen, weil wir beide meine Mutter über alles geliebt haben. Doch das hat mir nie Gedanken gemacht. Nicht damals, noch jemals. Als wir bei dem Haus ankamen, dem Haus, das er nach seiner Wiederheirat bezogen hatte, fielen mir die Leute wieder ein, die vorher dort gewohnt hatten. „Deine Mutter", stellte mein Vater sie vor, und seine Frau und ich küssten uns höflich auf die Wangen und übten uns in freundlicher Konversation. Ich hätte 'meine Stiefmutter' statt 'seine Frau' sagen sollen, aber als solche habe ich sie nie gesehen. Sie war und blieb die Frau meines Vaters. Ich kannte sie von früher her als Bi Maryam, und so redete ich sie von da an immer an. Ohne jede Missachtung darin.

Ich erwähnte, dass ich mich an die Leute erinnern konnte, die zuvor in dem Haus gewohnt hatten, und das könnte den

Anschein erwecken, als würde ich sie nur flüchtig kennen. Vielleicht hätte ich sagen sollen, dass ich sie sehr gut kannte und ganz genau wusste, wer sie waren. Bi Maryams vorheriger Ehemann war *Nahodha*, Kapitän einer Dhau und Geschäftsmann. Jedermann kannte ihn. Ein *Nahodha* war eine beeindruckende Erscheinung, wenn er durch die Straßen schritt, ein Mann des Meeres, der sich um Waren und technische Einzelheiten kümmerte, die Träger und die Mannschaft antrieb, sich zu beeilen, bevor die Gezeiten wechselten oder der Wind abflaute. Wenn er vorüberging und seine Geschäfte erledigte, grüßten die Leute ihn und riefen ihm etwas zu, manchmal riefen sie ihn mit Namen, manchmal bei seinem Beruf. An seinen Tod kann ich mich nicht erinnern, also muss das gewesen sein, während ich in Kampala war, und mein Vater muss sich Bi Maryam sofort gegriffen haben, nachdem die Trauerzeit abgelaufen war. Ich habe keine Ahnung, wie das vonstatten gegangen sein oder was ihn dazu getrieben haben könnte, und schon gar nicht, was sie dazu veranlasst haben mag, ihn zu heiraten. Ich kann nur sagen, dass sie in den Jahren, in denen wir unter einem Dach wohnten, friedlich miteinander auskamen und genau so selbstgerecht und rechthaberisch waren, wie man nur annehmen konnte. Hätte ich es nicht besser gewusst, hätte ich glauben können, dass sie schon seit Jahrzehnten zusammenlebten und nicht erst die paar Jahre seit ihrer Eheschließung. Einer schien immer die Meinung des jeweils anderen zu kennen, und ich habe nie erlebt, dass sie einander in wichtigen Dingen widersprachen. War mein Vater wegen irgendetwas wütend und auf Angriff gestimmt, dann stellte Bi Maryam sicher, dass sie auch einen Kiesel oder Pfeil bereit hatte, um ihm zur Seite zu stehen. Ihre Methoden waren insgesamt ausgeklügelter und feiner als seine, der immer dazu neigte, auf seiner

Meinung zu beharren und beleidigt zu sein, wenn er seinen Willen nicht durchsetzen konnte. Verlangte es meinem Vater nach einer bestimmten Delikatesse, oder war Bi Maryam über eine Abmachung unglücklich, dann hatte es nie den Anschein, als wären ihre Wünsche dem jeweils anderen lästig, zumindest habe ich nie dergleichen miterlebt. Kurz, obwohl ich in dieser Angelegenheit nicht allzu lässig oder unbeeindruckt dastehen möchte, sie schienen zufrieden zu sein.

Was ich mit Sicherheit weiß, ist Folgendes, weil Vater es mir ein paar Wochen nach meiner Heimkehr erzählte, damit ich Bescheid wüsste, wenn mir der Klatsch und Tratsch zu Ohren käme, wie es denn letzten Endes auch der Fall war. Ich wiederhole hier, was ich damals begriff und glaubte. Ich achte meinen Vater derart, auch wenn er in vieler Hinsicht unwissend und dickköpfig war und so gierig wie jeder andere auch, der mit den Härten und der Habgier der damaligen Zeit groß geworden ist. Ich bin zugleich davon überzeugt, dass auch er mir die Dinge so erzählte, wie er sie sah, und dass er mir alles erzählte, was er mir erzählen konnte. Ich fragte ihn nicht, ob er Bi Maryam ganz schnell geheiratet, ob er der Witwe wegen ihres Wohlstands nachgestellt hatte. Ich konnte ihn unmöglich so etwas fragen. Er hätte das für respektlos gehalten. Und vielleicht schätzte er sich auch glücklich, dass er sich diese reiche Witwe geangelt hatte, bevor noch jemand anders an ihr dran war. Ich habe keine Ahnung, ob es sich so verhielt, oder ob er Bi Maryam schon jahrelang gern gehabt hatte und dann schnell handelte, als sich ihm die Möglichkeit bot.

Was ich weiß, ist Folgendes. Bi Maryams erster Mann, Nassor, der *Nahodha*, den jeder gut leiden mochte und der von allen auf der Straße mit einem Lächeln und einem Gruß willkommen geheißen wurde, schleppte seine eigene alltägliche Geschichte über Erbstreitigkeiten in der Familie mit sich herum. Zunächst einmal weigerten sich seine Verwandten, ihm das Erbe seines Vaters herauszugeben. Sie strichen alles ein, bevor er noch geboren war und teilten es unter sich auf, während er noch genüsslich und ohne das Geringste zu ahnen, in den schäumenden Wassern der Erinnerungslosigkeit schwamm, sicher verwahrt im amniotischen Kessel. Er kam erst nach dem Tod seines Vaters zur Welt, eine Waise, und seine männlichen Verwandten nahmen alles, was da war und teilten es untereinander auf, während er noch nicht auf der Welt war. Sie ließen ihm nichts. Nicht einmal ein Stück Stoff für das Leichentuch, wie die Alten zu sagen beliebten. All das trug sich im Oman zu, in der Stadt Mascat. Auch seine Mutter bekam nichts aus der Hinterlassenschaft ihres Mannes. Stattdessen bot ihr ein Bruder ihres Ehemannes an, sie zu heiraten, sobald die Trauerzeit vorüber wäre. Der Bruder hatte bereits zwei Frauen und mit ihnen eine ganze Horde Kinder, aber er biete Nassors Mutter die Ehe als eine Art Schutz an und zur Bewahrung der Achtung vor ihr, wie er sich ausdrückte. Sie war der Ansicht, dass ihr nichts anderes übrig bliebe, als dieses Angebot anzunehmen, weil sie keinen anderen Weg sah, die Schande zu bedecken, die der Verlust des Mannes und das Alleinsein über sie gebracht hatten. Der neue Ehemann seiner Mutter nahm auch Nassor in sein Haus auf und ließ ihn als abhängigen Verwandten aufwachsen.

Als Nassor alt genug war, solche Dinge zu durchschauen, erklärte seine Mutter ihm, wie ihm seine Geburtsrechte gestohlen worden waren. Beide seien sie verraten worden, erzählte sie ihm, während sie sich trauernd im Dunkeln zusammengerollt und ihren armen Mann beweint hatte. Was die Verwandten ihnen angetan hatten, sei ein Verstoß gegen das von Gott gegebene

Recht, erklärte sie ihm, das die Erbrechte zwingend bestimme. Sie lauteten wie folgt. Starb ein Mensch, dann sollte sein Besitz folgendermaßen verteilt werden: 1) waren die Schulden des Verstorbenen zu tilgen, wie auch alle anderen Verpflichtungen gegenüber anderen Unternehmern oder der Öffentlichkeit; 2) sollte die Hälfte des verbleibenden Erbes zu gleichen Teilen auf die hinterbliebenden männlichen Kinder des Verstorbenen aufgeteilt werden; 3) stand ein Drittel des Erbes den hinterbliebenen Ehefrauen des Verstorbenen zu; 4) sollten die Töchter des Verstorbenen den Rest zu gleichen Teilen bekommen. Da Nassor der einzige männliche Nachfahre seines Vaters war, und der einzige Nachfahre überhaupt, hätte er mindestens die Hälfte dessen erben müssen, was sein Vater besaß. Das seien zwei Häuser in Mascat und ein Stück Land mit Dattelpalmen in seinem Heimatdorf gewesen. Und sie, seine einzige Frau, hätte Anspruch auf ein Drittel dessen gehabt, was er hinterlassen hatte. Die Verwandten wussten, dass sie zum Zeitpunkt des Todes von Nassors Vater ein Kind unter dem Herzen trug und beeilten sich mit der Verteilung des Erbes, damit das Kind keine Ansprüche mehr anmelden konnte. Und von ihr, Nassors Mutter, hatte man verlangt, dass sie einen der Verwandten heiratete und sie damit um ihr Drittel geprellt. Was sie ihnen angetan hatten, sei nichts anderes als Sünde und Betrug. Das Recht war in dieser Hinsicht ganz eindeutig und bis in die Einzelheiten im BUCH beschrieben, auch wenn sie Sure und Zeile nicht benennen könne. Der Prophet sei selbst als Waise zur Welt gekommen, und auch er habe nichts von seinem Vater geerbt. Was ihm von Geburt her rechtmäßig zugestanden hatte, war auf seine Onkel aufgeteilt worden, und er wurde das arme Mündel seines Großvaters und wuchs bei Beduinen in der Wüste auf. Und genau deswegen beschrieb das Buch Gottes so haarklein den Teil des Erbes, den jeder Verwandte bekommen sollte, damit in Zukunft die Ungerechtigkeiten aus den Zeiten der Unwissenheit vermieden werden sollten.

Bereits in frühen Jahren, mit zwölf oder dreizehn vielleicht, unternahm Nassor die Reise mit dem *Musim* hin zu unserem Teil der Welt. Er war eine Art Schiffsjunge, und nach dieser ersten Reise kam er jedes Jahr wieder. In jener Zeit entdeckte er auch seine Anlagen für die Seefahrt und wurde, als er nach Mascat zurückkehrte, Seemann. Sein Onkel gab ihn zu verschiedenen *Nahodhas* in die Lehre und erhielt dafür Nassors Lohn. So blieben die Dinge viele Jahre lang und wären wahrscheinlich noch bis zu seinem Tode so weitergelaufen, denn die Söhne seiner Onkel sahen, als sie von ihren Vätern die Rolle der Familienoberhäupter übernahmen, keinen Grund, ihn anders zu behandeln als zuvor. Seine Mutter war abgesichert, da sie in ihrer Ehe mit seinem Onkel Kinder geboren hatte, Nassor aber war lediglich ein abhängiger Verwandter und musste sich so gut nützlich machen, wie er nur konnte. Seine Mutter lag ihm ständig in den Ohren, seinen Anteil am Erbe seines Vaters zu beanspruchen, doch Nassor wusste, dass seine Cousins ihn, wenn er das täte, wenn er es wagen sollte, diese Möglichkeit auch nur in Betracht zu ziehen, zusammenschlagen und aus der Familie ausstoßen würden, worauf kurz danach sein Leben auf geheimnisvolle Weise ein Ende finden würde. Deshalb kehrte er nach einer *Musim*-Reise nicht mehr zurück und schickte seiner Mutter lediglich einen Brief, in dem er ihr mitteilte, dass er zurückkommen würde, wenn er könnte, womit er meinte, dass er nur zurückkommen würde, wenn er müsste, wenn alles andere schief gegangen war oder sie sich aufgrund seiner Abwesenheit in Schwierigkeiten befand. Er muss damals siebzehn oder achtzehn Jahre alt gewesen sein, und hat bald darauf Heuer gefunden und ist auf Schiffen gefahren, die entlang der ostafrikanischen Küste Handel trieben. Er arbeitete unermüdlich, lebte auf das Sparsamste und besaß einen blitzschnellen Verstand, und als er ungefähr dreißig war, war er bereits zum Teilhaber an mehreren kleinen Unternehmen aufgestiegen und Anteilseigner der *Dhau*, deren *Nahodha* er war.

In all den Jahren war Nassor nicht ein einziges Mal nach Mascat zurückgekehrt. Eines Tages erreichte ihn über einen Kaufmann ein Brief seines Onkels. Der gratulierte ihm zu dem Wohlstand, den er sich erarbeitet hatte, dessen Kunde bis nach Mascat gedrungen sei. Sein Onkel verlangte nun von ihm, dass er nach Hause zurückkehrte, damit er heirate, solange seine Mutter noch am Leben sei und dazu in der Lage, an den Feierlichkeiten teilzunehmen. Sie hatten ihm bereits eine Braut ausgesucht, eine seiner Kusinen und erwarteten von ihm, dass er mit dem umkehrenden *Musim* die Heimreise antrete. Nassor schrieb einen schadenfrohen Antwortbrief, in dem er verkündete, dass er bereits verheiratet sei und es ihm nicht nach einer weiteren Frau verlangte, und dass er eine Rückkehr in Erwägung ziehen würde, wenn Geschäft und Gesundheit ihm das erlaubten. Was hieß: niemals. Doch war ihm daran klar geworden, dass seine Verwandten sehr wohl über seine Angelegenheiten aufgeklärt waren, und er fing an, sich darüber Sorgen zu machen, was aus seiner neuen Familie werden sollte, wenn ihm etwas zustieße. Deshalb ließ er, nachdem er ein neues Haus erworben hatte, dieses auf den Namen von Bi Maryam eintragen, damit es vor seinen gierigen Verwandten geschützt blieb, sollte er unerwartet das Zeitliche segnen, denn die, die auf hoher See ihrer Arbeit nachgingen, lebten immer in einer solchen Gefahr. Er hatte ebenfalls vor, seine

Unternehmen bei der Geburt seiner Kinder auf deren Namen eintragen zu lassen, um auch sie vor dem Zugriff der Verwandten zu schützen. Traurigerweise wurden ihm aber nie Kinder geboren. Auch das wurde seinen Verwandten hinterbracht, die mit einem neuerlichen Heiratsangebot an ihn herantraten und sich auch der Dienste seiner Mutter versicherten, die ihn flehentlich bat, dass er seinen Pflichten nachkommen möge, um sicherzustellen, dass der Name seines Vaters nicht ausstarb.

Bis zu dem Zeitpunkt, da seine Familie ihn ausfindig machte, hatte Nassor mit Bi Maryam ein zufriedenes Leben geführt. Diese neuerlichen Annäherungsversuche ließen allerdings einen Entschluss in ihm reifen. Er plante, Bi Maryam alles zu überschreiben, was er besaß, das ganze Unternehmen, denn es gab kein Gesetz, das es ihm untersagte, sich schon zu Lebzeiten und nach seinem Belieben von seinem ganzen Besitz zu trennen. Auf diese Weise könnten seine Verwandten im Falle, dass ihm etwas zustieße, anstellen, was immer sie wollten, seine Frau bliebe abgesichert. Weil er diese Regelung aber geheim halten wollte, damit sich keine Furcht unter seinen Partnern und Teilhabern ausbreitete, schob er es viel zu lange vor sich her, sie in die Tat umzusetzen. Schließlich rief ihn Gott in seiner Gnade zu sich, bevor er seinen Entschluss Wirklichkeit werden lassen konnte, nicht auf See, wie er das immer befürchtet hatte, sondern durch einen Herzschlag, der ihn niederstreckte, als er sich am Morgen eines neuen Tages aus dem Bett erheben wollte. Während Bi Maryam noch in Trauer und deshalb nicht in der Lage war, männliche Besucher zu empfangen oder die Geschäfte zu führen, kam ein Cousin aus Mascat herüber, um die Forderungen der Familie darzulegen. Da es keine männlichen Nachfahren gab, stand den Verwandten nach dem Gesetz der größte Teil von

Nassors Besitz nach Begleichung seiner Schulden zu. Mit Ausnahme des Hauses. Das befand sich außerhalb ihrer gierigen Reichweite. Und wie das Gesetz es verlangte, erhielt Bi Maryam ein Drittel des übrigen Erbes, und der größere Teil des Besitzes ging in die Hände der Verwandten über. Jeder, der über den Ausgang der Angelegenheit erfuhr, freute sich mit Bi Maryam über ihr Glück und spendete der Sorgfalt und Voraussicht von Nassor, dem *Nahodha*, Beifall, den man auf Grund dessen fortan im Tode um so höher schätzte als zu Lebzeiten. Nicht einer wagte ein Wort gegen Gottes Gesetz zu sagen.

Jetzt sollte ich erst einmal erklären, wer Bi Maryam war und aus welcher Familie sie stammte. Ich habe das bislang nicht getan, um zunächst einmal Nassors Geschichte vollständig, und ohne schwierige Verwicklungen berücksichtigen zu müssen, erzählen zu können. Maryam war die jüngste Tochter des gottesfürchtigen Mahmud. Der hatte drei Kinder: das älteste hieß Sara, dann kam Shaaban und schließlich Maryam. Shaaban war eben jener verrückte Hund, der der Vater von Rajab Shaaban Mahmud war. Kurz, Bi Maryam, die Frau meines Vaters, war also die Tante von Rajab Shaaban Mahmud.

Als Bi Maryam Nassor heiratete, lebte ihr Vater noch, und viele sahen es als Segnung für den *Nahodha*, dass der gottesfürchtige alte Mann dieser Verbindung ungeachtet der schrecklichen Verdächtigungen zustimmte, die den Männern entgegengebracht wurden, die ihren Lebensunterhalt auf See verdienten. Was für Verdächtigungen? Männer, die ihr Dasein auf dem Meer fristeten, waren häufig so lange Zeit ordentlicher Kontrolle entzogen, dass man nicht wissen konnte, an welchen Gräulichkeiten sie sich beteiligten. Und dann besaß das Meer mit all seiner unbeherrschbaren Leere die Eigenart, die Sinne zu verdrehen, Menschen unruhig und überspannt oder gar auf seltsame Weise gewalttätig werden zu lassen. Der gottesfürchtige Mahmud aber empfand keinerlei Abneigung gegenüber Nassor, dem *Nahodha*, und Bi Maryam auch nicht.

Auch ihr Bruder Shaaban lebte noch, wälzte sich abends meistens singend durch die Straßen und häufte Schande und Elend auf seinen Vater, der auch aus diesem Grund über den Mann, den Bi Maryam sich zum Ehemann erwählt hatte, glücklich war, einen Mann, der für seine Freigebigkeit und Gutmütigkeit bekannt war und nur auf Grund seiner Hingabe an sein Unternehmen kaum in der Moschee gesehen wurde. Shaaban hingegen zog es vor, sich von Leuten fernzuhalten, die besonders häufig in die Moschee gingen.

Als Bi Maryam das erste Mal heiratete, stand Sara, ihre ältere Schwester, bereits vor ihrer dritten Ehe und hatte miterleben müssen, wie ihre ersten beiden Ehemänner kurz nach der Eheschließung von ihr gegangen waren. Ihr dritter Mann war ein kleiner, schwerfällig gebauter Mann mit ruhigem Gebaren, der gern schnupfte; ein zutiefst zurückhaltender Mensch. Bi Sara war nur vier Jahre älter als Bi Maryam, im Gegensatz zu ihrer Schwester aber sah sie immer irgendwie krank und finster aus, rechnete immer mit dem Schlimmsten, was dazu führte, dass sie etwas übertrieben dazu neigte, auch dem kleinsten Stückchen Tratsch oder Skandalgeschwätz noch eine verheerende Note zu geben. Sie hatte keine Kinder, und es sah auch nicht so aus, als sollte sie je welche bekommen, zog man ihre vielen Gebrechen in Betracht. Doch waren ihre vorangegangenen Witwenzeiten nicht ganz ohne Ertrag geblieben, und nach dem Tode ihres zweiten Mannes hatte sie das kleine Haus geerbt, in dem sie wohnte. Es wäre ungerecht zu behaupten, dass ihr dieses Haus den dritten

Ehemann beschert hatte, doch besaß sie neben ihrer Frömmigkeit nur sehr wenige Reize, die einen Mann hätten anziehen können, und ihre beständige Erwartung eines Schicksalsschlages hat wohl viele zusätzlich abgeschreckt. Es war eben dieses kleine Haus, das Bi Sara von ihrem zweiten Mann erbte, das später zum Gegenstand des Streites zwischen Rajab Shaaban Mahmud und mir werden sollte.

Zu der Zeit, als Nassor, der *Nahodha*, so plötzlich verschied, das war ungefähr zehn Jahre später, war Shaaban bereits tot, schnell dahingerafft nach einer kurzen, unbestimmten Krankheit. Ein paar Monate darauf folgte ihm sein Vater Mahmud. Auch Bi Saras dritter Mann hatte seinen Erdenlauf vollendet, und sie hatte sich nicht mehr die Mühe gemacht, nach einem weiteren möglichen Ehemann Ausschau zu halten. Vielleicht aber hatte inzwischen auch ihr Ruf, schlimmstes Unheil über ihre Ehemänner zu bringen, derartig Furcht einflössende Ausmaße angenommen, dass es ihr nicht gelungen war, auch nur einen zu überreden, das Risiko eines frühen Ablebens einzugehen, das damit einherging, dass man sich auf eine Ehe mit ihr einließ. Sie lud Rajab Shaaban Mahmud, Asha, seine schöne Frau und deren zwei Kinder ein, bei ihr zu wohnen. Sie hätte sie bereits früher aufgefordert, bei ihr einzuziehen, doch hatte sie damit bis nach dem Tod von Rajab Shaaban Mahmuds Mutter warten müssen. Sie wäre nicht imstande gewesen, diese Frau in ihrem Hause zu ertragen, sagte sie, wegen ihrer, wie sie es beschrieb, Ekel erregenden und abstoßenden Angewohnheiten, zum Beispiel der, hemmungslos übel riechende Fürze fahren zu lassen und dann auch noch zu lachen, wenn ihre mächtigen Gase die Leute dazu trieben, grollend auseinander zu gehen. Ich hatte keinerlei persönliche Erfahrung einer solchen Vorstellung machen dürfen, doch war ihr Verhalten von geradezu legendärem Ruf. Sie muss eine Krankheit in ihren Gedärmen beherbergt haben, und man behauptete auch, dass sie im Kopf ebenfalls nicht mehr ganz richtig gewesen sei.

Als nun Nassor, der *Nahodha*, starb, der sich ohne Zweifel bis zu seinem letzten Atemzug darum gesorgt hatte, wie er sein Eigentum an seine liebe Frau vermachen könnte, war Rajab Shaaban Mahmud der einzige männliche Angehörige, den Bi Maryam auf der ganzen Welt noch hatte. Ein männlicher Angehöriger aber ist in solchen Angelegenheiten immer besonders wichtig. Er muss bei den Verhandlungen zugegen sein und den Vereinbarungen zustimmen und hat, ganz allgemein, darauf zu achten, dass die Formen der Höflichkeit gewahrt bleiben. Rajab Shaaban Mahmud war damals Ende zwanzig, verheiratet und Vater zweier Kinder, gleichzeitig sanft in seinem Umgang mit anderen und in seinem Benehmen und wahrscheinlich eingeschüchtert von Nassors habgierigen Verwandten. Es war Bi Sara, die ihn anwies, mit meinem Vater Rücksprache zu halten, der zumindest ein zahlungsfähiger Geschäftsmann und zudem dafür bekannt war, dass man ihm in heiklen Angelegenheiten vertrauen konnte.

Bi Sara war vor Jahren eine Freundin meiner Mutter gewesen und bestand bis zum Schluss darauf, dass ich Tante zu ihr sagte, oder gar, wenn ihre Gefühle danach waren, Mutter. Nach dem Tode meiner Mutter holte sie in verschiedenen Angelegenheiten den Rat meines Vaters ein. Allerdings war ich in diese Dinge, meiner Jugend wegen, nicht eingeweiht. Möglicherweise hat sie in ihm zu irgendeinem Zeitpunkt sogar einen möglichen Ersatzehemann gesehen, den man bei Laune halten musste, bis man seiner bedurfte. Vielleicht. Die Vielfalt der Wege, auf denen wir uns durch das Leben schleppen und andere wie uns selbst ausstechen, ist unbegrenzt. Jedenfalls schickte Bi Sara jetzt Rajab

Shaaban Mahmud zu meinem Vater, um seinen Rat einzuholen, und wahrscheinlich tat er alles in seiner Macht Stehende, um weise und weltgewandt zu erscheinen, doch reichte das möglicherweise nicht aus, um zu verhindern, dass die Verwandten mit dem Großteil von Nassors Besitz von dannen zogen. Es kann aber sein, dass mein Vater dadurch auf den ersten Platz der Liste mit möglichen Freiern gelangte, die in Betracht gezogen werden sollten, sobald Bi Maryams Trauerzeit vorüber war. Vielleicht war sie ihm auch nur für alles dankbar, was er tat, um zu helfen, oder es verhielt sich so, dass Bi Sara die beiden ganz schnell miteinander verkuppelt hat. Ich habe weder meinen Vater noch Bi Maryam je gefragt, wie ihre Eheschließung zustande gekommen ist. Kann gut sein, dass sie sich einfach füreinander entschieden haben. Als sie heirateten, war er fünfzig, und sie war fast vierzig und hatte nach über zehn Jahren als Frau eines Mannes, den alle für ehrenwert und höflich hielten, keine Kinder. Als ich ihr zum ersten Mal begegnete, machte sie keinen verzweifelten Eindruck. Sie war eine Frau von Wohlstand und Reife, wahrlich kein Kind mehr, dessen Leben den Eltern als Geisel diente, so dass sie ihre Wahl mit einiger Kenntnis der Welt getroffen haben musste. Als ich sie nach meiner Rückkehr aus Kampala zusammen erlebte, machten sie einen zufriedenen Eindruck und lebten ihr Leben auch in den acht Jahren, die ihnen noch zusammen vergönnt waren, auf eben diese zufriedene Weise. Ich habe nie nachgefragt, wie es überhaupt dazu gekommen war, dass sie heirateten, weil man an der Art und Weise, in der sie sich um das Wohlergehen des anderen mühten, ablesen konnte, dass sie es beide so gewollt hatten.

Das Haus, in dem wir wohnten, bevor ich zum Studium nach Kampala ging, war das, in dem ich geboren worden und meine Mutter 1941 so schmerzvoll gestorben war. Als Kind hat man mir nicht gesagt, woran sie starb, aber ich kann mich daran erinnern, wie plötzlich alles geschah, und an den Todeskampf in ihrem Gesicht und die unerträglichen Laute, die sie von sich gab. Viel später erst, nachdem ich aus Kampala zurück war, fragte ich meinen Vater, woran sie gestorben war, und er erklärte mir, dass ein geplatzter Blinddarm schuld gewesen sei. In seiner Unwissenheit hatte er über derlei Dinge nicht Bescheid gewusst und geglaubt, sie hätte etwas mit den Därmen, eine Verstopfung oder einen Darmverschluss. Und deshalb hatte er ihr ein Abführmittel gegeben. Die Leute setzten damals großes Vertrauen in Abführmittel. Er wollte ein Taxi rufen und sie ins Krankenhaus bringen, aber sie meinte, nein, er solle das Abführmittel wirken lassen. Sie gab sich Mühe, tapfer zu sein, bis es dann zu spät war und das Gift sich in ihr ausbreitete und sie unter solch fürchterlichen Qualen sterben ließ. Er brachte sie schließlich doch noch ins Krankenhaus, und der Arzt dort, ein Engländer, brüllte ihn an mit Worten, die er nicht verstand, von denen er aber ahnte, dass sie seiner Unwissenheit und Nachlässigkeit galten. Die Schwester übersetzte ihm nicht, was der Arzt sagte, weil sie seine Gefühle nicht verletzen wollte, gab nur mitleidige Geräusche von sich, aber er wusste auch so, dass der Arzt wütend auf ihn war, weil er sie so qualvoll hatte sterben lassen. Das war es, woran deine Mutter gestorben ist, sagte er und schluckte sein Schluchzen hinunter. Möge Gott ihrer Seele gnädig sein.

Wir hatten zwei Zimmer im Obergeschoss eines Hauses zur Miete. Wir besaßen unsere eigene Eingangstür und eine Treppe, die außen am Haus entlang zu uns hinaufführte. Damals war es durchaus üblich, so zu bauen. Dort verbrachte ich mein ganzes Leben, bis ich nach Kampala ging. Als meine Mutter noch lebte, stand die Eingangstür den ganzen Tag offen und Besucherinnen kamen und gingen oder schickten ihre Kinder mit nachbarschaftlichen Aufträgen zu uns herüber. Nachdem sie gestorben war, sicherte mein Vater die Eingangstür mit einem Vorhängeschloss oder verriegelte sie von innen, und wenn ich nach Hause kam, musste ich ihn suchen gehen oder an die Tür klopfen, damit er mich einließ. Mein Vater bewohnte das vordere Zimmer, das auf die Hauptstraße ging, und mein Zimmer lag nach hinten heraus und eröffnete den Ausblick auf den schlammigen Bach, in dem die Angler nach Ködern gruben. Bei Vollmond kam die Flut den Bach hinauf und verwandelte das stinkende Rinnsal in eine glitzernde Lagune.

Nach seiner Heirat mit Bi Maryam packte mein Vater all unsere Sachen und zog aus unserem alten Mietshaus aus und bei seiner Frau ein. Man könnte auch sagen, dass er mich ebenfalls mit umziehen ließ, ohne dass ich von meiner Entwurzelung überhaupt erfuhr. Über die Jahre hinweg gaben sie viel Geld für die Verbesserung des Hauses aus, und ein gehöriger Teil dieses Geldes muss von ihm gekommen sein, denn abgesehen vom Haus selbst, hatte Bi Maryam nicht gerade viel Geld von ihrem Ehemann geerbt. Für meinen Vater wurde das eine neue Leidenschaft. In den Jahren, in denen ich vorher mit ihm zusammengelebt hatte, hatte er überhaupt kein Interesse an der Verbesserung oder Ausgestaltung seiner Wohnwelt an den Tag gelegt. Ich kann mich nicht einmal daran erinnern, dass je die Wände gestrichen worden waren oder etwas ersetzt wurde, bevor es nicht völlig den Dienst versagt hatte, und selbst wenn dieser Fall eingetreten war, erfolgte die Erneuerung – wenn überhaupt – ohne jegliche Eile. Als ich aus Kampala zurückkam, war mein Vater peinlichst besorgt um das Haus, das er mit Bi Maryam teilte. Ihren verstorbenen Mann, den *Nahodha*, hatte man zwar wegen seiner Freigebigkeit anderen gegenüber geschätzt, doch sich selbst und seiner Frau gegenüber hatte er keine besondere Großzügigkeit entwickelt. Das Haus verfügte nicht einmal über elektrischen Strom. Im Badezimmer war es düster und stickig, Luft bekam es lediglich durch zwei enge Schlitze hoch oben in der Außenwand. Es war ein Verlies, ein Ort schändlicher Notwendigkeiten. Einige Dachbalken waren von Würmern zerfressen und die Dekoration stand im Bedürfnis dringender Erneuerung. Im Zuge der Modernisierung des Hauses ließen Bi Maryam und mein Vater viele kleine Veränderungen vornehmen, neue Fenster ausbrechen und vergitterte Läden anbringen, und sie stellten Topfpflanzen auf, und all das machte das Haus freundlicher und heller und luftiger und schöner.

Ich glaube, all die Sorgen und Ängste wegen des Eigentums, die Bi Maryam durch ihr Leben an der Seite von Nassor, dem *Nahodha*, begleitet haben, ließen sie auch in der Zeit nicht los, die sie mit meinem Vater zusammenlebte. Es kann aber auch sein, dass sie beide mehr als nur Zufriedenheit in ihrer Ehe gefunden haben, und sie das mit einem Akt des Vertrauens und der Liebe kenntlich machen wollte. Sie ließ das Haus, das Nassor, der *Nahodha*, so findig für sie gerettet hatte, zu gleichen Teilen auf ihren Namen und den meines Vaters eintragen. Ich hatte keine Ahnung davon, bis mein Vater starb und mir Bi Maryam, überwältigt vom Kummer und dem Schock über diesen neuerlichen Verlust, erzählte, was sie getan hatte. Sie hatte es so gerichtet, als sie beide noch lebten, damit keiner von beiden von irgendwelchen Verwandten heimgesucht werden konnte, unabhängig davon, wer von ihnen beiden zuerst gehen musste. Nur hätte sie nie daran gedacht, dass das so bald schon eintreten sollte, so plötzlich, so ohne jede Vorwarnung.

In der Nacht, in der er starb, hörte ich, wie sie schrie und jammerte und wusste, bevor ich mich noch auf den Weg ins Obergeschoss machte, dass es um ihn ging und er im Sterben lag. Als ich oben ankam, bewegte sich in seinem Gesicht noch etwas, und Bi Maryam kniete neben dem Bett, und ihre Hände fuhren verzweifelt über ihn hin als suchten sie nach etwas, an dem man ziehen oder drehen oder das man abschalten konnte. In seinem Gesicht bewegte sich noch etwas, aber er atmete schon nicht mehr. Sein Bettzeug war mit Erbrochenem befleckt. Auch ich kniete neben meinem Vater nieder und nahm seine Hand. In seinem Gesicht bewegte sich noch etwas, aber er war bereits tot, und ich war gerührt von dem Seltsamen, das ihm widerfahren war, dass er einfach aufgehört hatte zu leben, verschieden war, von uns gegangen. Ich traf die nötigen Vorbereitungen für seine Beerdigung, und auch Nachbarn kamen uns in dieser hingebungsvollen Weise zu Hilfe, die nur der Tod hervorbringt. Nuhu und ich halfen dabei, den Leichnam zu waschen, und ich staunte darüber, wie mager und schlank er gewesen war. Sogar im Tod sah mein Vater noch stattlich und kraftvoll aus. Damals hatte ich noch keine Ahnung, dass der Tod häufig dieses Aussehen annimmt. Nuhu schluchzte ohne jede Zurückhaltung. Am Nachmittag des folgenden Tages trugen wir den Leichnam auf einer Bahre zur Moschee und sprachen dort unsere Totengebete. Wir sagten unsere Gebete stumm auf, und unzählige Leute standen in dichten Reihen vor der Bahre, vollführten vier Mal das Takbir, *Allahu Akbar*. Sie knieten nicht nieder noch warfen sie sich zu Boden. Dann trugen wir, Gottes Namen anrufend, die Bahre aus der Moschee, und wenn wir vorüberkamen, erhoben sich die Leute auf den Straßen und schlossen sich eine kleine Weile der Prozession an, so dass der Zug auf über einhundert Personen angewachsen war, als wir den Friedhof erreichten. Zur gleichen Zeit begab sich Bi Maryam, wie Gottes Gesetz das verlangte, erneut in die Abgeschiedenheit und die Entsagungen der Trauerzeit, die vier Monate und zehn Tage dauerte.

Er war mir kein besonders guter Vater gewesen, wie auch ich ihm kein besonders guter Sohn gewesen war, wir hatten uns nur mechanisch und nachlässig umeinander gekümmert, doch in Bi Maryam muss er an etwas gerührt haben, das nun zu einer unstillbaren Trauer anschwoll. Einer trauernden Witwe gestattet man nur, Besucherinnen und die nächsten und engsten männlichen Verwandten zu empfangen, ich habe also keinen Vergleich für Bi Maryams Trauer, doch wenn ihre Besucherinnen sie wieder verließen, waren auch sie oftmals in Tränen aufgelöst, und wenn sie allein war, dann saß sie still da, in ihren Witwenschal gehüllt, die Augen nach innen gekehrt. Ihre Schwester Bi Sara, die wie gewöhnlich an irgendwelchen geheimnisvollen Krankheiten laborierte, schleppte sich in den Trauermonaten jeden Tag zu unserem Haus, doch auch sie, die in Bezug auf derartige Tragödien einen weit größeren Erfahrungsschatz besaß, vermochte es nicht, Bi Maryam aus ihrer Trauer herauszuholen. Sie überließ es voll und ganz mir, mich um ihre Angelegenheiten zu kümmern. Ich war jetzt Mitbesitzer des Hauses, das Nassor, der *Nahodha*, für sie gerettet hatte, und sie war Mitbesitzerin des *Halwa*-Geschäftes, das Nuhu in unserem Namen weiterbetrieb. Mein Vater hatte auch ein paar Ersparnisse hinterlassen, die zwischen uns aufgeteilt wurden, wie das Gesetz es verlangte, obwohl keiner von uns beiden dieses Geld bereits anrühren mochte. In dieser Zeit kam mir die Idee, den *Halwa*-Laden zu schließen und als Möbelgeschäft wieder zu eröffnen, doch sie zeigte keinerlei Interesse an derartigen Unternehmungen und meinte nur, ich solle tun, was ich für das Beste hielt.

In den ersten drei Monaten ihrer Trauer besuchte Rajab Shaaban Mahmud, ihr Neffe, sie nicht ein einziges Mal, obwohl er auf der ganzen Welt ihr einziger männlicher Verwandter war. Ab und zu kam Asha, seine Frau, in Begleitung von Bi Sara und ein- oder zweimal auch mit dem jüngeren Sohn, aber von Rajab Shaaban Mahmud selbst war nichts zu sehen. Kann sein, dass er glaubte, seine Tante würde sich zu sehr aufregen, wenn er sie besuchte, vielleicht kam er auch nicht, weil er von Bi Sara, in deren Haus er mit seiner Familie lebte, täglich Nachricht über Bi Maryams Zustand erhielt und deshalb glaubte, es sei nicht nötig, dass er sich selbst nach ihrem Befinden erkundigte. Eines Abends dann, als ich im Erdgeschoss saß und Radio hörte, erlitt Bi Maryam einen Panikanfall. Seit dem Tod meines Vaters mochte sie es nicht mehr gern, wenn sie abends allein im Obergeschoss war, deshalb ging ich, nachdem ich die Nachrichten im Radio gehört hatte, jetzt immer nach oben in das freie Zimmer, das wir da hatten, und schlief dort. In diesem Falle jedoch war ich vielleicht etwas länger als sonst unten geblieben. Es kann auch sein, dass sie sich noch weniger gut fühlte als gewöhnlich. Jedenfalls hörte ich sie mit verzweifelter Stimme nach mir rufen und rannte nach oben, so schnell ich nur konnte. Sie hockte im Empfangszimmer auf einer Matte, lehnte mit dem Rücken an der Wand und sah ausgemergelt und verdammt aus. „Ich sterbe", sagte sie. „Ich habe keine Kraft mehr."

Ich kniete vor ihr nieder und machte ihr Vorhaltungen, sagte ihr, dass sie nicht so reden dürfe, weil es sie nur noch trauriger machte und mich auch. Ich hole einen Arzt, versuchte ich ihr Mut zu machen und erinnerte mich daran, dass mein Vater bei meiner

Mutter zu lange damit gezögert hatte, und schärfte mir gleichzeitig ein, ein Telefon zu beantragen. Doch es gelang mir nicht, ihr Mut zuzusprechen. Sie war davon überzeugt zu sterben und wünschte, dass ich auf der Stelle ihre Schwester Bi Sara benachrichtigte, für den Fall, dass sie sich von ihr verabschieden wollte und kommen konnte, bevor es mit ihr zu Ende war. Ich erfüllte ihr diesen Wunsch und eilte hinüber zu Bi Saras Haus. Dort befand sich alles in heller Aufregung. Rajab Shaaban Mahmud war in einem schlimmeren Zustand als üblich von seiner Zechtour nach Hause zurückgekommen. Normalerweise mied er in diesem Zustand ein mögliches Zusammentreffen, doch diesmal schien Bi Sara ihn irgendwie abgepasst zu haben. Als ich mit meiner Nachricht dort anlangte, traf ich Bi Sara, die mir persönlich die Tür aufmachte, ganz aufgelöst wegen der Verderbtheit dieses Neffen. Er sei nichts als ein sündiger Taugenichts, ein Trinker, genau wie sein Vater einer gewesen war. Was wohl sein Großvater sagen würde, wenn er das hier miterleben müsste? Rajab Shaaban Mahmud war nirgends zu sehen, hatte sich irgendwo im Obergeschoss verkrochen, und Bi Sara lief im dunklen Innenhof auf und ab und verlieh ihrem Abscheu und ihren Klagen Ausdruck, wobei sie sich von Zeit zu Zeit an der Freitreppe anlehnte. Als ich ihr jedoch von Bi Maryam berichtete, hörte sie sofort damit auf und eilte nach oben, um sich ihren *Buibui* überzuwerfen. Bevor sie allerdings wieder herunterkam, ließ sie eine weitere Tirade ab, die mit der Nachricht endete, dass ihre Schwester im Sterben lag und damit wenigstens ihr erspart blieb, mit dieser Schande leben zu müssen.

Bi Maryam starb nicht, nicht damals jedenfalls. Vielleicht war es die Entrüstung ihrer Schwester über das, was geschehen war, die sie zurückholte, weil sie nicht dazu in der Lage zu sein schien, sie zu beherrschen, obwohl sie ja eigentlich an das Sterbebett ihrer Schwester gerufen worden war, und das ist ja gewöhnlich ein Ort der Versöhnung und des heiligen Ernstes. Vielleicht lag es daran, dass sie selber schon so lange mit der Idee spielte und es deshalb nicht glauben mochte, dass Bi Maryam schon bei ihrem ersten Versuch aus dem Leben scheiden könnte. Einfach so. Bi Sara blieb über Nacht, und ich konnte sie stundenlang reden hören, wie sie ihre schlechte Laune über Bi Maryam ausschüttete. Am nächsten Morgen ging ich auf dem Weg zur Arbeit in Dr. Balboas Praxis vorbei und bat ihn, so bald wie möglich nach Bi Maryam zu sehen, da sie letzte Nacht so etwas wie einen Anfall gehabt hätte. Als ich von der Arbeit kam, war er bereits dagewesen und hatte ihr ein Beruhigungsmittel verschrieben und ihr, wie gewöhnlich, eine Spritze verabreicht. Bi Sara wartete nur auf meine Heimkehr, um zu sich nach Hause zurückzukehren, wo man jetzt von Gräueltaten gebrandmarkt sei, wie sie sich ausdrückte. Dr. Balboa hatte es mit seiner strengen und gewandten Art vermocht, Bi Maryam zu beruhigen, und nach ihrem Panikanfall schien sie wieder wachen Sinnes zu sein, hatte einen klaren Blick und war eher nachdenklich als in ihrer Trauer verloren.

Ein paar Tage später kam, als ich nachmittags gerade im Halwa-Laden war, eine Routine, die ich mir zugelegt hatte, um Nuhu ein wenig Entlastung zu verschaffen, während meiner Abwesenheit und auf ausdrücklichen Wunsch von Bi Maryam, Rajab Shaaban Mahmud zu uns ins Haus. Sie erzählte mir später, dass sie ihn zu sich gebeten hatte, weil Bi Sara ihr Dinge über ihn erzählt hatte, derentwegen sie ihn zur Rede stellen wollte. In ihrer Entrüstung hatte Bi Sara ihr erzählt, dass Rajab Shaaban Mahmud nicht nur ein verderbter und zügelloser Mensch war und ein Trinker, sondern auch noch einen Skandal herbeiredete, indem er behauptete, dass mein Vater Bi Maryam überlistet und betrogen hatte, indem er sie dazu brachte, ihm das Haus zu überschreiben. Als Ergebnis der Ausgebufftheit meines Vaters hätte ich nun das Haus geerbt und würde, wenn Bi Maryam starb, auch noch alles Übrige erben. Er, Rajab Shaaban Mahmud, als ihr Neffe und rechtmäßiger Erbe, würde nach dem Tod seiner Tante vor Gericht gehen und alles zurückverlangen, was mein Vater und ich ihr gestohlen hatten. Dies hielt Bi Maryam Rajab Shaaban Mahmud vor, sagte ihm, dass ihre Schwester ihr das hinterbracht hatte und forderte ihn auf, ihr zu sagen, ob das der Wahrheit entspräche oder nicht. Bi Maryam zufolge stotterte Rajab Shaaban Mahmud herum und verwahrte sich wortreich dagegen, behauptete, er würde doch nur an sie und das Wohl der Familie denken, aber er stritt es nicht ab.

Bi Maryam erzählte mir das alles erst ein paar Wochen später, als sie genügend Zeit gehabt hatte, sich von der Aussicht auf eine Wiederholung der Streitereien mit Verwandten, wie sie und Nassor, der *Nahodha*, es bereits durchgemacht hatten, in Wut bringen zu lassen. Als sie es mir erzählte, hatte sie Zeit gehabt, darüber nachzudenken, was sie in dieser Angelegenheit unternehmen wollte. Ihre Trauerzeit war gerade vorüber, und sie trug sich mit der Absicht, einen Rechtsanwalt damit zu beauftragen, ein Schriftstück aufzusetzen, in dem sowohl das Haus als auch das Geschäft so bald als möglich allein auf meinen Namen überschrieben wurden. Damit es nach ihrem Tode nicht zu Zankereien kommen könnte. Ihr Neffe sei ein Trinker wie sein Vater geworden, sagte sie. Und sie fürchte, dass er, wenn sie es ihm erlaubte, seinen Anteil an ihrem Eigentum zu erhalten, diesen nur für seine Trinkerei ausgeben würde. Und da ich, seit ich zurückgekehrt war und bei ihnen gelebt hatte, immer nur ein guter Sohn gewesen sei, wäre es ihr größter Wunsch, dass ich auch ihren Teil erhalten sollte, wenn sie einmal gestorben war. Da Gottes Gesetz so eindeutig die Aufteilung des Eigentums unter die Verwandten verlangte, sei der einzige Weg, das abzusichern, mir alles schon zu ihren Lebzeiten zu überschreiben. Die Ausfälligkeiten ihres Neffen gegen meinen Vater seien unerträglich, und die gegen mich einfach ungerecht, und sie fände es nicht in Ordnung, dass ich nach ihrem Tode Demütigungen erdulden sollte, die ich durch nichts verdient hätte.

Das war eine riesige Überraschung für mich. Ich hatte keine Ahnung davon, was Rajab Shaaban Mahmud alles über mich in Umlauf gebracht hatte, obwohl ich jetzt, nachdem ich es erfahren hatte, einige Dinge, die ein paar Leute mir gegenüber angesprochen hatten, Andeutungen und Schnüffeleien, mit denen sie herausfinden wollten, ob ich etwas hinzuzufügen hätte, was den Skandal noch größer und schmackhafter machte, in anderem Licht sah. Meine erste Reaktion Bi Maryam gegenüber bestand darin, dass ich zur Vorsicht riet, zur Zurückhaltung. Ich wollte nicht, dass diese Fehde, die nun schon Generationen beschäftigte, auf mich überging. Als ich aber etwas länger darüber nachdachte, nahm ich es nicht mehr so peinlich genau. Was mir da angetragen worden war, schmeichelte meiner Eitelkeit und meiner Habgier, und trotz meiner ursprünglichen Bedenken fand ich einen Weg, mir selbst ihren Vorschlag schmackhaft zu machen. Bi Maryam und mein Vater hatten, was immer sie an Vereinbarungen trafen, aus ihren ureigenen Gründen heraus getan, aus Vertrauen und Zuneigung. Und mein Vater hatte seinen Anteil dazu beigetragen, das Haus zu verbessern und schöner zu machen. Wenn nun Bi Maryam wünschte, dass *ich* anstelle ihres Neffen ihren Anteil des Hauses bekam, dann war das ihre

Entscheidung. Warum sollte ich versuchen, klüger zu sein als sie, wenn sich mir das Glück so unverhofft in den Weg stellte? Als Kompromiss kamen wir überein, dass sie die erforderlichen Papiere vorbereiten lassen, sie aber nicht in Kraft setzen würde, bevor sie sich nicht noch etwas Zeit zugestanden hatte, um noch einmal über alles nachzudenken.

Wie ich später feststellen sollte, tat sie das jedoch nicht. Sie hatte die Papiere innerhalb von Tagen ausfertigen und in Kraft setzen lassen, am Tag, nachdem Bi Sara wieder eine Nacht bei uns geblieben war. Diesmal war es Bi Sara gewesen, die bei uns angeklopft hatte, außer sich wegen des Anblicks von Rajab Shaaban Mahmud, der betrunken und weinerlich nach Hause gekommen war, alle beleidigte und tadelte, nach seinen Söhnen rief, damit sie zu ihm kamen, um mit ihm gemeinsam diese Heimstatt der Huren und Lügner und Intriganten zu verlassen und woanders in Reinheit miteinander zu leben. Asha hatte die Tür zum Schlafraum ihrer Söhne von außen verriegelt, damit sie nicht herauskommen konnten und ihren Vater in diesem Zustand erleben mussten. Bi Sara hatte auf dem oberen Treppenabsatz Aufstellung genommen, klein und zerbrechlich, und ihn daran gehindert, an seine Frau heranzukommen, während er Zentimeter vor ihrem Gesicht wütete, schrie und weinerliche Beleidigungen heulte und vor Wut spuckte. Endlich konnte Bi Sara den Schrecken, den sie beim Anblick ihres tobenden Neffen empfand, nicht mehr aushalten, mochte die Sinnlosigkeit und das Unheil, die sie nahen sah, nicht mehr länger ertragen. Also überließ sie Asha ihrem Mann und kam, um sich bei ihrer Schwester zu beklagen und bei ihr einen erneuten Panikanfall auszulösen. Ein paar Tage später ließ Bi Maryam ihren Rechtsanwalt kommen, um ihre neuen Wünsche vollziehen zu lassen.

Danach blieb keiner von beiden noch eine lange Zeit vergönnt. Eines Morgens, ungefähr drei Monate später, stürzte Bi Sara im Hafenviertel ein paar Stufen hinunter und brach sich die Hüfte. Niemand weiß, was sie da unten zu suchen gehabt hatte. Vielleicht wollte sie Fisch vom frischen Fang kaufen, den die Fischer angelandet hatten, möglicherweise ging sie aus einer Laune heraus dahin, oder ihr war ein Augenblick in ihrem Leben wieder in den Sinn gekommen, in dem sie eben das getan hatte, es kann aber auch sein, dass sie einfach aus Neugier da hinuntergestiegen war und nicht erkannt hatte, wie schlüpfrig und rutschig die Stufen waren. Sie erlangte das Bewusstsein nie wieder und starb nur wenige Stunden nach der Operation im Krankenhaus. Der Chirurg meinte, das Trauma sei für ihren ausgelaugten und schwachen Körper zu viel gewesen. Zu ihrer Beerdigung erschienen unzählige Menschen. Als ob man sie besonders verehrte, wie eine Heilige. Man fragte sich, was Bi Sara wohl getrieben hatte, wenn sie nicht zu sehen gewesen war. Einen Monat später starb Bi Maryam an Typhus, still und schnell, nachdem sie auf der Straße gleich neben Dr. Balboas Praxis einen verseuchten Fruchtsaft gekauft hatte. An jenem Morgen kam sie gerade von einem Besuch in seiner Praxis, und er hatte wieder das alte Beruhigungsmittel verschrieben und ihr – wie gewöhnlich – eine Spritze gesetzt. Die Trauernden, die zu ihrer Beerdigung kamen, fanden es durchaus angemessen, dass sie so bald nach dem Tod ihrer Schwester und ihres Mannes starb – sie wünschten ihr nichts Böses und alles lag sowieso in Gottes Hand, aber sie fanden es richtig, dass sie nicht noch Ewigkeiten allein zurückbleiben musste, nachdem ihr die liebsten Menschen so plötzlich abberufen worden waren. Mir kam das alles wie eine kleine Tragödie vor, da sie gerade dabei war, sich vom Tiefpunkt ihrer Depressionen zu erholen und ihr nun nicht mehr die Zeit gegeben war, noch einmal über die Arrangements nachzudenken, die sie getroffen hatte. Ich beerdigte sie mit Respekt und Anstand, trauerte um sie und bemitleidete sie wegen der Traurigkeit, unter der sie in ihren letzten Monaten zu leiden hatte.

Rajab Shaaban Mahmud erbte Bi Saras Besitz, der in dem Haus bestand, das er mit seiner Familie bewohnte, und in etwas Goldschmuck, der wahrscheinlich die Mitgift aus ihren Ehen war. Als bekannt wurde, dass Bi Maryam bereits vor ihrem Tod alles auf mich überschrieben hatte, mehrten sich die Gerüchte und Bosheiten so sehr, dass die Leute mir darüber berichteten. Sie sagten, dass mein Vater und ich Bi Maryam betrogen hätten, sie ausgetrickst hätten, bis sie bereit gewesen sei, ihm und mir alles zu überschreiben, dass wir unter Ausnutzung der Dummheit einer Frau, die von der Welt keine Ahnung hatte, die Familie des gottesfürchtigen Mahmud enterbt hatten. Ich aber renovierte weiter mein neues Möbelgeschäft und ließ den Innenhof des Hauses mit wunderschönen blauen Fliesen ausschlagen, die denen glichen, die ich vor all den Jahren auf meinen Reisen mit Sefu im nördlichen Kenia gesehen hatte.

Latif Mahmud saß zurückgelehnt da, sein ausgezehrtes Gesicht eine einzige Grimasse der Stärke, die Lippen zusammengepresst und sich zu einem beginnenden Lächeln weitend. Er war sich nicht mit sich einig, nehme ich an, ob er mich wegen meiner Geschichte über die Unzulänglichkeiten seines Vaters anknurren oder aber lächeln sollte wie ein weltgewandter Mann, der nicht anders konnte, als unsere häuslichen Zänkereien armselig zu finden und meine Bemühungen, mich selber reinzuwaschen, nur verachtenswert. Das Zimmer war mittlerweile in das schwebende

Dämmerlicht eines englischen Sommerabends getaucht, ein Licht, das mich zuerst ängstlich und unentschlossen gemacht hat, das ich aber zu ertragen gelernt habe. Ich lernte, dem Drang zu widerstehen, die Vorhänge zuzuziehen und das Zimmer in künstliches Licht zu tauchen, nur um diese Düsternis des Nachtaufzugs zu vertreiben, die draußen langsam wie Blei zerfloss. Ich dachte daran aufzustehen und neuen Tee zu kochen, in der Küche das Licht anzuschalten, den Würgegriff des Schweigens zu durchbrechen, in dem wir seit ein paar Minuten verharrten. Doch als ich mich regte, setzte Latif Mahmud seine übereinander geschlagenen Füße wieder nebeneinander auf den Fußboden und beugte sich zu mir herüber. Ich wartete darauf, dass er etwas sagte, aber er blieb stumm, und nach einem Augenblick seufzte er und lehnte sich wieder zurück. Ich erhob mich vorsichtig, damit ich in meiner Mattigkeit nicht stolperte und ihm den Eindruck verschaffte, ich wäre schwächlich, und ging in die Küche. Ich machte Licht und vermied es, den kadavergleichen Schatten eines Mannes anzusehen, der von den Fensterscheiben zurückgeworfen wurde, mied die scharfkantige Verbitterung, die die ganze Zeit über diesem Gesicht lag, darauf lag wie tiefes Versagen, das auch ein Trick nicht verbergen konnte. Mit abgewandtem Gesicht zog ich die Vorhänge zu und stand dann da und starrte in das Ausgussbecken, zitterte unkontrollierbar, fühlte mich zu guter Letzt doch entkräftet und matt und leer, überwältigt von den Erinnerungen, die niemals zu verblassen scheinen, überwältigt von Selbstmitleid und Mitleid für so viele andere, die zu schwach gewesen waren, der Lumpigkeit und Mickerigkeit unserer Seelen Widerstand entgegenzusetzen. So viele Tode, und noch einmal so viele Tode und Verstümmelungen, die noch kommen sollten, Erinnerungen, denen ich nicht die Kraft habe zu widerstehen und die, einem Muster folgend, das ich nicht vorhersehen kann, kommen und gehen. Ich kann nicht genau sagen, wie lange ich da gestanden habe, vielleicht einen Augenblick zu lang. Möglich, dass ich ein Geräusch von mir gegeben habe. Ich hörte jedenfalls, wie sich Latif Mahmud drüben im Zimmer regte, und so bewegte ich mich auch, um den Kessel zu füllen und die Tassen für unseren Tee auszuspülen. Ich merkte, dass er in die Küche kam, spürte ihn in diesem begrenzten Raum, und als ich mich umdrehte, sah ich, dass seine Augen groß waren und leuchteten und vor Schmerz glitzerten. Er sah mich ganz unverwandt an und ich senkte den Blick, weil ich mich vor dem fürchtete, was er mir sagen würde, und der bitteren Anschuldigungen müde war, die mein Leben zerstört hatten.

„Ich habe Sie ermüdet", sagte er sacht. Ich gab mir Mühe, angesichts des Aufschubs, den er mir anbot, und wenn es auch nur eine kurze Ruhepause bedeutete, nicht weinen zu müssen. Müde und matt, nach all dem. Als ich aufschaute, sah ich ein angestrengtes Lächeln auf seinem Gesicht, und ich dachte, dass auch er etwas Aufschub und eine Ruhepause nötig hatte.

„Es muss Sie ebenfalls angestrengt haben, mir zuzuhören, wie ich ein paar dieser Dinge ausspreche", erwiderte ich. „Es muss sehr unbehaglich gewesen sein."

„Ich hatte so vieles vergessen", sagte er stirnrunzelnd, verjagte die Falten von seiner Stirn, sein Gesicht klarte auf, wenn auch ein wenig bemüht. „Mit Absicht, nehme ich an. Ich meine, ich habe absichtlich so viel vergessen. Ich habe Ihnen zugehört und bei mir gedacht, mein Gott, so ist es gewesen. Genau so ist es gewesen. Das ganze Gezänk und diese Kleinlichkeit. Diese ewigen Beleidigungen und Unterstellungen. Die Alten mit ihrer endlosen Missgunst und ihren ewigen Boshaftigkeiten. Das habe ich schon als Kind mitbekommen. Geschichten hinter vorgehaltener Hand und Anschuldigungen, und verzwickte Entrüstung, die sich immer weiter in die Vergangenheit ausdehnten. Dieses Gefühl wurde mir wieder bewusst, während Sie Ihre Geschichte erzählten. Und Bibi, ich habe Ewigkeiten nicht an Bibi gedacht, Bi Sara, wie Sie sie nennen. Bei uns zu Hause hieß sie Bibi, Großmutter. Ich hatte sie völlig vergessen. Nein, das ist schlecht möglich, oder? Ich muss mich selber dazu gezwungen haben, sie zu vergessen. Sie hat uns nicht sonderlich gemocht, obwohl sie uns angeboten hat, für die letzten Jahre bei ihr einzuziehen. Aber, ja, an diese Nacht kann ich mich erinnern, an die Nacht, über die Sie geredet haben. Gut, es fällt mir erst jetzt wieder ein, da Sie mich daran erinnern, da Sie mich zwingen, mich zu erinnern, da sie mich dazu bringen, über die Vergangenheit nachzudenken. Es hat mir überhaupt nicht gefallen, Sie darüber erzählen zu hören. Ich habe an diese Ereignisse als an etwas gedacht, das sich innerhalb unserer Familie zugetragen hat, und von dem kein Mensch sonst eine Ahnung hatte. Und doch wussten Sie die ganze Zeit darüber Bescheid, und wer weiß, wer sonst noch, und wer weiß, worüber sonst noch. Ich muss damals so sieben oder acht Jahre alt gewesen sein. Ich habe nicht die leiseste Erinnerung an den Abend, an dem Bibi sich mit Ba angelegt hat, nicht im Mindesten. Ich spüre nicht das geringste Ziehen in einem Nerv oder so etwas, wie man es bei einer Erinnerung verspürt, die man lange unterdrückt hat. Ich empfinde nur staunendes Interesse. Aber an den Abend, an dem Vater brüllte, wir sollten runterkommen, ja, an den erinnere ich mich, und auch daran, dass Ma die Tür von außen verriegelte und uns zurief, wir sollten schlafen gehen. Ja, daran kann ich mich erinnern. Vater schrie Beleidigungen aus sich heraus und schluchzte. Er hat sonst nie rumgebrüllt, verstehen Sie. Das Schluchzen war etwas Unvorstellbares, dass der eigene Vater auf diese herzzerreißende Weise schluchzte, und wenn Sie es nicht erwähnt hätten, wäre ich wahrscheinlich nicht dazu in der Lage gewesen, die ganze Situation wieder in mir wachzurufen. Aber die Beleidigungen, die er herausschrie, das war schon schockierend, und dass Ma ihn ebenfalls anbrüllte und ihn einen Trinker nannte, und dass Bibi auch schrie und ihn anherrschte, Ruhe zu geben, zu verschwinden, abzuhauen, Kind der Sünde. Ja, das fällt mir jetzt alles wieder ein. So ein Theater wegen des Trinkens, dieses ganze Theater wegen nichts. Ich hatte vergessen, dass Bibi auszog, aus ihrem eigenen Haus auszog, aber an das Geschrei kann ich mich noch erinnern. Sie hat ja nie aufgehört, mit uns zu zanken, Bibi entdeckte jeden Fehler, gab Anweisungen, beschwerte sich über jede kleine Nachlässigkeit. Ich hatte das Gefühl, dass wir eine Enttäuschung für sie darstellten. Ich spürte, dass sie uns nicht mochte."

Der Kessel war am Kochen, und deshalb drehte ich mich um, um mich um den Tee zu kümmern. Ich bereitete ihn auf englische Art zu, weil wir nicht so viel Zeit hatten, erst die Milch zu kochen und dann den Tee zum Ziehen dazuzugeben.

„Vielleicht ist es besser, jetzt nicht damit anzufangen", hörte ich ihn hinter mir sagen. „Ich bin für diesmal schon viel zu lange geblieben. Ich sollte jetzt lieber gehen."

Ich drehte mich wieder um und griente ihn an. „Ich glaube nicht, dass Sie jemals gehen werden", sagte ich.

„Sie grinsender Schwarzamohr", sagte er einen Augenblick später und lächelte leicht. „Ich trinke meinen Tee aus und dann gehe ich. Aber ich komme wieder. Wenn ich darf. Immerhin sind wir, scheint's, verwandt."

„Nur durch Einheiratung", erwiderte ich im selben scherzenden Tonfall. „Und das war nicht das Problem."

„Stimmt, aber immerhin haben Sie Vaters Namen angenommen. Bewirkt diese Kombination nicht eine Art Verwandtschaft? Und wir befinden uns hier im Ausland. Das macht uns mehr oder weniger zwangsläufig zu Verwandten. Zumindest behaupten das die Leute immer, wenn sie anrufen und mich um einen Gefallen bitten. Das haben Sie mir übrigens immer noch nicht erklärt, warum Sie ausgerechnet seinen Namen angenommen haben. Ist ohnehin alles Geschichte und Vergangenheit. Spielt alles wirklich keine Rolle mehr. Damit will ich nicht sagen, dass die *Geschichte* keine Rolle spielt, das Wissen um die Ereignisse, damit man versteht, warum wir so sind, wie wir sind, und wie wir so geworden sind, und welche Geschichten wir darüber erzählen. Was ich damit meine ist, dass ich nicht auf Gegenbeschuldigungen aus bin, diesen ganzen Familienkram, all dieses Gemurre und Gemurmel, das sich immer weiter in die Vergangenheit ausdehnt. Ist Ihnen schon aufgefallen, wie eng die Geschichte des Islam mit Familiengezänk verwoben ist? Lassen Sie es mich anders ausdrücken, für den Fall, dass Sie das verletzt. Ich weiß, was Muslime für ein verletzliches Volk sind. Sind Ihnen die unglaublichen Auswirkungen von Streitereien innerhalb der Familien in der Geschichte islamischer Gesellschaften aufgefallen? Die Ummayyaden vertreiben Hassan, den Enkel des Propheten, und herrschen einhundert Jahre lang über Damaskus. Dann zieht die Familie von Abbas Abdulmutallib, dem Onkel des Propheten, in den Krieg, um die Ummayyaden im Namen der heiligen Familie zu vertreiben, und sie herrscht fünfhundert Jahre über Bagdad. Na ja, sie *herrschen* nicht gerade fünfhundert Jahre lang, das stimmt schon - eigentlich herrschen nach den ersten paar hundert Jahren die Generale und die türkischen Kaufleute – aber sie herrschen im Namen von Abbas Familie. In der Zwischenzeit erleben wir in Nordafrika die Fatimiden, die sich nach den Nachfahren von Fatima, der Tochter des Propheten, so bezeichnen, und ihre Söhne Hassan und Hussein. Darauf folgen die Ottomanen, die Nachfahren Uthmans, die einen kurzen Augenblick lang die halbe Welt beherrschen und es bis in das zwanzigste Jahrhundert hinein bewerkstelligen, sich an weite Teile dieses Reiches zu klammern. Und heute haben wir die Kinder von Abdulaziz ibn Saud, die in einem Gebiet, das sie nach ihrem Familiennamen Saudi-Arabien nennen, auf einem Meer aus schwarzem Gold sitzen. Ich hasse Familien."

Ich reichte ihm eine Tasse Tee und er nippte sofort daran, als könne er es nicht abwarten, bis sich der Tee etwas abgekühlt hatte. Er zog eine Grimasse und schluckte und wandte sich für einen Augenblick von mir ab. Ich dachte, dass er sich nach seinem Ausbruch vielleicht erst einmal eine Atempause verschaffen wollte und ging vor ihm in das Wohnzimmer zurück.

„Was ist aus Ihrem Freund Sefu geworden?", fragte er. „Dem Künstler. Hat er sich als Künstler durchgesetzt?"

„Er ist Lehrer geworden", antwortete ich und sah, wie er grinste, als hätte er längst gewusst, dass die Antwort so lauten würde. „Zu Anfang zumindest. Wir haben uns noch eine Zeit lang geschrieben, und er ist uns auch besuchen gekommen und hat eine Weile bei uns gewohnt. Ich bin niemals wieder nach Kenia gekommen. Dann bekam er ein paar Jahre später, kurz nach der Unabhängigkeit, ein Stipendium für ein Studium in den Vereinigten Staaten, und ich habe nie wieder von ihm gehört. Ich nehme an, dass er jetzt dort lebt. Ich weiß nicht, ob als Künstler, oder ob er zurückgekehrt ist. Nur wenige sind zurück gekommen."

6

SIE TAUCHTE VÖLLIG UNANGEKÜNDIGT BEI MIR AUF, am späten Sonnabendnachmittag. Rachel. Was für eine seltsame Denkweise, welch eine sinnlose Idee, für sich genommen zumindest. Dass man warten soll, bis man angekündigt ist, bevor es höflichst gestattet wird, jemanden zu besuchen. Um das zu bewerkstelligen, unangekündigt vorbeizuschauen meine ich, müsste man sich an zahllosen Fußsoldaten, Steigbügelhaltern und stellvertretenden Nachtgeschirrwächtern, oder wie ihre richtigen Titel auch immer sein mögen, und zudem noch am Butler vorbeimogeln, in schäumender Hast in das Ankleidezimmer hineinplatzen und Unhöflichkeit und Ablehnung einfach beiseite wischen. Als ob sie ein Volk sind, das sich selbst nachahmt, indem es die Vorstellung, wie es sich zu benehmen hat, nachäfft. Rachel drückte den Klingelknopf und hatte damit ihr Erscheinen angekündigt. Manchmal erhalte ich eine Vorwarnung von ihr, die mir verkündet, dass sie vorbeikommen will, und dann taucht sie nicht auf. Diesmal tritt sie ohne Vorwarnung auf. Dennoch ist ihr Eigensinn, der bezaubern soll, nehme ich an, immer von Höflichkeit geprägt, und damit fast immer erträglich.

„Sie sollten sich ein Telefon zulegen", sagte sie in Abwehr meines unfreiwillig verunsicherten Stirnrunzelns.

„Das hätte ich fast einmal gemacht", gab ich zur Antwort. „In meinem früheren Leben."

Sie wartete darauf, dass ich noch etwas hinzufügte und wog in Gedanken ab, ob sie fortfahren sollte, mich zu einem Telefon zu überreden. Ich bezog mich natürlich auf die Zeit, als ich, nachdem Bi Maryam in diese Panik verfallen war, ein Telefon beantragt hatte. Bei diesem lang vergangenen Versuch war ich auf eine Warteliste gesetzt worden und hatte in dieser Angelegenheit fernerhin nie wieder etwas gehört. Rachel lehnte im Türrahmen der Wohnzimmertür, statt sich auf den Stuhl zu setzen, den ich ihr angeboten hatte. Vielleicht wollte sie damit zeigen, dass sie nur auf einen Sprung vorbeigekommen war, vielleicht aber auch, weil sie wieder einmal den Versuch starten wollte, mich irgendwohin zu schleppen. Ab und zu machte sie so etwas, Letzteres meine ich. Und an jenem Sonnabendnachmittag stellte sich heraus, dass sie genau dieses Letztere vorhatte. Deswegen ging sie wahrscheinlich auch nicht weiter auf mein gewohnheitsmäßiges Grollen hinsichtlich meines Widerstands gegen die Anschaffung eines Telefons ein. Ihre Augen, braun und mit einem Schimmer von bernsteinerner Klarheit darin, sprühten heute vor Lebendigkeit und Plänen, während sie mitunter fast bis zur Seelenlosigkeit gebändigt und ruhig aussahen, doch in ihrer Reglosigkeit aufmerksam blieben. Wenn sie wollte, konnte sie eine gute Zuhörerin sein. „Meine Mutter ist über das Wochenende bei mir, und wir fänden es beide sehr schön, wenn Sie zum Abendessen zu uns kommen würden. Sie kocht, das Essen wird also köstlich ausfallen", erklärte sie und legte die Stirn in Falten, als sie geendet hatte, weil sie bereits sah, dass ich den Kopf schüttelte. Sie zog ein wenig die Augenbrauen in die Höhe und forderte mich zu einer Erklärung auf.

„Ich möchte lieber nicht", meinte ich.

„Oh, Sie spielen mal wieder den Bartleby", stellte sie daraufhin fest und gab entnervt auf. „Mein Lieber. Ich hoffe, das hält diesmal nicht wieder so lange an wie letztes Mal. Erklären Sie mir doch bitte, warum nicht. Denn das hört sich nicht nach einer höflichen Antwort auf meine ganz und gar aufrichtige und großzügige Einladung an, meine Mutter kennen zu lernen und sich über ein von ihr gekochtes, köstliches Mahl herzumachen. Ich fände es wirklich schön, wenn Sie mitkommen würden. Sie haben meine Mutter noch nicht kennen gelernt und ich bin überzeugt, dass Sie Ihnen gefallen wird."

Ich hatte ihr gegenüber einmal die Geschichte von Bartleby erwähnt, und sie hatte sie daraufhin gelesen und mir erklärt, dass sie ihre Zweifel hätte, was deren literarische Größe anginge. Ihrer Meinung nach steckte zu viel Düsterkeit und Resignation darin, und die Symbolik sei niederdrückend, die Mauern und die Grabstätten und die Pyramiden und das dünne Gras, das in dem schattigen Gefängnishof wuchs. Auch zu viel Selbstmitleid für ihren Geschmack, die ganze Melodramatik des neunzehnten Jahrhunderts eben. Vielleicht fürchtete sie, dass ich mich selbst als eine Art Bartleby sah, als jemanden mit geheimer und bedrückender Vergangenheit, der danach trachtete, sie durch Schweigen zu sühnen.

Ich nahm das vorweg und stellte ihr die Frage, ob sie nicht etwas von Bartleby wieder erkannte, ob nicht etwas an ihm in ihr etwas auslöste. War an ihm nicht etwas Vertrautes, etwas Ersehntes, etwas Heldenhaftes?

„Nicht das geringste bisschen", antwortete sie. „Er machte auf mich den Eindruck von jemand Gefährlichem, jemand, der fähig ist, kleine, anhaltende Grausamkeiten gegen sich und andere, die schwächer sind als er, zu begehen. Einer, der zu Übergriffen neigt."

So hatte ich mir den Bartleby niemals vorgestellt, obwohl er grausam gegen sich war. Das stimmte. „Vielleicht neigt man heute dazu, Menschen, die Demut und Zurückgezogenheit lieben, als doppelzüngig und falsch einzuschätzen", wandte ich ein. „Kranke, kaputte Individuen in ihnen zu sehen, die nicht mehr errettet werden können und deshalb nur noch zu abartigen Grausamkeiten fähig scheinen. Vielleicht hat man einfach die Toleranz für diesen Wunsch nach Einsamkeit eingebüßt, die der Glaube an die Ambitionen des Geistes heldenhaft werden lässt. Bartlebys selbstkasteiender Rückzug auf sich selbst macht demzufolge nur als gefährliche Unberechenbarkeit Sinn. Vor allem deswegen, weil uns die Geschichte nicht verrät, was Bartleby in diesen Zustand versetzt hat, weil sie uns nicht erlaubt, Mitleid für ihn zu empfinden. Sie gestattet uns nicht zu sagen: Ja, ja, in diesem Fall verstehen wir, warum er sich so benimmt, und wir entschuldigen das. Die Geschichte stellt uns lediglich diesen Mann vor, der nichts von sich oder seiner Vergangenheit preisgibt, kein Urteil zu fällen scheint, und auch keine Untersuchung der Bedingungen vornimmt, von uns weder Gnade noch Vergebung verlangt und lediglich wünscht, allein und in Ruhe gelassen zu werden."

„Ein existentialistischer Held also", meinte sie lächelnd und ein wenig herablassend. „Mir kommt er so vor, als wäre er jemand, der vor Selbstmitleid vergeht und seine Niederlage auskostet."

Nach einer kurzen Pause, in der wir, zweifellos, beide an diese frühere Unterhaltung zurückdachten, fragte sie erneut: „Warum kommen Sie nicht einfach mit und essen mit uns zu Abend?" Sie setzte sich nun doch hin und beugte sich vor, um einen neuen Überredungsversuch zu unternehmen. „Meine Mutter würde Sie sehr gern kennen lernen. Dessen bin ich mir sicher. Ich habe ihr von Ihnen erzählt, und als sie heute Nachmittag ankam, hat Sie nach Ihnen gefragt. Und da habe ich mir gedacht, dass ich Sie doch eigentlich zu uns nach Hause holen könnte. Ihr gefiel diese Idee, und als ich von Zuhause wegfuhr, um hierher zu kommen, war sie bereits dabei, den Fisch vorzubereiten. Sie ist eine gefeierte Köchin, und sie besucht mich nur ganz, ganz selten, das ist also eine fast einmalige Möglichkeit. Meine Eltern haben so ein anstrengendes Leben, drüben im fernen London. Mein Vater kommt mich *nie* besuchen, er geht nicht mal ans Telefon, ganz zu schweigen davon, dass er selbst einmal anrufen würde. Egal... jedenfalls ist sie jetzt hier. Sie kann Unmengen Geschichten erzählen und ist außerordentlich belesen. Ich habe ihr ein paar von Ihren Geschichten erzählt und hoffe, das macht Ihnen nichts aus. Sie werden sie mögen. Schütteln Sie *nicht* wieder den Kopf, bevor ich ausgeredet habe. Sie werden bestimmt gut miteinander zurechtkommen... da bin ich mir sicher. Und Sie müssen auch mal hier raus. Sie können sich doch nicht immer hier einschließen. Also los, ziehen Sie ihre Turnschuhe an und kommen Sie mit."

Sie hatte mir mal ein Paar Turnschuhe gekauft, und ich habe es tatsächlich einmal geschafft, mich zu überwinden, sie anzuziehen, doch als ich mit ihnen durch das Hafenviertel spazierte, kam ich mir protzig und angeberisch vor, und deshalb habe ich sie seitdem nicht mehr getragen. Die Art aber, in der sie die Turnschuhe gekauft hat, glich haargenau der Art, in der sie auch sonst ihre Nettigkeiten über mich ergießt. Eines Nachmittags überredete sie mich, ein Stück spazieren zu gehen und steuerte mich mit kalter Absicht in eins der großen Warenhäuser. Es war keins von denen, in denen ich schon gewesen war, obzwar ich auf meinen Wanderungen das eine oder andere bereits mit Lust und Genuss betreten hatte. Ich mache immer gern einen Abstecher in die Parfumabteilung, wegen der strengen Düfte, die dort durch die Luft schweben, und um das harte Lichte und die wie gemeißelt aussehenden Gesichter der jungen Frauen zu bewundern, die da bedienen. Jedenfalls brachte sie mich, während wir in dem

Warenhaus waren, in das sie mich gelotst hatte, dazu, ein Paar Turnschuhe anzuprobieren. Sie ließ das Ganze wie einen Scherz aussehen. Ich tat, was sie wünschte, und äußerte mich höflich über die Schuhe, um nicht als Spielverderber dazustehen und den Eindruck zu erwecken, als verstünde ich keinen Spaß, und dann sagte sie mir auf einmal, die Schuhe wären ein Geschenk für mich. Zunächst begehrte ich dagegen auf, doch als ich dann sah, wie sich Enttäuschung auf ihrem Gesicht breit zu machen begann, kam ich mir ihrer Geste der Fürsorge und Freundlichkeit gegenüber undankbar und unhöflich vor und nahm das Geschenk mit Dank an.

„Ich weiß gar nicht, warum Sie immer behaupten, ich würde mich einschließen. Ich gehe jeden Tag raus", sagte ich.

„Ja, in die Möbelgeschäfte", hielt sie mir entgegen.

Das hatte ich ihr einmal verraten, in einem unbedachten Augenblick, als sie versuchte, mich dazu zu überreden, mit ihr zu einem Mittagsimbiss auszugehen. Eine libanesische Imbissbar, gleich die Straße runter, sie wird Ihnen gefallen. „Ich gehe jeden Tag raus", sagte ich damals zu ihr. „Ich gehe jeden Morgen in die Möbelgeschäfte im Middle Square Park." In ihren Ohren muss das wie eine dieser verrückten Sachen geklungen haben, die einsame, alte Männer nun mal anstellen, wenn sie mit ihrer Weisheit am Ende sind und nichts mehr mit sich anzufangen wissen. Möglich, dass es jedem so gehen würde, der das zu hören bekommt.

„Heute früh bin ich eine Viertelstunde lang die Promenade runtergelaufen", ergänzte ich und musste darüber lächeln, wie sie mich peinigte. „Vom Avalon Sports Centre bis runter zum Pier. Vor dem Hampton Hotel hatten sich Nonnen in braunem und weißem Ornat versammelt. Sie standen dicht gedrängt auf dem Bürgersteig. Es sah so aus, als warteten sie auf die Ankunft eines

Würdenträgers. Zwei große, prächtig aussehende *Bawabs*, die mit Borten besetzte Uniformen anhatten und Schirmmützen trugen, standen neben ihnen und harrten darauf, bei Ankunft der Limousine die Türen zu öffnen. Und über ihren Köpfen wehten und flatterten die Flaggen des Hampton. Die beiden großen Männer, die sich breitbeinig und unbeugsam am Bordstein aufgebaut hatten, und die Gruppe kleiner, unscheinbar aussehender Frauen, die aufgeregt um sie herumflatterte, so dass der Kopfputz um sie herum wehte wie das schäbige Federkleid eines Haufens Pfauhennen, das war schon ein Anblick. Das hatte etwas von Ewigkeit an sich, diese Männer, denen es nicht gelang, ihre Art zu unterdrücken, sich großspurig zu spreizen."

„Als was haben Sie die beiden Männer bezeichnet? Die livrierten Portiers. Wie hieß das Wort?", fragte sie nach.

„*Bawabs*", antwortete ich. „Türsteher, und unverzichtbare Bestandteile jeder zivilisierten und wohlhabenden Gesellschaft. Als Sindbad am Ende seiner ersten Reise als reicher Mann nach Basra zurückkehrte, kaufte er sich zuerst ein Haus und dann noch einen *Bawab*, bevor er sich Konkubinen und *Mamelucken* zulegte, mit denen er seine Freunde unterhielt."

„Heute, in unseren friedlicheren Zeiten, nennt man diese Leute Portiers", erklärte sie. „Und man erwartet von ihnen, dass sie sich so großspurig aufführen. War das vor oder nach den Möbelgeschäften?", fragte sie.

„Ja, hinterher, ganz sicher. In den Geschäften ist es ganz früh am Morgen immer am schönsten, bevor durch das Tagesgeschäft die Kunstfasern aufgewirbelt werden. In dem Laden, in dem ich heute gewesen bin, haben sie eine neue Kollektion Tische ausgestellt, die vom Stil her ganz anders ist als das, was sie normalerweise dort haben. Dickes Pfahlholz und eine regelrecht brutal aussehende gerade Linienführung", erzählte ich. „Ich mag kleine Windungen und Filigranarbeiten und zarte, dekorative Linien lieber. Natürlich erkenne ich die Qualität des Holzes, aus dem diese Tische gefertigt sind, doch ihre ausgesprochen nützliche Selbstüberhebung, die Zurschaustellung ihrer Hässlichkeit, sie stößt mich ab."

„Hat das Ihre Bartleby-Stimmung ausgelöst? Dachten Sie deshalb, dass ein Spaziergang durch das Hafenviertel ihre Nerven beruhigen würde? Los doch, ziehen Sie Ihre Turnschuhe an und wir fahren hinüber zu den Klippen. Wir sehen uns zusammen an, wie die Sonnenstrahlen funkelnd über das Wasser springen, und dann kann ich sie weiter überreden, heute mit uns zu Abend zu essen."

Ich sei zu müde, erklärte ich. Ich hatte erkannt, dass sie aufgegeben hatte, und wie es immer der Fall war, wenn wir an diesem Punkt angelangt waren, kam ich mir undankbar vor, hatte sie doch nur versucht, mir gegenüber freundlich und nett zu sein. Ich widerstand der Versuchung zu sagen, gut, ich komme mit. Ich fühlte mich wirklich müde und matt, zumindest zu müde, mit jemandem eine Unterhaltung anzufangen, bei Null zudem, weil ich diesem Jemand noch nie zuvor begegnet war. Kann gut sein, dass ich auch nur seelisch müde war und mich einfach darauf freute, mich in aller Ruhe hinzusetzen und das Buch über Reisen durch Zentralasien in die Hand zu nehmen, das ich mir heute in dem Antiquariat neben dem Blumenladen gekauft hatte. Gleich über die Straße gab es noch ein zweites Antiquariat, doch der Mann dort sah so aus, als ob er seine Bücher hasste, so, wie er in seinem schmuddeligen Anzug und dem bekleckerten Schlips mit vor der Brust gekreuzten Armen über ihnen thronte und innerlich glühte, als bewachte er eine Horde rebellischer Paviane. Er hatte die Bücher in Kisten verwahrt, die wie eilig erstandene Handelsware, die er verschleuderte, unordentlich übereinander gestapelt waren. *Herz*, von G. B. Malleson, 1880. Ich hatte es aufgeschlagen und dann diesen Satz entdeckt, und es deshalb gekauft: „Aus den Teppichen erhob sich ein Duft wie von Bernstein." Dieser Satz weckte die Sehnsucht nach meinem *Ud-al-qamari* und dem Duft parfümierten Kautschuks in mir.

Ich habe mich in Rachel verliebt. Allerdings würde ich niemals wagen, ihr das zu gestehen. Sie kommt mich besuchen, wenn ihr danach ist, manchmal ohne Vorwarnung, und meistens mit einem Plan im Hinterkopf, wo man hingehen und was man anstellen könnte. Nicht all ihre Pläne sind gut, und ich muss meist heftigen Widerstand leisten, um zu verhindern, dass ich zu etwas mitgeschleppt werde, das ich nicht mag. Aber häufig sind ihre Vorhaben überraschend ersprießlich und zwingen mich, meine Absicht zu überdenken, mich zu verweigern, zu Hause zu bleiben und ein Buch zu lesen oder eine Landkarte zu studieren. Ich glaube, sie lehnt meine Vorliebe für Landkarten ab, obwohl ich den Grund dafür nicht kenne, doch sie würde das niemals offen zugeben und hat mir vor kurzem sogar ein Buch über mittelalterliche Landkartenmalerei in Portugal mitgebracht. Vielleicht erwecke ich mit dieser Vorliebe den Eindruck eines Exzentrikers, oder scheine bei dem, womit ich mich beschäftige, zu sehr an einen Stuhl gebunden, während sie es vorziehen würde, dass ich tätigeren Interessen nachginge, sozusagen als Beweis dafür, dass mir entgegen meines äußeren Erscheinungsbildes noch etwas Jugendlichkeit anhängt.

Und ihre Besuche haben mir immer gut getan, haben mir mehr offenbart, als ich mit meinen Mitteln zu entdecken in der Lage gewesen wäre, haben mich an Höflichkeiten erinnert und an

Zuwendung, haben mir Zuneigung geschenkt und mir die Gelegenheit gegeben, diese Zuneigung zu erwidern. Gar nicht so schäbige Gaben, nicht im Mindesten, auch wenn ich fürchte, mich ihnen zu lange hinzugeben, sogar wenn ich allein bin, für den Fall, dass ich alles nur falsch verstanden habe und eine Zuneigung erwidere, die mir gar nicht entgegengebracht wurde. Trotzdem weiß ich, dass mir ihre Besuche gut getan haben. Ich weiß nicht einmal, warum sie mich besuchen kommt, oder warum ihr etwas daran liegt, dass ich meine Höhle verlasse und mir dieses Tal ansehe und jene Klippen oder an einem steinigen Strand spazieren gehe, der dem bloßen Auge nichts Ansehnliches zu bieten hat. Ich habe sie nie gefragt, und sie hat von sich aus auch kein Gespräch darüber angefangen. Sie kommt einfach vorbei und tut geschäftig oder setzt sich auf einen Stuhl und wir reden eine Weile bei bitterem Kaffee oder süßem, schwarzem Tee, und wenn sie dazu aufgelegt ist und ich in der entsprechenden Stimmung, dann machen wir einen Spaziergang am Meer, oder sie fährt mich an einen Ort, den sie als Ziel ausgesucht hat, und sie redet mit mir in dieser hektischen, entwaffnenden Art, die ihr so eigen ist. Ihre Besuche haben mir gut getan und dazu geführt, dass ich sie wie die Tochter liebe, an die sie mich vom ersten Augenblick an, in dem wir einander begegneten, erinnerte. Manchmal, wenn ich sehe, wie sie ihr widerspenstiges Haar mit den Händen fasst und es um und um schlingt, als wäre sie zerstreut, und sie hat die Angewohnheit, das ohne offenkundigen Grund zu tun, dann muss ich an die erste Begegnung mit ihr denken, damals, im Internierungslager, und aus irgendeinem unerklärlichen Grund fällt mir dann meine Tochter Raiiya, meine Tochter Ruqiya ein, mit der ich nur so kurze Zeit zusammen sein durfte, bevor ich sie verlor. Ich muss jedes Mal an meine Tochter

Raiiya denken, an meine Tochter Ruqiya, wenn Rachel das mit den Haaren macht, obwohl meine Tochter gar nicht solches Haar hatte und auch nie auf diese Art und Weise daran herumgezerrt hat. Ich würde es nie wagen, ihr das zu sagen, und mir ist völlig unklar, warum sie sich die Mühe macht, hier aufzukreuzen und mich zu besuchen, auf mich herniederzugehen, wie sie es einmal genannt hat. Sie beschwert sich darüber, dass ich kein Telefon habe und sie mich deshalb nicht anrufen kann, bevor sie kommt, und stattdessen gezwungen ist, den ganzen Weg in Kauf zu nehmen, nur um mich zu fragen, ob ich zu diesem oder jenem Lust hätte, wozu ich keine Lust hätte, wie sich meist herausstellte, und ihr dann nichts anderes übrig bliebe, als wie ein wütender Orkan davonzufahren und eine andere ziellose Richtung einzuschlagen. Wie jetzt eben auch wieder. Ich will aber kein Telefon. Der Krach, den es macht, würde mir ebenso auf die Nerven gehen wie die Störung durch ungebetene Anrufe zu jeder Tagesstunde und Nachtzeit, welche sich die Anrufer nun auch immer aussuchen mochten und dann mit einem redeten, ob man das nun wollte oder nicht, von hier oder irgendwo, die mit einem redeten, da man sie doch nicht einmal kommen gesehen hat und dann sind sie mit einem Mal da, mitten im Zimmer, und reden, und man hat noch nicht einmal Zeit, sich eine Höflichkeit auszudenken oder eine Entschuldigung, so springen sie einem ins Haus mit diesem mahlenden, brummenden, summenden Weckruf und erwarten dann von einem Antworten und Höflichkeit. Mir waren Rachels unberechenbare Besuche lieber, bei denen ich gleichzeitig erwartete und mich davor fürchtete, dass sie in naher Zukunft weniger werden und zu guter Letzt ganz ausbleiben würden. Und während mir dieser Gedanke durch den Kopf ging, fragte ich mich, ob mein ablehnendes Verhalten, sie zu begleiten und mit ihr und ihrer Mutter zu Abend zu essen, nicht dazu führen könnte, dass dieser Tag noch früher kommen würde, und dann war ich fast so weit nachzugeben und zu sagen: Ja, ich komme mit.

„Morgen, zum Mittagessen", sagte sie. Lächelnd. Gut zuredend. „Kommen Sie morgen zum Mittagessen. Sie müssen einfach. Wenn Sie nicht kommen, wird sie behaupten, ich hätte Sie erfunden. Sie behauptet so etwas gern, dass ich eine Träumerin sei und in einer Fantasiewelt lebe. Zumindest hat sie das früher immer behauptet. Bis ich mit dieser Asylarbeit anfing. Da glaubte sie, ich sei in der wirklichen Welt aufgewacht. 'Das ist wenigstens etwas, das sich zu tun lohnt', hat sie da gesagt. Sie glaubt, dass sie über die wirkliche Welt Bescheid weiß. Meine Mutter. Ich muss zugeben, dass ich, wenn ich höre, wie sie die Geschichte ihrer Familie, meiner Familie, zum Besten gibt, meinerseits zu dem Glauben neige, dass *sie* in einer Art historischer Fantasiewelt lebt, die sie während des Erzählens erfindet. Offensichtlich lebten wir vor Jahrhunderten in Haifa und wurden dann spanische Sephardim, von wo wir, wiederum ein paar Jahrhunderte später, in Richtung Triest vertrieben wurden, und noch später nach Genf zogen, von wo aus ihr Großvater schließlich, Ende vergangenen Jahrhunderts, nach London aufbrach. Ziemlich weit ausgeholt, für meinen Geschmack."

"Sie kennt Geschichten über diese Reisen?", sagte ich, oder fragte ich vielmehr, weil ich immer auf Geschichten über Odysseen und sagenhafte Reisen scharf bin. "Spanien in der Zeit der Vertreibung der Muslime und Juden aus Andalusien?"

„Ich glaube schon", antwortete Rachel. „Warum kommen Sie nicht mit und fragen sie selbst? Ich kann mir sehr gut vorstellen, wie Sie beide bis in die frühen Morgenstunden miteinander über die ummauerten Gärten von Córdoba schwatzen. Sie sammelt

Bücher über die Juden in Spanien. Sie hat mir einmal ein Buch über religiöse Lieder aus Andalusien gezeigt, muslimische Lieder. Wie heißen sie gleich?"

„Qasiden", antwortete ich.

„Ja, ein kleines, zerfleddertes Buch."

„Ich würde mir gern ihre Geschichten über Andalusien anhören, aber ich erwarte morgen selbst einen Gast", sagte ich und hatte dabei das Gefühl, als hätte ich ihr etwas verheimlicht. „Latif Mahmud. Erinnern Sie sich? Der Mann, den Sie einst organisiert haben, damit –"

„Ja, ich weiß. Ich habe am Telefon mit ihm gesprochen. Er hat mich Mitte der Woche angerufen", sagte sie und lächelte fast schon einfältig über ihr geheimes Wissen.

„Oh", stellte ich fest. Und jetzt?

„Er hat mir erzählt, dass sie miteinander verwandt sind. Ich glaube, er ist richtig glücklich darüber, dass er Sie getroffen hat. All die verschiedenen Dinge, an die er seit Jahren nicht mehr gedacht hat, sagte er mir, und einiges, wovon er überhaupt keine Ahnung hatte. Es hat mich irgendwie richtig neidisch gemacht. Er war so aufgekratzt. Wenn man sich vorstellt, wie das ist, ich meine, Dinge über das eigene Leben zu erfahren, von denen man gar nicht wusste, dass sie sich überhaupt zugetragen haben. Da musste ich unwillkürlich an unsere Arbeit denken. Wie oft bemühen wir uns darum, zu erreichen, dass die Leute sich erinnern, dass sie für sich selbst sprechen und eintreten. Und wenn ihnen das nicht gelingt, wenn sie sich nicht erinnern können, müssen wir uns etwas ausdenken. Stellen Sie sich mal vor, dass jemand die fehlenden Geschichten ergänzt. Das ist doch, als wäre man ein Kind oder so, dem die Eltern sagen, was es angestellt und gesagt hat, und man selber hat keine Erinnerung daran."

„Manches ist gar nicht wert, dass man sich daran erinnert", warf ich ein.

Rachel dachte einen Augenblick darüber nach, den Kopf zu Seite geneigt, streng. „Nein, ich glaube, das ist eine Einbahnstraße, die zu Lügen und ins Chaos führt. Ich glaube, im Großen und Ganzen ist es besser, wenn man Bescheid weiß. Kommt er wegen irgendwelcher schrecklicher Dinge zu Ihnen? Ich meine, haben Sie ihm traurige Sachen mitzuteilen, die er vergessen hat oder von denen er nichts wusste?"

„Ja", gab ich zu.

„Und auch für Sie traurig? Tut mir Leid. Er fällt Ihnen doch nicht zur Last, oder?"

„Nein, ich möchte, dass er kommt", antwortete ich.

„Er hat sich so gefreut, Ihnen begegnet zu sein. Das hat er mehrmals gesagt. Es kann also nicht alles traurig sein, was Sie miteinander zu bereden haben. Er klingt jedenfalls ganz in Ordnung. Was meine ich damit?... Ach, ich weiß auch nicht, ruhig und nachdenklich und interessant. Ich würde ihn gern mal kennen lernen. Vielleicht unternehmen wir ja etwas gemeinsam, wenn er das nächste Mal kommt. Fahren zum Water Valley und essen dort zu Mittag, und machen einen langen Spaziergang am Seeufer oder so etwas. Oder wäre es Ihnen lieber, wenn ich wegbliebe?"

„Nein, nein", beruhigte ich sie. „Beim nächsten Mal."

Die Klingel summte genau zur verabredeten Zeit. Das weckte die Frage in mir, ob er etwa unten gewartet hatte, bis es Zeit war zu klingeln. Ich hatte ein kärgliches Mittagessen vorbereitet, Reis und etwas Fisch mit ein wenig matschigem Gemüse, und sobald er oben bei mir angekommen war, lächelnd und gespannt, führte ich uns in die Küche, auf das wir diese üppige Mahlzeit genössen. Ich hatte keine Ahnung, in welchem Gemütszustand er sein würde, wenn er zu mir käme, ungeachtet dessen, was Rachel mir über ihn erzählt hatte. Ich konnte nicht vorhersagen, ob er zu bitterem Kampf entschlossen war, mich der Verlogenheit und der Verdrehung der Tatsachen beschuldigen wollte, oder ob er verlegen oder verunsichert sein und nicht wissen würde, was er sagen solle. Ich war auch darauf vorbereitet, mich davon überraschen zu lassen, wie er aussah. Obwohl ich erst vor ein paar Tagen einen ganzen Nachmittag und einen Teil des anschließenden Abends mit ihm zusammen verbracht hatte, fiel es mir schwer, mich an Einzelheiten seines Gesichts zu erinnern. Mag sein, dass ich es vermieden habe, ihn anzusehen, während ich erzählte, und seinen Augen ausgewichen bin, wenn er redete, jedenfalls wurde mir klar, als ich im Laufe der Woche an ihn dachte, dass ich nicht dazu in der Lage war, die Bewegungen in seinem Gesicht zu beschreiben, oder gar zu berichten, wie seine Augen aussahen, wenn sie aufnahmen, was ich ihm erzählte. Ich meine damit nicht, dass ich ihn nicht wieder erkennen würde, sondern einfach, dass ich mir nicht sicher sein konnte, was mir von den feineren Bewegungen in seinem Gesichtsausdruck in Erinnerung geblieben war. Deshalb dachte ich mir: sobald er da ist, gibt es Mittagessen, damit wir genügend Zeit haben, uns einen Ort zu finden, von dem aus wir wieder damit beginnen können, miteinander zu reden.

Nun gut, er lächelte, als er kam. Und er schüttelte mir kräftig die Hand. Das schien in Ordnung, er war wahrscheinlich nicht gekommen, um sich mit mir anzulegen. Dann gingen wir zu Höflichkeiten über. Wie ist es Ihnen ergangen? Was macht Ihre Arbeit? Wie geht es der Familie?

„Ich habe keine Familie", sagte er.

Die genaue Frage, die ich ihm gestellt hatte, lautete: „Sind zu Hause alle wohlauf?"

Und seine Antwort: „Da gibt es niemanden zu Hause."

Darauf sagte ich nichts mehr und sah, dass er mein Schweigen zur Kenntnis nahm und lächeln musste.

„Vor langer Zeit hat es mal jemanden gegeben", erzählte er, während ich das Essen auf den Tisch stellte und ihn bat, sich zu bedienen. „Sechs Jahre lang. Aber es war von Anfang an so, dass es früher oder später zu Ende gehen würde. Wir waren nicht glücklich miteinander. Sie hieß Margaret. Wir wohnten zusammen und kamen miteinander aus und hatten auch unsere Lust aneinander, aber wir waren nicht glücklich. Es gab so viele Verwicklungen, und ich erinnere mich, dass ich sie manchmal gar nicht leiden konnte, ja, sie sogar hasste. Wir waren uns während des Studiums begegnet und aneinander kleben geblieben. Wir waren ein Klischee, trotz der glücklichen Momente und der gegenseitigen Zuneigung, aber wir wurden einander überdrüssig, lange bevor wir es uns gegenseitig einzugestehen wagten. Danach war ich noch einmal zweieinhalb Jahre lang mit jemandem zusammen. Das ist noch gar nicht so lange her, ungefähr ein Jahr erst. Ab und an sprachen wir darüber, uns eine gemeinsame Wohnung zu suchen, aber es kam nie dazu. Mitunter vergingen Wochen, und ich dachte noch nicht einmal daran, und dann geschah etwas, das bei mir den Gedanken auslöste, nein, nie und nimmer. Nie wieder. Ich werde nie wieder mit jemandem zusammenwohnen. Es war einfacher so, sicherer, wenn jeder dort wohnen blieb, wo er war. Sie hatte eine Maisonette in Clapham und ich eine Wohnung in Battersea. Kennen Sie sich in London aus?"

„Ich bin noch nie dort gewesen", antwortete ich. „Wie hieß sie? Die, von der Sie sich gerade getrennt haben."

„Angela", sagte er und lächelte über seine Auslassung. Und nachdem er ihren Namen ausgesprochen hatte, begann er an sie zu denken, und sein Gesicht wurde augenblicklich angespannter. „Sie arbeitete freiberuflich als Übersetzerin. Schulbücher, wissenschaftliche Aufsätze, solche Sachen. Italienisch. Das war ihre Sprache. Jedenfalls wurde sie unserer Abmachung eher überdrüssig als ich und verlangte, dass ich eine Entscheidung fällte. Ich konnte aber einfach nicht. Ich meine, ich wollte nicht. Familien. Und ich konnte eine Geschichte nicht vergessen, die sie mir in den ersten Tagen unserer Beziehung einmal erzählt hatte. Sie und ihr Bruder mussten einmal an einem Wochenende nach Hause fahren, nach Dorset, um ihre Mutter ins Gebet zu nehmen, weil die mit ihrem Vater keinen Sex mehr haben wollte. Das sei so ungerecht von ihr, sagte sie über ihre Mutter. Und sie und ihr Bruder fuhren nach Hause, um mit ihr zu reden, um ihr diese Selbstsüchtigkeit auszureden – und der Vater ermunterte die beiden. Diese Geschichte ging mir nicht mehr aus dem Sinn, schon gar nicht, als wir ernsthaft darüber redeten, zusammenzuziehen. Ich stellte mir vor, dass meine Kinder eines Tages nach Hause kämen, mit einer Art Mission, und mir einen Vortrag hielten, weil ich mit Angela keinen Sex mehr wollte – und sie säße dabei und ermunterte sie murrend. Diesen Gedanken konnte ich einfach nicht ertragen. Ja, wirklich, ich glaube, ich wollte das nicht, aber ich konnte andererseits auch die Verdorbenheit dieser Geschichte nicht vergessen. Mit der Zeit wollte sie sich nicht mehr auf die unverbindliche Art und Weise mit mir treffen, die ich vorzog, und wir gingen auseinander. Seither habe ich mir darüber keine großartigen Gedanken mehr gemacht. Es ist sehr freundlich von Ihnen, dass Sie Essen gekocht haben."

„Das ist weiter gar nichts, nur ein kärgliches Mahl, um den Hunger zu vertreiben."

„Es ist sehr freundlich von Ihnen, dass ich Sie wieder besuchen darf", sagte er. „Ich habe mir den Vorwurf gemacht, dass ich Sie vergangene Woche zu sehr ermüdet und Sie außerdem noch dazu veranlasst habe, über ein paar heikle Angelegenheiten zu sprechen, und dann noch grob und unfreundlich zu Ihnen gewesen bin."

„Nein, ich wollte, dass Sie herkommen. Sie sind mir willkommen", sagte ich.

„Jedenfalls habe ich die ganze Woche über die Dinge nachgedacht, von denen Sie gesprochen haben, habe versucht, sie mit dem in Übereinstimmung zu bringen, an das ich mich erinnern kann oder was ich zu wissen glaubte. Ich weiß, dass sich etwas in mir gegen das wehrte, was Sie gesagt haben, obwohl ich gleichzeitig davon gefesselt war. Deshalb habe ich darüber nachgedacht und versucht, die Geschichten nebeneinander zu stellen und erkannte die Lücken, die ich niemals schließen können werde. Und ich habe auch die Stellen gesehen, die wir beide das letzte Mal umgangen haben. Ich fühle mich müde und matt nach dieser langen Zeit, nach all den Jahren des Grübelns über diese vergangene Zeit und den Ort, den ich hinter mir gelassen habe. Und dem Leben hier mit all seinem Auf und Ab, und dem Weg, den sich mein Leben durch Feindseligkeiten und Verachtung und Hochmut bahnen musste. Ich fühle mich zerschlagen und wund, aschfahl und voller Schwären. Verstehen Sie, was ich damit sagen will? Sie müssen dieses Gefühl doch kennen. Ich habe in dieser Woche darüber nachgegrübelt, wie kaputt ich nach all diesen Jahren bin, in denen ich manche Dinge gewusst habe und anderes wieder nicht, in denen ich nichts unternommen habe, schon gar nicht mit Blick darauf, wie man aus dieser Situation herauskommen könnte. Deshalb habe ich mich darauf gefreut, wieder herzukommen und Ihnen zuzuhören. Damit wir beide Erleichterung finden."

„Ja, um Erleichterung zu finden", wiederholte ich.

„Sagen Sie mir bitte, was aus Faru geworden ist. Ich habe Sie das schon einmal gefragt."

„Nuhu. Er heißt Nuhu. Er wurde Zollbeamter. Sie kennen ja die Leute, die an den Hafentoren stehen und alle Fahrzeuge durchsuchen und die Leute abweisen, die dort nichts zu suchen haben, und sich für alles bestechen lassen. Man brauchte für diese Art Anstellung nicht einmal lesen und schreiben zu können, und in den Augen der meisten Leute war es sowieso eine Tätigkeit, die ziemlich würdelos war, und ich denke, dass Nuhu sie auch nur deswegen bekommen hat. Ich hatte keine Ahnung, dass ihn eine solche Anstellung anzog, dass er auf Uniformen und die schweren Stiefel scharf war. Wie ich später erfuhr, nahm er diese Arbeit an, nachdem man mich verhaftet hatte, denn natürlich hat er zunächst einmal für mich im Geschäft gearbeitet."

„Ich wusste nicht, dass man Sie eingesperrt hatte", gab er zu, und ein Löffel mit Reis gefror auf halbem Weg zu seinem Mund. Ich hatte keinerlei Zweifel daran, als ich das Erschrecken auf seinem Gesicht sah, aber ich legte nach.

„Viele wurden verhaftet", sagte ich. „Tausende. Wie dem auch sei, Nuhu fand nach ein paar Jahren einen Weg nach draußen, einen Fluchtweg, Gott weiß wohin. Er besaß ja eine gute Ausgangsposition, könnten Sie einwenden, aber damals war die Hafenpolizei sehr wachsam, die mit den Gewehren und den Motorbooten mit den starken Motoren jedenfalls, nicht die kriecherischen *Bawabs*, zu denen Nuhu gehörte. Die Strafen, die damals auf Fluchtversuch standen, waren hart. Er muss sich in einem der Frachtschiffe versteckt haben, und wenn man von den Zielen der Schiffe ausgeht, die damals bei uns anlegten, lebt er jetzt irgendwo in Russland oder China oder der ehemaligen DDR. Wenn er unentdeckt überlebt hat oder die Mannschaft ihn nicht über Bord geworfen hat oder er nicht die Möglichkeit fand, eher von Bord zu gehen, in Aden oder Mogadiscio oder Port Said."

„Ich bin in der DDR gewesen", warf er ein und schüttelte den Kopf über die kleinen Verwicklungen unseres Lebens. „In Dresden. Na ja, bei Dresden."

„Ja, das haben Sie mir erzählt", sagte ich.

„Habe ich Ihnen von dem Brieffreund erzählt, den ich hatte? Bei dem sich herausgestellt hat, dass er in Dresden wohnt? Wir haben uns geschrieben, als ich noch zu Hause wohnte, und dann kam ich in die DDR, und es stellte sich heraus, dass sein Zuhause gleich um die Ecke war. Seine Mutter hat mir beigebracht, wie man den Homer lesen muss. Na gut, sie hat mich das nicht direkt gelehrt, aber sie hat mich dazu gebracht, dass ich ihn lesen wollte. Tut mir Leid, wir waren bei Faru stehen geblieben."

„Ja, Sie haben mir erzählt, dass Sie unmittelbar vor Ihrer Abreise in die ehemalige DDR bei mir waren. Eines aber haben Sie bei Ihrem Bericht ausgelassen. Sie haben nicht erwähnt, dass Salha herunterkam, um mit Ihnen zu reden. Vielleicht haben Sie es vergessen. Nuhu hatte ihr gesagt, dass Sie vorbeigekommen waren, und deshalb kam sie herunter. Ihre Mutter hat Salha immer besucht, als sie während der Schwangerschaft das Bett hüten musste, und sie hat wohl geglaubt, Sie wären mit einer Nachricht für sie gekommen. Sie hätte nicht herunterkommen sollen. Salha. Sie sollte eigentlich ausruhen und das Treppensteigen meiden, aber sie kam herunter, weil Ihre Mutter sie immer besucht hat, trotz des bösen Bluts zwischen Ihrem Vater und mir.

Die Frauen hatten einen ausgeprägteren Sinn für Gnade und Barmherzigkeit, für das Gleichgewicht der Dinge. Sie kümmerten sich umeinander, sie sorgten sich, dass die Dinge nicht so weit außer Kontrolle gerieten, dass wir keinen Weg mehr zurück fanden. Salha hat mit Ihnen geredet, sie hat sich nach Ihrer Mutter erkundigt, und Sie haben es sogar verweigert, auch nur annähernd in ihre Richtung zu sehen. Dann sind Sie gegangen, ohne ihren Gruß erwidert zu haben. Ich nehme an, dass Sie das vergessen haben. Es ist ja alles sehr lange her."

„Nein, ich habe es nicht vergessen. Ich habe nicht mehr daran gedacht, das ist wahr, aber gleichzeitig schien es mir auch nicht so unbedingt der Erinnerung wert. Es tut mir Leid, dass ich so unhöflich zu ihr gewesen bin."

„Es ist lange her. Und ich, ich hätte diesen Tisch zurückgeben sollen. So eine belanglose Kleinigkeit. Salha meinte, ich sollte ihn zurückgeben, aber ich war zu wütend. Sie war entsetzt darüber, dass ich Ihren Haushalt übernommen hatte, auch wenn da eigentlich kaum etwas zu holen gewesen war. Sie meinte, das sei rachsüchtig und nicht wieder gutzumachen, und vielleicht hätte sie mir die ganze Sache ausgeredet, wenn wir zu jener Zeit schon zusammen gewesen wären, wenn wir verheiratet gewesen wären. Ich hatte damals niemanden, mit dem ich reden konnte. Und als Berater standen mir nur Enttäuschung und Groll zur Verfügung. Ich war wütend über die Verleumdungen und fühlte mich im Recht. Und als es dann um den Tisch ging, hatten sich die Verleumdungen mit der geradezu unglaublichen Heiligkeit Ihres Vaters vermengt, und mit seiner Prahlerei, dass Gott mir meine Sünde schon noch vor Augen führen und ich alles eines Tages schamerfüllt dem rechtmäßigen Besitzer zurückgeben würde. Als Sie dann kamen und um den Tisch baten, war ich nicht in der

Lage, mich von ihm zu trennen, obwohl es klüger gewesen wäre, ihn herzugeben. Das hat zu guter Letzt auch noch Ihre Mutter gegen uns eingenommen."

Obwohl Rajab Shaaban Mahmud meinen ursprünglichen Plan abgelehnt hatte und der Fall inzwischen durch die Instanzen der britischen Kolonialgerichtsbarkeit wanderte, bot ich ihm einen Kompromiss an. Ich erklärte, dass ich das Haus nicht haben wollte. Ich wollte einfach in der Lage sein, ein Darlehen zu bekommen, weil mein Unternehmen Kapital brauchte und ich im Begriff stand zu heiraten. Das Geld gehörte rechtmäßig mir, aber das Haus wollte ich nicht haben. Noch wollte ich, dass sie auszögen oder mir Miete zahlten. Erlauben Sie mir wenigstens auf dem Papier den Besitz des Hauses, damit ich ein Darlehen aufnehmen kann, und sobald mein Unternehmen wieder auf sicheren Füssen steht, will ich Ihnen das Haus wieder überschreiben. Er aber lehnte das rundheraus ab, und als der Prozess gewonnen war, zog er mit seiner Familie in ein winziges Haus, das er irgendwo gemietet hatte. Zu diesem Zeitpunkt war alles schon zu weit fortgeschritten, und ich hatte völlig den Überblick darüber verloren, was ich alles angerichtet hatte. Ich vermietete das Haus und verhandelte über einen Kredit, der sich dann als wesentlich kleiner erwies, als ich beantragt hatte. Kurz nach der Unabhängigkeit wurden die Banken ziemlich unruhig und, wie sich herausstellen sollte, hatten sie allen Grund dazu. Zwei Jahre später sollten das Chaos und die wirtschaftlichen Sparmaßnahmen der Regierung ihren Höhepunkt in Nationalisierungen und der Plünderung aller Banken finden. Das geschah im Namen des Volkes und der *Self-Reliance*, in Wirklichkeit aber war es nichts weiter als eine Plünderung, genau wie bei der staatlichen Einziehung all dessen, was einen Profit abwarf. Unsere Oberen bauten nur sehr wenig auf, meistens nahmen sie denen weg, die damit befasst waren, etwas aufzubauen, und stopften sich ihre eigenen, schuldigen Wänste voll.

Ungefähr zu der Zeit, als ich in den Besitz von Rajab Shaaban Mahmuds Haus kam und mich um einen Kredit bemühte, sollte das alles seinen Höhepunkt erreichen, doch hatten die Banken die Gefahr bereits gerochen und waren vorsichtig geworden. Das kleine Darlehen, das sie mir gewährten, setzte mich nicht in den Stand, meine Pläne zu verwirklichen und eröffnete mir kaum neue Möglichkeiten. Am Ende aber machte das auch keinen großen Unterschied. Innerhalb von ungefähr einem Jahr versank das ganze Land im Chaos, und jeder, der nur irgend konnte, suchte nach Wegen, um sein Geld außer Landes zu schaffen. Mir blieb nichts anderes übrig, als so weiter zu machen wie bisher, auch wenn mittlerweile gar kein Markt mehr für die schönen Stücke vorhanden war. Als ich das Ebenholztischchen zurückbekam, stellte ich es in meinem Laden aus, weniger, weil ich hoffte, es verkaufen zu können, als vielmehr, weil es ein schönes Stück war und mir täglich die Nutzlosigkeit von Freundschaft und Ehrgeiz vor Augen führte.

Rajab Shaaban Mahmud kam, obwohl er in einen anderen Stadtteil verzogen war, immer noch zum Gebet in die nahe gelegene Moschee und schritt jeden Tag mit gesenktem Haupt an meinem Laden vorbei. Der besiegte und gedemütigte Gottesmann. Und die Leute sahen zu, wie er vorüberging und klagten über das Unheil, das über ihn und seine Familie gekommen war, und erkannten in mir den Urheber des Übels. Asha, seine Frau, war damals die Geliebte von Abdalla Khalfan, dem Minister für Entwicklung und Ressourcen, oder wie der Titel auch gelautet haben mag, irgendeine Erfindung. Sein Regierungsdienstwagen holte sie zu Hause ab und fuhr sie dahin, wo der Minister es befohlen hatte, und brachte sie später auch wieder nach Hause zurück. Die beiden hatten schon seit Jahren ein Verhältnis, besagten die Gerüchte, und jetzt, da Abdalla Khalfan es zu etwas gebracht hatte, sahen sie keinen Grund mehr, sich zu verstecken. Ich nehme an, man hielt dem Minister zugute, dass er seine Geliebte im Augenblick seines Aufstiegs nicht fallen ließ und sich eine jüngere Frau nahm. Denn Asha war keine junge Frau mehr, auch wenn sie immer noch schön war. Auch der Minister war nicht mehr jung, aber das hat Männer in seiner Position nie daran gehindert, so zu tun, als wären sie es. All das Unglück, das auf Rajab Shaaban Mahmuds gottesfürchtigen Schultern lastete.

Damals weigerte ich mich, den Tisch zurückzugeben. Nachdem Asha meine Frau in ihrem Matratzenkerker besucht und während und nach dem Prozess zu vermitteln versucht und ihren Sohn Ismail zu mir geschickt hatte, um diesen kleinen Gefallen zu erbitten. Meine Kleinlichkeit muss sie angewidert haben, denn sie nahm sie vollständig gegen mich ein. Nach diesem Ereignis ritt sie ihre eigenen Attacke gegen mich und sah sich im Laufe der Zeit mit einem umfassenden Sieg belohnt. Natürlich verfügte sie über die Unterstützung des Ministers, auch wenn es einige Zeit brauchte, seine Einmischung zu erkennen. Was immer es war, was sie sich für mich ausgedacht hatte, keiner hatte die Sache mehr im Griff, sobald die Terrormaschinerie in Gang gekommen war. Im Laufe der nächsten zwei Jahre ging folgende Serie von Schikanen auf mich nieder. Ich berichte sie hier in der Reihenfolge, in der sie sich zutrugen. Bevor ich aber damit beginne, sollte ich erwähnen, dass ungefähr zu gleicher Zeit, also am Beginn der Schikanen, Salha ihr Eingesperrtsein überstanden und uns unsere Tochter Ruqiya geschenkt hatte. Möge Gott ihren Seelen gnädig sein.

Er unterbrach mich. Nicht zum ersten Mal. Die anderen Unterbrechungen habe ich deshalb nicht erwähnt, weil ich meinen Bericht zum einen nicht unnötig zerstückeln wollte, er zum anderen meist nur seiner Überraschung freien Lauf ließ oder mich bat, mehr in die Einzelheiten zu gehen. Diesmal aber stand er vom Küchentisch auf und ging hinaus, raus aus der Küche, in der wir nach dem Mittagessen sitzen geblieben waren. Im nächsten Augenblick war er auch schon wieder zurück und sah wütend aus, aufgebracht.

„Jetzt fallen Sie also auch über sie her", sagte er mit gerunzelter Stirn, das Gesicht düster vor Wut und Ablehnung. „Mit ihm sind Sie fertig, nehme ich an. Er ist bloß ein rachsüchtiger, unzulänglicher Mensch, der sich weigerte, das Richtige und Sinnvolle zu erkennen. Seine unvorstellbare Heiligkeit. Damit ist das erledigt. Jetzt ist sie dran. Ja, ich wusste über die Sache mit dem Minister Bescheid, jeder wusste Bescheid. Sie war eine gute Frau. Ich habe sie so in Erinnerung. Ich geriet immer in Panik, wenn ich sie des Nachmittags sah, ausgehfertig, um sich mit ihm zu treffen. Ich war regelrecht verängstigt, ich habe keine Ahnung, warum. Ich weiß auch nicht, weshalb sie so geworden ist. Ich habe Ihnen die ganze Zeit zugehört und immer nur gedacht: er lügt, er lügt. Er ist einfach von seiner Erzählung besessen. Er will, dass sie schlüssig ist. Jetzt aber versuchen Sie, Ihre Geschichte aufzubessern, mehr hinein zu legen als ursprünglich darin steckte, sie in ein richtiges Drama zu verwandeln. Jetzt sind sie und ihr dreckiger Minister an der Reihe, Sie zu verfolgen und zu peinigen."

Ich vermied es, ihn anzusehen. Darin lag keine besonders große Weisheit, denn im Gefängnis hatte ich es gelernt, dem Blickkontakt mit jemandem, der wütend war, aus dem Weg zu gehen. Ich lernte, nahe der betreffenden Person zu sitzen und in die gleiche Richtung zu sehen wie er. Deshalb blickte ich jetzt zur Seite und wartete ab, während er im Türrahmen stand und seiner Wut freien Lauf ließ.

„Ich will nichts mehr hören", sagte er und ging erneut aus der Küche. Ich wartete eine Weile, und dann stand ich auf, um den Berg aus Tellern und Schüsseln abzuräumen und alles im Spülbecken abzuwaschen. Dann setzte ich den Kessel auf und begann, eine Kanne süßen Ingwertee zuzubereiten. Als ich mit dem Tablett in das Wohnzimmer kam, stand er am Fenster und sah hinaus auf meinen schmalen Streifen Meer. Ich schenkte den Tee ein und wartete, bis er kam und sich mir gegenüber hinsetzte.

Das also sind die Ereignisse, wie sie sich zutrugen. Über die meisten kann man nicht ohne dramatischen Unterton sprechen, und so manches erfüllt mich noch immer mit Pein. Dennoch verlangt mich danach, über diese Ereignisse zu reden, sie als die Urteilssprüche meiner Zeit und der Kleinheit unseres doppelzüngigen Lebens vorzuführen. Ich will nur kurz über sie berichten, weil es sich meistens um Ereignisse handelt, die zu verdrängen ich mich bemüht habe, aus Angst, dass ich vermindern könnte, was mir an Bitterkeit und Hilflosigkeit geblieben ist. Ich habe viele Jahre lang Gelegenheit gehabt, über sie nachzudenken und sie ihrer Bedeutung nach einzuordnen, und dabei habe ich gelernt, dass es ebenso gut oder schlecht ist, in aller Stille mit meinen Schrammen und Dellen zu leben, während andere unerträgliche Grausamkeiten hinzunehmen haben.

Nach der Nationalisierung der Banken im Jahre 1967, die uns vom Präsidenten der Republik höchstselbst in klingenden Tönen über das Radio verkündet wurde, erhielt ich vom früheren Direktor der Standard Bank, die sich jetzt People's Bank nannte, eine Vorladung, in der ich aufgefordert wurde, unverzüglich die volle Summe des Darlehens zurückzuzahlen, das ich bei ihnen aufgenommen hatte. Ich ging zur Bank, um zu betteln: Denn obwohl das Recht völlig auf meiner Seite war und wir eine Vereinbarung getroffen hatten, dass sich die Rückzahlung des Darlehens über fünf Jahre erstrecken sollte, und gerade erst zwei Jahre vergangen waren, seit der Rückzahlungszeitraum begonnen hatte, waren die Zeitläufte nicht danach, dass man Recht und Gesetz einfordern konnte. Ich ging zur Bank, um den Direktor um Gnade anzuflehen. Nationalisierung bedeutete, dass alle leitenden Angestellten über Nacht ausgetauscht werden mussten, aus Angst davor, die Amtsinhaber, bei denen es sich zumeist um Ausländer handelte, könnten sabotieren. Der neue Direktor lehnte es ab, mich zu empfangen, und ein Assistent erklärte mir, dass diese Aufforderung zur Rückzahlung des Darlehens nicht zur Verhandlung anstünde. Sie handelten auf der Grundlage von Anweisungen aus dem zuständigen Regierungsbüro. Die Ausländer hätten die Kredite gestrichen, zudem sei es in den vergangenen Monaten zu massiven Kontoauflösungen gekommen, und deshalb würden nun alle Darlehen eingefordert. Warum hatte ich darüber nichts von den anderen Geschäftsleuten erfahren?, fragte ich. Nun, so erklärte der Assistent, die Darlehen würden schrittweise eingefordert, und ich gehörte zur ersten Welle. Ich besäße nicht genügend Geld, um das Darlehen vollständig zurückzuzahlen, sagte ich. In diesem Fall wäre die Bank gezwungen, das Haus zu übernehmen, das ich als Sicherheit eingesetzt hatte.

Vier Wochen später wurde das Haus, um das ich mit Rajab Shaaban Mahmud vor Gericht gestritten hatte, in der Zeitung als Eigentum der Bank ausgeschrieben, und die Bewohner, denen ich das Haus vermietet hatte, aufgefordert, sofort auszuziehen. Sobald das Haus leer war, zogen Rajab Shaaban Mahmud und seine Frau Asha wieder ein. Danach kam er wieder jeden Tag auf seinem Weg zum PWD, wo er inzwischen in der Verwaltung Karriere gemacht hatte, an meinem Möbelgeschäft vorüber. Und hatte er zuvor seine Demütigung ausgestellt, die er durch mich erfahren gehabt zu haben glaubte, und war mit gesenktem Blick und abgewendetem Kopf vorübergegangen, so sah er jetzt mit leuchtenden Augen in meine Richtung. Er war wieder zu seinem rechtmäßigen Besitz gekommen, und ich zahlte für meine Sünden. Sogar wenn ich nicht aufschaute, was ich lernte zu unterlassen, sobald ich ihn kommen sah, konnte ich spüren, wie sich seine Augen an mir festbissen, wenn er vorüberging. Asha begegnete ich kaum noch auf der Straße, obwohl sie wieder in ihrem alten Haus wohnten, weil sie mittlerweile ein Auto zu ihrer Verfügung hatte, aber wenn ich ihr doch einmal begegnete, dann hatte ich das Gefühl, als beschleunigte sie ihren Schritt, während sie wortlos vorüberging.

Fünf Monate später dann wurde ich in die Parteizentrale einbestellt. Die Anweisung dazu wurde mir vom Vorsitzenden der örtlichen Parteizelle überbracht, der an einem Mittwochmorgen in meinem Laden auftauchte und mit mir zusammen ein Glas Wasser trank, bevor er mir mitteilte, was ich am darauf folgenden Nachmittag zu tun hätte. Er erklärte mir, dass Rajab Shaaban Mahmud eine Klage gegen mich eingereicht hatte. In seiner Vorlage behauptete er, dass ich den letzten Willen seiner Tante Bi Maryam gefälscht und mich nach ihrem Tod unter Vorspiegelung falscher Tatsachen in den Besitz des Hauses gebracht hätte, obwohl ich überhaupt nicht mit ihr verwandt gewesen sei. Ich sagte dem Vorsitzenden, dass das nicht wahr sei, aber er zuckte nur die Achseln und meinte, dass es ihm nicht zustünde, dazu überhaupt etwas zu sagen. Ich sollte alles denen in der Parteizentrale sagen und abwarten, wie sie reagierten. Als ich Salha von der Vorladung erzählte, wurde sie ganz verzweifelt. Sie hatte die ganze Zeit damit gerechnet, dass ich einen weiteren Nackenschlag einzustecken haben würde, doch nachdem es die ganzen letzten Monate über ruhig geblieben war, hatte sie langsam daran zu glauben begonnen, dass das Schlimmste ausgestanden war. Ich, für meinen Teil, hatte Schlimmeres befürchtet als eine Vorladung in die Parteizentrale. Ich hatte mir unbestimmbare Demütigungen und Verletzungen ausgemalt, eine regelrechte Verstümmelung. Manchmal, in jener Traumwelt zwischen Schlafen und Erwachen, sah ich das Bild eines Mannes vor mir, den ich aus Kinderzeiten kannte, dem man die Nase abgeschnitten hatte, so dass zwischen seinen Augen und dem Mund nur noch zwei fleischfarbene Löcher vorhanden waren, die direkt in den Schädel hineinführten. Man hatte ihn als Strafe für eine Vergewaltigung so zugerichtet, er lief in Lumpen durch die Straßen der Stadt und musste den Hohn und Spott selbst noch der Kümmerlichsten unter uns ertragen, und war mittlerweile zu verschüchtert, um überhaupt noch über Verteidigung oder gar Vergeltung nachzudenken. Ich fürchtete Schlimmeres als die Parteizentrale, und doch schlotterte ich bei dem Gedanken daran, was sie sich wohl für mich ausgedacht haben könnten.

Wir wussten von den Anhörungen in der Parteizentrale, hinter denen sich in Wirklichkeit Standgerichte verbargen, die das Gesetz nach Belieben auslegten und beugten. Den Vorsitz hatte der Generalsekretär der Partei inne, dem zur Seite saß, wer immer gerade Zeit hatte und verfügbar war, und das konnte mitunter der Präsident der Republik höchstselbst sein, wenn er gerade in der Stimmung war, sich an seinen Untertanen zu verlustieren. Manchmal waren es aber auch sein Fahrer oder der Polizeichef. Als ich vor dem Parteikomitee erschien, setzte sich die Kommission aus den folgenden Leuten zusammen. Ich nenne sie hier beim Namen, weil ich möchte, dass ihre Namen bekannt gegeben werden, damit die Dinge, die auf uns herniedergingen, nicht den Anschein erwecken, als seien sie aus dem Nichts heraus geschehen.

1) Vorsitzender war der Generalsekretär der Partei, dessen Namen jeder kennt
2) Der Minister für Entwicklung und Ressourcen, Sheikh Abdalla Khalfan, der Liebhaber von Asha, der Frau von Rajab Shaaban Mahmud
3) Der Leiter der Einwanderungsbehörde, Abdulkarim Haji
4) Leutnant Ahmed Abdalla von der Volksarmee
5) Bibi Aziza Salmin, Lehrerin.

Sie hatten sich hinter einem langen Tisch verschanzt, und ich saß ihnen, im hinteren Teil der Parteizentrale, in einem großen, düsteren Zimmer mit Veranda, auf einem Stuhl gegenüber. Die Düsterkeit des Zimmers war ganz angenehm zu dieser blendenden Stunde am frühen Nachmittag, in der Luft aber lag der Verwesungsgeruch eines Kellergemachs. Der Ortsvorsitzende hatte mich hineinbegleitet und hockte jetzt als Zeuge in einer Ecke und bereitete einen Bericht für die Klatschpresse unseres Bezirks vor.

Die Mitglieder des Komitees nahmen es abwechselnd auf sich, mir wegen meines Verbrechens eine Strafpredigt zu halten.

Wegen eines Verbrechens, das darin bestand, eine leichtgläubige Frau übers Ohr gehauen zu haben, um die Familie eines gottesfürchtigen, guten Mannes um ihren rechtmäßigen Besitz zu prellen. Der Minister für Entwicklung und Ressourcen sagte nur wenig, schien aber mit dem Fortgang des Verfahrens zufrieden zu sein. Am meisten setzten mir der Leiter der Einwanderungsbehörde, Abdulkarim Haji, und Bibi Aziza Salmin, die Lehrerin, zu, die es darauf angelegt zu haben schienen, in mir einen Vertreter jener Männer zu sehen, die es sich zum Beruf gemacht haben, Frauen auszurauben. Ich hatte zwar von allen Mitgliedern des Komitees bereits gehört, war aber keinem von ihnen je zuvor begegnet.

Ich wurde aufgefordert, auf ein paar Fragen einzugehen, mit deren Beantwortung ich mich selbst belasten sollte. 'Geben Sie zu, dass Sie von dem Augenblick an, da Ihr Vater Bi Maryam heiratete, die Absicht hatten, sie zu berauben?' Ich versuchte es mit einer Antwort, wurde aber sofort zum Schweigen gebracht. Ich erklärte, dass das Haus mein Eigentum wurde, als Bi Maryam noch lebte, dass ich es nicht geerbt hatte. Ihr Testament sagte nichts über das Haus aus, weil sie es bereits zu Lebzeiten so geordnet hatte, dass es mir rechtmäßig überschrieben wurde, eben um Anschuldigungen und Gegenbeschuldigungen aus dem Weg zu gehen. Viel mehr konnte ich nicht sagen, weil Bibi Aziza Salmin ihr Erstaunen über meine Unverfrorenheit zum Ausdruck brachte, und der Leiter der Einwanderungsbehörde vorschlug, dass das Komitee in Erwägung ziehen sollte, der Anklage einen weiteren Punkt hinzuzufügen – den nämlich, das Komitee zum Narren halten zu wollen. Ansonsten wurde von mir lediglich verlangt, dass ich mir die Beschimpfungen anhörte, und das tat ich dann auch etwas über eine Stunde lang. Ihr Urteilsspruch wurde mir kundgetan, noch während ich ihnen gegenüber saß: Zuerst sprach Bibi Aziza Salmin, der sich die anderen mit wachsendem Hass anschlossen, bis, zu guter Letzt, der Vorsitzende des Komitees, der Generalsekretär höchstselbst, eine Zusammenfassung des Schuldspruchs vornahm. Ich sollte am nächsten Tag alle Papiere, die das Haus betrafen, dem Büro des Generalsekretärs überstellen, woraufhin der Rechtstitel wieder der Familie von Bi Maryam übergeben werden würde.

Ich ging zusammen mit dem Ortsvorsitzenden nach Hause, der mir versicherte, dass es viel schlimmer hätte kommen können, und dass ich Recht daran getan hätte, nach diesem einen unangemessenen Ausbruch nichts mehr zu sagen. Ich besäße ja noch immer mein Geschäft, würde also nicht hungern müssen, und wer konnte schon vorhersagen, was Gott noch über uns bringen würde? Wir packten in jener Nacht zusammen, was wir irgend konnten, und schafften es mit Nuhus Hilfe in Karrenladungen zu Salhas Eltern und ins Geschäft. Zu diesem Zeitpunkt arbeitete Nuhu schon nicht mehr für mich, aber er kam, als ich ihn um Hilfe bat. Hinter einen Spalt geöffneten Fenstern hervor sahen die Nachbarn uns zu. Sie sagten aber nichts, damit wir uns noch elender fühlten, und der eine oder andere murmelte ein paar gottesfürchtige Worte über die Zeitläufte, in denen wir lebten. Wir mieden die Hauptstraße beim Kommen und Gehen, schoben und zogen den Karren stattdessen über die holprigen Pfade, die hinter den Häusern entlangführten. Ich bestand darauf, dass wir alle im Haus von Salhas Eltern übernachteten. Für den Fall, dass es zum Versuch kommen sollte, uns gewaltsam aus dem Haus zu treiben. Früh am nächsten Morgen brachte ich die Urkunden in das Büro des Generalsekretärs und musste einige Stunden warten, bevor der hohe Herr endlich eintraf. Kurz vor Mittag. Ich wurde in sein Büro vorgelassen, in dem er, auf seine freundliche Art lächelnd, hinter seinem Schreibtisch thronte. Er nahm die Papiere entgegen, ohne auch nur einen Blick darauf zu werfen und legte sie auf seinem Schreibtisch ab. Dann bot er mir eine Tasse Kaffee an und erlaubte mir zwei kleine Schlückchen, bevor er dem Soldaten winkte, der sich mit uns in dem Büro befand. Der Soldat trat zu mir, stemmte die Hände in die Hüften und wies mich mit einer schroffen Kopfbewegung an, vor ihm her und aus dem Büro hinauszugehen. Er brachte mich in ein kleines Zimmer mit einem hoch gelegenen, vergitterten Fenster und ging wieder hinaus. Ich hörte, wie er die Tür von außen verriegelte und abschloss. Der Raum stank nach Urin und war mit verblassten, dunklen Flecken gemasert, die wie Schmerzensmale aussahen.

Erst viel später kamen sie mich holen, am späten Nachmittag, zwei junge Soldaten, die mit Maschinenpistolen bewaffnet waren. Inzwischen musste ich dringend auf die Toilette und fürchtete, dass ich in meiner Angst und meinem Schrecken nicht in der Lage sein könnte, das Wasser zu halten. Und dass ich mich selbst beschmutzen könnte und meine Entwürdigung auch noch mit Schande beladen würde. Sie durchsuchten mich und nahmen mir das Wenige weg, das ich bei mir hatte, schrien mich an und stießen mich hin und her und schlugen mich aus reiner Freude an ihrer Arbeit. Dann schoben und schubsten sie mich die Flure entlang zu einem Jeep mit Plane, der vor der Parteizentrale wartete. Dort, für alle sichtbar. In der milden Nachmittagssonne. Es gab Zeugen, und ich bin mir nicht sicher, wer in einem solchen Augenblick schlechter dran ist, der Verbrecher oder die Unschuldigen, die daneben stehen und zusehen und so tun, als ereignete sich nichts Schlimmes und Außergewöhnliches. Draußen gab es Zeugen. Leute, die weitergingen, als ob nichts geschähe, die auf einen Schwatz zu ihren Lieblingskaffeehäusern unterwegs waren oder zu ihrer Familie oder zu Freunden.

Im städtischen Gefängnis war ich lediglich ein paar Wochen, zusammengepfercht mit Dutzenden anderen in einer kleinen Zelle, die trotz allem noch luftig und hell war. Alle Zellen verfügten über eine halbhohe, vergitterte Wand, die auf den zentralen Innenhof hinausging. Vielleicht wäre es zutreffender zu sagen, dass dieser Innenhof in die Zellen hineinschaute, so dass man nicht einmal nachts sicher sein konnte, ob da draußen im Hof nicht jemand stand, der ein Auge auf einen hatte und beobachtete, was man tat oder zu tun träumte. Zumindest aber bedeutete das, dass wir etwas Luft bekamen und die Gefangenen in den anderen Zellen sehen konnten, und so konnte man ein wenig den Eindruck gewinnen, dass es sich weit weniger um ein Gefängnis handelte, wie ich es mir ausgemalt hatte. Unsere Zelle befand sich in einer Ecke und bekam nicht so viel von der Brise ab wie einige andere, und das brachte mit sich, dass wir nachts von Moskitos heimgesucht wurden. In dem zementierten Innenhof wuchs nicht ein einziges Blatt, nicht einmal einen einzigen Grashalm gab es, noch ein Unkraut, das sich an einen Riss in der Mauer klammerte.

Ich kannte so viele der Insassen, weil die Regierung mit dem Tag der Unabhängigkeit begonnen hatte, die Gefängnisse zu füllen. Alle sahen sie verhärmter und müder aus als früher, und ihre Kleider waren, wenn auch sauber, ziemlich abgetragen. Trotz der Verwahrlosung und des Mangels rundherum herrschte eine Art Höflichkeit. Wir gingen zuvorkommend miteinander um, machten einander Platz, wenn es möglich war und sprachen den anderen nicht an, wenn er verrichtete, was drängte, erkundigten uns gegenseitig nach Schmerzen und Kummer und redeten endlos miteinander. Ich hatte recht wenig zu sagen und konnte von diesen Männern, die, obwohl sie in einigen Fällen schon seit zwei oder drei Jahren einsaßen, sehr gut über alles unterrichtet schienen, was draußen vor sich ging, eine Menge lernen. Ich lauschte den leidenschaftlichen Gesprächen mit höflicher Zurückhaltung und einiger Gespanntheit. Manches war ganz unterhaltsam, wurde getragen von dem abwegigen Humor, den Leute, die sich in Schwierigkeiten befinden, mitunter trotz ihrer Umstände aufzubringen in der Lage sind. Zweimal täglich wurden wir aus unseren Zellen gelassen, um uns zu reinigen und im Hof ein paar Leibesübungen zu machen, und zweimal in der Woche kam ein Arzt vorbei. Die Verwandten brachten jeden Nachmittag Körbe mit Essen für ihre Lieben, da wir ansonsten nur auf die kargen Gefängnisrationen angewiesen gewesen wären: Kassava, Bohnen und Tee. Nichts sonderlich Ungenießbares, doch brachten uns die Essenskörbe unser Zuhause näher, ließen uns die Menschen zu Hause näher erscheinen, gaben dem Brot, das wir brachen, den Anschein, mit Zuwendung und Fürsorge gesegnet zu sein. Einmal in der Woche enthielt der Korb auch Wäsche zum Wechseln: ein T-Shirt und einen *Saruni*.

Die Körbe wurden den Wachen am Tor ausgehändigt. Den Verwandten war es verboten, die Gefangenen zu besuchen, und die Wachen durchsuchten die Körbe, um sicherzustellen, dass sich keine Nachrichten oder Waffen darin verbargen. Dann wurden Namensschilder daran befestigt, und die Körbe wurden im Innenhof abgestellt, wo die Insassen sie in Empfang nehmen konnten. Manchmal stahlen die Wachen die Körbe und ließen das Ganze wie einen Scherz aussehen. Ich bekam meinen ersten Korb am dritten Tag meines Gefängnisaufenthalts, und es erfüllte mich mit sinnloser Erleichterung. Zumindest wusste Salha, wo ich mich befand. Als ob ihr das Trost sein konnte.

Manchmal kam es zu Bestrafungen, Prügeln und Misshandlungen, und ich erfuhr von den anderen über die schrecklichen Dinge, die sie während ihrer Zeit dort miterlebt hatten. Schläge mit Gummischläuchen, mit Schlagstöcken, manche auch wurden gezwungen, barfuß über Glasscherben zu laufen. Die Gefängnisinsassen berichteten in allen Einzelheiten über diese Zwischenfälle und diskutierten mit gedämpften Stimmen die Auswirkungen auf die Opfer, als ob ihnen das erspare, ihre eigene, einschüchternde Erniedrigung zur Kenntnis zu nehmen. Die Strafaktionen wurden in dem offenen Hof von Leuten exekutiert, die noch heute durch die Straßen dieser Stadt gehen, wie auch ein paar ihrer Opfer. In der Zeit, in der ich dort einsaß, wurde ich lediglich Zeuge von Schreien und Beleidigungen und Schlägen mit einem Bambusstock.

In der dritten Woche, die ich dort zubrachte, tauchte der Präsident der Republik auf. Er machte das mitunter. Der reinen Freude wegen, all seine Feinde sicher verwahrt zu sehen, allesamt elend und in Angst und Schrecken, und zu erleben, wie sie um Gnade und Entlassung bettelten. Er hielt sich nicht vor unserer Zelle auf, sondern ging, strotzend vor Gesundheit, vorüber. Hinter ihm marschierte, ihm fast schon in den Rücken fallend, seine Begleitmannschaft aus Arzt, Gefängnisdirektor und Leibwächter. Er hielt sich deshalb nicht bei uns auf, weil er seine Lieblinge hatte, die er immer besuchte, ganz besondere Feinde, die er mit Befriedigung betrachtete und mit heiteren Scherzen ehrte, die sie auf eben solche Weise erwiderten. Er bat den Arzt, sie regelmäßig zu untersuchen, weil er sichergehen wollte, dass sie wohlauf blieben, und wenn sie einmal krank werden sollten, dann sollte man ihnen sofortige Behandlung angedeihen lassen, damit sie sich noch lange Zeit ihres Gefängnisdaseins erfreuen könnten.

Vor einer Zelle blieb er längere Zeit stehen und starrte einen der Insassen an. So, als bekäme er ihn zum ersten Mal zu Gesicht und entdeckte dabei etwas, das ihn verwirrte oder verunsicherte. Bei dem Häftling handelte es sich um einen Grundschullehrer, dessen Verbrechen darin bestand, dass er im Naturkundeunterricht politische Rechte eingefordert hatte. Selbst nachdem ihn mehrere Eltern freundschaftlich gewarnt hatten, konnte er noch nicht an sich halten, und eine Gruppe Eltern meldete ihn zu guter Letzt den zuständigen Behörden. Der groß gewachsene, offensichtlich verwirrte Mann sah so dünn und kläglich aus, dass der Präsident der Republik sich gewundert haben muss, was das für ein eigenartiges Einzelstück war, und wo es die Kraft hergenommen hatte, sich eine solche Fahrlässigkeit – worin immer die im Einzelnen auch bestanden haben mochte – zu erlauben, dass es letzten Endes hier gelandet war. Es kann natürlich auch sein, dass er sehr wohl wusste, wer dieser Mann war, und dass er nun über die Unberechenbarkeit der Kinder Adams sann. Wer vermag schon zu erraten, was das Hirn des Präsidenten beschäftigt? Er blieb noch einige Augenblicke dort stehen und entledigte sich einer improvisierten Rede über die Notwendigkeit von Einheit und Einigkeit und schwerer Arbeit, dem Motto, das sich unter dem nationalen Wappen verzeichnet findet. Lebten wir alle nach diesem menschlichen und menschenwürdigen Motto, so offenbare er uns, und drehte sich um, um uns alle anzusprechen, stärkte das die Nation und ermöglichte uns den Fortschritt. Dann war der Rundgang vorüber, er kam wieder am Tor des Innenhofes an, hielt inne und betrachtete uns befriedigt, und sein Leib wurde von leise polterndem Gelächter erschüttert.

Am Ende meiner dritten Woche wurde ich am frühen Abend aus meiner Zelle gerufen, obwohl man uns schon für die Nacht eingeschlossen hatte. Der Wächter warnte mich, nur ja keinen Laut von mir zu geben, obwohl ihm klar sein musste, dass alle in den Zellen zusehen würden. Ich wurde aus dem zentralen Innenhof durch das Tor in einen dahinterliegenden, kleineren Hof gebracht. Ich wusste, dass sich dort die Strafkammern sowie die Zelle befanden, in der man den Häftling verwahrte, der unter Einzelhaft stand, obwohl niemand sagen konnte, um wen es sich bei diesem Häftling handelte. Die Wächter behaupteten, er säße schon seit dreißig Jahren dort und wäre von den Briten für ein Verbrechen eingesperrt worden, das er in einem anderen Land begangen hatte. Wahrscheinlich etwas Politisches. Nach dieser langen Zeit sei er geistig völlig durcheinander und unfähig, irgendetwas Sinnvolles zu unternehmen. Jedenfalls gab es niemanden, der die Sprache verstand, in der er redete, und so hatte man keine andere Wahl, als in da zu belassen, wo er sich gerade befand. Ich wurde in eine der Strafkammern gesteckt und in der Finsternis eingeschlossen. Die Wände rochen nach feuchter Kalkfarbe und Limone. Durch den schmalen, vergitterten Schlitz hoch oben in der Wand konnte ich einen Blick auf ein paar Sterne erhaschen. Ich setzte mich auf den nackten Fußboden und streckte die Beine aus, tastete nach dem Kübel, den ich in einer Ecke vorzufinden erwartete, der aber nicht vorhanden war. Eine ganze Weile fühlte ich mich angenehm wohl in meinem Alleinsein. Ich versuchte, wie ich das seit meiner Einlieferung in dieses Gefängnis immer getan hatte, nicht über die Bedeutung dessen nachzudenken, was gerade geschah, noch darüber, was meinen Lieben zugestoßen sein könnte, von denen man mich getrennt hatte. Ich versuchte es, aber es gelang mir nicht, und ich versuchte es wieder, und wieder schaffte ich es nicht. Und das ging so lange weiter, wie ich noch Kraft und Energie hatte. Ich bemühte mich, den Gedanken an meine Ängste zu verdrängen, und es gelang mir nicht, und ich versuchte es erneut. Wieder und wieder. Als ich völlig am Ende war, brach das Elend über mich herein und ich lag zusammengerollt auf dem Fußboden und schluchzte. Moskitos schwirrten um mich herum.

Mitten in der Nacht vernahm ich plötzlich Stimmen vor meiner Zelle, und mein Herz setzte einen Schlag aus. Ich war eingeschlafen, und die Stimmen weckten mich auf, und einen Augenblick lang wusste ich nicht, wo ich mich befand. Ich muss wohl geglaubt haben, ich wäre zu Hause, und dass die Stimmen Eindringlingen gehörten, die auf Böses aus waren. Fackeln warfen ihren Schein in die Zelle, und ich hörte jemanden lachen. Jemand rief mir zu, ich solle aufstehen, und er leuchtete mir mit der Fackel in das Gesicht, so dass ich nicht sehen konnte, wohin wir gingen. Wieder hörte ich jemanden lachen, jemand anderen diesmal – zwei waren es, vielleicht auch mehr, die gemeinsam lachten. Ich bildete mir ein, dass ein Lachen mir bekannt vorkäme, und ich bekam noch größere Angst. Man zwang mich, auf die Ladefläche eines Jeeps mit Verdeck zu klettern und mich mit dem Gesicht nach unten auf den Boden des Wagens zu legen. Die Stimmen redeten und scherzten noch eine Weile im Hof, während irgendjemand mit mir im Wagen saß und mir seinen Stiefel in den Nacken gedrückt hatte. Ich nehme an, das sollte mich daran hindern, aus dem Wagen zu springen und im Dunkel der Nacht davon zu laufen. Der Druck des Stiefels ließ mir das Blut zu Kopf schießen, und im Donnern des Pulses konnte ich nicht mehr länger die Vertrautheit des Lachens ausmachen, von dem ich zuvor geglaubt hatte, es zu erkennen.

Als die Höflichkeiten vorüber waren, stieg noch jemand auf die Ladefläche des Jeeps, und mein Peiniger nahm endlich den Stiefel von meinem Nacken. Die neu dazugekommene Stimme klang aufgeregt, geschmeichelt von den Aufmerksamkeiten des Vorgesetzten, mit dem sie sich unterhalten hatte. „Weißt du, was er gesagt hat? Er hat gesagt: 'Das werde ich Ihnen nie vergessen, junger Mann.' Er wird eines Tages ein wichtiger Mann sein. Er ist jetzt schon mehr oder weniger der stellvertretende..." Der mit den Stiefeln unterbrach ihn und schnitt ihm das Wort ab. Ich nahm daraufhin an, dass sie über den Minister für Entwicklung und Ressourcen sprachen, von dem alle der Meinung waren, dass er ein hohes Tier war und eine glänzende Zukunft vor sich hatte und bereits jetzt mehr oder weniger als Stellvertreter des Präsidenten galt. Das musste das Lachen gewesen sein, das mir so vertraut vorgekommen war, auch wenn ich Abdalla Khalfan nicht besonders gut kannte. Ich hatte aber miterlebt, wie er Reden gehalten hatte und kannte deshalb seine Stimme gut genug, dass sie mir auch im Dunkeln vertraut vorkam. Ich mochte nicht glauben, dass er leichtsinnig und kleingeistig genug sein könnte, hierher zu kommen und meine kleine Reise persönlich zu überwachen, da er das doch unzähligen dienstbaren Geistern überlassen konnte. Mag sein, dass ich die Bedeutung meiner Scheußlichkeit für ihn und Asha unterschätzte und deshalb nicht vorhergesehen hatte, dass er sich höchstpersönlich um alles kümmern würde, was er für mich geplant und entschieden hatte. Ich konnte einen Schreckensanfall nicht unterdrücken, schluckte und hustete, weil ich an dem Geruch nach Diesel und Schweiß fast erstickte, der vom Boden des Jeeps aufstieg. Mir war jetzt klar, dass man mich an irgendeinen Strand bringen und ins Meer treiben würde, wie die Gerüchte es über so viele andere behaupteten. Zumindest würde man mich nicht erschießen. Als der Jeep hielt, zog die Morgendämmerung auf, und wir befanden uns im Hafen. Ich wandte mich von den Soldaten ab, die mich hierher transportiert hatten, und in einer unkontrollierbaren Erleichterung pinkelte ich lang anhaltend auf das Kopfsteinpflaster der Hafenmauer.

Man eskortierte mich an Bord einer Motorbarkasse, die an der Mole festgemacht hatte und brachte mich unter Deck. Dort befanden sich bereits zwei andere Männer. Sie waren mit den Knöcheln an eine niedrige Stange gekettet, die sich an der Längsseite des Bootes hinzog. Ich musste mich auf den Fußboden setzen und wurde ebenfalls an diese Stange gefesselt. Wer die beiden anderen Männer waren, erkannte ich nicht, und es stellte sich heraus, dass sie von einer anderen Insel stammten, die auf dem Weg zu unserem gemeinsamen Kerker lag. Im Laufe der Zeit sollte ich herausfinden, dass die beiden Brüder waren, die man der Vergiftung eines Onkels angeklagt hatte, der ihr Wohltäter gewesen war, und die man beschuldigte, dies durch Hexerei erreicht zu haben. In einem Landesteil, in dem man noch an solcherlei Dinge glaubte. Sie waren unschuldig, natürlich. Behaupteten sie jedenfalls. Das Boot legte sofort danach ab, und nach einer Reise, die sich ein paar Stunden hinzog, langten wir am frühen Nachmittag an unserem Bestimmungsort an. Meine Begleiter waren die ganze Fahrt über guter Dinge, schwatzten angeregt über die komischen Eigenheiten einiger Leute, die sie kannten, gaben mir die nötigen Hintergrundinformationen, wenn sie das für nötig hielten, damit ich ihrer Erzählung folgen konnte, erbaten meine Meinung über die Seltsamkeit einiger Handlungen, die sie bemerkenswert fanden, ganz so, als säßen wir an einem langen, ereignislosen Tag gemütlich unter dem Mangobaum zusammen oder vertrieben uns die Zeit bei Kaffee und Gesprächen vor einem Kaffeehaus. Als wir ankamen, wurden uns die Ketten abgenommen und wir gingen an Deck und sahen, dass wir auf einer kleinen Insel gelandet waren. Dass diese Insel unser Ziel sein würde, hatte ich bereits vermutet, als man mich zum Kai hinuntergebracht hatte.

Die Regierung nutzte diese Insel schon seit der Unabhängigkeit als Gefängnis. Ganze Familien mit Omani-Abstammung trieb sie zusammen, besonders die, welche im Land lebten oder Bärte und Turbane trugen oder mit dem abgesetzten Sultan verwandt waren, und verbrachte sie auf diese kleine Insel vor unserer Küste. Dort wurden sie unter Bewachung eingesperrt, bis mehrere Monate danach Schiffe, die von der Regierung Omans angeheuert worden waren, sie zu Tausenden abholen kamen. Es waren so viele, dass die Schiffe wochenlang anlegten. Die ganze Insel war für Besucher gesperrt, und so gründete sich alles, was man über die Vorgänge dort wusste, auf Gerüchte und eine Fotografie, die ein Unbekannter gemacht und in einer kenianischen Tageszeitung abgedruckt hatte. Das Foto gab den Blick frei auf eine Szenerie, die man von Pressefotos anderer Katastrophen her kannte – eine Menschenmenge, die auf dem Boden hockte, einige mit gesenkten Köpfen, andere, die mit müden, wässerigen Augen in die Kamera sahen, wieder andere, die vorsichtiges Interesse erkennen ließen, bärtige Männer, abgemagert und ohne Kopfbedeckung, Frauen mit Kopftüchern und gesenktem, Kinder mit starrem Blick.

Der Offizier, der das Kommando auf der Insel innehatte, kam höchst persönlich zur Mole hinunter, um uns in Empfang zu nehmen. Er war ein fröhlich lachender, aufgedunsener Mensch, und als er uns seine Begrüßung zurief, nahm er seine Feldmütze ab und winkte uns mit ihr zu. Es war, als wären wir lang erwartete Gäste, über deren endliche Ankunft er sich freute. Er benahm sich die ganze Zeit so, lachte und gab lautstark seiner Freude über alles Ausdruck, verstrahlte seine gute Laune über die unerwarteten Schwierigkeiten, die das Leben überreichlich bereit hielt. Bis zu dem Augenblick, in dem er sich über etwas ärgerte oder ihn etwas verunsicherte. Dann allerdings wurde er ausfallend und gewalttätig. Es war nicht immer leicht vorherzusagen, was ihn verunsichern oder ärgern könnte, und, wie sich später herausstellte, hatte er seine bevorzugten Opfer, die er gern peinigte. Er eskortierte uns drei einen steilen Pfad hinauf, verbreitete sich fröhlich über dieses wundervolle, herrliche Fleckchen Erde, auf das es uns verschlagen hatte, und legte jedem sogar einmal den Arm um die Schulter. Nach dem Anstieg, als wir eine ebene Fläche erreichten, standen wir vor einem unterkellerten Gebäude. Das war das Haus der Wachen, und er führte uns dorthin, um unsere Ankunft in die Bücher einzutragen. Sein Büro ging auf eine große Veranda hinaus, von der man einen herrlichen Blick über die Insel und das Meer hatte und in der Ferne die Hauptinsel erkennen konnte. Er setzte sich in einen Rohrstuhl, lehnte sich zurück und strich sich langsam über den Bauch, während er uns, die wir ihm zu Füßen mit untergeschlagenen Beinen in der Sonne kauerten, eingängig betrachtete. Nachdem er uns ein paar Augenblicke so freundlich gemustert hatte, verschwand das Lächeln aus seinem Gesicht. Und dann beugte er sich vor und hielt uns einen Vortrag über unsere Verbrechen und die Regeln, die in seinem Königreich einzuhalten waren.

Mein Verbrechen bestand dem Anschein nach darin, im Besitz von Staatspapieren gewesen zu sein, die zum Glück von nur geringem wirtschaftlichen Interesse waren. Ich hätte die Absicht gehabt, mich mit diesen Papieren in die Lage zu versetzen, Betrügereien zu begehen. Hätte man bei mir irgendetwas gefunden, das die nationale Sicherheit bedrohte, dann hätte er, der befehlshabende Offizier der Island Detention Site, mich höchstpersönlich erschossen und den Haien zum Fraß vorgeworfen. „Ja, hier gibt es Haie", wiederholte er und wandte sich jetzt den beiden Brüdern zu. Ich nehme an, ihm war klar, dass ich eher nicht so aussah, als würde ich mit einem Sprung von der Insel versuchen, in die Freiheit zu schwimmen, aber die beiden Brüder sahen kräftig und abgehärtet aus und schienen einer solch unbesonnenen Handlung fähig. „Was", so sprach er, „soll dieser ganze Unsinn mit der Hexerei? Mit diesen lächerlichen Verbrechen bringt ihr uns in eine unangenehme Lage. Wollt ihr, dass alle Leute denken, dass wir ein Volk von Hinterwäldlern sind, das Hexerei betreibt? Erwische ich euch dabei, dass ihr hier einen derartigen Blödsinn anstellt, so mit Ziegenmägen und Froschhoden, dann werde ich euch höchstpersönlich auspeitschen. Die Menschen dieses Landes haben heutzutage ihre Abschlüsse und Urkunden, und ihr ungebildetes Volk aus den Sümpfen und dem Busch glaubt immer noch, ihr könnt mit Hilfe von Gift und Fledermausblut erreichen, was ihr euch wünscht. Habt ihr mich verstanden? Wenn ich euch dabei erwische, dass ihr hier solchen Blödsinn anstellt, peitsche ich euch so lange aus, bis nur noch eure Augen übrig sind." Er teilte uns mit, dass wir auf die Insel gebracht worden waren, weil wir gefährlich und dumm seien, und dass man uns hier festhalten würde, bis wir eines Besseren belehrt worden seien.

Auf der Insel gab es ein Gefängnisgebäude, das die Briten um die Jahrhundertwende herum als Ort für die Sicherheitsverwahrung jener Eingeborenen errichtet hatten, die Schwierigkeiten machen wollten oder sich gar gegen sie erhoben. Doch taten das nur wenige, und es wurde nicht lange genutzt. Man hatte zunächst gedacht, dass sich ein Gefängnis in der Stadt, das, in dem auch ich ein paar Wochen zu Gast sein durfte, als zu anfällig für Befreiungsaktionen und Aufruhr erweisen könnte, aber es hatte sich schließlich doch als sicher und geeignet herausgestellt. Es kam weder zu Befreiungsaktionen noch gab es irgendwelche Aufstände. Später wurde die Insel in einem Akt des Großmuts, wie er für die britische Kolonialherrschaft so kennzeichnend war – welche, hatte sie erst einmal ihre Überlegenheit gesichert, es niemals verabsäumte, sich des hohen moralischen Anspruchs hinter ihrem ganzen Tun zu erinnern – in ein Sanatorium für Tuberkulosekranke verwandelt, die sich auf dem Weg der Besserung befanden. Die neuen Unterkünfte waren zwar nur wenig größer als Zellen, aber sie sahen auf das Meer hinaus und jede hatte eine unverschlossene Tür, die sich auf eine Lichtung öffnete, die von *Casuarina*-Bäumen überschattet wurde. Obwohl das Gefängnis nicht genutzt wurde, stellte man einen Hausmeister ein, um es in Ordnung zu halten, es zu säubern und die Gräber von drei britischen Marineoffizieren zu pflegen, die nach einer Schiffskatastrophe Ende des neunzehnten Jahrhunderts auf der Insel beerdigt worden waren. Die Grabsteininschriften besagten, sie seien alle drei nach einem Unfall auf dem Meer auf der Insel gestorben. Hausmeister war ein ehemaliger Patient, und er blieb auf der Insel, nachdem das Sanatorium geschlossen und in der Stadt ein neues eröffnet worden war. Die Entscheidung zur Schließung des Sanatoriums wurde im Ergebnis des wachsenden Selbstvertrauens der medizinischen Autoritäten aus Großbritannien (zwei Ärzte) getroffen, die davon ausgingen, dass man in dieser Region die Tuberkulose unter Kontrolle hatte. Als man mich auf die Insel brachte, gab es den Hausmeister noch, und auch sein Gefängnis stand noch, obwohl die Mauern hier und da schon einfielen. Die Zellen im Sanatorium aber waren noch benutzbar, wurden regelmäßig gelüftet und ansonsten ordentlich unter Verschluss gehalten. Und auch auf den drei Gräbern wurde sorgfältig das Unkraut gejätet, die Grabsteine wurden regelmäßig von Kletterpflanzen befreit, was zu erfahren die Verwandten vielleicht freuen würde, wenn sie sich noch an die Verstorbenen erinnerten oder daran, wo und warum sie zu Tode gekommen waren. Der Hausmeister war ein verschrumpelter, lebhafter alter Mann mit listigen Augen, der ein geheimes Leben ganz im Dienste des Imperiums führte und über vollgehamsterte Lager gebot und die Denkmale eines Reiches pflegte, das sich in die Sicherheit der eigenen Schutzwälle zurückgezogen und ihn vergessen hatte.

Es erging mir nicht schlecht auf der Insel. Weder der befehlshabende Offizier, wie er sich selbst zu bezeichnen liebte, noch die anderen fünf Soldaten, die unter seinem Kommando standen, zeigten irgendein Interesse an mir. Ich leistete keinerlei Widerstand gegen irgendwelche Anweisungen und hielt mich an die Regeln. Die beiden Brüder richteten sich frohen Mutes häuslich ein, saßen schwatzend mit den Soldaten herum wie mit alten Freunden, willige Zielscheiben ihres Spotts, halfen aus, stahlen, wenn sich dazu eine Gelegenheit bot, kletterten auf Bäume, gingen schwimmen, kurz: zwei herumtollende Bälger. Bei ihren Streichen blinkerten die Augen des befehlshabenden Offiziers vor Vergnügen, und manchmal, wenn er sie ein paar Stunden lang nicht gesehen hatte, befahl er, dass sie ihm vorgeführt wurden, damit er, wie er sich ausdrückte, ein Auge auf sie haben könne. Doch eigentlich ging es nur darum, dass es ihm gefiel, wenn sie in der Nähe herumtollten. Irgendwie glaubte ich nicht, dass sie sehr lange in Haft bleiben würden. Auf der Insel befanden sich noch elf weitere Gefangene, alles Männer. Und allesamt warteten sie auf ihren Abtransport. Sie hatten die Transportschiffe verpasst, die so viele nach Oman gebracht hatten, und befanden sich noch auf dem Weg von anderen Internierungslagern zur Insel, als die Schiffe plötzlich ausblieben. Inzwischen wurden sie auf der Insel festgehalten, bis die omanischen Behörden von ihrer Notlage Kunde bekommen hatten und in der Lage waren, ihre Überführung *nach Hause* sicherzustellen. In Wahrheit handelte es sich bei ihnen um Leute, die nicht mehr Omanis waren als ich, mit dem einzigen Unterschied, dass sie einen Vorfahren aufzuweisen hatten, der dort geboren worden war. Sie sahen nicht einmal anders aus als wir, eine Winzigkeit blasser oder dunkler vielleicht, mag sein auch, dass ihr Haar ein wenig glatter war oder ein bisschen stärker gekräuselt. Ihr Verbrechen bestand in der mit Schande beladenen Geschichte, welche die Omanis in diesen Breiten vorzuweisen hatten, und man gestattete ihnen nicht, die Verbindung mit ihr hinter sich zu lassen. In jeder anderen Beziehung waren sie Söhne von Eingeborenen im besten Sinne, doch nachdem verschiedene befehlshabende Offiziere sie in die Mangel genommen hatten, waren sie nur zu bereit, das Land zu verlassen und redeten ebenso verächtlich über ihre Peiniger wie diese über sie. Es waren diese Häftlinge, auf die der befehlshabende Offizier und seine Truppen ihre ganze Aufmerksamkeit richteten, die sie quälten, die sie anwiesen, endlose Knechtsdienste zu verrichten, die sie beleidigten und manchmal auch schlugen. Einer der Gefangenen führte Tagebuch über alle Drangsal, die über ihn kam, und versteckte die zerrissenen Blätter seiner sinnlosen Anklageschrift zwischen den Seiten seines Korans.

Beim Nachdenken über diese Schurken durchlitt der befehlshabende Offizier eines Morgens einen Anfall von Gnade, an dem er uns auch prompt teilhaben ließ.

„Warum fahrt ihr nicht einfach mit, wenn das Schiff kommt?", schlug er vor. „Bis jetzt haben wir noch keinerlei Nachricht über die Ankunft des Schiffes erhalten, aber warum fahrt ihr nicht einfach mit den anderen mit, wenn das Schiff kommt? Keiner hier wird euch aufhalten."

Ich überlegte, ob das nicht von langer Hand so geplant war, dass man mich auf der Insel festhielt, bis das Schiff kam, die anderen Gefangenen abzuholen, und mich dann einfach abschob. „Nein", gab ich dem befehlshabenden Offizier zur Antwort. „Das ist sehr freundlich von Ihnen, aber über so etwas mag ich nicht einmal nachdenken. Ich kann so einen Gedanken nicht mal im Traum in Erwägung ziehen. Meine Frau und mein Kind warten auf meine Freilassung, und ich kann nicht anders, als mit Fassung zu ertragen und hinzunehmen, was als Bestrafung für mein Verbrechen ansteht, damit ich zu gegebener Zeit zu ihnen zurückkehren und mit ihnen zusammenleben kann. Sie erwarten das und verlassen sich darauf. Ich habe kein Verlangen nach einem anderen Ort oder einer anderen Lebensweise." Ich sah, wie er mich abschätzte, dass er im Geiste hin und her wendete, was ich gesagt hatte und sich zweifellos fragte, ob er sich die Mühe machen sollte, wegen meiner scheinheiligen Ablehnung seines großzügigen Vorschlags in Zorn zu geraten. Dann lachte er, dass sein Bauch vor Hohn hüpfte, aber nicht unfreundlich. „Weiber", meinte er abschätzig. „Ich will wenigstens hoffen, dass sie noch auf Dich wartet, wenn sie dich rauslassen."

Auf der Insel hatte ich wirklich nichts auszustehen. Das Gefängnisgebäude war um einen Innenhof herum gebaut worden wie drei Seiten eines Rechtecks. Die offene Seite dieses Rechtecks sah auf das Meer hinaus und verfügte über eine Plattform über dem Wasser: einen Art Außenlatrine. Man konnte sie ohne Bedenken benutzen, und manchmal war es sogar ganz angenehm, wenn man sich über die Öffnung hockte, mit dem Hintern in Richtung Meer und dem *Saruni* auf den Knien, so dass nichts Anstoß erregendes zu sehen war. Das Gefängnisgebäude verfügte über ein Obergeschoss, auch wenn keine der Zellen da oben genutzt wurde. Von den Zellen im Erdgeschoss waren fünf belegt, und ich hatte eine ganz für mich allein. Die Brüder teilten sich eine zweite, und die übrigen drei waren mit den anderen Gefangenen belegt. Ihnen war es lieber, dass sie so zusammengehalten wurden. Die Zellen wurden nur nach Einbruch der Dunkelheit abgeschlossen, ansonsten stand es uns frei, am Tage über die Insel zu wandern oder schwimmen zu gehen. Es war eine sehr kleine Insel, und so war man gut beraten, sich eine Stelle zu suchen, die man mochte, und sie für sich zu beanspruchen, damit die anderen wussten, dass man sich da am liebsten aufhielt und einen in Ruhe ließen. Ich suchte jeden Tag den alten Hausmeister auf und saß mit ihm eine kleine Weile zusammen, lauschte seinen Geschichten über die Briten und die Pflichten, die sie ihm übertragen hatten. Die Soldaten schliefen im Kellergeschoss und der befehlshabende Offizier hatte ein Feldbett in seinem Büro. Warum benutzten sie nicht die Häuser, die zum Sanatorium gehört hatten?, fragte ich den Hausmeister. Der Alte griente mit zahnloser Schalkhaftigkeit und antwortete, dass er ihnen erzählt hatte, dass die Zellen dort noch immer mit Tuberkulose befallen seien, und sie sich diese Krankheit einfangen würden, wenn sie dort einzögen.

„Warum wollen Sie, dass diese Zellen leer stehen?", fragte ich weiter. „Sie werden doch nur feucht und verfallen in dieser Meeresluft."

Er meinte: „Nein. Ich lüfte sie jeden Tag, und ich fege sie und bessere den Verputz aus, sobald sich irgendwelche Anzeichen von Verfall zeigen."

„Warum?", fragte ich ihn.

„Wer weiß, wann die Ärzte zurückkommen", antwortete er.

„*Babu*, die kommen niemals wieder", sagte ich.

Seine Augen irrlichterten in geheimem Wissen, aber er erwiderte nichts.

Auf diese Weise vergingen Monate. Am Morgen erledigten wir, was an Aufgaben von uns zu übernehmen verlangt wurde – Sauber machen, Wäsche waschen, Unkraut jäten, das kleine Feld umgraben, das Wächter wie Gefangene mit frischem Gemüse versorgte. Dann wechselten sich die Häftlinge beim Kochen ab oder tauschten einen Dienst gegen einen anderen, und später aßen wir gemeinsam zu Mittag, Wächter und Häftlinge. Nachher, am Nachmittag, setzte ich mich unterhalb des Wachgebäudes an den Strand und sah zu, wie die Auslegerboote eins nach dem anderen aus dem Hafen der fernen Stadt ablegten, sich ein wenig zur Seite neigten, wenn die Brise ins Segel griff, kleine, schöne, zerbrechliche Schiffe in der untergehenden Sonne. Das mussten Fischer sein, die zu ihrer nächtlichen Arbeit ausfuhren. Und sie hatten die Anweisung, die Insel zu meiden, doch kamen sie oft nahe genug heran, um uns zu sehen und unser Winken zu erwidern. Die Wachen konnten jederzeit explodieren und uns mit Schlägen misshandeln oder Verwirrung stiften, und sobald es dunkel war, wurden wir eingeschlossen. Wir rochen das Essen, das sie sich abends kochten. Alle zwei Wochen kam die Motorbarkasse mit Nachschub: Kassava, Bananen, Reis, sogar Fleisch, das für die Besatzung der Insel bestimmt war und noch am selben Tag zubereitet und gegessen werden musste, weil es keine Möglichkeit gab, es länger aufzubewahren. Unsere Nahrung bestand aus Reis oder Gemüse, und wir aßen einmal am Tag.

Eines Tages sahen wir die Barkasse wie gewöhnlich anlegen. Allerdings brachte sie diesmal keinen Nachschub mit. Sie war wegen der Männer gekommen, die auf ihre Abschiebung warteten. Der befehlshabende Offizier schickte seine Soldaten los, die Gefangenen zusammenzutreiben, und gab ihnen dann eine Minute, zu packen, was sie mitnehmen wollten, und anschließend an der Mole anzutreten. Das war wieder eine seiner Gemeinheiten. Er konnte es nicht lassen, nicht einmal in dieser letzten Minute. Als sie für seinen Geschmack nicht schnell genug waren, schäumte er vor Wut und ging auf sie los und lachte, als sie sich vor seinen Schlägen duckten und sich bemühten, seinen Tritten auszuweichen. Nachdem sie an der Mole angetreten waren und darauf warteten, an Bord gelassen zu werden, drehte er sich zu mir um und winkte mich näher.

„Fahr mit ihnen", forderte er mich stirnrunzelnd auf. Noch immer atmete er schwer nach seinen Ausfällen gegen die omanischen Gefangenen, und der Schweiß rann ihm über das Gesicht. Ich hatte Angst, dass er verärgert sein könnte, wenn ich seine Großzügigkeit erneut ablehnte, aber ich schüttelte den Kopf und trat zurück. Ich war damals sechsunddreißig Jahre alt und befand mich, nach meiner Vorstellung, in der Mitte des Lebens. Ich spürte kein Verlangen, Salha zu verlassen, die Frau, in die ich mich so völlig unerwartet verliebt hatte, und an die ich jetzt nur im Dunkeln denken konnte und wenn ich allein war, weil ich Angst hatte, aus Sehnsucht nach ihr weinen zu müssen. Und ich hatte auch keinerlei Absicht, meine Tochter zurückzulassen, und wünschte mir nur, sie nach meiner Entlassung für den Rest meines Lebens um so inniger lieben zu können. Wenn ich jetzt wegging und die Behörden es ablehnten, sie mir folgen zu lassen, wäre ich verloren, weit mehr verloren, als ich im Augenblick war oder noch sein würde. Wenn sie glaubten, dass ich sie verlassen hatte, um mein mickriges Leben zu retten, dann würde ich damit auch die einzige Zuneigung verlieren, die ich je das Glück hatte, geschenkt zu bekommen, und mein ganzes Leben wäre verpfuscht. Was immer über mich kam, wollte ich mit Fassung ertragen, so sehr mir das irgend möglich war, und leiden, so wie sie auch leiden mussten, damit ich eines Tages, wenn die Zeit der Unterdrückung ausgestanden war, als heiler Mensch zu ihnen zurückkehren und den Geschichten ihres Leids lauschen konnte, in dem Gefühl, dass das, was wir ertragen mussten, nicht umsonst gewesen war. Als ich ihn stehen ließ, schüttelte der befehlshabende Offizier traurig den Kopf. Ganz kurz, in einem Augenblick des Schreckens, fragte ich mich, ob er etwas wusste, von dem ich keine Ahnung hatte, etwas darüber, was man für mich vorgesehen hatte, und vor dem er mich zu retten suchte. Doch dann grinste er und machte eine abfällige Geste, als er mich hinwegwinkte.

Ein paar Sekunden später legte das Boot ab, und wir sahen dabei zu, wie es eine große Schleife zog und dann, mit Richtung auf den Strand des Festlandes, Geschwindigkeit aufnahm. Die Häftlinge blickten nicht zurück, zumindest erwiderten sie mein Winken nicht. Ich stand lange da und sah ihnen hinterher, bis sie über den gekrümmten Horizont verschwanden. In den folgenden Tagen schlossen die Wächter nachts unsere Zellen nicht ab, wir hockten abends sogar mit ihnen zusammen auf der Veranda und durften mit ihnen gemeinsam essen und spielten Karten. Der befehlshabende Offizier saß nicht weit von uns entfernt, lauschte den Klängen aus einem Transistorradio, und dadurch bekam ich das Datum des Tages mit und geriet ins Grübeln. Sieben Monate war ich nun schon in Haft. Und nicht ein einziges Mal in dieser Zeit hatte ich Radio hören können. Mein Haar war gewachsen und meine Kleider nur noch Lumpen. Mein Leib war ausgelaugt und tat mir weh.

„Du hättest mit deinen Brüdern mitfahren sollen", meinte der befehlshabende Offizier.

„Sie sind auch Ihre Brüder", entgegnete ich. Ich sagte es sanft, weil ich fürchtete, unserem Herrscher zu nahe zu treten, so sanft, dass ich den Satz wiederholen musste, damit er ihn hören konnte.

„Ja", meinte er lachend. „Die Omanis haben es mit allen unseren Müttern getrieben."

„Und dieses Land ist genauso ihre Heimat wie meine oder Ihre", sagte ich.

„*Sote wananchi*", meinte er gallig und schüttelte sich in wissendem Lachen. *Wir sind alle Kinder dieses Landes.*

Jede Nacht wurden im Radio Reden von der einen oder anderen hoch stehenden Persönlichkeit übertragen, flammende oder tyrannische Reden, die die Geschichte umdeuteten und eine verquere Moral verkauften, mit der Unterdrückung und Gewalt gerechtfertigt wurden. Der Rundfunk wurde dieses heiseren Geschwafels nie müde, obwohl er zur Abwechslung dann und wann eine Sendung mit verdrehten und einseitigen und verfälschten Nachrichten anbot, die aber dennoch willkommen waren, weil sie einem das Leben draußen irgendwie näher brachten. Die Nachrichten drehten sich vor allem um Nigeria, das vor einem Krieg stand, und dass wir das einzige Land in Afrika und vielleicht in der ganzen Welt waren, das die Existenz Biafras anerkannt hatte. Der Sprecher labte sich am Namen des biafranischen Führers, Colonel Ojukwu, und jedes Mal, wenn dieser Name in seinem Kommentar auftauchte, entstand eine winzige Pause, in der er Spucke sammelte, um den geliebten Namen auszusprechen. Kanal Ojukwu. Hinter uns und um uns herum donnerte das

Meer. Manchmal hatten wir das Gefühl, einen ganz feinen Hauch der sprühenden Gischt abzubekommen. Wir saßen da im Schein einer kleinen Kerosinlampe, die mitten auf dem Tisch stand, an dem wir Karten spielten. In den mondlosen Nächten dieser wenigen Tage war der befehlshabende Offizier auf seiner Seite der Terrasse kaum auszumachen. Nur ein etwas dichteres Dunkel, und ein glühendes Auge aus Glut, wenn er rauchte, verrieten die Stelle, an der er saß. Die Aussicht von der Veranda bot nur Meer und Sterne. Nachts sah es so aus, als gäbe es keinen Himmel, sondern nur eine dichte Masse aus Sternen, die herunterleuchtete. Das Meer schäumte und wogte endlos vor sich hin, fing das Licht der Sterne in feinen Schaumköpfen auf, seufzte und schlug und schnappte nach den Felsen unter uns. Und am Horizont, ganz tief stehend, war das Leuchten der Stadt als rotes Glimmen am fernen Ende des Meeres auszumachen.

In manchen Nächten hörte ich, wenn ich in meine Zelle im Gefängnisgebäude zurückgekehrt war, wie ein Singen über die Baumwipfel zu mir drang, wie es da oben schwebte wie etwas Schwereloses und Unwirkliches, ein Flüstern in der Luft. Ich glaubte, dass es der alte Mann war, der da vor sich hin sang, weil die Gebäude des ehemaligen Sanatoriums auf der anderen Seite der Insel lagen, jenseits des kleinen Wäldchens, doch als ich ihn danach fragte, sagte er, dass er es nicht gewesen sei. Eine Schlange hause auf dieser Insel, fuhr er fort, in einem Loch in der Nähe des Teiches, und nachts käme sie heraus, um sich an Fröschen gütlich zu tun. Ab und an wanderte sie weg von diesem Teich, und es könnte sein, dass ich die Luftverwirbelungen gehört hatte, die entstanden, wenn sie vorüberglitt. Einmal, so berichtete er, habe er eine Säule aus Gischt über die Meeresoberfläche jagen und auf der Insel innehalten sehen. Und als er sich ihr näherte, um sie zu untersuchen, entdeckte er eine riesige schwarze Gestalt, einen Dshinn, der, einen großen, offenen Sarg neben dem Haupt, unter einem Baum schlief. In diesem großen Sarg aber saß eine Frau, die sich das Haar kämmte und vor sich hin sang und dann, einen nach dem anderen, ihre beringten Finger ableckte, als ob etwas Süßes daran klebte. Vielleicht sei sie es gewesen, die ich gehört hatte, mutmaßte er. Irgend so ein armes Wesen, das ein schwarzer Dshinn in seine Gewalt gebracht hatte und zu seinem Vergnügen in einem Sarg gefangen hielt. Ob ich wüsste, warum sie sich die beringten Finger ablecken würde?, fragte er mich. Weil sie, während der Dshinn schliefe, jeden Mann verführe, der in ihre Nähe käme und einen Ring als Zeichen ihrer Lust nähme. Wenn sie sich also die Finger lecke, durchlebte sie noch einmal, wie sich die Männer angefühlt hatten, die sie verführte. Da begriff ich, dass die Insel für den Alten mit Zauberwesen bevölkert war, mit britischen Marineoffizieren und britischen Ärzten und genesenden Patienten und Schlangen und gefangenen Frauen, die in der Nachtluft vor sich hin sangen, und dunklen Dshinns, die über das Meer stürmten, um auf ihrer unsterblichen Suche nach anzurichtendem Unheil eine Pause einzulegen.

Ein paar Tage nach der Verfrachtung der abgeschobenen Gefangenen kam eines Morgens das Boot, um uns abzuholen. Wir wurden von der Insel weggebracht, alle. Die Soldaten hatten es nicht eilig, die Insel zu verlassen, und so wurde es früher Nachmittag, bis das Boot beladen war. Ich suchte den alten Mann, um mich von ihm zu verabschieden, doch er war verschwunden, wie eines seiner Zauberwesen. Da die Insel so klein war, war es schwer, sich vorzustellen, wo er sich versteckt haben könnte, doch nachdem ich die Insel zweimal umrundet hatte, gab ich meine Suche auf, weil ich fürchtete, ihm Angst einzujagen.

Vielleicht hatte er Angst, dass wir ihn mitnehmen würden, und hatte sich deshalb selber in eine Säule aus Gischt verwandelt und war hinaus auf das Meer geglitten, um dort unsere Abreise abzuwarten. Als wir in der Stadt ankamen, war es bereits dunkel, und der Hafen lag still und verlassen da. Er sah aus wie immer, und es versetzte mir einen Stich, auf diese Weise in die Nähe meines Heims verschlagen worden zu sein. Ich hatte nicht im Mindesten gewagt, mir die Möglichkeit einer Freilassung vorzustellen. Sie sollte sich auch nicht bewahrheiten. Ich wurde in einen Jeep gesetzt und ein paar Minuten durch die Gegend gefahren und dann angeherrscht auszusteigen. Erst als ich mit dreißig anderen Gefangenen auf dem Fährschiff in Richtung Festland unterwegs war, fiel mir ein, dass ich nicht einmal Zeit und Gelegenheit gehabt hatte, mich von den beiden lieben Brüdern zu verabschieden.

Das Schiff legte im Dunkeln ab und kam im Laufe des Tages auf dem Festland an. Wir wurden aber erst nach Einbruch der Dunkelheit von Bord gebracht. Anschließend wurden wir auf zwei Lastwagen verfrachtet. Man rief unsere Namen auf und wies uns an, welchen der beiden Lastwagen wir zu besteigen hatten. Ein paar der Namen kannte ich. Als wir losfuhren, schlug jeder Lastwagen eine andere Richtung ein. Unsere Wächter teilten uns mit, dass wir nach Süden unterwegs waren. Ich habe mir angewöhnt, nicht über die Jahre zu sprechen, die darauf folgten, auch wenn ich nur wenig aus dieser Zeit vergessen habe. Diese Jahre wurden in der Sprache des Körpers geschrieben, und das ist keine Sprache, die ich in Worten auszudrücken vermag. Manchmal sehe ich Fotos von Menschen in Not, und der Anblick ihres Leids und ihres Elends hallt in meinem Körper wieder, und ich empfinde ihren Schmerz. Und dasselbe Bild lehrt mich, die Erinnerung an meine Unterdrückung zu verdrängen, weil ich, nach allem, was geschehen ist, jetzt hier bin und es mir gut geht, während nur Gott sagen kann, an welchem Ort sie sich befinden und wie es ihnen ergangen ist. Erst vor kurzem habe ich so ein Foto gesehen, ein altes Foto. Es zeigte drei jüdische Männer, die auf Händen und Knien krochen – der eine in dunklem Anzug mit Krawatte, die beiden anderen in Hemdsärmeln. Der eine hatte die Ärmel hoch gerollt. Mit Handbürsten schrubbten sie die Bürgersteige Wiens. Und überall um sie herum, ganz dicht neben ihnen, auf dem Bürgersteig vor und hinter ihnen, standen Unmengen Wiener und grinsten und sahen zu. Menschen aller Altersschichten, Mütter und Väter und Großväter und Kinder. Manche stützten sich auf ihre Fahrräder, andere trugen Einkaufstaschen, standen lächelnd in ihrer gewöhnlichen Ehrbarkeit herum, während die drei Männer vor ihnen gedemütigt wurden. Es war kein Hakenkreuz zu sehen, lediglich ganz gewöhnliche Menschen, die über die Demütigung der drei Juden lachten. Gott weiß, was aus diesen drei Männern geworden ist.

Insgesamt hielt man mich in drei verschiedenen Lagern gefangen, die von Soldaten bewacht wurden, und nur selten war ich irgendwelchen Strafen oder brutalen Handlungen ausgesetzt. Die Soldaten unterjochten uns mit Schrecken und unvorhersehbaren Gewaltausbrüchen. Die Bedingungen, unter denen wir hausten, waren trostlos und bar jeder Annehmlichkeit. Wir mussten selber anbauen, was wir essen wollten, putzten und bauten unsere Latrinen, wuschen die Sachen der Soldaten, flochten Körbe, und Unterernährung und Krankheit und Langeweile schwächten uns und laugten uns aus. Insektenbisse schwollen zu eitrigen Schwären und wollten nicht heilen. Die ganze Zeit plagten uns unsere Eingeweide, vor Hunger, mit Verstopfung und Winden, die in der immer gleichen Nahrung aus Bohnen und Kohlehydraten ihre Ursache hatten, mit Durchfall, auf Grund des schlechten Wassers und der Infektionen. Meine Gedärme plagten mich so sehr, dass es häufig den Anschein hatte, als zöge sich mein ganzes Selbst in ihnen zusammen. Wir taten, was der Tag von uns verlangte, bis er in die Erleichterung einer öden Nacht hinüberglitt. Manchmal bekamen wir Nachrichten von draußen, Gerüchte und Latrinenparolen über Meuchelmorde und Verhaftungen, eine bevorstehende Amnestie, aus der nie etwas wurde, Kriege und Staatsstreiche. Manches Mal empfand ich einen derartigen Hass, dass mir die Worte fehlen, ihn zu beschreiben. Es schüttelte mich, ich hätte mich selbst umbringen können in diesem Zorn, den er in mir auslöste, mich in ein Feuer werfen oder von einem Felsvorsprung oder einer Klippe springen oder mich in die blanke Klinge eines Säbels oder die Spitze eines Bajonetts stürzen können.

Stattdessen beteten wir: jeden Tag fünf Mal, wie Gott es vorschrieb. Er hatte uns alle gekriegt, die Guten wie die Bösen. Wir beteten zu genau der Zeit, die die Tradition vorgab, kein bisschen später oder erst am nächsten Tag oder überhaupt nicht, wie es in der sinnlosen Liederlichkeit unserer gewöhnlichen Leben so häufig der Fall gewesen war. Im Morgengrauen: Die Zeit zum Gebet lag zwischen dem Erscheinen des ersten Lichtschimmers und dem Sonnenaufgang, was wesentlich kürzer ist, als man sich das gemeinhin vorstellt. Des Mittags: Der genaue Zeitpunkt war erreicht, wenn ein Stock, den man senkrecht in die Erde gesteckt hatte, keinen Schatten mehr warf, genau der Augenblick, in dem die Sonne direkt über ihm stand. Am Nachmittag: Wir erhoben uns zu einem schweigenden Gebet, wenn der Schatten des Stocks genauso lang war wie der Stock selbst. Bei Sonnenuntergang:

Wir beteten zwischen Sonnenuntergang und dem Verschwinden des letzten glühenden Schimmers der Sonne. Nachts: Wir warteten ab, bis sich die tiefe Nacht auf uns herabsenkte, bevor wir beteten, und streckten uns danach zum Schlaf auf unseren Matten aus. Die Gebete erfüllten unsere Tage ebenso wie das Aufsagen von Abschnitten aus dem Koran, die wir unterschiedlich vollständig aus unserem Gedächtnis heraufholten. Die Gebete brachten unseren Arbeiten Ordnung und Sinn und einen Gleichmut, der anders nicht zu verwirklichen gewesen wäre. Und wir erzählten uns Geschichten, erinnerte wie frei erfundene, und lachten darüber, als wären wir noch in eben dem Alter, in dem wir sie zum ersten Mal gehört hatten.

Ich wurde zweimal verlegt. Das erste Mal, als meine Malaria ein kritisches Stadium erreichte und ich anfing, Blut auszuscheiden. Als das Blut dunkel zu werden begann, sprachen meine Mitgefangenen *Ya Latif* über mir, weil sie das Schlimmste befürchteten. Ich war zu diesem Zeitpunkt bereits bewusstlos, aber ich weiß, dass meine Kameraden alles Erdenkliche unternahmen, was sie über die Behandlung von Malaria wussten, und ich erholte mich. Tagelang war ich schwach und konnte mich kaum bewegen, aber ich hatte überlebt. Ich kann gar nicht beschreiben, wie herrlich dieses Wissen war. Nachdem ich einigermaßen wieder hergestellt war, wurde ich auf Anweisung des Arztes nach Arusha verlegt. Der Arzt und seine beiden Assistenten waren völlig unerwartet in einem weißen Jeep aufgetaucht. Er war Schwede, trug braune, kurze Hosen und ein weißes Hemd, sein Gesicht war gerötet und sein helles Haar von der Sonne zu einem tiefen Gold gefärbt. Als wir zu einer Untersuchung vor ihm angetreten waren, zogen sich seine fleischigen Lippen angewidert nach unten. Was wollte er hier? Wer hatte ihn geschickt? Ich habe keine Ahnung, warum er die Anweisung gab, mich zu verlegen, und schon gar nicht, warum an einen so weit entfernten Ort. Vielleicht war das ein Protest gegen die Unmenschlichkeit der Bedingungen, der Versuch, wenigstens für einen von uns etwas zu tun. Kann auch sein, dass er nicht widerstehen konnte, die Autorität auszuspielen, die ein Arzt aus Europa in unseren Breiten genießt. Jedenfalls nahmen sie mich in ihrem weißen Jeep mit, verdeckten meine zerfetzten Lumpen mit einer roten Decke, die nach Desinfektionsmittel und Annehmlichkeit roch. Sie lieferten mich in einem Armeelager ab, das ein paar Meilen entfernt lag, und von dem wir lediglich wussten, dass es vorhanden war. Von da wurde ich in einem Armeefahrzeug nach Arusha gebracht.

Ich wurde allein verlegt, und die Zeit, die ich dort inmitten mir völlig fremder Menschen verbrachte, ließ zuerst einmal das Gefühl der Einsamkeit in mir aufsteigen. Gänzlich unerwartet wurde es dort aber doch so etwas wie ein befriedigender Aufenthalt, weil ich mehr über den Anbau von Obst und Gemüse lernte. Während ich mich dort befand, behandelte man mich mit einer leidenschaftslosen Erbarmungslosigkeit, die jedem Tag und jeder Minute ihren Sinn verlieh. Nachdem zwei Insassen an Cholera gestorben waren, wurde ich wieder verlegt. Diesmal wurden wir alle in ein Lager im Nordwesten geschickt. Vielleicht, damit wir dort sterben sollten, ohne anderen zur Last zu fallen. Das war das dritte Gefangenenlager, in das man mich brachte. Da aber sonst niemand starb, wurden wir im Laufe der Zeit auf andere Lager aufgeteilt, und ich kam in das Lager im Süden zurück, in dem ich schon drei Jahre zugebracht hatte und noch weitere drei Jahre bis zu meiner Entlassung verbringen sollte. Die meisten wurden in dieser Zeit krank, und zwei unserer Kameraden starben, aber ansonsten änderte sich wenig. Die Wachen kamen und gingen, und manchmal machte das auch einen Unterschied, doch änderte es nichts am Ausmaß unserer Leidensumstände. Alle paar Monate kam ein Ärzteteam vorbei, vielleicht als Ergebnis des Besuchs des Schweden, und manchmal sahen wir die Leute, die in der Nähe wohnten, die uns aus der Ferne beobachteten und nachts unsere Gemüsebeete plünderten. Wenn wir uns darüber beschwerten, meinten die Wächter nur, dass das wilde Tiere gewesen sein müssten.

Ich kam im Zuge der Amnestie von 1979 frei, elf Jahre nach meiner Verhaftung in der Parteizentrale. Die Begnadigung erstreckte sich auf Häftlinge, die über die Hälfte ihrer Strafe abgesessen hatten und nicht des Mordes oder des Hochverrats für schuldig befunden worden waren. Diejenigen, die Hochverrat begangen hatten, sollten des Landes verwiesen werden. Anlass für die Amnestie war der Sieg der Streitkräfte der Nation über die brutale Diktatur des Idi Amin in Uganda. Alle Gefangenen, die damals, in jener dunklen Nacht, vom Schiff mit dem Lastwagen hierher gebracht worden waren, wurden freigelassen – das heißt alle, die überlebt hatten, und das waren immerhin elf. Die meisten ließ man unter der Bedingung frei, dass sie einer sofortigen Ausreise zustimmten und des Landes verwiesen wurden. Mit anderen Worten: die meisten meiner Kameraden, so schien es, waren wegen Hochverrats im Gefängnis, auch wenn man sich eine weniger nach Verrätern aussehende Truppe nur schwerlich vorstellen konnte. Wenn es nicht so entsetzlich wäre, wäre es lustig gewesen, so lange im Gefängnis sitzen zu müssen, nur um dann zum Flüchtling werden zu müssen, der vor den Erinnerungen flieht, an die er sich über all die Jahre geklammert hat. Und weil keiner erwartet hatte, freigelassen zu werden, und deswegen auch in keinem anderen Land einen Einreiseantrag gestellt hatte, mussten alle, die unter dieser Bedingung freigelassen werden sollten, so lange auf ihre Freilassung warten, bis sie ein Einreisevisum irgendeines Landes vorweisen konnten. Das war natürlich nicht vom Gefängnis aus zu organisieren, man konnte sie aber auch nicht freilassen, bevor sie es nicht doch geschafft oder ihre Verwandten so weit gebracht hatten, ihnen ein Visum zu besorgen. Es stand also überhaupt keine Freilassung an, und drei von uns, die von den Abschiebungen nicht betroffen waren, beschlossen zu bleiben, bis sich auch die anderen, die ausgewiesen werden sollten, auf freiem Fuß befanden. Zumindest wussten wir jetzt, dass wir die Hälfte der Strafe abgesessen hatten, auch wenn wir nicht die leiseste Ahnung hatten, wie lang unsere eigentlichen Strafen waren.

Nachdem sich die Mitarbeiter des Flüchtlingshilfswerks der Vereinten Nationen der Sache angenommen und die freizulassenden Gefangenen von den Vereinigten Arabischen Emiraten Asyl gewährt bekommen hatten, machte man uns keine Schwierigkeiten mehr. So wurden wir eines Tages im Januar 1980 mit Entlassungspapieren versehen und von einem Lastwagen in die Hauptstadt zurückgebracht, wo wir uns trennten. Die Flüchtlinge begaben sich in die Obhut der UN-Mitarbeiter, zwei meiner Kameraden machten sich auf den Weg zu Verwandten, die in der Hauptstadt wohnten, und ich schlug die Richtung zum Hafen ein. Ich konnte mir zumindest vorstellen, wie verändert Salha aussehen würde, und wie groß meine Tochter Ruqiya geworden sein musste. Ich nahm ein Schiff, und vom Hafen an ging ich zu Fuß, wie ich das vor Ewigkeiten mit meinem Vater zusammengetan hatte. Niemand sprach mich an, keiner erkannte mich, und sobald sich jemand näherte, senkte ich den Blick. Häuser waren in sich zusammengefallen, Geschäfte standen leer. Je näher ich meinem alten Laden kam, desto öfter entdeckte ich vertraute Gesichter, aber ich wollte nicht aufgehalten werden und gleichzeitig schien mich immer noch niemand zu erkennen. Ich blieb vor meinem alten Laden stehen. Er war vernagelt und mit einem Schloss gesichert, und ich starrte verwundert darauf, wie vertraut er mir vorkam. Als hätte ich ihn erst vor ein oder zwei Monaten zum letzten Mal gesehen. Ich spürte eine Hand an meinem Ellbogen und drehte mich um. Es war der Kaffeeverkäufer, dessen Geschäft ich vor Jahren kaputt gemacht hatte, der alt und auf unsicheren Beinen neben mir stand. Er war es, der mir berichtete, dass Salha gestorben war, dahingegangen war, möge Gott ihrer Seele gnädig sein, und dass meine Tochter Ruqiya, meine Tochter Raiiya, ihr um ein paar Tage vorausgegangen war, möge der Herr auch ihrer Seele gnädig sein. Dass sie beide im ersten Jahr meiner Haft gestorben waren. Ihre Eltern, bei denen sie nach meiner Verhaftung gewohnt hatte, hatten das Land verlassen. Der Kaffeeverkäufer wusste nicht, wohin sie gegangen waren, aber vielleicht wüsste das ja jemand anders. Ich will nicht mehr darüber erzählen, nur dass Mutter und Tochter beide nach kurzer Krankheit starben. Man nahm an, des es sich um Typhus gehandelt hatte.

Der alte Kaffeeverkäufer, der schon lange nicht mehr arbeitete, brachte mich zum Ortsvorsitzenden der Partei, einem anderen Mann als dem, der mich am Tag vor meiner Verhaftung in die Parteizentrale begleitet hatte. Mit seiner Erlaubnis brachen wir das Schloss zu meinem Laden auf. Alles war noch so, wie Nuhu und ich es zurückgelassen hatten, abgesehen vom Staub und den Spinnweben und etwas herabgefallenem Putz. Nachbarn kamen, um einen Blick auf mich zu werfen und sich über meine Rückkehr zu freuen, und mancher bot mir Essen und Freundlichkeit. Ich kann die Freundlichkeiten, die mir in den Wochen nach meiner Freilassung zuteil wurden, nicht beschreiben. Ich wohnte im Laden, reinigte im Laufe der Zeit eins der hinteren Zimmer und zog da ein, damit ich mein Geschäft wieder eröffnen konnte, wenn auch diesmal auf andere Weise. Ich verkaufte, was immer ich an Wertgegenständen besaß und handelte mit Obst und Gemüse und nahm nach und nach noch weitere Dinge in mein Angebot auf: Streichhölzer, Seife und Büchsenfisch. Niemand verlangte von mir, über meine Erfahrungen im Gefängnis zu reden.

So viele waren weggegangen oder ausgewiesen worden oder gestorben. Die Zurückgebliebenen waren von unzähligen Schicksalsschlägen und Heimsuchungen befallen worden, und das ging immer noch weiter. Keiner besaß ein alleiniges Vorrecht auf Leid und Verlust. Ich machte also meinen Laden wieder auf und ergab mich einem stillen Leben, sprach ohne Zorn über das, was zu sagen nötig war, lauschte mit Fassung den schmerzerfüllten Geschichten, die unser Schicksal geworden waren. Die Leute behandelten mich wie einen Mann, den das Gefängnis und die persönlichen Schicksalsschläge gebrochen hatten, und sie redeten freundlich und ahnungsvoll mit mir, und ich antwortete mit dankbarer und einfältiger Gutartigkeit. Und später, wenn ich in der Dunkelheit meines verfallenden Ladens alleine war, beklagte ich den Verlust meiner Lieben und trauerte um sie, und als diese Gram verklungen war, stimmte mich das verschwendete Leben traurig, das ich geführt hatte.

Ja, Rajab Shaaban Mahmud wohnte jetzt in dem Haus, in dem ich gewohnt hatte. Ich vermied es, daran vorüberzugehen, und wenn er am Laden vorbeikam, was jeden Tag der Fall war, senkte ich den Blick und erlaubte ihm, mit unvermindertem Hass zu mir herüberzustarren. Er kam mir sehr verändert vor, sah entsagungsvoll und wahnsinnig aus, die Kleider waren fadenscheinig und schmutzig. Manchmal ertappte ich mich bei dem Gedanken, dass er, und nicht ich, im Gefängnis gewesen sein musste, denn trotz des äußeren Anscheins war ich innerlich fest entschlossen, wenn ich es vermochte, weiteren Unwürdigkeiten aus dem Weg zu gehen, das vergeudete Leben, das mein Schicksal war, mit so viel Fassung wie nur irgend möglich zu Ende zu führen, in schweigender Anerkennung der kleinen Brocken an Würde, die mir zuteil geworden waren. Ich hatte in den Jahren im Gefängnis aufgehört, mir Gedanken über das Haus und um Rajab Shaaban Mahmud zu machen, und wenn er am Laden vorüberging und vor Hass nur so glühte, leistete ich ihm keinen Widerstand noch nahm ich seinen Hass auf mich zur Kenntnis.

Asha, seine Frau, war gestorben. Ihr Liebhaber, der Minister für Entwicklung und Ressourcen, war 1972 gestürzt worden. Während des Blutbades, das die Bestien untereinander angerichtet und von dem wir gehört hatten, als wir im Gefängnis saßen. Den Präsidenten und den Generalsekretär der Partei hatte man meuchlings ermordet, als sie bei einer eben dieser Sitzungen weilten, an der teilzunehmen auch ich vor so langer Zeit gezwungen worden war, und während der darauf folgenden Vergeltungsmaßnahmen wurde der frühere Minister verhaftet. Es gelang ihm, sein Leben zu retten und zu fliehen, und man munkelte, dass er sich jetzt irgendwo in Skandinavien aufhielte und unsere Befreiung organisierte. Man berichtete mir, dass Rajab Shaaban Mahmud durch die Straßen gezogen sei, seiner Freude über die Demütigung von Abdalla Khalfan Ausdruck verliehen und sich dadurch selbst zum Narren gemacht habe, weil er mit wütenden Worten über sein langjähriges Dasein als Hahnrei redete, wo es doch die ganze Zeit so ausgesehen hatte, als machte ihm die ganze Sache nichts aus. Zu dieser Zeit wohnten Asha und Rajab Shaaban Mahmud in unserem alten, ehemaligen Haus. Sie starb dort mehrere Jahre nach diesen Ereignissen, ungefähr ein Jahr vor meiner Freilassung, wobei mir niemand sagte, woran sie gestorben war. Nur, dass sie starb.

Jahrelang lebte ich so, arm und verängstigt wie alle anderen auch, die Ohren gespitzt, auf die jüngsten Berichte über die Bösartigkeiten und Rachsüchteleien unserer Herrscher gerichtet, auch wenn man zugeben muss, dass sich unsere Lage in den letzten zehn Jahren etwas gebessert hat. Nein, ich habe nie daran gedacht wegzugehen. Wohin denn auch? Und was sollte ich dort anfangen? Ich erwirtschaftete genug, dass ich mich kleiden und versorgen konnte, und im Laufe der Zeit lebte ich einigermaßen in Sicherheit und Annehmlichkeit. Ich besaß noch immer ein paar von den Büchern, die ich damals, vor Jahrzehnten, von abreisenden Kolonialbeamten erhalten hatte. Einige waren von Kakerlaken angefressen und ausgehöhlt worden, und ich bahnte mir langsam meinen Weg durch sie hindurch. Ein paar Leute versuchten, mich zu dem Versuch zu überreden, wieder in den Besitz meines ehemaligen Hauses zu gelangen. So viele hatten einfach dadurch, dass sie Besitzansprüche anmeldeten, ihr Eigentum zurückerhalten. Ich war niemals von einem Gericht verurteilt worden, und diejenigen, die mich angeklagt hatten, waren entweder in Ungnade gefallen oder tot, konnten also keinen Einfluss auf den Ausgang meines Verfahrens nehmen. Die Unterlagen des Hauses waren auf meinen Namen ausgeschrieben und noch immer im Grundstücksamt verwahrt und würden ohne Zweifel meinen Status als rechtmäßiger Besitzer beweisen. Ich hatte aber keinerlei Interesse mehr an dem Haus, und auch keine Kraft und kein Verlangen mehr nach einer Auseinandersetzung, und so lächelte ich den Gutmeinenden dankbar zu und ließ die Angelegenheit auf sich beruhen.

Rajab Shaaban Mahmud starb 1994. Da er allein in dem Haus wohnte, dessen Fensterladen immer geschlossen blieben, das immer zugesperrt war, dauerte es zwei oder drei Tage, bis sein Tod entdeckt wurde. Schließlich, weil er nicht mehr in die Moschee kam, brachen Nachbarn ein Fenster auf und fanden ihn verwesend in seinem Bett. Möge der Herr seiner Seele gnädig sein. Ich ging, wie viele andere aus der Nachbarschaft auch, zur Lesung nach der Beerdigung, blieb aber im Innenhof der Moschee, weil ich niemandem zu nahe treten wollte.

Ein paar Monate später, irgendwann im letzten Jahr, tauchte Hassan auf. Wie aus dem Nichts. Ja, Hassan kehrte zurück. Ein Kunde erzählte es mir, meinte, dass selbst der Tod derjenigen, die Gott liebte, etwas Gutes in sich barg. Denn der Tod des gottesfürchtigen Vaters führte zur Rückkehr seines geliebten Sohnes. Ja, Hassan kehrte zurück, um das Haus in Besitz zu nehmen, das seinem Vater gehört hatte. Ja, er kehrte tatsächlich nach vierunddreißig Jahren zurück, um diesen zerfallenden Haufen aus Streit und Elend einzufordern, und hatte doch in dieser ganzen Zeit nicht ein einziges Mal daran gedacht, sich bei seinem Vater zu melden. Er war mittlerweile ein vermögender Mann geworden, ein Mann von Welt, das war deutlich zu sehen. Hoch gewachsen, bärtig, gut gekleidet, war nichts mehr übrig von dem jugendlichen Liebhaber, der einst über die Stränge geschlagen hatte. Die ersten Tage nach seiner Ankunft kleidete er sich noch im Stil des Golfs, eine lange, weite *kanzu* aus schwerem Bafta, die Taschen ausgebeult von Brieftasche und Filofax, eine kleine Kappe auf dem Kopf und das Gesicht hinter einer spiegelnden Sonnenbrille verborgen. Er wurde neugierig aufgenommen und wanderte wie ein verlorener Sohn durch die Straßen der Stadt, wie Sindbad nach der Rückkehr von seiner ersten Reise, der sich breit lächelnd über seine glückliche Rückkehr freute und Geschenke und Almosen an die Bedürftigen verteilte.

Als ich das erzählte, machten wir gerade einen Spaziergang am Strand, und Latif Mahmud hörte mir mit einem Mal nicht mehr zu, seine Augen sahen aufgeschreckt in eine andere Richtung. „Also ist er wieder zu Hause", sagte er, traurig lächelnd und zugleich verwundert die Stirn runzelnd. „Ich hatte Sie doch gefragt, ob Sie irgendetwas Neues über ihn wüssten, und Sie haben nein gesagt. Sie wollten nicht auf den dramatischen Augenblick verzichten, nehme ich an."

„Nein, nein, nicht wegen des dramatischen Höhepunkts. Ich wollte, dass Sie den Augenblick, in dem er zurückkehrte, miterleben können. Ich wollte, dass Sie erkennen, was dieser Augenblick bedeutete", sagte ich.

„Wo hat er die ganze Zeit gesteckt? Wissen Sie das?"

Ich zuckte die Achseln. „Ich weiß nicht. Am Golf, glaube ich, und so wie er gekleidet war, in Saudi Arabien. Und in China, so viel ich weiß. Er hat nicht mit mir geredet, zumindest nicht darüber, und die Leute, die mit mir sprachen, vermieden es wegen der Niederträchtigkeit Ihres Vaters, ihn zu erwähnen. Er sah wie ein weit gereister Mann aus, Ihr Bruder Hassan, wie ein Mann, der viel herumgekommen ist und ein Menschenalter später mit Wohlstand und Ehrbarkeit und Wissen zurückkehrt. Wenn er ging, ließ er die Arme schwingen wie jemand, der die ganze Welt umarmen möchte. Er war ganz anders als der verschlossene junge Mann, der sich am Ende des *Musim* heimlich mit Hussein aus dem Staub gemacht hatte."

„Ja, und was ist aus *dem* geworden?", fragte Latif Mahmud, und mir kam es so vor, als hörte ich aus der Frage so etwas wie eine leise Furcht oder Sorge heraus, obwohl ich mir nicht vorstellen konnte, was er fürchtete.

„Ich weiß es nicht", antwortete ich.

„Sagen Sie es mir", forderte er und konnte sich gerade noch zurückhalten, mich zu packen, es aus mir heraus zu schütteln. „Sie wissen es doch, oder? Sagen Sie es mir."

„Ich weiß es wirklich nicht", wiederholte ich. „Nur, dass Ihr Bruder Hassan ihn beerbt hat, obwohl es auch andere Erben gab, Verwandte und Nachkommen. Hassan sah sogar ein bisschen wie Hussein aus. Ihr Vater wäre stolz gewesen, hätte er ihn so erfolgreich daherkommen sehen."

„Mein Vater, ja, wie schrecklich. Ich wusste gar nicht, dass er erst vergangenes Jahr gestorben ist. Ich war der Meinung, sie seien beide schon lange tot. Vielleicht habe ich das geträumt, mir das eingebildet. Kann sein, dass ich es mir auch gewünscht habe und glaubte, es wäre so gekommen, wie ich es mir vorgestellt und erhofft hatte. Es klingt unmöglich und herzlos, geradezu widernatürlich, wenn man das so sagt. Manchmal habe ich mir auch vorgestellt, *ich* hätte es getan, *ich* hätte sie getötet, indem ich mir ihren Tod wünschte. Dabei waren sie überhaupt nicht tot, waren die ganze Zeit am Leben. Wissen Sie, ich haben ihnen nie geschrieben", erzählte Latif Mahmud. Da gingen wir schon wieder die Uferpromenade entlang, und er blieb stehen und drehte sich ganz zu mir herum, einen verächtlichen Ausdruck auf dem mageren Gesicht. „Nachdem ich aus der DDR geflohen war, habe ich ihnen nie mehr geschrieben und nahm an, dass sie nicht wüssten, wo ich mich aufhielt und mir deshalb ebenfalls nicht schreiben konnten. Ich wollte nichts mehr mit ihnen zu tun haben, mit ihrem Hass und ihren Forderungen. Ihrem Hass aufeinander, diesem Hass, der ihn so wütend machte und immer stiller, bis er schließlich in dieses verzehrende Schweigen fiel. Ich weiß, dass Sie so etwas über Ihre Eltern nicht sagen können, aber mir kam es damals wie ein Glück vor, aus der DDR in eine Art Gesichtslosigkeit entkommen zu können, sogar meinen Namen ändern, vor den beiden fliehen zu können. Neu anfangen zu können. Kennen Sie diesen Wunsch?"

„Die Leute haben aber immer gewusst, wo Sie steckten", meinte ich vorsichtig, weil ich seinen Schmerz nicht noch größer machen wollte. „Wir haben immer wieder von Ihnen gehört."

„Ja, sieht ganz so aus", sagte er lächelnd, trotz der Düsternis, die ihm noch immer im Gesicht stand. „Hassan ist also wieder da... um sein Erbe in Besitz zu nehmen."

Ich wunderte mich über Latif Mahmuds Härte seinen Eltern gegenüber. Nicht so sehr, weil sie mir aus dieser Ferne unverständlich vorkam, einer Ferne, aus der die beständigen Forderungen der Vertrautheit mit Schweigen übergangen werden können. Ich fragte mich eher, welchen Preis er für seinen abartigen Triumph zu zahlen gehabt hatte, und wie sehr dieser schmerzliche Ausdruck bei ihm in den unvermeidlichen Schuldgefühlen und Qualen, die er empfunden haben musste, seine Ursache hatte. Ich wunderte mich weniger über diesen unglücklichen Ausdruck auf seinem hageren Gesicht, der von dem Unbill herrührte, das er mit seiner waghalsigen Tat über sich gebracht hatte.

„Wenn es sein Erbe ist, dann steht Ihnen die Hälfte zu", meinte ich und sah, wie er zusammenzuckte, was mich dazu verleitete, auf diese Bosheit noch eins drauf zu setzen. „Ihr Vater hat kein Testament hinterlassen, und das Gesetz verlangt, dass sein Besitz zu gleichen Teilen unter den männlichen Nachkommen aufgeteilt wird."

„Wollen Sie damit etwa sagen, ich sollte ebenfalls zurückgehen? Und meinen Anteil einfordern?", fragte er mich mit einem breiten, spöttischen Grinsen auf dem Gesicht.

Ich zuckte die Achseln. „Ich meine nur, wenn Hassan erbt, dann gehört das Haus zur Hälfte Ihnen. Zugegeben, die Sache ist etwas verzwickter. Es ist nämlich so, dass im Grundstücksamt immer noch eine Akte liegt, die das Haus als mein Eigentum ausweist. Die Papiere habe ich im Büro des Generalsekretärs abgegeben, wo sie verschwunden sind, Ihr Vater hatte also niemals einen gültigen Rechtsanspruch auf das Haus. Als Hassan zurückkam, wohnte er in dem Haus und behandelte mich, als wäre ich ein Hindernis auf dem Weg zu seinem vollen Besitzrecht. Deshalb versuchte er, die Regelung, die vor all den Jahren in der Parteizentrale getroffen worden war, rechtsgültig zu machen. Ich meine, dass ich des Betruges schuldig war und so weiter. Nach seiner Rückkehr scharte er einflussreiche Leute um sich, und weil er von allen als eine Art heimkehrender Held behandelt wurde, war es mehr als wahrscheinlich, dass sich Volkes Stimme auf seine Seite schlagen würde. Eines Tages kam er in meinen Laden, meinen kleinen Eckladen, in dem es Gemüse und Zucker und Rasierklingen zu kaufen gab, nicht in das sorgsam ausgeleuchtete Handelshaus, in dem ich früher einmal teure Möbel angeboten hatte. Ich erwähne das, damit Sie sich vorstellen können, wie alles war. Er bat um ein Glas Wasser, und nachdem er daran genippt und wir die üblichen Höflichkeiten ausgetauscht hatten, bat er mich um alle Papiere, die das Haus betrafen. Ich sagte ihm, dass ich keine mehr hätte, dass ich Sie dem Generalsekretär der Partei übergeben hatte, wie es damals von mir verlangt worden war, auch wenn wohl heute keine dieser Persönlichkeiten mehr übrig war, weil sie alle während der Massaker im Jahre 1972 ermordet worden waren, wie er sicherlich wüsste. Daraufhin meinte er, dass das Recht seinen Lauf nehmen würde, und dass er zudem einen Prozess gegen mich anstrengen wollte, des Geldes wegen, das ich seinem Onkel Hussein schuldete. Nein, nein, erwiderte ich ihm, es sei Hussein, der mir Geld schulde. Ich hatte Papiere, die das belegten. Er bat mich um diese Papiere, aber ich weigerte mich, sie ihm auszuhändigen. Er teilte mir mit, dass er der Erbe seines Onkels Hussein sei, und dass das Geld, das ich Hussein schuldete, Teil seines Erbes sei. Er besäße auch die Papiere, die bewiesen, dass ich derjenige sei, der Geld schulde, eine eidesstattliche Erklärung, die Hussein vor ein paar Jahren in Bahrain abgegeben hatte, vor Zeugen, die beschwören würden, dass sie bei der Transaktion während des *Musim* von 1960 zugegen gewesen waren. Ich habe keine Ahnung, warum beide, Hassan und Hussein, so eine Bösartigkeit gegen mich anzetteln, und das sagte ich Ihrem Bruder. Er lachte, jenes Lachen, mit dem die großen Leute auf der Straße ihre Bedeutung und ihren Wohlstand kundtun, doch das Lachen verbarg nur schwer den Hass und die Entschlossenheit, die auf seinem Gesicht zu lesen waren. Ich blickte mich in meinem Laden um, lenkte seine Aufmerksamkeit auf seine Schäbigkeit und teilte ihm mit, dass ich kein Geld hätte, ihn auszuzahlen, auch wenn er Recht und Gesetz auf seiner Seite hätte. „Wir werden sehen", presste er daraufhin zwischen zusammengebissenen Zähnen hindurch, und seine Lippen zitterten vor Wut. Dann trat er in die Tür des Ladens, in das Blickfeld der Passanten, und beleidigte mich in aller Öffentlichkeit, genau wie Ihr Vater es damals ab und zu getan hat. Er wiederholte die Anschuldigungen und drohte mir dann mit Gefängnis oder noch Schlimmerem, sobald der Prozess gewonnen sei. Ich kauerte wie ein geprügelter Hund hinter dem Ladentisch, während er um mich herum sprang und wortreich über mich herfiel und wütete. Und draußen versammelte sich eine grinsende Menschenmenge, das Schauspiel zu beobachten. Ich hatte Angst, er würde mich schlagen, bis sich ihm endlich jemand näherte und ihn eindringlich bat, doch Anstand und Würde zu achten und ihn wegbrachte, um ihm eine weitere Erniedrigung seiner Selbstachtung zu ersparen. Ich hatte kein Vertrauen in unser Rechtssystem und auch keine Kraft mehr, mich ein weiteres Mal in meinem Leben auf ein solches Wirrwarr einzulassen, deshalb nahm ich mein Kästchen *Ud-al-qamari* und ging fort."

Der Wind wehte jetzt kräftig vom Meer herein und es kann sein, dass ich ein wenig stolperte, denn Latif Mahmud ergriff meinen Ellbogen und führte mich vom Strand weg in eine der Seitenstraßen, die in das Stadtzentrum zurückführten. „Warum haben Sie seinen Namen angenommen, als Sie sich entschlossen fortzugehen?", fragte er, nachdem wir eine Weile den Verkehr abgewartet und uns unseren Weg über die übervölkerten Bürgersteige gebahnt hatten. Ich fühlte mich so müde und ausgelaugt, und wünschte mir nur noch, er würde wieder meinen Ellbogen fassen und mich zu einem Tisch in einem der Cafés geleiten, an denen wir vorbeikamen, und vorschlagen, eine Pause einzulegen und eine Tasse Kaffee zu trinken. Er aber ging einen halben Schritt vor mir, zog mich mit Augen und Körper, zerrte mich weiter, und das gegen meinen Willen, wie es schien. „Ich habe Ihnen diese Frage schon letztes Mal gestellt. Auch das scheint schon eine Ewigkeit her zu sein. Ich habe die Frage nicht besonders höflich gestellt, weil ich Angst hatte, Sie hätten es aus einer Art Hohn heraus getan, sich daran geweidet... weil Sie ihm mit der Sache mit dem Haus eine schwere Niederlage zugefügt hatten. Ich wusste ja nichts über ihre Haft, nicht über Ihre Frau Bi Salha und Ihre Tochter Ruqiya, Ihre Tochter Raiiya. Jetzt aber weiß ich das alles, und es kommt mir nur noch befremdlicher vor, dass Sie seinen Namen angenommen haben."

„Das ist eine lächerliche Geschichte, aber es ist etwas Angenehmes zugleich daran. Eine der Amnestiebedingungen legte fest, dass mir kein Reisepass zustand", erklärte ich. „Ich nehme an, dass man damit verhindern wollte, dass ich mich ins Ausland absetzte und von dort aus irgendwelche Unruhe stiftete, obwohl ich auch glaube, dass das lediglich ein Akt der Rachsucht war. Unter den verschiedenen Möbelstücken, die Ihr Vater im Haus zurückließ, in dem Sie alle gewohnt haben, als er es damals aufgab... ich wollte nicht, dass Sie auszogen, ich wollte lediglich das Eigentumsrecht an dem Haus. Wie dem auch sei, mir fehlen die Worte, um das richtig auszudrücken, und je mehr ich dagegen aufbegehre, desto mehr werde ich Ihnen nur als einer dieser schuldgequälten alten Männer erscheinen, die um Vergebung nachsuchen. Was andererseits auch wieder stimmt. Ich möchte schon, dass Sie mir vergeben, Sie und all die anderen, denen ich mit meiner gedankenlosen Eitelkeit Unbill zugefügt habe. Unter den Sachen, die er damals im Haus zurückließ, befand sich eine Schachtel mit ein paar Unterlagen, und unter diesen Unterlagen war auch seine Geburtsurkunde. Ansonsten war nichts Wertvolles dabei, nur alte Rechnungen, alte Briefe, ein paar Flugblätter und Betriebsanleitungen. Die Geburtsurkunde war mir damals aufgefallen, und aus Bosheit hatte ich sie behalten, weil ich mir vorstellte, welche Verlegenheiten ihm der Verlust dieser Urkunde möglicherweise bereiten konnte. Eigentlich aber wollte ich mit den Sachen, die Sie alle zurückgelassen hatten, nichts zu tun haben. Nur die Geburtsurkunde, und das Ebenholztischchen, die behielt ich, wie Sie wissen. Ich behielt von allem nur dieses kleine, hübsche Tischchen, das mir in späteren Jahren zur Geißel wurde, die mich tagtäglich an meine Eitelkeit und meinen Verlust erinnerte. Als Hassan in den Laden kam, dachte ich, er würde das Tischchen bemerken, weil Hussein es vor all den Jahren einmal für ihn gekauft hatte, aber seine Augen blieben nie daran hängen."

Er zögerte einen Augenblick, blieb beinahe reglos stehen. „In meiner Erinnerung haben Sie ein paar Gegenstände herausgesucht und dann den Rest zur Auktion freigegeben. Ich habe das noch vor Augen", meinte er. „Ich bin den Karren von unserem Haus an gefolgt, und ich sehe noch vor mir, wie Sie alles durchgegangen sind und die Stücke ausgesucht haben, die Sie haben wollten."

Ich starrte ihn erstaunt an. „Nein, das ist nicht möglich", erwiderte ich, und meine Stimme zitterte bei dieser neuen Anschuldigung. Während wir beide da standen, glaubte ich, ich müsste vor Alter und Scham zusammenbrechen. Ich wies auf ein Café, das ein paar Schritte weiter vorn lag und wir gingen hin und setzten uns. „Nachdem Sie das Haus verlassen hatten und ich erfuhr, dass einige Möbelstücke zurückgelassen worden waren, schickte ich Ihrem Vater eine Nachricht, dass er sie abholen könnte, aber er antwortete, dass wir das ganze Zeug ruhig behalten könnten. Er mache sich nichts daraus. Also gab ich Nuhu die Anweisung, alles rauszuräumen und zu verkaufen, und schickte das Geld dann Ihrem Vater. Weder Ihr Vater noch Ihre Mutter wollten das Geld annehmen, deshalb wies ich Nuhu an, es zu verschenken, weil ich es weder sehen noch irgendetwas damit zu tun haben wollte. Nachdem er die Möbel veräußert hatte, kam Nuhu mit der Schachtel zurück, in der sich die Unterlagen befanden, und mit dem Tisch, weil er sich noch an ihn erinnern konnte. Er berichtete mir, dass der Rest dessen, was er aus dem Haus geräumt hatte, nicht viel Wert gewesen sei, und ich machte mir nicht die Mühe, das zu überprüfen."

„Der *Bokhara*, das war ein schöner Teppich. Wie können Sie behaupten, er sei nichts wert gewesen?"

„Das tut mir Leid", lenkte ich ein.

„Ich habe es noch vor Augen, wie Sie durch den Hausrat gewandert sind", meinte er verwundert, wenngleich auch halsstarrig. Er bestellte Kaffe und Kuchen, und eine ganze Zeit lang sah er mich nicht an, und ich glaubte, er würde das Bild von damals durchwühlen, und fragte mich, ob ich ihn belog oder ob es sein konnte, dass ich die Erinnerung an meine Schuld verdrängt hatte. „Vielleicht habe ich mir das auch gewünscht", sagte er schließlich, war sich aber noch immer nicht sicher, zweifelte noch. „Eine meiner selbstgerechten Fantasievorstellungen, in denen ich mir wünschte, Sie wären der bösartige Mensch, der Sie in unserem Haus aus Hass zu sein schienen. Vielleicht habe ich Faru durch den ganzen Hausrat streifen sehen. Einigen wir uns für den Augenblick darauf, dass ich mir das eingebildet habe... Es ist aber seltsam, so ein Bild vor Augen zu haben. Jedenfalls reden Sie zu viel über Dinge wie Ehre und Höflichkeit und Vergebung. Die bedeuten gar nichts, es sind nur Worte. Das Höchste, was wir erwarten können, wenn wir Glück haben, ist etwas Freundlichkeit, meine ich. Ich denke, *das* ist es, woran ich glaube. Diese großartigen Worte sind lediglich Bestandteil einer doppelsinnigen Sprache, mit der die Nichtswürdigkeit unseres Lebens getarnt wird. Aber reden Sie weiter, erzählen Sie mir von der Geburtsurkunde, auch wenn ich glaube, den Rest erraten zu können."

„Nachdem ich aus dem Gefängnis zurück war, befand sich die Geburtsurkunde noch immer in meinem Besitz, und ich habe sie auch behalten, ohne mir etwas dabei zu denken. Als ich dann anfing, über meine Flucht nachzudenken, gab ich sie dem Mann, der solche Dinge organisiert. Er verlangt Geburtsurkunden von Leuten, die gestorben sind, oft auch von toten Kindern, und wenn jemand einen Pass benötigt, dann findet er eine Geburtsurkunde, auf der ein ungefähr ähnliches Alter eingetragen ist, des Alters, in dem sich das Kind heute befinden würde, wenn es am Leben geblieben wäre, und beantragt einen Pass auf diesen Namen. Ich dankte Gott für diese Geburtsurkunde, und so wurde ich Ihr Vater und erhielt einen Pass auf seinen Namen. Danach hob ich von dem übrig gebliebenen Geld auf der Bank etwas ab und gab es jemand anderem, damit er mir ein Flugticket besorgte, und dann beantragte ich hier Asyl."

Er blieb an jenem Sonntag so lange bei mir, dass ich ihm zu guter Letzt das Wohnzimmer zur Übernachtung anbot, und er legte sich ein paar Polster auf den Fußboden und schlief da. Es war seltsam, nach so vielen Jahren jemanden nebenan schlafen zu wissen. Ich hatte das Gefühl, als würde ich dadurch jünger. Bei diesem beengten Raum konnte ich natürlich seine Bewegungen im Nachbarzimmer hören, und das erinnerte mich an das Leben in unserem ehemaligen Haus, und ein wenig auch an die Zeit im Gefängnis, obwohl man dort kaum richtig zum Schlafen kam, und in dieser Nacht schlief ich ohne jeden Traum.

Am Morgen war ich vor ihm auf den Beinen, was ihn enttäuschte, glaube ich (ich meine, ich stelle mir das vor. Diese Genauigkeit, ein Mann der Worte.) Vielleicht wollte er nicht, dass ich ihn sich selbst gegenüber für nachlässig und selbstzufrieden hielt, die Art Mensch, die bis in den späten Vormittag im Bett liegt und dabei bei jemand anderem zu Gast ist. Ich hätte ihm sagen können, dass man, je älter man wird, um so größere Schwierigkeiten hat, lange zu schlafen und ich deshalb so zeitig aufgestanden war, weil es mich ermüdet, so lange im Bett zu liegen. Er trank einen Schluck Kaffee und machte sich fertig zum Gehen. Den Kaffee trank er schwarz und bitter und heiß, so wie ich ihn für mich gekocht hatte, wobei ich nicht davon ausgegangen war, dass er ihn auch so mochte. Ich musste lächeln, als er beim ersten Schluck zusammenzuckte.

„Sie müssen sich ein Telefon zulegen", meinte er, als er schon in der Tür stand und sich mit einem Arm am Türrahmen abstützte.

„Ich habe kein Verlangen danach", antwortete ich und sah, wie er lächelte. Ich glaubte zu wissen, was er dachte. Es wäre ihm lieber gewesen, wenn ich gesagt hätte: *Ich möchte lieber nicht.* Doch ich hatte daran gedacht, was Rachel gesagt hatte und mir vorgenommen, den 'Bartleby' erst noch einmal zu lesen, bevor ich diese Worte als Hommage an einen bewunderten Desperado wieder in den Mund nahm.

„Dann werde ich nächstes Wochenende unangekündigt bei Ihnen hereinplatzen müssen", meinte er.

Was er tat, und Rachel fuhr mit uns an irgendeinen Ort, der hieß Water Valley. Die Leute badeten dort im See und spielten mit einer Art Wasserkarren, und andere schwebten auf Nylonschwingen von den Steilhängen des Tals hinunter in die Tiefen. Dann nahm uns Rachel zum Essen mit zu sich nach Hause, und am nächsten Tag wartete Latif Mahmud auf mich, während ich ein paar Sachen packte, um zwei Tage bei ihm in London zu verbringen. Er hatte darauf bestanden und gemeint, es wäre ein Verbrechen, dass ich schon neun Monate in England sei (es waren nur sieben, aber ungeachtet dessen fuhr er mit seinem Wortschwall fort) und noch nie in London gewesen sei, obwohl ich nur eine Stunde davon entfernt wohnte. Also musste ich wohl oder übel mit ihm mitfahren und ein paar Tage bei ihm verbringen. Er wollte mir die Stadt und alle Orte zeigen, die Besucher normalerweise zu sehen verlangten, und auch andere Orte, von deren Existenz ich keine Ahnung hatte, die zu sehen mir aber Freude bereiten könnte, vielleicht sogar mehr als die Zwischenhalte an den Stellen, die der Monopoly-Spielplan hergab. Obwohl auch die Straßen und Plätze vom Monopoly-Spielplan mit Gebäuden und Denkmalen gesegnet wären, die sich durch große Ausstrahlung und Kraft auszeichneten. Dann, wenn ich genug gesehen hatte, würde er mich in den Zug setzen, und Rachel würde mich vom Zug abholen. Als ob ich ein geistig nicht mehr ganz zurechnungsfähiger, alter Papa wäre, dessen Betreuung sie sich teilten.

Als ich in die Wohnung kam, in der er lebte, musste ich an das Zimmer hinter meinem Laden denken, in dem ich fünfzehn Jahre meines Lebens allein verbracht hatte. Auch dieses Zimmer hatte Einsamkeit ausgestrahlt, und Nutzlosigkeit, und langen Aufenthalt in völligem Schweigen. Das Licht im Wohnzimmer war viel zu hell. Die Wände waren nackt. Keine Bilder, keine Dekoration oder wenigstens eine Uhr. Es war sparsam möbliert, und die Möbel waren billig, mit Ausnahme eines großen Stuhls vor dem Fernseher. Auf dem Fernseher stand ein Aschenbecher, gefüllt mit Kippen in einem Bett aus Asche. Daneben befand sich ein

Weinglas, das mit einem Bodensatz von Rotwein beschmiert war. „Ich hätte wohl sauber machen sollen", meinte er, griff sich Weinglas und Aschenbecher und schaffte beides in die Küche. Er kam zurück und las ungelesene Zeitungen, Bücher, eine zerknitterte Strickjacke und einen Morgenmantel auf, der roch, als ob er dringend eine Wäsche nötig hätte, und schichtete alles in einer Zimmerecke zu einem Haufen. Dann stand er mit in die Hüften gestemmten Händen vor diesem Haufen und war ganz zufrieden mit sich, dass er etwas gegen diese Unordnung getan hatte. Danach sammelte er ein paar Tassen und einen schmutzigen Teller ein und brachte sie in die Küche, worauf er ein Fenster aufmachte und sich eine Zigarette ansteckte. Darauf warf er einen Blick in den Kühlschrank und schauderte zurück und sagte, er wolle hinunter zum Eckladen gehen und uns etwas zu essen holen oder, wenn mir das lieber wäre, auch etwas aus einem Imbiss. Ich zuckte die Achseln, um ihm zu bedeuten, dass ich ihm ausgeliefert war. Trotz der Monate in England hatte ich noch nie probiert, mir etwas aus einer Imbissbude zu holen, und deshalb hoffte ich, dass er sich dafür entscheiden würde. Weil ich durch eine derart erzwungene Möglichkeit mir einen geschmacklichen Eindruck dieses berühmten Essens verschaffen konnte. Bevor aber diese Angelegenheit noch geklärt werden konnte, klingelte das Telefon, und es war Rachel, die nachfragte, ob auch alles gut gegangen war, und die beiden telefonierten zwanzig Minuten miteinander und lachten zu laut und zu oft, so wie es nach meiner Vorstellung Leute am Anfang einer Freundschaft tun. Ich unternahm einen Streifzug durch die Wohnung, warf einen Blick in Ecken und Winkel, öffnete Geschirrschränke und Türen, versuchte mich an den Fenstern, um zu sehen, ob sie sich öffnen ließen, entdeckte den Platz, an dem er arbeitete und schrieb, bemühte mich herauszufinden, an welchem Ort ich schlafen sollte, und prüfte, weil ich gerade dabei war, die Chancen auf saubere Laken und eine wärmende Zudecke. Als ich meine kleine Entdeckungsrunde beendete, war Latif immer noch am Telefon. Meine vorsichtigen und von Höflichkeit getragenen Nachforschungen hatten mich noch nicht einmal zu einem Eckchen eines sauberen Lakens geführt. Die ganze Wohnung roch auch nicht so, als ob es irgendwo sauberes Bettzeug gäbe. Ich fragte mich, ob er sich bei seiner Freude und Erregung – die konnte ich in seiner Stimme ausmachen – daran erinnern würde, dass er runter zur Imbissbude gehen wollte, um etwas zu essen zu holen. Aber wie dem auch sei, ich aß sowieso immer nur eine Kleinigkeit zu Abend, und ich hatte Alfonsos Handtuch dabei. Für den Fall, dass es zum Ärgsten kommen sollte.

Glossar

afreet (arab. ifrit) – in der arabischen Mythologie ein machtvoller, böser Dämon

hamal (arab. hammal) – Pförtner, Wächter

kanzu (Kiswahili) – lange, weiße Robe, die vorwiegend von Männern getragen wird

saruni (Kiswahili) – die zum kanzu passende Hose

udi, ud-al-qamari (khmer./arab.) – Holz des Mondes/Holz der Khmer; eine besondere Art Weihrauch

eid (arab.) – Fest, Festlichkeit, Festtag; im Islam entweder das Fastenbrechen am Ende des Ramadan oder das Opferfest am Ende der Pilgersaison

Sindh – Provinz Pakistans

Ghee (Hindi) – eine Art flüssige Butter, die aus der Milch von Kühen und Büffeln hergestellt und durch Kochen gereinigt wird

Halwa (arab.) – Süßigkeit türkischen Ursprungs, hauptsächlich aus gemahlenen Sesamsamen und Honig bestehend

Mashaallah (arab.) – Ausruf der Verwunderung und Bewunderung; wörtlich: Was Allah will/kann

Allah karim (arab.) – einer der 99 Namen Allahs, wörtlich: Allah ist freigiebig, hochherzig, gütig, gnädig

Maulana (arab.) – Anrede, hier: Herr

Gujarati – Sprache im Westen Indiens, in der gleichnamigen Region bzw. im gleichnamigen Bundesstaat

Anna (Hindi) – frühere Kupfer-Nickel-Münze in Pakistan und Indien, ein Sechzehntel einer Rupie

Inshallah (arab.) – So Gott will!
Alhamdulillah (arab.) – Gott sei Dank! Allah sei gepriesen!
Chuoni (Kiswahili) – Koranschule
Salallahu-wa-ale (arab.) – Ausruf eines Muslimen bei Erwähnung des Propheten; wörtl.: Gott segne ihn und schenke ihm Heil, eigentlich: salallahu alih wa sallam
Kofia (arab.) – Mütze, Kopfbedeckung
Kitai – China
Miraj (arab.) – die wundersame Reise des Propheten Mohammed von Mekka nach Jerusalem, in den Himmel und zurück nach Mekka
Burakh (Arab.) – sagenumwobenes Fabelwesen, ein geflügeltes Pferd mit dem Gesicht einer Frau und einem Pfauenschwanz
Al-Quds – der arabische Name Jerusalems
Sidrat al-muntaha (arab.) – der Lotusbaum im siebenten, dem letzten, Himmel
Jahal (arab.) – Unwissenheit, auch Bezeichnung für die Zeit vor dem Islam
Ya habibi (arab.) – mein Liebling
Rahmatulla alaiha (arab.) – Ausruf oder Nachsatz bei Erwähnung einer verstorbenen Person: Gott erbarme sich ihrer (Seele)
Maasalama (arab.) Auf Wiedersehen
Kwaheri (Kiswahili) – Danke
OED (engl.) – Oxford English Dictionary
Quasida (arab., eigentlich: qasida) – Gedicht, Poem
haram (arab.) – verboten im religiösen, nicht im juristischen Sinne
maulid nabi (arab.) – der Geburtstag des Propheten, Fest
almirah (engl-ind.) – Kommode

Lofas – (arab.) – Naturschwamm; hier: Schnorrer, Parasiten

Mihrab – (arab.) – Gebetsnische in der Moschee, die die Gebetsrichtung (nach Mekka ausgerichtet) anzeigt; das Allerheiligste in der Moschee

Ya Latif (arab.) – Latif, einer der neunundneunzig Namen Allahs, hier: Gebetsform

Von Abdulrazak Gurnah ist bei edition KAPPA in der Reihe
scriptor mundi erschienen:

Donnernde Stille
Roman

Ein afrikanischer Mann, der seit Jahren in England lebt und sich dort eine Existenz aufgebaut hat, kehrt auf absehbare Zeit in seine Heimat, Sansibar, zurück, um nach langer Abwesenheit seine individuellen und kulturellen Wurzeln, aber auch sein Leben in Europa einer Überprüfung zu unterziehen. An den Besucher werden von seiner Umwelt Erwartungen herangetragen, die in der einheimischen Kultur als völlig „normal" gelten, denen dieser jedoch aufgrund des Perspektivwechsels, den er in Europa vollzogen hat, nicht entsprechen will und kann.

„Wie geht es Menschen aus Afrika in Europa? Wie fühlen sie sich, wie gehen sie mit Menschen um, und wie gehen Menschen mit ihnen um? Gurnahs Buch ist in keinem Fall eine weinerliche, betroffene Sammlung von Erlebnissen, sondern vielmehr eine spannende, kräftige, wuchtige Geschichte, mit vielen leisen Tönen und köstlicher Ironie."

Buchkultur, April/Mai 2001

ISBN 3-932000-50-1; 302 S.; geb.

In der Reihe scriptor mundi sind u.a erschienen

Ben Okri: Der Unsichtbare
Roman

Ein Unsichtbarer macht sich auf den Weg, um das Geheimnis der Sichtbarkeit zu entdecken. Was er sucht, erschließt sich ihm nicht. Auf seiner Reise durch die Fremde versinkt er immer tiefer in der Faszination und den Geheimnissen des Unsichtbaren. Geheimnisse öffnen sich denen, die nicht suchen, dafür aber Begegnungen mit wachem Verstand und aufnahmebereitem Herzen zulassen. Der Roman ist eine vieldeutige Parabel. So über die unaufhörliche Suche nach Wahrheit oder über Gegenwart und Vergangenheit der kulturellen Beziehungen zwischen Afrika und dem Westen.
ISBN 3-932000-46-3, 146 S.; geb.

Ben Okri: Afrikanische Elegie
Gedichte

Diese Gedichtesammlung dokumentiert das umfassende literarisch-gestalterische Talent des Autors. In viel knapperer Form als in der Prosa Okris zeigen die Gedichte den Kosmos Afrika in seiner ganzen Zerrissenheit. Den Abgründen ökonomischen und sozialen Elends der oft von Bürgerkriegen erschütterten Gesellschaften stellt Okri die zartesten Gefühlsstimmungen entgegen. Afrikas Kultur erscheint im Licht lebendiger Traditionen, Mythen und Legenden, die den menschlichen Alltag begleiten.
ISBN 3-932000-41-2, 112 S.; geb.

Ben Okri: Vögel des Himmels - Wege zur Freiheit
Essays

Die Essays behandeln die vielfältigen kulturellen Beziehungen zwischen Afrika und Europa. Für Okri bildet dieses historisch belastete Zusammenkommen von Menschen unterschiedlicher Kulturen eine Herausforderung und eine große Chance: Aus dem Chaos, dem Schrecken und dem Leid könnte etwas Schönes, aufregend Neues entstehen, das nicht nur versöhnend wirkt, sondern auch im höchsten Maße sinnlich sein könnte - sein muss.
ISBN 3-932000-43-9, 166 S.; geb.

Ben Okri
Maskeraden und andere Erzählungen

Ben Okri ist ein Meister der kleinen Form. Diese Qualität stellt er auch im vorliegenden Band mit acht Erzählungen unter Beweis. Orte der Handlungen sind das vom Krieg geschüttelte Nigeria, London, die Straße der Gewalt, die Hütte des kleinen Mannes ebenso wie das Heiligtum der Götter. Visionäre Wahrheit und Sozialkritik, eine Mischung, die als Okris Markenzeichen gelten kann, ergänzen, überlagern, durchdringen einander, bis eine eindeutige Grenzziehung zwischen europäischer und afrikanischer Wirklichkeit unmöglich ist. Ben Okri denkt wie ein europäischer Afrikaner und gleichzeitig wie ein afrikanischer Europäer. Wirklichkeiten aus zwei Geisteswelten treffen in seinen Erzählungen aufeinander. Des einen Wirklichkeit mag des anderen Phantasie sein, des einen Phantasie des anderen Wirklichkeit. An den fließenden Übergängen treffen einander zwei Welten. Es öffnen sich Tore, die dem Leser die Chance bieten, hinüberzusteigen in eine andere Welt. Er kann dem Ich-Erzähler folgen auf seiner Wanderung durch die Straße der Gewalt bis hin zur Geisteswelt des Irren, für den selbst ein zerstückelter Frauenkörper nur ein Puzzle ist, das er nicht lösen kann, weil seine Erinnerung versagt. Der Leser kann dem arbeitslosen Anderson in sein Heimatdorf folgen, ihn aber auch noch viel weiter begleiten, in eine andere Welt, in ein Heiligtum, zu den Bildnissen, zu den Visionen, die ihm die Kraft zum Überleben geben, völlig unerwartet und unvorbereitet. Ben Okri vermittelt mit seinen Erzählungen nicht nur Kritik an sozialen Systemen, in denen Arme und Ärmste ihr Leben fristen. Er weist auch Wege in die Zukunft, kleine, bescheidene Wege, reale Wege und solche, die nur im Kopf gangbar sind. Wie auch immer, jeder Weg macht deutlich, dass keiner davon der letzte ist, dass sich, falls erforderlich, immer wieder ein neuer auftut für jene, die bereit sind, ihn zu gehen.

ISBN 3-932000-60-9; 159 S.; geb.

Aminata Sow Fall: Die Rückkehr der Trommeln
Roman

Normalerweise sind es die Eltern, die an alten Bräuchen festhalten - häufig vergeblich und - versuchen, die eigenen Kinder für diese Spuren der Vergangenheit zu begeistern. In Aminata Sow Falls Roman ist es genau umgekehrt. Der 12-jährige Nalla interessiert sich lebhaft für die Traditionen seines Volkes, die er bei der Großmutter auf dem Dorf kennen gelernt hat. Nicht nur die Großmutter, sondern auch Mapaté, der seiner Familie verbundene Griot - ein traditioneller Dichter und Geschichtenerzähler - haben ihn mit der Geschichte und Kultur seiner Vorfahren vertraut gemacht. Die überlieferten Geschichten stellen für Nalla einen Referenzpunkt, eine geistige Heimat dar. Für Nallas Eltern aber, vor allem für seine Mutter, ist die an der vorkolonialen afrikanischen Kultur orientierte Lebensweise schlichtweg altmodisch. In ihrer eigenen Jugend litt die Mutter darunter, dass die Menschen im Dorf ihren von der Tradition emanzipierten Lebensstil nicht akzeptierten; nun aber ist sie es, die nicht verstehen will, dass ihr Sohn für sich eine Synthese zwischen afrikanischer und europäischer Kultur zu verwirklichen sucht. Ein Lehrer, der Inhalte der traditionellen Kultur in seinen Unterricht integriert, und ein Ringkämpfer, moderner Champion einer traditionellen westafrikanischen Sportart, stehen dem Jungen auf der Suche nach seiner Identität bei.

Mit diesem Roman gelingt Aminata Sow Fall ein treffende Allegorie des modernen Afrika auf dem Weg zu sich selbst. Wie in ihren anderen Romanen analysiert die senegalesische Autorin minutiös die Auswirkungen, die Vorurteile und Konventionen auf das Handeln des Einzelnen und das Funktionieren der gesamten Gesellschaft haben.

ISBN 3-932000-54-4; 175 S.; geb.

Tommaso Di Ciaula: Die Wasser Apuliens
Roman

Dieser Reisebericht in Romanform hält den Leser ständig in der Schwebe zwischen Traum und Wirklichkeit. Eine moderne Pilgerfahrt führt den Autor Tommaso Di Ciaula durch seine Heimat Apulien. In Begleitung eines Frosches und eines Löwen, lebendig gewordene Steinfiguren aus romanischen Kirchen, begibt er sich auf die Reise. Zum Vorschein kommt ein Bild voller Widersprüche: Die Ehrfurcht des Autors vor den Zeugnissen uralter Kulturen und sein Entsetzen vor ihrer böswilligen Vernichtung; die Schönheit des Landes und gleichzeitig ihre unaufhaltsame Zerstörung, vergangene und noch lebendige Traditionen auf der einen Seite, drängende soziale und ökonomische Probleme auf der anderen, Liebe und Hass unter den Menschen.
ISBN 3-932000-53-6; 93 S.; geb.

Kazuko Shiraishi: Odysseus heute
Ausgewählte Gedichte

Kazuko Shiraishi gehört zu den produktivsten Dichtern Japans. Sie veröffentlichte dort in fünfzig Jahren 20 Gedichtbände. Viele davon sind in andere Sprachen, vornehmlich ins Englische übersetzt. Der vorliegende Band ist die erste Publikation auf Deutsch. Kazuko Shiraishi wurde 1931 als Tochter eines Fischexporteurs im kanadischen Vancouver geboren. Kurz vor Ausbruch des Pazifischen Krieges kehrte die Familie nach Japan zurück, wo sie 20-jährig ihren ersten Gedichtband „Tamago no furu machi" (dt. „Stadt, in der es Eier hagelt") veröffentlichte. Kazuko Shiraishis Gedichte zeigen nicht die geringste Rücksicht auf bestehende Tabus, sie sind voll ungezähmter Vitalität. Die Autorin setzt sich vor allem mit der Subkultur der Jazz-Musik auseinander und entwickelte auf diese Weise eine neue Form von Lesungen: Die Performance. Hier experimentiert sie mit Jazz, Poesie, Tanz und Sprache. Häufig ist ihre Sprache durchsetzt mit englischen Brocken. Sie hat auch den Atem für Langgedichte, die sich über mehrere Seiten erstrecken.
ISBN 3-932000-55-2; 125 S.; geb.